DIEGO PASSONI
Ma è stupendo!

Romanzo

VALLARDI

Antonio Vallardi Editore s.u.r.l.
Gruppo editoriale Mauri Spagnol
www.vallardi.it

Per essere informato sulle novità del Gruppo editoriale Mauri Spagnol visita:
www.illibraio.it

La citazione di p. 170 è tratta da David Foster Wallace, *Una cosa divertente che non farò mai più* (ed. orig. *A Supposedly Fun Thing I'll Never Do Again*, © David Foster Wallace, 1997), trad. it. Gabriella D'Angelo e Francesco Piccolo, © minimum fax, 1998, per gentile concessione dell'editore.

Ristampe: 9 8 7 6 5 4 3 2 1 0
2023 2022 2021 2020 2019

ISBN 978-88-6987-832-9

«Mi hai sedotto, Signore, e io mi sono lasciato sedurre; mi hai fatto forza e hai prevalso».

Geremia 20, 7

«Io abito la Possibilità,
una casa più bella della prosa,
più ricca di finestre,
superbe le sue porte...»

Emily Dickinson, *Io abito la Possibilità*

«È a questo che servono gli amici. Sono coperte. Coperte termiche d'inverno. Fresche lenzuola d'estate. Senza amici sei nudo: nasci nudo. E chi ti vuol bene comincia a coprirti. Ti copre per tutta la vita. E anche dopo morto copre di fiori il tuo cappotto di legno».

Andrea G. Pinketts, *Il conto dell'ultima cena*

Mi passa davanti una sarta tenendo con entrambe le mani un abito da sera, come fosse una reliquia, o una donna svenuta. Più avanti, la visione della sarta si accompagnerà a quella dell'assistente di studio. Sento urlare dei nomi, qualcuno li convoca con urgenza, e alle mie spalle distinguo chiaramente il fonico provare diversi microfoni. «Arancione, sa sa sa, prova». «Ok». «Verde». «Sì sì sì, prova uno due tre». «Ok». «Bianco, prova prova». «Aspetta, batteria a metà. Meglio cambiare le pile».

Tutta quella frenesia è dovuta al fatto che mancano pochi minuti alla diretta della prima serata. Io sono vestito di nero, lo so perché a questo punto del sogno mi guardo i piedi, che calzano scarpe di vernice. Sono proprio compiaciuto. Sto proprio bene con questo completo.

Mi sento a mio agio, bello e sicuro. E mi godo queste sensazioni di padronanza, di rilassatezza che mi pervadono, nonostante sia circondato da tanto nervosismo.

Ed è a questo punto che alla mia destra si avvicina una sorta di fata, una creatura meravigliosa che, come una madonna, un'apparizione celeste, si manifesta su una nuvola bianca di vapore. Alzo gli occhi e vedo, in abito di lamé argentato, proprio lei, la Milly.

Solleva con grazia l'orlo del vestito per non inciamparci dentro, e sotto il braccio ha una cartelletta. So che cos'è. È il copione della serata.

Anche lei come tutti gli altri è agitata, e mentre dà un ultimo sguardo preoccupato all'abito, mi dice: «Ci siamo, speriamo che vada tutto bene».

Questo è l'acme del sogno, il suo senso compiuto, il centro delle emozioni: Milly che cerca ansiosa nei miei occhi un segno di conforto, io che le metto le mani sulle spalle (e forse, quando ero piccolo, dovevo sollevarmi sulla punta dei piedi per raggiungerle), gliele stringo con fermezza, e sorridendo la rassicuro: «Milly, abbiamo lavorato tanto, abbiamo tanto studiato, è tutto pronto. Adesso divertiamoci!».

Subito dopo mi risvegliavo.

Negli anni il sogno è sempre rimasto lo stesso. Medesime le parole, uguale la sensazione.

Forse Milly era la proiezione di me stesso, di quel che volevo essere, diventare. Fin troppo facile da capire. Ma credo che, nonostante i miei pochi anni, e solo oscuramente, sentissi in lei una modernità che non trovavo in altre soubrette dell'epoca, forse perché conosceva l'inglese, magari percepivo che aveva viaggiato, fatto buoni studi, non so. Ma soprattutto intuivo qualcosa che avrei continuato sempre ad apprezzare: la sua preparazione, la sua teutonica precisione. Riconoscendo a lei qualità a cui ero io ad aspirare. E tranquillizzandola era me stesso che tranquillizzavo: «Dai, Diego, ce la puoi fare, se studi, se lavori tanto e bene allora conquisterai un tuo posto nel mondo. Magari non l'Ariston, ma alla fine un riflettore, reale o metaforico che sia, illuminerà anche te».

In fondo, cos'è un conduttore se non un intermediario tra il sogno e la gente? E cos'è che ho finito per fare io nella vita? Ecco, sì, la risposta che vi siete dati è quella giusta. Qualcuno ha scritto di andare dove ci porta il cuore. Ebbene, negli anni successivi a Sanremo ci sono andato più volte. Sfortunatamente, però, mai dietro le quinte dell'Ariston, e nessuno mi ha invitato a salire su quel mitico palco. Fino a oggi, almeno!

MA È STUPENDO!

1
Ti do una sola chance

«Ti do una sola chance, è chiaro?».

Avevo fatto tabula rasa. Dei sogni, dei progetti e di qualunque certezza. Non lasciavo un'università che si era rivelata una scelta sbagliata, né un lavoro deludente, né un amore tormentato. A 21 anni tornavo da un convento tra le montagne dell'Alsazia francese dove avevo creduto di trovare il mio posto nel mondo, forse missionario in Africa, magari sacerdote o anche studioso di Teologia. Vi ero stato spinto da una fede febbrile, da un misticismo nutrito dall'estremismo che inevitabilmente accompagna le scelte giovanili: radicali, totalizzanti.

Così, mi ritrovavo di nuovo a casa dei miei, a Monza, come due anni prima, con un fallimento in tasca, una situazione sentimentale postatomica, senza un soldo, e la necessità di capire cosa fare di me. Animato da un'audacia che solo la disperazione ti regala, avevo deciso che non avendo nulla da perdere tanto valeva lanciarmi in qualcosa di assolutamente irragionevole. Perché se fino al giorno prima vivi in una comunità religiosa non è che poi fai il concorso per geometra al comune di Concorezzo! Non ero diventato un frate, allora avrei provato a entrare in una scuola di recitazione. Non ne sapevo molto, non avevo contatti nell'ambiente e forse non avrei chiesto comunque una mano, per pudore. Ma sentivo che andava tentata un'altra strada.

In una chiesa lontana dal mio quartiere andai a mettere in chiaro le cose con chi di dovere.

«Eccomi qua. Io a questo punto non ci sono arrivato da solo, mi ci hai portato Tu. E adesso mi tiri fuori da questo budello. Te lo dico chiaramente: farò solo un tentativo, senza sapere come muovermi, senza conoscenze, senza poter nemmeno immaginare come e dove andare a bussare. Perché se Tuo è il regno, tua la potenza e la gloria nei secoli, allora adesso ho bisogno di vedere che sei anche il Dio della mia storia, della mia vita».

Bene, ci eravamo chiariti. Tornato a casa, mi ero chiuso nella mia stanza e, seduto a terra, con il mattone delle *Pagine Gialle* sulle gambe, cercavo la sezione «accademie». Un'ultima raccomandazione: «Guarda che è la Tua occasione per dimostrare che mantieni le promesse», poi avevo chiuso gli occhi puntando il dito su una pagina a caso, in un punto a caso.

Music, art & show, Milano.

Ok, questa sarà l'unica telefonata che farò.

«Buongiorno, avrei bisogno di qualche informazione. Cosa si studia nella vostra scuola? Come si fa a frequentare i vostri corsi? Quanto costa?».

Dall'altra parte del telefono una voce vibrante e insieme gentile aveva risposto a tutte le mie domande con grande pazienza. Era la voce di Silvia, che avrei conosciuto di lì a poco. Le sono ancora grato. Quante volte senza saperlo possiamo cambiare lo stato d'animo di una persona anche solo con un sorriso, una parola benevola, un atteggiamento disponibile, e dovremmo starci più attenti, perché sono infinite le occasioni di seminare il bene nel cuore degli altri.

Alla MAS si studiava danza, canto e recitazione e le selezioni per l'anno successivo si sarebbero tenute a distanza di un mese dal giorno della mia telefonata. Avrei dovuto prepararmi un monologo e una canzone su una base portata da casa. Invece, sul mio livello di danza sarei stato esaminato al momento.

Chiariamo una cosa, altrimenti non si può comprendere appieno la portata del mio azzardo: io della danza non sapevo assolutamente niente. Mai sentito parlare di *plié* e, come se non bastasse, ho i piedi piatti. Ignoravo come ci si veste per una lezione, figuriamoci per un'audizione. E poi, che vergogna presentarsi da solo in una scuola come quella, che paura di fare figuracce. Adesso quale base musicale scelgo? Che canzone porto? E il monologo? Oddio! Avrei voluto rinunciare, ma avevo fatto un patto con Lui, e dovevo riconoscere che comunque, dopo una breve chiacchierata, un risultato positivo c'era stato. Certo, avrei preferito un segnale ammantato di misticismo, qualcosa alla Zeffirelli, che so, che alla mia chiamata avessero risposto: «Ma tu sei Diego Passoni? Proprio tu... Un angelo in sogno mi ha rivelato che avresti chiamato, e Dio vuole che ti prendiamo con noi, sei dei nostri, ti aspettiamo a scuola». Invece dovevo accontentarmi di quel segnale ed esserne felice, se non altro mi spingeva a fare un passo più avanti. Nonostante avessi letto molte volte il passo della Genesi in cui Dio dice ad Abramo di andare «verso un luogo che ti mostrerò», solo più tardi avrei capito che la stessa cosa era accaduta a me. In quell'occasione ma anche in molte altre successivamente. Che poi, letteralmente, Dio ad Abramo disse: «*Lekh lekha*», qualcosa come: «Vai verso te stesso», «Vai per te». Vai verso la pienezza di quello che sei, e che tu stesso ancora non conosci appieno. Ma Io che ti ho creato, invece, sì.

Così avevo deciso che sarei andato a quell'audizione. E per andarci avrei chiesto aiuto alla mia insegnante di teatro delle superiori, Eleonora, una donna tosta, intelligente, forte, atea, che qualche anno prima aveva aperto la testa a un ragazzino timido e brufoloso, un provinciale cresciuto in una famiglia semplice a cui aveva fatto conoscere l'emozione del palcoscenico. Peccato che avesse un solo pomeriggio da dedicarmi: giusto per qualche dritta su come dovevo prepararmi, non aveva tempo per fare di più. Così avevo fatto tutto da solo.

Il mio monologo era tratto da *Vita di Galileo* di Brecht.

Per impressionare.

Una noia mortale, se non sei almeno bravissimo.

Una cosa che non si può fare da soli, soprattutto se interpreti un vecchio e hai vent'anni, nessuno che ti dirige, e non hai mai recitato se non negli spettacoli di fine anno a scuola.

Ma c'è di peggio. Io venivo da due anni vissuti in un mondo parallelo, in cui cantavo moltissimo, ma si trattava di musica religiosa, polifonica, ispirata, e mai da solista per una performance, e mentre ero là, nel mondo erano esplosi fenomeni musicali come le Spice Girls, di cui sapevo solo quello che mi scriveva dall'Italia la mia amica Stephi, l'unica persona con cui avevo mantenuto i contatti, e che mi teneva aggiornato sulla sua vita intessuta di amori, studio e musica, come quella di tutti i miei coetanei, a parte me.

Ecco, non sapendo che canzone portare, e soprattutto che tonalità scegliere – allora esistevano le basi midi come massima espressione tecnologica nel settore, tranne che non avevo idea di come procurarmele e soprattutto in quale supporto suonare, non possedendo un computer – ero andato in un negozio di dischi in centro e avevo comprato un cd di basi gospel.

Alla fine le avevo trovate tutte difficilissime da cantare, così avevo deciso che all'audizione avrei portato *Oh happy day*, se non altro era quella che conoscevo meglio, e poi la cantavano in *Sister act 2*. Sì, praticamente un kamikaze.

La mattina dell'audizione decisi che qualunque cosa fosse accaduta non avrei ceduto, e afferrandomi al volante con una determinazione e un ottimismo che raramente ho ritrovato nella mia vita, ero andato incontro a quella folle scommessa.

Il percorso da Monza a Milano lo avevo studiato la sera prima su una delle mappe del *Tuttocittà*, strumento di orientamento antichissimo, cartaceo, oggi del tutto sconosciuto a chi ha meno di trent'anni, che si teneva nel tascone laterale dello sportello dell'auto, e ormai soppiantato da navigatori satellitari e da google maps, ma per sicurezza ero partito con largo anticipo.

Credevo che sarei stato il primo, invece davanti al portone della Music, art & show era già in attesa un nugolo di ragazze e ragazzi che si scambiavano informazioni, alcuni si incontravano per la prima volta, altri si riconoscevano con lo stesso entusiasmo di connazionali in un aeroporto straniero, e parlavano, fumavano, ridevano. Rimasi a guardarli per qualche istante: esseri luminosi, dai sorrisi pieni, consapevoli della propria bellezza, quella che quando si è giovani si esibisce con una sorta di tenera arroganza, senza imbarazzi né ostentazione. Avevano tutti qualche anno meno di me, avevano abiti supercool, erano belli e, soprattutto, erano dannatamente sexy. Una specie di fierezza inconscia della vita che sboccia, sensuale e innocente come un'orchidea. E capii in quel preciso momento che quella sicurezza di sé era stata forgiata lungo strade che io non avevo mai percorso. Non digiuni e silenzi, lettura di testi sacri e preghiera, ma corpi in movimento, messi alla prova, curati, modificati sudando, pretendendo. Era arrivato il tempo di conoscere il mio corpo, di mangiare la vita, e di suonarla a massimo volume. Ma ne sarei stato capace? O ne sarei stato inghiottito e mi sarei perso? Com'ero lontano adesso dal posto che credevo sarebbe stata la mia casa! Non era la lontananza fisica a pesarmi, ma quella interiore. Di dove sono io? Di chi sono io? Di nessun luogo e di nessuno?

Questa visione e le relative domande mi erano arrivate in faccia come un'onda d'urto, ma impedii loro di farmi indietreggiare e, fatto un bel respiro, avevo guadagnato l'ingresso a grandi falcate.

Dovevo andare *à la guerre*, avanti *marche*.

Non entro nei dettagli della mia esecuzione degli esercizi alla sbarra – sbarra che vedevo e afferravo per la prima volta in vita mia! – né sulla mia interpretazione brechtiana, presto interrotta dagli esaminatori che mi pregarono di improvvisare, né sull'esito della prova di canto. Vorrei soffermarmi solo su come ero vestito.

A casa dei miei c'era quel che c'era, per cui la scelta dell'abbigliamento spaziava dai vestiti di mio padre a quel che restava della mia vita precedente. Ecco perché il giorno dell'audizione mi ero presentato con un paio di pantaloni da ciclista e una patetica canottiera, una volta si chiamava «maglia della salute», bianca, a costine. La tenuta era completata da calzini di cotone. Non avevo nemmeno quelli di spugna!

A distanza di così tanti anni, pagherei per poter sapere da chi era presente quel giorno cosa avesse pensato di me, presenza fantozziana o forse solo poeticamente spaesata tra tutti quei giovani talenti scafatissimi, bellissimi e super-accessoriati. Perché quel giorno non potevo accorgermi degli sguardi altrui, né dell'oggettiva sgangheratezza della mia presenza. Come se intorno a me si fosse fatto il vuoto: ero concentrato esclusivamente sull'esecuzione di quanto mi veniva richiesto. Mi muoveva una determinazione granitica e incosciente, e solo una sorta di sospensione della coscienza mi aveva permesso di non scappare a gambe levate, ma di improvvisare una coreografia libera su musica tribale: immaginando di essere un animale della savana, mentre ruggivo, facevo capriole e disegnavo in aria zampate letali.

Una volta superate tutte le prove, ormai a pomeriggio inoltrato, la commissione era pronta a comunicarci i risultati. Tutti gli altri candidati erano accompagnati da qualcuno: sorelle, amiche, fidanzati, genitori. Mi feci tenerezza da solo.

La direttrice della scuola ci passò in rassegna, e motivando la scelta con poche parole spiegava a ognuno il sì o il no all'ammissione.

«Passoni, veniamo a lei. Magari soffro di Alzheimer precoce, o forse sto diventando matta: lei è fisicamente orrendo e apparentemente inadatto alla danza. Ma in lei vedo qualcosa. Qualcosa che spinge sotto quel corpo da ragno. Voglio rivederla. A settembre, all'inizio dei corsi. Lei sarà dei nostri».

Non ci potevo credere! Lui aveva mantenuto la promessa. Ma come sempre, nel suo stile. Davanti a me si apriva una strada che solo un attimo prima non potevo neppure immaginare, ma per percorrerla dovevo prepararmi a una fatica immensa. Mi veniva data un'occasione. Ma l'occasione era un vaso vuoto che avrei dovuto riempire ogni giorno, come sempre, con la vertiginosa libertà di far bene oppure di sbagliare, di essere incostante, di gettare la spugna, pagandone tutte le conseguenze. *Lekh lekha*. Sì, vai verso te stesso. Vai per te.

2
Il mio primo ricordo

Era accucciata sul pavimento nel suo scamiciato a fiori multicolori e un sorriso caldo come il sole che filtrava attraverso le tende bianche, gonfiate da un venticello marzolino.

La donna dalle mille incombenze, la madre che ricompare dopo il lavoro come un miraggio pronto a dissolversi mentre svolazza da una stanza all'altra dedita ai mestieri di casa, efficiente e rapida, veloce e affannata, stava giocando con me. Le nostre mani quasi si toccavano mentre a turno afferravamo delle pedine e le facevamo salire sulle scale di un piccolo trampolino arancione dal quale, prima lei e poi io, le spingevamo con una schicchera in un catino pieno d'acqua, per l'occasione trasformato in piscina in miniatura.

«Uno, ciaf!»

«Uno, scià»

«Due, ciaf!»

«Due, scià»

«Tre…»

Quel ritmo segnava il tempo di un passo a due di amorevole intesa mentre attorno a noi la stanza girava come nel valzer del Gattopardo, e ridevamo, e io pensavo: «Sono in paradiso, sarò felice per sempre».

Quattro, cinque, sei.

Fino a quando lei si era alzata repentinamente ed era sparita per seguire chissà quale delle sue faccende, la fine di una lavatrice, forse, o magari un sugo da mettere sul fuoco in tempo per la cena, lasciandomi solo con quel gioco che perdeva subito di luce e di magia, rivelando la sua natura di plastica bagnata.

«Dove sei mia amata, non vuoi più stare qui con me?».

Mia madre doveva aver sentito la mia angoscia ed era tornata, anche se soltanto per un momento, il tempo necessario a far capire a un bambino che non era scomparsa e neppure lontana: anche se non la vedo, è nella stanza in fondo al corridoio.

«Ma cosa faccio qui da solo? Che paradiso è senza di te?».

Aveva mantenuto la promessa, era ricomparsa, il suo sorriso non era più caldo ma sicuro, e stavolta impugnava qualcosa che ai miei occhi era risultato subito sinistro. Un trofeo? Uno scalpo? Come potevo decifrare cosa fosse quella testa di polistirolo bianco che teneva tra le mani? Una testa mozzata sormontata da una parrucca che riproduceva la sua pettinatura, tranne che il rosso di quei capelli era di una *nuance* più scura.

Avrei voluto chiederle cosa stesse facendo, che senso avesse tutto questo. Ma non sapevo come dirlo.

«Perché hai smesso di giocare con me, mia amata? C'è qualcun altro nel tuo cuore?».

Quel volto di sfinge adesso era su un tavolo. Un volto di donna sconosciuta che mi fissava di tre quarti, con i suoi occhi inespressivi e quei capelli color inferno.

Lei aveva allungato la mano sulla manopola e dalla radio era emersa una voce. La voce monotona di un uomo che pronunciava parole incomprensibili per un bambino.

Credo volesse ricreare nella stanza di suo figlio una presenza umana, una combinazione di suoni e volto, l'impossibile simulacro di se stessa.

Potevo avere solo intuito il raggiro, ma avevo sentito tutto il dolore dell'abbandono.

Mia madre mi aveva guardato e, con una mezza giravolta che aveva fatto ruotare il vestito, se n'era andata.

Ero un bambino tranquillo, sapevo già qual era il mio posto, non avrei dato fastidio con inutili capricci. Mi ero guardato intorno constatando che il paradiso era perduto, almeno per quel giorno. Sì, stare al mondo sarebbe stata una faticaccia. Mi ero rimangiato il pianto che spingeva in gola e avevo detto solo: «Mamma, torna qui». Ma in silenzio, però.

Era la primavera del 1977, il mio primo ricordo di figlio unico, innamorato della propria madre, terrorizzato all'idea dell'abbandono. Che mi sarei portato dietro per tanta parte della vita.

3
La tv da piccolo

È arrivata molto presto nella mia vita. Forse troppo. E in un'età inaudita per quel tempo, la prima metà degli anni Ottanta, addirittura l'avevo in camera. L'unico tra i compagni di scuola e i miei amichetti. Dovevo avere sette, al massimo otto anni. La verità è che la televisione mi ha fatto da madre, baby-sitter e amica. Credo che la mia di madre, quella vera, donna brianzola di pochi fronzoli, decisamente pratica (e assai poco interessata alla psicologia infantile), abbia utilizzato la tv come aveva fatto con la parrucca adagiata su quella sinistra testa di polistirolo: doveva essere una sorta di protesi di se stessa, un succedaneo con funzione consolatoria. D'altra parte era l'unica compagnia disponibile per il proprio figlio.

I palinsesti di quegli anni, che imparai a conoscere molto presto a memoria, offrivano dalle telenovelas come *Anche i ricchi piangono* con Veronica Castro alle televendite di Wanna Marchi, allora dispensatrice di miracolose alghe dimagranti, che un giorno la mamma comprò in società con la cugina Adriana.

I miei gusti erano decisamente onnivori: guardavo tutto, e tutto mi piaceva, i telefilm polizieschi degli anni Settanta, i giochi a quiz, gli show del sabato sera. E tutto desideravo: dai luccicanti costumi dei ballerini del varietà al traffico delle strade di San Diego. L'emozione che provavo era quella di accedere a un nuovo mondo, ogni volta diverso, ciascuno con una sua estetica, un proprio linguaggio, dei codici da interpretare e capire.

Piangevo con il dramma, tremavo con il giallo, sognavo con le canzoni e ballavo sulle sigle.

Sì, la televisione era il mondo, infinitamente più grande, più interessante e variopinto di quello a cui appartenevo. I miei genitori, entrambi monzesi, erano persone semplici, concrete. Mio padre, ex militare, faceva il portavalori per la Frette, mia madre era invece impiegata alla Philips, e per lei che proveniva da una famiglia operaia, che era stata povera, quel lavoro rappresentava un grande orgoglio, una promozione sociale e anche, come per molte donne della sua generazione, ma tutto sommato pure per le donne d'oggi, una straordinaria occasione di emancipazione personale. Fatto sta che non c'erano mai: lui usciva al mattino prima che mi svegliassi e tornava solo la sera, lei rientrava prima ma non è che una volta a casa perdeva tempo a giocare con me; stirava, lavava, cucinava e tra una faccenda e l'altra mi interrogava sui compiti del giorno dopo: «Ripetimi i nomi degli imperatori romani». Se rispondevo con sufficiente prontezza mi mandava a studiare, che so, le tabelline. Altrimenti, senza mai staccare dall'occupazione del momento, sollevava per un attimo gli occhi e mi intimava: «Torna in camera e ripeti». E l'avanti-indietro si ripeteva fino a quando non si riteneva soddisfatta della mia preparazione. Insomma, la mia era una di quelle classiche madri che se tornavi con un otto approvavano con un tenerissimo: «Bravo, hai fatto solo il tuo dovere!».

Per giunta ero figlio unico, e senza la compagnia di fratelli o sorelle, nei lunghi pomeriggi in casa, che occupavo con giochi solitari, mi sembrava di sentire l'eco del mio stesso silenzio. Così ero veramente piccolo quando diventai un telespettatore adulto, completamente privo di controllo, perché una volta chiusa la porta della stanza, anziché dormire mi sintonizzavo su Canale 5 e mi ritrovavo seduto in prima fila al teatro Parioli, dove fino alle ore piccole andava in scena il Maurizio Costanzo Show.

Troppo presto sono stato esposto senza filtri e difese a immagini, storie, situazioni che avrebbero avuto bisogno di essere supervisionate, forse anche censurate talvolta, da un protettivo occhio adulto. E non parlo di film hard o dell'orrore della cronaca quotidiana, ma proprio di quei programmi destinati a noi ragazzini, tutti pazzi per i cartoni giapponesi. Oggi non sarebbe possibile trasmettere con la stessa leggerezza, in fascia protetta, immagini di cavalieri transgender, di robot femmina che sparano missili dai seni, di bambini che nella notte, complice un orsacchiotto magico, se ne vanno in giro per l'inferno. Orrori e mostri antropomorfi popolavano le nostre fantasie preadolescenziali, e in confronto le favole dei fratelli Grimm erano storielle lievi e consolatorie. Gli autori nipponici sondavano gli abissi dell'animo umano, le sue paure più profonde, mostrandoci le ingiustizie più atroci e prive di lieto fine, perché anche quando il bene vinceva, c'era stato da pagare un prezzo altissimo: innocenti trucidati dagli alieni o fatti saltare in aria dagli eredi di oscure scuole di arti marziali, le cui grida disperate risuonavano tra le mura di casa e nella mia testa. Tanto per dire, la nostra eroina del volley, Mimì Ayuhara, che si allenava per i mondiali mettendo delle catene di ferro ai polsi per migliorare la ricezione, sanguinando come se avesse le stimmate, ignorava che il fidanzato Sutomu – il suo corteggiamento era assurdamente platonico e insieme drammatico, peggio che in *Jane Eyre*! – fosse morto in un incidente stradale mentre consegnava il latte fresco con la sua ape car. Per non parlare del sadismo dei musicisti. La melodia disperata della sigla di *Mimì e la nazionale di pallavolo* mi avrebbe fatto piangere anche trent'anni dopo, al primo accordo di quelle strofe: «Mimì, con le mani quanti punti ricami volteggiando come fai tu, quanta fatica arrivare lassù, ma stasera chi vince sei tu!».

Sì, la televisione era il mondo o, almeno, una grande finestra aperta sul mondo, e io ero un bambino piuttosto solo ma soprattutto molto molto fantasioso. Con una spiccatissima predisposizione ai voli pindarici, ai sogni a occhi aperti. È impossibile dire, da adulti, a tanta distanza dai bambini che eravamo, perché e in quale modo siamo diventati quel che siamo. E allora oggi mi domando se esercitavo la fantasia come antidoto alla noia o se al contrario mi annoiavo perché avevo troppa immaginazione. E in me la memoria della noia si confonde con la malinconia. Ricordo certe estati... Quando le ferie d'agosto le trascorrevo con i miei genitori in un campeggio sul lago d'Iseo, e per descrivere quanto poco divertente fosse quel posto basta dire che il paese più vicino era Clusane, anonimo come tutto il resto, dove il piatto tipico è la tinca al forno, un pesce di fondale di cui ancora oggi posso sentire il gusto di fango mischiato al sangue per le tante lische che mi ferivano la gola. Rivedo me stesso guardare quel lago piatto, incolore e provare quel senso di inedia che è quasi sonnolenza, desiderio di essere trasportato via da quelle acque immobili, lontano, altrove... Poi all'improvviso mi risvegliavo da quello stato di *trance* e probabilmente per farmi compagnia iniziavo a fantasticare... Magari con *Conan*, il mio cartone preferito. In lui mi identificavo, con lui soffrivo e gioivo, per lui tifavo e mi indignavo. La sua era la storia di un ragazzino coraggioso che in un'epoca post-apocalittica, insieme ad alcuni sopravvissuti, combatte contro gli oppressori che hanno reso schiavi i terrestri. Guardare *Conan* mi dava il vuoto alla pancia, come quando andavo in altalena. Solo più tardi avrei scoperto che il suo ideatore era il geniale disegnatore e regista Miyazaki, l'esponente dell'animazione giapponese più conosciuto e premiato al mondo, un poeta capace di farci sentire in volo sopra le nuvole e un attimo dopo in picchiata verso il vuoto su quei suoi strani aeromobili. È scritto nella Bibbia che il cuore dell'uomo è un abisso. E credo che proprio questo volesse dirci Miyazaki.

Durante le ore trascorse guardando *Conan* davanti alla tv nuotavo nell'oscurità dell'oceano, lo stesso in cui il mio eroe si tuffava per pescare, e da cui spuntavano le cime dei grattacieli della civiltà del XXI secolo che uno tsunami aveva sommerso. Sì, il cuore dell'uomo è un abisso, che sommerge intere società, discendenze, memorie. L'ho imparato in quegli anni, poco più che bambino, sottoponendo inconsapevolmente la mia anima a prove interiori «da grandi», dalle quali usciva sempre viva, ma con l'aspetto stravolto e invecchiato di una sopravvissuta a uno tsunami.

4
Ognuno fa il suo

Quanto mi piacevano le suore. Ma che dico, piacevano: le amavo proprio. Da bambino sarei rimasto con loro anche la notte. Certo, ho cominciato a frequentarle quasi in fasce, dal momento che i miei genitori mi hanno affidato alle missionarie francescane di Gesù Bambino dalla materna alla quinta elementare.

Conservo il vago ricordo di un'iniziale diffidenza verso quella scuola dalle enormi stanze rumorose e le pareti verde bottiglia, ma dopo le incertezze del primo approccio, aggrappato al collo di mamma, ho capito che il posto non era affatto male. E l'idea che ci sarei rimasto per molti anni aveva finito per riempirmi di gioia. Così, mentre in quel primo anno di scuola materna, ogni mattina, per mesi, si riproponeva lo strazio di madri in lacrime e delle loro creature che, tenute dalle pazienti e forti braccia di donnine velate, le guardavano andar via con lo stesso strazio dei bambini di *Roma città aperta*, io mi godevo lo spettacolo, seduto al centro di una montagna di giocattoli che in quel momento non interessavano a nessuno dei miei colleghi, compiaciuto come se fossi il padrone di un regno conquistato senza alcuno sforzo.

Mi pareva che fosse molto stupido piangere allo stesso modo e per la stessa ragione tutte le sante mattine. Ma chiaramente quelle madri e quei bambini non avevano parlato con la mia, di madre. Perché lei, nella sua pragmatica sapienza, aveva messo subito in chiaro come stavano le cose:

«Ascoltami bene, Diego, a questo mondo perché tutto funzioni ognuno deve fare il suo dovere. Così come io e papà andiamo a lavorare, tu vai all'asilo, e soprattutto fai il bravo».

Questa semplice e inattaccabile formula di equilibrio cosmico nella mia famiglia veniva applicata in ogni circostanza.

«Mamma, mi sento la febbre».

«Amore, non posso stare a casa dal lavoro per un po' di febbre. I nonni non ce li hai più, chi può badare a te? Facciamo che ti porto a scuola lo stesso, se proprio stai malissimo le suore mi chiamano e allora prendo un permesso e vengo a prenderti... Ma sicuramente ti passa!».

Fine della storia.

Tutti i giorni al mio risveglio papà era già uscito, e mamma mi aveva preparato la scodella del latte con i biscotti che consumavo in cucina da solo, mentre lei si vestiva e poi si truccava in bagno. La colonna sonora di quelle prime ore della giornata era composta dal Gr di Radio 1, dal fischio di usignolo che precedeva la recita dell'ora esatta, e quando arrivava il momento del bollettino dei naviganti: «Venti da nord-est, mare forza quattro, tendenza stazionaria», sapevamo che ci restava un quarto d'ora per uscire di casa, montare sulla 112 blu, infilarci nel traffico e iniziare a svolgere il nostro lavoro quotidiano. Unica sosta, la panetteria di Cristina, donna di età indecifrabile, già vecchia allora, che avrebbe infornato e sfornato pane e biscotti per altri vent'anni, fino alla sua morte avvenuta al compimento del secolo, per acquistare il panino all'olio che avrebbe accompagnato il mio pranzo.

Venivo lasciato davanti all'ingresso della scuola con un certo anticipo rispetto all'apertura dei cancelli, diciamo pure con uno scandaloso anticipo, così suor Teresa mi teneva compagnia nell'atrio, dove avremmo aspettato l'arrivo degli altri bambini e poi il suono della prima campanella. Seduto su una panca lunga, stretta e durissima in formica verde, ascoltavo rapito i racconti dei suoi anni di missione in Sud America o alcuni dei canti popolari di laggiù. E mentre parlava o cantava, il mio angelo custode dava vita con l'uncinetto a metri e metri di pizzo sul quale vedevo apparire pavoni multicolori, fiori esotici o animali selvatici. Sulle gambe che ciondolavano a diversi centimetri da terra tenevo il cestino con il panino all'olio e il thermos che conteneva il secondo piatto del mio pranzo (un uovo sodo?, un hamburger cucinato la sera prima e già freddo al mattino?) e mi sentivo a casa.

Non saprei dire se il mio fosse un sentimento di appartenenza autentico o se avevo solo deciso di fare di necessità virtù, i bambini possiedono straordinarie capacità di adattamento, eleggendo a dimora il luogo in cui comunque dovevo rimanere fino a sera, giacché sarei stato anche l'ultimo ad andar via. In ogni caso le suore mi adoravano. E io avevo imparato presto a farmi voler bene, a conoscere i caratteri di ognuna, e compiacerle con sorrisi e complimenti che mi avrebbero fruttato dei bonus interessanti: una visita privata alla cappella di San Francesco, la perlustrazione del teatrino passando dalla porta segreta dalla quale si accedeva direttamente alle quinte, un salto in sacrestia dove mangiavo di nascosto qualche ostia non consacrata. Mi avevano persino fatto scoprire un passaggio sotterraneo che collegava l'asilo alla scuola elementare. Il mio regno era uno sballo! E per avere tutto questo dovevo solo fare il mio dovere, facile, no?

Capisco che per i criteri della moderna pedagogia l'approccio educativo degli istituti scolastici gestiti dalle religiose può apparire gratuitamente duro e poco attento alle inclinazioni del singolo bambino: le regole, le file, le attese, e l'ubbidienza «senza se e senza ma».

Eppure era proprio quel sistema rigidamente normativo a piacermi, come un gioco ormai conosciuto a memoria in cui vincevo sempre.

Dal momento che non c'era elasticità, non c'era modo di mettersi a discutere di questa o quella regola, trovavo inutile che i miei compagni piantassero delle grane quando era l'ora del riposino pomeridiano. Ok, dovevamo dormire su sdraio da mare – quelle di gomma colorata intrecciata – e non è che a comando potessi obbligarti a prender sonno, ma l'unica via, peraltro dritta e senza sorprese, era fare quel che ci era stato richiesto.

Ogni tanto, a dire il vero, anch'io soffrivo un po' di malinconia. Ed è stato allora che ho scoperto il potere consolatorio delle storie. Ero troppo piccolo per architettare trame complesse, più che altro fantasticavo sui cartoni animati che vedevo a casa o su brandelli di racconti che ci venivano letti dalle maestre. Il protagonista ero sempre io, e quella che sognavo era una vita parallela, convincendomi così che la mia, di vita, fosse solo una parentesi fugace nell'attesa di un grande colpo di scena. Per esempio l'arrivo dei miei veri genitori, sempre bellissimi e ricchi, che una volta erano principi spagnoli e altre proprietari terrieri inglesi, persi o tra la folla di un porto pullulante di ladri e marinai o a causa di una terribile battaglia. Sì, sarebbero venuti a prendermi, magari proprio quel giorno, e non avrei mai più aspettato fino a sera per rientrare a casa, mai, mai più sarei stato il bambino che entrava per primo e andava via per ultimo. Mi aspettava una storia più bella. Ero sempre stato buono, la meritavo.

5
Peline

Ma perché a quest'ora mi viene sempre un'ansietta che si rigira nella pancia?

La giornata è stata tutto sommato piacevole, più o meno come sempre ultimamente.

Per fortuna abbiamo superato anche gennaio, non finiva più! Ma quanti giorni ha gennaio? Comunque, chissà perché, per tutto il mese Paolo ha fatto il diavolo a quattro, piantando puntualmente una grana con ogni scusa possibile, e proprio dopo la mensa, rovinando il momento della ricreazione a tutti.

Vorrei capire cos'ha in testa. Ma poi non si rende conto che facendo così crea il malumore nella classe e che riprendere le attività del pomeriggio diventa ogni volta una faticaccia?

È veramente un egoista. Si capisce che a casa sua non esiste il concetto di collaborazione.

Il modo in cui ti comporti fa capire come sei stato educato.

Secondo me non è adatto a questo posto. Qui è importante che ognuno faccia il suo ogni giorno, che ci metta l'impegno affinché tutto fili liscio, e si possa lavorare con serenità.

Altrimenti che senso ha venire? Tanto vale fare come Serena, che viene il lunedì, a volte il martedì, ma poi fa chiamare dai genitori per dire che è malata, o che è dovuta andare via per motivi familiari e che comunque si terrà al passo con i lavori.

Perché di cose da fare ce ne sono parecchie, e molto diverse tra loro, per cui dobbiamo anche essere abbastanza concentrati.

Ecco, in mensa a volte vengono fuori un po' di problemi caratteriali, ma io cerco di dare una mano alla nostra responsabile per sedare le teste calde e appianare le incomprensioni, e alla fine tutto si sistema. Per esempio, la settimana scorsa Gaetano ha avuto da ridire sulla qualità del cibo in mensa, e stava alzando un po' i toni della discussione, e allora io per fargli capire che non era il caso ho preso quello che aveva nel piatto e l'ho mangiato con gusto. Tutto. Non è che ho finto, sia chiaro, a me il cibo della scuola piace davvero. Non è molto diverso da quello che mangio a casa. Certo, cose semplici, mica si parla del coniglio alla cacciatora della zia Gianna, ma tutta roba che si fa mangiare. Anche se poi a digerire ci metto un po'. Non è per colpa del cibo però. È che io sono sempre un po' sul chi va là perché non si può mai stare tranquilli. E io per stare tranquillo devo sapere che tutto si svolge senza intoppi, senza scontri o imprevisti.

Non come quella volta che Claudio è stato male, non ha detto niente, non ha chiesto aiuto, finché si è fatto la pipì addosso.

Un putiferio. Tutti hanno cominciato a guardare la pozza che si formava sotto la sua sedia mentre lui guardava nel vuoto umiliato. Qualcuno si è messo a ridere, finché non abbiamo dovuto interrompere il lavoro. La tensione era tale che Claudio si è messo a piangere davanti a tutti! Poverino.

La maestra lo ha accompagnato fuori e ci è voluto un po' prima che tornasse, però per il resto del giorno è rimasto in un angolo morto d'imbarazzo. Per fortuna nell'armadietto aveva un cambio, un pantalone della tuta azzurro che però con la divisa gli stava da schifo…

E io che volevo andare avanti con il lavoro mi sono innervosito vedendo che ormai nessuno voleva tornare a concentrarsi. Ma allora, cosa siamo qui a fare, a ridere di uno che si è pisciato sotto?

Ecco perché ho sempre questa ansietta che mi gira nella pancia.

Se fosse per me sarei tranquillo, perché io, anche se non sto bene, vengo e faccio del mio meglio. Infatti non ho un giorno di assenza. La maestra mi chiama *la quercia*.

Non lo faccio per fare l'eroe o per mettermi in mostra. È che so che questo è il mio compito, e quindi lo faccio punto e basta.

Però qui siamo in tanti, e non tutti sono come me, e quindi ce n'è sempre una.

Però mi hanno insegnato che se fai il bravo poi va tutto bene.

E io voglio che vada tutto bene. Solo che a questa cosa del fare il bravo non so se ci devo credere veramente. Il fatto è che quando finisce la giornata e molti di noi se ne tornano a casa subito, io devo restare qui ancora un'oretta almeno. E questo perché la mia mamma lavora lontano, e il tempo che finisce, prende la macchina, attraversa la città e arriva, passano più di quaranta minuti, li ho contati. Allora suor Teresa prende me e i tre-quattro che sono come me e ci mette davanti alla tv. Per questo mi piace suor Teresa, perché con noi è gentile e ci lascia guardare i cartoni animati.

Ora sta facendo dei pavoni con una coda lunga come un salto della Giada, che è la più alta di tutti e ha le gambe lunghissime. Infatti vince sempre ai tornei di elastico. Io gioco a elastico anche se è un gioco da femmine. Se mi piace mi piace, no?

Poi, se qualche compagno mi prende in giro me ne frego, tanto quando hanno bisogno di aiuto vengono a chiedere in ginocchio. Come stamattina. Oggi dovevamo imparare a scrivere la parola *scimmia*.

Mi piace questo lavoro perché suor Teresa ha dei timbri con tante parole, ogni mattina sul foglio bianco del quaderno stampa a tutti la nuova parola, che ha anche un disegno di quello che significa.

E poi alla lavagna scrive la parola come è sullo stampino, in un modo che si chiama stampatello, e in un altro che si chiama corsivo.

E noi dobbiamo riempire tutta la pagina – a volte due – copiando pari pari. Non è facile come sembra perché la penna non fa sempre quello che vuoi tu. Per fortuna è una Replay, quella che si cancella con la gomma, ma se non fai attenzione e cancelli troppo forte buchi il foglio, e allora la maestra ti fa ricominciare una pagina da capo.

Il mio problema è che non scrivo bene come la Valeria, che sembra una pittrice, perché sono mancino, per cui con la mano cancello quello che ho scritto, e allora il foglio diventa tutto azzurrino di sbavature. La mia penna è blu. Puoi scegliere la penna blu o nera. Quasi tutti usano la nera ma io amo il blu. Non so il motivo.

Comunque io all'asilo ci sto bene, e mi spiace che sia l'ultimo anno. A settembre vado in prima elementare. Ho un po' paura se ci penso: suora nuova, compagni un po' nuovi un po' vecchi… ma non ci voglio pensare troppo. Sennò mi vengono i crampi alla pancia.

Insomma, a fine giornata vediamo i cartoni animati alla televisione, e io che sono l'ultimo ad andar via ne faccio una scorpacciata.

Candy Candy, Heidi, Remy, ma soprattutto Peline, il mio preferito.

Peline è nata in India dall'amore tra il figlio di un industriale francese e una ragazza angloindiana, conosciuta proprio durante un suo viaggio sul Gange. A causa di questa relazione il papà di Peline viene ripudiato, e allora lui e la mamma sono costretti a girovagare con la figlia piccola su un carretto trainato dall'asino Palikare, facendo i fotografi ambulanti. Sì, lo so, la storia è triste. Dall'inizio, perché comincia con Peline dodicenne che piange sulla tomba del papà morto all'improvviso in un Paese lontano che non mi ricordo mai come si chiama. Mamma e figlia decidono di raggiungere il nonno paterno a Parigi per chiedergli aiuto, e così inizia un viaggio lunghissimo e pieno di pericoli.

Fino a qui, anche se mi dispiaceva per Peline, tutto quello che succedeva nel cartone confermava la mia visione del mondo: le avversità sono prove che la vita ci mette davanti perché impariamo ad affrontarle con il sorriso e con spirito di sacrificio. E le mie fantasticherie si riempivano di dettagli melodrammatici, addii struggenti, ricongiungimenti commoventi e mi sembrava che anche i miei occhi potessero diventare così grandi e tremuli come quelli dei personaggi dei cartoni giapponesi.

Però, un giorno è successa una cosa terribile: nella puntata precedente la mamma di Peline, mentre le stava parlando, era svenuta. Allarmata, la bambina era corsa in suo soccorso e dopo un lungo momento di esitazione la mamma si era rialzata e l'aveva tranquillizzata, solo un incidente, forse un banale calo di zuccheri. Dopo lo spavento tutto sembrava tornato alla normalità, e le due, mentre il sole tramontava, si erano preparate per una notte di riposo.

Quindi il giorno dopo, appena finita la sigla – che è stupendissima e la canto sempre: marcondirondirondirondero, cigola la ruota sul sentier! – aspettavamo tutti di vedere come continuava la storia.

Beh, dopo la sigla inizia la puntata con la mamma di Peline che era morta!

Abbiamo pianto tutti come i matti! Ma scusa ma non vale! Peline è buonissima con tutti, non lascia mai in disordine, non gioca mai, non ha nemmeno un giocattolo, e lavora sempre, eppure gli sono morti la mamma e il papà.

Da allora io ho paura che se anche faccio il bravo le cose brutte possono arrivare, e infatti quella sera quando la mamma mi è venuta a prendere e ha detto che aveva mal di testa, io ho avuto una crisi isterica e l'ho abbracciata mentre guidava e le ho detto: «Ti prego non morire!».

Lei si è arrabbiata che quasi faceva un incidente, e della faccenda non si è più parlato.

Io vorrei chiedere a suor Teresa, ma è sempre occupata con qualcuno di noi che fa i capricci, che sta male, che si distrae. E io mi tengo questa ansietta nella pancia, che a volte mi fa scappare la cacca forte e ho paura di fare la fine di Claudio.

Allora lo chiedo a te. Ma almeno Tu dimmi la verità, perché Tu non puoi dire bugie.

«Caro Gesù, se faccio il bravo andrà tutto bene?

Grazie, Diego.

Ah, da grande vorrei essere come te, con tanta pazienza. E avrò anche io i capelli lunghi e con i ricci come te. Ultima cosa: se puoi, fammi gli occhi azzurri come i tuoi».

6
La solitudine dei numeri due

Nei perimetri sicuri e ormai più che familiari delle aule e dei cortili della mia scuola, tegole rosse, mura basse e larghe color *mou* e inferriate tutt'altro che slanciate, credo di aver costruito le fondamenta della mia personalità, ricevendo non solo l'istruzione primaria, ma ponendo anche le basi di quel che sarei diventato.

Riuscendo a stare dentro le tante regole educative in modo del tutto naturale, sentivo di godere di una libertà di espressione sconfinata. Giacché, a parte l'obbedienza pretesa senza discussione, che tanto faceva soffrire molti miei compagni, le suore rivelavano per l'epoca un sorprendente anticonformismo: così, durante la ricreazione, sotto i tigli e i ciliegi del giardino della scuola ho giocato tanto con i maschi quanto con le femmine. Tanto ho corso per non farmi prendere dallo «sparviero», quanto ho saltato per arrivare a finire lo schema all'elastico. Naturalmente le religiose ignoravano qualunque teoria *gender*, eppure mai hanno censurato una mia inclinazione. Erano donne di larghe vedute: alle recite intonavamo filastrocche su Babbo Natale o sugli elfi dei boschi senza che nessuno si scandalizzasse per il fatto che fosse una scuola cattolica – tanto tutti noi sapevamo che non esisteva nessun

Santa Claus, e che i regali li portava Gesù bambino, le suore erano state molto oneste con noi! Anche se il premio *laveritàtuttalaveritàdicalogiuro* lo vinceva sempre mia madre.

Fedele al suo motto: «La realtà fa male ma è meglio di un'illusione che tanto prima o poi scoppierà come una bolla di sapone», aveva ritenuto che a sei anni avessi l'età giusta per sapere che i regali a Natale me li compravano lei e papà, e con l'occasione mi ricordava, prima di chiedermi cosa desiderassi, che non ero il figlio dello Scià di Persia.

Il suo richiamo a una spiccia e rude concretezza entrava in rotta di collisione con quella sorta di spiritualità sognante che regnava a scuola, dove ci insegnavano a esercitare la fantasia in ogni modo, e a proiettarci nei nostri sogni senza limiti e si disegnava moltissimo, si cantava assieme e, in momenti molto speciali, ci venivano raccontate le vite dei santi.

Quando accadeva, suor Maria Luciana, la nostra maestra delle elementari, veniva posseduta da un'emozione speciale, il suo tono di voce cambiava, diventava appena più solenne, rallentava il ritmo per scandire al meglio le parole che accompagnava con ampi gesti circolari delle mani, e raccontando girava leggera e frusciante tra i banchi.

Ricordo il suo passaggio come una carezza che profumava di sapone. Potrei racchiudere tutti i cinque anni in quell'odore di buono e di pulito, per me così rassicurante da spingermi ad andare a lavarmi anche sotto le unghie più volte al giorno, solo per ritrovare quella sensazione di pace quasi paradisiaca che provavo quando era il momento di ascoltare quelle storie meravigliose.

Protagonisti assoluti erano ovviamente santa Chiara e san Francesco, ma la predilezione andava tutta al poverello di Assisi, che non smetteva mai di sorprenderci con la sua vita così ricca di colpi di scena e di avvenimenti prodigiosi. La visione avvenuta nella cappella di san Damiano e la voce che gli intimava «Ricostruisci la mia chiesa», l'incontro con il lupo di Gubbio, la sua apparizione durante la messa di Natale nella cella di Chiara, inferma a letto e quindi impossibilitata ad essere presente fisicamente, motivo per cui è stata dichiarata patrona della televisione – e dei servizi in esterna, aggiungerei oggi!

Quando ascoltavo di quelle vite estreme, incomprese dai più, dense di solitudine, di visioni celesti, e di morti eroiche con il sorriso sulle labbra per la gioia di poter presto vedere Dio, sentivo che un fuoco mi agitava, come un richiamo che arriva da lontano, e pensavo: voglio essere anch'io un santo. Anzi, da grande sarò il primo santo a essere dichiarato santo da vivo. Ecco che cosa avrei fatto da grande. E quando sentivo parlare di «odore di santità» pensavo: ma io lo sento già, è l'odore del sapone di suor Maria Luciana!

Ma a sfregar troppo il sapone si fanno un sacco di bolle e, come non smetteva di ripetere mia madre, le bolle finiscono immancabilmente per scoppiare.

L'ambizione mi muoveva, ma doveva fare i conti con la realtà.

E la realtà era mia madre e i suoi insegnamenti. Tra questi, un mantra che ha accompagnato tutta la mia infanzia diceva di non puntare mai troppo in alto, di non voler eccellere, di non strafare.

«Non ambire al primo posto, che di primo posto ce n'è solo uno. E poi, se arrivi primo una volta tutti si aspetteranno che arrivi primo per sempre. Il primo è solo, l'unica amica che ha è la gloria momentanea della vittoria, ma poi? Cerca di stare nella media, assieme a tutti gli altri. Ultimo no, mai. Che l'ultimo è solo come il primo, ma senza nemmeno il riconoscimento.

Stai nel mezzo, assieme alla maggioranza». Insomma, il suo era un inno alla mediocrità.

Il mio migliore amico delle elementari è stato Emilio, un bambino molto intelligente e dotato, con un carattere piuttosto volitivo. E anche il più ricco della classe, con una madre insegnante che gli aveva garantito lezioni di violino private, ma anche avveniristici sollazzi come il primo computer. L'accesso a esperienze per noi impossibili e la sua bravura lo rendevano un po' l'idolo dei compagni, ma io non subivo il suo fascino, gli volevo solo bene. Certo, invidiavo le sue possibilità, e a volte mi chiedevo quando sarebbero arrivati a prendermi i miei veri genitori (quelli che avevo perso al porto o durante una battaglia), perché quelli che avevo li amavo, sì, ma non potevo certo dire che mi capissero.

Alla fine di ogni anno Emilio si presentava a scuola con il violino, perché era previsto che si esibisse con un brano preparato per il saggio, eseguendolo in tutte le classi. In quanto suo migliore amico, pretendeva che fossi io a tenergli i fogli dello spartito, compito che eseguivo con gioia dal momento che potevamo saltare un'ora di lezione, fare il tour dell'istituto e ricevere applausi e ammirazione da tutti, suore e bambini, classe per classe, assaporando un lungo, lunghissimo trionfo. Cioè, gli applausi li riceveva lui, io non sapevo suonare né ai miei era venuto in mente di farmi imparare. Come lo invidiavo per quel suo talento!

Mentre Emilio suonava eseguendo il brano, io osservavo i volti degli astanti. Vedevo come lo guardavano ammirati, alcuni addirittura sognanti, e in cuor mio pensavo: adesso applaudite lui e a me non mi considerate, ma quando da grande sarò santo da vivo vi si spelleranno le mani per quanto le batterete per me!

Il mio lungimirante piano però si scontrava con il muro di pragmatismo che trovavo a casa.

«Hai tenuto lo spartito oggi, bravo». Evidentemente i miei genitori mi ritenevano adatto a fare il leggìo. Ma ero fermamente convinto che il mio progetto si sarebbe realizzato comunque, e anche senza l'appoggio familiare, magari avrebbe solo avuto bisogno del doppio del tempo previsto inizialmente.

Perché «santi si diventa un giorno alla volta, facendo i bravi e pregando con gioia», come diceva sempre suor Maria Luciana. E se proprio non ci fossi riuscito, allora avrei riparato verso mete più raggiungibili: fare l'astronomo assieme ad Emilio in un osservatorio a forma di bottiglia di Coca Cola o, se tutto mancava, diventare ministro. Sì, restavo comunque un bambino vagamente megalomane.

Ma la lunga mano della mediocrità mi seguiva da lontano, in attesa del momento buono per afferrarmi.

7
Lo Specialino

6:45. Spengo la sveglia e mi tiro subito su, altrimenti faccio tardi. Filo in bagno a lavarmi poi mi preparo in fretta: i vestiti sono già pronti sulla sedia accanto al letto dalla sera prima, come sempre. Metto il latte sul fuoco, accendo la televisione, e con una manciata di tarallucci del Mulino Bianco la mia colazione è pronta.

Fuori è ancora buio. Metto le scarpe, prendo zaino e chiavi di casa e scendo. Sono solo quaranta passi dal cancello alla fermata dello Specialino. Noi lo chiamiamo così perché passa soltanto alle 7:15 e poi è un autobus diverso. Più piccolo, e così vecchio che arranca sulla strada come un trattore.

D'inverno, con la nebbia, non vedo neppure il marciapiede di fronte, ma quando fanno capolino i suoi fari, li riconosco. Quasi sempre, almeno, perché a volte capita che verso le 7:10, 7:12, si vedono spuntare due piccoli occhi di luce dal niente, e per un attimo credi che sia in anticipo. Ma appena si avvicina capisci subito che è solo il 6 delle 7:05, in ritardo. Lo Specialino è un po' più basso, non di molto, ma quanto basta per distinguersi dagli altri autobus. E poi non è mai in ritardo. Chissà come fa.

Eccolo, frena fischiando, sbuffa, aprendo solo la porta anteriore – nessuno scende a questa fermata, si sale tutti almeno fino in centro – e io entro assieme a un gruppetto di persone, sempre le stesse. C'è una signora con un caschetto alla Vergottini, come quello della Carrà ma color cachi: qualcosa di simile a un castano chiaro cotto in candeggina. Si veste sempre di grigio, e non è che le doni molto. Tutta grigia, ma la borsa è colorata. Oggi ha quella rossa a tracolla, e il cappotto color ardesia. Poi c'è un signore piuttosto anziano, o così credo perché ha i capelli bianchi che sono lunghi una spanna sulla nuca e da lì si arrampicano temerari sul cranio con un bizzarro riporto per coprire la calvizie. E ha un borsello nero. Ci vediamo alla fermata tutte le mattine. In realtà ci vediamo poco, diciamo che ci ritroviamo qui. Io saluto con un cenno, loro ricambiano. Non ci si dice nulla. E a chi verrebbe voglia di parlare a quest'ora, con questo freddo, confusi nella foschia che ci rende poco più che ombre? Solo quando salgo inizio a parlare. Saluto i miei compagni di classe che sono saliti tre e due fermate prima di me, seduti regolarmente in fondo, nella fila da cinque. Noi siamo sei, per cui per un po' resto in piedi, poi mi siedo altrove. Tanto a quest'ora non è che abbiamo tutta 'sta voglia di chiacchierare. Cosa hai visto ieri sera? È uscito un nuovo videogioco per il Commodore. Domenica vado allo stadio a vedere il Monza con mio padre…

Io potrei raccontare che stamattina alla tele ho visto una puntata di *Georgie* da strappare il cuore. Ma evito. Non so esattamente cosa mi spinge a tacere, forse oscuramente sento che si tratta di un cartone animato «da femmine», come diciamo tutti con un certo disprezzo quando ci riferiamo a quello che piace alle nostre coetanee, comunque con i miei amici vado d'accordo. Andrea, Ivan, Lucio, Dario e Stefano.

Sono gli unici compagni delle elementari che sono rimasti con me alle medie: siamo andati tutti alla scuola San Biagio, che è dall'altra parte di Monza, ma fa il tempo pieno e per i nostri genitori che lavorano è stata una scelta obbligata.

In classe mi trovo bene più o meno con tutti. Oddio, non è sempre facile, soprattutto con i ripetenti, che finiscono per prendermi di mira. Forse per gli occhiali, forse perché sono il più basso della classe, vai a capire. L'anno scorso Agliani durante la ricreazione mi ha strattonato fino a farmi sbattere la faccia su una colonna del porticato. Mi sono rotto un incisivo. Io ho gridato come un'aquila, lui ci è rimasto male. Ma che cazzo, pensaci prima. Per fortuna ci sono i miei amici di sempre. Anche se ultimamente non ci capiamo più moltissimo. Mi sento un po' come Tonio Kröger, il protagonista del racconto di Thomas Mann che ho letto quest'estate. Sento di essere preda di pensieri e sentimenti che gli altri vivono con indifferenza, la stessa indifferenza dell'amico Hans che tanto ferisce Tonio.

Ivan e Stefano ora fumano di nascosto dietro il muretto del cortile. E a me questa novità ha fatto paurissima. Non so se perché è troppo da strada, troppo da maschi o troppo da grandi. C'è questa cosa che sento incombere, il cambiamento che sta per accadere a tutti noi. Sono tutti entusiasti, tutti mangiati vivi da desideri che ancora non conoscono ma che li rendono frenetici, adrenalinici, goffamente aggressivi. Io c'ho l'ansia. Mi trovo davanti a meccanismi nuovi che mi sfuggono e che loro afferrano al volo. Perché sono così strano? Ci sono questi nuovi ruoli che a loro calzano a pennello, senza provarli nemmeno. Li indossano e gli stanno da dio. Io non ho ancora capito cosa vende il negozio, figurarsi se posso sapere cosa voglio. Di sicuro aspiro a essere meglio di loro. Per questo a scuola voglio ottenere sempre i voti più alti, e cos'altro ho per batterli? E infatti per tutti sono il più bravo. Intervengo sempre, ho sempre belle parole, sono educato. Certo, non abbasso mai la guardia. Apparire perfetto è il risultato di uno sforzo costante. Anche perché in classe c'è una strana regola per cui se non sei forte qualcuno prima o poi ti verrà a cercare per dimostrarlo a tutti. Insomma, non si può stare troppo sugli allori. Bisogna ragionare e muoversi con intelligenza. E da un po' di tempo sembra che ci sia riuscito a distogliere l'interesse dei più bulli da me. Ora se la prendono con altri compagni, vuol dire che ho passato l'esame.

Certo, costa fatica non sentirsi libero di essere se stesso con nessuno, e fondamentalmente mi rende solo. A me stesso il guinzaglio lo tolgo solo una volta a casa, nel pomeriggio. Allora mi lascio andare alle mie fantasie infantili, ai sogni, ai primi e confusi turbamenti erotici.

Però appena fuori dalla porta indosso gli stivali militari, la tuta mimetica e vado in guerra, tutti i giorni: la posta in gioco è piacere a tutti. No, non sarò come Tonio, solo e mal visto. Sono solo, ok, ma voglio essere amato. E ammirato. Per piacere sono pronto a tutto, e guai a chi minaccia il mio ambito di eccellenza: l'Italiano.

Devo essere il più bravo.

Per venerdì abbiamo da imparare a memoria *Il cinque maggio*, e lo so già tutto.

Ho anche stabilito le pause e le intonazioni più drammatiche:

tutto ei provò: la gloria
maggior dopo il periglio,
la fuga e la vittoria,
la reggia e il tristo esiglio;
due volte nella polvere,
due volte sull'altar.

Su *gloria maggior* alzo il braccio, su *periglio* lo abbasso, su *fuga* verso destra e su *vittoria* a sinistra.

Poi rifaccio la stessa cosa: *reggia*, su il braccio, *tristo esiglio*, giù;

> *due volte nella polvere* a destra,
> *due volte sull'altar* a sinistra.

Praticamente faccio due volte il segno della croce. Ma nessuno se ne accorgerà. Facile da ricordare e di sicuro effetto.

Forse da grande voglio declamare le poesie. Sì, sarò il più grande declamatore di poesie.

La prof dice sempre che parlo troppo ma che non mi batte nessuno.

Se mi interroga su una poesia io mi alzo e dico titolo e autore. Poi una breve pausa e inizio.

Tipo: *Il cinque maggio* di Alessandro Manzoni. Pausa.

Ei fu. Pausa. *Siccome immobile*. Pausa lunga. *Dato il mortal sospiro*...

Lo Specialino apre le porte e scendiamo. Prendiamo questo autobus perché il suo percorso a un certo punto cambia, e anziché girare a destra verso l'ospedale tira dritto e si ferma proprio davanti a scuola. Ci risparmia quasi un chilometro di strada a piedi. L'unico dettaglio è che arriva alle otto, e noi dobbiamo temporeggiare per mezz'ora prima che aprano i cancelli e suoni la campanella.

Nel frattempo cazzeggiamo. La noia e gli ormoni decideranno cosa accadrà. Una corsa, una lotta, speriamo non mi mettano in mezzo con i soliti scherzi.

Alla terza ora abbiamo proprio Italiano.

«Buongiorno ragazzi, oggi riconsegno i temi».

Conto sul solito distinto. Ma spero in un ottimo.

«La giustizia ai nostri giorni era un titolo complesso, lo so, e siete stati bravi. Però c'è un tema che mi ha colpito più degli altri, e vorrei leggerlo».

Io mi metto dritto sulla sedia, ho scritto di Beccaria e del carcere che deve rieducare e non torturare, sono pronto ad ascoltare le mie parole.

«È quello di Dario Pesenti».

Dario Pesenti? Che strano. Dario non è uno che brilla a scuola, tantomeno in Italiano. Anzi, Dario è l'amico un po' tonto da quando eravamo alle elementari.

«Per me la giustizia è un'utopia, perché purtroppo le cose ingiuste continuano a succedere, e i responsabili non vengono sempre puniti» attacca la prof.

Bella scoperta, quindi?

«Nel mio piccolo assisto a episodi di ingiustizia davanti ai quali nessuno fa niente.

Io sono spesso preso di mira da alcuni compagni. La mattina, mentre aspettiamo che si aprano le porte della scuola, decidono a turno di farmi degli scherzi. Lo so che non lo fanno proprio per cattiveria, ma non capiscono quanto a me faccia male. Sentirsi soli, vedere che anche se tu quel giorno non ne hai voglia loro continuano a spingerti, a buttarti lo zaino in mezzo alla strada anche se piove e si inzacchera tutto. (...) Comunque, non è neppure questa la cosa peggiore. Loro mi fanno stare male, però chi mi ferisce veramente è una persona che in passato era vittima di questi brutti scherzi, e adesso non solo non dice niente ma a volte incita gli altri a farli a me».

Sento gli sguardi della classe girarsi nella mia direzione.

«Come è possibile che se sai cosa si prova a essere al mio posto adesso ti comporti con me proprio come loro? Cosa ti ho fatto? Non eravamo amici? La giustizia a volte non esiste perché la vogliamo solo quando ci fa comodo. Ma appena l'ingiustizia è di un altro allora siamo solo contenti per noi».

Tutti sanno che Dario è di me che parla.

Voglio morire, sprofondare, sparire.

Scusate, ma cosa volete? Ognuno si arrangia come può, no? Io poi devo pensare alle mie cose, al mio Italiano. Peccato che Dario ha appena dimostrato non solo di essere più bravo di me a scrivere i temi, ma soprattutto che sono una merda.

Alla fine della giornata, raggiungendo la fermata del 6, tutti e sei, avevo trovato il modo di avvicinare Dario e accennare malamente uno «scusa», accompagnato da un mezzo sorriso.

Lui mi aveva guardato, poi, girate le spalle, se n'era andato.

Per la prima volta avevo provato una sensazione più spiacevole della paura di crescere, di restare solo, e di non piacere: quella di essere un miserabile.

Avrei dovuto fare di più e di meglio per riparare, ma allora ero troppo disorientato: qualcuno mi aveva visto per quello che ero veramente e me lo aveva messo davanti. Non mi ero scusato abbastanza con lui. Ma delle mie scuse non aveva bisogno. Aveva bisogno di solidarietà, vicinanza, amicizia vera.

Più avanti nella vita avrei trovato persone che per amore avrebbero fatto quello che aveva fatto Dario, e sarei stato in grado di riconoscerlo. Invece il ragazzino che ero provò solo dolore, come un pugno fortissimo sui denti. Però è stato da quel giorno che ho cominciato a capire la malvagità del branco, del suo istinto nell'individuare il capro espiatorio, e soprattutto del peso enorme che ha, in qualunque ingiustizia, non chi la commette, ma tutti quelli che vi assistono, e tacciono. Per indifferenza, paura, vigliaccheria. O solamente per il sollievo di non essere loro le vittime.

Con Dario non abbiamo mai più chiarito. Gli adolescenti corrono in avanti, veloci. Ma è grazie a lui se non sono mai più stato complice silente di una sopraffazione.

8
Passoni, ci faccia volare

Secondo giorno di autogestione all'Istituto Tecnico Achille Mapelli. In quella mattina di primavera i cancelli della scuola erano presidiati da un picchetto di studenti muniti di striscioni: in quei giorni in tutta Italia si protestava contro l'ennesima riforma della scuola che portava la firma della ministra Rosa Russo Iervolino.

Non era quella la scuola che avrei voluto frequentare. Non avevo nessuna intenzione di diventare un ragioniere, quando però avevo espresso il desiderio di iscrivermi al liceo classico, il temutissimo Zucchi, su cui aleggiava la presenza di una leggendaria preside, i miei genitori erano stati irremovibili: «Il liceo non porta da nessuna parte, molto meglio un diploma che offra una seria prospettiva di lavoro!». Questo, parola più parola meno, era stato il loro verdetto.

Essere un figlio unico per molti significa avere tutto quello che si vuole, senza lottare. Non era il mio caso: mio padre e mia madre erano decisamente poco propensi a viziarmi. Così, come se non bastassero le mie difficoltà a sentirmi uguale agli altri, mi ero ritrovato a studiare materie come la tecnica computistica e la statistica, o a sbattere la testa sulla partita doppia: mai quadrato un bilancio in cinque anni. Certo, ero avvantaggiato dall'avere buone basi, dall'amore per la lettura, e dalla curiosità che mi spingeva ad appassionarmi, seppur con molte riserve, ad argomenti come la merceologia o la redazione di lettere commerciali in inglese e francese. Ma non bastava a impedirmi di sentirmi sempre nel posto sbagliato. Sognavo di essere altrove, nelle ore di lezione mi perdevo in fantasticherie nelle brughiere descritte dalle sorelle Brontë, e partecipavo a tutte le attività extrascolastiche, dai concorsi di poesia al teatro, tutto ciò che potesse allontanarmi dall'arido deserto di quegli studi.

In classe, per tutti, ero il Passoni, bassino, con gli occhiali, vestito male, vagamente effeminato, e sempre con la mano alzata per offrirmi volontario o anche solo per intervenire durante la lezione. Trovare il proprio posto nelle dinamiche della classe è un corso di addestramento alla vita che a volte può essere feroce, e che non fa sconti a nessuno. O, almeno, così è stato per me. Mi era stato chiaro molto presto che avrei dovuto trovare un modo per affrontare quella quotidianità: ai tentativi di violenza fisica o verbale del bullo di turno rispondevo suggerendogli male quando veniva interrogato, per poi intervenire a mia volta con la risposta giusta.

Non so come mai non sono mai stato picchiato. E ignoro perché sia rimasto sordo a certi insulti che tanto mi ferivano. Come il predatore avverte la presenza di una preda sentendo l'odore della sua paura, così il bullo fiuta il punto debole della vittima designata, che è debole perché coincide con qualcosa di cui ti vergogni, che non accetti. Certi «frocio», lanciati come pugnali alle mie spalle, forse avrebbero dovuto farmi capire prima chi ero.

Ma a quell'epoca non avevo tempo per pensarci. La scuola era una corsa continua per arrivare preparato alle verifiche, il campo di battaglia in cui affermare la mia superiorità. Certo, quelle parole pesavano, e aumentavano la mia sensazione di essere diverso dagli altri. Però finivano per confondersi con le esperienze di Tom Robinson del *Buio oltre la siepe*, di Gregor Samsa della *Metamorfosi*, o di Anna Frank. Da subito. Leggendo le loro vicende, sentivo che la mia esperienza sarebbe diventata il motore per cercare di infilarmi nelle scarpe e nei panni di tutti coloro che vivevano la stessa esperienza di umiliazione.

Al terzo anno cambiammo alcuni professori, tra i quali l'insegnante di lettere. La professoressa Moggi era una donna piccola ed elegante, sempre in tailleur di Chanel, con un bel volto da attrice, incorniciato da un biondo raffinatissimo. Mi ricordava Virna Lisi. Anche il mio precoce amore per certe dive avrebbe potuto rivelare qualcosa di me. Ma, come ho detto, non avevo tempo.

Il primo tema in classe dopo il suo arrivo creò un precedente che non mi avrebbe facilitato la vita: non solo avevo avuto un nove, ma venni portato nelle sue classi di quarta e quinta, costretto a leggere il mio componimento, «per far capire a tutti come si scrive». Non esattamente il modo migliore per risultare simpatico ai compagni.

Ero segnato.

Le ore in cui quell'insegnante appassionata ci leggeva la *Divina Commedia* erano ipnotiche, e persino il più svogliato dei miei compagni ascoltandola mostrava segni di attività cerebrale. In piedi, al centro dell'aula, con il libro in mano, la professoressa Moggi declamava verso per verso con enfasi, cambi di intonazione repentini, ampi gesti, passi in avanti e indietro, e lunghe pause durante le quali alzava gli occhi dal testo e ci guardava come se fossimo il suo pubblico. Finita l'ora, usciva rossa in viso, stanca come se avesse fatto dieci giri di corsa attorno alla scuola, e sembrava persino rimpicciolita per la fatica. Quanto l'ho amata...

Mi sono aggrappato a lei e al suo sguardo su di me: mi faceva sentire che anche se quella non era la scuola per me, tutto poteva ancora succedere.

Un giorno, incrociandomi nel corridoio, mi disse serissima: «Non preoccuparti, Edmondo, da questa prigione uscirai presto...». Stavamo leggendo *Il conte di Montecristo* di Alexandre Dumas. Non mi ero mai sentito tanto capito in tutta la mia vita.

E quella sua preferenza nei miei confronti veniva manifestata senza remore, senza timore di risultare imparziale, quasi a sfidare il senso comune di un'ipotetica equidistanza tra insegnante e allievi, ribadendo una preferenza dovuta a una particolare affinità. Ecco, lei rivendicava le sue preferenze con fierezza.

A volte, dopo aver interrogato un paio di compagni e averli trovati impreparati, sbuffando teatralmente dichiarava: «In questa classe troppe zavorre ci impediscono di spiccare il volo». E subito dopo, rivolgendosi soltanto a me: «Passoni, pensaci tu, facci volare in alto!». Allora poggiava il mento sulle nocche delle mani: «Diego, ricorda a tutti cosa ho spiegato durante l'ultima lezione».

No, non ero destinato a farmi degli amici.

Ma quella mattina dell'autogestione, quando avevo superato il picchetto all'ingresso, le reazioni degli studenti manifestavano molto più che una vaga intolleranza nei miei confronti. E mentre mi facevo largo spingendo a mano la mia bicicletta, sentii arrivarmi all'orecchio ogni genere d'insulto, oltre a beccarmi una lattina vuota dietro la testa e anche uno sputo.

Stringendo i denti per manifestare una sicurezza che non avevo, ero andato dritto verso la sala professori. Ero deciso a reclamare il diritto per chi entrava a scuola di poter contare sulla presenza di insegnanti comunque pagati, chiedevo che per il resto dell'autogestione si formasse una classe mista di ricerca, con buona pace di quei professori che sarebbero rimasti volentieri tutta la mattina a sfogliare riviste davanti a un caffè. Erano due giorni che meditavo su come ribellarmi a questa faccenda della scuola autogestita. Ma cosa mi spingeva a fare il bastian contrario di fronte a un'iniziativa sostenuta all'unanimità dall'intero istituto?

In tutta Italia il movimento studentesco aveva organizzato manifestazioni e cortei di protesta contro i tagli alla scuola pubblica a vantaggio di quella privata. Avevo letto la riforma, e tutto sommato ero d'accordo con chi vi si opponeva. Ma non avrei aderito a iniziative in cui non sarei stato comunque il benvenuto. Credo che siano state le quotidiane sconfitte rispetto al tentativo di piacere, di essere parte di qualcosa, di sentirmi un adolescente come gli altri a spingermi a quel gesto controcorrente e impopolare.

Non avevo niente di ciò che mi sarebbe servito davvero a sentirmi uguale e accettato. Non ero bello. Non ero simpatico. Non avevo bei vestiti né i soldi per comprarli. E allora, dentro di me, piano piano, dev'essere nata la decisione di smettere di provare a essere ciò che non potevo essere. Ero solo comunque, tanto valeva fare della mia condizione non scelta l'occasione per affermare di esistere.

E quell'occasione era ghiotta. La sera prima avevo contattato *Il Cittadino*, un giornale di Monza, annunciando che il giorno dopo avrei dato vita a una «contro-autogestione», obbligando i professori a spiegare qualcosa di extracurricolare ai pochi studenti presenti, in modo da non perdere dieci giorni di scuola.

L'indomani uscì un lungo articolo e a proposito del Mapelli era stato scritto che, unico caso nel territorio, in quell'istituto «un agguerrito gruppo di studenti ai tagli della scuola risponde volendo studiare ancora di più».

Passai quella mattina con un batticuore continuo, con l'ansia per aver generato qualcosa che stava avendo un'eco che non avevo previsto, e l'incertezza per ciò che avrebbe portato. Allora non potevo neanche immaginare che l'anno dopo mi sarei sviluppato all'improvviso, raggiungendo in altezza i miei compagni, e diventando così «richiesto» che in quinta mi sarei fidanzato con una ragazza di 24 anni, diventando immediatamente l'idolo della classe. Solamente, sentivo agitarsi in me una forza che era più grande dei limiti imposti dal mio corpo e dalla mia età, e che solo più tardi avrei riconosciuto come ambizione.

Soltanto all'uscita mi imbattei nella prima, logica conseguenza di quel che era accaduto. Stavolta non era stato Passoni ad aver fatto volare in alto la sua classe: qualcuno aveva fatto volare la sua bicicletta, che si trovava sopra una tettoia con una ruota sola, mentre l'altra, piegata in due come un *taco* messicano, giaceva solitaria a terra.

Sorprendentemente, reagii con freddezza. Ripresi la bici, la ruota rotta e, lentamente, a piedi, tornai verso casa, consapevole che non avrei mai potuto farla aggiustare.

Raggiunta la curva a gomito, una volta al sicuro dagli sguardi divertiti dei miei compagni, finalmente potei piangere il prezzo della mia solitudine.

9
Sudici sudici

Silvia Panzeri doveva essere in agguato da tempo. Mi aspettava al varco e aveva saputo attendere il momento migliore per fare della sua offesa un gesto plateale. Il suo obiettivo: annientarmi. Uno dei tanti «effetti collaterali» di quel tema che la prof di lettere mi aveva trascinato a leggere di classe in classe. Io ero in terza, la Panzeri in quarta.

Quell'anno mi ero iscritto al corso di teatro, affidato a Eleonora, un'attrice e regista dal piglio decisamente comico. Adorabile. Mi era così piaciuta, da decidere che un giorno mi sarei occupato di teatro-terapia. Era una ragazza dai capelli corti, sempre senza trucco, con i modi affabili e autorevoli delle persone sicure di sé, e a scuola si presentava sempre a cavallo della sua moto. Vestiva in modo originale, scriveva con una bellissima stilografica d'oro su fogli bianchi, con una calligrafia precisa ed elegante. Naturalmente, diventò subito un modello, da ammirare e imitare. Così diversa da tutti, così unica…

Il corso si svolgeva due volte a settimana, e la composizione era decisamente eterogenea: dal temibile disagiato, grande e grosso, con due anni di bocciatura alle spalle, alla artistoide in stile centro sociale, vestita con i gonnelloni comprati al mercato equosolidale e cento bracciali chincaglianti ai polsi. Avremmo dovuto mettere in scena la storia di alcuni ragazzi alle prese con le loro difficoltà esistenziali, che non trovano nessun modello, né aiuto e nemmeno ascolto tra gli adulti. Che fossero i genitori, i professori, o altre figure di riferimento come l'allenatore sportivo o la zia single e un po' matta.

La musica per lo spettacolo l'avevamo composta noi studenti. Si trattava di un rap, ne cantavamo una strofa a testa, e il ritornello tutti insieme. Credo sia il brano più brutto mai scritto sulla faccia della terra.

Il ritornello rappato, in coro, era il seguente: «Sudici sudici incoscienti e malviventi; niente di tutto questo, soltanto adolescenti!». Ci può essere qualcosa di più imbarazzante?

Io avevo due ruoli: ero Paolo, uno dei ragazzi in crisi, ed ero don Dino, un sacerdote a cui si rivolgeva il personaggio di Greta, un'adolescente che temeva di essere rimasta incinta. Il prete che interpretavo naturalmente avrebbe disatteso le sue speranze di trovare consiglio e conforto, lanciandosi in una digressione sulla purezza delle sante, un monologo molto divertente. Per interpretarlo avevo creato un personaggio che univa la caratteristica del mio parroco di mangiarsi le parole, a quelle di un paio di altri preti che avevo sentito parlare nei miei ritiri spirituali con l'Azione Cattolica: uno con la «s» sibilante e l'altro con un tic che lo portava, durante le omelie, a piegare involontariamente la testa da un lato alzando contemporaneamente i gomiti, come una gallina.

Ero molto fiero della mia interpretazione. Puntavo su questo monologo per sorprendere tutti e far vedere ai miei compagni di cosa ero capace. E non solo a loro: ad assistere allo spettacolo c'erano veramente tutti: professori, alunni, genitori e parenti vari.

L'ingresso in scena di don Dino avveniva verso la metà del primo atto, e sebbene fossi in scena con un altro personaggio fin dall'inizio, ero concentrato solo su quel momento, il mio momento.

Tutto iniziava al buio. Un occhio di bue si accendeva sul lato sinistro del palco illuminando Greta in ginocchio, di profilo, e don Dino, con la stola viola al collo, seduto di fronte al pubblico. Le prime battute erano di Greta, poi don Dino sarebbe partito con il monologo.

Fu in quel momento, subito prima che pronunciassi la prima battuta, che dalla platea, nel più assoluto silenzio, si alzò un «Passoni frocio!». Sentii male al cuore come se me lo avessero strappato dal petto a mani nude. L'umiliazione che provai fu come un'onda nera che saliva dai piedi fino alla testa e mi riempiva gli occhi di lacrime.

In momenti come quello tutto si decide in una frazione di secondo: potevo scappare dietro le quinte, perduto e vinto dalla vergogna, oppure restare al mio posto e proseguire. Silvia Panzeri aveva voluto annientarmi? E allora la mia performance sarebbe stata talmente straordinaria da cancellare dalla memoria di tutti quell'insulto. Cinque minuti dopo, a luci spente, uscivamo per far spazio alla scena successiva seguiti dal boato degli applausi. Erano tutti per me. Non ebbi nemmeno il tempo di piangere, dovevamo continuare lo spettacolo.

Il giorno dopo scoprii che la professoressa di Economia, una donna algida che non aveva mai mostrato alcun interesse umano per i suoi studenti né tantomeno trasporto sentimentale per il proprio lavoro, era entrata in quarta sbattendo la porta e aveva fatto il pelo e il contropelo a Silvia Panzeri: rossa in viso per la foga, aveva urlato alla classe che se anche Passoni era omosessuale, aveva dimostrato di avere più palle di tutti i maschi presenti in classe. E uno di quei maschi, il più bello della scuola, era il fidanzato di Silvia Panzeri.

Avrei dovuto aspettare quasi dieci anni per incontrarlo in un bar a limonare con un mio amico.

Sapere dell'intervento di quella professoressa mi aveva fatto piacere, ma non ne avevo bisogno. Avevo affrontato un drago da solo, e lo avevo decapitato.

Mi sentivo come Davide con in mano la testa di Golia. O forse mi piaceva di più l'idea di essere Giuditta con quella di Oloferne?

10
L'aria del sabato sera

Quanto era diversa la mia adolescenza da quella dei protagonisti dei telefilm che guardavo. Non abitavo nelle case con giardino di Beverly Hills, e non avevo struggenti vicende amorose come Dawson e Pacey con Joey Potter. La mia vita procedeva nei ristretti confini di un perimetro che andava da casa a scuola, casa parrocchia, parrocchia casa: un ecosistema distante da qualunque centro d'interesse anche solo vagamente glamour, ad anni luce dalla grande Milano, ma anche sideralmente lontana da ogni altra esperienza di aggregazione o di svago dei miei coetanei. Nessun raduno o concerto, nessuna attività sportiva o quasi, non un abito firmato o alla moda. Diciamo che ero un adolescente tagliato fuori dall'adolescenza. Inspiegabilmente felice e, contemporaneamente, senza tema di smentita, molto molto sfigato. Soltanto un'irrequietezza senza nome, che mi spingeva verso strade nuove, alla ricerca di qualcosa in cui incanalare titaniche energie e sconosciute emozioni, mi rendeva uguale a qualunque altro ragazzino della mia età.

Un pomeriggio qualunque, mi ero imbattuto per caso, scanalando la radio dello stereo Philips che campeggiava sulla mensola sopra la scrivania della mia cameretta, in una radio che sino ad allora aveva rappresentato per me vecchiume e bigottismo: Radio Maria. In realtà cercavo semplicemente della musica di sottofondo mentre studiavo, e mi ero ritrovato ad ascoltare un programma in cui veniva letta e commentata *La notte oscura* di san Giovanni della Croce, del quale sapevo poco e niente, tranne che era stato il riformatore dell'ordine dei carmelitani. Non avevo cambiato frequenza, né l'avrei cambiata nei pomeriggi successivi, fino a infatuarmi degli scritti e della figura di quel santo. È difficile stabilire a tanti anni di distanza cosa accadde, quale alchimia di pulsioni disordinate e spasmodica tensione verso qualcosa di altro si manifestò, nella psiche dell'adolescente che ero, ma evidentemente gli appelli lanciati durante le pause di quel programma per reclutare giovani volontari sortirono il giusto risultato. Fatto sta che pochi mesi dopo, il sabato sera, mi ritrovai a Erba, nel sottoscala di un'anonima palazzina brianzola, a occuparmi dello spazio delle preghiere con gli ascoltatori di Radio Maria. Non so cosa pensassero i miei genitori di un figlio che il Saturday night lo trascorreva a recitare avemarie, però ricordo mia madre pregare davanti al ritratto di una Madonna alla quale era molto devota, le chiedeva di far distrarre un po' quel figlio che le pareva un mezzo prete, di fargli incontrare una ragazza e con lei una qualche occasione di svago. Non capiva, mia madre, che la mia era una trasgressione al contrario. Il mio modo di autodeterminarmi, di scegliere per me, anziché fare quello che facevano tutti. Neppure i miei amici si sognavano di seguirmi in questa esperienza: il sabato sera era sacro anche per loro che erano sì devoti, ma pur sempre dei teenager. Quindi eccomi ad armeggiare con cursori antiquati per sfumare musica zufolante mentre prendo le chiamate e metto gli ascoltatori in attesa per il prossimo giro di preghiere da recitare alternandosi con me. Cioè, se io partivo con l'Ave Maria, loro attaccavano al Santa Maria. Chiaro, no?

Posso immaginare che effetto fa pensarmi chiuso in uno sgabuzzino e intento alle giaculatorie in compagnia di beghine e pensionati, mentre i miei coetanei si godevano le prime uscite da soli o, ancora meglio, con le ragazze, dando goffamente sfogo alla tempesta ormonale che nel frattempo si era abbattuta su di loro. A guardarmi con gli occhi di oggi mi faccio tenerezza da solo, mi si stringe persino un po' il cuore. Allora però mi sentivo un figo pazzesco, con un grande coraggio e le idee chiare. Almeno per un poco. Perché, a dire il vero, l'entusiasmo iniziale durò meno del previsto, e abbastanza presto decisi che il mio ardore, il desiderio di essere un pioniere e di percorrere una strada tutta mia, mai battuta prima da altri, poteva prendere altre svolte. Per cui, così come in punta di piedi ero entrato in quegli improbabili studi, altrettanto furtivamente mi defilai da quella corvée.

Improvvisamente mi fu chiaro che l'avamposto delle preghiere serali non sarebbe stato il mio destino, anche se qualcosa di quella breve esperienza mi aveva toccato in modo profondo.

Terminato il mio turno, e per tutta la notte, al microfono mi succedeva un volontario, che arrivava qualche minuto prima e preparava una brandina. Si occupava di un programma che da allora mi è rimasto nel cuore, *Fili di speranza dal carcere*: i familiari dei detenuti telefonavano alla radio, che era ascoltata in tutti gli istituti penitenziari del Paese, e pur consapevoli di non poter ricevere nessuna risposta, mandavano saluti a mariti e padri, raccontavano dei voti a scuola dei figli, promettendo abbracci e regali alla prossima visita, quando e se ci sarebbe stata.

Uno spaccato di solitudini, povertà e privazioni più interiori che materiali, la cartolina di un Paese che non si racconta mai e mai con la giusta dignità, e un servizio di estremo conforto per donne e uomini forse colpevoli, forse innocenti, ma comunque esseri umani che pagavano con l'alienazione degli affetti e della libertà gli errori commessi. Credo di aver capito in quei giorni lontani, per la prima volta, il valore e la potenza della parola quando è pronunciata dal microfono di una radio. Sarebbero dovuti passare molti anni prima che mi ritrovassi di nuovo davanti a una consolle, arrivandoci per strade imperscrutabili e sorprendenti, come sempre nella mia vita. Da allora non avevo mai più nemmeno lontanamente pensato di tornare a quell'esperienza. Ma quando poi è accaduto, a Radio Deejay, ho ritrovato intatta l'emozione di quei sabato sera in cui la speranza veniva lanciata come coriandoli multicolori, lieve e tenace, attraverso le frequenze della radio, perché si diffondesse arrivando il più lontano possibile e al cuore di chi ne aveva più bisogno.

Chissà, magari quello sfigato adolescente monzese, così testardamente intenzionato a scegliere nella libertà più assoluta la propria strada accidentata e tortuosa, aveva già deciso che cosa avrebbe fatto nella vita, anche se non poteva immaginare né come né tantomeno dove: usare la parola perché nessuno si sentisse solo.

E quando infine la trovai, la mia strada, mi capitò di sentire mia madre che davanti allo stesso ritratto, vagamente indispettita, diceva: «Madonnina cara, grazie per aver esaudito i miei desideri. Ma adesso anche basta!».

11
Cocktail d'amore

Ci si innamora di un luogo per le più diverse ragioni.

A volte è per la sua bellezza, altre è grazie alla sua unicità. Magari succede perché le geometrie di quel posto ci somigliano, oppure per la semplice ragione che lì, una volta, siamo stati felici, e allora ci torniamo, per ritrovare sensazioni altrimenti perdute.

Per me Riccione è tutto questo e qualcosa di più. Non l'ho cercata da subito. Mi ci sono trovato una, due, tre volte, e solo con il tempo ho capito quanto fosse diventata una seconda casa.

La vita è la somma non algebrica delle nostre esperienze e delle nostre rinunce, degli incontri, degli appuntamenti mancati e delle nostre scelte. Ma nell'ambito dell'aleatorio e dell'imponderabile che influenza la nostra esistenza, quanto conta dove ci troviamo?

Me lo chiedo anche questa volta, perché da diversi anni ormai, a luglio, è in questa cittadina della riviera romagnola che ci trasferiamo per la stagione estiva di *Pinocchio*, la trasmissione di Radio Deejay in onda dal 2001 dal lunedì al venerdì, tutti i pomeriggi, e ci restiamo due mesi. La nostra redazione-famiglia prende sempre la stessa casa, Pina ed Emiliano sopra, la Vale e io sotto, in due appartamenti bianchi e moderni: una trasferta lavorativa che fatichiamo a non interpretare come una svagata villeggiatura.

Ho disfatto la valigia, riposto ogni cosa nell'armadio, e decido di prendermi la mattinata per farmi un giro da solo, in silenzio.

Tra poco ci tufferemo in una routine fatta di dirette quotidiane, incontri con gli ascoltatori che passano da queste parti e vengono a salutarci, a conoscerci, così da attribuire finalmente un volto a quelle voci che ascoltano in macchina, nel traffico, in casa, nei supermercati o in palestra. Incontrarli ci provoca sempre una sorta di onda emotiva, come quella che si prova nel rivedere parenti lontani: persone a noi care, anche se non sapremmo più riconoscerne la fisionomia. Sono questo per noi gli ascoltatori. Famiglia. Casa.

Proprio stamattina ho letto su Instagram un post di Michela Murgia che diceva: «Casa è quel posto che non occorre meritarsi». Le famiglie di sangue non si scelgono, mentre noi di *Pinocchio* e il nostro pubblico siamo diventati presenze sicure senza la necessità di esserne all'altezza. Così come siamo, gli uni per gli altri. Ecco perché non ci risparmiamo nemmeno un selfie o un abbraccio con chiunque sussurri, urli o invochi il termine «pagoda», che nel nostro linguaggio in codice vuol dire «ti voglio bene», un termine che ci siamo inventati per chi, e sono tanti, non sa sempre dire e dirsi un sentimento così semplice come l'amore; nemmeno tra genitori e figli, tra fratelli, tra amanti.

Insomma, per noi l'estate rappresenta un tripudio di energie, luce e risate e contemporaneamente un farsi frugare l'anima dagli occhi delle persone, dalle storie che sentiamo, dalle tante, troppe emozioni che ci attraversano ogni giorno. Infatti a settembre ci ritroviamo piuttosto instabili psicologicamente, pronti a commuoverci per un nonnulla e con il cuore indolenzito, come dopo una seduta di fisioterapia troppo pesante.

Mi aspettano due mesi bellissimi e spossanti, ecco perché da qualche anno, appena arrivo a Riccione, prendo del tempo per me, per fare ordine, per respirare. Come quando al cambio di stagione si fa prendere aria all'armadio.

Qui la toponomastica è così rassicurante che a molti risulta quasi fastidiosa. Tutte strade parallele o perpendicolari al mare, tutti edifici che per quanto diversi regalano una visuale identica da qualunque lato la si guardi: una spiaggia sabbiosa trapuntata da ombrelloni e lettini colorati da Ravenna fino a Pesaro, senza soluzione di continuità.

Dalla ruota panoramica di Rimini al porto di Riccione sono circa dieci chilometri. Da percorrere di corsa sulla spiaggia, o in bici sulla ciclabile, rigorosamente al mattino entro le otto – poi fa troppo caldo per lo sport – ma possibilmente verso le sei, perché l'alba s'annuncia dal mare.

Oggi m'incammino verso sud, con i piedi in acqua, perso nei miei pensieri. Incrocio le famiglie più mattiniere con i loro bambini già alle prese con castelli barocchi in equilibrio precario, ma perlopiù anziani che già rientrano dopo le lunghe passeggiate sulla battigia. Riconosco da lontano la signora curva per l'artrosi, con gli occhi immancabilmente truccati di rosa confetto che da anni, ogni mattina, raccoglie le telline a riva. Avvicinandomi, accenno un sorriso di saluto non contraccambiato, ma non importa, è il rituale di ritrovarsi sempre qui, stessa spiaggia stesso mare, che mi rende felice. Canticchio la canzone e mi domando perché le telline qui le chiamano «poveracce». Più per il loro valore di mercato o più per la sorte grama che le attende? E poi, la signora, cosa ne farà? Le colleziona? Le serve al marito per cena?

Intanto, sono arrivato davanti alla vecchia colonia.

Il nostro Paese è costellato dall'edilizia fascista adibita a soggiorno estivo dei figli dei lavoratori. Diffuse sull'intero territorio nazionale, le colonie si stagliano sulle spiagge più belle e accoglienti dello stivale. Tutte, purtroppo, dismesse. Monumento a un uso parsimonioso e pedagogico del denaro pubblico, eleganti nonostante lo stato in cui si trovano, ancora capaci di evocare rigore e grandezza. Alcune ormai ridotte a ruderi, oggi sono il simbolo del fallimento di un regime che avrebbe mandato al confino coloro che per la legge del contrappasso le abitano: tossici, stranieri irregolari, barboni.

L'edificio verdeazzurro da qualche anno ospita un ospedale per tartarughe gestito da un'associazione ambientalista che cura le testuggini ferite da ami o da eliche di motoscafi, o moribonde a causa della plastica infestante che finiscono per ingerire.

Decido di entrare per una visita guidata e mentre aspetto il mio turno, accodandomi a un gruppo di bambini, mi ritrovo a commuovermi. Perché questo è il posto dove, nell'estate del 1989, ho dato il mio primo bacio. Guardo la facciata regolare, i finestroni rettangolari, cinque su tre file, la porta-finestra che dà accesso a uno stanzone al piano terra, e mi ritorna in mente la felicità di quella prima vacanza senza genitori, a 12 anni, con i miei compagni: era così bello che temevo continuamente di potermi svegliare da un momento all'altro per scoprire che era solo un sogno.

Eravamo partiti in quattro del gruppo dei sei amici storici, la Romagna ci sembrava la meta più esotica del continente e volevamo bere l'estate tutta d'un fiato. Non potevamo certo considerarci anime libere di girare il mondo senza regole.

Eravamo finiti reclusi in colonia! Ma la colonia funzionava per i piccoli. Noi rappresentavamo la falange preadolescente, rigidamente divisa tra maschi e femmine in due mini-camerate, con un educatore e una educatrice. Essendo i più grandi della struttura, potevamo uscire la sera. Ci sentivamo i capi del nostro piccolo mondo.

Le radio trasmettevano *Personal Jesus* dei Depeche Mode ed *Express Yourself* di Madonna e noi anelavamo al momento in cui, dopo un'altra giornata di mare, ci si preparava per la sera. Che poi significava uscire con le ragazze. Non vedevamo l'ora di scorrazzare per le strade di un paesone che ci sembrava Las Vegas. Erano gli anni in cui era ancora concesso che uno spintone o la lotta sfociassero in carezze e solletico e viceversa. Gli anni dei giochi di forza, di velocità, di coraggio. E di sguardi sempre meno infantili.

La vestizione era un rito: avevamo comprato gel, deodorante e chewing gum alla menta in quantità al supermercato di fronte e l'insieme dei profumi che emanavamo doveva essere insopportabile. Io ero fierissimo del mio Axe boisé al legno d'Oriente – che ormai sul comodino aveva preso il posto della copia de *Lo Hobbit* che mi ero portato da casa – e dei miei capelli che stavano in piedi da soli. Non che ci aspettassero chissà quali trasgressioni, a dire la verità finivamo quasi sempre per fare la coda al telefono a gettoni per chiamare casa e dire che andava tutto bene, e poi in sala giochi a sfinirci di gare di Gp o Super Mario. Alla fine, un gelato. Nemmeno una birra di nascosto!

Però una sera le cose andarono diversamente. Avevamo deciso di andare al cinema, a vedere il nuovo film di Tom Cruise. Che non faceva le acrobazie sugli aerei, ma dietro al bancone di un bar. Non era un film per maschi, è chiaro, ma a decidere erano state le femmine. Nel pomeriggio avevano messo una cassetta con la musica della lambada, e dovevamo provare a ballarla tutti insieme. Io l'avevo imparata appena uscita. E a dire il vero sapevo anche le parole perché le avevo lette su *Tv sorrisi e canzoni*, che allora pubblicava i testi delle hit. Beh, ero il più bravo, e così avevo ballato con tutte le ragazze. Anche se nel cuore c'era posto soltanto per Ilenia Galloni!

Assomigliava all'attrice di *Dirty Dancing*, ma più bella. Bionda, riccia, occhi verdi, alta come me, due tette così. E aveva 15 anni. Praticamente una dea. La tampinavo da giorni e al cinema saremmo stati vicini. Me lo aveva chiesto lei: «Stasera ti siedi accanto a me», mi aveva detto e quando l'avevo raccontato ai miei amici il loro verdetto era stato perentorio: «Ci sta». Nutrivo qualche dubbio in proposito, perché più che piacerle io, mi sembrava una di quelle ragazzine a cui piaceva piacere.

Non ricordo molto di come si sia svolta la serata. Credo che fossi in *trance* e che in testa mi rimbombassero tutti i consigli che ogni maschio presente si era sentito in dovere di darmi: su cosa fare, come, dove mettere le mani, cosa dire.

Intanto sudavo e mi giravo appena guardandola di sottecchi non osando di più, mentre lei sorrideva, probabilmente divertita dalla mia fantozziana timidezza, rivolta verso lo schermo. So che a un certo punto con uno sforzo titanico le misi una mano attorno alle spalle, e che terrorizzato ordinai alle mie dita di inoltrarsi sotto il suo reggiseno.

So che lei mi aveva guardato, e poi baciato con un piglio che allora mi era sembrato il risultato di indiscutibile esperienza.

Il ricordo continua sulla spiaggia, soli, su un lettino scomodo, mentre limonavamo per un tempo infinito, mentre le mani provavano a capire cosa volessero cercare e cosa fermare, e nella mia testa sentivo il pulsare di una certezza forte: avevo preso un treno da cui sarei sceso molto in fretta.

Il giorno dopo Ilenia era la ragazza di un altro. Uno grande. E io provavo vergogna per aver ancora voglia di videogiochi, di cartoni animati e dei racconti di Tolkien, quando ormai era chiaro che ero diventato grande. O quasi.

Esco dall'ospedale delle tartarughe dove ho conosciuto la trentenne Mary Grace, che verrà liberata a settembre, e Luke, che di anni ne ha approssimativamente una decina e così non si sa nemmeno che sesso abbia, dal momento che le «Caretta Caretta» fino ai vent'anni sono sessualmente inattive. Sì, le tartarughe hanno decisamente più tempo di noi per crescere.

Torno sulla spiaggia e mi lascio il mare alle spalle per guardare il profilo dell'orizzonte e i colli che riparano la riviera: Gradara, San Leo, San Marino, Verucchio. Luoghi meravigliosi che scopri solo quando al mare piove e non sai cosa fare. Improvvisamente mi ricordo di una canzone che aveva consolato il mio cuore, deluso e felice al contempo, in quell'estate lontana. La cerco su Spotify e la faccio partire mentre m'incammino verso casa.

Twist in my sobriety di Tanita Tikaram. Che poi, lei, chissà che fine avrà fatto?

12
La mia ricerca di qualcosa

Sono stato un ragazzino negli anni Novanta, i piedi piantati nella provincia italiana e nelle sue regole antiche, la testa dentro la nuovissima Mtv. Cos'altro c'era? L'Interrail, le serie tv che per la prima volta cambiavano le teste dei teenager di tutto il mondo parlando di amore libero ma consapevole, la fine dell'apartheid e i primi allarmi sull'inquinamento del pianeta, e poi «l'avveniristico» Intercity, quello che oggi è considerato poco più di un carro bestiame, e, feticcio assoluto dell'adolescenza italiana ai tempi del grunge, il motorino, anzi i primi scooter in commercio. Il Peugeot o il Booster, fighissimi. Io avevo un «Sì» verde bottiglia, usato fino allo stremo prima da me e poi da mio padre almeno fino al Duemila, fintanto che è stata disponibile la miscela con cui riempire il serbatoio, o forse a un certo punto dev'essere morto di tisi. Il motorino, dico.

Non è facile riconnettersi con il me stesso di allora, conservo il ricordo di uno stato di eccitazione continua, il cuore che batteva sempre a mille, fantasie grandiose che s'infrangevano nello specchio in cui incontravo un teenager informe. E poi delusioni e fatiche. Paura e adrenalina. Per non parlare di un corpo da «X-Man» che cambiava ogni giorno ma sempre in peggio, e comunque mai fino in fondo, quando finalmente l'adulto che vedono gli altri coincide con la persona che senti di essere anche dentro. E come se non bastasse, quello che chiamano «lo sviluppo» a me è arrivato a 18 anni, quando non ci speravo quasi più.

Conservo una foto della quarta superiore in cui io sembro il fratello minore dei miei compagni, già ipertricotici, alti e con le spalle larghe che avrei conquistato molto più tardi. Con un sacco di altre sorprese. E mi rivedo in strada, sempre, ogni giorno, tutti i pomeriggi, anche se una casa sono certo che l'avevo, ed è stato in strada che ho fatto il mio primo incontro, di quelli che cambiano la vita: il primo incontro con Dio o, meglio, con un suo inviato.

Si trattava del nuovo sacerdote arrivato nel quartiere. Uno di quei servi del Vangelo che fanno tanto bene nel piccolo, che interpretano la propria missione come mestiere e lo svolgono con costanza, semplicità e devozione. Arrivato in una parrocchia decisamente troppo vuota, soprattutto di giovani, don Angelo per giorni era andato in giro a piedi, per conoscere di persona chi non avrebbe mai potuto incontrare, se non a Natale e Pasqua. E presentandosi, e chiedendo a ciascuno il nome, invitava tutti ad andare a trovarlo in chiesa.

Non saprei dire con esattezza cosa accadde la prima volta, né le successive. So che alcuni dei miei amici si defilarono abbastanza in fretta, mentre io conoscevo gente nuova, ragazzi e ragazze di tutte le età, e un modo inedito di stare assieme. Non eccitante, a volte un po' legnoso, ma con un fondo di gioia che non avevo mai provato fino a quel momento. Qualcosa di molto vicino alla felicità, una felicità che non aveva bisogno di superare limiti, di trasgredire, ma si nutriva della condivisione del tempo, accarezzati da un vento caldo, affettuoso, che non sapevo da dove venisse, però mi piaceva.

Nel seno della più classica struttura aggregativa italiana, l'oratorio, avevo iniziato a respirare un'aria di famiglia allargata, di amici che non si aspettano che tu li sorprenda, che sia speciale, e con i quali c'era molto da fare: corsi di chitarra – che ho interrotto dopo il giro di do! – gli allenamenti di pallavolo, le uscite in bicicletta o il cineforum. E poi gli incontri settimanali, il giovedì sera, in cui ci si sedeva intorno a un tavolo con i ragazzi più grandi a discutere di quello che ci piaceva, di quali personaggi famosi idolatrare, dei desideri per il futuro, di amore, di amicizia, di politica, di bene e male, di giustizia, di morte.

La mia vita cominciò a volare in due direzioni. Da una parte la scuola e la famiglia, dall'altra i miei nuovi amici.

Nella prima ero un figlio unico decisamente sfigato, basso, brufoloso, occhialuto, abbastanza sveglio e competitivo, con una predilezione per le materie umanistiche, che però frequentava un istituto tecnico statale di periferia in cui ero solo «il Passoni».

E il Passoni in quegli anni aveva cercato di mimetizzarsi con la crudeltà dei suoi coetanei, nel branco.

La sera si preparava lo zaino con i libri per il giorno dopo e intanto affilava le poche armi che aveva per combattere la guerra dell'autoaffermazione, proteggendo il suo cuore dagli attacchi alla sua scarsa prestanza fisica e ai gusti femminei. Aveva imparato a diventare spietato, e a chi lo bullizzava rispondeva suggerendo risposte sbagliate a compiti e interrogazioni – sì, ero una merda, lo so. Allo stesso tempo, restava sempre attentissimo in classe, alzando continuamente la mano, per averla vinta almeno con le parole. Poi, una volta a casa, si lasciava andare ai suoi sogni alimentati da riviste di moda straniere (chissà dove le trovavo), libri, e tanta televisione.

Perché a casa potevo sentirmi intelligente guardando il Costanzo Show a tarda sera, cullarmi nell'infanzia con i cartoni animati, e immaginarmi una star ballando sulle sigle dei varietà. Ecco, soltanto molto tempo dopo avrei capito che il fuoco che mi possedeva quando vedevo ballare la Cuccarini poteva essere un chiaro segnale di qualcosa. Ma allora era davvero ancora troppo presto.

Nell'altra vita invece mi muovevo in uno spazio più grande, dove potevo divertirmi, certo, ma anche provare e provarmi senza sentirmi giudicato, e abbandonando l'accidia della competizione riuscivo a sentire nuove domande farsi largo, esigere risposte altrettanto inedite. Quelle che poi si fanno più o meno tutti: chi siamo e dove andiamo?, che però in un adolescente risuonano come petardi nel silenzio della notte e diventano frasi scolpite sui diari di scuola, citazioni di Jim Morrison, frasi fatte, oppure si trasformano in moti di rabbia che non sai da dove arrivino e che talvolta mi spingevano a inforcare la bicicletta e a pedalare per interi pomeriggi senza meta. Quell'inquietudine indefinibile, intessuta di sconforto ed euforia, quella sensazione di trovarmi in un oceano in tempesta diviso tra il terrore di affogare e la gioia selvaggia di un'avventura ancora tutta da vivere non le ho mai più provate. E non saprei dire se posso definirla solo nostalgia, o un vero e proprio rimpianto.

13
Il mio primo incontro con Dio

Forse è arrivato il momento di raccontare dell'esperienza di Dio, che si colloca proprio negli anni della prima adolescenza. Da un certo punto di vista è qualcosa che può essere capito solo da chi già l'ha vissuta e ne sa l'intensità; così, provare a condividere un aspetto tanto intimo mi intimorisce, è un po' come aprire i cancelli di un giardino segreto che si teme possa essere invaso senza rispetto; ma poiché certe cose alte, e non per nostra scelta, passano solo attraverso la testimonianza, e anche a me il «primo incontro» è stato raccontato da qualcuno, voglio fare la mia parte e dirvi com'è andata.

Chiariamo subito: non ho visto apparire Gesù bambino che con un dardo trafiggeva il mio cuore, come accadde a Teresa d'Avila, né tantomeno ho udito una voce che mi esortava a ricostruire la sua chiesa tra nuvole e raggi di luce come avvenne per Francesco d'Assisi, e neanche sono stato investito all'improvviso da un inebriante profumo di rose. Per quanto le storie di grandi coreografie celesti siano moltissime, il mio primo incontro è stato decisamente più discreto, perché è avvenuto tra noi due soli: Dio e me.

Non ricordo dove fossi di preciso né quando, so solo che è accaduto in un tempo che sta tra i 14 e i 16 anni, probabilmente durante un momento di preghiera comune, assieme agli amici, forse in una di quelle escursioni di due giorni alla volta di eremi, pievi e santuari che si trovavano sotto qualche vetta alpina, durante le quali si camminava, si rideva molto e, naturalmente, si pregava. O almeno provavamo a capire cosa significasse questo «pregare» tanto rivoluzionario per alcuni e così lontano dalla ripetizione monotona di parole imparate a memoria da bambini.

Ricordo che partire per un «ritiro» era sempre una gioia estrema. Via da casa e dal solito weekend, partenza molto presto, destinazione pressoché sconosciuta, viaggio riempito di chiacchiere e canzoni, e poi l'arrivo in posti meravigliosi. Vecchie abbazie, monasteri abbarbicati in cima a un colle o al limitare di un bosco, dove avremmo conosciuto chi aveva scelto di abitarci per tutta la vita. Poi la divisione in camerate, camerette o celle per la notte, la cena assieme ai religiosi del luogo, e il tempo del silenzio guidato.

Penso che questo prendere per mano degli adolescenti e insegnare loro a stare in silenzio sia stata la più clamorosa delle trasgressioni che potessero proporci. Ed è stato durante uno di questi ritiri, durante un momento di preghiera collettivo, durante un canto – o forse c'era solo l'arpeggio di una chitarra ad accompagnare il raccoglimento – che ho fatto la mia prima esperienza di Dio.

Dopo aver desiderato di conoscere meglio quella presenza che era diventata ragione di vita di monache o frati, molti dei quali giovanissimi, che incontravamo, e che stando con noi il tempo di un fine settimana testimoniavano un amore totalizzante e senza pentimento; dopo aver messo davanti tutte le ragioni della mente, della sensatezza, del ragionevole dubbio e del semplice fatto che tutt'attorno a me, a parte queste rare eccezioni, di Dio non si occupava e preoccupava nessuno, ecco cosa mi è accaduto.

Intorno a me tutto restava apparentemente normale, eppure mi sentivo dentro i più remoti recessi di me stesso: un posto da cui continuavo a vedere gli altri, ma loro quel mio io nascosto non avrebbero mai potuto vederlo con i loro occhi. Ed è stato su quel me stesso nudo che ho sentito posarsi uno sguardo. Non dall'alto, non da fuori, ma uno sguardo come da dentro, uno sguardo di amore incondizionato, e di protezione.

Non è che avessi chiaro di cosa esattamente si trattasse, non capivo la portata che avrebbe avuto sulla mia vita, sapevo solo che quello sguardo generava in me una pace che non avevo mai provato prima, e ho cominciato a piangere, copiosamente, lacrime di gioia.

14
Il CdG

Ognuno di noi porta con sé il ricordo di un tramonto speciale. E chi, almeno una volta nella vita, non si è sentito in armonia perfetta, in connessione ancestrale con l'esistente, davanti a quella palla di fuoco che s'inabissa all'orizzonte, in quell'attimo sospeso tra l'ultima luce del giorno e le prime ombre della sera?

Il mio tramonto mi riporta su una spiaggia della Croazia, immobile sulla battigia, rapito da quello spettacolo, dopo ore di viaggio su un camion scomodissimo, e completamente ignaro di quel che sarebbe successo nei giorni a venire.

Perché eravamo a Pola, allora ex Jugoslavia, nel bel mezzo di una guerra devastante e feroce, e quel momento coincise con un momento di pace, assoluta, incongrua. Doveva essere il '93 o il '94, ero ancora minorenne e con me c'erano dei ragazzi più grandi, Giorgio, Franco ed Elisa, con i quali partecipavo per la prima volta alla cordata alimentare che ogni mese portava viveri e provviste in quel lembo di terra risparmiato dalla guerra, in cui avevano trovato rifugio donne, bambini e gli uomini inabili a combattere, perché feriti o troppo vecchi. Sistemati in quelli che un tempo erano stati villaggi turistici, ora abitati da un'umanità affamata e impaurita. Per il mese di agosto la Caritas aveva organizzato un progetto di animazione e il giorno dopo il nostro arrivo avremmo incontrato i più piccoli, nel tentativo di regalare un sorriso.

«Ok, now we play a circle of joy». Giorgio era riuscito immediatamente ad attirare l'attenzione dei bambini. Ci veniva tutti i mesi, da tempo, e ormai li conosceva quasi tutti. Mentre Franco, Elisa e io restavamo impacciati, limitandoci a guardare il nostro amico, sperando di imparare in fretta come comportarci.

A partire dai sei anni quei piccoli parlavano inglese abbastanza bene, quindi avremmo comunicato in quella lingua. Ma sarebbe stato comunque difficile dirci un sacco di cose, in qualunque idioma. Come trovare le parole giuste in quella situazione assurda? Come esprimere il sentimento di vicinanza che provavamo? La pena, la solidarietà, la tenerezza, senza che suonasse retorico?

Come avremmo fatto se non avessimo avuto a disposizione il *circle of joy*, il cerchio di gioia?

Ero un ragazzino di 14 anni quando mi era stato proposto per la prima volta, ricordo che partecipavo con un gruppo di coetanei al ritiro dell'Azione Cattolica: provenivamo da diverse parrocchie della diocesi di Milano, svolgevamo varie attività di gruppo, meditavamo su un passo del Vangelo guidati dagli educatori, e concludevamo la giornata confessandoci uno dopo l'altro con don Vitaliano, poi, naturalmente, assistevamo alla messa.

Non so quanti tra i miei compagni fossero lì per loro scelta o per volontà della famiglia; io ci ero finito semplicemente perché me lo aveva proposto Cristina, un'educatrice del mio oratorio che mi stava molto simpatica. Forse a causa della sua stramberia. Comunque, a lei non dicevo mai di no. Decisamente bruttina, con un caschetto di capelli crespi color biondo cenere e occhiali spessi come fondi di bottiglia, suonatrice di chitarra provetta, laureanda in filosofia, Cristina era sempre di ottimo umore, aveva una risposta a qualunque obiezione, a qualsiasi domanda. Senza essere saccente, anzi. Rispondeva obbligandoti a porti un'altra domanda. Più precisa di quella che tu stesso avevi posto.

Quindi mi ero fidato, e con curiosità – non senza una certa dose di scetticismo – avevo accettato, tanto si trattava soltanto di una domenica al mese.

Quando al primo incontro, dopo un giro di presentazioni, seduti in cerchio come piccoli alcolisti anonimi, ci proposero di rompere il ghiaccio con un «cerchio di gioia», e realizzai di cosa si trattava, pensai seriamente di scappare e di tornare a casa in autostop. Era la cosa più stupida e imbarazzante che si potesse chiedere a un adolescente. E in quel momento avevo immaginato di strozzare Cristina.

«Ragazzi, in piedi», ci disse uno dei ragazzi più grandi. «Cantiamo insieme e seguite i gesti: 'Conosco un cocomero tondo tondo, che voleva essere il più bello del mondo...'»

Volevo morire dall'imbarazzo. Trenta persone che mimavano in modo idiota le parole idiote di una canzone idiota! «Ma questi sono dei poveri pazzi», pensai.

Oggi so che il cerchio di gioia, d'ora in poi CdG, è nato nell'Ottocento, quando qualcuno cominciava a capire l'importanza dell'educazione giovanile di massa. E ancora adesso si pratica nei centri di aggregazione giovanili, negli oratori, tra gli scout, a volte persino in qualche villaggio turistico, ma sotto mentite spoglie. Funziona più o meno in questo modo: un certo numero di individui (comunque superiore a tre) compie gli stessi movimenti ed emette gli stessi suoni secondo ritmo e sequenza ben precisi, a volte in simultanea, a volte in modo alternato, con il solo intento esecutivo.

Circonfuso da un'aura di *sfigaggine* parrocchiale, è inevitabile che questa pratica sia preceduta da molti pregiudizi e da un'assoluta sottovalutazione. In realtà, è un geniale strumento di comunicazione interpersonale che supera muri di diffidenza e differenze, ma soprattutto si rivela un efficace esercizio psicologico per ritrovare se non l'ottimismo, almeno il buonumore.

Per una pletora di donne e uomini soli che foraggiano il mercato di counselor, stage orientali, gruppi d'ascolto e chat d'incontro, il CdG offre, senza alcuna spesa, il compendio dello stare bene. Con se stessi e con gli altri. Diciamo che è un protocollo di annullamento del proprio Io e Super io, almeno per il tempo della sua durata, ovvero cinque minuti circa. Perché in quel cerchio ci si guarda in faccia e ci si rende ridicoli, obbligandosi a un realismo quasi filosofico. In cui non c'è spazio per troppe menate. Siamo noi, con il poco o il tanto che abbiamo, niente di più: tanto vale accettarlo e cercare di farne un valore, invece di piangere sulle nostre inevitabili mancanze e imperfezioni. Proprio come nella vita di tutti i giorni.

Peccato che tutto questo, alla mia prima volta, tra goffi ragazzini dell'Azione Cattolica, non potevo ancora capirlo.

Il fatto è che c'era stato anche un altro momento critico nella fatidica domenica di cui parlo: quello del sacco nero dei panini. Successe che ancora prima di fare le presentazioni qualcuno ci chiese di tirare fuori i panini dallo zaino, pranzo che ci era stato amorevolmente preparato a casa dalle nostre madri. Insomma, una delle educatrici si aggirava con questo sacco nero nel quale, con un cenno del mento, ci indicava di lasciare il nostro pranzo. Non capendone il senso mi ero limitato a fare come tutti gli altri. Quando arrivò l'ora del pranzo vidi ricomparire quello strano oggetto. E solo allora intuii cosa stava accadendo. Ognuno di noi doveva pescare un panino a caso. Uno qualsiasi. Diffidente e abbastanza contrariato, avevo scartato il mio e ci mancò poco che svenissi quando scoprii il contenuto: mi era toccato una rosetta con la trippa. Allora esplosi.

«Eh no! Vengo deportato qui a fare l'imbecille con degli sconosciuti, almeno datemi il mio panino, non questa sbobba che fa venire il vomito! Ho fame e voglio mangiare una cosa decente!».

Attorno a me si era creato il gelo. Cento occhi mi guardavano, chi con sorpresa, molti con disprezzo, moltissimi con sincero compatimento.

Avevo sentito salire un fiotto caldo dalla schiena fino alle orecchie, ma nonostante tutto prevalse l'idea che non potevano obbligarmi a fare tutto quello che volevano, che avevo una dignità, e che quella storia dei panini avrebbero dovuto dirmela prima, anzi no, altrimenti col cavolo che mi sarei trovato in quella situazione! Nel frattempo vidi alzarsi un ragazzo dall'aria gentile che mi raggiunse porgendomi il suo panino.

«No, grazie, ma è per principio, adesso voglio il mio!», sibilai con scarsissima cortesia.

«Ok, come vuoi, intanto puoi darmi quello che hai in mano?, l'ha preparato la mia mamma».

Credo di aver chiesto a Dio di aprire il pavimento e farmici sprofondare all'istante.

Maledicendo me stesso, l'essere un figlio unico ma, soprattutto, uno stronzo.

«I want to stay close to you, Diego».

Mirijana me lo aveva detto con le mani tese e gli occhioni verdi sgranati, mentre la sua bocca, dalla quale mancavano i due incisivi superiori, si apriva in un sorriso irresistibile. Sette anni di gioia che scoppiettava come un petardo. Non ascoltava, non amava il silenzio, non stava mai ferma. Come a volersi difendere da qualunque possibilità di essere raggiunta da brutti pensieri, da ricordi dolorosi, dalla mancanza del papà che era in guerra, che non vedeva da un anno.

L'infanzia nel dolore è la condizione più contro natura che conosca. E la natura si ribella con tutte le sue forze.

Quell'estate, nel villaggio di Pola, ciascuno di noi si era ritrovato con un «preferito». Franco con Marija, Elisa con Ivan, Giorgio con Viska e io con Mirijana. In realtà erano loro ad averci scelti, d'istinto, dal primo istante. Ci si erano aggrappati al collo, ci avevano preso la mano e irretito in quella lingua di cui non capivamo quasi niente. Nei bambini c'è un tale bisogno d'affetto che, in mancanza di quello vero e duraturo dei propri genitori, si accontentano anche di pochi momenti, a loro basta sentirsi amati, e se a darti un po' d'amore è il primo che passa, va bene anche lui.

In quel mese abbiamo giocato, cantato e condiviso quasi tutto il tempo con circa cinquanta bambini. Del serbocroato, ho imparato soltanto i numeri fino a dieci; loro, tutti i cerchi di gioia. Mentre noi quattro, dopo questa esperienza, ci saremmo scoperti uniti come con pochi altri amici.

Purtroppo, mi resi protagonista di un piccolo, seppure non trascurabile, incidente. Poiché eravamo accampati in tende da campeggio, su un prato tra il mare e una pineta, a un certo punto mi venne la brillante idea di organizzare un momento solo per noi animatori attorno al fuoco. In assenza di marshmallow, avevo optato per il rito della tisana. Munito di camomilla e karkadé – non avevo trovato altro a buon prezzo e allora le erboristerie erano poche e carissime – avevo stabilito di socializzare con giochi tipo «obbligo e verità». Nella mia testa si trattava del coronamento perfetto di un'amicizia nata da un'esperienza tanto speciale. Gli altri accettarono senza entusiasmo, ma per tre sere consecutive si sottoposero pazientemente alle mie trovate. Però la sfortuna era dietro l'angolo, e mentre cercavo di spiegare il gioco del mimo, nel sollevarmi da terra urtai con il piede il fornelletto da campeggio, sul quale in quel momento bolliva l'acqua. Che, ancora prima di diventare una profumata tisana serale, si rovesciò su entrambe le gambe di Giorgio.

Ustione di secondo grado.

Ambulanza. Pronto soccorso. Gambe fasciate dall'inguine alla caviglia. Febbre da cavallo per tre giorni.

Non sono mai più stato invitato a una spedizione umanitaria nella ex Jugoslavia.

Il cerchio di gioia è potentissimo nell'unire persone che solo un attimo prima non si conoscevano, ma non è riuscito a fare il miracolo di farmi restare amico di Giorgio.

Tuttavia, ancora oggi so di poter contare sulla sua forza, e non è così raro trovarmi a intonarne uno. Anche da solo.

15
La Madonna è il mare

Tra me e l'altare si frapponeva un drappeggio di luce che cadeva trasversale dalle vetrate: i raggi del sole parevano animati da milioni di puntini di polvere danzante, un movimento continuo che faceva da contrappunto al silenzio assoluto della chiesa, scheggiato di tanto in tanto solo dal rumore di alcune macchine che passavano in lontananza. E d'altra parte nessuno oltre me sedeva sulle panche di legno in quelle prime ore del pomeriggio.

Avevo deciso di prendermi un'ora o due a settimana per meditare. Con me portavo la Bibbia e un quaderno, e nella solitudine mi esercitavo nella pratica della Lectio Divina, una forma di preghiera che il cardinal Martini raccomandava in ogni occasione pubblica:

«Mettetevi davanti a Dio con disponibilità e lasciate che quel testo, quella Parola, quel Verbo che, è scritto, esiste fin dal principio, possa parlare proprio a voi, possa rivelare la verità, fare luce, portare la pace».

Concentrarsi, far tacere i pensieri, leggere, rileggere, meditare, contemplare.

Non era facile o, almeno, non lo era per me, un ragazzino che aveva da poco compiuto 17 anni, così trascorrevo la maggior parte del tempo cercando di non distrarmi, e per giunta senza grandi risultati. Qualche volta, raramente, raggiungevo uno stato di quiete interiore, ma capitava più spesso che finissi per addormentarmi, risvegliandomi di colpo quando la testa mi cadeva sul petto, allora mi davo un contegno guardandomi intorno imbarazzato, sperando ardentemente che nessuno mi avesse visto.

Provavo e riprovavo, ce la mettevo tutta, eppure mi sembrava di non ottenere nessun risultato, e non capivo certi passaggi che mi risultavano oscuri e spaventosi. Come si conciliava il Dio padre che manda a morire suo figlio per noi con il Dio degli eserciti, che gioisce quando il suo popolo uccide i nemici? In che senso «il regno dei cieli è dei violenti»?

Perché Gesù quando vede la pianta di fico che non ha frutti, per il semplice motivo che non è quella la stagione giusta, la maledice facendola inaridire per sempre?

Al termine di quelle letture uscivo dalla chiesa con più domande che risposte. E sebbene mi sentissi frustrato per la mia scarsa inclinazione alla preghiera, percepivo comunque l'enorme ricchezza contenuta nei testi. Leggevo alcune note, l'etimologia di una parola, talvolta confrontavo la traduzione italiana con la versione in ebraico, o in greco. E più di tutto cercavo rifugio nei salmi, che per me rappresentavano un compendio di tutti i possibili stati d'animo umani: l'angoscia della solitudine, la paura del futuro, la gioia di un successo, la speranza che alla fine non tradisce.

Un pomeriggio, mentre ero alle prese con la scommessa tra Dio e Satana sulle sorti future di Giobbe, una voce tuonò alle mie spalle come lo sparo di un cannone.

«Prima c'è Gesù! Solo dopo viene santa Rita!».

Voltandomi, il mio sguardo incontrò quello contrito della Ginetta, un'anziana signora molto devota che conoscevo da sempre. La vidi piegarsi un po' in avanti e allontanarsi dalla statua della santa camminando all'indietro, quasi in *moonwalk*, e velocemente, per quanto le era possibile farlo in retromarcia, per guadagnare l'uscita.

Il rimprovero non era arrivato direttamente dai cieli, ma da don Giorgio, seduto nel confessionale situato a metà della navata destra, seminascosto dall'ombra e dalla tenda viola tirata per metà.

I sacerdoti che animavano la nostra parrocchia erano tre. C'era don Angelo, che si occupava dell'oratorio e dei giovani; don Pino, il parroco, che celebrava i riti solenni, si occupava dei rapporti con le istituzioni, con le famiglie e gli anziani; e infine lui che, di concreto, a causa del suo pessimo stato di salute, faceva ben poco. Varie malattie lo costringevano alla dialisi, a frequenti ricoveri, a una dieta rigidissima, così nel pomeriggio era stato relegato al confessionale e al mattino a sovraintendere alcuni incontri a cui presenziavano esclusivamente le pie donne del quartiere dai settant'anni in su. E che lui detestava. La verità è che don Giorgio non era simpatico neanche un po', anzi, era proprio scorbutico; sbuffava ogni due per tre, vuoi per il dolore lancinante della sciatica, vuoi per la poca tolleranza che nutriva nei confronti di qualsivoglia espressione di stupidità: una parola di troppo, un commento ingenuo, un sorriso ebete. Ne consegue che fosse abbastanza temuto, e che i fedeli preferissero starne alla larga, salvo trovarselo davanti quando ritenevano fosse giunto il momento di confessarsi.

Una volta, sempre durante i miei tentativi di praticare la Lectio Divina, fui testimone di una scenetta surreale. La malcapitata si chiamava Luisa, un'ottantenne timorata di Dio che di fatto viveva in chiesa: le mancava non più di un metro per raggiungere il confessionale quando nella chiesa, come sempre deserta, rimbombarono le urla di don Giorgio: «Luisa, sei di nuovo qui? Ti sei confessata ieri, cosa diavolo avrai fatto di male in ventiquattro ore? Vai via e torna solo quando avrai ammazzato qualcuno!».

Impossibile non prendere in simpatia un prete del genere. E poi ho sempre avuto un debole per i caratteri burberi. Forse perché una certa durezza appartiene al DNA della Brianza, ma ho sempre creduto che fermarsi alla scorza delle persone fosse un atteggiamento superficiale e che si dovesse saper andare più in profondità.

Con il passare del tempo, in quei pomeriggi solitari, don Giorgio mi fu di grande compagnia, sia con le sue uscite colleriche, sia con le chiacchierate che ci concedevamo quando, stanco dei tentativi di imparare a pregare, mi rivolgevo a lui in cerca di conforto. E da lui imparai come l'idea del santo delle immaginette, con lo sguardo perso verso il cielo e la postura del martire, fosse solo uno stereotipo, una deriva semplicistica – cioè quanto il don più detestava e combatteva, soprattutto nelle persone di una certa età, ancora soggiogate dalle superstizioni, cresciute con le messe in latino, accendendo candele ai santi e ai defunti, e recitando preghiere a memoria. Un'idea della fede che ancora resiste nella chiesa cattolica, rendendo alcune pratiche molto simili ai riti animisti, costellate come sono dalle presenze di santi che fanno miracoli, di statue prodigiose, di acque benedette. E sempre il rude don Giorgio mi insegnò che la santità passava dall'accettazione eroica della propria condizione, come cercava di fare lui, con tutti i limiti e la fatica di sopportare malattie e dolori.

Allora mi sembrava di non ricavare niente di utile da quelle lunghe meditazioni, eppure oggi so che proprio in quei giorni, in quelle ore di silenzio, talvolta persino di vuoto, iniziavo a capire come poter rendere attuabile una vita di fede in cui non ci fosse spazio per i cilici, le autoflagellazioni, i digiuni proibitivi di cui sono piene le agiografie dei santi.

Don Angelo, poco dopo essersi insediato nel nostro quartiere, nel 1991, aveva deciso di dedicare l'oratorio a Pier Giorgio Frassati, un ragazzo morto a 24 anni, nel 1925, e dichiarato beato nel 1990. Era stato uno studente modello, un membro dell'Azione Cattolica torinese. Un ragazzo come tanti, sportivo, pieno di amici e che, senza stravolgere la sua vita, era riuscito a essere vicino a moltissime persone, senza dare troppo nell'occhio. Tanto che solo al suo funerale, a cui partecipò un fiume di gente, grata per quello che aveva ricevuto, si comprese la portata del suo operato, nonostante fosse così giovane. Ne fui ispirato. Capii che essere santo – che in ebraico, *kadosh*, significa «separato» – aveva un portato molto più concreto. Che aveva a che fare con il continuo interrogarsi per poi fare, nell'ambito della propria vita, là dove si è, scelte profonde e di valore. E di conseguenza avere una vita di preghiera era qualcosa di assolutamente sensato, anzi, l'opzione più ragionevole, per poter discernere quali scelte fare e quando farle. La fede non poteva rappresentare un bastone a cui appoggiarsi nella speranza di guadagnarsi il paradiso in un'altra vita, semmai un filtro attraverso cui guardare questa vita nel tentativo di renderla già nel presente piena e felice. E sentii l'urgenza di dare il mio contributo, perché gli insegnamenti di quell'uomo che duemila anni prima si era speso fino alla fine per l'altro, erano una rivoluzione tuttora attuabile, a patto che ci fossero persone disposte a seguirne l'esempio.

In quel periodo era in corso il processo per riconoscere un nuovo dottore della Chiesa e, caso raro, si trattava di una donna, la terza dopo Caterina da Siena e Teresa d'Avila.

Il processo si sarebbe concluso nel 1997, e allora tutto il mondo avrebbe conosciuto la vita e gli scritti di Teresa di Lisieux. Ma don Angelo, con un certo anticipo, nel corso di una messa domenicale annunciò che l'oratorio sarebbe stato intitolato, oltre che a Frassati, anche a questa santa, per molti conosciuta semplicemente come Teresina.

Fu allora che entrai in possesso di un suo scritto che avrebbe cambiato per sempre la mia vita: *Storia di un'Anima*.

Teresina, vissuta nella seconda metà dell'Ottocento, come Pier Giorgio era morta a 24 anni. Figlia di una coppia molto devota, ultima di una serie di sorelle diventate tutte suore, aveva espresso il desiderio di entrare nell'ordine delle domenicane quando aveva solo 14 anni. La sua sembrava una strada già spianata, invece la vita di consacrata prese da subito una piega diversa da quella che lei stessa si sarebbe aspettata: una volta in convento scoprì infatti di mal sopportare la convivenza con le altre sorelle e di non tollerarne difetti e debolezze. Era insofferente alla suorina che al lavatoio, per goffaggine, le schizzava l'acqua saponata in faccia, o a quella che durante il rosario batteva la dentiera in un modo così insopportabile da farle passare tutto il tempo a cercare di non maledirla, senza successo. Dovette ammettere, suo malgrado, di non provare un particolare trasporto interiore durante la preghiera e per giunta non sapeva ricamare né svolgere con precisione tutte le occupazioni quotidiane che permettevano alle consorelle di distinguersi. In un certo senso, la sua vita in convento si stava rivelando un fallimento su tutti i fronti.

E fu a questo punto che Teresa elaborò quella spiritualità che definì «la piccola via», e anticipando i tempi capì che il senso ultimo del messaggio di Gesù non voleva ispirare future generazioni di uomini e donne perfetti, capaci e pieni di virtù, poiché queste persone del suo messaggio non ne hanno bisogno, ma portare il divino al livello dell'uomo, delle sue fragilità, delle incostanze e delle contraddizioni, degli errori. E riempire tutto questo di infinita misericordia, cioè di amore, dato senza che se ne abbia un merito.

Non sapendo far bene niente, decise che lo avrebbe comunque fatto con tutto l'amore possibile.

«Basta uno spillo raccolto con amore per salvare un'anima. Da quando non guardo più me stessa conduco la vita più felice che possa avere. Non ho bisogno di crescere, al contrario, bisogna che resti piccola. Se avessi mai commesso il peggiore dei crimini manterrei sempre la stessa fiducia, poiché so bene che questa moltitudine di offese non è che una goccia d'acqua in un braciere ardente».

Per me fu una folgorazione. Ancor più del motto di Malcolm McLaren, fondatore del *punk*, che affermava: «Nella gara della vita abbiamo già perso, per fortuna».

Teresa fu per me come Copernico, come Che Guevara, spingendomi a superare i confini della ragionevole vita cristiana, attirato dalla promessa di un amore più grande e totalizzante, che, in quanto amore, di ragionevole non aveva nulla. E sentivo nascere il desiderio di andare oltre, di cercare il senso della mia vita in una scelta che, insensata e folle agli occhi del mondo, fosse ancora più eroica.

Cominciai a guardarmi in giro alla ricerca di persone che potessero ispirare e nutrire questo desiderio che ancora nascondevo a tutti: monaci, suore missionarie, ma anche laici che, pur vivendo nel mondo, testimoniavano con radicalità la propria fede. Coppie con figli in affidamento, impiegati che passavano le loro ferie nei più remoti e poveri luoghi del mondo, imprenditori che dedicavano il fine settimana ad assistere i malati, operai che a fine turno andavano nelle carceri. Ero giovane, e come tutti i giovani intollerante, giudicante, incapace di mezze misure. Naturalmente detestavo tutti quelli che vivevano il loro essere cattolici solo come conseguenza dell'educazione ricevuta, in maniera acritica, andando a messa la domenica per timbrare il cartellino. La chiamata alla vita cristiana era vera solo se totalizzante. Come si può essere credenti con tiepidezza? Com'è possibile riempirsi la bocca di avemarie e poi dimostrarsi egoisti, maldicenti, ignavi? Tutto ciò che incarnava don Pino, il nostro parroco. Un uomo ormai anziano ma ancora vitale, chiacchierone e gran dispensatore di barzellette. Ma anche un sacerdote che celebrava senza voglia, e pronunciava preghiere a cui palesemente non prestava nessuna attenzione. Insomma, ai miei occhi era tutto fuorché un uomo di Dio. E così sciatto che le sue omelie potevano produrre effetti esilaranti, come la volta in cui per la festa dell'Assunzione di Maria si lanciò in una metafora ai limiti della scomunica. «Chi è la Madonna?» si domandava tromboneggiando dall'altare. «La Madonna è un fiore, la Madonna è un fiume, la Madonna è il mare. È un fiore perché è bella, un fiume perché ci porta verso la meta, è il mare, perché è grande! Cosa sappiamo di lei? Poco. Era giovane? Sì. Era bella? Molto. Era vergine? Non lo sappiamo», si rispondeva con sprezzo del pericolo.

La Madonna è un mare diventò per noi ragazzi un tormentone.

Nel nostro gruppo di giovani avevamo salutato Giorgia, che era partita per diventare suora missionaria, e Alessandro, che si sarebbe fatto monaco benedettino. Intanto mi ero iscritto all'Università, Scienze della formazione, e continuavo a stare con una ragazza con cui condividevo la vita in parrocchia, gli amici, i momenti di intimità, ma a cui ancora non riuscivo a confessare cosa avevo nel cuore. Fino a quando presi la decisione di entrare nella comunità delle Beatitudini, in Francia. Sarei partito dopo l'estate. Poi, una volta sicuro della mia scelta e dopo essere tornato ufficialmente single, arrivò il momento di metterne al corrente i miei genitori.

Non ricordo come si svolse il discorso tra noi, né le parole che scelsi. E ancora oggi non so cosa si dissero mamma e papà alla notizia che il loro unico figlio sarebbe partito per almeno un anno, un anno di prova, e che quasi certamente sarebbe diventato frate, e poi prete. Ricordo solamente una battuta di mia madre sul mio essere come sempre esagerato: piuttosto che vivere in un convento modesto nella povertà avrei almeno potuto scegliere di diventare diocesano o gesuita, con la prospettiva di fare «carriera».

Mi accingevo a partire senza feste di addio, senza clamore, quasi sottovoce, e avevo iniziato a preparare i bagagli con il minimo indispensabile, quando mi telefonò don Pino: voleva assolutamente accompagnarmi in quel convento sperduto nel nord della Francia e vedere con i suoi occhi dove avrei vissuto.

Certo, lui mi aveva battezzato, ma non si era mai mostrato interessato a me, alla mia vita, tantomeno alla mia fede. Perché improvvisamente voleva seguirmi in un passaggio così importante? Con una certa cautela gli feci presente che saremmo andati in aereo per evitare nove ore di treno. Mi rispose entusiasta che volare gli piaceva moltissimo. E a quel punto ero troppo timido per provare a farlo desistere con altri argomenti. Abbozzai, sperando che qualcosa, magari un'illuminazione divina, gli facesse cambiare idea all'ultimo momento.

Il giorno della partenza arrivò, e don Pino si fece trovare puntuale e sorridente al nostro appuntamento.

Non saprei dire di cosa parlammo durante il viaggio. All'aeroporto di Nancy ci aspettava un frate della comunità che parlava solo francese, e io mi ritrovai a rispolverare reminiscenze scolastiche per tradurre tra lui e il mio accompagnatore persino i saluti. Improvvisamente realizzavo quanto lontano ero andato da casa, dal mio mondo, dalle mie radici.

Quella sera a cena ci fu una piccola cerimonia di benvenuto, e venni ufficialmente presentato a tutti come un nuovo fratello. Guardavo i volti di chi avevo davanti e che non conoscevo. Mi soffermai sulla barba rossa di un frate che si trovava all'altro capo del lungo tavolo, sul sorriso incorniciato dal velo bianco di una suora seduta di fronte a me, che poteva avere una cinquantina d'anni e contai almeno quattro famiglie e diversi ragazzi e ragazze vestiti con gonne o pantaloni marroni e maglioni o camicie bianche. Colori che sarebbero diventati anche quelli della mia divisa. Quegli sconosciuti, con i quali cenavo per la prima volta, erano la mia famiglia.

L'odore aspro del bosco entrava dalle finestre e si mischiava al profumo della minestra, a quello della cera del pavimento in cotto e del legno delle grandi travi sul soffitto. Passai i due giorni successivi a visitare in lungo e in largo il convento, la chiesa, il giardino, la serra con l'orto, ma soprattutto a fare da traduttore a don Pino, che non smetteva di fare domande sull'antichità del convento, sulle piante che si coltivavano e su ogni singolo momento della vita quotidiana.

Finalmente, dopo la messa della domenica mattina, giunse il momento di salutarci, don Pino tornava a Monza. Dopo avergli tradotto i canti, le letture e l'omelia ero stremato dalla fatica.

Lui invece mi abbracciò con il solito, vitalissimo entusiasmo: «Sono tutte brave persone. È un posto bellissimo. E anche tutta questa musica, questo danzare e suonare i tamburi in chiesa, e questo pregare sempre cantando è molto interessante. Ma non fa per me. La messa è troooppo lunga! Ma tu starai bene. Te salüdi!».

Mentre lo guardavo allontanarsi provai un tremendo senso di colpa per la severità con cui avevo giudicato la sua vita, le sue scelte, il suo modo di essere sacerdote. Forse è stato quello il momento in cui ho capito che non si può mai conoscere la vita interiore di un'altra persona. Una consapevolezza che sanciva la mia nuova esistenza, piena di incognite e traboccante di speranza.

16

La vita in convento

Avevo 19 anni, il fuoco dentro, l'entusiasmo di una scelta estrema compiuta liberamente, l'adrenalina per l'incognita sul futuro, e l'emozione di quando è tutto nuovo.

Allora desideravo intensamente, volevo sprofondare in quella vita e andare fino in fondo: riflettendo, con la preghiera, chiedevo continuamente che mi fosse rivelato il mio personale cammino. A cosa ero chiamato di preciso? A una vita di servizio in un Paese lontano? All'insegnamento? O invece a un'esistenza meditativa, ritirata, del tutto lontana dal mondo esterno?

Nei primi mesi in convento ero in una specie di stato febbrile perenne. Avevo riversato così tanta emotività in quell'esperienza, che non mi sembrava mai abbastanza estrema. E il fuoco della giovinezza mi rendeva vagamente talebano. Mi ritrovai a considerare assurdo, quasi scandaloso, che la domenica sera fosse prevista la proiezione di un film nella sala comune, anche se poi mi trovavo a desiderare con impazienza proprio quel momento. Quando digiunavamo a pane e acqua, il mercoledì e il venerdì, mi sforzavo di mangiare ancor meno di quel che ci era concesso, un po' compiaciuto per essere più bravo dei miei vicini di scodella, salvo poi svegliarmi in piena notte in preda ai crampi della fame e rigirarmi disperato nel letto per ore. Stavo quindi in precario equilibrio tra una visione idealizzata di me stesso e quello che ero davvero, in una continua altalena di sensazioni.

Nella mia comunità, attenta all'ecumenismo, ovvero al far convivere il meglio delle diverse tradizioni cristiane, si usava regalare ai nuovi entrati un *chotcki*: un oggetto di 33, 66 o 99 grani della tradizione ortodossa, una sorta di rosario che viene fatto a mano annodando dei fili finché i nodi non diventano un perfetto grano rotondo, ma con una funzione molto più vicina al *tasbeeh* musulmano, o ancor più alla *mala* buddhista. Attraverso la ripetizione del nome di Dio si cerca di dimenticare tutto ciò che ci distrae continuamente dalla consapevolezza della sua presenza in noi.

Quando una sorella mi chiese di che colore lo preferissi, scoprii che ognuno poteva aspirare a ricevere un dono speciale da Dio. Chi di abbracciare la povertà, il color marrone, chi la purezza, il bianco, chi la sapienza, il blu... Ricordo benissimo di averla fermata con un gesto brusco della mano e averle detto: «Non ho bisogno di sapere altro, ho deciso cosa chiedere, il martirio!».

La povera suora aveva strabuzzato gli occhi.

«Ti rendi conto che sarai l'unico ad avere un *chotcki* rosso, e tutti lo noteranno?».

Alla mia presuntuosissima alzata di spalle, lei scoppiò a ridere, avendo ben capito, e certamente meglio di me, lo spirito che mi animava: ero giovane, e molto, molto ambizioso!

Oltre a possedere una predisposizione al dramma estremo – e oggi sono sicuro che qualcuno lassù si sganasciava dalle risate mentre mi aggiravo per gli austeri corridoi del convento, guardando compiaciuto il mio polso avvolto in un rosso scarlatto – chiedevo enfatico: «Dio, fammi capire qual è la mia strada».

Stavo affrontando una tappa obbligata di tutte le comunità religiose, un tempo di prova, che si potrebbe paragonare a una specie di fidanzamento, durante il quale capire l'entità e la solidità dei propri sentimenti e la fermezza della scelta che si sta per compiere.

Vivevo in un'abbazia dell'anno mille attorno a cui si sviluppava una costruzione via via più moderna, in pietra e legno, situata al centro di un parco e al limitare di un bosco. All'interno, corridoi, larghe scale di marmo che portavano ai piani superiori, un sottotetto pieno di vecchi letti e armadi, stanze silenziose; e la chiesa era di un perfetto stile gotico francese a tre navate, con le vetrate colorate e le volte dipinte come un cielo stellato: un luogo che la Rowling deve aver sicuramente visitato prima di scrivere la saga di Harry Potter. Che però raccontava anche il rinnovamento spirituale avvenuto a cavallo degli anni Settanta: quello che aveva permesso di far risorgere monasteri abbandonati e lasciati alla distruzione del tempo e della natura. Infatti l'abbazia dove mi trovavo era stata rimessa in piedi da giovani suore, frati e famiglie (dunque non solo religiosi ma anche laici, che avevano scelto di vivere assieme condividendo tutto), diventando meta di un certo turismo spirituale che riempiva quell'angolo suggestivo di tanti visitatori, soprattutto nei fine settimana. Ma il luogo che per loro rappresentava un'oasi di serenità, per me era il campo di battaglia, il terreno su cui combattere una guerra che era solo agli inizi, rivelandosi però da subito durissima e senza tregua.

La vita era scandita dal lavoro, dalla preghiera e dal silenzio. Certo, poteva succedermi in un qualunque pomeriggio laborioso, attraversando stanze prive di qualunque rumore se non quello del respiro asmatico delle vecchie travi e dei miei passi, di percepire la gioia che pervadeva chi mi stava intorno, ma le sveglie prima dell'alba, la fatica fisica, lo studio alternato ai turni di preghiera notturna, e il freddo, tanto freddo, come non lo avevo mai sofferto prima, rappresentavano dei veri e propri supplizi, prove che più di una volta ho creduto di non poter superare.

La mia stanza si trovava al primo piano di un'ala laterale dell'edificio, e i pochi ammodernamenti erano stati apportati nel tempo in base alle esigenze e soprattutto alle disponibilità economiche di chi ci viveva. Ricordo il letto appoggiato a una parete esterna, quindi irrimediabilmente umida, con una vecchia finestra che affacciava su un prato e sul sentiero che portava al bosco di larici, e da cui la notte spiravano lame di aria ghiacciata. Come se non bastasse, l'unico termosifone, comunque troppo piccolo per scaldare un locale dal soffitto così alto, si trovava esattamente dalla parte opposta alla mia. Per non parlare del vecchio pavimento di legno ormai forato da cui si poteva vedere il locale sottostante, la dispensa, da cui saliva irrimediabilmente una buona dose di freddo aggiuntivo. Così, nei mesi più rigidi andavo a dormire coprendomi con più strati e pure con i calzini, tenendone pronto un altro paio di lana ai piedi del letto in modo da calzarli prima di poggiare i piedi a terra.

Uno dei miei compiti era la gestione della sacrestia, il che significava preparare la chiesa prima di ogni funzione, e quindi alzarmi mezz'ora prima di chiunque altro, perché la prima cosa che si fa in un monastero è pregare, e naturalmente la giornata inizia molto presto.

Per me, all'inizio di questa nuova vita, alzarmi quando era ancora buio e tutti ancora dormivano era faticosissimo, ma allo stesso tempo provavo un'emozione e una felicità che più di una volta mi hanno fatto piangere mentre accendevo candele e preparavo l'altare.

La cura per la liturgia e per il canto della comunità era il primo pilastro su cui rinnovare ogni giorno il proprio entusiasmo e ritrovare il senso primordiale di una vita che, come tutte le altre, nel quotidiano rischiava di annacquarsi nei gesti ripetuti. E come in ogni storia d'amore, anche per chi sceglie la vita con Dio serve rinnovare il sentimento, ravvivare il rapporto!

La giornata iniziava a suon di tamburi e con una celebrazione ispirata alla preghiera sinagogale, cercando da subito il contatto con le radici del cristianesimo che affondano tutte nell'ebraismo. Poi, dopo la colazione consumata in rigoroso silenzio, si partiva con i turni di lavoro tra cucina, lavanderia, pulizie, manutenzione ordinaria e lavori straordinari: risistemare le tegole che una tempesta di vento aveva portato via, spalare la neve dai vialetti, o andare a ritirare la posta nel paese più vicino. Ma pur nella parsimonia, dovevamo anche mangiare, e allora una volta a settimana bisognava andare a fare il cosiddetto «giro della provvidenza»: non percepivamo nessuna forma di sovvenzione, né dallo Stato francese, né da altri, e allora una risorsa fondamentale per la sussistenza ce la forniva un centro commerciale distante pochi chilometri. Il direttore del reparto alimentari del supermercato, che voleva restare anonimo, aveva disposto che una volta alla settimana potessimo prendere tutto ciò che veniva eliminato dagli scaffali o perché in scadenza o perché l'aspetto non era dei più invitanti, e quindi sarebbe stato buttato. E questo era uno dei miei compiti.

Ci sono state settimane di magra, in cui arrivavano solo casse di carote annerite, e di conseguenza mangiavamo carote a pranzo e a cena cucinate in tutti i modi possibili. È stato durante quei turni in cucina che ho imparato a non buttare via niente: quello che è appassito o troppo maturo in una minestra andrà benissimo; il latte per la colazione si può allungare con l'acqua, e il caffè si può fare molto, molto light. Quando il cibo che arrivava era scarso, il pastore della casa, il responsabile spirituale e morale di tutti noi, non si rattristava mai, ma ci esortava invece a sforzarci di fare tutto con maggior entusiasmo e con gioia, poiché Dio, diceva, è fedele a chi lo serve con cuore sincero. Questo significa «provvidenza».

Ricordo un tempo dilatato, nonostante i ritmi monastici insegnino a impiegare al meglio le ore del giorno e le cose da fare fossero molte, come se la percezione dell'adesso fosse più intensa e prolungata. E la sera arrivava presto. Ma la notte, ogni notte, ciascuno di noi, a turno, si alzava per un'ora di preghiera: lo scoglio contro il quale s'infrangeva tutto il mio entusiasmo. Si trattava di puntare la sveglia a ore diverse, vincere la stanchezza, il freddo, e restare nel buio di quell'antica chiesa di pietra a vegliare.

Una prova terribile che con il tempo avrei imparato ad amare. Insieme all'idea che mentre il mondo dorme ci sia qualcuno che con la preghiera ne sostiene il peso, le paure e le speranze: un sollievo a cui tutti dovremmo pensare nei momenti più difficili. Che altri esseri umani sconosciuti stiano pregando per noi, anche per noi, è una forma di poesia della vita. E dovrebbero apprezzarla tutti, anche chi non crede.

17
I miei veri sentimenti

Quando si entra in una comunità religiosa tutta la propria vita viene passata al vaglio. E se nel «mondo» si può rimandare, omettere, fingere di dimenticare, lì non si può. Se «fuori» possiamo scegliere con chi vederci, quali amici frequentare assiduamente e con quali persone simulare una cordialità solo formale, lì non è possibile. Siamo abituati a una moltitudine di richiami, di sollecitazioni, di cose da fare e vedere, così da poter riempire le nostre giornate di tante, tantissime cose, senza stare troppo a pensare a cosa non va, a quel che andrebbe sistemato, a ciò che ci fa paura, ci mette ansia, ci rende insoddisfatti. Al contrario, vivere in convento ti mette all'angolo: non puoi scappare da quello che sei veramente. Perché è una scelta di vita in sottrazione: si elimina tutto ciò che, per quanto bello e appagante – e non per forza nocivo! – non rappresenti il cuore stesso dell'esistenza, ma solo una sua variopinta appendice. E allora non si lasciano il brusio e le luci del mondo per fuggire, semmai per trovare: ritrovare il senso ultimo di ciò che siamo e delle scelte che facciamo.

Ho dovuto far appello a tutto il mio coraggio quando me ne sono reso conto sulla mia pelle, ma se non avessi fatto questa scelta un po' estrema chissà quando e in che modo avrei avuto la forza di guardare negli occhi la verità senza averne paura.

L'adulto che sono oggi rivede un ragazzino neppure ventenne, cresciuto in provincia, privo di grandi esperienze alle spalle, che aveva viaggiato pochissimo e ancora meno aveva vissuto lontano da casa, e riesco a sentire ancora lo spaesamento provato ritrovandomi per la prima volta solo in quella famiglia allargata a cui non mi legavano né il sangue né gli affetti. Sin dal primo giorno ho dovuto imparare a condividere quotidianamente gli spazi vitali, ad affrontare le frizioni con gli altri caratteri, la fatica degli orari duri, la difficoltà a concentrarmi, a pregare a lungo, a stare in silenzio; la stanchezza fisica, e anche la fame nei giorni di digiuno. Tutti paletti contro cui sbattevo continuamente il muso, e che con il tempo sono risultati fondamentali per farmi capire chi ero, verso cosa fossi autenticamente portato e cosa, al contrario, mi era lontanissimo. Insomma, una continua prova di pazienza e forza di carattere che coincideva con un esame di me stesso durissimo e privo di scorciatoie, un percorso che costringeva a far emergere tutto ciò che in me era rimasto fino a quel momento nascosto o inaffrontato.

Fortunatamente, con il carattere che mi ritrovo non ho avuto troppe difficoltà a stabilire rapporti con i fratelli e le sorelle della casa, nonostante quella comunità al confine con la Svizzera e la Germania fosse popolata prevalentemente da nordici, caratteri spigolosi, asciutti, decisamente lontani dal calore a cui ero abituato. Ma via via imparavo a trovare la chiave per scardinare burbere corazze e timide chiusure, così, dopo tre mesi, mi sentivo parte di quella famiglia allargata e di avere un posto preciso in mezzo a tutti gli altri.

Con il passare delle settimane ovviamente si andavano

stringendo legami speciali, si delineavano affinità e così nelle ore di tempo libero, di ricreazione, con alcuni era naturale cercarsi per stare assieme: guardando un film, organizzando piccoli spettacoli o semplicissime feste per il compleanno di qualche fratello o sorella, e soprattutto ridendo molto. Naturalmente avevo legato da subito con i più giovani e con i più irrequieti, però restava il confronto costante anche con quanti venivano da un passato diversissimo dal mio.

Ricordo una suora ungherese, una ragazza timida ma determinatissima, che aveva lasciato una carriera universitaria per seguire la sua chiamata; c'era una ragazza, entrata solo qualche mese prima di me, che non aveva nessuna intenzione di prendere i voti e sognava il grande amore come tutte le ventenni, certa che lo avrebbe trovato prima o poi proprio in quel convento. C'era un mio coetaneo che veniva da Parigi e sapeva suonare il violino divinamente... Eravamo una squadra, e avevamo bisogno del sostegno reciproco, nonostante ciascuno di noi avesse il proprio percorso da seguire.

Il mio primo inverno si stava rivelando particolarmente duro, attraversavo un momento di crisi ed ero un po' depresso: alla fine di una giornata di digiuno mi ero addormentato malinconico e in piena notte avevo sognato di trovarmi al mare e di mangiare del gelato, molto gelato, e mi ero svegliato con un irrefrenabile desiderio di un dolce. Avevo fatto di tutto per riaddormentarmi, per farmi avvolgere dall'oblio insieme a quella smania di cose buone, niente, non riuscivo a togliermi dalla testa quel sogno, così avevo deciso di scendere fino alle cucine alla ricerca di un pezzo di cioccolato, un avanzo di torta, persino una caramella mi avrebbe reso felice. Scendendo furtivamente le scale mi rimproveravo quella debolezza: si poteva venir meno ai propri obiettivi per una cosa tanto stupida come la gola? E sentendomi sempre più in colpa, pregustavo la dolcezza che di lì a poco avrei sentito esplodere sotto il palato.

Imponente, l'antiquato frigorifero mi chiamava come una sirena, lo avevo guardato da lontano in un ultimo soprassalto della coscienza – che umiliazione se qualcuno mi avesse scoperto – poi lo avevo raggiunto a grandi falcate infilandoci letteralmente dentro la testa: un budino al cacao e caramello si trovava proprio all'altezza del mio sguardo. Lo afferrai al volo. E in quello stesso istante avevo sentito una mano poggiarsi sulla mia spalla destra. Sono certo che il cuore smise di battere, almeno per qualche secondo. Insomma, come dice la canzone di Battisti, «sono morto in un momento».

Mi ero voltato ingoiando la vergogna e immaginando di trovarmi davanti la comunità intera come un plotone di esecuzione, pronta a sanzionare il mio tentativo di furto, invece incontrai semplicemente, e con infinito sollievo, la faccia sorridente di suor Jeanne-Marie.

Ancora prima che aprissi la bocca credo che lei avesse capito il mio goffo tentativo di cercare una scusa plausibile. Non ce ne fu bisogno.

«Che fortuna averti trovato sveglio, così mi fai compagnia». Aveva recuperato due cucchiaini. Quella donna era un genio!

Mi fece cenno di seguirla e mi portò fino a un porticato, nel gelo più assoluto della notte alsaziana, dove tirò fuori dalla tasca del suo abito un pacchetto di Marlboro rosse. Fumò diverse sigarette raccontandomi la sua storia, quella di una ragazza ribelle che aveva fatto il giro della Francia in autostop con la chitarra perché voleva diventare una cantante come Joan Baez; aveva fatto esperienza della droga e poi si era iscritta alla facoltà di Filosofia. Mi parlò di Husserl – di cui non avevo capito nulla – della conversione e degli anni trascorsi in Africa. Avevo già notato che suor Jeanne-Marie aveva la pelle di uno strano colore, e quella notte scoprii che si trattava dell'effetto collaterale di un trattamento medico subito proprio durante la missione. Sempre in quelle ore avrei capito quanto fosse stereotipata la mia visione della vita religiosa: quella donna meravigliosa e stravagante mi stava rivelando che restiamo creature complesse anche se prendiamo i voti, e anime perennemente inquiete, perché ci sono – e ce ne sarebbero state ancora! – notti difficili da superare, e che un budino o una sigaretta non bastano per giudicare le qualità spirituali di una persona. Anzi, avrei compreso quanto sia impossibile giudicare la vita interiore di chiunque. Perché siamo tutti mondi unici, e se esistono delle regole, queste devono servire a noi, non il contrario: dobbiamo conservare una dimensione di grande libertà nella verità di noi stessi e delle nostre debolezze.

Avevo varcato la soglia di quel posto pieno di entusiasmo, rigore morale, e impeto. Ora cominciavo a intravedere la distanza che c'era tra l'idea che mi ero fatto di quella vita e la realtà, e non facevo che chiedermi cosa ne sarebbe stato di me. Continuavo a interrogarmi e, soprattutto, a interrogare Dio, chiedendogli nella preghiera di farmi capire, di darmi segni chiari, di aiutarmi a uscire dall'indecisione. Tutti i giorni mi presentavo a Lui chiedendogli discernimento, domandando di portare alla luce ciò che di me ancora non era manifesto, perché potessi seguire il cammino che più mi somigliava.

E Dio, come avrei presto capito, mi aveva preso alla lettera, rispondendomi in un modo così eclatante da spiazzarmi completamente sino a farmi pentire di averglielo chiesto.

Quando ero arrivato in convento conoscevo personalmente soltanto un frate, incontrato un paio di anni prima, quando avevo visitato una sede italiana di quella comunità religiosa, fuori Roma. E il destino – per ora lo chiamo ancora così – aveva deciso che sarebbe stato proprio lui il mio «direttore spirituale». Una sorta di mentore, di confidente, di fratello maggiore con cui potermi confrontare e a cui affidarmi. Ma dopo un anno, quando finalmente cominciavo a sentire che la mia vita era piena e appagata in tutti i sensi, cominciai a notare qualcosa di strano. Apparentemente era tutto uguale, metodico, rassicurante. Invece dentro di me sentivo sobbollire un sentimento nuovo. Inizialmente una sorta di tristezza ingiustificata, che però si trasformava velocemente in rabbia. Una rabbia di cui non capivo la causa, le ragioni. Eppure, c'era qualcosa che non andava. Non mi fu subito chiaro, e in tutta la sua drammaticità, cosa stesse succedendo. Avvertivo qualcosa di simile a un'increspatura nel rapporto con quella persona. Mi sembrava improvvisamente di non essere più ascoltato con la stessa attenzione e mi accorgevo che mi veniva dedicato sempre meno tempo. Allora avevo cominciato a sentirmi escluso, poco considerato proprio dalla persona a cui avevo affidato me stesso, le mie paure, i miei slanci, il desiderio di trovare la felicità in quella vita.

Cercavo di tenere a bada la mia inquietudine, provavo a scacciare i dubbi quando si facevano troppo pressanti, ma era come far uscire continuamente un moscone dalla finestra e vederlo rientrare dalla porta. Ho combattuto, resistito, fingendo persino di ignorare quel che stava accadendo. Ma forse ero troppo giovane per farmi vincere dalla paura, e allora un po' alla volta decisi di guardare dentro di me come se fossi uno spettatore. Mi fu difficile vincere la vergogna per quel che provavo, e poi riconoscerlo, ammettere quel che era e che diventava sempre più evidente. Furono giorni burrascosi, ma avevo capito che non potevo andare avanti senza dar voce a quel nuovo arrivato. Lasciai che si manifestasse, che prendesse lo spazio che pretendeva per esprimersi, che si sentisse libero di dire, gridare ciò che pensava. E un giorno fu tutto molto chiaro: ero geloso.

Ero geloso del mio direttore spirituale, o forse dovrei dire dell'uomo che adesso vedevo. Ma come? Che senso aveva? E di nuovo avevo combattuto, resistito, ma non riuscivo più a ignorare quel che stava accadendo. Fino a quando la verità come un copioso corso d'acqua era esondata rompendo ogni argine con una violenza inaudita. Quel che provavo aveva un nome solo, semplice e inequivocabile: amore.

Mi ero innamorato. Di lui!

18
Dirlo a lui

Era stata una grande vittoria l'aver riconosciuto con me stesso da che parte guardasse il mio cuore, ma in quel momento si trattava solo di tirare un sospiro di sollievo, di riemergere per un secondo da una mareggiata in cui stavo annegando, perché improvvisamente tutte le mie certezze erano scomparse. Era scomparso il paesaggio in cui avevo scelto di vivere, era sparita la terra sulla quale poggiavano sicuri i miei piedi. Forse per questa sensazione di perdita irrimediabile, più che per coraggio, appena dopo aver dato un nome a ciò che provavo ho deciso di parlarne. Anche se l'unica persona con cui avrei potuto farlo era il mio direttore spirituale. E il mio direttore spirituale era l'uomo di cui ero innamorato.

Ricordo perfettamente quel momento, il suo ufficio, la luce sporca di un cielo grigio che provava a entrare dalla finestra alla mia sinistra, e le parole che ho detto. Mi ero presentato con gli occhi pieni di lacrime tenute a bada, mi ero seduto. E lui aveva alzato gli occhi da un libro e mi aveva sorriso. Quel sorriso che mi aveva confuso e poi portato fin lì.

«Cosa succede?» mi aveva chiesto senza perderlo, quel sorriso – l'ultima volta che lo avrei ricevuto come regalo, dedicato a me, solo per me.

«Sono omosessuale».

Forse tra noi calò il silenzio. Ma fu breve. Come un'esitazione.

«Perché lo pensi?»

«Perché sono innamorato».

«E pensi sia un problema?»

«Non è un problema, è una merda gigante. E il problema sei tu».

Ebbi bisogno di prendere fiato per continuare: «Mi sono innamorato di te».

«Sei sicuro di quello che provi?»

«Vaffanculo».

E finalmente piansi. Insieme alle lacrime si liberò una rabbia che neppure sapevo di provare, almeno non così, e che comunque non mi concedevo. Adesso sentivo di essere in diritto di incazzarmi, di protestare.

«Non mi hai risposto». La sua voce restava pacata e continuava a sorridermi, non più apertamente come prima, piuttosto per incoraggiarmi a parlare.

«Ti ho detto vaffanculo. Perché io? Perché? Che cazzo di scherzo di merda, vaffanculo! Che fregatura è questa, eh? Adesso cosa faccio? Perché deve succedermi questa cosa? E proprio adesso? Dio mi ha preso in giro, Dio mi ha rovinato! Io odio Dio e odio te! E adesso voglio morire. Hai capito? Voglio morire!».

Mi guardò a lungo negli occhi. Non era sorpreso.

«Mi dispiace moltissimo vederti soffrire. Ti sono vicino nel dolore. E ti voglio bene anche per l'eccesso delle tue emozioni... Capisco che adesso ti sembri tutto finito, ma niente è impossibile a Dio, e lo vedrai. Perché comunque non credo che ti ucciderai, anche se ora lo pensi davvero».

Adesso ero io a guardarlo, interrogativo e diffidente. Cosa voleva dirmi?

«Sei troppo innamorato della vita, per fortuna!»

«Scusa tanto, ma come fai a dirlo con tanta certezza?»

«Sei troppo goloso, soprattutto di dolci!».

Ecco, il mio primo e più importante coming out finì così, con un pianto che diventò una risata.

E tante volte nella vita avrei ritrovato questa formula per superare il dolore e la mia grandissima nemica, la rabbia. Ancora oggi mi capita di dimenticarmene e di restare imprigionato nella sofferenza, finché non mi ricordo che proprio da quel fondo in cui sono finito posso risalire in un attimo, se trovo anche solo una ragione per ridere di me. Oggi so che tutte le volte che nei momenti peggiori esercitiamo l'autoironia, senza saperlo stiamo pregando. Anzi, stiamo conversando faccia a faccia con Dio.

«Cosa faccio adesso?». Lo chiedevo a me, lo chiedevo a Dio, e a lui.

«Puoi fare quel che fanno tutti gli omosessuali che sono nella Chiesa. La tua scelta di vita può restare la stessa, puoi vivere in povertà, castità e obbedienza esattamente come un eterosessuale. Anzi, puoi decidere che la tua vita, la tua preghiera siano indirizzate alla consolazione e al sostegno di tutti coloro che si trovano e si troveranno nella tua condizione di nuova consapevolezza».

Belle parole, e una risposta che riconoscerò sempre come amorevole e appropriata.

Aveva ragione: non c'è differenza di orientamento sessuale nel consacrare la propria vita per libera scelta. Avrei potuto continuare la mia strada con coerenza, studiare, forse intraprendere la via del sacerdozio e vivere al servizio della mia comunità. Non tutto era perduto. Anzi, nulla lo era. Nemmeno il tempo e le energie spesi per arrivare fin lì.

C'erano aspettative nei miei confronti, e non le avrei deluse. C'erano proposte di scuole scelte per la mia formazione. Potevo studiare filosofia e poi teologia con i migliori. E con il sostegno di tutti.

Nella mia testa vedevo in *fast forward* le immagini di me dopo qualche anno: laureato, consacrato, ordinato.

Certo, mi ero preso un grande spavento, ma davanti a me c'era ancora un futuro di successo.

Non so come a un certo punto abbia trovato la forza di darmi uno schiaffo e riprendermi dalla visione di quel film falso e perfetto allo stesso tempo. Quasi stucchevole. Anzi, lo so: la lucidità di guardarmi onestamente prima di prendere qualunque decisione non veniva da me.

Tutto poteva essere come speravo, come avevo previsto io. Una strada piana e prevedibile.

Ma come recita un noto proverbio ebraico: «L'uomo pianifica e Dio ride».

Non potevo rispondere a nessuna logica di convenienza, né di praticità o buon senso. Dovevo solo ascoltarmi. E se porgevo l'orecchio, le parole potevo sentirle chiare e forti.

Avevo appena scoperchiato un vaso dal quale stavano sgorgando emozioni, adrenalina, paura e desideri nuovi. Capii che se li avessi sospinti fuori dalla porta sarebbero tornati a perseguitarmi come fantasmi non appena avessi abbassato la guardia. E la vita vera non poteva essere una vita con la guardia alzata.

L'unica possibilità di coerenza era abbracciare questa nuova consapevolezza, anche se mi faceva paura da morire, e lasciare che questa mi conducesse verso nuove strade, o forse verso le stesse strade, ma in modo diverso.

La mia decisione di lasciare il convento venne ufficializzata poco tempo dopo. In quei giorni si decise la mia nuova destinazione, una casa della comunità in cui non conoscevo nessuno, in cui potermi sentire libero di far affiorare ogni cosa «senza essere influenzato da legami sentimentali e amicali». Al momento della partenza tutta la comunità avrebbe pregato per me, per il mio nuovo percorso. Un percorso che nessuno di loro conosceva, e che era ignoto anche a me.

19
La mia prima estate gay

E poi tornai a casa. Ma quella dov'ero nato e dove ancora vivevano i miei genitori non rappresentava un riparo, un rifugio, una cuccia calda nella quale leccarmi le ferite. Al contrario, per me era l'avamposto di una terra straniera in cui mi aveva precipitato la consapevolezza di essere omosessuale. Il mondo intero mi sembrava un'isola sconosciuta a cui ero giunto dopo una lunga notte di tormenta. Tutto mi ero ignoto adesso, e di quel territorio straniero mi accingevo a esplorare l'interno, fatto di vegetazione esotica dai colori vivacissimi e dai profumi forti. Mi addentravo pieno di emozione e adrenalina verso un paesaggio interiore che mi attirava come un atollo tropicale, misterioso e inquietante. Nessun sentiero era stato tracciato, avrei dovuto immaginare un cammino tutto mio, soltanto mio.

Come ho già raccontato, una volta lasciato il convento avevo avuto una conversazione piuttosto accesa con Lui, che mi aveva portato dritto dritto in quel cul-de-sac: gli davo una sola chance, volevo proprio vedere se era capace di darmi un segno, una risposta. Così, a giugno avevo fatto una telefonata – anzi, *la* telefonata, perché lo avevo avvertito che sarebbe stata l'unica – a una delle tante accademie di danza di Milano dove a settembre sarei potuto entrare se avessi superato il test di ammissione. Peccato che non sapessi ballare, né cantare e men che meno recitare, ma come poi miracolosamente è andata a finire lo sapete già, e comunque tra me e quel momento terrificante c'era di mezzo l'intera estate.

È vero, avevo conquistato la consapevolezza di chi fossi e cosa desiderassi, ma non bastava. Non avevo metri di paragone. Non c'era nessuna figura di riferimento a cui guardare e neppure un immaginario dal quale attingere fantasie di cui nutrirmi. Una volta finiti in un altrove sconosciuto non siamo in grado di decifrarne l'idioma, e io dovevo imparare di nuovo come esprimermi, a partire dall'alfabeto. Inoltre avevo bisogno di incontrare altri come me, ma non sapevo dove andare né a chi chiedere.

Una sera presi l'auto e da Monza andai a Milano con il preciso intento di trovare un'edicola dove comprare una rivista pornografica.

Era un passaggio fondamentale per me, non tanto per le eloquenti immagini delle infinite pratiche sessuali, ma per la presenza degli annunci. Annunci di luoghi d'incontro esclusivamente gay. A porta Venezia si può trovare ancora oggi il chiosco dei giornali che è come un faro per il popolo della notte e offre quotidiani ancora caldi di stampa, oltre a un ampio reparto hard che viene esposto al calar del sole e poi di nuovo risistemato sotto chiave all'arrivo delle prime luci.

Guardavo il neon illuminare le copertine delle riviste che ricoprivano tutta la parete dell'edicola dal finestrino della macchina, parcheggiata dall'altra parte della strada. Cercavo di immaginare come sarei entrato, come mi sarei mosso, cosa avrei detto. Ero impaurito e imbarazzato. Come comportarmi per fingere naturalezza? E se avessi incrociato lo sguardo di qualcuno in grado di capire cosa stavo cercando?

Conto fino a cinque e poi esco.

Uno, due, tre, quattro, chi cazzo è questo che entra?

Che ansia. Ora vado.

Uno, due, e se non ci sono riviste gay?

Ma sì che ci sono. Oddio, forse ci sono ma non esposte.

Allora chiedo: avete qualcosa per bisex?

Ma che cazzata, si capisce cosa cerco se dico così.

Su, non fare l'idiota, se vendono materiale pornografico cosa gliene frega del genere che cerchi?

Dai, adesso vado.

Uno, due, tre, però se le riviste non sono esposte e devo chiedere, allora aspetto che non ci sia nessuno.

Alla fine la rivista la comprai. Anzi erano due, tenute assieme dal cellophane.

Fu come bere acqua direttamente da una cascata.

I corpi, i sessi, i ruoli, le posizioni erano esibiti con una disinvoltura che la mia mente non si sarebbe mai concessa neppure di fantasticare.

E c'erano moltissimi annunci. Corredati da immagini e foto di serate speciali. Non avrei avuto il coraggio di andare in uno di quei posti.

Come ci si presenta all'ingresso? Come ci si veste?

Ero disperato per la mia impreparazione.

Per giorni sfogliai e risfogliai quelle riviste. Guardavo i riquadri a margine delle pagine, scorrevo i nomi dei club. Erano tantissimi, molti di più di quel che immaginassi. C'erano discoteche, semplici bar, ma anche cruising, saune e feste a tema sessuale. Mi sembrava tutto troppo esplicito, troppo esibito. Così decisi di virare su un passaggio intermedio, e chiamai il numero del telefono amico dell'Arcigay di Milano, stampato all'interno della copertina di uno dei giornali.

«Ciao, sono Matteo, come posso aiutarti?»

«Sì, ciao. Ehm, ho bisogno di un'informazione... Insomma, ho capito di essere gay. Cosa devo fare?»

«In che senso, cosa devi fare?»

«Cioè, non conosco nessuno, diciamo, dell'ambiente, non so dove andare».

«Ah, ecco. Allora, se sei di Milano o dei dintorni prova a fare un salto all'Afterline. Si trova vicino alla stazione centrale».

«Aspetta che me lo segno, solo un secondo, prendo una penna... dicevi che si chiama?»

«Afterline. Si trova in via Sammartini».

«Zona stazione centrale, giusto?»

«Esatto».

«Sai dirmi anche a che numero?»

«No, non me lo ricordo! Ma lo trovi, vedrai».

«Grazie. Grazie mille».

«Figurati. In bocca al lupo! E se avessi bisogno, ricorda che noi siamo sempre qua».

La forza rivoluzionaria del volontariato. Quante chiamate avrà ricevuto Matteo in tutte le ore di servizio gratuito prestate a rispondere a quel numero? Sicuramente chiamate molto più importanti della mia, magari casi difficili, forse drammatici. Ma anche per una richiesta apparentemente banale come la mia, una risposta comprensiva e gentile può fare la differenza.

Via Sammartini corre parallela ai binari della ferrovia, che in prossimità della stazione centrale sono sopraelevati, creando un alto muro come quello di un castello medievale. Si tratta di una strada a senso unico, per cui la prima sera dovetti percorrerla due o tre volte, a venti all'ora, guardando a destra e a sinistra, prima di trovare quel benedetto bar gay.

Ricordo che mentre osservavo le insegne e scrutavo i passanti cercando di capirne l'orientamento sessuale, mi chiedevo chi fosse questo Sammartini. Fin da bambino mi divertivo a leggere i nomi delle strade, una volta affissi agli angoli degli edifici su riquadri di marmo dove veniva specificato chi fosse stata la personalità in questione e le date di nascita e morte, pensando che fossero santi laici o qualcosa del genere. Non ero troppo lontano dall'idea che oggi abbiamo della celebrità. E mi stavo appunto chiedendo se presto o tardi avrei dovuto essere grato a questo Sammartini per l'opportunità che mi stava dando, quando apparve alla mia destra una porta di vetro con una tenda rossa e, davanti, un nugolo di ragazzi che sembravano di ottimo umore. Ero arrivato.

Dopo qualche minuto di esitazione lasciai l'abitacolo dell'auto e mi diressi verso la soglia del mio futuro me stesso. Un tizio all'ingresso mi porse una tessera per le consumazioni; superato lui, ero finalmente dentro: un ambiente spazioso, tavolini da quattro, luci soffuse e schermi luminosi. E piuttosto affollato, troppo per il mio primo approccio, motivo per cui non ebbi il coraggio di affrontare lo sguardo di nessuno e mi diressi dritto verso il bancone del bar occupando il primo sgabello libero.

Solo una volta seduto avevo alzato gli occhi e cominciato a perlustrare i presenti, in cerca di un contatto visivo cordiale, un bel viso, un qualunque segno di incoraggiamento. Restai nella stessa posizione per il tempo di un drink, poi tornai a casa. Andò nello stesso modo per le tre sere successive, fino a quando non trovai il coraggio di rispondere con un sorriso al sorriso rivoltomi da uno sconosciuto, ad attaccare bottone, a conoscere qualcuno, a mettermi a chiacchierare mentre venivo presentato ad amici di amici con cui darsi appuntamento per la settimana successiva, precisamente per il giovedì, la serata del single party.

La mia nuova vita era iniziata.

E fu proprio durante un single party che al tavolo a cui sedevo con un gruppo di amici, persi di vista troppo presto per ricordarli ancora, si avvicinò un ragazzo con il ciuffo biondo, gli occhi verdi e un sorriso che mi aveva letteralmente paralizzato. Si era presentato chiedendo come si chiamasse un tipo carino come me. Non ho mai saputo cosa risposi a causa dello stato confusionale in cui versavo.

La serata fu piena di allusioni e risate mentre il dj leggeva al microfono, tra una canzone e un'altra, i nostri bigliettini. Era la regola di quelle serate. All'ingresso si riceveva un adesivo con un numero da appiccicarsi addosso bene in vista, e durante la serata si poteva fare una dedica a qualcuno dei presenti restando più o meno anonimi. Funzionava così:

«Messaggio per il 136: ti vedo da un po' di sere e mi piaci molto ma non avevo il coraggio di dirtelo. Se vuoi sapere chi sono mi trovi all'angolo sinistro del bar. Io sono l'84».

«Messaggio del 23 per il 57: hai un culo meraviglioso!».

Immaginate la sorpresa quando da dietro le mie spalle si allungò un braccio per consegnarmi uno di quei bigliettini di carta colorata. Il braccio in questione era proprio di quel biondo bello come il principe della collina di Candy Candy, e il biglietto conteneva il suo numero di cellulare.

«Chiamami se vuoi, ciao», e se ne andò.

Quanto posso averci messo a chiamare quel numero?

Esatto, dieci minuti d'orologio, serviti per placare gli animi degli astanti un po' increduli, forse invidiosi, di certo molto divertiti dalla mia faccia sconvolta.

«Ciao, sono Diego, quello a cui hai detto di chiamarti».

«Ciao Diego, io sono Esteban. Sei latino come me?»

«Sei latino??? Ahh, eh, no, io sono italiano, ah ah! Forse ti disturbo».

«Ma no che non disturbi, sto guidando e ho ancora molta strada da fare».

«Ahh, certo, certo! Molta strada. E… dove vai di bello?»

«Sto andando in vacanza a Riccione, ho dieci giorni di ferie che sono iniziati ufficialmente stasera».

«Che bello, beato te! Ti divertirai un sacco».

«Lo spero, anche se parto da solo perché nessuno dei miei amici poteva venire. Anzi, perché non vieni a trovarmi, magari nel weekend, così ci divertiamo assieme?»

«Aaaaah! Cioè volevo dire ah, sarebbe bello (sarebbe un sogno!!!), ora provo a capire come organizzarmi, dove stare…»

«Ma no, puoi stare da me».

«Lo dici seriamente o mi prendi per il culo?»

«Sono serissimo. Ti mando l'indirizzo del mio hotel con un sms».

«Ok, allora domani capisco come fare e ti scrivo».

«Perfetto, Diego, ci conto».

«Contaci Esteban, a domani!».

La sera dopo ero già in autostrada.

In quel periodo lavoravo alla Caritas per terminare il servizio civile e avevo diritto a una sola settimana di permesso che mi giocai tutta per quella vacanza, come se si trattasse di un numero vincente alla roulette.

E vincente lo fu, ma in un modo molto diverso da come avevo sperato.

Esteban mantenne la parola, mi ospitò, e mi amò. Ma fu proprio durante il lungo abbraccio immediatamente successivo al nostro amplesso che, accarezzandomi i capelli, mi spiegò che voleva continuare a divertirsi, ci teneva davvero, però non soltanto con me.

Quel giorno imparai che i sogni d'amore posso svanire con la violenza e la velocità di una sberla, ma anche che tra maschi esiste la possibilità di mantenere una relazione in cui restano il cameratismo, la solidarietà e la complicità anche se non è esclusiva. Insomma, ero passato dall'essere un flirt ad amante e poi ad amico nel tempo di una trombata.

Ma mettere il nostro rapporto su questo piano, a parte l'ovvia delusione iniziale, mi permise di trovare una spalla per la mia nuova consapevolezza di omosessuale.

Molto in me era cambiato. Innanzitutto le pulsioni sessuali erano tornate quelle di un sedicenne, era come se fossi stato catapultato indietro nel tempo per poter affrontare una nuova iniziazione sentimentale. L'esplorazione del mio corpo da parte di mani diverse da prima, mani che sapevano dove accarezzare e dove stringere in luoghi che nemmeno sapevo di avere, mi provocava sensazioni di paura e insieme di estasi. E poi la travolgente scoperta del corpo dell'altro. Di ogni altro incontrato e scelto da quell'estate in poi per fare quella cosa che chiamiamo amore ma che per me all'inizio, in quel nuovo inizio e per lungo tempo, ha coinciso con un corso accelerato del piacere, dato e ricevuto, a volte in modo insicuro e impacciato, a volte deciso e vorace. Un turbine di emozioni il cui epicentro fu la discoteca Classic, l'unico locale gay della riviera, allora rinomato per la presenza di una piscina, di un giardino e di molte sale da ballo. Mi feci assumere come «bicchieraio» per potermi pagare gli ultimi giorni di vacanza. Raccattando bicchieri sporchi fino all'alba mi aggiravo felice tutta la notte sentendo di essere nell'ombelico del mio nuovo mondo, riempiendomi le tasche di numeri di telefono e la testa di progetti per il futuro. Cosa ne sarebbe stato di me? I sogni di un tempo erano stati definitivamente archiviati, le vecchie alternative – una famiglia con una moglie e dei figli – decisamente inattuabili. Ripartii salutando al casello il cartello con la scritta «Benvenuti», e il sole incendiato dal tramonto. L'autoradio suonava *Drinking in L. A.*, la mia canzone di quella estate. Io avevo più banalmente ritirato bicchieri a Riccione. Ma ero certo che quel posto mi avrebbe dato ancora molto. E non mi sbagliavo.

20

Cinque, sei, sette e otto

La lettera «e» ha il suono aperto nel dittongo «-ie»

Esempi: *bandièra*, *ièri*, *cavalière*, *lièto*, *dietro*

Eccezioni («e» chiusa):

- nei suffissi dei vocaboli di derivazione etnica (es.: *ateniése*, *pugliése*, *marsigliése*, ecc.)
- nei suffissi dei diminutivi in «-ietto» (es.: *magliétta*, *fogliétto*, *vecchiétto*, ecc.)
- nei suffissi dei sostantivi in «-iezzo» (es.: *ampiézza*)
- nei vocaboli *chiérico* e *bigliétto*.

Il mento quasi sfiorava il quaderno con gli appunti appoggiato sulla panca; le mie gambe a terra mandavano al cervello stilettate di dolore mentre col peso del corpo cercavo di allungare tendini e ginocchia nella posizione della spaccata alla seconda, quella frontale.

Come una strana stella marina aggrappata allo scoglio mi tenevo con le mani alle assi di legno della seduta e molleggiavo ripassando gli appunti di dizione. Ai piedi indossavo ancora le scarpe di tip-tap, la lezione era finita da poco.

Attenzione: queste parole hanno la «e» chiusa!
Forme verbali di crédere e vedére: crédo, védo, crédi, védi.
N.B.: io crédo nel crèdo!!!

L'insegnante di classico mi aveva detto che non farò mai abbastanza stretching: i muscoli corti che mi ritrovo vanno bene per i salti, ma per le linee sono un disastro.

E la danza è fatta di linee. Continue nella classica, spezzate nella moderna. Ma sempre linee sono. Vai a spiegarlo a questo corpo. La mia testa era piena di nuove parole. Nomi di figure, istruzioni che sono l'abc di questa disciplina. *Fouetté*. *Bounce*. *Arabesque croisée*. Se non li conosci non capisci niente. Ma anche adesso che sapevo cosa significassero restava il problema di insegnarli al corpo. Di convincerlo a eseguirli. E in modo aggraziato. O almeno decente. E poi, in quanti diversi modi puoi fare anche solo un semplice *port-de-bras*? La direttrice dell'accademia Music, art & show, dove ero appena entrato, ci aveva raccontato che all'ultima audizione per il suo spettacolo aveva selezionato danzatori e danzatrici osservandoli unicamente alla sbarra. *Plié*, *grand plié*, *tendu*, *frappé*, *rond-de-jambe à terre*, *rond-de-jambe en l'aire*, *adage*. Fine.

Lei diceva che se hai qualcosa da dire ti basta uno sguardo per riempire il palco.

Me lo ripetevo ossessivamente dal momento che non esisteva una sola figura che mi riuscisse bene, nemmeno dopo averla provata e riprovata dieci volte.

Giusto il giorno prima ero riuscito a fare per la prima volta due *pirouettes* a destra senza cadere. Ma comunque il ginocchio destro, quello della gamba in *passé* era troppo basso.

Dicono che i muscoli hanno memoria, i miei non avevano

nessuna intenzione di imparare quel maledetto *passé* con il ginocchio alto.

Mi fanno male i piedi. Non ho nemmeno levato queste cazzo di *claquettes*.

Esercizio per la «e» aperta. Lettura ad alta voce.

I DÙE MULI, fàvola di Fèdro

Dùe muli camminàvano gravati ciascuno del pròprio càrico, uno portava ceste colme di denaro, l'altro, sacchi pièni di orzo. Il primo, fièro del sùo càrico fatto di monete preziose, marciava impettito e a tèsta alta scuotèndo con il collo le campane; il secondo, invece, èra più tranquillo e pacìfico. Improvvisamente, come in un agguato, piombano sulle béstie alcuni briganti e con le loro armi feriscono il primo mulo per portargli vìa le monéte, trascurando l'altra béstia che portava il vile orzo. Allora, méntre il mulo ferito e depredato piangeva la sua sorte, l'altro, disse: «Da parte mia l'èssere stato disprezzato è stata una fortuna, infatti, non sono ferito ed ho ancora integro il mio carico di orzo».

Sì, ma le «ceste colme di denaro» come si pronunciano? Cèste? O céste?

Ieri sera non dovevo uscire, cazzo. Stamattina a classico puzzavo ancora di alcol.

«Sei una cozza! O fai stretching per cent'anni o vai a Lourdes».

Paolo Mesi era entrato nello spogliatoio e non me ne ero neanche accorto. Da quanto tempo mi stava guardando?

Paolo era l'étoile dell'accademia. Un ex bambino prodigio nella danza arrivato lì senza nemmeno finire le superiori.

Studiava da privatista e oltre a tutte le ore di lezione previste per il terzo anno riceveva cure speciali dai professori che lo preparavano per future audizioni in teatri internazionali. Lui da noi era il Re Sole.

Mi fissava con soddisfazione e compatimento. Cazzo, ma proprio lui mi doveva beccare?

In quel piccolo mondo in cui gli standard sono altissimi e la richiesta di performance continua, il clima non era esattamente disteso: si lottava contro se stessi e i propri limiti fisici. O si vinceva, o si tornava a casa. E tra tutte le discipline che studiavamo, la danza era considerata la regina. Per cui, se sei un danzatore talentuoso, comandi tu.

A settembre a iniziare il primo anno partendo da zero eravamo in cinque. Dopo sei mesi eravamo rimasti in due. Ma se la gente scappava non era da imputare al programma di studio impegnativo, né al fatto che si arrivava tutte le sere a casa con le vesciche ai piedi e la schiena a pezzi, i muscoli sfiniti e la testa vuota, neppure al dover ricominciare il mattino seguente con il dolore che ancora ti tormentava. Si trattava di tensione psicologica.

I riferimenti a cui ispirarsi erano alti, i professori severi, e i compagni non si poteva dire che fossero di aiuto. Nella scuola ognuno faceva per sé, e l'altro non era mai un amico, semmai un possibile rivale.

Mi ricordo di una ragazza che al terzo giorno di classico, al riscaldamento alla sbarra si guardava intorno smarrita non riuscendo a capire le istruzioni del maestro. Allora mi ero spostato davanti a lei e le avevo sussurrato: «Senti, io il francese lo conosco, per cui so cosa chiede, ma non guardare come lo faccio». Se n'era andata prima di Natale. Mi dispiacque, era una che sorrideva sempre. Troppo poco cinica per resistere.

Non era il mio caso. Fin dall'inizio, quando avevo capito che ero lo zimbello della scuola per la mia goffaggine, invece di ingoiare l'orgoglio e digerire occhiate o sorrisini di scherno, avevo puntato tutto su quello che avevo in più e me lo ero tenuto stretto nella mano, pronto a usarlo per schiaffeggiarli uno a uno, se necessario. Così, da allora, quando la mia inettitudine diventava motivo di irrisione, non mancavo mai di ricordare ai miei compagni che nell'intera scuola oltre a me non c'era un altro allievo che sapesse pronunciare correttamente la parola *tendu*. O che avesse già letto uno qualsiasi dei testi che si studiavano a recitazione. Stupidi presuntuosi di 'sto cazzo.

Se avessi potuto alzare la gamba con la sola forza di volontà, o piegare il collo di questi piedi piatti una volta per tutte! Ma i miei erano, e sono, proprio piatti. Perché cazzo mia madre non mi aveva messo le scarpe correttive da piccolo?!

«I muscoli sono più corti stamattina, dovevi restare a casa a dormire», mi aveva aggredito Paolo.

«Forse hai ragione, effettivamente io e Julien stanotte abbiamo fatto le ore piccole!». La frase era ruzzolata fuori dalle mie labbra ancora prima che avessi deciso di pronunciarla. E mi resi conto che suonava come una sfida.

Lo sguardo di Mesi si rabbuiò, aveva accusato il colpo. E mi si avvicinò minaccioso.

Non so chi voglio diventare, sono un caso strano, per età fuori corso, confuso e frainteso da chi mi sta intorno. Cosa ci faccio qui, con loro, con la danza? Resisto per spirito di competizione? E alla fine: mi interessa davvero?

La verità è che cominciavo a non poter fare a meno di tutto questo.

Un *développé* alla seconda, portato in *arabesque* tornando alla seconda, e poi in avanti e poi alla seconda, due *rond-de-jambe*, quinta posizione e mezzo giro: quando vidi la mia compagna Gaia eseguire l'adagio alla perfezione, mi commossi. E mi vergognai di me stesso. Adesso capisco perché per i greci la danza è una musa. È come una maliarda che ti affascina e ti fa suo lentamente. Più provi a danzare più, nonostante i risultati, ti senti abitato da una forza aliena.

Il mio corpo per la prima volta era vivo come non lo era mai stato. Lo sentivo più di quando avevo fame, più di quando sentivo freddo. E oltre i suoi limiti, come se avessi potuto godere in anticipo di quello che sarebbe potuto diventare migliorando; lo sentivo nella sua gloria, trasfigurato. Anche se lo specchio mi rimandava un'immagine imperfetta rispetto agli altri, mi sembrava che quella musica, quel muoversi nell'aria e contro la gravità mi ubriacava. Il mio corpo era qualunque cosa, e viveva mille vite nel tempo di «tre otto» di coreografia che imparavo.

Odiavo non riuscirci. Odiavo Gaia che ci riusciva così facilmente. E senza nemmeno sapere che nella mitologia greca la danza era una delle muse. Odiavo vedere negli altri quel che non potevo avere eppure lo desideravo così tanto. Odiavo, come può odiare solo chi ama non corrisposto.

Ero in competizione con i miei compagni, a volte li detestavo, spesso mi sentivo in soggezione. Ma la verità era che li stimavo.

«Quindi tu e Julien ieri vi siete divertiti».

«Beh, direi proprio di sì». Stavo sostenendo il suo sguardo, ma dentro vacillavo.

Allora Paolo venne verso di me. E prima di lui avanzava la sua bellezza, che sembrava provenire dal profondo della terra, da una natura vincente. I capelli biondi gli cadevano in piccoli ricci sulla fronte, come il David di Michelangelo, appena sopra le sopracciglia scure e volitive. Il suo corpo era un fascio di nervi dalle proporzioni greche, di una grazia che confondeva. Continuava a guardarmi negli occhi e non sapevo cosa volesse. Mi sentivo surclassato, in imbarazzo, e nel percepire di riflesso la mia imperfezione, provavo quasi paura.

Com'era stato diverso la sera prima. Fuori da lì eravamo tutti uguali, nessuna competizione, nessuna differenza mentre ballavamo sulla pista del Segreta. Quando ci eravamo incontrati, Paolo era con Julien, il suo amico, un inglese che a Milano studiava lingue orientali, con il quale viveva da un bel po' una strana relazione di cui nessuno avrebbe mai capito niente. Ma francamente dei dettagli della loro storia me ne fregava ben poco, quando vidi avvicinarsi Julien e decisi di provarci. Successe all'improvviso. Lui mi guardava e sorrideva. Ballava continuando a sfiorarmi, dicendomi una cosa sola, semplice e inequivocabile. E io scelsi in un attimo.

Finimmo a letto a casa sua, ubriachi e divertiti per quello che ci stava succedendo, ma anche, me ne rendo conto solo ora, per quanto stavamo facendo alle spalle di Paolo.

Non ero neppure tornato a casa troppo tardi, avevo ancora il suo sudore addosso.

Forse Julien voleva solo far ingelosire Paolo. Magari ero stato solo una pedina di un gioco di potere tra quei due. Non era stato lo stesso gioco anche per me? Avevo avuto l'occasione di cogliere la mia chance di successo. E l'avevo afferrata al volo.

Paolo si avvicinò e io mi alzai in piedi. Voleva pareggiare i conti? Farmela pagare?

«Fai bene a divertirti», mi sorrise sarcastico. Avevo temuto che volesse tirarmi un pugno.

Invece mi afferrò la nuca e mi baciò. La sua bocca era aggressiva, quasi feroce. Nessuna incertezza. Non aveva bisogno di conferme, di chiedersi se mi piacesse. Non stava provando a sedurmi. Imponeva il suo potere.

Mi afferrò per le spalle e mi trascinò nelle docce. Non c'era nessuno, ma l'idea che da un momento all'altro qualcuno potesse entrare non sembrava neanche sfiorarlo.

Con una mano entrò nelle mie mutande, e si comportava come se quel che c'era lì dentro fosse roba sua. Io ero roba sua. Mi limitai a imitarlo. Non avevo la forza di imporre la mia volontà. Ma la verità è che non sapevo cosa volevo. Non avrei mai nemmeno osato desiderare quel momento. Di certo volevo lui. Ci toccavamo e intanto ci liberavamo dei vestiti con desiderio animale. Tenendo il viso appiccicato al mio mi fissava sempre con quel sorriso, e lentamente si inginocchiò senza smettere di guardarmi. Farà tutto restando occhi negli occhi, decidendo il ritmo del mio piacere. Il suo pene enorme mi intimoriva. Anche da quel punto di vista mi sentivo surclassato. Persino in quella posizione di apparente inferiorità era lui a dominare. Non c'era sottomissione nei suoi gesti. Semmai comando. Facevamo e ci facevamo tutto quello che decideva lui. Eravamo sudore salato in bocca, odore di pece, sangue che pulsava.

L'orgasmo arrivò nello stesso momento per entrambi. Un istante dopo mi stava sorridendo.

«Tutto qui? Salutami Julien». Paolo mi concesse una carezza, raccolse le sue cose e mi voltò le spalle.

Era venuto a cercarmi per mettere un punto. Con un gesto aveva ristabilito la propria autorità nel suo territorio, rimettendo me e le mie velleità al loro posto, in un angolo.

Ma sorprendentemente non mi sentivo né umiliato, né

sconfitto. Intuivo di essere finalmente entrato in un meccanismo, di far parte di quel regno, di esistere.

Mi rivestii lentamente, pentendomi di essere stato così stupido la sera prima. Stupido e vigliacco. Poi, un po' alla volta, dentro di me si fece strada una sensazione rappacificante e misericordiosa. Mi ero esposto comportandomi in modo goffo e vile, ma forse volevo un pretesto per trovare quel che cercavo: un nemico. Che a quel tempo era la cosa più vicina a un amico a cui potessi aspirare.

Forse da quel momento ho cominciato a pensare di essere incluso, di appartenere. Appartenére, lo so, si pronuncia con la «e» chiusa.

21

Bello, bello, bello da capogiro

«Vuoi fare un tiro?».

Alessio mi passa la canna che tiene tra il pollice e l'indice, senza aspettare la mia risposta.

«Quando entriamo scegliamo lo stesso gruppo, ok?», e aspiro a lungo. «Dimmi che questa cosa mi calma».

«Ma sììì! Io fumo sempre prima di un'audizione. Mi fa entrare di più nella musica, mi scioglie e mi rilassa. Lo sai che la tensione tira brutti scherzi, amico mio».

Alessio lo avevo conosciuto appena finita l'accademia, un paio di anni prima, quando lavoravo saltuariamente al programma di Paolo Limiti che allora andava in onda sulla seconda rete Rai. Un ballerino straordinario, e probabilmente anche il più sincero che abbia mai conosciuto.

La prima volta che mi aveva visto ballare il suo commento era stato: «Tecnicamente sei un po' scarso, mi sa che devi studiare ancora molto», e avevo sentito una tale onestà nelle sue parole che, nonostante avesse fatto quel commento ad alta voce e davanti a tutti, non mi ero sentito affatto ferito. Da quel giorno eravamo diventati amici: l'avevo riconosciuto subito come l'unica persona autentica in un ambiente in cui la sincerità era moneta fuori corso.

Poteva essere brusco, ma con me si era sempre dimostrato generoso. Mi ricordo di quando stavamo provando le coreografie per la tournée di Alexia; dopo una giornata di prove estenuanti, la nostra coach minacciò di cacciarmi: «Se domani non ti riescono decentemente questi due *otto*, sei fuori».

Ecco, Alessio era rimasto con me ancora due ore, quando ormai tutti erano andati via, finché non ce l'avevo fatta.

Comunque, quel giorno della canna eravamo allo IALS di Roma, un centro di danza dove si svolge la maggior parte delle audizioni televisive riservate ai ballerini. Ci attendeva un provino per un nuovo programma, e il coreografo era nientemeno che Steve La Chance, praticamente una leggenda.

Come sempre ci trovavamo insieme a una folla di aspiranti artisti, dovevamo compilare una scheda di presentazione, e aspettare, con l'adrenalina a mille e l'angoscia che aggrovigliava lo stomaco. Ci avrebbero chiamato dividendoci in quattro gruppi da venti e illustrato una breve coreografia per un massimo di tre volte. Poi, una volta partita la musica, ci saremmo giocati tutto. Perché alla fine della prova venivano selezionati i più bravi di ciascun gruppo, gli altri rimandati a casa, e allora iniziava l'ultima e più agguerrita competizione per essere tra i prescelti. Ormai la trafila la conoscevo a memoria. Ore di attesa. L'ansia che ti mangia vivo. E per me, un continuo senso di inadeguatezza.

Per fortuna, tra Alessio e me c'era solo amicizia. Altrimenti anche con lui avrei fatto i soliti macelli. Mentre stavo con Andrea ero andato a letto con Luca. Lo avevo conosciuto lavorando insieme in Sicilia. Era bellissimo. Mi aveva soggiogato da quanto era bello. Ed era anche un bravo danzatore, veniva dal teatro. Avevo subìto la sua presenza per i primi tre giorni, fino a quando non avevo capito che potevo interessargli. Fare sesso con lui era stato come prendermi qualcosa di quello che lui possedeva e che io non avevo, né, ero certo, avrei avuto mai.

Stesso copione con Claudio. Ok, non sono stato gentile con lui. Era un po' noioso; ma se non ero innamorato, perché ci sono rimasto sei mesi? Quando la sera andavamo a ballare passavo più tempo a guardarmi intorno per capire quanti e quali ragazzi mi notavano che a divertirmi con lui. C'erano momenti in cui mi pesava anche il fatto che fosse «semplicemente» un bancario. Se ripenso a tutte le volte che alla fine di una giornata di lavoro veniva ad aspettare che finissi le prove solo per salutarmi… Perché magari avevo già preso appuntamento con un altro, e allora con una scusa lo rimandavo a casa. Che merda sono stato!

Certo che quando Claudio prima di partire per un corso di aggiornamento a Londra mi aveva scritto una lettera d'amore con annesso il testo de *L'amico è* di Dario Baldan Bembo, il pentimento si era molto ridimensionato. Dall'imbarazzo l'avevo lasciato per telefono. Ma come gli era venuto in mente?

Comunque, il problema non era suo, ma come sempre mio. Meglio restare single e non far soffrire nessuno.

Anche quando stavo con Igor era un continuo litigare. Una volta era venuto a vedere le prove del mio primo Festivalbar, e a fine giornata mi aveva quasi insultato per quanto mi facevo trattare male dal coreografo. Non capiva che per arrivare su quel palco dovevo ingoiare l'orgoglio. Non capiva quanto fosse importante per me. E quanto dovessi sudare il triplo degli altri per superare i miei limiti. Avevo imparato a non sbagliare uno stacco di telecamera. A prendere tutti gli accenti e a capire dalla prova generale come il regista avrebbe inquadrato la coreografia per essere sempre perfetto. Con il faccino giusto. Con il più smagliante dei sorrisi.

Avrei voluto che capisse quanto era dura per me. Che non ero abbastanza bravo né abbastanza sicuro delle mie capacità per reggere la tortura psicologica delle audizioni: ce la farò?, non ce la farò?, riuscirò ad avere questo lavoro?

Comunque, quando ero partito per il tour avevo tradito anche Igor. Come se mi sentissi capito solo da chi faceva quel che facevo io, anche se poi da me voleva solo sesso. L'avevo tradito con Adam, un ballerino di colore che avevo conosciuto a Taormina, durante uno speciale di Rai 1 condotto da Milly Carlucci. Alla fine del programma c'era stata una festa, e si sa come vanno queste cose: avevamo bevuto, poi avevamo bevuto ancora, ed eravamo finiti a letto.

Qualche settimana dopo a casa, mentre ero nella doccia, Igor aveva fatto irruzione nel bagno impugnando il mio telefono e chiedendomi conto dei messaggini che scambiavo con Adam da quella notte in Sicilia. Litigammo, ci picchiammo, piangemmo. Gli avevo chiesto scusa per averlo ferito, la verità è che non sapevo perché lo facessi. Come se per compensare la poca fiducia in me stesso avessi avuto continuamente bisogno di essere rassicurato. E puntando sulla cosa più facile: la seduzione. Ero stato Passoni per una vita, poi *frère* Diego. E finalmente, piacevo: Dio solo sa quanto mi piacesse piacere. Era una droga quella sensazione di potere. Non ne avevo mai abbastanza.

Ma neanche è facile restare con i piedi per terra quando sei dentro lo showbiz, neanche quando sei l'ultimo ballerino dell'ultima fila. Durante il Festivalbar ero riuscito a conoscere le Destiny's Child bussando al camerino: ero entrato cantando una loro canzone con le lacrime agli occhi. Mi avevano accolto come si fa con un gattino bagnato. Con amorevole pena. A ripensarci, ero stato patetico. Ma quando mi ricapitava?

«Tre conti di intro, poi si parte in levare. Braccia su e mani aperte, in *relevé*, *chassé, pas-de-bourrée* e doppio giro. Scendo in *arabesque*, vado a terra, salgo in due conti, passo passo e salto alla seconda». Steve La Chance dava le sue prime indicazioni.

Dovevo assolutamente riuscire in quel provino. Nel mio mondo non c'era niente di certo, ogni volta si ricominciava. Dovevo fare il meglio che potevo. La sera prima mi ero riguardato i vhs con le registrazioni delle mie apparizioni in tv, e sognavo di restarci. Magari smettendo di sgambettare come un ossesso, magari conducendoli, quei programmi. In fondo l'italiano sapevo parlarlo correttamente. In fondo imparavo in fretta, più in fretta degli altri. Dovevo solo trovare qualcuno che mi notasse, e riconoscesse il mio valore.

Ma niente di quel che ero bastava mai. Mai abbastanza pronto, mai abbastanza simpatico. Mai abbastanza bello.

E verso tutti i belli che incontravo e non potevo essere nasceva il desiderio di possederli, anche solo un po'.

Cercavo di seguire Alessio che era accanto a me. Stavamo in terza fila per cui non vedevo bene quello che La Chance ci stava mostrando. Tanto valeva imitare quello che faceva lui, che non sbagliava mai. All'improvviso mi girò la testa.

«Ok, ancora una volta, poi proviamo con la musica».

Mi veniva da vomitare.

«Aspettate due giri e poi partite. Rifate tutta la coreografia due volte di fila. Pronti? Musica!».

Non saprei dire in quale momento diventò tutto nero e persi il contatto visivo. So che mentre stavo cercando di fare gli ultimi passi la musica si fermò.

«Stop! Tu, come ti chiami?».

Misi meglio a fuoco. Il grande Steve era proprio davanti a me, con il dito puntato.

«Passoni... Diego».

Tornò indietro, verso il tavolo, a rovistare tra le nostre schede: estrasse la mia dal mucchio e si riavvicinò più minaccioso che mai.

«Sei qui a prendermi per il culo? A parte che sembri stonato, prima di tornare a farmi perdere tempo studia almeno altri tre anni. Hai dei piedi imbarazzanti».

Sentii che stavo diventando paonazzo, mentre le ginocchia mi cedevano e la salivazione era azzerata.

«Esci, fuori di qui!».

Abbassai lo sguardo per non dover incrociare quello di tutti i presenti, tantissimi presenti, ballerini che avevo già incrociato e avrei incrociato in futuro – a meno che non mi fossi suicidato subito – e uscii più in fretta che potevo.

Solo dopo aver corso per cinquecento metri, come se volessi scappare da me stesso, mi fermai, mi sedetti sul marciapiede, e finalmente piansi. Per l'umiliazione, e la rabbia.

«Tieni, questa è solo una sigaretta, niente di illegale, lo giuro!».

Alessio me lo disse scoppiando a ridere. Mi aveva raggiunto alla fine del provino e mi aveva trovato nello stesso posto in cui mi ero accasciato due ore prima. Per tutto quel tempo avevo pensato al Gasoline, la discoteca in cui da due anni facevo il cubista: cominciavo seriamente a pensare che sarebbe stato l'unico palcoscenico dove mi avrebbero consentito di esibirmi. Lo abbracciai, e poi restammo a fumare, in silenzio. Inutile dire che lui era stato scelto.

«Senti, dopodomani c'è un'audizione con Tommassini. Ci fermiamo a Roma e andiamo assieme?»

«Grazie, ma no, non ce la faccio».

«Però non devi prendertela così! Oggi facevi cagare, domani spaccherai! Poi lo sai che Luca non rompe i coglioni sulla tecnica. E nemmeno sul piede piatto».

Maledetto piede piatto, mi perseguiterà in eterno. Ma perché mia madre non mi aveva messo quelle cazzo di scarpe correttive!

Alessio non poteva capire. Il problema con Tommassini era un altro. Insormontabile. Tommassini prendeva solo ballerini bellissimi. Troppo più belli di me.

Ma forse avere i piedi piatti e non essere abbastanza bello per Tommassini erano i miei limiti e allo stesso tempo ciò che più tardi mi avrebbe salvato.

Altrimenti, che persona sarei potuta diventare?

22
Le notti non finiscono

«Linea diretta, buonasera, sono Diego, come posso aiutarla?»

«Buonasera, mi chiamo Rossi Alberto, ho avuto un guasto alla macchina e sono fermo in corsia d'emergenza al chilometro 78 della A14. Il mio codice di assicurazione è 084293».

«084293. Signor Rossi, contatto il carro-attrezzi e la richiamo tra un minuto».

«Salve, sono uscita dalla Capannina a Viareggio e la mia auto non c'è più!»

«Ora controllo con il gps … Signora?»

«Valli. Vanessa. Ma la macchina è di Valli Antonio, mio padre».

«Signorina Valli, l'auto risulta in movimento».

«Cazzo, me l'hanno rubata, lo sapevo».

«Aspetti, non si allarmi, nel caso siamo in grado di tracciare il percorso. Ma dal satellite risulta che si sta spostando molto lentamente».

«Mi stanno facendo uno scherzo? È qui vicino?»

«Non so se è uno scherzo, ma per la nostra esperienza auto che si muovono a 30 all'ora non stanno scappando. Ricorda dove l'aveva parcheggiata?»

«Scusi, ma cosa c'entra? Comunque qui davanti, dall'altro lato della strada».

«Ha guardato se per caso ci fosse un cartello di divieto di sosta nei paraggi?»

«Quale cartello? Aspetti, vado a vedere. Cazzo! Rimozione forzata».

«Signorina Valli, stia tranquilla, troverà la sua macchina nel deposito più vicino. Ora verifico dove si trova e la richiamo».

«Pronto, assicurazione? Sono disperata, ho la casa allagata, il tappeto persiano in salotto rovinato, sembra che ci sia stata un'alluvione!»

«Signora, faccia un respiro e stia tranquilla, ci siamo noi. Può essere che si sia rotto un tubo nella notte? Lei o qualche vicino state facendo dei lavori in casa?»

«No, credo sia la lavatrice! L'ho fatta partire ieri sera prima di dormire perché mia suocera dice che di notte si risparmia e adesso come faccio?»

«Contatto l'idraulico più vicino e la richiamo subito, lei nel frattempo stacchi la corrente».

«Va bene, allora aspetto la sua chiamata… Posso almeno asciugare le scarpe col phon?».

«Buonasera sono il tour leader di Esperia viaggi. Un nostro cliente ha avuto un incidente cadendo da un tuk-tuk a Bangkok ieri sera e dopo una notte in ospedale è deceduto».

«Capisco. Ora apro la pratica per il rimpatrio della salma. Mi serve che risponda a qualche domanda. Era solo o con familiari?»

«Credo che fosse con l'amante».

Per riattaccare bastava premere uno dei tasti della pulsantiera del telefono. La cornetta la riappoggiavo poi, con calma. Nel frattempo, mentre rispondevo alla chiamata, avevo già aperto il file di richiesta assistenza con i dati anagrafici del cliente.

Molti usavano la cuffia con l'archetto e il microfono in stile *Ambra-di-non-è-la-rai*, la cosa più giusta da fare per non tornare a casa con la cervicale a pezzi a furia di avvicinare l'orecchio alla spalla per parlare al telefono mentre si scrive, ma così mi distraevo troppo. Finivo per cantare i pezzi di Britney Spears ai vicini di scrivania. E poi la notte non c'erano le chiamate a raffica che abitualmente arrivano di giorno. La notte era diversa. Durante il corso di formazione mi ero spaventato per la quantità di trilli che rimbombavano nell'open space dalle 9 del mattino alle 5 del pomeriggio. Avevo temuto che sarei impazzito dopo una sola settimana. Invece, scegliendo il turno di notte, dovevo sostenere un ritmo di lavoro completamente diverso. Il nulla per ore, poi, magari tra le tre e le quattro di mattina, l'inferno di richieste di aiuto.

Durante la settimana di corso avevo dovuto constatare di non possedere un guardaroba adatto a quel lavoro: ero stato costretto a indossare due volte la stessa camicia bianca dal momento che le mie erano o stampate in fantasie optical, di raso con collo a punta allungato, o smanicate con la zip. Durante quei lunghi giorni di test linguistici, lezioni sul sistema operativo e sulle tecniche di gestione e soluzione rapida dei problemi, mi ero sorpreso a pensare, imbambolato, a come fossi finito in un centro direzionale a fare il centralinista quando solo tre mesi prima mi era stato proposto di partecipare a un'audizione per *Saranno famosi* su Canale 5. Proprio non capivo come fosse potuto accadere.

Siamo educati all'epica dell'eroismo, per cui sappiamo

riconoscere il trionfale successo così come la tragica fine di un'impresa, ma nessuno ci insegna a decifrare e a gestire i segni del cedimento strutturale di un progetto. Cioè, quello che più spesso accade nella vita. Comprendiamo il senso dello sforzo per costruire un ponte gigantesco, e ci prepariamo all'eventualità che forze avverse possano distruggerlo, come una piena o un terremoto. Mentre invece quel che succede è che nella fretta di realizzarlo più alto e bello possibile ci sfuggono i dettagli, e allora più semplicemente il ponte cede un poco per volta, lentamente.

In quei giorni, mentre cercavo di incamerare più informazioni possibili su codici, priorità, urgenze e policy deontologiche al telefono, mi chiedevo quando il mio ponte avesse iniziato a indebolirsi, a imbruttire, e a diventare inutile.

La verità è che a un certo punto non ero più stato all'altezza del mio progetto.

Non ero più stato in grado di sostenere le mie scelte di vita. Non ero diventato un ballerino abbastanza bravo. Ed era stata questa nuova consapevolezza che mi aveva impedito di presentarmi a quel provino televisivo. Ma avevo mai voluto davvero esserlo, un ballerino? A 26 anni neppure avevo mai pensato a un piano B. Meno che mai a mettere via un euro.

Quando l'anno prima durante un tour estivo mi ero infortunato piuttosto gravemente, e anche irreparabilmente per il mio mestiere, ritrovandomi con lo schiacciamento di due vertebre e una spalla inservibile, avevo provato, insieme all'avvilimento e all'angoscia per il futuro, un ambivalente sentimento di sollievo: un altro capitolo della mia vita si chiudeva, da qualche tempo intuivo che quel sogno si stava esaurendo, ma non ero io a dover decidere, a caricarmi dell'enorme responsabilità di una scelta. Il destino lo aveva fatto per me.

Però, ormai adulto, mi ritrovavo sulla stessa sponda del fiume. E il mio ponte non era mai arrivato dall'altra parte: mi stava davanti incompiuto, sbilenco, inutile. Il monumento al mio ennesimo fallimento. In quei giorni, tornando a casa la sera aprivo l'armadio in cerca di quel che avrei indossato l'indomani in ufficio e guardavo quei vestiti ormai fuori luogo come all'involucro di un me stesso che non esisteva più, o forse non era mai esistito, un involucro con cui adesso non sarei andato nemmeno al supermercato.

La vita non ti dà solo sberle sonore e plateali per ostacolarti. Può bullizzarti quotidianamente, ti aspetta sotto casa solo per intimidirti. Si fa vedere fuori da un bar da cui passi abitualmente e ti guarda solo perché tu sappia di essere stato sconfitto, sussurrandoti: « Hai fallito, sei un perdente, non vali abbastanza». Non una violenza eclatante. Soltanto un po' di paura, ma quotidiana, di aver finito le cartucce a disposizione. È di questo che alla fine si soccombe.

Prima di uscire di casa per andare in ufficio mi guardavo allo specchio del bagno e cercavo in quella figura anonima in camicia e cravatta il ballerino con i capelli colorati che sgambettava in televisione. Lo cercavo e cercavo le parole per dirgli addio.

Il terzo giorno del corso di formazione mi diressi assieme ai miei colleghi al bar più vicino, dove servivano insalatone, panini e primi piatti riscaldati al microonde e ricordo l'esperienza di sdoppiamento, come se il mio corpo fosse rimasto lì e io ne fossi uscito potendomi guardare da una certa distanza. Vedevo i colleghi parlarmi come se fossi ancora con loro, i loro piatti di lasagne o di farfalle alla panna, e poi la mia insalata al tonno, retaggio di quella dieta *low carb* che per anni avevo seguito con disciplina, e pensavo che per rendere tutto meno doloroso avrei dovuto imparare i loro codici. Se avessi indossato anche io quei colletti rigidi, se avessi puntato a una faccia lampadata e a un'auto da lavare rigorosamente il sabato, forse avrei sofferto meno. Ma non avevo molto tempo per pensare in quei giorni. Dovevo imparare tutto e in fretta, rispolverare il mio inglese, riesumare il francese ed essere svelto a recepire.

Soltanto quando sarebbero iniziati i turni notturni avrei avuto il tempo per mandar giù l'amaro boccone.

I nostri uffici erano gli unici a restare aperti ventiquattr'ore. Iniziavo alle 20 e finivo alle 8 del mattino successivo. Giovedì, venerdì, sabato e domenica. Part-time verticale. Parcheggiavo l'auto con facilità nell'enorme spiazzo antistante l'edificio ormai svuotato dei dipendenti diurni, e raggiungevo il quinto piano che in inverno, quando faceva buio presto, spiccava come un faro nella buia strada provinciale. Anche gli uffici erano praticamente deserti. A coprire i turni notturni bastavano tre o quattro operatori e un medico: un'atmosfera tra *Blade Runner* e un pigiama party che rendeva i rapporti con i colleghi stranamente familiari, intimi. Durante quelle ore, molte delle quali silenziose e inoperose, intessevamo chiacchiere, racconti personali, confidenze e confronti come si fa nelle lunghe notti in campeggio, tra amici. Una bolla di vicinanza umana che svaniva con le prime luci del mattino. Eppure ho capito allora il valore di chi lavora di notte, di quanti restano a vegliare mentre il resto del mondo dorme.

Infermieri, autotrasportatori, netturbini, panificatori, volontari del 118: quando siamo al caldo nel nostro letto c'è un popolo che lavora per noi, lontano dagli sguardi riconoscenti, restando nell'anonimato. Imparavo a sentirmi vicino a tutti loro, nonostante svolgessi una funzione minima, e per meritarmi quell'ideale vicinanza decisi che avrei svolto quel lavoro con cura e con amore. Notte dopo notte, chiamata dopo chiamata, ballando o non ballando, mi era sempre più chiaro che la vita di prima non mi avrebbe portato lontano: avevo corso tanto, e a lungo inseguito slanci e desiderato successi, ma non ci avevo messo cura. Avevo passato il tempo a cercare contatti, a invidiare chi procedeva più speditamente di me, a sognare la grande occasione, e nell'attesa ad agitarmi, a sbuffare, a pestare i piedi.

Ma cosa avevo fatto per trasformare i miei desideri in competenza?

No, non dovevo dire addio a ciò che amavo, ma a come l'avevo amato. Mi ero crogiolato per anni nella convinzione di essere una sorta di genio incompreso, che meritava di essere capito, riconosciuto, scoperto. E nel frattempo non avevo messo un briciolo di dedizione e sacrificio nello studiare, migliorare, esercitarmi. Perché a renderci speciali non è il talento. Semmai il talento spremuto in ore, giorni, anni di fatica, di sacrificio, di esercizio. E invece io non avevo imparato a fare benissimo, meglio degli altri, un bel niente. Ma solo preteso un destino di successo per il semplice fatto che lo desideravo molto. E se non ero arrivato da nessuna parte era solo colpa mia.

«Un caffè lungo con due pallini di zucchero, grazie».

«Domani porti i savoiardi e la nutella, ok?».

Verso le sette del mattino ci concedevamo una colazione alle macchinette, arricchita da quel che portavamo a turno da casa. In una ventina di minuti gli uffici avrebbero iniziato a riempirsi per un nuovo giorno di lavoro, e noi, custodi delle notti dei nostri assicurati, avremmo in fretta liberato scrivanie non nostre, presidiate da *peluches*, foto di bambini e penne colorate che marcavano il territorio di coloro che le occupavano nelle ore diurne, riconosciuti legittimi proprietari di quel piccolo orticello. Anche noi, come gli altri lavoratori della notte, non esistevamo.

23
Ciao, da dove chiami?

«Ragazzi, cosa sappiamo della festa di sabato prossimo?»

«Faremo una diretta non-stop, abbiamo due telecamere che vi seguiranno, potete alternarvi».

«E la durata di questa diretta?»

«Dalle 21:30 all'1:30».

«Ospiti confermati?»

«Centocinquanta nella lista dei milanesi, il dj del Plastic, per l'animazione ci sono i cubisti e le drag queen, ospiti speciali confermati: Paola e Chiara, Marcella Bella e Loredana Bertè».

Attorno al tavolo di vetro della sala riunioni esplode l'eccitazione: sarà un mega-evento, una faticaccia dal punto di vista lavorativo, ma se ne parlerà di sicuro per un po'.

Più che un canale televisivo, Gay tv è stato un miracolo continuo di creatività ed entusiasmo, una follia organizzata, un'impresa geniale: più dirette al giorno, e tra fiction, musica, intrattenimento e informazione vantava un palinsesto da far impallidire Italia 1 per ricchezza e varietà.

Era il 2002, e da quando ero approdato qui, tre mesi prima, percorrevo tutti i giorni lo stesso corridoio, avanti e indietro, in uno stato di incredulità, dubitando spesso che quello che mi succedeva intorno non fosse un sogno.

Quando aveva squillato il telefono stavo tornando a casa per riposare un paio d'ore dopo il turno di notte al centralino dell'ufficio di Concorezzo. E non ne ero stato felice: sullo schermo compariva un nome che avevo già riposto nel cassetto di un passato che ancora mi faceva male.

«Diego, quanto tempo! Come stai?».

Valeriano Longoni era un coreografo con cui avevo lavorato a lungo. Eventi, sfilate ballate, qualche trasmissione televisiva.

«Abbastanza bene, ma ti ricordo che non ballo più».

«Evviva il buonumore! Hai ancora problemi?»

«Sì, come sempre, ma non ho nessuna voglia di parlarne».

«Senti, mi hanno chiamato per una cosa e mi sei venuto subito in mente tu. C'è un nuovo canale satellitare e cercano un ballerino un po' spigliato per un programma».

«Grazie di avermi pensato, ma ti ripeto che non sono in grado di ballare come una volta».

«Ma no, dovresti spiegare al pubblico le coreografie dei video in onda, una cosa semplice, e tu praticamente stai fermo».

«Cioè? Come funziona?»

«Diego, i dettagli non li ho capiti. Ti giro il numero di questa tizia che fa i casting, e in bocca al lupo!»

«Grazie, grazie mille. E in bocca al lupo anche a te!».

L'appuntamento era in viale Monza, a Milano. Ci misi un po' a capire dove fosse l'ingresso. Al numero civico che mi avevano indicato c'era un Conad. Mi guardai un po' intorno, poi intravidi una porticina di vetro sulla sinistra, provai a suonare. Era il posto giusto.

Dopo aver sceso una rampa di scale a chiocciola, mi ritrovai in un sotterraneo che si estendeva per tutta la superficie del supermercato e anche oltre. Mi colpì la sua ampiezza, il dedalo dei suoi corridoi, e gli equipaggiamenti tecnologici modernissimi, mi sembrava d'essere finito in una base spaziale. Ma invece della Principessa Leila mi ero ritrovato davanti a una bellissima ragazza bionda dagli occhi di un azzurro ipnotico: Elena, che non era neppure una modella, ma l'autrice del programma.

Mi sottopose a un provino video in cui dovevo spiegarle, passo per passo, la coreografia di *Vogue* di Madonna. L'idea era che da casa chi guardava il programma potesse imparare a fare altrettanto. Praticamente si trattava di un tutorial di ballo, in tempi in cui i tutorial ancora non esistevano. Ma Gay tv era in grande anticipo sui linguaggi televisivi dell'epoca, e soltanto diversi anni dopo avrei visto, su altri canali, molto di quello che lì era già stato sperimentato.

Dopo due giorni Elena mi aveva richiamato: ero stato preso.

Incontrai la squadra di lavoro, e soprattutto l'editore, un uomo facoltoso animato da un guizzo di geniale pazzia, che aveva deciso di scommettere su un progetto coraggioso: dare visibilità a tutte quelle persone che la televisione ancora non rappresentava, di cui non si parlava, e che invece avrebbero avuto finalmente una legittimazione mediatica ad esistere, a esibirsi senza vergogna e a far sentire la propria voce, a partire dal nome del canale e dal logo che compariva sullo schermo del canale 803.

Quelli erano giorni di grande frenesia, si stava componendo un gruppo e ci si preparava alla partenza ufficiale del canale, per cui assistevo a un fiume di riunioni che mi avrebbero catapultato in quello che diventò, a tutti gli effetti, il mio nuovo lavoro senza che avessi il tempo di rendermene conto.

Il programma di danza era rimasto in sospeso per dare priorità a quelli su cui si puntava di più, ma venni comunque inserito nel cast di *Close Up*, una diretta quotidiana del pomeriggio, in cui conducevamo, un po' a staffetta, in cinque. Avevamo tutti tra i venti e i trent'anni. Ognuno portava se stesso e il suo modo di essere: il gay modaiolo, quello fissato con la palestra, quello un po' sempliciotto – ero io – e quello dalla sessualità fluida. E poi c'erano due eterosessuali, un ragazzo che di tematiche omosessuali non sapeva nulla, e per questo risultava prezioso, e una ragazza, a rappresentare le cosiddette *frociarole*, ovvero quelle sempre circondate da una pletora di amici gay, perennemente senza fidanzato. Il programma andava in onda nella stessa fascia oraria dei pomeridiani di Mtv – i cui studi si trovavano tra l'altro molto vicini – per rappresentare ogni giorno una realtà di cui nessuna televisione si occupava.

Arrivò il giorno del lancio e del nostro debutto. Eravamo agitati e ignari di quel che sarebbe stato, sotto pressione e con l'agitazione di chi sa di non aver avuto il tempo per prepararsi a dovere. Ricordo che pochi minuti prima della diretta mi accorsi che i pantaloni che indossavo erano troppo grandi: con le braghe che quasi mi cadevano corsi per i corridoi alla disperata ricerca dello stylist, incontrando invece Giuliano, che dirigeva il portale web della televisione e che poi sarebbe diventato un amico del cuore. Non fece altro che sfilarsi una assai sobria cintura gialla: la mia salvezza. Cinque, quattro tre – ero riuscito a metterla mentre la luce rossa sulla telecamera si accendeva – ed ecco, eravamo in onda.

Improvvisamente, mi ritrovai tutti i giorni in uno studio televisivo che aveva l'aspetto di una grande casa, a trattare argomenti diversissimi tra loro, a intervistare ospiti musicali stranieri, a chiacchierare al telefono con gli spettatori. Così, io che fino a quel momento la tv l'avevo solo guardata, seppure moltissimo, o frequentata come ballerino, ora mi trovavo a *farla*! Imparavo come si scrive una scaletta, come si confeziona un contributo video e come lo si edita, come ci si prepara il copione di una puntata e come si improvvisa, se per qualche ragione salta tutto ciò che era stato previsto. Era come essersi iscritti a una palestra della televisione, e un minuto dopo ritrovarsi in un campionato di professionisti. Un'esperienza straordinariamente formativa e al tempo stesso terrificante.

Avevo una predilezione per la striscia quotidiana di consigli domestici condotta da Ione, un'ex attrice decisamente in là con gli anni, che in realtà di rimedi non ne conosceva nemmeno uno, ma che fuori onda dispensava aneddoti sulla Roma della Dolce Vita, frequentata da ragazza, e immortali perle di saggezza.

Un giorno erano stati costretti a interrompere la registrazione perché non funzionava l'impianto di raffreddamento dell'aria e le luci in studio avevano creato un clima tropicale che a Ione aveva sciolto il trucco. Sudatissima, con il viso gocciolante, e contrariata per lo stop tecnico, il mio mito pronunciò una frase rimasta celebre: «Nella vita a tutto c'è rimedio, tranne che alla morte e al sudore». Divenne lo slogan del suo programma.

Giorno dopo giorno imparavo qualcosa di più di un mestiere di cui mi ero innamorato, ma soprattutto venivo a conoscenza di realtà sino a quel momento ignorate. Perché, nonostante fosse passato molto tempo da quando avevo capito di essere omosessuale, sino ad allora non mi ero mai confrontato con la pluralità di esperienze, di testimonianze e di produzioni artistiche che costituivano la cultura gay.

Non sapevo cosa fosse accaduto allo Stonewall Inn il 27 giugno del '69. Non avevo mai partecipato a un Gay Pride. E giorno dopo giorno colmavo la mia ignoranza attraverso l'incontro con gli ospiti delle nostre trasmissioni. Persone in transizione sessuale, lesbiche – fino ad allora praticamente assenti da qualunque racconto televisivo – le prime famiglie omogenitoriali. Imparai la storia dei gruppi omosessuali che avevano animato Milano negli anni Settanta andando a ballare il liscio alla Nuova Idea, dove a volte si erano presi delle sassate da esponenti della cosiddetta gente «perbene». Compresi quanta pluralità e quanta normalità esistessero anche nelle vicende minori di una minoranza, e quanta gente avesse lottato prima di me perché le cose cambiassero, se non per loro almeno per le generazioni future. Imparai il rispetto per tutti questi percorsi, complessi e a volte dolorosi, che avevano in comune la spasmodica e sacrosanta ricerca di essere felici.

E a un certo punto capii quale sarebbe stato il senso della mia esperienza a Gay tv: raccogliere il testimone e fare la mia parte.

Nei nostri studi passava talmente tanta diversità, che ne ero diventato dipendente: la ragazza che voleva fare coming out in tv; l'architetto che si era deciso a cambiare sesso a cinquant'anni con il sostegno della moglie; il giornalista che si trasferiva con il compagno in Canada per potersi sposare e adottare un figlio… E poi c'erano i gruppi sportivi omosessuali di tennis, di nuoto e anche di calcio, e infine le piccole associazioni dei paesini di provincia che combattevano per resistere all'indifferenza o, peggio, alle ritorsioni di comunità grette e omofobiche. E tra una testimonianza e l'altra, capitava di parlare con Gianfranco Funari, di avere al telefono Milly Carlucci o di ospitare maghi e imbonitori delle tv locali, con non pochi momenti indimenticabili. Come il giorno in cui, conducendo un gioco con gli spettatori, presi una nuova telefonata, rispondendo con la formula di rito: «Ciao, chi sei e da dove chiami?» e mi sentii rispondere: «Sono Raffaella!».

Dovevo essere diventato cianotico, perché la stessa voce

continuò: «Sei tutto rosso, sei carinissimo!» con l'inconfondibile risata, marchio di fabbrica della Carrà.

In trasmissione chiamavano molti giovani studenti che ci guardavano di nascosto dalla famiglia, molte mamme, e persino alcuni soldati italiani in missione in Iraq, che grazie al satellite potevano seguire qualcosa nella loro lingua. Sognavo che anche nel nostro Paese potesse accadere la stessa rivoluzione che in quegli stessi anni avveniva in Spagna, dove il conduttore di *Chi vuol essere milionario?*, un programma decisamente nazional-popolare, era Jesús, un omosessuale dichiarato. Speravo che da quegli studi sotterranei emergesse con fierezza un mondo fino ad allora rimasto underground così che si potesse fingere che non esistesse. Ma la verità era che Sky non ci voleva e non ci volle mai nel suo bouquet di canali, salvo fare incetta di talenti autoriali, grafici e tecnici.

Ci avevo creduto davvero, ma da allora è cambiato qualcosa? Ancora oggi sembra che dichiararsi gay releghi a un ruolo di opinionista di gossip, al massimo di esperto di moda… Come se da noi quella rivoluzione che altrove è avvenuta ci fosse passata sopra, volando sulle nostre teste per poi passare oltre.

In una delle mie quotidiane maratone lungo i corridoi labirintici dei nostri studi feci uno degli incontri più importanti della mia vita. Era successo che dopo una lunga giornata di lavoro mi fossi attardato in redazione per preparare un'intervista che avremmo avuto l'indomani. Veniva a trovarci Nilla Pizzi!

Ormai la nostra tv era un fenomeno di cui si parlava molto tra gli addetti ai lavori, e cominciavano a sfilare molti nomi noti, comprese alcune vecchie glorie in cerca di rispolvero che intuivano di potersi riciclare sostenendo la «causa gay».

Ma Nilla Pizzi era molto di più. Per me incontrarla significava chiudere il cerchio con un'icona della cultura popolare italiana, poter includere e radunare tutti sotto lo stesso cielo.

Dopo aver finito di preparare le domande, presi le mie cose e nel dirigermi verso l'uscita incrociai uno dei volti noti che assieme a Fabio Canino aveva da subito creduto in quel nostro progetto: La Pina.

Camminava a passo deciso, carica di borse e borsini vari, e dopo esserci salutati con un classico «Ciao, come va?», avevo notato che proprio da una di quelle sportine spuntava una testa gialla munita di antenna di un pupazzo che in quel periodo amavo moltissimo.

«Scusa, ma non dirmi che quella è Lala!»

«Cooosa? Conosci i Teletubbies?»

«Ma certo, li adoro!»

«Non ci credo, sei il primo che incontro! Mi sono fatta mandare tutta la serie in vhs».

«Ma che meraviglia!»

«Ti prego, fermati, e aspetta che finisca il programma, poi andiamo a casa mia e ci guardiamo tutte le puntate a letto!»

«Ahaha, sarebbe stupendo!»

«Guarda che non scherzo».

«Veramente? Ok, ci sto».

Pina e io siamo diventati amici così, grazie a un *peluche*. Ma non uno qualsiasi, c'era molto altro dietro.

I Teletubbies erano appena sbarcati in Italia, e solo successivamente avrebbero riscosso l'immenso successo che madri e padri hanno loro attribuito, avendo il potere di calmare, sedare, quasi incantare anche il marmocchio più agitato. D'altra parte quei pupazzi erano stati creati a tavolino da pedagoghi di livello, con lo scopo di intrattenere i bambini in età prescolare perché apprendessero i primi rudimenti del linguaggio. Il mondo dei Teletubbies era un regno verdeggiante pieno di strani fiori in cui scorrazzavano quattro esseri colorati, che rappresentavano altrettante tipologie di carattere: l'intraprendente, il giocherellone, la timida, e anche tinky winky, che appena poteva si infilava un tutù e improvvisava dei passi di danza. I bambini avrebbero imparato, oltre che a parlare, a contemplare la diversità.

Iniziò un periodo in cui, dopo il lavoro, aspettavo l'arrivo di Pina, e a un certo punto cominciai a partecipare a una delle sue trasmissioni a Gay tv, insomma, nella sua classe.

Oltre a fare interviste in un letto, infatti, Pina conduceva *Sesso in condotta*, una striscia quotidiana di educazione sessuale che si svolgeva proprio in una classe in stile anni Cinquanta, con i banchi di legno verde e la lavagna girevole. Si trattava di affrontare argomenti che nessuno spiega mai a nessuno, come l'utilizzo corretto dei contraccettivi, la differenza tra un lubrificante a base oleosa – e i suoi rischi – rispetto a quello a base d'acqua; come si infila un preservativo, facendo le prove con dei «falli didattici» che venivano piantati con la ventosa in bella vista sui banchi; o come esercitarsi in pratiche di piacere reciproco, insomma, un sussidiario con i fondamentali sul sesso. Il pubblico della classe era composto da persone che si prenotavano per partecipare alle lezioni. Capitava che Pina entrasse in classe vestita con una tuta sadomaso in lattex per spiegare cosa provano gli amanti sadomaso, per insegnare che esiste una parola in codice che lo *slave* può pronunciare quando vuole fermare il *master*, e così, con un frustino in mano, si aggirava tra i banchi facendo provare a chi lo volesse quel tipo di piacevole dolore.

Beh, ho visto con i miei occhi code di gente (macchinisti, cameraman, o amici portati da amici) in attesa di farsi dare una scudisciata sulla schiena dalla Pina!

Da quel momento in avanti le mie giornate diventarono le nostre. Mie, di Pina e di Pedro, un collega conduttore, che da tempo abitava ormai a casa sua.

Ci salutavamo al mattino, andando ognuno alle rispettive faccende: Pina al suo programma quotidiano a Radio Deejay, Pedro e io ai nostri, per poi ritrovarci la sera negli studi di Gay tv, e alla fine tornare a casa a guardarci un film, a raccontarci la giornata e, soprattutto, ad aspettare l'arrivo del sonno con i Teletubbies. Ci sembrava che quel mondo incantato fatto di pupazzi saltellanti, musiche cantilenanti e persone sempre felici fosse davvero quello che stavamo vivendo, sentendoci grati per il privilegio di fare un lavoro meraviglioso, di poter entrare in contatto con vite e storie forti ed emozionanti, e di condividerlo con persone che avevano la stessa voglia, lo stesso impegno, la stessa autoironia.

In quello stesso periodo, sempre nei corridoi pescosi di viale Monza, incontrai la mia amatissima insegnante di teatro delle superiori, Eleonora, ospite in un programma sulle associazioni culturali gay. Avremmo scoperto soltanto allora la verità sulla sessualità l'uno dell'altra, che a quel punto ci sembrò fosse stata ovvia da sempre, ma io a quell'epoca non avevo gli strumenti per capire la mia, figurarsi accorgermi della sua! Poco tempo dopo conducemmo proprio a Gay tv un programma insieme. No, le cose non accadono mai per caso. Per me fu un segno dall'alto, la conferma che sebbene fare scelte coraggiose a volte sembri portare a una sconfitta, prima o poi essere se stessi ti premia.

Il nostro programma consisteva nel rispondere a telefonate in diretta da uno sgabuzzino, ripresi da una telecamera fissa. Forse stavamo anticipando il futuro linguaggio degli youtuber, ma ancora lo ignoravamo. Ci eravamo inventati questa formula a causa dei pochi mezzi economici. Rapidamente i fondi per sostenere il canale erano finiti, nessuno in Italia aveva avuto il coraggio di crederci e di investire in pubblicità, per cui, progressivamente, tutte le produzioni dovettero chiudere, i miei colleghi cercavano altre occasioni, e io fui l'ultimo ad andare in onda, prima che il canale si spegnesse del tutto.

Terminata l'ultima diretta, uscii da quella porta accanto al supermercato con le lacrime agli occhi. Sentivo il peso di una battaglia persa, il dispiacere per un'occasione data non solo a noi, che a quel progetto avevamo lavorato, ma a chi da quell'emittente, magari per la prima volta, si era visto rappresentato e raccontato finalmente senza stereotipi.

Però me ne andavo provando, allo stesso tempo, un sentimento di gratitudine: per chi questo progetto l'aveva voluto, ci si era prodigato con tutte le sue energie, e per tutti quelli che avevo incontrato. E anche verso la vita, che mi stava dimostrando, una volta di più, che siamo portati da Qualcuno sul palmo di mano. Non avrei mai potuto pianificare il mio percorso così come si sarebbe rivelato. Non avrei mai potuto, senza fidarmi, arrivare dov'ero, perché nemmeno sapevo che ero esattamente dove volevo essere.

L'indomani avrei avuto solo il mio nuovo lavoro, quello iniziato da sei mesi con Pina e Valentina, a Radio Deejay. Era il luglio del 2004. E se Dio voleva, non sarebbe stato meno ricco di incontri, scoperte, e soddisfazioni. Come sa chi ci segue, quindici anni dopo siamo ancora tutti lì, e sempre insieme.

24
Presente!

«Gerardo Passoni»
«Presente!».

Oggi c'è il sole. Un profumo quasi lascivo di troppi fiori si mescola a un'aggressiva fragranza femminile. Proprio quello che non sopportavi. Gli odori forti. Che fosse quello di sigarette spente o di gelsomino per te era la stessa cosa: odori, anzi puzze. Hai sempre avuto il naso fino, papà. E il cuore grande.

Non ci siamo mai troppo spiegati io e te. Anzi, la verità è che tu, con i pochi mezzi a disposizione, ti sei espresso sempre piuttosto bene, nonostante avessi fatto la quinta elementare. E poi eri un estroverso a cui piacevano la compagnia e il vino. Sono io che con te non sapevo parlare. Per molto tempo ho nutrito solo biasimo nei tuoi confronti, vedevo nient'altro che i tuoi difetti, e segretamente covavo sogni nei quali altri padri prendevano il tuo posto.

Non ti sei mai nascosto, non hai mai finto di essere meglio di com'eri. Io di te conoscevo a memoria le forme e i lineamenti, avrei potuto disegnare a occhi chiusi il tuo ritratto, ma di chi eri davvero, non sapevo nulla. Sempre lontano. A lavorare. E quando c'eri, allora altrove ero io. Sempre con la testa chissà dove. Senza nessun desiderio di fare qualcosa insieme a te, insieme a voi. O forse mi sono fatto da parte sentendo fin da bambino che per me non c'era veramente posto, il centro era occupato da voi due, tu e la mamma. La vostra dinamica di perenne discussione, toni alti e acuti, era il filo su cui scorreva il vostro amore. Ma l'ho capito solo da grande. Prima, per tanto tempo, pensavo che il disaccordo fosse colpa tua.

Cos'abbiamo avuto di solo nostro?

I giorni da bambino senza scuola in cui mi scarrozzavi con una delle auto aziendali a fare le tue commissioni di lavoro. Cantavamo. Mi torna in mente adesso. Le canzoni di Cochi e Renato (invece le canzoni della montagna le hai sempre cantate con i cugini o con la mamma. Perché erano parte della vostra storia. Di quella ragazza un po' matta che si innamora di te che vai a fare l'alpino), e poi scendevi dalla macchina e mi lasciavi solo, a esplorare l'abitacolo: i sedili in pelle, i tappetini, gli sportelli, l'accendisigari, per un tempo infinto. Oppure quando rientravo tardi la sera e mi prendevi da parte e mi dicevi di non fare cazzate perché altrimenti lei poi rompeva le palle a te.

Sono stati pochi i momenti in cui ho sentito che fossimo noi, io e te.

Per il resto, per molto tempo ti ho messo da parte.

No, non per il tuo dichiararti fieramente fascista. «Credere. Ubbidire. Combattere», proclamato sempre d'un fiato con il tuo mezzo sorriso. Grazie a te ho capito quanto elastici possano essere i significati delle parole, e come quelle che scegliamo spesso di noi non dicano niente. Ho sofferto perché quando le pronunciavi sapevo che t'avrei deluso, mi è dispiaciuto per te e ti ho anche voluto molto bene per questo.

Di te mi sono persino vergognato, non solo per il tuo credo politico, direi per ragioni molto più stupide.

Mi sono vergognato di te per quel tuo modo di esprimerti, usando le bestemmie come dei punti e virgola. Per le solite battute e le solite barzellette.

Perché parlavi tanto, e spesso a sproposito, proprio perché lo faccio anche io, che da te l'ho ereditato.

Per quell'odore di alcol che ti circondava fin dal mattino, dopo il primo caffè corretto con la grappa. Il tributo quotidiano in ricordo della tua appartenenza agli alpini.

Per il poco che ho saputo capire di te, che di te parlavi poco e niente, so che più di tutto sei stato un alpino. Che si tiene il peso a monte e il corpo a valle, per non cadere quando si scende da una parete ripida; che se si parte in tre si torna in tre, sempre; che bisogna portarsi sempre un mini-kit per gli imprevisti: un coltellino, due metri di corda, dell'acqua in più; che qualunque cosa accada, si deve restare calmi; che quando qualcuno ha bisogno si aiuta, senza storie. Che poi di storie ne hai fatte sempre. Chiunque venisse a chiederti un favore si sentiva tornare indietro un filotto di brontolii e lamentele sul fatto che ti si cercasse sempre e solo nel momento del bisogno, e che eri stanco e bisognava finirla, e mentre recitavi le tue litanie già stavi facendo quel che ti era stato chiesto, subito. Motivo per cui poi la gente tornava a chiederti aiuto.

Anche perché hai sempre saputo fare un po' di tutto. Non benissimo, ma tutto. Dall'idraulica alla meccanica. Forse grazie ai tuoi anni da militare. Non lo so, non me ne hai mai parlato. Ma c'era quella tua foto di diciottenne in divisa con una piuma nera di sguincio sul cappello, con baffi e barba a punta, che ti faceva assomigliare tanto a Robin Hood.

Io da piccolo volevo essere quello lì nella foto. Volevo essere te ma non potevo capirlo fino in fondo, perché eri così diverso da quello in bianco e nero in primo piano, più vecchio, più grasso. Mio padre lo vedevo tutti i giorni, continuamente, di quel ragazzo non sapevo nulla, possedevo solo quell'unico scatto. Invece era stata l'esperienza di alpino a formarti, a renderti quel che eri: il senso del dovere, il rispetto per le autorità, la fiducia nella meritocrazia. Che poi è quello che mi hai insegnato, senza parole, ma ne incarnavi tu stesso i princìpi. Se avessi avuto più tempo, se avessimo avuto più tempo, ti avrei chiesto di raccontarmi di quel tempo.

Invece sei sfuggito via, come uno spicciolo da una tasca bucata.

Avevi solo 60 anni quando il cancro è arrivato come un ladro nella notte, era novembre. Tre mesi dopo, a febbraio, già non c'eri più. Soltanto i tuoi occhi, a ripensarci oggi, sembravano essersene accorti e cercavano di farcelo capire come due muti testimoni. Prima si erano spenti loro, poi ogni tuo entusiasmo. Anche quando era ancora viva la fiamma vaga della speranza, la scintilla era sparita dal tuo sguardo.

Ti ho visto smagrire fino a diventare un abito appeso a una gruccia, con una testa ormai troppo grande e pesante per non piegarsi sempre da una parte.

Non hai nascosto il tuo dolore ma non te ne sei mai lamentato. Come se stessi affrontando la salita verso un rifugio in montagna. In quei mesi che ho trascorso come se nuotassi per decine di vasche in piscina, sempre con la testa sott'acqua, senza mai prendere fiato, ho cercato di esserci, fare, arrivare e supportare, in quel teatro dell'assurdo che si crea quando la cosa più naturale del mondo si sta compiendo, e intorno a essa non si trovano ragioni per il dolore, l'ingiustizia e l'ineluttabilità. Ciascuno reagisce a suo modo, cerca il proprio antidoto, che non è mai giusto o sbagliato e tanto serve solo a se stessi, ché all'interessato non puoi evitare più niente.

E mentre il tempo si esauriva, mi accorgevo di non trovare il modo di parlarti. Ma prima di salutarci, qualcosa dovevamo dircela. Dovevo dirtela. E alla fine, come quando andavamo in montagna, hai dato tu la direzione, così quella notte, all'ennesima dolorante richiesta di aiuto per alzarti e cambiare posizione, mentre ti tenevo per le spalle e cercavo di essere il più morbido possibile, ti sei fermato, mi hai guardato negli occhi, e mi hai detto «grazie».

E in quella singola parola, ho sentito la liberazione dal doversi chiarire e spiegare quel che era stato ed è e sarà, sul doversi dire frasi di circostanza per riempire il silenzio di una verità che non sa esprimersi. Un grazie perché mi affidavi la mamma, lo zio e quel che restava di noi. Un grazie in cui hai racchiuso tutto l'orgoglio per un figlio così lontano da te, dai tuoi desideri e dai tuoi ideali, ma di cui eri follemente innamorato perché si era fatto uomo, e faceva la sua strada.

Oggi che il tempo per noi è finito rivedo le mie piccolezze, l'arroganza con cui ti ho giudicato, la sciatteria riservata al nostro rapporto. Oggi che il tempo per noi è finito so che per il tempo che abbiamo a disposizione dovremmo sempre dare il meglio di noi, anche quando la vita non ci regala grandi palcoscenici o set da colossal, perché andiamo in scena in ogni istante, finché ci siamo. E siamo quel che siamo oltre a quel che vorremmo essere. E so che non ci sono ragioni o torti o princìpi. Quando sei morto resta solo l'amore. Che hai dato o che hai negato. E tu, senza davvero nessuno strumento per capire chi e perché fossi quel che sono, hai scelto di amarmi, comunque. Ma fino a che punto, l'ho saputo dopo che te n'eri andato. Me lo ha raccontato la mamma, qualche anno fa. Era venuta da te per condividere la preoccupazione per quel figlio strano, forse non ha osato pronunciare la parola «gay», deve averti chiesto: «Che facciamo?», e tu le hai risposto senza grandi giri di parole, semplicemente: «Basta che sia felice».

Mi guardo le scarpe nere nella ghiaia grigia, trattengo una lacrima a fatica, alzo lo sguardo e respiro, passando in rassegna i volti dei presenti, molti dei quali armati di occhiali da sole. Sento questo odore di fiori e profumo di donna, e sorrido pensando a quanto ti faccia schifo.

«Gerardo Passoni» dice il comandante degli alpini.

Loro non sanno che ieri tra le tue cose abbiamo trovato la medaglia al valore che hai ricevuto per essere andato a spalare il fango e a recuperare i corpi sommersi nel Vajont. Eri tanto sbruffone che gli amici ti chiamavano conte, ma questa te la sei tenuta sempre per te.

«Presente» rispondono tutti, e prima che scenda nella terra appoggio sulla tua bara il cappello che preferivi, quello con la penna nera e la stella alpina incastrati di lato.

Perché se lo devono ricordare tutti chi sei stato, con orgoglio e dignità. Di come hai creduto, ubbidito e combattuto, e non per un assurdo credo politico, ma proprio nella vita. Sei il mio alpino, papà, e quel «presente» vale per sempre.

25
La notte oscura

«Diego! Sei in casa? Diego?».

La voce filtrava nella casa buia dove stavo rannicchiato sul divano, la tv accesa da ore, forse giorni, senza volume. La sottile striscia di luce sotto la porta d'ingresso si animava delle ombre dei passi veloci, avanti e indietro, dei piedi di mia madre. Era in attesa di una risposta.

Che non sarebbe arrivata.

Dopo aver desistito, sarebbe tornata a Monza, accompagnata da un'amica, o una cugina, non so, e io sarei ripiombato nel silenzio del mio rifugio.

Mi guardai intorno. Sul tavolino accanto al divano i cartoni vuoti delle pizze formavano una torre unta e sbilenca, a terra un numero imprecisato di bottiglie di birra. E nel posacenere decine di mozziconi di sigarette.

Da quanto andavo avanti così?

Tornai a guardare la porta, che nelle settimane precedenti avevo progressivamente coperto di fogli e foglietti. Era iniziato tutto con un post-it, un promemoria per darmi coraggio prima di uscire di casa, poi erano diventati due, tre, quattro… Fino a quando mi era sembrato che non bastassero più, e allora mi ero ritrovato ad aggiungerne sempre di nuovi, fino a riempire l'intera superficie. Dovevo rinforzarla, quella porta, per proteggermi dal «fuori», per respingere le aspettative del mondo non erano più sufficienti legno, metallo e una serratura blindata.

Perché ora mi ritrovavo chiuso in casa, nascosto come in un rifugio postatomico, uscendo solo per la diretta radio di *Pinocchio*, per poi rinchiudermi di nuovo senza voglia di vedere nessuno, di far niente se non stordirmi per non pensare? Perché trovavo pace solo provando a scomparire, a dissolvermi nella penombra?

Niente, non era successo niente.

Di ciò su cui stavo provando a costruire qualcosa di solido non riusciva a stare in piedi niente, le porte a cui bussavo non si aprivano, gli incontri amorosi si rivelavano un fiasco. E tutto questo ormai da quanto tempo?

Per un po' avevo provato a dirmi che dagli errori e dalle sconfitte si può sempre imparare, che chiusa una porta si apre il famoso portone. Ma ormai avevo 34 anni, e un giorno dopo l'altro, silenziosamente, le delusioni avevano iniziato a depositarsi sul fondo del cuore. Strato su strato. E a un certo punto mi ero ritrovato appesantito, impermeabile alle piccole cose belle del quotidiano; da un'accettazione remissiva ero passato a un nervosismo strisciante, all'insoddisfazione, alla rabbia.

No, non è vero che non fosse successo niente. Era morto mio padre e poi era finita una storia d'amore e di convivenza con un ragazzo per il quale mi ero trasferito fuori Milano e adattato al suo lavoro di turni e trasferte, ma nonostante le ore e i giorni trascorsi ad aspettarlo, gli avanti e indietro per andare in radio, e gli sforzi per costruire una vita a due, lui mi aveva lasciato dall'oggi al domani, mettendomi praticamente alla porta. Inoltre, erano saltate alcune conduzioni televisive, un mestiere che mi era capitato tra capo e collo, inaspettatamente, a Gay tv, ma che avevo finito per amare. E anche per saper fare. «Ma come sei bravo!», era il giudizio unanime di autori e registi, ormai avevo parecchi amici che lavoravano nel mondo della televisione, peccato che quei complimenti restassero parole vuote, senza conseguenze. E io ero ancora troppo giovane, troppo ingenuo per capire che non bastano valore e talento, e che molto più del valore e del talento contano le amicizie, la capacità di intessere rapporti, di farsi trovare al posto giusto nel momento giusto. O era la mia omosessualità a escludermi senza gara, senza neppure la possibilità di concorrere, da una visibilità televisiva che al massimo avrei potuto raggiungere facendo l'ospite o l'opinionista? Il solito gay carino e brillante che fa colore…

Insomma, era successo tutto e non era successo niente. Perché la vita mi stava lavorando ai fianchi, e quei piccoli e continui colpi non facevano neppure tanto male, credevo mi avessero soltanto procurato qualche livido, alcune ammaccature da cui guarire in pochi giorni. Invece quel dolore era entrato in profondità e mi stava mangiando le ossa.

Sentivo che stavo scivolando, che stavo facendo una fatica che nessuno vedeva né mi riconosceva. Come potevo essere invisibile pur restando sotto gli occhi di tutti?

Che senso aveva essere arrivato fin dov'ero, se poi non potevo aspirare ad andare avanti?

E, soprattutto, quale risultato avevo raggiunto mantenendo un profilo basso e scegliendo sempre l'onestà intellettuale nel lavoro e quella dei sentimenti nelle relazioni?

Allora tutte le promesse a cui avevo creduto sul fatto che i giusti non verranno abbandonati a se stessi, che i santi non vedranno la corruzione e «beati i puri di cuore» erano delle immense cazzate…

Ogni giorno, ma proprio ogni stramaledetto giorno mi vedevo scavalcato dall'ultimo furbetto di turno, da persone con meno talento e molta più ambizione di me.

Non ero invidioso, ma sentivo di essere vittima di un'ingiustizia. Non rimpiangevo nulla, non avrei fatto a cambio con nessuno di loro, però sentivo di meritarmi un colpo di scena.

«I nati il 21 settembre sono persone che si innamorano di grandi intuizioni e che si applicano tutta la vita perché queste possano trovare compimento».

Strappai il post-it dalla porta. Basta! Basta con questa maledizione di doversi sudare le cose, anche le più piccole. Basta con il dover sempre dimostrare.

«Ora voglio un regalo! Voglio l'incontro scritto dalle stelle o dal destino. Voglio una scorciatoia. Voglio smettere di fare tutta questa fatica, sempre!».

Lo dissi guardandomi attorno, nella penombra desolata di un bilocale che era diventato lo specchio di me stesso: in disordine, trascurato, solitario.

Afferrai l'uncinetto e la lana, e mi misi a fare l'ennesimo quadrato che poi avrei riposto nella cesta di vimini assieme ad altre decine, tutti perfettamente uguali. Stavo realizzando una coperta patchwork, un'enorme coperta intessuta di rabbia e amarezza, in cui l'intreccio nodoso eseguito da mani nervose e l'abbinamento di colori tetri diventava una sorta di manufatto autobiografico.

In quei giorni, le poche volte che crollavo addormentato, mi svegliavo quasi sempre poco dopo, in preda allo stesso incubo: partecipavo a una gara di canoa su un fiume. Alla partenza, guardandomi intorno, vedevo tutti entusiasti, tutti pronti a mettersi in gioco. Io di voglia di gareggiare non ne avevo, ma sentivo crescere l'agitazione per la competizione, e decidevo che avrei fatto del mio meglio. Poi lo sparo e l'inizio della gara. Ma ecco che subito dopo la partenza e le prime pagaiate, mi accorgevo che al posto dei remi mi erano state date racchette da tennis, attraverso le cui reti l'acqua passava senza permettermi di andare davvero avanti. A quel punto provavo a spingere con tutta la forza delle braccia, ma anche se riuscivo ad avanzare di qualche centimetro, vedevo gli altri sfrecciare verso la meta, senza che nessuno si accorgesse di me, si voltasse a chiedermi se avessi qualche problema. Gridavo, cercavo di farmi sentire da un arbitro, da un giudice di gara, ma non c'era più nessuno. Ero solo e in balìa dei flutti del fiume. Poi improvvisamente mi accorgevo di essere sul ciglio di una cascata a strapiombo nel vuoto, e mentre mi disperavo per contrastare la forza della corrente vedevo la prua della canoa inclinarsi, e poi precipitavo nel nulla. Allora mi svegliavo.

Tornai a guardare la porta, e lo sguardo mi cadde su un altro di quei foglietti appiccicati con lo scotch:

«E comincio a capire che verrà un momento in cui le mie scelte si restringeranno e quindi le preclusioni si moltiplicheranno in maniera esponenziale finché arriverò a un qualche punto di qualche ramo di tutta la sontuosa complessità ramificata della vita in cui mi ritroverò rinchiuso e quasi incollato su di un unico sentiero e il tempo mi lancerà a tutta velocità attraverso vari stadi di immobilismo e atrofia e decadenza finché non sprofonderò per tre volte, tante battaglie per niente, trascinato dal tempo».

David Foster Wallace. Tenevo il suo *Una cosa divertente che non farò mai più* ai piedi del divano, divorando quelle pagine sull'assurdità degli schemi sociali, sulla disperata ricerca della felicità, sulla quantità di dipendenze che ci rendono persone alienate. Pensai alla forza e all'autenticità delle sue parole, ancora più vere e terribili dopo il suo suicidio.

Mi si riempirono gli occhi di lacrime, e sentii montare la rabbia.

Per tutti quelli che non ce l'avevano fatta. Per chi, anche se in maniera diversa e ciascuno a modo suo, aveva scritto la Storia ricevendone in cambio solo umiliazioni.

Perché nessuno aveva mai chiesto davvero scusa a Umberto Bindi dopo che aveva subito l'outing feroce che lo avrebbe isolato e portato a morire in povertà? Perché nessuna associazione omosessuale portava il suo nome, sceglieva le sue canzoni, ne difendeva la memoria come eroe caduto sul campo del pregiudizio?

Perché avevo dovuto faticare così tanti anni per capire chi ero, scovando modelli e riferimenti nascosti dietro un'inespugnabile muraglia di eterosessualità?

Perché quando avevo 16 anni i miei professori, anziché sciorinare le solite cazzate sulla fanciullezza del giovane Holden (quando l'unica cosa vera di quel libro è detta dal protagonista: «La gente applaude sempre per le cose sbagliate»), non mi avevano fatto conoscere gli scritti di Tondelli che avevo divorato quando di anni ne avevo 20 ed ero rimasto in ospedale per un mese a causa di un'epatite alimentare?

Sarei stato meno solo con i miei fantasmi, forse avrei capito molte cose prima, se solo di Saba mi avessero fatto leggere l'*Ernesto*!

E mentre per l'ennesima volta guardavo quella porta, mi era montata una furia, e a quella porta cominciai a tirare uno, due, tre pugni, tra molti singhiozzi.

Perché sono stato abbandonato? Mi tornava davanti agli occhi l'immagine di quel frate, il mio direttore spirituale in convento, che in risposta alla mia dichiarazione d'amore mi aveva detto: «Non ti posso più aiutare». Da allora non avevo più trovato nessun maestro, nessun fratello maggiore, nessun padre.

Ancora un post-it: «Cosa ne sai dell'amore finché non hai guardato negli occhi il cane che ami?». Barbara Alberti.

Vorrei farglielo mangiare a quel bastardo che mi ha sbattuto fuori di casa. Come si può dire di amare e poi dimenticarsi del dovere fondamentale di non poter più pensare solo a se stessi, di non poter dimenticare con leggerezza chi abbiamo avuto vicino e di cui continuiamo comunque a essere responsabili, in qualche modo, per sempre?

«Sono forse io il custode di mio fratello?», rispondeva Caino quando Dio gli chiedeva dove fosse Abele, che lui aveva già ucciso.

E poi ancora un post-it con una perla di saggezza che suonava più o meno così: «Gli esseri umani sono creature così viziate che si abituano persino alla presenza degli angeli». Sempre di Barbara Alberti. Ma perché non le danno una cattedra? Perché per parlare a tutti deve buttarsi in pasto a qualunque tritatutto televisivo? Quanto tempo puoi resistere a gettare parole sensate dentro contenitori poveri e vuoti senza restarne offeso?

Guardai la mensola con i libri che ancora conservavo, e che mi sembrava non mi fossero serviti a niente. Anzi, ebbi la sensazione di essere stato vittima di un enorme raggiro. Cominciai a buttare tutto a terra. Patroni Griffi, *Scende giù per Toledo*, Bennett, Sedaris. Vorrei la loro ironia, il cinismo. Adesso non li trovo. Forse l'autoironia è un frutto borghese?

Forse fino ad oggi l'avevo solo presa in prestito? A cosa mi era servito ridere con tutta la Kinsella, adesso?

Che immensa cazzata ho fatto a crederci. Che nella vita succeda sempre qualcosa. Di orrendo magari. Invece può non succedere niente per molto, molto tempo, e non hai nemmeno il lusso di morire.

Mamma, vorrei dirti tutto questo. Vorrei spiegarti che non ti voglio vedere. Che il tuo dolore, la tua solitudine mi arrivano addosso come bombe sganciate tutte assieme, e non è giusto.

Non è giusto che si dia per scontato che uno ce la faccia.

Non è giusto che mi sia sempre sentito responsabile per te anche da piccolo. Non è giusta la fatica che hai fatto fin da piccola senza la tua di mamma. Non è giusto che siamo rimasti io e te, e tu adesso non sai come parlarmi e di cosa.

Ma ora non ho forze per te, adesso no. Adesso non voglio averle nemmeno per me.

Io adesso mi fermo. Mi fermo qui, e anche se sento che affondo lentamente, mi va bene così.

L'occhio si fermò su un libro che cadendo si era aperto: *La notte oscura* di Giovanni della Croce.

«Coloro che si trovano in questa situazione, si consolino perseverando nella pazienza, senza affliggersi. Confidino in Dio, che non abbandona chi lo cerca con cuore semplice e sincero. Egli non mancherà di dare loro l'aiuto necessario per il cammino, fino a elevarli alla pura e chiara luce dell'amore, che comunicherà loro nella notte oscura dello spirito, se meriteranno che Dio ve li faccia entrare».

Allora sei di nuovo Tu! Come ho fatto a far finta di non pensarci. Come? Sei di nuovo Tu, che muovi tutto e tutto conosci, che mi hai paralizzato in questa condizione.

Sei Tu che hai deciso che adesso era il momento per mettermi alla prova in questo modo.

Perché pensi di poter decidere sempre Tu, senza chiedere prima se ce la sentiamo? Perché permetti che il male e il bene si rovescino sulle nostre vite dando per scontato che ce la faremo?

Perché, guarda un po', non ce la faccio. Io ora non ce la voglio fare. Io ora ti chiamo in giudizio, e ti chiedo conto di tutto questo. Di questo pantano, del niente che accade, nelle forze che non ho, del nero che vedo.

Ti chiedo conto dell'essermi dovuto fare strada da solo, di dover trovare sempre io quel che poteva dirigermi.

Ti metto davanti i libri del cardinale Martini, di Aldo Busi, e di tutti i maestri che mi sono scelto e che non mi hai fatto incontrare. Ti metto davanti alla consapevolezza a cui mi hai voluto iniziare senza che poi trovassi i mezzi per sostenerla nella quotidianità senza impazzire nelle contraddizioni.

Ti metto davanti le vite di tutti coloro a cui non hai regalato davvero mai niente. A quelli che hanno cercato e non hanno trovato, o se hanno bussato per avere un aiuto hanno trovato ladri, bugiardi, truffatori o, peggio, predatori.

Ti metto davanti le vite di quelli a cui hai precluso l'accesso ai testi e alle musiche di Giuni Russo, e di chi come lei ha condiviso il proprio percorso, le proprie ricchezze, l'amore per Te. Perché permetti che finiscano nell'oblio? Questa notte quanto deve durare?

Fai venire un terremoto. Fai piovere fuoco, come hai fatto con Sodoma e Gomorra, città di gente corrotta e ingiusta. Apri il mare, rovescia le montagne, fai qualcosa!

Io ora voglio che la Tua destra si muova per difendere il giusto, io ora pretendo che Tu «dispieghi la potenza del Tuo braccio, che disperda i superbi nei pensieri del loro cuore; che rovesci i potenti dai troni e li ripaghi secondo le loro opere, secondo la malvagità delle loro azioni».

Non ricordo quanto durò quel tempo di stasi e torpore, ma so che all'inizio dell'estate Pina e Vale mi chiamarono prima della nostra diretta, e non senza imbarazzo, ma con molta preoccupazione, mi dissero che se anche non ne parlavo si vedeva che non c'ero più, che dai miei occhi era scomparsa la luce che conoscevano. Che loro c'erano. Ma che era arrivato il momento di decidere se dovessi vincere io o quel mal di vivere che stavo lasciando dilagare. Quella stessa sera, tornato a casa, chiamai mia madre. Non ci dicemmo molto. Però le proposi di vederci nel fine settimana.

Parlando al cellulare passeggiavo nel mio quartiere e quasi senza accorgermene ero arrivato alle porte del parco Sempione: un tramonto arancione bagnava le chiome verdi degli alberi, e mi sentivo accarezzare dall'ultima aria fresca della primavera. No, non mi sarei chiuso in casa. Quella sera sarei rimasto fuori. Camminai a lungo, ritrovando il piacere semplice di stare all'aria aperta e tornai nel mio appartamento con il desiderio di mettere un po' d'ordine. Per prima cosa raccolsi i libri da terra per riporli sulla lunga mensola del salotto. Soltanto uno non avrei messo al suo posto: era la mia vecchia Bibbia, quella che mi avevano regalato da ragazzo, quella che mi ero portato in Francia. Mi resi conto che era l'unico oggetto che mi accompagnava da così tanto tempo. La aprii in cerca di un brano che avevo letto e sottolineato molti anni prima: «Dio gli disse: 'Va' fuori e fermati sul monte, davanti al Signore'. E il Signore passò. Un vento forte, impetuoso, schiantava i monti e spezzava le rocce davanti al Signore, ma il Signore non era nel vento. E, dopo il vento, un terremoto; ma il Signore non era nel terremoto. E, dopo il terremoto, un fuoco; ma il Signore non era nel fuoco. E, dopo il fuoco, un mormorio di vento leggero. Quando Elia lo udì, si coprì la faccia con il mantello, andò fuori, e si fermò all'ingresso della spelonca; e una voce giunse fino a lui, e disse: 'Che fai qui, Elia?'».

E allora capii che quel vento leggero, anche quando tutto mi era sembrato immobile da così tanto tempo, non aveva mai smesso di soffiare.

26

Io corro

«Ma che fine hai fatto? Sei vivo? Dove sei?»

«Ciaoooo! Sulla A4, tipo a Pescara. Vacanza pugliese finita. ☹»

«Lunedì radio?»

«Ma va'! Ho ancora una settimana. Farò lavatrici. E anche molti buoni propositi per l'anno che inizia».

«Scusa, ma cosa vai a fare a Milano… Vieni qui».

«?»

«Fatti lasciare al casello di Riccione, che ti vengo a prendere».

«??»

«Ho una stanza in più. Io devo lavorare almeno mezza giornata, per cui non ti voglio intorno. Andiamo al mare assieme il pomeriggio. Ma al mattino presto andiamo a correre in spiaggia».

«Presto, tipo…?»

«6:30».

«'sti cazzi…»

«Esatto!»

Valentina – che non è la mia imprescindibile socia di *Pinocchio* ma un'altra presenza che si rivelerà molto importante nella mia vita – l'avevo conosciuta a Riccione in un'umida serata estiva, quando la mia «notte oscura» ancora mi teneva prigioniero nelle sue tenebre. Ci eravamo dati appuntamento per cena al ristorante Cristallo, una specie di base operativa per noi della radio, ma anche un posto amato dagli amici locali che nei mesi in cui ci trasferiamo sulla riviera romagnola frequentiamo quotidianamente. Ricordo che quella sera eravamo tanti, come accade spesso, e riempivamo una lunga tavolata in una sala affollata e rumorosa nella quale si alternavano i camerieri – che in Romagna sanno essere svelti, silenziosi e sempre disponibili come nessun'altro – carichi di piatti squisiti e fumanti. E il vociare e il tintinnare di bicchieri come un sottofondo ovattato e lontano. Ero finito per caso a capotavola, e quella posizione mi aiutava a restare defilato, non dovendomi prodigare in battute e sorrisi di circostanza con un vicino.

A cena ormai iniziata, spuntò all'improvviso una bionda dall'aspetto americano, con una chioma di lunghi capelli lisci, il corpo allenato celato da un jeans e una camicia. Si trattava di un viso già visto, di un'amica di amici riccionesi che riconoscevo ma non conoscevo. Era lì da sola e qualcuno la invitò a unirsi a noi. Ci stringemmo per farle posto e finì seduta accanto a me.

Non ci scambiammo molte parole. Seppi solo che si chiamava Valentina, lavorava con importanti dj, e non veniva da Los Angeles, ma da Gattolino di Cesena!

Aveva una risata contagiosa, l'accento irresistibile delle sue parti, un piglio energico e al mattino si alzava presto per andare a correre in spiaggia. Questo sì, proprio come si fa a Los Angeles.

Quella sera mi limitai timidamente e senza troppa convinzione a chiederle il numero, nel caso in cui mi fosse venuta voglia di correre insieme a lei. Mentre aggiungevo il contatto in rubrica, con il tono spiccio che ancora oggi la contraddistingue, e che le è valso il titolo di *marescialla*, mise subito in chiaro che mi avrebbe scritto un messaggio quando si svegliava, ma che non mi avrebbe aspettato nemmeno un minuto, per cui se fossi stato puntuale, bene, altrimenti si sarebbe allenata sola.

Nei giorni successivi, finché rimasi a Riccione, non mi alzai mai in tempo.

Arrivavo da un periodo di tristezza profonda, che era sfociata in rabbia alternata ad autocommiserazione. Per diversi mesi ero rimasto intrappolato in una gabbia, una sorta di auto-umiliazione messa in atto per orgoglio. Una ripicca verso la vita: se le cose non avevano girato proprio come desideravo, e come avrei forse anche meritato, allora tanto valeva smettere di alimentarmi con l'entusiasmo. Ero un'anima che faceva i capricci e pestava i piedi, come un bambino che non capisce perché non può avere il gelato che hanno tutti gli altri. Ero stato deluso, e su questo sentimento di amarezza mi ci ero seduto sopra. Con l'amaro in bocca non senti più nessun sapore, ma tanto a cosa serviva il gusto senza un gelato? È incredibile come anche da adulti siamo mossi da meccanismi infantili. O forse il bambino che siamo stati resta dentro di noi, non ne vuol sapere di crescere e continua ad aspettarsi una risposta soddisfacente, una consolazione tardiva.

Non smetterò mai di essere grato alle mie socie che in occasioni come questa hanno fatto l'immane sforzo di sopportarmi e poi cercato le parole e i modi giusti per mettermi all'angolo costringendomi ad affrontare me stesso. Ma in quei giorni ero fermo. Forse in attesa di un segnale che mi desse il coraggio di abbandonare vecchie abitudini e dare un deciso colpo di reni alla mia vita.

La mia vacanza in Puglia fu strana. Mi perseguitava una distonia tra ciò che avevo intorno e quel che avevo dentro; avevo visto posti incantevoli, ballato alle sagre paesane, riso molto e, finalmente, riposato a lungo. Ma non ero stato felice neanche un po'.

Tanto che salire in auto per tornare a casa, nonostante il traffico, il caldo e le gambe sudate che sui sedili posteriori si urtavano continuamente con quelle del vicino, mi sembrava un sollievo.

«Ma che fine hai fatto? Sei vivo? dove sei?»

«Ciaoooo! Sulla A4, tipo a Pescara. Vacanza pugliese finita. ☹»

«Lunedì radio?»

«Ma va'! Ho ancora una settimana. Farò lavatrici. E anche molti buoni propositi per l'anno che inizia».

«Scusa, ma cosa vai a fare a Milano… Vieni qui».

Appena fuori dal casello di Riccione Valentina mi aspettava in piedi accanto alla sua grande auto nera, con le mani sui fianchi e i lunghi capelli biondi arroccati sulla testa con un fermaglio.

Congedata la combriccola milanese con cui ero stato e che faceva ritorno a casa ci abbracciammo con entusiasmo. Ancora non lo sapevamo ma avremmo scoperto di avere molti amici in comune, che c'erano posti ed esperienze ricorrenti nella vita di entrambi, e tra le tante parole infilate le une nelle altre ci ritrovammo seduti nel salotto del suo appartamento moderno, una sorta di sintesi dell'intero catalogo Ikea. Mentre scoprivamo le nostre carte, cercando di capire dove potessimo fare tris o forse briscola con le affinità tra vite, gusti ed esperienze, con la curiosità che anima gli incontri che intuiamo importanti, seppi di avere davanti una donna dalla vitalità contagiosa, con una passione per le cose fondamentali della vita, come la buona tavola.

Fu tra un racconto e una confidenza che il mio sguardo si soffermò casualmente sulla libreria che avevo davanti, e mentre ascoltavo un aneddoto sulla scena riccionese degli anni Ottanta – di cui Valentina è stata una indimenticata Queen – cominciai a scorrere titoli e autori stampati sul dorso dei pochi libri riposti sullo scaffale. Danielle Steel, Fabio Volo, la Bibbia, Isabella Santacroce. Che strano assortimento. Mi domandavo come fossero finiti in quell'appartamento, forse erano stati portati lì da diversi affittuari estivi e poi dimenticati, o volutamente abbandonati. Restavano comunque titoli insoliti, nelle case di vacanza al più trovi classici un po' ingialliti, polizieschi in lingue straniere oppure l'immancabile Siddharta.

«Valentina, posso farti una domanda? Di chi sono questi libri?»

«Sono miei, di chi dovrebbero essere? Li ho letti questa estate».

«Anche la Bibbia?»

«Certo. Ma la Bibbia la leggo tutti i giorni. Per l'esattezza leggo la Bibbia e prego tutti i giorni. Sono cristiana».

Restai basito.

Mai avrei associato l'idea di una credente con l'immagine di Valentina.

Per la prima volta, dopo anni, ero davanti a qualcuno che viveva esattamente quello che un tempo avevo vissuto io, qualcosa che, pur continuando a esistere in me, era stato sommerso dalla nuova vita che avevo scelto, o che forse avevo sotterrato di proposito. E mai, dalla mia uscita dalla comunità in Francia, avevo incontrato qualcuno che involontariamente mi mettesse davanti al mio ingombrante passato.

Improvvisamente riaffiorarono gli anni di un fallimento che da troppo tempo reclamava un senso sovrapponendosi all'immagine di una donna bella, appagata e in pace con se stessa. Restai a guardarla per qualche secondo, cercando di comporre nella mia mente possibilità che fino ad allora non ero riuscito nemmeno a figurarmi.

Non so quanto sia durato quell'istante. Come se dentro di me si fosse sbloccato un meccanismo, come se un binario morto venisse improvvisamente curvato fino ad aderire a nuove rotaie che andavano dritte verso una direzione ignota. Davanti a me avevo una persona che non sapeva nulla del mio passato, delle vite che avevo vissuto per poi morire e rinascere ogni volta.

Valentina aveva puntato i suoi occhi limpidi verso i miei, non sapevo cosa pensasse e mi vergognavo all'idea che potesse aver letto sul mio volto cosa provassi, o anche solo averlo intuito, così spinsi via quei pensieri e cercai di scacciare l'emozione che mi aveva pervaso, ma il guscio ormai si era rotto, e quel che c'era dentro stava già sgocciolando nel cuore, nei polmoni, nello stomaco...

Stava per iniziare una nuova amicizia, scandita dalla sua speciale ritualità, fatta di corse in spiaggia, molte risate, viaggi in macchina dall'Adriatico al Tirreno e viceversa, su per l'Appennino per pantagrueliche mangiate di tagliatelle al ragù, di Tobleroni giganti comprati all'autogrill per poi espiare con pallide insalate per perdere i chili accumulati con quelle abbuffate.

Con lei avrei ritrovato una comunità cristiana, stavolta senza catechismo e dogmi imposti dal clero, ma fortemente vincolata alla frequentazione quotidiana di quella Parola che è spirito e vita. E attraverso il balsamo di questa amicizia vecchi ingranaggi ossidati dal sale di molte lacrime versate e fermi da troppo tempo avrebbero ricominciato a girare.

Con pudore avrei ricominciato a frequentare cortili che avevo smesso di attraversare. Con dolcezza avrei ritrovato la Presenza che avevo creduto si fosse dileguata molti anni prima, e avrei presto riconosciuto la mano di chi conduce le nostre vite, che a molti basta chiamare riduttivamente destino.

«Diego, ti va di pregare? Adesso, dico».

«Non sai quanto lo voglio».

27

פעם שלישית גלידה

Paam shishit glidà

«Amore mi aiuti a mettere i gemelli?»

«Mi ha scritto la Stefi, sta arrivando con tua madre e tuo zio».

«E i tuoi?»

«Sono pronti, arrivano anche loro».

«Allora metto su il caffè».

«Sto già sudando, è normale alle sette del mattino?»

«È normale, sì, ci sono già 27 gradi. Oggi sarà una lunga giornata caldissima».

Tornando dalla cucina dove la caffettiera borbottava sul fuoco, mi soffermai a guardarti, Pier, in camicia bianca, mentre ti allacciavi le scarpe nuove, e mi invase un'emozione fortissima: mi rendevo conto tutto in una volta che quel giorno ci saremmo sposati.

Ci conoscemmo per caso in una chat di incontri, quando?, sei anni fa?

Quella sera venisti a casa mia, in via Gallina. Dovevamo solo far sesso, e invece parlammo per un'ora. Volevo capire quanto fossi davvero interessato a me. Sul mio profilo avevo caricato una foto ufficiale di Gay tv. Ero alla ricerca di un incontro speciale: lo cercavo nei locali, nelle serate con gli amici, in discoteca, e su internet.

Allora dovevo mettere tutto in chiaro, sempre, era il mio modo per controllare il controllabile, così la mia foto ufficiale in un profilo di incontri voleva affermare: sì, sono proprio io, quello che lavora in tv e in radio. Se vuoi uscire con me solo per questo, basta dirmelo. Ma c'è dell'altro, e se vuoi è tutto da conoscere. E questo «altro» vorrebbe essere amato senza che il primo interferisca.

Tu non sapevi chi fossi, non mi avevi riconosciuto, non mi seguivi né in tv né in radio.

E poi avevi tanto da dire. Non te ne fregava niente dell'ultimo modello di scarpe, e non eri neppure presuntuoso come gli omosessuali impegnati per mestiere. Non cercavi di affermare la tua personalità in nessun modo, eppure si capiva che dentro di te custodivi un mondo meraviglioso. Lo si vedeva dal sorriso e da quegli occhi profondissimi e buoni.

Il sesso poi c'era stato, e fu bellissimo. Quella sera, e per tante altre sere successive.

Iniziammo a incontrarci regolarmente pieni di desiderio.

Eravamo due randagi che si annusavano scoprendo di non dover combattere ancora una volta contro un nemico, ma di potersi fidare. I nostri erano scambi, attese, pretese, scontri. Avevano il suono metallico delle spade che si incrociano nei duelli ma anche quello fragoroso delle cascate. I nostri baci erano circondati da abbracci forti, quasi fossero le prese di una lotta.

Chiedevamo e davamo con impeto e ci siamo scontrati, amati, offesi, feriti.

Mio padre si era ammalato proprio allora, stava peggiorando rapidamente, e io facevo tre lavori. Poi la sera andavo a dare il cambio a mia madre. E nel tempo che restava ti cercavo chiedendoti tantissimo, troppo per un amore nato da così poco tempo. E mentre avevo davanti agli occhi l'estremo, straziante compimento della promessa d'amore tra i miei genitori, cercavo in te conferme dell'esistenza di questo amore, con rabbia.

Ricordo di averti chiesto: «Voglio accanto qualcuno che mi dica che ci sarà sempre, anche quando sarò in condizioni pietose. Anche quando non sarò in grado di intendere e di volere. Anche quando sarò a pezzi. Anche quando nessuno vorrà starmi accanto».

La tua risposta fu l'unica possibile, e onesta: «Posso dirti solo che oggi ti amo e voglio stare con te».

Non mi bastava. Allora decisi, con dolore, che ti avrei lasciato. Ma non ci riuscivo e così feci in modo di farmi lasciare, dando il peggio di me stesso finché tu non fosti così stanco da rompere. Naturalmente sbattendo la porta. Quella della camera di un albergo sul mare. E dimenticando nella foga qualcosa che avrei dovuto restituirti. Il tuo orsacchiotto di sempre, Riccardino. Una pagina perfetta da *drama queen*. E noi, dolenti e orgogliosi, che prendevamo due strade con opposte direzioni dicendoci addio!

Buongiorno a tutti, siamo qui per celebrare insieme l'unione di Pier Mario e Diego. Ma prima vorrei dare la parola a Valentina, che deve leggervi qualcosa:

«Non si capisce bene il perché, ma nella storia l'uomo cerca sempre di privare l'altro dei diritti di cui lui invece vuole poter beneficiare. E quindi ogni diritto umano, civile, del lavoro, è una conquista da non dare mai per scontata. Oggi siamo riuniti qui e vorremmo commemorare innanzitutto coloro che prima di noi hanno combattuto perché oggi noi avessimo dei diritti e in loro onore ricordarci a vicenda che per primi dobbiamo essere buoni cittadini oltre che dei buoni consumatori, e da buoni cittadini vegliare sui diritti di tutti. Come disse Harvey Milk: 'Se non ti mobiliti per difendere i diritti di qualcuno che in quel momento ne è privato, quando poi attaccheranno i tuoi nessuno si muoverà per te, e ti ritroverai da solo. Ecco perché tutti voi, nelle vostre battaglie, potrete sempre contare su di noi'».

Ci sembrava giusto dare un senso a questo giorno speciale inserendolo in una storia che ci precedeva e che ci supererà. Era doveroso.

Guardo la sala degli specchi di Palazzo Reale, e mi sembra meraviglioso che oggi possiamo godere di un luogo pubblico; unirci davanti a tutti, esistere davanti allo Stato. Vedo gli occhi di mia madre e della tua, Pier Mario. Delle nostre famiglie e dei nostri amici. Mi sento di essere grato a ognuno di loro per esserci stati vicini, per essere cresciuti con noi, per averti permesso di essere quello che sei. Per essere qui a dar forza al nostro amore, e per esserne i testimoni con così tanta gioia. Non ci si ama da soli. Ci si ama in mezzo agli altri. Ci si ama con il supporto degli altri. Perché l'amore è qualcosa cha facciamo accadere nella vita di tutti i giorni. Ci si ama nonostante ci sia chi non crede in noi, in quello che siamo, e nel modo in cui amiamo.

Il nostro matrimonio – seppure per la legge sia «semplicemente» un'unione civile – è una dichiarazione politica di intenti, perché ogni desiderio di costruire sulle basi dell'amore è giusto che sia tutelato e riconosciuto.

«Diego e Pier Mario, alzatevi in piedi».

Ti guardo, mi manca il fiato, ti prendo la mano e ci alziamo.

Sta per iniziare una nuova pagina delle nostre vite. Da oggi io rispondo di te, e tu di me.

Ci eravamo ritrovati dopo qualche anno. Eravamo meno arrabbiati, forse anche meno spaventati. E il tuo sorriso mi era sembrato casa da subito. Ci scoprivamo più cresciuti, più consapevoli, con un lavoro più stabile. Parlammo tanto, ci guardammo, e ci amammo. Ma avevamo il cuore altrove. Ricordo che mi regalasti un anello, che però non sarebbe stato preludio di nulla, anche se era di Tiffany, come vuole il migliore dei copioni. Ma eravamo ancora troppo concentrati su di noi, su quel che ciascuno voleva diventare o che sperava di raggiungere, o che credeva d'essere. Due oche in uno stagno!

E noi a dirci: basta, non funziona! Non mi vuole! È uno stronzo! Che stia tra i suoi amici, tra i suoi simili, io con loro non ci sguazzo!

«In nome del popolo italiano vi dichiaro uniti civilmente!».

Le fedi le avevamo scelte in una grande gioielleria, ma tre giorni prima del matrimonio ci era stato detto che non erano pronte. Così, quelle che adesso ci scambiamo sono state ordinate su Amazon Prime: due vere in tungsteno arrivate giusto in tempo. Costo totale: 13 euro e 50!

Ci baciamo con gli occhi colmi di lacrime, e il rumore che fa il nostro amore è il fragore delle mani che ci applaudono.

È sbalorditivo quanto la celebrazione dell'amore tra due persone scateni negli altri energia, ottimismo, voglia di festa, gioia pazza, felicità, desiderio di abbracciarsi, di gridare, di vivere.

Siamo esseri fatti per credere che l'unione vince la solitudine, che il bene possa tenere a bada i colpi bassi del male.

Adesso ci aspetta un brindisi sulla terrazza Aperol nel centro di Milano: beviamo i nostri Spritz come assetati in un deserto, a quest'ora c'è un sole troppo caldo per essere solo il 24 giugno. E sono sorrisi e commozione, abbracci e brindisi prima di riparare ognuno al fresco di casa propria, prima della festa di stasera. Dove ci scambieremo le nostre promesse. Ma Pier e io abbiamo ancora il pranzo con le famiglie, poi dovremo fare un saluto dal palco del Gay Pride, che – fatalità – si svolge proprio oggi. Ci è stata chiesta una testimonianza, e per quanto si crepi di caldo, siamo stanchi morti, e tu non ami i bagni di folla, abbiamo deciso di esserci. Ci buttiamo sul letto giusto una mezz'ora prima di dover uscire di nuovo, e in un momento di relax nel pomeriggio, mi ritaglio il tempo di rileggerti quel che ti dirò stasera...

«La prima volta ci siamo raccontati mille cose di noi, alla rinfusa e con impeto. Eravamo due anime in pena in cerca di qualcuno che ci capisse e che potesse ridere e piangere con noi.

Quella sera ti dissi che mi colpivano i tuoi occhi, profondi al punto da non vederne la fine. Come due pozzi di san Patrizio da cui attingere molti tesori. Quegli occhi profondi sono la cosa che più mi ha fatto innamorare di te. Quegli occhi profondi li amo ancora, anche quando si fanno scuri di cose tenute dentro, e per tuffarsi in quelle acque nere ci vuole coraggio.

Ho amato da subito la tua educazione, il tuo essere una persona onesta, la tua dedizione al lavoro e i tuoi gusti, le tue opinioni, il tuo modo di affrontare cose e persone. Ti ho amato quando hai visto davvero chi sono e non ne hai avuto paura. Perché le sfide difficili non ti scoraggiano.

Amo il modo in cui trasformi le frustrazioni, la rabbia e il dolore in cura amorevole per la vita, facendo della nostra casa un giardino con le rose anche in inverno, anzi, un vero e proprio orto botanico. Sono io che prometto quello che una volta ti avevo chiesto di sfuggita otto anni fa: di starti accanto per sempre, di tenerti la mano quando correndo più veloce mi porterai lontano. Quando i tuoi passi saranno più lenti e avrai bisogno di una spinta. E di tenere la tua di mano quando sarai fermo senza sapere cosa fare, e magari nemmeno io saprò dirti cosa fare, ma sarò lì con te. Perché, se ci teniamo stretti, va tutto bene.

Non ti posso promettere di sapere cosa sarà bene per te, ma ti giuro che è quello che voglio e vorrò per tutti i giorni: il meglio per te e per noi.

Ti ringrazio per il modo in cui accogli i miei sbagli, i miei difetti, la mia ostinazione ad avere ragione e l'incapacità di perdere a burraco.

Grazie, Pier Mario.

Ringrazio Dio che nella vita non mi ha lasciato mai solo, che ha disseminato la mia strada di amici e amiche, di fratelli e sorelle, e che dietro una curva mi ha fatto trovare te».

Ecco, il sole tramonta e c'è un clima tropicale. Milano sembra Bombay. Siamo nel giardino allestito con candele e tovaglie bianche. La musica suona leggera, le persone, le nostre persone, sono tutte qui, e tra un instante apriremo la serata giurandoci amore con le nostre parole.

Ti guardo, infilo la mano nella tasca della giacca, stringo forte quel foglio e capisco che quel che ti prometto non è niente rispetto a quello che sarà, perché quello che siamo non lo riesco a dire, figurarsi immaginare il futuro.

La terza volta ci siamo incontrati per caso, in una di quelle feste milanesi in cui ci si conosce più o meno tutti: occasioni mondane dove, con un bicchiere in mano, ci si scambiano molti sorrisi e mezzi cenni di saluto.

Ci siamo concessi di guardarci negli occhi, ancora una volta.

E stavolta i mei occhi vedevano bene.

Avevo tolto quelle lenti, quegli occhiali sfocati con cui guardavo il mondo e cercavo l'amore, occhiali con lo specchio dentro, occhiali che ti fanno vedere solo te stesso e il tuo riflesso, le tue proiezioni.

Sono guarito dalla maledizione di cui è ancora vittima la bella addormentata nel bosco di Manhattan e di cui ho subìto per anni il sortilegio. Come quella Carrie Bradshaw ho sgambettato per anni su e giù per le strade della vita, concentrato sull'effetto che avrei potuto sortire. Su cosa mi sarei meritato. Sognando il mio principe azzurro. Che avrei voluto alto e forte, maschile ma romantico, fermo ma comprensivo. Attento e leggero. Impegnato e burlone. Meglio se con un lavoro appagante, magari ricco di famiglia, o forse uno che vive in campagna e produce vino. E che si è fatto tutto da sé.

Ho scartabellato per anni tra cuori, teste e corpi gettando via di volta in volta chi non era abbastanza, chi era troppo, chi non era in sintonia, alimentando il mio ego grande come Gargantua e mettendo continuamente le mani avanti con mille «ma io però», «ma la mia infanzia», «ma i miei dolori», schiacciando qualunque progetto, ambizione, speranza che non combinassero con i miei.

E l'avevo fatto anche con te!

Ma poi c'è stata la mano di chi si è messo, e rimesso, dietro le curve della mia storia finché non sono stato finalmente pronto a domandarmi quale principe volessi essere io, e non più come dovesse essere il mio principe.

Oggi so bene che se non avessi riacquistato la vista ti avrei perso di nuovo, e forse stavolta per sempre. Invece abbiamo messo sul tavolo tutto: le briciole che stavano nelle tasche e finanche le tasche vuote e bucate.

E questa volta ho potuto chiamarti con il tuo nome, amore.

Tutti i giorni ricomincia il lavoro perché stare insieme sia fecondo. E tutti i giorni buttiamo gli ingredienti per questa zuppa che cuoce a fuoco lento nella quotidianità.

Anche se non va mai tutto perfettamente. E solo adesso posso dire «per fortuna». Perché siamo la dimostrazione che la minestra riscaldata non è semplicemente buona, è squisita! Almeno la terza volta che accendi il gas.

Anzi, c'è un detto in ebraico che recita: «*Paam shishit glidà*», ovvero, «la terza volta è gelato», per dire quanta dolcezza ci aspetta se abbiamo il coraggio di resistere fino al terzo assaggio.

Non sarò all'altezza di molte tue aspettative, invecchierò e forse peggiorerò. Il programma mi sembra meraviglioso. Quasi non vedo l'ora. Intanto, all'idea, mi scappa da ridere.

Ora, mentre tutti ci sorridono e ci riempiono di amore e gioia, mi dai la mano?

Lo sai, se ci teniamo la mano, tutto andrà bene.

28
Pagoda

«Non ci posso credere che stiamo davvero partendo per Tahiti!»

«E noi tre soli, dopo tanto tempo, Pinuzza, che gioia!»

«Vale, in realtà nemmeno mi ricordo quando siamo stati via noi tre senza nessun altro».

«Quella volta che siamo andati a Los Angeles per *E! Entertainment*? Cos'era, dieci anni fa?»

«Oddio Diego, che ricordi... Siamo rimasti tre giorni a girare come pazzi, senza un secondo di riposo».

«Tu andavi in giro per Rodeo Drive con gli stessi stivali della Roberts in *Pretty woman*, e si voltavano tutti a guardarti!»

«Vale, ti ricordo che comunque hai vinto tu la sera dopo gli Oscar: in discoteca hai finito per regalare rose alle ragazze porgendole con i piedi».

«E il giorno dopo in aeroporto avevi un umore...»

«No, ragazzi, vi odiavo semplicemente a morte, postumi della sbronza».

«Pina, cosa ti stai spalmando?»

«La crema, ovviamente, ci aspettano venti ore d'aereo, mi idrato, no?»

«Ne passi un po' anche a me dopo?»

«Certo, Vale, almeno tu mi dai soddisfazione, non come lui...»

«Ragazze non rompete, io odio le creme».

«Ma lo senti? Che nervi! Ma allora cosa sei gay a fare?»

«Infatti, mi sa che sono più lesbica. Una lesbica polacca. Di Danzica. Con i baffi e le tette basse senza reggiseno».

Siamo su un aereo diretto a Tahiti. Nell'autunno del 2018 in radio ci hanno chiesto di raccontare un posto meraviglioso che però non sia solo meta di coppiette in luna di miele ma, per la sua unicità, anche di viaggiatori curiosi. E mentre ci prepariamo al lungo viaggio sistemandoci ognuno al proprio posto, infilando nella sacca della poltrona davanti chi un libro, chi un'acqua extra e chi un *peluche*, mi dico che in fondo questo siamo noi. Curiosi viaggiatori della vita. Anzi, delle vite. Di quelle degli altri, che ci appassionano da matti, e di tutte quelle che abbiamo vissuto.

Abbiamo viaggiato assieme diverse volte. Trasmettendo da Disneyland Paris, dalla sede della Guinness a Dublino; portando i soldi raccolti grazie alla generosità dei nostri ascoltatori ai bambini orfani fino in villaggi sperduti del Vietnam, delle Filippine, del Perù. Abbiamo girato uno speciale da Tokyo per il canale Nat Geo ormai dieci anni fa, e siamo persino andati a conoscere Babbo Natale in Lapponia.

Condividere i viaggi ti unisce in modo speciale, quando lo fai con chi vedi tutti i giorni diventa un sodalizio al limite della simbiosi. La verità è che ormai siamo entrati nella vita gli uni degli altri, tanto che ci è impossibile tornare indietro per ricostruire le tappe, i momenti fondanti di questo triangolo sentimentale, che non è nemmeno sempre stato solo platonico.

«Voici vos habitations. Demain matin un chauffeur vous amènera pour un tour de l'île».

Pina, Vale e io ci fermiamo a guardare le capanne sparse sul dorsale boschivo affacciato sulla barriera corallina. Siamo a Thaiti Nui, la parte occidentale, la più selvaggia e meno turistica dell'isola, che nell'insieme disegna una sorta di clessidra. Noi alloggiamo al Vanira Lodge. Ispezioniamo queste abitazioni costruite con legno e foglie di palma, tutte con grandi vetrate che affacciano su un panorama mozzafiato: c'è un angolo cucina, il bagno con un'ampia doccia – in una persino la jacuzzi – e i letti sono circondati da candide zanzariere. Ci basta guardarci negli occhi per decidere all'unisono che dormiremo tutti e tre in un'unica casetta.

«Andiamo in piscina e poi cerchiamo delle birre per un aperitivo?»

«Brava, Vale, e poi guardiamo il programma dei prossimi giorni».

«Ragazze vi raggiungo, devo sbrigare una faccenda in bagno. Non faccio la cacca da Milano!»

«Pagoda!», mi gridano in coro.

Questa parola è nata in trasmissione, proprio l'anno scorso.

Avevamo deciso di dedicare la puntata del venerdì a coloro che desideravano dire qualcosa a una persona a cui tenevano: un grazie, una richiesta di scuse, un invito. Come molte altre volte, ci siamo buttati senza sapere bene dove andare a parare. E gli ascoltatori, dopo la prima puntata, ci hanno inondato di richieste: per fare una sorpresa alla fidanzata, per chiederla magari in sposa in modo speciale, per ringraziare i genitori per tutto ciò che avevano fatto, e molto spesso per dire un semplice «ti voglio bene».

Abbiamo capito quanto siamo disabituati a esprimere i

nostri sentimenti nella quotidianità, e proprio a chi amiamo. Forse perché ci sembra così scontato che si finisce per non trovare il tempo, il coraggio, e soprattutto le parole giuste. A un'ascoltatrice che non riusciva a dire «ti voglio bene» alla mamma abbiamo suggerito di cercare un'altra parola, una parola totem che per lei e la madre significasse, appunto, l'indicibile. E ci è venuta in mente una parola banale, facile da dire come «pagoda». Da allora «pagoda» significa questo per tutta la famiglia di *Pinocchio*: noi, e i nostri ascoltatori.

L'amicizia con Pina è stata deflagrante. Lei spesso lo è, in senso positivo. Una bomba che esplode aprendo nuove strade, se glielo permetti. Quando ci siamo incontrati ero molto indeciso su chi avrei voluto essere, e soprattutto su come sarei arrivato a capirlo.

Per il volo verso la Polinesia mi sono portato da leggere *Asimmetria* di Lisa Halliday. Il caso letterario dell'anno, dicono. In epigrafe trovo una citazione tratta da *Il primo uomo* di Albert Camus: «Ti voglio bene perché quando ero molto giovane, molto sciocco e tanto solo tu ti sei accorto di me e senza darlo a vedere mi hai aperto la porta di tutto quello che amo nel mondo».

Con Pina, attraverso la nostra amicizia, il confronto continuo, la vita fianco a fianco, è avvenuto un po' questo. Solo pochi giorni dopo esserci conosciuti, la nostra frequentazione è diventata quasi quotidiana. Il passo successivo è stato quello di andare ad abitare assieme. Senza troppe regole o limiti alla condivisione. Siamo stati cacciati da buttafuori grandi e grossi come i bronzi di Riace da locali dove avremmo dovuto fare una serata, evidentemente si erano dimenticati di noi!, abbiamo passato intere vacanze estive reclusi in casa mentre il caldo sembrava squagliare l'intera Bovisa, il nostro quartiere; e abbiamo cavalcato con entusiasmo scelte assurde, come quella volta che alle due di notte ci siamo detti che noia, andiamo a Roma, e una volta sul raccordo anulare, mentre albeggiava, per non cedere a un colpo di sonno abbiamo tirato giù i finestrini e abbiamo cantato Laura Pausini a squarciagola.

Quando l'ho conosciuta, però, di tutte le caratteristiche che la rendono speciale, a farmi decidere che sarebbe stata parte di me è stata una questione di affinità elettive: stessa attitudine alla vita, alle relazioni, al lavoro. La prima cosa che ci ha unito, e che ancora fonda il nostro rapporto. Pur provenendo da storie, luoghi e famiglie che più lontani non potrebbero essere, siamo giunti alla stessa soluzione: non esiste una storia che non sia degna di rispetto, non c'è un punto di vista che non vada accettato come la verità di chi lo possiede, non c'è una regola che faccia un successo, una realizzazione, una felicità. E, soprattutto, non c'è desiderio di essere come gli altri che possa renderci felici quanto l'accettare la propria speciale singolarità. Anche e soprattutto quando per gli altri è un difetto. Infine, non esiste peggior ingiustizia per l'essere umano che vivere le proprie gioie e i propri dolori senza poterli condividere.

Per questo quando a Radio Deejay è nato *Pinocchio*, ormai più di dieci anni fa, è nato anche il piccolo club delle persone molto speciali. Ricordo di aver capito il senso e l'importanza del nostro lavoro quando, durante una puntata in cui chiedevamo agli ascoltatori di scriverci nome, professione e quello che sognavano di diventare da piccoli ci arrivò, tra i tanti sms, uno che diceva così: Enrico, il camionista, la ballerina.

Ci guardammo divertiti per aver trovato in chi ci ascoltava la stessa voglia di ridere di sé, di utilizzare un immaginario trasversale e inclusivo in cui ogni vicenda personale, ogni vissuto, qualunque modo di essere trovasse diritto di cittadinanza.

Volevamo creare un logo che i nostri ascoltatori potessero stampare per portarlo con sé o appenderlo, ed esibirlo in caso di necessità, con la speranza che anche chi avevano di fronte facesse parte dello stesso club. Non garantiva nessun trattamento speciale, se non la comprensione e la consapevolezza di appartenere a quella parte di umanità che si sforza ogni giorno di fare il proprio meglio, che non perde mai la speranza, neanche quando il mare è in tempesta. E, nel dubbio, se può, dà una mano.

Quando sono approdato a Radio Deejay era luglio, e io avevo smesso di lavorare a Gay tv per l'estate. Pina era sprovvista di patente, così avevo deciso di accompagnarla al lavoro tutti i giorni. Avendo tempo libero, mi ero detto, posso approfittarne per capire come funziona questo mezzo, e comunque posso solo imparare dalla «più brava di tutti a prendere le telefonate», come dicevano di lei gli autori televisivi con cui lavoravo.

Per quel primo mese sono andato in onda una volta al giorno per quattro minuti. Parlavo di gossip internazionale. La mia fonte allora erano i blog americani. Credo che siamo stati i primi in Italia a parlare di Paris Hilton quando nessuno sapeva ancora chi fosse. E in quei giorni ho conosciuto Valentina, che allora non andava ancora in onda: grazie a lei ho capito come lavora una redazione, ho scoperto un mondo nuovo, senza le luci e le telecamere della televisione, ma con tempi e ritmi egualmente frenetici, in cui non c'è spazio per l'incertezza.

In radio non ci sono molti paletti a cui appoggiarsi. Ci sei tu e la forza di quello che metti nel microfono. Sono stato folgorato. A settembre Linus aveva accettato che restassi a *Pinocchio*, ma per tutto quell'anno, temendo forse – o sperando? – che il mio entusiasmo scemasse in fretta, mi aveva garantito solo un rimborso spese pari a cento euro al mese. Ero un uomo felice. È così che abbiamo iniziato.

Ed è per dare una mano a una buona causa che con Vale si è stabilita l'intimità che ancora ci unisce. Accompagnavamo Pina a Roma, doveva presentare una manifestazione per il riconoscimento delle unioni civili – allora si parlava di DICO – e per l'occasione era stato chiesto alla piazza di stabilire un record: baciarsi, contemporaneamente, nel maggior numero possibile, per un intero minuto. Ovviamente le coppie erano sia etero che omo. Quando si è trattato di scegliere il partner o la partner da baciare per sessanta secondi esatti, la Vale e io ci siamo ritrovati abbracciati con la bocca sulla bocca. Sessanta secondi sono tanti, soprattutto per uno che come me ama baciare quasi più di qualunque altra espressione d'affetto. Insomma, io e Vale ci siamo conosciuti limonando.

«A questa vacanza!»

«A noi».

«A questo nuovo anno di *Pinocchio*!».

Il primo brindisi a Tahiti lo scambiamo a bordo piscina, mentre il sole s'inabissa veloce in queste acque dalle cinquanta sfumature di blu, e alle nostre spalle si sprigiona l'energia del bosco che circonda il lodge.

Queste terre possiedono una forza singolare, seducente, carnale, a tratti spaventosa.

Le isole sembrano disposte come tante donne sdraiate sul mare, pronte ad abbracciarti. L'insieme dei colori, dei suoni, dei volti degli abitanti, con la loro pelle caffelatte levigata ed elastica, ci immerge in una dolcezza estrema, anche un po' soffocante. In una bellezza molle, in un languore cullato dallo sciabordio delle onde che in lontananza si infrangono sulla barriera corallina, e in una malinconia a tratti struggente.

Come se questa terra non volesse farti più andare più via. E infatti l'incontro al centro culturale Arioli ha su di noi l'effetto di un sortilegio. Trascorriamo una giornata a cucinare piatti tradizionali assieme alle donne che animano questo posto. Donne dedite a mantenere viva la memoria, anche qui spazzata via dal colonialismo culturale, all'inserimento di bambini in difficoltà, delle madri sole, dei più fragili. Impariamo a cucinare il frutto dell'albero del pane, a mischiare nell'insalata la vaniglia tenuta nel rhum, a suonare le percussioni e le conchiglie e ad accennare qualche passo delle loro danze, per poi pranzare seduti a terra, bevendo cocco fermentato e mangiando tonno scottato alla paprika. E le padrone di casa, come Calipso con le sue ancelle, finiscono per lasciarci intontiti di dolcezze e canti ipnotici, così, quando dobbiamo lasciarle, ci sentiamo come Ulisse e la sua ciurma: vorremmo restare con loro per sempre. Ma questo incanto in realtà non ci appartiene. Anzi, questa terra è talmente accogliente da metterci a disagio. Noi siamo gente cresciuta in strada, abituata alle difficoltà, a combattere per trovare il proprio posto. Perché abbiamo imparato che davanti a tutto ciò che non puoi scegliere – il tuo aspetto fisico, i tuoi legami di sangue, il tuo carattere, il contesto in cui cresci – la risposta non è né accettare passivamente né rifiutare il pacchetto completo, ma compiere delle scelte personali, con forza e con coraggio. E soprattutto con entusiasmo. Ecco, noi siamo anche questo, degli eterni entusiasti.

Come Maui, la nostra guida nelle acque polinesiane, che

ancora oggi, quando avvista una balena, è capace di emozionarsi quanto noi, che la vediamo per la prima volta.

«Sono due, mamma e piccolo, se facciamo piano riusciamo a vederle da vicino».

La sua eccitazione è contagiosa.

«Non dobbiamo fare rumore, e in acqua bisogna muoversi lentamente».

La nostra barca rallenta, è quasi ferma. È il momento dell'osservazione. Aspettiamo di vedere emergere le balene. E questo tempo di attesa in realtà prepara il cuore al possibile incontro. Siamo tutti zitti e fermi. L'unico suono è quello del respiro del mare. Ansiosi, ci guardiamo intorno in cerca di segnali, consapevoli che questi esseri giganteschi sono a pochi metri da noi, vicinissimi, anche se restano ancora invisibili.

«Eccola, è la mamma!». Io e Vale ci caliamo in acqua seguendo Maui, Pina invece ci filma dalla barca. Ci immergiamo con pinne e maschera, inoltrandoci in una gradazione di blu mai vista prima: nelle profondità dell'oceano si rifrange la luce del sole disegnando raggiere di fili turchesi. Nonostante non si veda il fondo e siamo lontani dalla riva, mi sorprendo a non aver paura.

E finalmente, dal cobalto emergono chiazze bianche, le pinne, che avvicinandosi svelano i contorni e poi i volumi di una balena di circa venti metri che lentamente risale, con un cucciolo che sembra essere aggrappato al suo dorso.

Raggiunge la superficie, respira, poi si ferma a osservarci per quattro, cinque infiniti secondi, e poi dolcemente torna a scomparire nell'abisso, con il piccolo al seguito.

Una volta tornati sulla barca, Vale e io condivideremo lacrime di meraviglia per aver assistito a quello spettacolo di potenza e fragilità, di tenerezza e armonia.

Incontrare una balena dovrebbe essere un diritto formativo dell'uomo.

«Ragazzi, siamo stati molto fortunati, perché ci sono troppe persone in acqua adesso, le balene si sono infastidite. Aspettate, là! Duecento metri al largo, dove ci sono quegli uccelli, ce n'è un'altra, andiamo!».

Nell'entusiasmo di Maui ci riconosciamo, ma solo la sera, a cena a casa sua, scopriremo che anche lui è sopravvissuto a tante vite.

Forse tra simili ci si annusa, ci si riconosce.

Come succede con Mario, che a Moorea fa la guida turistica per gli italiani. Anche lui è un uomo che ha saputo reinventarsi più volte, che ha scommesso su di sé, andando dove il cuore lo spingeva, sebbene non sapesse bene dove. Ci piace, come tutti quelli che fanno le proprie scelte e, soprattutto, se poi si riveleranno sbagliate, non fanno pagare a nessun altro le conseguenze, ma se le assumono tutte.

Sì, ci assomiglia chi ha la capacità di alzarsi anche quando è a pezzi, o è stato fatto a pezzi.

Dimenticati in autogrill, mollati dai morosi, bullizzati in ufficio. Tutti ci assomigliano e ci sono vicini, soprattutto nei momenti di défaillance, al punto da celebrarli il martedì, che per noi in radio è diventato come un menu fisso. Martedì: flop. Forse quel che ci è venuto meglio in questi anni è stata proprio la pratica quotidiana della *com*-passione. La vicinanza ai fallimenti di tutti, a patto che si finisca sempre per riderne a crepapelle. Come fanno i sopravvissuti. Sopravvissuti più volte alla vita ma anche a se stessi.

Questo tempo solo per noi tre ci ha restituito quello che siamo e che si perde nella banalità del quotidiano. Tra poco torneremo agli orari scanditi dal ritmo della settimana, al «tutti i giorni» che è la sabbia mobile in cui ogni relazione rischia di affondare. Torneremo all'appuntamento quotidiano del pranzo portato da casa con la «schiscetta», e consumato assiepati attorno al tavolo del nostro ufficio, davanti al telegiornale delle 13, con la Ginger e Mary J. Perché comunque prevale sempre l'istinto di fare famiglia. La famiglia che ci siamo scelti e che in questo viaggio in Polinesia abbiamo ritrovato. Intimi al punto di mostrarci anche al peggio, senza il timore di essere giudicati, ma sempre attenti a non sguazzarci, in quel peggio.

Loro, Pina e Vale, sono venute a prendermi sul ciglio del burrone, quando è servito, senza avere poi la pretesa di spiegarmi come e dove ricominciare a camminare il giorno dopo. E questo è molto più di quel che fanno molti amori. O, forse, è ciò che fa l'amore quando è amore. Desiderare il bene dell'altro aiutandoci a realizzarlo.

29
Grazie a Dio sono gay

Sono diretto al monte Athos, il luogo sacro del monachesimo ortodosso, un posto paradisiaco in cui da millenni abitano solo eremiti, e che da secoli attira visitatori da tutto il mondo.

La maggior parte di coloro che sono in attesa di salpare vestono in jeans, hanno trolley o sacche in spalla, qualcuno porta una busta di plastica. E poi ci sono i monaci. Che sembrano esseri senza tempo, potrebbero appartenere all'anno mille o al XIX secolo, e non si troverebbero differenze. Portano una tonaca nera con la cintura di un'eleganza senza eguali, un copricapo cilindrico, barba lunga e capelli raccolti in una coda, o in una treccia oppure in una crocchia. La loro carnagione è pallida come tutti quelli che, nonostante il sole e la mitezza del clima mediterraneo, vivono al riparo dagli sguardi e dalle distrazioni della vita in spiaggia.

La barca salpa, e piano piano supera una costa rocciosa, dietro la quale comincia il territorio sacro, un lembo di roccia rigogliosissima a strapiombo sul mare, sulla cui superficie spiccano, sparsi e abbarbicati, i monasteri, costruiti come fossero castelli pronti a difendersi dalle invasioni esterne, in un panorama che batte qualunque saga fantasy.

Ci sono stati anni in cui i monaci erano molte migliaia, oggi il mondo vocazionale porta i segni evidenti della lotta contro il materialismo consumistico, ma qui ancora arrivano giovani postulanti, desiderosi di mettersi alla prova, speranzosi che l'Abate li ritenga degni di diventare monaci e permetta loro di vivere qui per il resto della loro vita.

Sono con Max e Luca, vecchi amici con i quali condivido la passione per i viaggi poco «consueti».

Vediamo scorrere davanti agli occhi, cullati dal dondolio della barca in un'acqua quasi piatta, la costa sud di questa penisola, e in silenzio immaginiamo come possa essere la vista da quelle finestrelle a duecento metri di altezza; e a come dev'essere attraversare un fazzoletto di mare e lasciarsi dietro tutto.

Sbarcati a Dafni prendiamo una navetta – l'unico mezzo di trasporto previsto – che ci porta a Karyes, il solo centro urbano presente, in cui oltre a due caffè e altrettanti negozietti c'è una piazza con una chiesa e il parlamento dei patriarchi. Sì, perché questo «stato nello stato» si autogestisce con votazioni democratiche di patriarchi e abati dei diversi monasteri, tutti ortodossi, chiaramente, ma provenienti dalle diverse tradizioni russe, bulgare, macedoni, greche…

Ci incamminiamo verso San Andreu, il monastero più vicino dove chiederemo ospitalità per la nostra prima notte ai piedi dell'Athos, che da qui ci sembra lontano e infinitamente alto.

Sono tre anni che desidero fare questo viaggio. L'attesa di un tempo speciale in cui non ci saranno cellulari, giornali, ritmi frenetici, distrazioni. E così, nell'avvicinarci alla meta, i nostri discorsi si diradano naturalmente, lasciando spazio all'osservazione silenziosa, allo scambio di sguardi che non hanno più bisogno di parole. Ed è in questo spazio che creiamo nelle nostre vite piene che Ti aspettiamo. Aspettiamo che si manifesti la Tua presenza, la Tua voce, la Tua parola.

Dormiamo in una foresteria, ceniamo alle 17 e ci svegliamo alle 4:30 per la veglia con i monaci. L'attesa del sorgere del sole che precede la salita verso il prossimo monastero.

Mi sembra di capire per la prima volta perché si dice «cammino di fede». Dai tempi di Abramo, Tu ci chiami ad andare, in ebraico *lekh lekha*, vai per te, vai verso di te, vai verso la pienezza della tua vera identità, della tua vera funzione. E per farlo, dobbiamo andare lontano da quella *comfort zone* in cui ci siamo accucciati, trovando il modo di rendercela comoda, arrivando a dimenticarci che è una gabbia, e non ci rende felici. Come quando Mosè è chiamato a dirigere un popolo verso la libertà dalla schiavitù alla quale però si erano tutti abituati, e che arrivano a rimpiangere non appena si trovano a camminare nel deserto, nonostante si sia appena aperto un mare per farli passare.

«I miei pensieri non sono i vostri pensieri» (Isaia), ci dici. Ma i nostri pensieri, le nostre «logiche» paure, remore e diffidenze ci stanno addosso come un cappotto caldo e pesante, e così non andiamo da nessuna parte. E tra tutte le paure, *in primis*, quella di essere sbagliato, fatto male, solo. Quella paura di cui anche tanti «pastori» si sono armati per piegare il cuore di uomini e donne, per governarli con il senso di colpa, più efficace di qualunque minaccia di morte.

«Guai ai pastori d'Israele che non hanno fatto altro che pascere se stessi! Non è forse il gregge quello che i pastori debbono pascere? Voi mangiate il latte, vi vestite di lana, ammazzate ciò che è ingrassato, ma non pascete il gregge. Voi non avete rafforzato le pecore deboli, non avete guarito la malata, non avete fasciato quella che era ferita, non avete ricondotto la smarrita, non avete cercato la perduta, ma avete dominato su di loro con violenza e con asprezza. Esse, per mancanza di pastore, si sono disperse, sono diventate pasto di tutte le bestie dei campi e si sono disperse. Le mie pecore si smarriscono per tutti i monti e per ogni alto colle; le mie pecore si disperdono su tutta la distesa del paese, e non c'è nessuno che se ne prenda cura, nessuno che le cerchi!».

Sembrano scritte oggi le parole del profeta Ezechiele!

In me tutta quella paura è diventata gratitudine.

Io Ti ringrazio per tutto. Ma proprio per tutto.

Ti ringrazio per essere qui, oggi, per essere vivo in questo tempo, e per essere stato voluto in questo modo. Ti ringrazio per il mio corpo, piedi piatti compresi, per la mia testa, con tutti i limiti che ha, per il mio carattere. Per la mia malinconia, che mi fa fermare nel mezzo delle cose da fare, e mi fa andare altrove con il cuore.

Ti ringrazio di essere mancino. E ti ringrazio di essere gay. Grazie per avermi voluto parte di una minoranza. Per aver messo nel mio animo il dono di essere diverso da qualcosa e qualcuno, perché è stata l'occasione di imparare che ci può sempre essere un altro punto di vista, che gli schemi di cui ci serviamo per semplificare possono escludere qualcuno e la sua esperienza. Grazie perché questo mi rende matematicamente un tuo «preferito», Tu che hai mandato Tuo figlio a dire che stai con gli ultimi, con i non considerati, anzi, con i mal considerati. Grazie, perché nel mio piccolo ho potuto provare sulla mia pelle il veleno di chi non capisce, non accetta, non ti vuole, di chi ti discrimina, ti teme, ti disprezza.

Grazie perché altrimenti sarebbe stato più difficile per me capire che in ogni essere umano esiste una natura predatoria e un potere di rimozione della verità quando questa risulta scomoda.

Altrimenti non si spiega come oggi, pur vivendo in simbiosi con l'oggetto della rivoluzione tecnologica che è lo smartphone, fingiamo di non sapere – o non vogliamo proprio saperlo? – che alla base di questo dispositivo c'è un minerale che viene estratto da bambini in miniere scavate con le mani, senza sicurezza, senza diritti, senza speranza.

Siamo forse più evoluti dei caldei che sacrificavano i bambini al dio Moloch, mentre tu ti sbracciavi affinché il tuo popolo non si facesse sedurre da quella cultura lasciva e perversamente atroce verso gli innocenti?

Il secondo giorno ci dirigiamo verso il monastero chiamato Pantocrator.

Ormai ci sembra di essere esperti conoscitori di questo luogo che non ha mappe, ma sentieri segnati alla buona in mezzo a una vegetazione barocca sul cucuzzolo di costoni rocciosi che di tanto in tanto ci restituiscono la vista del mare da improvvisi precipizi. Bisogna fidarsi di una direzione, anche quando di indicazioni non ce ne sono da un po'. Come assomiglia alla vita questo cammino!

Pantocrator, che significa Onnipotente, o colui che domina con pugno forte su tutto, non ha solo il nome che evoca battaglie cavalleresche da letteratura fantasy: finalmente, come fosse l'inquadratura di un colossal, la sua sagoma compare alla vista da dietro una curva. Anche il suo aspetto ricorda molto il castello di «Approdo del Re» della mitologica saga *Il trono di spade*. E il fatto che sia così difficile accedervi non fa che accrescere questa suggestione. Ma qui non ci sono né metalupi né fortunadraghi. Qui le battaglie quotidiane sono tutte interiori e non fanno riferimento a testi come *Le cronache di Narnia*, ma piuttosto a *Il combattimento spirituale* di Lorenzo Scupoli, o a *Il castello interiore* di Teresa d'Avila. All'interno delle sue mura vigne, legnaia, giardini e manufatti religiosi raccontano la laboriosità silenziosa che scandisce le giornate. Tutto qui porta a pensare all'eternità: ciò che non passa. Ciò che resta. E allora capiamo quanta poca importanza abbiano i crucci con i quali ci roviniamo quotidianamente la vita.

Mi torna in mente una frase di Alda Merini: « Non sempre si riesce ad essere eterni». E penso al senso vero della spiritualità che non ha i confini che abbiamo voluto imporle con dogmi, con riti e divieti. Un gesto, un pensiero, un sentimento può diventare eterno se supera tutti i limiti del qui e ora, diventando un principio valido oggi e sempre.

Ci abbeveriamo a una fontana, mangiamo quel che ci eravamo comprati a Ouranopoli in vista della grande ascesa alla vetta del monte, ma che ora urge mettere nello stomaco, dopo quasi due ore di cammino. Qui sembra non esserci nessuno, per cui ci mettiamo all'ombra di un tiglio gigante a riposare, levandoci le scarpe e facendo respirare i piedi doloranti. Il panorama è una distesa di vigne e frutteti. Ci addormentiamo per un tempo indefinito, finché non ci sveglia un giovane monaco che ci offre delle pesche, e si mette a chiacchierare con noi. Si chiama Timothy, è un ragazzo dell'Arizona venuto qui a cercare la salvezza da una vita di abusi, e che da qualche anno ha deciso di restare per sempre.

«I tuoi pensieri non sono i nostri pensieri» diceva Isaia, e noi che ancora oggi ti disegniamo a nostro piacimento e comodo, come fossi Jessica Rabbit!

Noi che estrapoliamo parole, distorciamo messaggi per giustificare ogni nostro gesto.

Ma la tua voce è più forte di qualunque fragore del mondo, e nel tempo risvegli donne e uomini che ne diventano la cassa di risonanza con la loro vita, con le loro parole, con le loro scelte.

Che bestemmia globale la diseguaglianza, l'esclusione, il giudizio.

Pietro aveva ben detto: « Dio mi ha mostrato che nessuna persona è impura».

Allora perché ci sono sacerdoti che pensano di aver capito di più del primo papa, ed escludono qualcuno dai sacramenti, dalla misericordia, dall'avere giustizia?

La nostra giornata termina al monastero di Sant'Anna, dove ripariamo prima della grande scalata verso la vetta dell'Athos, che ci guarda bianca e triangolare, da lontano.

Per tutta la notte la luna piena ha riempito di luce il nostro piccolo dormitorio attraverso la finestra rivolta verso il mare, cullando un sonno striminzito fatto di fiati condivisi e sogni agitati. Come accade in ogni monastero, anche qui ci si sveglia per aspettare la luce, per vegliare sulla notte del mondo, per sostenere con la presenza e la preghiera tutti coloro che, ovunque siano, combattono dure battaglie per la vita, per il bene. «Vegliate e pregate con me» fu la richiesta che Gesù il nazareno fece ai suoi più intimi, a quelli che lo seguivano ovunque, e che avrebbero dato tutto per lui, almeno a parole, e sicuramente in buona fede. Ma nella sua ultima notte da uomo, proprio in quella più angosciante, quella dell'attesa che si compisse l'orrore di cui sapeva tutto, proprio in quella notte restò solo. Perché tutti, per incredulità, vigliaccheria o stanchezza si addormentarono.

L'Athos stanotte ci vuole far presente questa verità, che ci rende consapevoli, e un po' ci obbliga a perdonare. Nessuno potrà mai capirci veramente, nemmeno chi ci ha generati, nemmeno chi ha diviso con noi una vita d'amore. Non possiamo avere la pretesa che qualcuno ci protegga sempre, ci comprenda totalmente, e affranchi la nostra esistenza da male e dolore. Così come noi per primi, al di là delle nostre buone intenzioni, non possiamo garantirlo a nessuno. Piano piano, dopo la preghiera salmodiata in chiesa, tutti gli ospiti impacchettano sacchi a pelo e zaini e si radunano all'esterno. Davanti al parapetto che affaccia sullo strapiombo, in uno strano silenzio bisbigliato: «Attendiamo l'aurora, come sentinelle». Noi, a essere sinceri, aspettiamo che arrivi la piccola colazione che ci è stata promessa! Veniamo da una vita di agi, e sono tre giorni che mangiamo pochino, compreso ieri sera… che poi, a ben vedere, era dodici ore fa: ecco perché tutta 'sta fame! Abbiamo i nostri viveri, ma ci serviranno per il pranzo, la cena e per la colazione di domani, prima di scendere dal monte. Per cui aspettiamo… Qui sembra che basti desiderare qualcosa e quella arrivi: ecco dei vassoi di caffè greco, che ormai troviamo squisito (come ogni cosa che assaggi quando impari a nutrirti un poco meno del necessario, e arrivi ai pasti con una sana fame), e fette di pane integrale sfornato probabilmente quando il duo Oxa-Leali vinse il festival di Sanremo con *Ti lascerò*.

Ma anche questo pane, intinto nel caffè dolcissimo, per le nostre pance vuote vale come una colazione al Four Season! Riempiamo borracce e bottigliette di acqua fresca, salutiamo, e partiamo. Ci attendono cinque ore di cammino per arrivare all'ultimo edificio, la Panaghìa, e da lì decideremo se percorrere il restante cammino di un'ora e mezza subito, o dormire e ripartire di notte per vedere l'alba dalla cima.

La salita si rivela abbastanza ripida da subito, percorriamo sentieri di radici e pietre scivolose. Cerchiamo di trovare un ritmo di marcia, ogni tanto ci si ferma a tirar fiato, ci si volta, e si sbircia tra le fronde un paesaggio che non dimenticheremo facilmente. Arriviamo al colle Stavros, che segna la fine dell'alta vegetazione, l'assenza totale di acqua e l'inizio della parte più dura. E abbiamo camminato soltanto un'ora e mezza. A parte una sosta per la colazione al sacco e un'altra per ripararsi dal sole di mezzogiorno, motivo per cui arriveremo più tardi del previsto, il tragitto sarà vissuto con una certa tensione, una sorta di ansia di farcela, e anche un insieme di strani pensieri che ci attraversano, anche di rabbie o fastidi che vanno e vengono, come dovessimo espellerli assieme alle tossine traspirate e all'anidride carbonica espirata. Sarà una lunga giornata ricca di ansie personali, di silenzi, di pazienza reciproca, di accettazione dei limiti propri e di quelli degli altri, e della fatica, che sarà costante, senza concessioni, dall'inizio alla fine. A pensarci ora, in un certo senso, una metafora della vita. Niente di più, niente di meno. E come nella vita, quando la stanchezza si fa sentire di più, sembra che la fine non arrivi mai, curva dopo curva, salita dopo salita, e che si sia condannati a salire carichi di pesi per sempre. Ma ecco la realtà, che ci mette davanti la piccola chiesa della Panaghìa, la «tutta santa», dove vive un monaco che presiede alle funzioni religiose e si occupa della stanza dormitorio che accoglie i pellegrini. Siamo a 1.500 metri sopra il livello del mare. Qui, da questa roccia, riceviamo tutto il vento che arriva dal basso e vola veloce sopra di noi, diretto verso la cima. Eccola, la cima! Ci giriamo di 180 gradi e ci accorgiamo che ormai è vicina. Max decide che non ce la farà a salire, né oggi né domani, e si sente soddisfatto del viaggio fatto fino a qui. Luca e io ci guardiamo, facciamo qualche calcolo e decidiamo che saliremo e scenderemo prima che il sole tramonti. Così, dopo un po' di riposo, ci rimettiamo in cammino, con i muscoli delle gambe che bruciano e la strada che è ripida, senza un filo d'ombra, lastricata di pietre di granito bianche, un po' come il sentiero di Oz. Questo ultimo tratto, faticosissimo, lo percorreremo praticamente in silenzio. Difficile spiegare cosa ci sia passato per la testa, e anche nel cuore. Soprattutto quando un'ultima fila di gradini ci ha condotto alla vetta. Al punto più alto. In cima al monte Athos.

Mi sento un privilegiato a essere qui. E penso a coloro che non potranno mai raggiungere questo luogo. Perché nemmeno lo conoscono, per handicap fisici, o per non aver ottenuto il permesso (che è concesso solo a centodieci visitatori al giorno, tra cui non più di dieci stranieri, ed esclusivamente nel periodo estivo). Penso a quante volte nella storia sono stati negati gli accessi a qualcuno. E a tutte le categorie umane che sono state demonizzate, discriminate, escluse. Tra loro c'è colei che è stata la prima vittima, e forse rischia di esserlo per sempre: la donna. Persino questo luogo sacro è accessibile solo agli uomini, eppure proprio a una donna è dedicato, quella Panaghìa (la tutta santa) che il tempo ha trasformato in una creatura dall'utero prodigioso e dai superpoteri, una donna che per natura (voluta da Te) è sopra a tutte le donne prima e dopo di lei, per sempre. Una visione assolutamente maschile, che ha escluso il genere femminile e lo ha punito, insieme a Eva, per la sua e la loro colpa.

Dai suoi 2.035 metri di altezza, Athos domina il mare su tre lati, e sul quarto mostra tutta la penisola che abbiamo percorso per arrivare fino a qui, con il mare da una parte e dall'altra, con le sue alture verdi e i monasteri, e in fondo il continente, l'Europa. Da questo punto di vista, la terra è ancora un luogo meraviglioso, e tutto ciò che riempie le nostre vite normalmente, dalla scissione del PD all'ultima serie di Netflix, all'ultima litigata per chi dei due va a pagare la multa per eccesso di velocità, sembra molto, molto stupido. Su questo poggio mi viene in mente che è sui monti che l'uomo ha visto, ha capito, ha ricevuto la rivelazione. Il monte su cui Abramo stava per sacrificare Isacco, il monte su cui Mosè ricevette la legge, il monte su cui accadde quello strano fenomeno a Gesù, quello della trasfigurazione. Una pagina un po' oscura e prodigiosa, in cui, davanti a Pietro, Giacomo e Giovanni, appare assieme a Mosè ed Elia immerso nella luce e che le Chiese Cattolica e Ortodossa, che nei secoli hanno rivendicato le loro differenze, festeggiano lo stesso giorno, il 6 agosto. Chissà, forse il monte è anche il luogo della riconciliazione e dell'unità, oltre che dell'incontro. Dove ti stacchi da tutto ciò che costituisce la tua vita per farci pace.

Il sole scende di nuovo e l'orizzonte esplode di colori, mentre il freddo arriva e ci ricorda che dobbiamo scendere prima che sia buio. Ceneremo di nuovo assieme Max, Luca e io, con pane e scatolette, e andremo a dormire un po', prima di riprendere il cammino verso le 4:30, con l'ausilio di due torce e della luce rassicurante della luna. Scendere non sarà una passeggiata, la fatica ci accompagnerà fino al momento in cui metteremo i piedi sulla barca che ci riporterà a Ouranopoli, dove finalmente potremo lavarci con un tuffo nell'Egeo.

> Qualcosa da lasciare indietro,
> qualcosa da proteggere e far crescere,
> qualcosa di nuovo da accogliere.

Questo abbiamo cercato in questo viaggio. Penso a come far tesoro di tutto quello che ho visto, provato e sentito perché non si perda nel ritorno alla vita di sempre. Perché certe esperienze non restino inutili parentesi consolatorie bisogna che alcune decisioni diventino vita vera, bisogna che le giustificazioni che ci diamo, la superficialità con cui spesso agiamo e la comodità su cui sediamo vengano scosse da scelte diverse. E penso che intendesse questo chi ha parlato per primo di «porta stretta». E intanto il mare, là dove si bacia con l'orizzonte, mentre il sole scende in direzione di occidente, cambia colore, e diventa progressivamente sempre più scuro e tridimensionale. La Turchia comincia a venire avvolta da un fitto color indaco.

L'indaco è il mio colore preferito. Perché, nonostante faccia parte dei sette colori dell'arcobaleno, è dimenticato da tutti. Perché quando appare l'arcobaleno in cielo, il punto da cui parte è proprio di questo colore. E poiché l'arcobaleno è il segno del patto di pace tra Dio e l'uomo, io credo che l'indaco è dove Dio si manifesta per esserci più vicino. L'indaco è l'ultimo velo che ci separa dalla sua presenza. Per questo è il colore spirituale di moltissime civiltà in tutto il mondo antico. Per questo era venduto a carissimo prezzo. Era per pochi, ma poi la storia l'ha restituito a tutti attraverso i blue jeans, simbolo di uguaglianza e parità. L'indaco è quella malinconia che qualcuno chiama nostalgia del paradiso. Il richiamo struggente del posto da cui veniamo prima di essere concepiti: il cuore di Dio. Nell'Antico Testamento, è nel cuore che risiede l'intelletto, e i sentimenti, nello specifico l'amore, la tenerezza, si collegano al termine *racham*, una parola che rimanda al «grembo». L'indaco ci ricorda da dove veniamo, il grembo di Dio.

Io sogno, anzi, forse a causa del poco ossigeno che c'è qui in cima, ho l'impressione di vederla davanti agli occhi, la Chiesa di domani: unica, aperta, entusiasta, proprio come Te!

Amante delle differenze, perché sono l'espressione della tua creatività infinita, docile allo Spirito che soffia dove vuole, serva degli ultimi, come Tu ci hai mostrato.

Vedo una donna che si affaccia finalmente da quella finestra in San Pietro, prima di chiuderla definitivamente quella finestra; e suore che dirigono magisteri mentre hanno dei monsignori addetti a lavare le loro vesti e a far da mangiare.

Vedo lesbiche e gay canonizzati come santi, vedo bambini accolti in ogni forma di focolare in cui ci sia del pane da condividere e dell'amore, e mi sembra di leggere il tuo cuore, tu che hai detto: «La pietra scartata dai costruttori è divenuta testata d'angolo», tu che scegli sempre ciò che gli uomini scartano. Una coppia di anziani come capostipiti di una moltitudine; un balbuziente come liberatore di un popolo, un pastorello come re; una ragazza qualunque come madre di tuo figlio. Una transgender profetessa, o almeno ministro della famiglia!

Solo così mi spiego perché hai chiamato anche me.

Come mi ha detto padre Alberto Maggi, se ci hai chiamato è perché di peggio non hai trovato!

E mi sembra che la cosa più ragionevole e sensata sia continuare a fidarmi di te, e cominciare ogni giorno rinnovando la certezza in te, anche quando avrò dormito male, le cose andranno peggio, o non vedrò dove sto andando.

Voglio iniziare ogni mio giorno ripetendo le parole, queste sì straordinarie, che ha pronunciato quella Maria di Nazareth quando disse: «L'anima mia magnifica il Signore, e il mio spirito esulta in Dio, il mio salvatore», quel Magnificat che vince contro tutte le apparenze di un mondo che a volte può essere ostile, crudele, ingiusto.

Il latino però non l'ho studiato, facciamo che te lo dico a mio modo, ok?

Una frase che sappiamo io e te, e che vuol dirti tutto quello che ti sto dicendo oggi, sulla cima del monte Athos. Ecco, facciamo che tutto questo io te lo ridico ogni volta che esclamo, scrivo o penso: «Ma è stupendo!».

Ringraziamenti

Grazie, mamma.

Ringrazio poi le Vallardi's, ragazze appassionate e capaci. Marcella, per avermi corteggiato e convinto a scrivere questo libro, e Viola, per averlo curato come fosse suo. Grazie a Iaia Caputo, che prende le parole ferite – perché mal pronunciate o mal scritte – e ridà loro luce e forza. Ringrazio chi ogni giorno condivide gli alti e i molti bassi della vita con me, mio marito Pier Mario per primo, La Pina e la Vale subito dopo.

Ringrazio chi è passato nella mia vita lasciandoci tracce d'amore, soprattutto chi lo ha fatto sebbene da parte mia in cambio non ci fosse lo stesso.

Ringrazio coloro che ho direttamente citato e coloro che comunque si riconosceranno in queste pagine.

E naturalmente, per essere ancora vivo, per esserci arrivato così, prima e dopo ogni cosa, sempre: grazie a Dio!

INDICE

Einige Lesehinweise

Das vorliegende Buch möchte auch zum Studium der Schriften des Johannes Scotus hinführen. Zu diesem Zweck stellt es Texte aus seinem Werk im lateinischen Original und in deutscher Übersetzung zur Verfügung; die Texte sollen eine Begegnung mit dem Autor ermöglichen, die sich nicht ergeben würde, wenn der Leser nur etwas *über* Johannes Scotus, nicht aber etwas *von* ihm lernen würde. Der lateinische Text soll den fachlich Interessierten oder auch denjenigen, der die lateinische Sprache nur etwas kennt, dazu einladen, gelegentlich einen sprachlichen Vergleich vorzunehmen und auf diese Weise dem Original näher zu kommen, als dies die beste Übersetzung vermag. Denn jede Übertragung in eine andere Sprache stellt eine Interpretation dar und kann letztlich das ursprachliche Original nur in annähernder, nicht aber in vollständiger Authentizität wiedergeben; dies gilt insbesondere für Übersetzungen von Werken, deren historischer Abstand zur Gegenwart so groß ist wie bei denjenigen Eriugenas. Die längeren Passagen aus den Schriften Eriugenas werden jeweils den einzelnen Kapiteln des vorliegenden Buches vorangestellt; von ihnen gehen die anschließenden Darstellungen und Erläuterungen zunächst aus, bevor sie noch andere Aspekte hinzubringen.

Zu Beginn des Kapitels II ist eine Schrift Eriugenas vollständig wiedergegeben; sie erscheint damit zum ersten Mal in deutscher Übersetzung. Es handelt sich um die sogenannte *«Homelia»*, eine Predigt über den Prolog des Johannes-Evangeliums. Der lateinische Text der «Homelia» folgt der Ausgabe von H. J. Floss[1], die allerdings vom Verfasser nach der neueren kritischen Edition von E. Jeauneau[2] überarbeitet wurde. Durch die Wiedergabe der Predigt über den Johannes-Prolog besteht die Möglichkeit, ein kleines Werk des Johannes Scotus insgesamt kennenzulernen. Die lateinisch-deutschen Einleitungen zu den Kapiteln III, IV und V wurden der *«Einteilung der Natur»* entnommen; in ihnen sollte möglichst ein Sinnganzes ungekürzt zur Darstellung kommen.

Außerdem bietet das vorliegende Buch ausführliche Erläuterungen von Aussagen und Begriffen Eriugenas. Dabei soll Kapitel I als eine erste Heranführung dienen; hier kommen das Leben, das Werk und die zeitgenössische Umwelt des Johannes Scotus zur Sprache. In den Kapiteln II bis V schließen sich die Darstellungen und Erläuterungen an die jeweils anfangs wiedergegebenen Texte an. Ein Anliegen besteht darin, die Ausführungen möglichst nah an den Quellen zu halten und keine abstrakt theoretischen Aussagen über Eriugena zu formulieren. Jeder Schritt der Argumentation soll nachvollziehbar sein und deshalb an Schriften des Johannes Scotus dokumentiert und durch sie begründet werden. Nur eine intensive Arbeit am (übersetzten) Originaltext kann eine geistige Begegnung zwischen Autor und Leser vermitteln; eine solche geistige Bekanntschaft kann nicht von der Sekundärliteratur gestiftet werden. Dies ist der Grund, warum im folgenden mit originalen Texten und Aussagen Eriugenas gearbeitet und nur relativ selten auf die verfügbaren Veröffentlichungen über Eriugena verwiesen wird. Dennoch können sich fachlich interessierte Leser die wichtigste Sekundärliteratur über die Anmerkungen (vor allem zu Kapitel I) erschließen. Darüber hinaus werden in Kapitel VI Äußerungen von Wissenschaftlern zu Eriugena ausführlich zitiert; hier sollen nicht nur berühmte Gestalten der Geistesgeschichte (wie beispielsweise Hegel) zu Wort kommen, sondern auch die wichtigsten Aspekte der Eriugena-Forschung in Vergangenheit und Gegenwart stellvertretend repräsentiert sein. Selbstverständlich war es nicht möglich, alle Positionen anklingen zu lassen; zudem erschien eine Konzentration auf die deutschsprachige Sekundärliteratur sinnvoll.

Es wurden nur solche Abbildungen in den Band aufgenommen, die sich unmittelbar auf im Text Dargestelltes beziehen.

Wer die Kunst der Karolingerzeit auch unabhängig von der Gestalt des Johannes Scotus genauer kennenlernen möchte, sei auf die entsprechenden kunstgeschichtlichen Veröffentlichungen verwiesen.[3]

Eine wichtige Aufgabe des vorliegenden Buches sieht der Verfasser darin, einige entscheidende Stellen der *«Einteilung der Natur»* Eriugenas dem deutschsprachigen Leser zugänglich zu machen. Zwar liegt eine deutsche Übersetzung dieses Werkes aus den Jahren 1870/74 vor; diese Übertragung des 19. Jahrhunderts wurde 1983 noch einmal abgedruckt.[4] Von ihr urteilte aber ein durchaus wohlwollender Kritiker schon um die Jahrhundertwende: als ein erster Versuch, die sehr umfangreiche Schrift in deutscher Sprache wiederzugeben, verdiene die Bemühung des Übersetzers Nachsicht mit den zahlreichen «schlimmen Fehlern».[5] Hinzuzufügen ist, daß diese «Fehler» zum größten Teil aus Versehen und Nachlässigkeit entstanden sind, nicht aber aus mangelnder Sachkenntnis des Übersetzers: beispielsweise wurden Wörter oder Satzteile ausgelassen, Begriffe vertauscht oder mißverständlich verwendet; dadurch wurde der Sinn von Eriugenas Ausführungen in einigen Abschnitten tatsächlich entstellt. Andererseits handelte es sich bisher bei diesem Übersetzungsversuch um die einzige deutsche Übertragung eines Werkes Eriugenas. Wer sich also im deutschsprachigen Raum ohne Lateinkenntnisse mit Schriften des Johannes Scotus beschäftigen will, muß auf diese Ausgabe zurückgreifen. Abgesehen von der in dem vorliegenden Buch wiedergegebenen kleinen *«Homelia»* wird sich diese Situation in den nächsten Jahren vermutlich auch nicht ändern. Zumindest wird die *«Einteilung der Natur»* in absehbarer Zeit nicht noch einmal ins Deutsche übersetzt werden, weil die «kritische», d. h. auf einem erneuten Vergleich der mittelalterlichen Handschriften beruhende Ausgabe des lateinischen Originals, die seit 1968 in Dublin erscheint[6], bisher nicht vollständig vorliegt. Deshalb besteht ein Anliegen des vorliegenden Buches darin, einige wichtige Stellen der *«Einteilung der Natur»* in neuer Übersetzung zugänglich zu machen.

Die ausführlicheren Wiedergaben von Passagen aus der *«Einteilung der Natur»* zu Beginn der Kapitel III, IV und V sowie die kürzeren Zitate an anderen Stellen wurden vom Verfasser übersetzt und mit der erwähnten deutschen Ausgabe von 1870/74 (unveränderter Neudruck 1983) verglichen. Dabei wurde der Wortlaut der Übersetzung von L. Noack soweit irgend vertretbar übernommen und nur gelegentlich ein anderer Begriff oder eine veränderte Formulierung eingefügt. Der Grund für dieses Verfahren: Auch dem nicht fachwissenschaftlich orientierten Leser, der keinen Zugang zu der entsprechenden Literatur besitzt und den lateinischen Text nicht kennt, sollte ein intensives Studium ermöglicht werden. Daher sollte das vorliegende Buch so angelegt werden, daß jeder Interessierte die leicht erreichbare Übersetzung der *«Einteilung der Natur»* von L. Noack ergänzend benutzen kann. So beziehen sich Stellenangaben hier nicht auf den lateinischen, sondern auf den deutschen Text der *«Einteilung der Natur»*. Die deutsche Ausgabe war ursprünglich in zwei Bänden erschienen; deren Seitenzählung wurde in den fotomechanischen Neudruck von 1983 übernommen. Deshalb muß im folgenden bei Stellenangaben durch eine römische Ziffer jeweils gekennzeichnet werden, welche der beiden Buchhälften gemeint ist.

Verweise auf den lateinischen Text der *«Einteilung der Natur»* und die Quellenangaben zu den lateinischen Abschnitten am Anfang der Kapitel legen die Ausgabe von H. J. Floss zugrunde, da die genannte kritische Edition aus Irland bisher lediglich die ersten drei Bücher umfaßt; sie wurde jedoch selbstverständlich vergleichend hinzugezogen. Ähnliches gilt auch für die Angabe von Belegstellen aus anderen Werken des Johannes Scotus: sie beziehen sich ebenfalls auf die Edition von Floss, sofern die betreffenden Schriften in dieser enthalten sind. Dieses Verfahren erleichtert die Handhabbarkeit von solchen Verweisen für alle, die nicht jederzeit auf die neueren lateinischen Einzelausgaben zurückgreifen können. Es ist dennoch ohne Schwierigkeiten möglich, in diesen neueren Editionen nachzuschlagen, da sie die Kolumnenzählung des Textes von Floss berücksichtigen.

I
JOHANNES SCOTUS ERIUGENA
LEBEN UND WERK

Es fällt dem Bewußtsein des 20. Jahrhunderts nicht leicht, sich in die Zeit zurückzuversetzen, in der Johannes Scotus lebte, also in das 9. Jahrhundert. Die Wirklichkeit der Philosophie, der Religion und des Alltagslebens war eine völlig andere als in der Neuzeit; selbst im Vergleich mit dem späteren Mittelalter, etwa dem 12. oder 13. Jahrhundert, ergeben sich noch gewaltige Unterschiede.

Einige Hinweise sollen dies schlaglichtartig veranschaulichen: Die Menschen des 9. Jahrhunderts, die in dem hier zu betrachtenden geographischen Raum, also dem Reich der Karolinger lebten, wußten meist nicht sicher, an welchem Tag sie geboren worden waren und wie viele Jahre ihr Lebensalter betrug.[1] Es war noch nicht selbstverständlich, daß das Jahr mit dem 1. Januar beginnt; als andere Jahresanfänge galten der erste Weihnachtsfeiertag, Mariä Verkündigung (25. März) oder Ostern. Wer das zwölfte Lebensjahr vollendet hatte, war im rechtlichen Sinne volljährig. Ein Reiter legte die Strecke vom mittleren Deutschland nach Rom mit einer Geschwindigkeit von knapp 70 Kilometern pro Tag zurück und benötigte demnach etwa drei Wochen für diese Reise. War ein König mit seiner Gefolgschaft unterwegs (der König reiste häufig im Land umher), so konnte er an einem Tag lediglich 30 Kilometer zurücklegen. Einen Fernhandel gab es fast ausschließlich nur für Salz und einige wenige Luxusgüter. Vertragsabschlüsse und wichtige Unternehmungen wurden nicht zu willkürlich festgesetzten Terminen vorgenommen, sondern auf heilige Tage gelegt. Priester waren zuweilen verheiratet, und es gab Kirchen und Klöster, die adligen Privatpersonen gehörten (Eigenkirchen). Die Gesellschaft gliederte sich in Freie, Halbfreie und Unfreie; Frauen unterstanden der Fürsorgegewalt (Munt) ihres Ehegatten oder eines nahen Verwandten; die Ehen waren meist nicht kirchlich legitimiert, das Eheverständnis (Munt- oder Friedelehe) unterschied sich grundlegend von dem heutigen; vielleicht existierte für Arme oder Unfreie überhaupt keine Möglichkeit zur Legitimierung ihrer Ehe.

Lesen und Schreiben lernten fast ausschließlich die Geistlichen. Die Bildungsvorstellungen von Adligen waren an den Idealen der Waffenführung, des Kriegshandwerks, der körperlichen Tüchtigkeit, des Umgangs mit Menschen und vor allem der religiösen Vollkommenheit orientiert; erst allmählich setzten sich im Adel wissenschaftlich-philosophische Bildungsideale durch. So konnte es durchaus vorkommen, daß auch Könige und Kaiser des Lesens und Schreibens nicht mächtig waren. Der zeitgenössische Biograph Einhard (eigentlich Eginhard, etwa 770–840) schreibt über Karl den Großen (742–814): «Karl war ein begabter Redner, er sprach fließend und drückte alles, was er sagen wollte, mit äußerster Klarheit aus. Er beherrschte nicht nur seine Muttersprache, sondern er lernte auch fleißig Fremdsprachen. ... Der König verwendete viel Zeit und Mühe auf das Studium der Rhetorik, Dialektik und besonders der Astronomie. ... Auch versuchte er sich im Schreiben und hatte unter seinem Kopfkissen im Bett immer Tafeln und Blätter bereit, um in schlaflosen Stunden seine Hand im Schreiben zu üben. Da er aber erst verhältnismäßig spät damit begonnen hatte, brachte er es auf diesem Gebiet nicht sehr weit.»[2]

Der größte Teil der Bevölkerung (vermutlich etwa 90 Prozent) lebte in dorfähnlichen Siedlungen; die Wirtschaft war agrarisch-bäuerlich bestimmt. Die Felder wurden meist im Rhythmus der sogenannten Dreifelderwirtschaft bebaut; dabei folgten im dreijährigen Wechsel Herbstaussaat (Roggen, Weizen, Dinkel), Frühjahrsaussaat (Gerste, Hafer, Hülsenfrüchte) und Brache, bei der sich der Boden erholen konnte. War der Boden ausgelaugt, so verließ man das alte Land und schuf durch Rodungen neue Nutzflächen. Der Ernteerfolg betrug nicht mehr als das dreifache der Saat, zuweilen wurde sogar nur das Doppelte oder Zweieinhalbfache eingebracht. Ausgedehnte, heute in ihrer Größe kaum noch vorstellbare Wälder überzogen das Gebiet des fränkischen Reiches, von dem wohl lediglich knapp fünf Prozent landwirtschaftlich genutzt wurde. Die Landschaft war noch weitgehend wild und unberührt. Den Wald, die Moore, die Sümpfe und das Ödland durchzogen Straßen, durch die die Verbindungen zwischen Städten, Pfalzen und Klöstern hergestellt wurden. Eine Reise von einem bewohnten Landstrich zu einem anderen dauerte tagelang, führte durch völlig unzivilisierte Gebiete und war entsprechend gefahrenreich. Den Wald bevölkerten im 9. Jahrhundert noch Auerochsen (urus), Wölfe, Bären, Bisons und Büffel (bubalus); es liegen einige schriftliche Berichte über die Wolfsplage vor; 846 soll ein ausgehungerter Wolf während der Messe in eine Kirche eingedrungen sein.

Die Kindersterblichkeit war sehr hoch; vermutlich erreichte nur die Hälfte der Neugeborenen das Erwachsenenalter. Auch die Adligen konnten sich kaum vor Krankheiten in der Schwangerschaft und in den ersten Lebensjahren des Kindes schützen; Richildis, die Frau Karls des Kahlen, brachte im Jahre 875 ein totes Kind zur Welt; der Säugling, den sie danach gebar, lebte nur sechs Monate. Eine schlecht ausgefallene Ernte konnte zu einer Hungersnot führen, die für viele Kinder und Erwachsene den Tod bedeuteten. Zu solchen Mißernten führten Überschwemmungen, langandauernde Winter, große Dürre im Sommer, und für das Jahr 873 ist sogar ein verheerender Heuschreckeneinfall bezeugt. In Burgund soll es 886 nach einer Hungersnot nicht mehr genügend Überlebende gegeben haben, um die Toten zu begraben. «Um sich irgendwie zu ernähren, mußten die Menschen Brotlaibe aus Erde essen, unter die ein wenig Mehl gemischt war. In Sachsen war der Hunger so groß, daß man Pferdefleisch aß. Andernorts kam es sogar zu Kannibalismus.»[3] Gegen Hamsterkäufe mußte gerichtlich vorgegangen werden, für das Getreide wurden Höchstpreise festgesetzt. Besonders während der Epidemien führte Unterernährung zum frühzeitigen Tod der Menschen. Das Leben der Bevölkerung war geprägt von dem Kampf um das Nötigste; nur die Adligen (potentes) hatten zu jeder Zeit genug zu essen. Es wurden keine Anstrengungen unternommen, eine öffentliche Vorratshaltung von Lebensmitteln zu organisieren. Nur jeder vierte Erwachsene erreichte das vierzigste Lebensjahr, die durchschnittliche Lebenserwartung dürfte wohl auch im 9. Jahrhundert – ähnlich wie für das 10., 11. und 12. Jahrhundert errechnet wurde – etwa dreißig Jahre betragen haben.

Über die Gesamtzahl der Bevölkerung lassen sich ebenfalls keine gesicherten Aussagen treffen; man muß auf geschätzte Werte zurückgreifen, da sich in den Quellen keine genauen Angaben finden. Für die Zeit um die Jahrtausendwende wird die Gesamtbevölkerung Europas auf gut 40 Millionen Menschen geschätzt. Das Jahrhundert von 850 bis 950 gilt als eine Epoche, in der die Bevölkerung nicht zunahm, während man zwischen 950 und 1050 ein leichtes Bevölkerungswachstum vermutet. «Für das Gebiet des Deutschen Reiches in der Ottonenzeit, das zwischen der Eida im Norden und Bozen im Süden, Cambrai bzw. Verdun im Westen und Magdeburg, Meißen, dem Erzgebirge, Böhmer Wald und Kärnten im Osten eine Fläche von ca. 450 000 km^2 umfaßte, hat man etwa 4–4,5 Millionen, d. h. 9–10 Menschen pro km^2 veranschlagt ... In Frankreich dürfte die Bevölkerungsdichte pro km^2 etwa das Anderthalbfache höher gewesen sein, d. h. es werden dort schätzungsweise 6,5–7 Millionen Menschen gelebt haben, während sie in Italien mit ca. 5–6 Millionen doppelt so stark war. Für die Pyrenäenhalbinsel darf man etwa 7 Millionen, England und Irland 1,5–2 Millionen, Griechenland mit dem Balkan ca. 5 Millionen veranschlagen ...»[4] Für das 9. Jahrhundert wird man diese für die Zeit um die Jahrtausendwende geschätzten Werte noch etwas nach unten zu korrigieren haben.

In der Zeit des Johannes Scotus wurden der König bzw. die Königsfamilie und der Staat noch überwiegend ineinsgesetzt. Ohne den König konnten auf keinem Gebiet weiterreichende Entscheidungen getroffen werden. Die Gewalt des Königs wurde als von Gott gegeben, als ein himmlisches Mandat angesehen (munus divinum). KARL DER GROSSE wurde im Jahr 800 zu Weihnachten zum Kaiser gekrönt; damit war die Kaiserwürde, die jeweils nur *ein* König des Abendlandes innehaben konnte, den fränkischen Herrschern übertragen worden. Bei den späteren Karolingern gewann sie derjenige, der die Herrschaft über Italien erhielt oder diese für sich erzwingen konnte; letzteres gelang auch KARL DEM KAHLEN (823–877), dem König des Westfränkischen Reiches, dessen Hofschule Johannes Scotus angehörte. An der Regierung beteiligt waren die Adligen; sie werden in den zeitgenössischen Quellen als optimates, primores, potentes, magni, nobiles und auch mit anderen Begriffen bezeichnet. Sie übernahmen bestimmte Ämter, und der König war verpflichtet, bei wichtigen Entscheidungen ihre Zustimmung zu erhalten. Mitglieder dieser adligen Familien besetzten nicht nur die Führungsstellen in der Regierung, sondern auch in der Kirche, im Heer und in der Wirtschaft (Grundherrschaft). Sie wirkten bei der Wahl des neuen Königs mit, huldigten ihm, schworen ihre Treue und versprachen ihre Hilfeleistung. Seit dem Ende des 9. Jahrhunderts waren neben dem Besitz auch die Ämter des Adels erblich. Dennoch war die Macht der Adligen in hohem Maße von der königlichen Gunst abhängig, da der König die Ämter vergab und als Belohnung auch Ländereien verschenken oder zu Lehen geben konnte. Im kirchlichen Bereich stellten die nobiles die weitaus meisten Bischöfe und Äbte. Gerade die Bischöfe waren die entscheidenden Berater des Königs, was beispielsweise an dem Einfluß des Erzbischofs HINKMAR VON REIMS (806–882) auf Karl den Kahlen deutlich wird. Auch die Klöster unterstanden in den allermeisten Fällen den Bischöfen, bevor einzelne Abteien seit dem 10. Jahrhundert häufiger dem Schutz des Papstes übergeben wurden (libertas Romana). Der König konnte Bischöfe ernennen, er hatte den Vorsitz bei den kirchlichen Synoden inne und überwachte mit seiner politischen und militärischen Macht die Verwirklichung der dort gefaßten Beschlüsse.

Der Herrscher reiste häufig in seinem riesigen Reich umher, da es anders nicht möglich war, sich einen Überblick zu verschaffen und die Herrschaft zu sichern. Das Gefolge des Königs bzw. Kaisers bestand aus mehreren hundert Menschen, so daß seine Beherbergung den Städten zuweilen Schwierigkeiten bereitete. Im Jahre 861 ließ sich Karl der Kahle mit seinen Leuten in Auxerre nieder und benötigte dabei nahezu alle Unterkünfte der Stadt. Auch in den großen Abteien und bei den Bischöfen stieg der König häufig ab; die Mehrzahl der Urkunden, die Karl der Kahle ausgestellt hat, wurden verfaßt, während er sich in einem Kloster aufhielt. Da die Besuchten für die Verpflegung des Königs und seines Gefolges aufzukommen hatten, kam es häufig zu Beschwerden und Unmutsäußerungen. Hinkmar forderte, daß der Anspruch der Gefolgsleute auf Unterhalt in den jeweiligen Quartieren beschränkt werde.

Karl der Kahle

Am 20. Juni 840 starb Kaiser Ludwig der Fromme, der Sohn und Nachfolger Karls des Großen. Danach konnte die Einheit des großfränkischen Reiches nicht mehr aufrechterhalten werden. Im August 843 wurde in Verdun zwischen Lothar I., Ludwig dem Deutschen und Karl dem Kahlen ein Vertrag über die Aufteilung des Reiches geschlossen (vgl. Abb. 2). Dennoch wollten die drei Brüder das Reich weiterhin als eine Ge-

Abb. 1: Karl der Kahle

samtheit betrachten, die von ihnen gemeinsam regiert wurde (corpus fratrum). Karl der Kahle, der in der zweiten Ehe Ludwigs des Frommen (mit der Welfin Judith) 823 geboren worden war, wurde der ganze Westen des Reiches zugesprochen; Lothar I. erhielt Italien und ein schmales Gebiet, das im Norden bis nach Friesland reichte; Ludwig der Deutsche bekam im wesentlichen Bayern, alle Reichsgebiete östlich des Rheins sowie Mainz, Worms und Speyer mit ihrer Umgebung. Ludwig der Deutsche und Karl der Kahle vereinbarten im Jahre 867 die Teilung des inzwischen an Lothar II. übergegangenen Mittelreiches; sie konnte 870 durchgeführt werden (vgl. Abb. 2), nachdem Lothar II. noch vor seinen Onkeln verstorben war. 872 wurde Karl dem Kahlen von Papst HADRIAN II. die Krönung zum Kaiser angekündigt; zu Weihnachten 875 wurde sie von seinem Nachfolger Papst JOHANN VIII. vollzogen.

Normannische Wikinger unternahmen seit 840 verheerende Raubzüge im gesamten fränkischen Küstengebiet. Von 879 an dehnten sie ihre Beutezüge in die Gegenden zwischen Rhein, Mosel, Saône und Loire aus; sie erreichten u. a. auch Paris, Lüttich, Köln, Trier und einige reiche Klöster; im Februar 880 konnten sie die Sachsen vernichtend schlagen. Karl der Kahle, der sein Regierungszentrum in Paris hatte, konnte sich erst allmählich stärker gegen die Normannen durchsetzen. Zudem hatten sich einige Adelsgeschlechter gegen Karl gewandt, während die Bischöfe und insbesondere der Metropolit HINKMAR VON REIMS sein Königtum entscheidend stützten. Nach dem Tod Ludwigs des Deutschen am 28. August 876 versuchte Karl der Kahle, das ostfränkische Reich zumindest teilweise seiner Herrschaft einzugliedern und so – Italien hatte er bereits gewonnen – «sein Kaisertum mit der Wiederherstellung der Reichseinheit zu krönen».[5] Jedoch verlor Karl am 8. Oktober 876 die Schlacht gegen LUDWIG DEN JÜNGEREN, einen Sohn Ludwigs des Deutschen. Dem Bruder Ludwigs des Jüngeren, KARLMANN, gelang es 877, Karl den Kahlen aus Italien zu ver-

Abb. 2: Thron Karls des Kahlen

REICH DER ANGELSACHSEN
Nord-Wales
West-Wales
BRETAGNE
WESTFRÄNKISCHES REICH
AQUITANIEN
Gascogne
Septimanien
LOTHARINGIEN
KORSIKA
Dokkum
Bremen
Ems
Osnabrück
Utrecht
Dürstede
Nimwegen
Xanten
Gent
Löwen
Meersen
Maastricht
Köln
Aachen
Herstal
Tongern
Maas
Stablo
Prüm
Andernach
Boulogne
Arras
St. Riquier
Saucourt
Cambrai
Amiens
Corbie
Ribémont
Echternach
Dieden-hofen
Trier
Mainz
Worms
St. Wandrille
Rouen
Quierzy
Laon
Compiègne
Soissons
Reims
Seine
St. Denis
Paris
Châlons
Verdun
Metz
Speyer
Weißenburg
Gorze
Rhein
Mosel
Ponthion
Troyes
Toul
Elsaß
Straßburg
Rennes
Le Mans
Chartres
Nantes
Angers
Orléans
Sens
Auxerre
Loire
Tours
Langres
Murbach
Basel
St. Galle
Saône
Bourges
Nevers
Besançon
Disentis
Poitiers
Chalon
Mâcon
Sitten
Saintes
Limoges
Clermont
Angoulême
Genf
St. Maurice
Lyon
Gr. St. Bernhard
Périgueux
Vienne
Bordeaux
Mt. Cenis
Turin
Pavia
Valence
Grenoble
Garonne
Rhône
Cahors
Viviers
Embrun
KGR. ITALIEN
Agen
Orange
Bayonne
Dax
Albi
Avignon
Savona
Roncesvalles
Toulouse
Nîmes
Arles
Pamplona
Carcassonne
Narbonne
Marseille
Ebro
Urgel
Gerona
Saragossa
Barcelona
Tarragona

Abb. 3: Die karolingischen Teilreiche nach dem Vertrag von Verdun 843

treiben; Karl starb auf der Flucht über die Alpen am 6. Oktober desselben Jahres. Sein Nachfolger auf den westfränkischen Thron wurde sein Sohn Ludwig der Stammler, der bis zum April 879 regierte.

Es fällt sehr schwer, sich aus der Perspektive des 20. Jahrhunderts in die politische und soziale Wirklichkeit zur Zeit Karls des Kahlen zurückzuversetzen; daß die Urteile der Historiker über ihn unterschiedlich ausfallen, ist daher verständlich. Auf der einen Seite erscheint Karl als ein Herrscher, «der mit Kaiserpolitik die Kräfte seines von den Normannen schwer heimgesuchten Reiches überspannte oder wenigstens falsch einsetzte und daher herbe Kritik Hinkmars erfuhr».[6] Andererseits wird Karl das «große Verdienst» zugeschrieben, den Kampf gegen die Normannen «besser organisiert» und «seine Untertanen zur Verteidigung des Vaterlandes aufgerufen zu haben».[7] Um auch ältere Stimmen zu Wort kommen zu lassen: Engelbert Mühlbacher schrieb im Jahre 1896 über den Tod Karls des Kahlen: «Die Leiche wurde einbalsamiert und auf einer Bahre weitergetragen, sie sollte in St. Denis, wie der Verstorbene es gewünscht hatte, bestattet werden. Doch bald verbreitete sie einen so greulichen Gestank, daß man sie in ein innen und außen verpichtes und in Leder eingenähtes Faß legte. Es half nichts. Der Verwesungsgeruch wurde immer unerträglicher. Man vermochte die Leiche nicht mehr weiterzuschaffen und übergab sie im Kloster Nantua (unfern Lyon) in dem Faß, das als Sarg gedient hatte, der Erde. Karl der Kahle hat ein seiner würdiges Ende gefunden.»[8] – P. E. Schramm urteilte im Jahre 1939: «Als Mensch, als Politiker, als Feldherr bietet Karl der Kahle viele Angriffsflächen – aber er lebte in einer Zeit, die nicht besser war als er. In dem Wirrsal von Unfähigkeit, Eigennutz, Unbeständigkeit und roher Gewalt, das sie kennzeichnet, hebt sich der Kaiser sogar noch ansehnlich empor; denn er zeichnete sich wenigstens dadurch aus, daß ihm große Ziele vor Augen schwebten. Trotz aller Rückschläge hat er sie unermattet bis zum Tode im Auge behalten. Insofern ist er des ersten Kaisers [Karls des Großen], dessen Namen er trug und als Verpflichtung empfand, doch nicht unwert.»[9]

Die Hofschule

Johannes Scotus Eriugena unterrichtete und forschte an der sogenannten «Hofschule» Karls des Kahlen; bei dieser Bezeichnung handelt es sich um eine vielleicht nicht ganz glückliche Übersetzung des lateinischen Begriffs schola palatina. Die schola palatina war zunächst eine nach römischem Vorbild am Hof der Merowinger geschaffene Einrichtung; hier erhielten die Söhne des Königs und einiger Adliger Unterricht in der lateinischen Sprache und in den sieben freien Künsten (septem artes liberales: Grammatik, Rhetorik, Dialektik, Arithmetik, Geometrie, Musik, Astronomie). Das System der artes liberales bildete sich in hellenistischer Zeit heraus. Als «frei» wurden diese Künste insofern angesehen, als sie für eines freien Mannes würdig galten; sie wurden von technischen Fertigkeiten (Malerei, Bildhauerei) unterschieden. Karl der Grosse berief verschiedene Gelehrte, u. a. Einhard und Alkuin, und erneuerte dadurch die Hofschule, die inzwischen in Verfall geraten war. Die schola palatina besaß nicht die festen Formen einer Bildungsinstitution des späteren Mittelalters oder der Neuzeit; vielmehr hatte sich ein Kreis von Gelehrten und Dichtern an die Familie Karls des Großen und den Hof angeschlossen und war zum Kristallisationspunkt des geistig-sozialen Aufbruchs geworden, der häufig als «karolingische Renaissance» bezeichnet wird.

Ludwig I., genannt der Fromme (778–840), führte die Hofschule nicht fort. Er arbeitete eher mit kirchlichen Beratern zusammen, so daß die noch von Karl dem Großen berufenen

Gelehrten keinen Einfluß mehr ausüben konnten und sich schließlich zurückzogen. Unter Karl dem Kahlen nahm das gelehrte und dichterische Leben im westfränkischen Reich dann wieder einen Aufschwung; er ließ beispielsweise sehr aufwendige Handschriften anfertigen. Als einheitliche Schrift hatte sich inzwischen die karolingische Minuskel durchgesetzt, und es entstanden neben den prachtvollen codices in den Klöstern auch einfacher gearbeitete Bücher für den wissenschaftlichen Gebrauch. Karl dem Kahlen wurden etwa 50 wissenschaftliche und dichterische Werke gewidmet. Gerade das Westreich zeigte eine gewisse Offenheit für philosophische Fragestellungen; in der kulturellen Entwicklung nahm es gegenüber den anderen Teilreichen eine Führungsposition ein. An solche umfassenden Bildungsbemühungen ist zu denken, wenn man davon spricht, Johannes Scotus habe der Hofschule Karls des Kahlen angehört.

«Eriugena wird zum ersten Mal historisch greifbar als einer von wenigstens zwei irischen Lehrern, die in Laon Unterricht in den freien Künsten erteilen. Er vermittelt also den künftigen geistlichen Führungskräften des Reichs jene gelehrte Grundausbildung, ohne die nach Alkuins Bildungsprogramm die Heilige Schrift nicht zuverlässig erschlossen werden kann.»[10] Gearbeitet wurde auf der Grundlage eines Kompendiums der sieben freien Künste, das der lateinisch-heidnische Schriftsteller MARTIANUS CAPELLA (um 400) verfaßt hatte; diese Enzyklopädie trug den Titel *«Die Hochzeitsfeier des Merkur mit der Philologie»* (De nuptiis Mercurii et Philologiae).[11] Sie wurde auch im späteren Mittelalter häufig für die Gelehrtenausbildung verwendet. In seiner Schrift *«Über die göttliche Vorherbestimmung»* erhob Johannes Scotus den Vorwurf, die Auseinandersetzungen um die Prädestinationslehre seien darauf zurückzuführen, daß die Kirchenoberen nicht ausreichend in den freien Künsten gebildet seien.[12] Es ist die Vermutung geäußert worden, daß Eriugena in Laon bei einer Gruppe irischer

Landsleute gelebt und gelehrt habe.[13] Sichere Aussagen sind hier jedoch nicht möglich. Fraglich bleibt auch, ob die Hofschule an einen bestimmten Ort gebunden war; neben Laon wäre Paris, das Regierungszentrum, denkbar – oder zogen die Gelehrten vielleicht mit dem König im Lande umher?

Eriugenas irische Herkunft

«Dich allein hat Irland (Hibernia) als den Scharfsinnigsten von allen nach Gallien herübergesandt, damit jeder das, was er ohne dich nicht wissen konnte, durch deinen Unterricht erreiche ...»[14], heißt es in einem zeitgenössischen Text. Werner Beierwaltes charakterisiert diese Formulierung als eine «auszeichnende Anrede» an Johannes Scotus.[15] Diese Einschätzung erscheint allerdings recht zweifelhaft, weil der Satz in einer Schrift des Bischofs Prudentius von Troyes steht, mit der dieser sich gegen Eriugenas Lehre von der göttlichen Vorherbestimmung wendet. So ist die zitierte Formulierung wohl eher als der Versuch eines Zeitgenossen zu verstehen, die Autorität eines für seine Scharfsinnigkeit berühmten Gegenspielers durch eine ironische Übertreibung zu erschüttern: als habe man im westfränkischen Reich nichts Besseres zu tun, als darauf zu warten, daß solch ein kluger Kopf wie Johannes Scotus von Irland herüberkommt, um alle zu belehren.

Johannes Scotus wurde um das Jahr 810 in Irland geboren. Eriugena bedeutet «aus Irland stammend» bzw. «in Irland geboren» (vgl. die auch heute gebräuchliche Bezeichnung Eire für Irland). Da bereits der Beiname Scotus auf Irland (Scotia maior) verweist, kann man den Zusatz Eriugena als eine Doppelung ansehen. Verschiedentlich wurde die Vermutung geäußert, bei diesem der griechischen Sprache entlehnten Zusatz handele es sich um eine Wortschöpfung des Johannes Scotus oder eines Zeitgenossen, in der auch Eriugenas außergewöhnliche Beziehung zum Griechischen anklingen sollte.

Irland hatte zu keiner Zeit dem römischen Imperium angehört und war zwischen 461 und 750 christlich geworden. Die Iren können als das Volk mit der höchsten geistigen Kultur im westlichen Europa dieses Zeitraums gelten. Viele gallische und britische Gelehrte waren vor dem 9. Jahrhundert nach Irland übergesiedelt, um den häufigen germanischen Einfällen auszuweichen; es entstand ein der Bildung außerordentlich förderliches Klosterleben mit verschiedenen Unterrichtszentren für Theologie, Philosophie, Literatur und Naturwissenschaft (vgl. Abb. 4). Der älteren irischen Kultur und wohl auch den Besonderheiten der Landschaft entsprechend bildete sich eine mystisch-innerliche Religiosität aus, in der die keltische Tradition der Druiden aufgehen konnte und die überlieferte Mythologie in verwandelter Form weitergepflegt wurde. Die einzelnen Klöster waren eigenständig und entzogen sich jeder kirchlichen Oberherrschaft; sie brachten zahlreiche hochangesehene Männer hervor. Die Bildung der Klosterschulen breitete sich nach Britannien und auf das europäische Festland aus (vgl. Abb. 5), wo sich Kultur und Wissenschaft weitgehend im Niedergang befanden und kaum noch an die antike und frühchristliche Überlieferung anknüpfen konnten. Johannes Scotus entstammte also einem Bildungsumfeld, aus dem seine spätere Zuwendung zu der östlichen, spirituell geprägten Theologie aufgrund einer gewissen Geistesverwandtschaft hervorgehen konnte. Allerdings ist über seine ersten Lebensjahrzehnte auf der «Insel der Heiligen» nichts Genaueres bekannt.

Geschrieben wurde in den irischen Klöstern in der sogenannten «hiberno-lateinischen» Sprache, einem Latein, das vom 6. bis zum 11. Jahrhundert verwendet wurde.[16] Da Irland niemals eine römische Provinz war, wurden die Iren nicht mit dem heidnischen Latein, sondern von Anfang an mit der lateinischen Sprache der christlichen Theologie vertraut, d. h. vor

Abb. 4: Die wichtigsten irischen Klöster

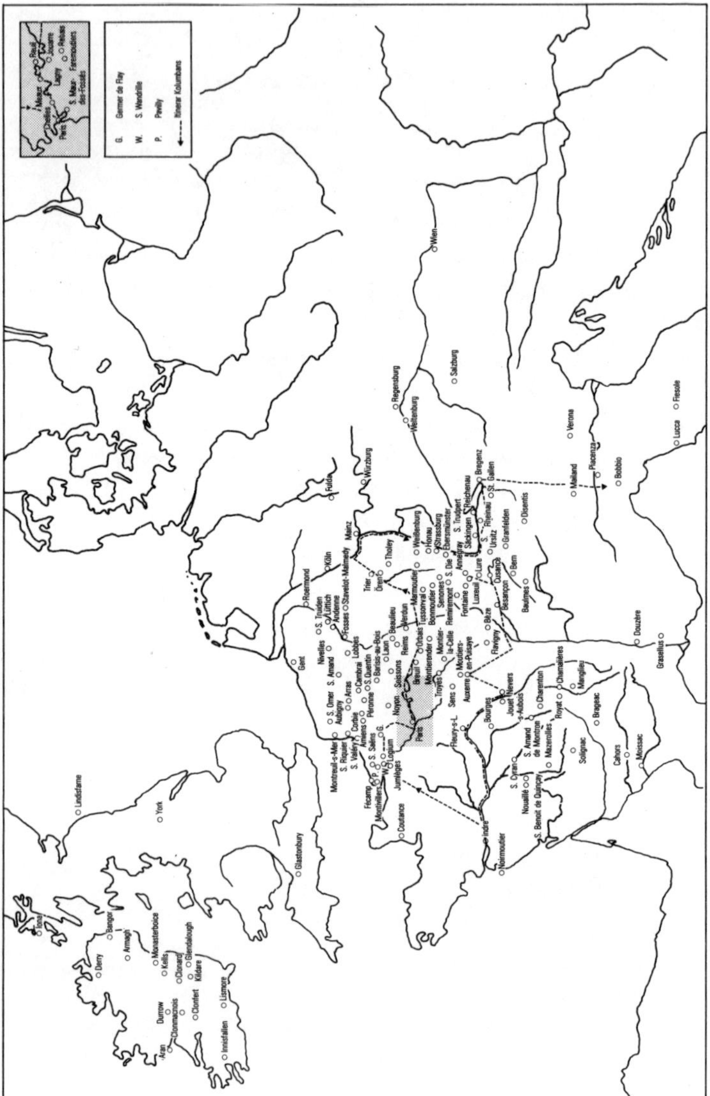

G. Germer de Flay
W. S. Wandrille
P. Pavilly
Itinerar Kolumbans
Meaux
Reuil
Jouarre
Chelles
Lagny
Rebais
Paris
S. Maur-des-Fossés
Faremoutiers
Iona
Bangor
Derry
Armagh
Monasterboice
Kells
Clonard
Glendalough
Kildare
Durrow
Clonmacnois
Clonfert
Lismore
Aran
Innisfallen
Lindisfarne
York
Glastonbury
Regensburg
Weltenburg
Salzburg
Wien
Würzburg
Fulda
Mainz
Köln
Roermond
Gent
S. Truiden
Lüttich
Andenne
Fosses
Stavelot-Malmedy
Nivelles
S. Amand
Lobbes
Arras
Cambrai
S. Omer
Aubigny
Corbie
S. Quentin
Péronne
Amiens
Barisis-au-Bois
Laon
Beaulieu
Verdun
Reims
Soissons
Noyon
Montreuil-s-Mer
S. Riquier
S. Valery
S. Saëns
Fécamp
Montivilliers
Jumièges
Logium
Coutance
Trier
Ören
Tholey
Weißenburg
Honau
Strassburg
Ebersmünster
Marmoutier
Tussonval
Orbais
Bonmoutier
Senones
S. Dié
Remiremont
Montier-la-Celle
Montierender
Breuil
Troyes
Sens
Auxerre
Moutiers-en-Puisaye
Fontaine
Luxeuil
Lure
Annegray
S. Trudpert
Säckingen
Rheinau
Reichenau
Bregenz
St. Gallen
Ursitz
Grandfelden
Disentis
Cusance
Besançon
Bern
Baumes
Bèze
Flavigny
Fleury-s-L.
Bourges
Jouet-s-Aubois
Nevers
Charenton
Chamalières
Manglieu
Royat
Brageac
S. Amand de Montron
Mazerolles
S. Cyran
Nouaillé
S. Benoit de Quinçay
Solignac
Cahors
Moissac
Indre
Noirmoutier
Douzère
Grasellus
Mailand
Verone
Piacenza
Bobbio
Lucca
Fiesole

allem mit der Sprache der Bibel und der Kirchenväter. Bei irischen Autoren ist die Neigung festzustellen, griechische Elemente in ihre lateinischen Texte aufzunehmen (einzelne Wörter oder Halbsätze). Dies gilt auch für das Werk des Johannes Scotus. Die Kenntnis des Griechischen war damals im westlichen Europa nicht weit verbreitet; nur sehr wenige Menschen waren in der Lage, griechische Texte ins Lateinische zu übersetzen. Für Eriugenas Biographie ist die Frage von Bedeutung, wo er seine hervorragenden griechischen Sprachkenntnisse erwerben konnte, die es ihm ermöglichten, Werke des DIONYSIUS AREOPAGITA ins Lateinische zu übertragen (vgl. unten, S. 40 ff.). Diese Leistung steht so einzigartig in ihrer Zeit da, daß sie sich vermutlich nicht allein aus der vergleichsweise bescheidenen griechischen Bildung auf der irischen Insel erklären läßt. Immerhin gibt die Literatur in irischer Sprache zu erkennen, daß man mit dem griechischen Epos, etwa der Odyssee, vertraut war. Die griechische Überlieferung war also im Irland des 8. und 9. Jahrhunderts verankert. «Daß man in den bedeutenderen Schulen Irlands ... schon früh wenigstens ein Minimum von Griechisch trieb»[17], reicht allerdings nicht als Erläuterung aus, wenn man Eriugenas Beziehung zur griechischen Sprache wirklich verstehen will.

Lateinische und griechische Tradition

Johannes Scotus lebte in einer Zeit, in der die Auseinandersetzungen zwischen der westlichen (römischen) und der östlichen (byzantinischen) Kirche einen Höhepunkt erreichten. In den Jahren 869/70 fand in Konstantinopel ein von beiden Kirchen einberufenes (ökumenisches) Konzil statt, das jedoch von der

◁ *Abb. 5: Stätten irisch-christlichen Einflusses*

griechischen Ostkirche später nicht als allgemeines Konzil anerkannt wurde. Bei dieser Zusammenkunft der Kirchenoberen wurde von der römischen Seite, die in der Tradition der lateinischen Theologie stand, versucht, sich gegenüber dem Osten und seiner mehr spirituell gefärbten griechischen Überlieferung durchzusetzen. Die östliche Kirchenhälfte war dabei vor allem in der Persönlichkeit des Patriarchen PHOTIUS (etwa 815–895) repräsentiert.

Dieser nicht nur kirchenpolitisch, sondern auch bewußtseinsgeschichtlich außerordentlich folgereichen Epoche gehörte Johannes Scotus an. In einer Zeit, in der sich das eher spirituelle östliche und das eher rationale westliche Element der Theologie und Kultur trennten, verband Johannes Scotus in seiner Philosophie die östliche mit der westlichen Tradition und überlieferte dem lateinischen Abendland das geistige Erbe des griechischen Ostens in einer Form, an die das spätere Mittelalter anknüpfen konnte.

Die spätantike Weltkirche hatte sich im 9. Jahrhundert bereits in eine abendländische und eine byzantinische Kirchenhälfte geteilt, obwohl die offizielle Spaltung erst im 11. Jahrhundert erfolgte. Es bestanden nur wenige theologische und politische Beziehungen zwischen beiden Seiten, und wegen der Mission bei den Bulgaren (hier setzte sich Byzanz durch) und im großmährischen Reich (hier gewann Rom die Oberhand) kam es zu schweren Auseinandersetzungen. Zwar zeigten die römischen Päpste zur Zeit Eriugenas, NIKOLAUS I. (858–867), HADRIAN II. (867–872) und JOHANNES VIII. (872–882), einige Stärke, insgesamt besaß das Papsttum jedoch nur wenig Autorität. Es war abhängig vom römischen Stadtadel, von Kaisern und Königen; seine Möglichkeiten zur Einflußnahme reichten oft kaum über die Grenzen Roms hinaus. Die sogenannte «Papstwahl» war verfahrensrechtlich nicht geregelt und verlief oftmals tumultartig; in ihr spiegelten sich die Machtkämpfe der römischen Nobilität, in deren Hand das Papsttum lag. Ange-

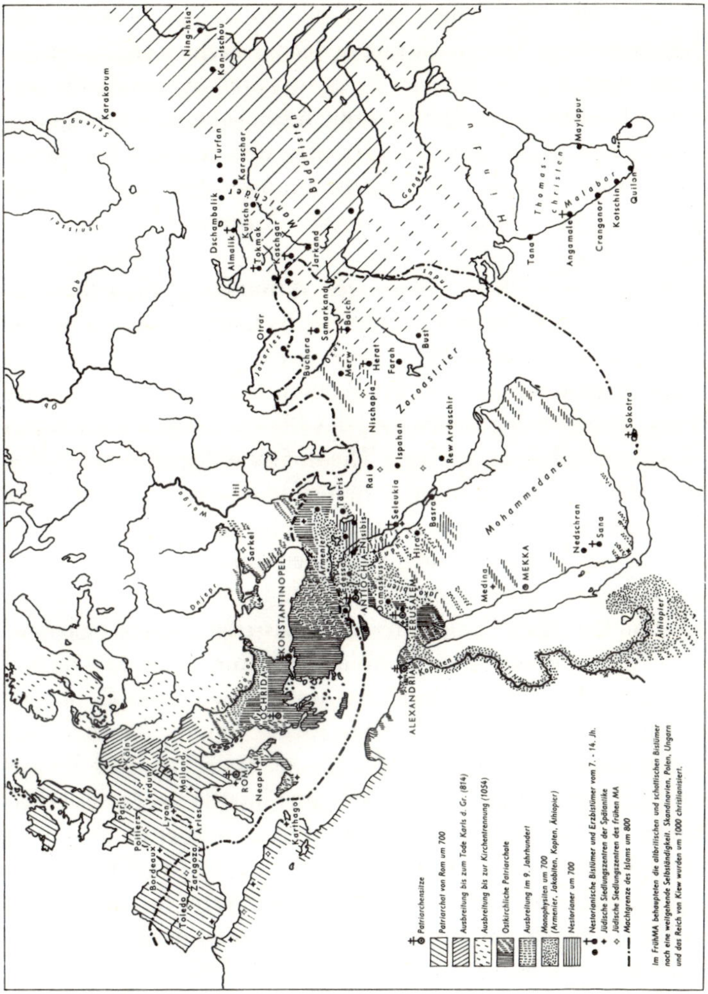

Abb. 6: Christentum, Islam und Heidentum im Frühmittelalter

sichts dieser dekadenten Situation, zu der auch bestimmte Aspekte der Lehrentwicklung in der westlichen Theologie gezählt werden müssen, kann Eriugenas Stellungnahme für Byzanz (Konstantinopel) verständlich erscheinen: «Dein Name und deine Ehre sind zu den Griechen übergegangen, als neues Rom wird das blühende Konstantinopel bezeichnet. Altes Rom, du fällst mit deinen Sitten und Mauern.»[18]

Aufgrund solcher Äußerungen vermutete J. Hergenröther Kontakte des Johannes Scotus mit Byzanz und eine Hinneigung zu den Anschauungen des Patriarchen PHOTIUS (vgl. das Kapitel VI des vorliegenden Buches, S. 308f.). Die bewußtseinsgeschichtliche Bedeutung des Photius ist vor allem darin zu sehen, daß er als gelehrter Theologe und feinsinniger Philosoph die östliche Tradition sicherte und aktualisierte und damit die Eigenständigkeit der griechischen Kirche gegenüber der lateinischen wissenschaftlich fundieren konnte. Mit ihm besaß der kirchliche Osten eine hervorragende Persönlichkeit, deren weithin bekannte Fähigkeiten und Ausstrahlung das Selbstgefühl Konstantinopels im Hinblick auf Rom steigerte. Die Begabungen des Photius lagen auf unterschiedlichen Gebieten: «Es handelt sich um seine Stellung in der Geschichte der klassischen Studien, um die eines der glänzendsten Vertreter des byzantinischen Humanismus; dann aber um die so gegensätzlich beurteilte Tätigkeit als Kirchenpolitiker, wobei nicht nur an seine Stellung Rom gegenüber, sondern auch an sein Handeln auf missionarischem Gebiet und seinen Versuch der papalen Ausweitung der Patriarchenmacht gegenüber der Kaisermacht gedacht werden muß. ... Der große Überlieferer, der Photius auf dem Gebiet der klassischen und kirchlichen Literatur ... ist, ist zugleich einer der byzantinischen Theologen, welche diese Überlieferung am wenigsten sklavisch verwerten.»[19]

Im Zusammenhang mit den Beziehungen des Johannes Scotus zu der philosophischen, theologischen und spirituellen

Überlieferung des Ostens stellt sich die Frage, wo er seine ausgezeichneten Kenntnisse der griechischen Sprache erwerben konnte. Eriugena war einer der wenigen Menschen seiner Zeit, die das Griechische wirklich – über elementare Vokabel- und Grammatikkenntnisse hinaus – beherrschten. Es wurde bereits darauf hingewiesen, daß in den irischen Klosterschulen griechische Bildung vermittelt wurde; man kannte sich aber vermutlich nur in geringem Umfang in der griechischen Sprache aus. Jedenfalls ist nicht auszuschließen, daß Johannes Scotus noch in Irland Griechisch gelernt hatte und seine Kenntnisse später vertiefte, vielleicht im Umgang mit Menschen, die als Kenner des Griechischen historisch nicht in Erscheinung getreten sind. – Eine Übertragung der neuzeitlichen Vorstellungen von Bildung, Gelehrsamkeit und Schule auf das 9. Jahrhundert und damit auf einen völlig anderen Kulturbereich erschwert sicherlich die Lösung dieses Problems. Wie die individuellen Gedanken eines Autors nicht aus den Quellen abgeleitet werden können, die er benutzt hat, so ist es auch nicht möglich, die Sprachkenntnisse eines Übersetzers, d. h. die innere Verwandtschaft mit dem Gegenstand seiner Arbeit, auf die äußere Bezeugung eines gewissen fremdsprachlichen Niveaus in seiner Umgebung zurückzuführen.

Nun ist gelegentlich die Vermutung ausgesprochen worden, Eriugena habe eine Reise nach Griechenland unternommen und sich dort angeeignet, was in seinen Schriften als griechischer Geist begegnet.[20] Diese Annahme stützt sich vor allem auf eine Formulierung des ROGER BACON, eines Theologen und Naturphilosophen des 13. Jahrhunderts (etwa 1214 bis 1292); in einer Aristoteles-Auslegung läßt Roger Eriugena selbst zu Wort kommen: «Es gibt keinen Ort und keinen Tempel, in denen die Philosophen ihrer Gewohnheit nach ihre geheimen Schriften verfaßten und niederlegten, den ich nicht besucht habe; und wo immer Gelehrte waren, bei denen ich eine Kunde von philosophischen Werken vermuten konnte, unterließ ich es nicht, sie zu befragen.»[21] Diese als Aussage Eriugenas formulierten Sätze finden sich in einer Schrift, die vier Jahrhunderte nach dem Tod des Johannes Scotus entstanden ist; in Eriugenas eigenen Werken und zeitgenössischen Quellen fehlt ein derartiges Zeugnis. Viel schwerer als alle philologischen und historischen Argumente wiegt allerdings die Tatsache, daß man die zitierten Sätze gar nicht wörtlich verstehen muß. Faßt man sie im wörtlichen Sinne auf, so scheinen sie auf eine Reise nach Griechenland zu weisen; sieht man aber in ihnen eine bildhafte Umschreibung des Weisheitsstrebens Eriugenas, so erübrigt sich jede geographische Festlegung. Roger Bacon wollte offenbar die von ihm wahrgenommene innere Verbundenheit des Johannes Scotus mit den philosophischen und spirituellen Traditionen Griechenlands in metaphorischer Beschreibung zum Ausdruck bringen. Das verwendete Bild wurde dabei nicht willkürlich gewählt; vielmehr kann es als angemessener Ausdruck einer geistigen Wirklichkeit (der Ideenwelt Eriugenas) gelten; es sagt jedoch nichts darüber aus, ob Johannes Scotus jemals im äußeren Sinne eine Reise nach Griechenland unternommen hat.

Theologische Auseinandersetzungen

Fast alle Daten im Leben des Johannes Scotus sind unsicher und können nur annäherungsweise angegeben werden. Außer den Jahreszahlen bleiben auch die genaueren Lebensumstände weithin im dunkeln. Eriugena widmet sein Hauptwerk, die *«Einteilung der Natur»*, am Ende des fünften Buches einem «sehr geliebten Bruder in Christus, Wulfadus, dem Mitarbeiter beim Studium der Weisheit.» Ihm übergibt er das Werk, «um es zu prüfen und zu verbessern. Denn auf deine Aufforderung hin ist es begonnen und durch deine Kunstfertigkeit in seiner vorliegenden Gestalt zu Ende gebracht worden.»[22] Man weiß, daß dieser WULFADUS nach anderen Tätigkeiten Abt verschiedener Klöster und seit 866 Erzbischof von Bourges war; er starb im Jahr 876. Unbekannt ist dagegen, wie sich die Freundschaft und die Zusammenarbeit zwischen Wulfadus und Eriugena im einzelnen gestalteten. An diesem Beispiel mag deutlich werden, daß eine Begegnung mit der Persönlichkeit des Johannes Scotus heute nicht über philologische Vermutungen zu seinem Lebensgang hergestellt werden kann; *als Gestalt des Geisteslebens wird Johannes Scotus vielmehr in seinen Werken gefunden* (ähnliches gilt auch für die meisten anderen Autoren des Mittelalters).

Man kann mit einem hohen Grad an historischer Wahrscheinlichkeit annehmen, daß sich Eriugena an den Auseinandersetzungen des 9. Jahrhunderts um das richtige Verständnis des heiligen Abendmahls beteiligt hat. Man hat ihm ein Werk mit dem Titel *«De eucharistia»* zugeschrieben; auf den Synoden von Vercelli (1050) und Rom (1059) wurde dieses Werk als Schrift des Johannes Scotus von der Kirche verdammt. Jedoch konnte im 19. Jahrhundert nachgewiesen werden[23], daß die damals verurteilte Schrift *«Über das Abendmahl»*, die später als verloren galt, gar nicht von Eriugena stammte. Es handelte sich um das Werk *«Über den Leib und das Blut des Herrn»* des RATRAMNUS VON CORBIE (gest. nach 868); diese Schrift ist erhalten. Die unrichtige Autorenangabe der Synoden, die immerhin zwei Jahrhunderte nach der Zeit des Johannes Scotus stattfanden, läßt sich vermutlich darauf zurückführen, daß man noch von entsprechenden Anschauungen des Johannes Scotus zum Abendmahl wußte. Seine Stellungnahme kann aus gegnerischen Äußerungen und aus einigen kürzeren Bemerkungen in seinen Werken rekonstruiert werden. Beispielsweise wirft ihm HINKMAR VON REIMS in der Schrift *«Über die Prädestination»* (cap. 31) die Ansicht vor, daß das Abendmahl nicht das wirkliche Blut und der wirkliche Leib Christi sei, sondern lediglich eine Erinnerung an beides. In seiner Auslegung des Johannes-Evangeliums schreibt Johannes Scotus, der Mensch könne die Geheimnisse Christi *denken* (intelligere), soweit es ihm gegeben ist, und Christus *geistig* «zermahlen» (spiritualiter immolare), ihn vernünftig im Geist, nicht aber mit den Zähnen (intellectualiter mente, non dente) verzehren[24]; dieses schöne Wortspiel kann leider im Deutschen nicht nachgeahmt werden.

Aus einem theologischen Streit zwischen HRABANUS MAURUS (780–856), Abt des Klosters Fulda und später Erzbischof von Mainz, und GOTTSCHALK (etwa 804–870), einem früheren Schüler des Hrabanus, entwickelte sich eine umfassende Auseinandersetzung um die Lehre von der göttlichen Vorherbestimmung des Menschen. Johannes Scotus wurde von verschiedenen Seiten aufgefordert, zu Gottschalks Auffassung der Prädestination Stellung zu nehmen und sie zu widerlegen. Eriugena kam dieser Aufforderung nach und verfaßte, wohl im Jahr 851, die Schrift *«Über die göttliche Vorherbestimmung»* (De divina praedestinatione).[25] Johannes Scotus unterstreicht darin, daß Gott nichts wollen kann als das wesenhaft Gute; folglich sei es nicht möglich, daß Gott irdische oder nachtodliche Leiden des Menschen will und vorherbestimmt. Der *menschliche* Wille ist für die Schicksalsgestaltung verantwortlich – damit wird dem Menschen letztlich moralische Eigenständigkeit zugesprochen. Mit Eriugenas eigenen Worten: «Es kann nicht gleichzeitig sein, daß es auf der einen Seite den freien Willen und das Geschenk der Gnade gibt, auf der anderen Seite die Notwendigkeit einer Vorherbestimmung. Denn wie kann in ein- und demselben sowohl eine mit Notwendigkeit wirkende als auch eine willentlich wirkende Ursache tätig werden? Wo nämlich die unveränderliche Gefangenschaft einer Natur ist, hat die Freiheit weder der Gnade noch des Willens einen Platz. Wohl aber kann es gleichzeitig geschehen, daß es auf der einen Seite den freien Willen zusammen mit dem Geschenk der Gnade gibt, aber nicht auf der anderen Seite die

Notwendigkeit einer Vorherbestimmung; denn Freiheit hebt Gefangenschaft ganz auf ... Auf die richtigste Weise aber glauben wir und auf die durchsichtigste Weise sehen wir den Sinn, daß im Menschen sowohl der freie Wille als auch das Geschenk der Gnade sein kann. Laßt uns also auf das Zuverlässigste einsehen, daß im Menschen nicht die Notwendigkeit einer Vorherbestimmung sein kann. Jedem Menschen ist nämlich als Gattungsmerkmal die Freiheit seines eigenen Willens gegeben worden; sie wird allerdings nicht in allen, sondern nur in den dazu Vorherbestimmten wieder instandgesetzt, unterstützt, beschützt, auf bestimmte Ziele festgelegt, gekrönt. In keinem einzigen Menschen aber wird sie durch die göttliche Vorherbestimmung gedrängt, gefangengenommen; sie wird von der Ur- und der eigenen Sünde aufgrund eines verborgenen, aber gerechtfertigten Urteils gehindert, [Gutes zu tun].»[26]

Die in der Schrift *«Über die göttliche Vorherbestimmung»* dargelegten Anschauungen Eriugenas unterschieden sich so grundlegend von der geltenden kirchlichen Tradition, daß von verschiedenen Theologen heftige Kritik geäußert wurde. PRUDENTIUS VON TROYES verfaßte die Abhandlung *«Über die Vorherbestimmung – gegen Johannes Scotus»* (De praedestinatione adversus Johannem Scottum)[27]; FLORUS VON LYON schrieb einen Traktat mit dem Titel *«Gegen die irrigen Begriffsbestimmungen des Johannes Scotus»* (Adversus Johannis Scotti erroneas definitiones).[28] Im Jahre 855 verdammte das Konzil zu Valence 19 Aussagen, ohne den Namen des Johannes Scotus zu nennen. Die Zahl 19 entspricht aber der Kapitelzählung in Eriugenas Prädestinationsschrift, und auch aus anderen Einzelheiten geht eindeutig hervor, daß dieses Werk gemeint war. In ihm könne man eher eine «Erklärung des Teufels» (commentum diaboli) als irgendein Glaubensargument erkennen. Die Ansicht Eriugenas wurde als «schottischer Brei» (pultes Scottorum) bezeichnet; damit verwendete man einen Ausdruck wieder, mit dem der lateinische Kirchenlehrer HIERO-

NYMUS (etwa 347–420) Jahrhunderte zuvor die Ansichten des Mönches PELAGIUS (gest. nach 418) benannt hatte, weil dieser die Freiheit der menschlichen Natur und die Entscheidungsmöglichkeit eines jeden Menschen für das Gute vertrat. Hieronymus wollte mit seiner Formulierung Pelagius als einen Barbaren charakterisieren, der von einer außerhalb der zivilisierten Mittelmeerwelt liegenden Insel (Britannien) herstammte[29]; in fränkischer Zeit war «Scotti» dann in speziellerem Sinn eine Bezeichnung für die Iren. In demselben Satz, in dem vom «schottischen Brei» die Rede war, sprach das Konzil von «Ammenmärchen» (aniles fabulae) – ein derber Stil war typisch für die Streitschriften des 9. Jahrhunderts. Auch Johannes Scotus hatte in dem Werk «Über die göttliche Vorherbestimmung» Gottschalk durchgängig als «Ketzer» angesprochen, seine Anschauungen als Gotteslästerung beschimpft und seinen Überlegungen vorgeworfen, sie seien «vom Teufel inspiriert» (cogitatio inspirante diabolo). Die Erwiderungen des Prudentius und des Florus belegten dann die Lehre Eriugenas ebenfalls mit wenig zurückhaltenden Formulierungen.[30]

Weitere Werke

Die genannte Schrift *«Über die göttliche Vorherbestimmung»* ist wohl im Jahre 851 entstanden (bei dieser Jahresangabe und den folgenden handelt es sich um Näherungswerte, die teilweise recht genau erschlossen werden können, z. T. aber auch auf Vermutungen beruhen). Von 860 bis 862 übersetzte Johannes Scotus die in der Überlieferung DIONYSIUS AREOPAGITA zugeschriebenen Werke und Briefe vom Griechischen ins Lateinische; dazu war er von KARL DEM KAHLEN beauftragt worden. Die Schriften *«Über die himmlische Hierarchie»*, *«Über die kirchliche Hierarchie»*, *«Über die Namen Gottes»* und *«Über die mystische Theologie»* entfalten die gedankliche Welt des Dionysius Areopagita, der nach Apostelgeschichte 17, 34 von PAULUS bekehrt wurde und vielleicht erster Bischof von Paris war. In seinem Sinne und Namen verfaßte um das Jahr 500 ein unbekannter (vielleicht syrischer) Autor die angegebenen Werke. Die Zuweisung der Schriften an Dionysius Areopagita im Mittelalter kann man als einen Hinweis auf ihre geistige Quelle verstehen; als Zuschreibung der um 500 entstandenen *schriftlichen Version* an eine individuelle Verfasserpersönlichkeit des 1. Jahrhunderts wäre eine solche Autorenangabe jedoch nicht zutreffend. LUDWIG DER FROMME hatte diese Schriften 827 von dem byzantinischen Kaiser MICHAEL II. als Geschenk erhalten; sie wurden in der Abtei St. Denis aufbewahrt und nach einiger Zeit von dem Abt HILDUIN übersetzt; dessen Übertragung war aber recht glücklos und konnte sich nicht durchsetzen.

Die Gedankenwelt des Dionysius entfaltete in Eriugenas eigenem Werk eine umfassende Wirkung. Darüber hinaus waren Eriugenas Übersetzungen nicht allein geistesgeschichtlich von großer Bedeutung, weil sie eine wichtige Tradition der östlichen Spiritualität der lateinischen Theologie zugänglich machten, sondern sie besaßen gerade aus diesem Grunde auch kirchenpolitische Bedeutung. So erhielt Karl der Kahle in der ersten Hälfte der sechziger Jahre des 9. Jahrhunderts ein Schreiben von Papst NIKOLAUS I., in dem dieser kritisierte, daß Eriugenas Übersetzungen nicht zur Überprüfung nach Rom geschickt worden waren.[31] Der Papst bemerkte in diesem Brief, daß Johannes wegen seines Wissens gerühmt werde, aber auch in dem Ruf stehe, auf einigen Gebieten nicht weise zu denken. Diese Bemerkung bezog sich vermutlich auf Eriugenas Prädestinationsschrift. Daß die Situation kirchenpolitisch ebenso brisant war wie theologisch, bezeugt u.a. das oben teilweise wiedergegebene Gedicht Eriugenas (S. 40); dort wird Konstantinopel als das «neue Rom» bezeichnet, in das die Macht des alten Rom übergegangen sei, während der Hochmut in der früheren Metropole zurückblieb.[32] Aufgrund solcher Äußerungen ist auch gelegentlich vermutet worden, es hätten Kontakte zwischen Johannes Scotus und PHOTIUS, dem Patriarchen von Konstantinopel, bestanden.[33]

Später übertrug Eriugena die *«Ambigua»* des MAXIMUS CONFESSOR (580–662) vom Griechischen ins Lateinische; in ihnen werden schwierige Stellen aus den Schriften des Dionysius Areopagita und des GREGOR VON NAZIANZ (etwa 329–um 390) erläutert. Die Übersetzung der *«Ambigua»* wurde 1936 von R. Flambard entdeckt, ist aber bis heute noch nicht vollständig veröffentlicht worden.[34] 1963 stieß P. Meyvaert fast wie zufällig auf eine bis zu diesem Zeitpunkt nicht bekannte weitere Übersetzung des Johannes Scotus[35], nämlich der *«Quaestiones ad Thalassium»* des MAXIMUS CONFESSOR, die ebenfalls die Anschauungen des Dionysius weiterentwickeln. Seit 1980 liegt eine kritische griechisch-lateinische Teilausgabe dieser *«Quaestiones ad Thalassium»* vor.[36] Außerdem übersetzte Eriugena das Werk *«De hominis opificio»* (Über die Erschaffung des Menschen) des GREGOR VON NYSSA (um 334–nach 394) unter dem Titel *«De imagine»* (Über das Abbild).[37]

MARTIANUS (FELIX) CAPELLA, ein nichtchristlicher lateinischer Autor um 400 n. Chr., verfaßte ein Werk über die sieben freien Künste (vgl. oben, S. 32) als *«Hochzeitsfeier des Merkur mit der Philologie»* (De nuptiis Mercurii et Philologiae), eine im Mittelalter häufig verwendete Schrift. Dieses Werk wurde von Johannes Scotus erläutert. Eine schriftliche Version von Eriugenas Kommentar ist unter dem Titel *«Annotationes in Martianum»* (Anmerkungen zu Martianus) überliefert.[38] Die Authentizität dieser schriftlichen Fassung konnte allerdings bisher nicht eindeutig geklärt werden. «Wir wissen ... nicht, ob Eriugena eine oder mehrere Kommentierungen zu Martianus verfaßt hat. Wir wissen zweitens nicht, wie die schriftliche Fixierung der Kommentierung oder Kommentierungen zustande kam: ob er selbst oder in seinem Auftrag ein Schüler oder Schreiber sie vornahm, oder ob sie vielleicht als Mischung von Lehrernotizen, Lehrerdiktat und Schülernotizen zustande kam. Drittens wissen wir nicht, in welchem Ausmaß die ... überlieferten Texte dieser schriftlichen Fixierung – gleich ob in einer Fassung oder in mehreren – entsprechen.»[39]

Vermutlich zwischen 864 und 866 entstand das Hauptwerk des Johannes Scotus *«De divisione naturae»* (Über die Einteilung der Natur). Dieser Titel ist die lateinische Übersetzung der griechischen Überschrift *«Peri physeos merismou»*, die sich in einer Handschrift des 12. Jahrhunderts findet. Möglicherweise handelte es sich aber ursprünglich bei dieser Überschrift nicht um den Titel des Gesamtwerkes, sondern nur der Anfangskapitel. Andere frühe Handschriften verwenden den Titel *«Peri physeon»* (Über die Natur); so wird die *«Einteilung der Natur»* auch heute noch manchmal kurz genannt.[40] Auf die Themenfülle dieses gewaltigen, in der deutschen Übersetzung von 1870/74[41] über 800 Seiten umfassenden Werkes kann an dieser Stelle nur kurz eingegangen werden. Ausführlich werden sich die folgenden Kapitel mit wichtigen Aspekten dieser Schrift beschäftigen; hier muß der Hinweis genügen, daß sie die Lehre vom Menschen, die Kosmologie, die Theologie und – davon nicht zu trennen – das Naturverständnis des Johannes Scotus in umfassender Weise entfaltet. Die *«Einteilung der Natur»* ist – wie manche andere philosophische Schriften der Karolingerzeit – als Dialog eines Lehrers mit seinem Schüler gestaltet. Die einzelnen Gesprächsabschnitte sind zuweilen auch pädagogisch sehr aufschlußreich. Die Lebendigkeit der Darstellung und die immer wieder die Aufmerksamkeit weckenden Wendungen des Gesprächsverlaufs erleichtern dem Leser den Zugang wesentlich. Dieses Werk Eriugenas war übrigens bislang das einzige, das in deutscher Übersetzung vorlag. Der Begriff «Natur» in seinem Titel darf nicht im neuzeitlichen Sinne verstanden werden; vielmehr ist damit – daran mag der universale Charakter dieser monumentalen Unterhaltung deutlich werden – all dasjenige gemeint, «was ist und was nicht ist».

Das lateinische Original der *«Einteilung der Natur»* erschien 1681 in Oxford zum ersten Mal im Druck, herausgegeben von Thomas Gale; ein Nachdruck dieser Ausgabe erschien 1964 in Frankfurt. Gales Edition wurde im Jahre 1685 in das Verzeichnis verbotener Bücher (Index Librorum Prohibitorum) der katholischen Kirche aufgenommen, da es 1225 von Papst Honorius III. verurteilt worden war. Eine Ausgabe von C. B. Schlüter (1838) orientierte sich weitgehend an derjenigen von Gale, der sich lediglich auf eine Handschrift des späten 11. Jahrhunderts stützen konnte (Ergänzungen, die sich aus einer von einem Freund verglichenen zweiten Handschrift ergaben, hatte Gale in einen Anhang aufgenommen). H. J. Floss, dem Herausgeber der Schriften Eriugenas in Mignes Patrologia Latina, standen dann vier Handschriften (jeweils zwei aus dem 11. und 12. Jahrhundert) zur Verfügung; die Edition von Floss erschien im Jahre 1853 (Nachdruck 1865 und 1967).[42] Sie ist unvollständig, weil damals einige Werke Eriugenas noch nicht aufgefunden waren. Jedoch bietet sie als einzige Ausgabe auf einigermaßen sicherer handschriftlicher Grundlage den vollständigen lateinischen Text der *«Einteilung der Natur»*. Von 1968–1981 wurden die ersten drei Bücher der *«Einteilung der Natur»* im lateinischen Text mit englischer Übersetzung und Anmerkungen in Dublin veröffentlicht;[43] die Bücher IV und V stehen in dieser von I. P. Sheldon-Williams und L. Bieler begonnenen Edition noch aus.

Zu dem Spätwerk Eriugenas gehören die *«Expositiones in Ierarchiam coelestem»*, eine Auslegung des Dionysius Areopagita zugeschriebenen Werkes über die *«Himmlische Hierarchie»*;[44] eine vollständige Handschrift dieser *«Expositiones»* wurde erst im 20. Jahrhundert aufgefunden. Nur fragmentarisch erhalten ist ein Kommentar, d. h. Erläuterungen des Johannes Scotus zum Johannes-Evangelium; sie sind in der Ausgabe von H. J. Floss aus dem Jahre 1853 enthalten und wurden in einer kritischen Edition von E. Jeauneau mit einer französischen Übersetzung neu herausgegeben (1972).[45] Ebenfalls in der späteren Schaffensperiode Eriugenas (etwa zwischen 865 und 875) ist die *«Homelia»* (Predigt) zum Prolog des Johannes-Evangeliums entstanden. Der lateinische Text der *«Homelia»* wurde in der Edition von Floss und 1969 mit einer französischen Übersetzung von Jeauneau veröffentlicht.[46] Die erste Übertragung dieser Auslegung des Johannes-Prologs ins Deutsche ist dem zweiten Kapitel des vorliegenden Buches vorangestellt; parallel zu der deutschen Übersetzung wird dort auch ein lateinischer Text wiedergegeben, der auf der Ausgabe von Floss beruht, die kritische Edition von Jeauneau aber selbstverständlich berücksichtigt.

Schließlich sind noch die von L. Traube in einer kritischen Ausgabe edierten Gedichte des Johannes Scotus zu nennen.[47] Unter ihnen befindet sich ein Lobgedicht an die Gattin Karls des Kahlen; meist handelt es sich jedoch um religiöse Themen wie beispielsweise *«Über die Auferstehung»* oder *«Über die Kreuzigung Christi»*. Die weitaus meisten Gedichte sind in einer Sammlung zusammengefaßt, die vermutlich bereits zu Lebzeiten Eriugenas entstanden ist. Die Sammlung beginnt mit einem Gedicht, das den Sieg Karls des Kahlen über Ludwig den Deutschen im Jahre 859 zum Gegenstand hat; ein Gedicht zur Weihe der Kathedrale in Reims (862) wurde nicht in diese Sammlung aufgenommen. Man nimmt daher an, daß sie zwischen 859 und 862 entstanden ist.[48]

Vermutlich wird es historischer Forschung auch in Zukunft nicht möglich sein, den nur schwer faßbaren Lebensgang des Johannes Scotus in Einzelheiten zu erhellen; auch die Umstände seines Todes dürften wohl im geschichtlichen Dunkeln bleiben. Allgemein wird in der Eriugena-Forschung heute angenommen, daß Johannes Scotus etwa um das Todesjahr Karls des Kahlen (877) gestorben ist. Es sind jedoch keine Nachrichten über seinen Tod im westfränkischen Reich überliefert, so daß man sich hinsichtlich des Todesdatums und -ortes auf Vermutungen stützen muß. Andererseits berichtet der Biograph des angelsächsischen Königs Alfred der Grosse (849–899), Asser, Alfred habe einen gewissen Johannes nach England berufen und als Abt eines Klosters eingesetzt; wegen seiner Strenge sei dieser Abt Johannes in einer Kirche ermordet worden.[49] Jedoch sagt Asser über diesen Mann, er sei von sächsischer Herkunft gewesen (Ealdosaxonum genere); demnach kann Eriugena nicht gemeint sein. Zuvor hatte Asser einen Johannes erwähnt und ihn als einen äußerst scharfsinnigen und gebildeten Mann charakterisiert. Dabei wird nicht ganz deutlich, ob dieser Johannes mit dem gleichnamigen Sachsen identisch ist. Selbst wenn dies nicht der Fall wäre, bliebe fraglich, ob mit dem scharfsinnigen und gebildeten Johannes Eriugena gemeint ist. Denn beide von Asser erwähnten Männer werden als Mönche bezeichnet, von Eriugena aber ist an keiner Stelle überliefert, daß er ein kirchliches Amt innehatte oder Mönch war. Demzufolge kann aus der dargestellten Tradition nicht geschlossen werden, Johannes Scotus sei nach dem Tod Karls des Kahlen von Alfred dem Großen nach England berufen worden.[50]

Berichte späterer Autoren, etwa des Simeon von Durham (gest. um 1130) und seines Zeitgenossen Wilhelm von Mal-

MESBURY, beruhen auf den Angaben von Asser. Daneben existierte eine Überlieferung der Abtei von Malmesbury: Ein Abt dieses Klosters sei von seinen eigenen Schülern mit deren Griffeln in der Kirche des heiligen Laurentius erstochen worden (a pueris graphiis perforatur).[51] Wilhelm von Malmesbury identifiziert den Ermordeten mit Johannes Scotus und gibt dadurch zu erkennen, daß man Eriugena im 12. Jahrhundert in dem Kloster als dessen ehemaligen Abt betrachtete. Auch dieser Tradition zufolge wäre Johannes Scotus also in höherem Alter vom westfränkischen Reich nach England übergesiedelt.

Rechnet man mit der historischen Wahrscheinlichkeit des Berichteten, so kann das Todesjahr Eriugenas in den achtziger oder neunziger Jahren des 9. Jahrhunderts angenommen werden. Doch muß man berücksichtigen, daß diese Nachrichten erst lange nach Eriugenas Tod aufgeschrieben wurden und sich zudem auf Formulierungen des Asser stützen, die ihrerseits kein tragfähiges Fundament für Vermutungen über das Lebensende des Johannes Scotus bilden können. Die Darlegungen des Wilhelm von Malmesbury dürfen deshalb wohl nicht als eine Beschreibung historischer Ereignisse gelten; ihre Aussagekraft bleibt aber auch dann erhalten, wenn man sie für eine sagenähnliche Überlieferung hält. Man kann die Erzählung von dem Tod des Johannes Scotus durch die Schreibgeräte von Schülern als eine imaginativ ausgestaltete Metapher ansehen, zu der der Leser in gedanklicher Phantasie ergänzen sollte, was in dem Bild allein nicht zum Ausdruck gebracht werden, sondern nur aus der Beschäftigung mit dem Werk Eriugenas hervorgehen kann: ein Verständnis der Persönlichkeit des Johannes Scotus und ihrer Wirkung auf die zeitgenössische Umgebung.

II

JOHANNES SCOTUS ERIUGENA: DER PROLOG DES JOHANNES-EVANGELIUMS

HOMELIA IN PROLOGUM S. EVANGELII SECUNDUM JOANNEM

PROLOGUS EVANGELII SECUNDUM JOANNEM (I, 1–14)

In principio erat verbum, et verbum erat apud Deum, et Deus erat verbum. Hoc erat in principio apud Deum. Omnia per ipsum facta sunt. Et sine ipso factum est nihil; quod factum est, in ipso vita erat, et vita erat lux hominum. Et lux in tenebris lucet, et tenebrae eam non comprehenderunt.

Fuit homo missus a Deo, cui nomen erat Joannes. Hic venit in testimonium, ut testimonium perhiberet de lumine, ut omnes crederent per illum. Non erat ille lux, sed ut testimonium perhiberet de lumine.

Erat lux vera, quae illuminat omnem hominem venientem in hunc mundum. In mundo erat, et mundus per ipsum factus est, et mundus eum non cognovit.

In propria venit, et sui eum non receperunt. Quotquot autem receperunt eum, dedit eis potestatem filios Dei fieri, his, qui credunt in nomine eius: qui non ex sanguinibus, neque ex voluntate carnis, neque ex voluntate viri, sed ex Deo nati sunt.

Et verbum caro factum est, et habitavit in nobis. Et vidimus gloriam eius, gloriam quasi unigeniti a patre, plenum gratiae et veritatis.

DER PROLOG DES JOHANNES-EVANGELIUMS (I, 1–14)

Im Anfang war das Wort, und das Wort war bei Gott, und Gott war das Wort. Dieses war im Anfang bei Gott. Alles ist durch es geworden; und ohne es ist nichts geworden; was geworden ist, war in ihm Leben[1]; und das Leben war das Licht der Menschen. Und das Licht leuchtet in der Finsternis, und die Finsternis hat es nicht begriffen.

Es ist gewesen ein Mensch, gesandt von Gott; sein Name war Johannes. Dieser ist gekommen zum Zeugnis, daß er Zeugnis ablege über das Licht, damit alle durch ihn glaubten. Nicht war er das Licht, sondern er sollte Zeugnis ablegen über das Licht.

Es war das wahre Licht, das jeden Menschen erleuchtet, der in diese Welt kommt. Es war in der Welt, und die Welt ist durch es geworden, und die Welt hat ihn nicht erkannt.

Er kam in sein Eigentum, und die Seinen nahmen ihn nicht auf. Allen aber, die ihn aufnahmen, ihnen gab er die Macht, Kinder Gottes zu werden, denen, die an seinen Namen glauben: die nicht aus dem Blut und nicht aus dem Willen des Fleisches und nicht aus dem Willen des Mannes, sondern aus Gott geboren sind.

Und das Wort ist Fleisch geworden, und es hat in uns gewohnt. Und wir haben sein Leuchten geschaut, das Leuchten als des Einziggeborenen vom Vater, voll Gnade und Wahrheit.

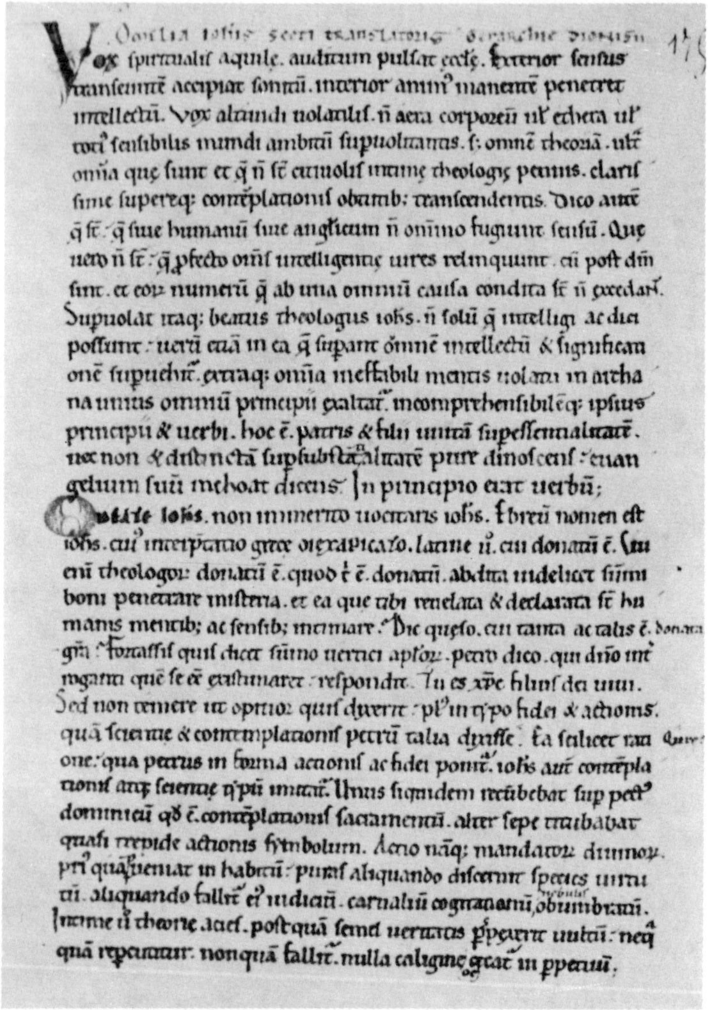
Omelia iohannis scoti translatoris ierarchie dionisii 175
Vox spiritualis aquile auditum pulsat ecclesie. Exterior sensus
transeuntem accipiat sonum. interior animus manentem penetret
intellectum. Vox altivoli volatilis. non aera corporeum uel ethera uel
totius sensibilis mundi ambitum supervolitantis. sed omnem theoriam. ultra
omnia que sunt et que non sunt citivolis intime theologie pennis. claris
sime superneque contemplationis obtutibus transcendentis. Dico autem
que sunt que sive humanum sive angelicum non omnino fugiunt sensum. Que
vero non sunt que profecto omnis intelligentie vires relinquunt. cum post deum
sint. et eorum numerum que ab una omnium causa condita sunt non excedant.
Supervolat itaque beatus theologus iohannes. non solum que intelligi ac dici
possunt. verum etiam in ea que superant omnem intellectum et significati
onem supervehitur. extraque omnia ineffabili mentis volatu in archa
na unius omnium principii exaltatur. incomprehensibilemque ipsius
principii et verbi. hoc est patris et filii unitam superessentialitatem.
nec non et distinctam supersubstantialitatem pure dinoscens. euan
gelium suum inchoat dicens. In principio erat verbum.
Vere iohannes. non immerito vocatus iohannes. Hebreum nomen est
iohannes. cuius interpretatio grece ΟΙΕΧΑΡΙΣΑΤΟ. latine vero cui donatum est. Cui
enim theologorum donatum est. quod est donatum. abdita videlicet summi
boni penetrare misteria. et ea que sibi revelata et declarata sunt hu
manis mentibus ac sensibus intimare. Dic queso. cui tanta ac talis est. donata
gratia. Forsan quis dicat summo vertici apostolorum. petro dico. qui domino inter
rogatum quem se esse existimaret. respondit. Tu es christus filius dei vivi.
Sed non temere ut opinor quis dixerit. plus in typo fidei et actionis.
quam scientie et contemplationis petrum talia dixisse. Ea scilicet rati
one. qua petrus in forma actionis ac fidei ponitur. iohannes autem contempla
tionis atque scientie typum insinuat. Unus siquidem recumbebat super pectus
dominicum quod est contemplationis sacramentum. alter sepe titubabat
quasi trepide actionis symbolum. Actio namque mandatorum divinorum
prius quam veniat in habitum. purus aliquando discernit species virtu
tum. aliquando fallitur et iudicium carnalium cogitationum nebulis obumbratum.
Intime vero theorie acies. postquam semel veritatis perspexerit vultum. neque
quam repercutitur. nonquam fallitur. nulla caligine avertitur in perpetuum.

Abb. 7: Handschriftenseite der Homelia. 12. Jh.

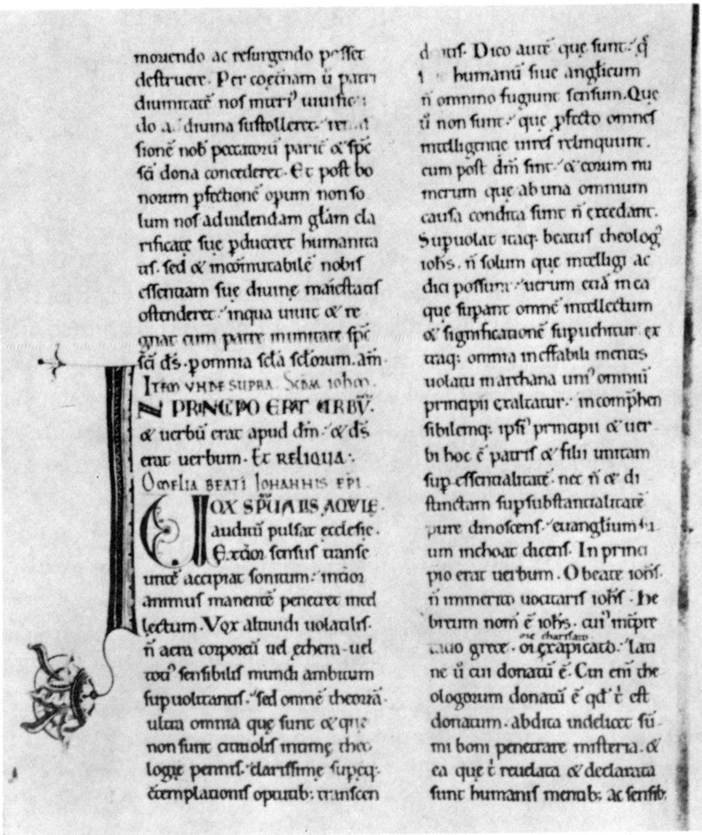

Abb. 8: Handschriftenseite der Homelia. 12. Jh.

HOMELIA JOANNIS SCOTI TRANSLATORIS HIERARCHIAE DIONYSII

Vox spiritualis aquilae auditum pulsat ecclesiae. Exterior sensus transeuntem accipiat sonitum; interior animus manentem penetret intellectum. Vox altivoli volatilis, non aera corporeum vel aethera vel totius sensibilis mundi ambitum supervolitantis, sed omnem theoriam, ultra omnia, quae sunt et quae non sunt, citivolis intimae theologiae pennis clarissimae superaeque contemplationis obtutibus transcendentis. Dico autem quae sunt, quae sive humanum sive angelicum non omnino fugiunt sensum, cum post Deum sint, et eorum numerum, quae ab una omnium causa condita sunt, non excedant; quae vero non sunt, quae profecto omnes intelligentiae vires relinquunt. Supervolat itaque beatus theologus Joannes non solum quae intelligi ac dici possunt, verum etiam in ea, quae superant omnem intellectum et significationem, supervehitur, extraque omnia ineffabili mentis volatu in arcana unius omnium principii exaltatur, incomprehensibilemque ipsius principii et verbi, hoc est Patris et Filii, unitam superessentialitatem, necnon et distinctam supersubstantialitatem pure dinoscens, Evangelium suum inchoat, dicens: «In principio erat Verbum.»

O beate Joannes, non immerito vocitaris Joannes. Ebreum nomen est Joannes, cujus interpretatio graece ᾧ ἐχαρίσατο,

PREDIGT DES JOHANNES SCOTUS, DES ÜBERSETZERS DER «HIERARCHIEN» DES DIONYSIUS:

Die Stimme des geistigen Adlers tönt an das Ohr der Kirche.[2] Der äußere Sinn nimmt den verhallenden Klang auf; der innere Geist dringt zu einem bleibenden Verständnis vor: die Stimmes des hochfliegenden Vogels, der nicht die körperliche Luft oder den Äther oder den Bereich der ganzen sinnenfälligen Welt überfliegt, sondern über jede Betrachtung, über alles, was ist und was nicht ist, in der Schau der reinsten und höchsten Besinnung hinaussteigt auf den schnellfliegenden Flügeln der höchsten Theologie. Dasjenige aber nenne ich seiend, das sich nicht völlig dem menschlichen Sinn oder dem der Engel entzieht, weil es *nach* Gott ist und die Anzahl dessen, was von der einen Ursache von allem erschaffen wurde, nicht überschreitet; dasjenige aber ist nicht, das alle Kräfte der Vernunft mit Sicherheit überragt. Der begnadete Theologe Johannes überfliegt deshalb nicht allein, was gedacht und gesagt werden kann, sondern er dringt auch in dasjenige ein, das jedes Verständnis und jeden Begriff übersteigt, und außerhalb von allem wird er im Flug des unaussprechlichen Geistes in die Geheimnisse des einen Anfangs von allem eingeführt; und die unbegreifliche, einige Überwesenheit (superessentialitas) dieses Anfangs und des Wortes, d. h. des Vaters und des Sohnes, und auch die unterschiedene Überwesenhaftigkeit (supersubstantialitas) klar erkennend, beginnt er sein Evangelium und sagt: «Im Anfang war das Wort.»

O glückseliger Johannes, völlig zu Recht wirst du Johannes genannt: Johannes ist ein hebräischer Name, dessen griechi-

latine vero «cui donatum est». Cui enim theologorum donatum est, quod tibi est donatum, abdita videlicet summi boni penetrare mysteria, et ea, quae tibi revelata et declarata sunt, humanis mentibus ac sensibus intimare? Dic, quaeso, cui tanta ac talis est donata gratia? Fortassis quis dicet: summo vertici apostolorum, Petro dico, qui Domino interroganti, quem se esse existimaret, respondit: «Tu es Christus Filius Dei vivi». Sed non temere, ut opinor, quis dixerit plus in typo fidei et actionis quam scientiae et contemplationis Petrum talia dixisse, ea scilicet ratione, qua Petrus in forma actionis ac fidei ponitur, Joannes autem contemplationis atque scientiae typum imitatur. Unus siquidem recumbebat super pectus Dominicum, quod est contemplationis sacramentum, alter saepe titubabat, quasi trepidae actionis symbolum. Actio namque mandatorum divinorum, priusquam perveniat in habitum, puras aliquando discernit species virtutum, aliquando fallitur ejus judicium, carnalium cogitationum nebulis obumbratum. Intimae vero theoriae acies, postquam semel veritatis perspexerit vultum, nequaquam repercutitur, nunquam fallitur, nulla caligine occultatur in perpetuum.

Ambo tamen currunt ad monumentum. Monumentum Christi est divina Scriptura, in qua divinitatis et humanitatis ejus mysteria densitate litterae veluti quadam muniuntur petra. Sed Joannes praecurrit citius Petro. Acutius namque atque velocius intima divinorum apicum penetrat secreta virtus con-

sche Bedeutung «ᾧ ἐχαρίσατο» [in dem Gnade ist], die lateinische aber «cui donatum est» [dem gegeben ist] lautet. Denn welchem Theologen ist gegeben, was dir gegeben ist, nämlich in die verborgenen Geheimnisse des höchsten Guten einzudringen und das, was dir enthüllt und offenbart wurde, den menschlichen Geistern und Sinnen (mentes ac sensus) bekanntzumachen? Sage mir doch bitte, wem ist eine solche überreiche Gnade zuteil geworden? Vielleicht antwortet jemand: dem obersten Haupt der Apostel – ich meine Petrus –, der auf die Frage des Herrn, für wen er ihn halte, antwortet: «Du bist Christus, der Sohn des lebendigen Gottes.»[3] Aber nicht unüberlegt, wie ich meine, könnte man sagen, Petrus habe dies eher in der Art des Glaubens und Handelns gesagt als in der des Wissens und der geistigen Betrachtung (contemplatio), und zwar aus dem Grunde, aus dem Petrus für die Gestalt (forma) des Handelns und des Glaubens gehalten wird, Johannes aber die Weise der geistigen Betrachtung und des Wissens darstellt. Denn der eine ruhte an der Brust des Herrn[4] – das ist das Mysterium der geistigen Betrachtung –, während der andere oftmals wankelmütig war[5], gleichsam ein Bild des ratlosen Handelns. Denn das Handeln nach den göttlichen Geboten erkennt zuweilen, bevor es zu einer inneren Haltung geworden ist, die reinen Gestalten der Tugenden (virtutum), doch manchmal ist sein Urteil getrübt, wenn es verdunkelt wird von den Nebeln fleischlicher Gedanken. Die Schärfe der tiefsten Betrachtung (theoria) aber wird auf keine Weise erschüttert, niemals getäuscht, durch keine Finsternis auf Dauer verdunkelt, nachdem sie einmal das Antlitz der Wahrheit geschaut hat.

Dennoch laufen beide[6] zusammen zum Grabe. Die Grabstätte Christi ist die Heilige Schrift, in der die Geheimnise seiner Gottheit und Menschheit in der Buchstabenmenge wie in einem Felsen verwahrt werden. Aber Johannes lief voraus, schneller als Petrus. Schärfer nämlich und schneller gelangt die verborgene Kraft der vollkommen gereinigten geistigen Be-

templationis penitus purificatae, quam actionis adhuc purificandae. Verumtamen primo intrat Petrus in monumentum, deinde Joannes, ac sicut ambo currunt, ambo intrant. Petrus siquidem fidei symbolum, Joannes significat intellectum. Ac per hoc, quoniam scriptum est: «Nisi credideritis, non intelligetis», necessario praecedit fides in monumentum sanctae Scripturae, deinde sequens intrat intellectus, cui per fidem praeparatur aditus. Petrus itaque Christum Deum et hominem jam factum in temporibus cognovit, et ait: «Tu es Christus Filius Dei vivi». Altissime volavit. Sed altius ille, qui eundem Christum Deum de Deo ante omnia tempora genitum intellexit, dicens: «In principio erat Verbum.» Nemo nos existimet Petro Joannem praeferre. Quis hoc fecerit? Quisnam esset apostolorum altior illo, qui est et dicitur vertex eorum? Non praeferimus Petro Joannem, sed conferimus actioni contemplationem, purgando adhuc animo perfecte purgatum, ascendenti adhuc virtuti ad incommutabilem habitum pervenientem jam virtutem. Non enim nunc consideramus apostolicarum personarum dignitatem, sed investigamus pulcherrimam divinorum mysteriorum differentiam.

Petrus itaque, hoc est actio virtutum, Dei Filium, mirabili et ineffabili modo carne circumscriptum, per virtutem fidei et actionis conspicatur: Joannes vero, hoc est altissima contemplatio veritatis, Dei Verbum per se ante carnem absolutum et infinitum in principio suo, hoc est, in Patre suo miratur. Petrus aeterna simul ac temporalia, in Christo unum facta, divina re-

trachtung (contemplatio) in das Innere der göttlichen Schriften als diejenige des erst noch zu reinigenden Handelns. Gleichwohl tritt zuerst Petrus in das Grab hinein, dann Johannes, und wie sie *beide* laufen, so treten sie auch *beide* ein. Denn Petrus ist das Bild des Glaubens, Johannes aber bezeichnet die Erkenntnis (intellectus). Und weil bekanntlich geschrieben steht: «Wenn ihr nicht geglaubt haben werdet, werdet ihr nicht erkennen»[7], geht der Glaube mit Notwendigkeit in das Grab der Heiligen Schrift voran, darauf folgend tritt die Erkenntnis ein, der durch den Glauben der Zugang bereitet wurde. Deshalb hat Petrus Christus als bereits menschgewordenen Gott *in* der Zeit erkannt und gesagt. «Du bist Christus, der Sohn des lebendigen Gottes.» Er flog sehr hoch. Doch höher flog jener, der denselben Christus als Gott von Gott *vor* aller Zeit geboren erkannte und sagte: «Im Anfang war das Wort.» Es vermute niemand, wir würden Johannes dem Petrus vorziehen. Wer würde das tun? Welcher von den Aposteln wäre größer als jener, der ihr Haupt ist und auch so genannt wird? Wir geben nicht Johannes den Vorzug vor Petrus, sondern wir vergleichen die geistige Betrachtung mit dem Handeln, den noch zu reinigenden Geist mit dem völlig reinen, die noch aufsteigende Tugend mit der bereits zu einer unveränderlichen inneren Haltung gelangten Tugend. Wir erwägen nämlich im Augenblick nicht die Würde der Apostelpersönlichkeiten, sondern wir erforschen den herrlichsten Unterschied der göttlichen Geheimnisse.[8]

Petrus also, d. h. das Handeln der Tugenden, erblickt durch die Tugend des Glaubens und des Handelns den Sohn Gottes auf eine wunderbare und unaussprechliche Weise vom Fleisch umgeben – Johannes aber, d. h. die höchste Betrachtung der Wahrheit, bewundert das *vor* dem Fleisch durch sich selbst vollkommene und unbegrenzte Wort Gottes in seinem Anfang, d. h. in seinem Vater. Petrus, von göttlicher Offenbarung geleitet, sieht das Ewige und zugleich das Zeitliche, welche in Chri-

velatione introductus inspicit: Joannes sola aeterna ejus in notitiam fidelium animarum introducit.

Spirituale igitur petasum citivolum, deividum, Joannem dico theologum, omnem visibilem et invisibilem creaturam superat, omnem intellectum penetrat, et deificatum in Deum intrat deificantem. O beate Paule, raptus es, ut tu ipse asseris, in tertium caelum, sed non es raptus ultra omne caelum; raptus es in paradisum, sed non es raptus super omnem paradisum. Joannes omne caelum conditum, omnemque creatum paradisum, hoc est, omnem humanam angelicamque transgreditur naturam. In tertio caelo, o vas electionis et magister gentium, audisti verba ineffabilia, quae non licet homini loqui. Joannes, intimae veritatis inspector, ultra omne caelum in paradiso paradisorum, hoc est in causa omnium, audivit unum Verbum, per quod facta sunt omnia, et licuit ei illud Verbum dicere, hominibusque praedicare, quantum hominibus praedicari potest, ac fiducialiter clamat: «In principio erat Verbum.»

Non ergo Joannes erat homo, sed plus quam homo, quando et seipsum, et omnia, quae sunt, superavit, et ineffabili sapientiae virtute purissimoque mentis acumine subvectus, in ea, quae super omnia sunt, secreta videlicet unius essentiae in tribus substantiis et trium substantiarum in una essentia, ingressus est. Non enim aliter potuit ascendere in Deum, nisi prius fieret Deus. Ut enim radius oculorum nostrorum species rerum sensibilium coloresque non prius potest sentire, quam se solaribus radiis immisceat, unumque in ipsis et cum ipsis fiat, ita

stus eins geworden sind – Johannes führt allein Christi Ewigkeit in das Wissen der glaubenden Seelen ein.

Der geistige Vogel – ich meine Johannes den Theologen – gelangt also schnellfliegend und gottschauend über die gesamte sichtbare und unsichtbare Kreatur hinaus, dringt ein in jede Erkenntnis, und vergöttlicht gelangt er zu dem vergöttlichenden Gott. O glückseliger Paulus, du bist, wie du selbst erklärst, in den dritten Himmel entrückt worden,[9] aber du wurdest nicht über jeden Himmel hinaus entrückt; du bist entrückt worden in das Paradies, aber du wurdest nicht über jedes Paradies hinaus entrückt. Johannes überschreitet den ganzen geschaffenen Himmel und jedes geschaffene Paradies, d. h. die gesamte menschliche Natur und diejenige der Engel. Im dritten Himmel, o Gefäß der Erwählung und Lehrer der Völker, hörtest du unaussprechliche Worte, die der Mensch nicht nennen darf. Johannes, der das Innerste der Wahrheit schaute, hörte *jenseits* des ganzen Himmels im Paradies der Paradiese, d. h. in der Ursache von allem, das *eine* Wort, durch das alles geworden ist, und es war ihm gestattet, dieses Wort auszusprechen und den Menschen zu verkündigen, soweit es Menschen verkündigt werden kann, und freimütig ruft er aus: «Im Anfang war das Wort.»

Deshalb war Johannes kein Mensch, sondern mehr als ein Mensch, weil er sich selbst und alles, was ist, überwand und durch die unaussprechliche Tugend der Weisheit und durch reinste Geistesklarheit hinaufgeführt wurde in das, was über allem ist; denn er ist eingetreten in die Geheimnisse des einen Wesens in drei Wesenheiten (essentia in tribus substantiis) und der drei Wesenheiten in einem Wesen (substantiae in una essentia). Nicht anders nämlich konnte er hinaufsteigen zu Gott, als daß er zuvor Gott wurde. Denn wie der Lichtstrahl unserer Augen die Gestalten des Sichtbaren und die Farben nicht eher wahrnehmen kann, als er sich mit den Strahlen der Sonne vereinigt und in ihnen und mit ihnen eins wird, so erträgt es der animus sanctorum puram rerum spiritualium, omnemque intellectum superantium cognitionem non suffert accipere, nisi prius incomprehensibilis veritatis participationem dignus efficiatur habere. Sanctus itaque theologus, in Deum transmutatus, veritatis particeps, Deum Verbum subsistere in Deo principio, hoc est Deum Filium in Deo Patre, pronuntiat.

«In principio», inquit, «erat Verbum.» Intuere caelum apertum, hoc est summae ac sanctae trinitatis et unitatis revelatum mundo mysterium. Animadverte angelum divinum super Filium hominis ascendentem, nobis videlicet annunciantem, ipsum esse ante omnia in principio Verbum, ac mox descendentem super eundem Filium hominis, clamantemque: «Et Verbum caro factum est.» Descendit evangelizans Deum Verbum hominem factum supernaturaliter inter omnia ex virgine; ascendit proclamans idem Verbum superessentialiter genitum ex Patre ante et ultra omnia. «In principio», inquit, «erat Verbum.» Et notandum, quod in hoc loco non temporis, sed substantiae significationem beatus evangelista insinuat per hanc vocem, quae est «erat». Nam et positio ejus, id est «sum», unde inaequaliter flectitur, duplicem continet intellectum. Aliquando quidem subsistentiam cujuscunque rei, de qua praedicatur, absque ullo temporali motu significat, ideoque substantivum verbum vocitatur; aliquando temporales motus secundum aliorum verborum analogiam declarat. Tale ergo est quod ait: «In principio erat Verbum», ac si aperte diceret: In Patre subsistit Filius. Quis enim sanum sapiens dixerit, Filium in Patre temporaliter unquam substitisse? Illic enim sola cogitatur aeternitas, ubi sola intelligitur immutabilis veritas.

Geist der Heiligen nicht, die reine Erkenntnis des Geistigen und jede Vernunft Übersteigenden zu empfangen, wenn er nicht zuvor würdig gestaltet wird, an der unbegreiflichen Wahrheit teilzuhaben. So wird der heilige Theologe, indem er in Gott verwandelt worden ist, der Wahrheit teilhaftig und verkündet, daß Gott Wort in Gott Anfang ewig besteht, d. h. Gott Sohn in Gott Vater: «Im Anfang», sagt er, «war das Wort».

Man stelle sich den Himmel eröffnet vor, d. h. das Geheimnis der höchsten und heiligen Dreiheit und Einheit der Welt offenbart! Denke dir den Engel Gottes über dem Sohn des Menschen hinaufsteigend[10], nämlich uns verkündigend, dieser sei das Wort *vor* allem im Anfang; und sogleich steigt der Engel über demselben Sohn des Menschen herab und ruft aus: «Und das Wort ist Fleisch geworden.» Der Engel steigt herab und verkündet, daß Gott Wort übernatürlich aus der Jungfrau in allen Dingen Mensch geworden ist; er steigt hinauf und ruft aus, daß dasselbe Wort, überwesenhaft (superessentialiter) vom Vater gezeugt, vor und über allem ist. «Im Anfang», sagt er, «war das Wort.» Und man muß beachten, daß der glückselige Evangelist an dieser Stelle nicht eine Bezeichnung der Zeit, sondern der Wesenheit (substantia) anklingen läßt in dem Wort, das «erat» [es war] lautet. Denn auch seine Grundform – sie lautet «sum» [ich bin] –, von der es unregelmäßig gebeugt wird, enthält eine zweifache Bedeutung. Manchmal nämlich bezeichnet es das unveränderliche Sein (subsistentia) desjenigen Gegenstands, von dem es ausgesagt wird, ohne jede Bewegung in der Zeit und wird deshalb «Zustandswort» genannt; zuweilen aber bringt es die zeitlichen Bewegungen ähnlich wie andere Verben zum Ausdruck. Also hat die Aussage des Evangelisten «Im Anfang war das Wort» die Bedeutung, als würde er deutlich sagen: Im Vater ist ewig (subsistere) der Sohn. Denn wer hätte wohl vernünftig und weise gesagt, der Sohn sei irgendeinmal *zeitlich* im Vater gewesen? Dort nämlich wird allein die Ewigkeit gedacht, wo ausschließlich die unveränder-

Et ne quis existimaret, ita Verbum in principio subsistere, ut nulla substantiarum differentia subintelligatur inesse, continuo subjunxit: «Et Verbum erat apud Deum», hoc est, et Filius subsistit cum Patre in unitate essentiae et substantiali distinctione. Et iterum, ne in quopiam talis serperet venenosa cogitatio, Verbum solummodo in Patre esse, et cum Deo esse, non autem ipsum Verbum substantialiter et coessentialiter Patri Deum subsistere – hic namque error perfidos invasit Arianos – protinus adjecit: «Et Deus erat Verbum.» Videns item, quod non defuturi essent, qui dicerent, non de uno eodemque Verbo evangelistam scripsisse: «In principio erat Verbum», et «Deus erat Verbum», sed aliud voluisse «Verbum in principio», aliud «Deus erat Verbum», haereticam opinionem destruens, consequenter subnectit:

«Hoc erat in principio apud Deum», ac si diceret: hoc Verbum, quod Deus est, apud Deum ipsum est, et non aliud quid erat in principio. Sed significantius ex Graecorum exemplaribus potest intelligi. In eis enim οὗτος scribitur, id est, «hic», et potest referri ad utrumque, ad Verbum videlicet et Deum; haec quippe duo nomina ϑεός et λόγος apud Graecos masculini generis sunt. Ac per hoc ita potest intelligi: «et Deus erat Verbum; hic erat in principio apud Deum», tanquam si luce clarius dixerit: Hic Deus Verbum apud Deum, ipse est, de quo dixi: «In principio erat Verbum.»

liche Wahrheit ins Auge gefaßt wird. Und damit nicht jemand annimmt, das Wort sei unveränderlich in *der* Weise im Anfang, daß kein Unterschied der göttlichen Wesenheiten (substantiae) darin gedacht wird, fügte der Evangelist umgehend hinzu: «Und das Wort war bei Gott», d. h. der Sohn ist unveränderlich mit dem Vater in der Einheit des Wesens (essentia) und in der Unterschiedenheit der Wesenheiten (substantialis distinctio).

Damit sich nicht in jemanden ein solcher vergiftender Gedanke einschleicht: das Wort sei ausschließlich im Vater und mit Gott, nicht aber existiere das Wort unveränderlich auch als Wesenheit (substantialiter) und dem Vater wesensgleich (coessentialiter) als Gott – dieser Irrtum ergriff nämlich von den abtrünnigen Arianern[11] Besitz –, um also diese Täuschung auszuschließen, fügte der Evangelist anschließend sofort hinzu: «Und Gott war das Wort.» Ebenso erkennend, daß diejenigen nicht ausbleiben würden, die sagen, nicht von einem und demselben Wort habe der Evangelist geschrieben: «Im Anfang war das Wort» und «Gott war das Wort», sondern er habe mit dem «Wort im Anfang» ein anderes Wort als mit der Aussage «Gott war das Wort» gemeint – diese ketzerische Auffassung verwerfend, fügt Johannes anschließend hinzu: «Dieses war im Anfang bei Gott» – als ob er sagen würde: Dieses Wort, welches Gott ist, ist selbst bei Gott, und es war kein anderes, das im Anfang war. Aber das kann deutlicher aus den griechischen Abschriften des Johannes-Evangeliums ersehen werden. In ihnen steht nämlich οὗτος geschrieben; das bedeutet «dieser» und kann auf beide bezogen werden, auf das «Wort» und auf «Gott». Denn diese beiden Begriffe, θεός und λόγος, sind bei den Griechen männlichen Geschlechts. Deshalb kann das Gesagte so verstanden werden: Und Gott war das Wort; dieser war im Anfang bei Gott – so als hätte der Evangelist sonnenklar gesagt: Dieser Gott Wort bei Gott ist derselbe, über den ich gesagt habe: «Im Anfang war das Wort.»

«Omnia per ipsum facta sunt.» Per ipsum Deum Verbum, vel per ipsum Verbum Deum omnia facta sunt. Et quid est «omnia per ipsum facta sunt», nisi: eo nascente ante omnia ex Patre, omnia cum ipso et per ipsum facta sunt. Nam ipsius ex Patre generatio ipsa est causarum omnium conditio omniumque, quae ex causis in genera et species procedunt, operatio et effectus. Per generationem quippe Dei ex Deo principio facta sunt omnia. Audi divinum et ineffabile paradoxum, irreserabile secretum, invisibile, profundum, incomprehensibile mysterium. Per non factum, sed genitum omnia facta, sed non genita. Principium, ex quo omnia, Pater est; principium, per quod omnia, Filius est. Patre loquente verbum suum, hoc est Patre gignente sapientiam suam, omnia fiunt. Propheta ait: «Omnia in sapientia fecisti»; et alibi, personam Patris introducens: «Eructavit cor meum». Et quid eructavit cor suum? Ipse exponit: «Verbum bonum dico», verbum bonum loquor, Filium bonum gigno. Cor Patris est sua propria substantia, de qua genita est Filii propria substantia; praecedit Pater Verbum non natura, sed causa. Audi ipsum Filium dicentem: «Pater major est me», substantia ejus causa meae substantiae est. Praecedit, inquam, Pater Verbum causaliter, praecedit Filius omnia, quae per ipsum facta sunt, naturaliter. Substantia Filii Patri coaeterna est. Substantia eorum, quae per ipsum facta sunt, inchoavit in ipso esse ante tempora secularia, non in tempore, sed cum temporibus. Tempus siquidem inter cetera, quae facta sunt, factum est; non autem procreatum, sed concreatum.

«Alles ist durch es geworden.» Durch diesen Gott Wort oder durch dieses Wort Gott ist alles geschaffen. Und was heißt «alles ist durch es geworden», wenn nicht: Als es vor allem anderen aus Gott hervorgebracht wurde, ist alles mit ihm und durch es geworden! Denn seine Zeugung (Geburt)[12] aus dem Vater ist in der Tat die Voraussetzung aller Ursachen und das Wirken und die Wirkung all dessen, was sich aus den Ursachen in Gattungen und Arten entfaltet. Denn durch die Zeugung (Geburt) Gottes aus Gott dem Anfang ist alles geschaffen. Höre das heilige und unaussprechliche Paradoxon, das nicht ergründbare Geheimnis, das unsichtbare, unerschöpfliche, unfaßbare Mysterium! Durch das nicht Geschaffene, sondern Gezeugte (Geborene) ist alles geschaffen, aber nicht gezeugt (geboren). Der Anfang, *aus* dem alles ist, ist der Vater; der Anfang, *durch* den alles ist, ist der Sohn. Der Vater spricht sein Wort, d.h. der Vater gebiert seine Weisheit, und alles entsteht. Der Prophet spricht: «Alles hast du in Weisheit gemacht»[13]; und an anderer Stelle, die Person des Vaters betrachtend: «Mein Herz hat hervorgebracht».[14] Und was brachte sein Herz hervor? Der Vater selbst erklärt: «Ich spreche das gute Wort»[15], das gute Wort spreche ich, den guten Sohn zeuge ich. Das «Herz» des Vaters ist seine eigene Wesenheit (substantia), durch die die eigene Wesenheit des Sohnes gezeugt ist; der Vater geht dem Sohn nicht der Natur nach, sondern als Ursache voraus. Höre den Sohn selbst sagen: «Der Vater ist größer als ich»[16], seine Wesenheit (substantia) ist die Ursache meiner Wesenheit. Es geht, sage ich, der Vater dem Wort der Ursache nach voraus; das Wort aber geht allem, was durch es geworden ist, natürlicherweise voran. Die Wesenheit des Sohnes ist mit dem Vater gleichewig. Die Wesenheit dessen, was durch es geworden ist, begann in ihm zu sein vor den Weltzeiten, nicht *in* der Zeit, sondern *mit* den Zeiten. Die Zeit ist nämlich inmitten des Übrigen geschaffen, das geschaffen ist: nicht aber *vorher*geschaffen, sondern *mit*geschaffen.

Et quae est consequentia verbi, quod locutum est os Altissimi? Non enim in vanum locutus est Pater, non infructuose, non sine magno effectu; nam et homines inter se ipsos loquentes aliquid in auribus audientium efficiunt. Tria itaque credere et intelligere debemus, loquentem Patrem, pronunciatum Verbum, ea quae efficiuntur per Verbum. Pater loquitur, Verbum gignitur, omnia efficiuntur. Audi Prophetam: «Quoniam ipse dixit, et facta sunt», hoc est, Verbum suum genuit, per quod facta sunt omnia. Et ne forte existimares eorum, quae sunt, quaedam quidem per ipsum Dei Verbum facta esse, quaedam vero extra ipsum aut facta esse aut existentia per semetipsa, ita ut non omnia, quae sunt et quae non sunt, ad unum principium referantur, conclusionem totius praedictae theologiae subdidit: «et sine ipso factum est nihil»; hoc est, nihil extra ipsum est factum, quia ipse ambit omnia, intra se comprehendens omnia, et nihil ei coaeternum vel consubstantiale intelligitur vel coessentiale praeter suum Patrem et suum Spiritum a Patre per ipsum procedentem. Et hoc facilius in Graeco datur intelligi. Ubi enim Latini ponunt «sine ipso», ibi Graeci χωρὶς αὐτοῦ, hoc est extra ipsum. Similiter et ipse Dominus suis discipulis dicit: «Extra me nihil potestis facere.» Qui per vos, inquit, extra me fieri non potuistis, quid extra me facere potestis? Nam et ibi non ἄνευ, sed χωρίς, hoc est non «sine», sed «extra» Graeci scribunt. Facilius autem propterea dixi, quia, dum quis audit «sine ipso», potest putare sine ipsius consilio vel adjutorio, ac

Und was ist die Folge des Wortes, das der Mund des Höchsten gesprochen hat? Nicht vergeblich hat nämlich der Vater gesprochen, nicht fruchtlos, nicht ohne große Wirkung; denn auch wenn Menschen unter sich reden, bewirken sie etwas in den Ohren der Zuhörenden. Ein Dreifaches müssen wir daher glauben und begreifen: den sprechenden Vater, das ausgesprochene Wort, dasjenige, was durch das Wort bewirkt wird. Der Vater spricht, das Wort wird gezeugt, alles wird hervorgebracht. Höre den Propheten: «Denn er hat gesprochen, und alles ist geworden»[17], d.h. Gott Vater hat sein Wort gezeugt, durch das alles geschaffen ist. Und damit du nicht etwa meinst, einiges von dem , was ist, sei freilich durch dieses Wort Gottes geworden, anderes aber sei entweder außerhalb von diesem geschaffen oder existiere durch sich selbst, so daß nicht alles, was ist und was nicht ist[18], auf den einen Anfang zurückgeführt wird – gegen diese Auffassung also fügt der Evangelist die Schlußfolgerung aus der gesamten zuvor entfalteten Theologie hinzu: «Und ohne es ist nichts geworden», d. h. nichts ist außerhalb des Wortes geschaffen, weil das Wort alles umgibt, in sich alles begreift, und nichts wird mit ihm gleichewig oder gleichwesenhaft (consubstantialis) oder wesensgleich (coessentialis) gedacht, außer seinem Vater und seinem Geist, der vom Vater durch das Wort ausgeht. Doch dies kann leichter im Griechischen zu verstehen gegeben werden. Wo nämlich die Lateiner «sine ipso» (ohne es) schreiben, dort formulieren die Griechen «χωρὶς αὐτοῦ», d.h. außerhalb von ihm. In demselben Sinne spricht auch der Herr selbst zu seinen Jüngern: «Außerhalb von mir könnt ihr nichts tun.»[19] Die ihr durch euch selbst, sagt er, außerhalb von mir nicht werden konntet, was könnt ihr außerhalb von mir tun? Denn auch hier schreiben die Griechen nicht «ἄνευ», sondern «χωρίς», also nicht «ohne», sondern «außerhalb». Leichter sei dies aus dem Griechischen zu begreifen, habe ich aber deswegen gesagt, weil jemand «ohne seinen Rat und seine Hilfe» verstehen könnte, wenn er «oh-

per hoc non totum, non omnia illi distribuit; audiens vero «extra», nihil omnino relinquit, quod in ipso et per ipsum factum non sit.

«Quod factum est in ipso vita erat.» Postquam remotissima omni ratione et intellectu beatus evangelistes divina revelavit mysteria, Deum Verbum videlicet in Deo loquente, in ambobus intelligentiam sancti Spiritus divinae Scripturae contemplatoribus relinquens – ut enim, qui loquitur, in verbo, quod loquitur, necessario spiritum proflat, ita Deus Pater simul et semel et Filium suum gignit et Spiritum suum per genitum Filium producit – et postquam per Deum Filium omnia facta esse, et nihil extra ipsum subsistere astruxit, veluti ab altero primordio suae theologiae seriem direxit, dicens: «Quod factum est in ipso vita erat.» Praedixit enim, «omnia per ipsum facta sunt», ac veluti a quopiam rogatus de iis, quae per Deum Verbum facta sunt: quomodo et quid in ipso erant, quae per ipsum facta sunt? respondit et ait: «Quod factum est in ipso vita erat.»

Quae sententia dupliciter pronunciatur. Potest enim subdistingui: «Quod factum est», ac deinde subjungi «in ipso vita erat» potest etiam sic: «Quod factum est in ipso», ac deinde subinferri «vita erat». Ac per hoc in duabus pronuntiationibus duos speculamur intellectus. Non enim eadem theoria est, quae dicit: quod factum, locis temporibusque discretum, generibus, formis numerisque distinctum, sensibilibus intelligibilibusque substantiis seu compactum seu segregatum, hoc totum in ipso

ne es» hört – dadurch aber würde er nicht das Ganze, nicht alles dem Wort zuschreiben; hört er aber «außerhalb», so bleibt überhaupt nichts übrig, was nicht in dem Wort und durch es geworden wäre.

«Was geworden ist in ihm war Leben.»[20] Nachdem der glückselige Evangelist die jeder Überlegung und Vernunft entlegensten göttlichen Geheimnisse offenbart hat, nämlich daß Gott Wort in dem sprechenden Gott ist, überläßt er im Hinblick auf beide das Verständnis des Heiligen Geistes den die Heilige Schrift Studierenden – wie nämlich derjenige, der spricht, in dem Wort, das er spricht, notwendig den Hauch (spiritus) hervorbläst, so zeugt Gott Vater zugleich und auf einmal seinen Sohn und bringt seinen Geist (spiritus) durch den gezeugten Sohn hervor;[21] und nachdem der Evangelist hinzugefügt hat, daß durch Gott Sohn alles geworden ist und nichts außerhalb von ihm unveränderlich ist (subsistere), stellt er die Abfolge seiner Theologie wie von einem anderen Anfang her auf, wenn er sagt: «Was geworden ist in ihm war Leben.» Er hat nämlich zuvor gesagt: «Alles ist durch es geworden», und als ob er von jemandem gefragt worden wäre, *was* durch Gott Wort geworden ist: auf welche Weise und als was war in ihm, was durch ihn geworden ist, antwortet der Evangelist und sagt: «Was geworden ist in ihm war Leben.»

Dieser Satz kann in zweifacher Weise ausgesprochen werden. Man kann nämlich abtrennen «was geworden ist» und dann anfügen «war in ihm Leben»; man kann die Aussage aber auch folgendermaßen auffassen: «was geworden ist in ihm», und dann anschließen «war Leben». Deshalb erkennen wir in den beiden Aussprachemöglichkeiten einen zweifachen Sinn: Es ist nämlich nicht dieselbe Betrachtungsart, die besagt: Was geworden ist, was getrennt ist nach Räumen und Zeiten, gesondert nach Arten, Formen und Zahlen, was in sinnliche und geistige Wesenheiten (substantiae) entweder zusammengefaßt oder unterschieden wird, dies alles war in dem Wort Leben;

vita erat; et ea quae declarat: quod factum est in ipso, non aliud erat nisi vita, ut sit sensus: Omnia, quae per ipsum facta sunt, in ipso vita sunt et unum sunt. Erant enim, hoc est subsistunt in ipso causaliter, priusquam sint in semetipsis effective. Aliter enim sub ipso sunt ea, quae per ipsum facta sunt, aliter in ipso sunt ea, quam ipse est.

Omnia itaque, quae per Verbum facta sunt, in ipso vivant incommutabiliter et vita sunt; in quo neque fuerunt omnia temporalibus intervallis seu localibus, nec futura sunt, sed solummodo super omnia tempora et loca in ipso unum sunt et universaliter subsistunt visibilia, invisibilia, corporalia, incorporalia, rationalia, irrationalia et simpliciter caelum et terra, abyssus et quaecunque in eis sunt, in ipso vivunt et vita sunt et aeternaliter subsistunt, et quae nobis omni motu vitali carere videntur, in Verbo vivunt. Sed si quaeris, quomodo vel qua ratione omnia, quae per Verbum facta sunt, in ipso vitaliter et unifomiter et causaliter subsistunt, accipe paradigmata ex creaturarum natura, disce factorem ex iis, quae in ipso et per ipsum facta sunt. «Invisibilia enim ejus», ut ait Apostolus, «per ea, quae facta sunt, intellecta conspiciuntur». Conspicare, quomodo omnium rerum, quas mundi hujus sensibilis globositas comprehendit, causae simul et uniformiter in isto sole, qui maximum mundi luminare vocitatur, subsistunt. Inde namque formae omnium corporum procedunt, inde distantium colorum pulchritudo et cetera, quae de sensibili natura praedicari possunt. Considera multiplicem et infinitam seminum virtu-

und etwas anderes ist diejenige Betrachtungsart, die feststellt: Was in ihm geworden ist, war nichts anderes als Leben – so daß sich die Bedeutung ergibt: Alles, was durch das Wort geworden ist, ist in ihm Leben und Eines. Alles war nämlich, d. h. existiert unveränderlich (subsistere) der Ursache nach in dem Wort, bevor es in sich selbst der Wirkung nach ist. Auf eine andere Weise ist nämlich dasjenige *unter* dem Wort, was durch das Wort geworden ist, und auf eine andere Weise ist dasjenige *in* ihm, was es selbst ist.

Somit lebt alles, was durch das Wort geworden ist, in ihm unwandelbar und ist Leben; in ihm war weder alles in zeitlichen oder räumlichen Begrenzungen, noch wird es dies in Zukunft sein, sondern es ist in ihm ausschließlich Eines über aller Zeit und über allem Raum, und allumfassend existiert in ihm unveränderlich (subsistere) das Sichtbare, das Unsichtbare, das Körperliche, das Nichtkörperliche, das Verständige, das Unverständige – schlechthin Himmel und Erde, der Abgrund und was auch immer in ihnen ist, lebt in ihm und ist Leben und existiert unveränderlich in Ewigkeit, und was für uns jeder Lebensbewegung zu ermangeln scheint, lebt im Wort. Wenn du aber fragst, auf welche Weise und aus welchem Grund alles, was durch das Wort geworden ist, in ihm als Leben, als Einheit und als Ursache unveränderlich ist (subsistere), so vernimm Gleichnisse aus der Natur der Geschöpfe, lerne den Schöpfer aus dem kennen, was in ihm und durch ihn geschaffen ist. «Denn seine Unsichtbarkeit wird», wie der Apostel Paulus sagt, «geistig durch das erkannt, was geschaffen ist.»[22] Betrachte, auf welche Weise die Ursachen von allem, was die gewaltige Rundung dieser sinnlich wahrnehmbaren Welt umfaßt, zugleich und als Einheit in der Sonne unveränderlich sind, die als das größte Licht des Erdkreises bezeichnet wird. Aus der Sonne nämlich gehen die Formen aller Körper, aus ihr geht die Schönheit der verschiedenen Farben und das übrige hervor, was von der sinnlichen Natur ausgesagt werden kann. Bedenke die vielfältige und grenzenlose Wirk-

tem, quomodo numerostitas herbarum, fructicum, animalium in singulis seminibus continetur, quomodo ex eis surgit pulchra formarum et innumerabilis multiplicitas; intuere interioribus oculis, quomodo multiplices regulae in arte artificis unum sunt et in animo disponentis eas vivunt; quomodo infinitus linearum numerus in uno puncto unum subsistit, et hujusmodi naturalia perspice exempla; ex quibus veluti physicae theoriae pennis ultra omnia subvectus, divina gratia adjutus, illuminatus, poteris arcana Verbi mentis acie inspicere, et, quantum datur humanis argumentationibus Deum suum quaerentibus, videre, quodmodo omnia, quae per Verbum facta sunt, in ipso vivunt et vita sunt. In ipso enim, ut os loquitur divinum, «vivimus et movemur et sumus»; et, ut ait magnus Dionysius Areopagita, «esse omnium est superessentialis divinitas».

«Et vita erat lux hominum.» Dei Filium, quem, o beate theologe, prius vocasti Verbum, nunc vitam nominas et lucem. Nec immerito mutasti appellationes, ut distantes nobis insinuares significationes. Verbum siquidem Dei Filium nominasti, quia per ipsum locutus est Pater omnia, «quoniam ipse dixit et facta sunt»; lucem vero et vitam, quia idem Filius lux est et vita omnium, quae per ipsum facta sunt. Et quid illuminat? Non aliud, nisi seipsum et Patrem suum. Lux itaque est et seipsum illuminat, seipsum mundo declarat, se ipsum ignorantibus se manifestat. Lux divinae cognitionis de mundo recessit, dum homo Deum deseruit. Dupliciter ergo lux aeterna se ipsam mundo

kraft der Samen, wie die unüberschaubare Zahl der Pflanzen, Sträucher und Sinnenwesen in den einzelnen Samen enthalten ist, wie aus ihnen die herrliche und unzählbare Mannigfaltigkeit der Formen hervorgeht; betrachte mit den inneren Augen, wie vielfältige Regeln in der Kunst des Künstlers als Einheit sind und wie sie im Geist dessen leben, der sie aufstellt; erkenne, wie die unendliche Zahl der Linien in *einem* Punkt als Einheit unveränderlich ist (subsistere), und ähnliche Beispiele in der Natur; aus ihnen wie auf Flügeln der Naturbetrachtung über alles hinausgeführt, von göttlicher Gnade gefördert und erleuchtet, wirst du die Geheimnisse des Wortes mit der Schärfe des Geistes schauen können und – soweit es menschlichen Überlegungen, die nach Gott forschen, gegeben ist – sehen, auf welche Weise alles, was durch das Wort geworden ist, in ihm lebt und Leben ist. «Denn in ihm», wie der göttliche Ausspruch besagt, «leben wir, wirken wir und sind wir.»[23] Und, wie der große Dionysius Areopagita sagt[24], das Sein von allem ist die überwesentliche (superessentialis) Gottheit.

«Und das Leben war das Licht der Menschen.» Den Sohn Gottes, den du, glückseliger Theologe, zuvor als Wort bezeichnet hast, nennst du nun Leben und Licht. Und mit vollem Recht hast du die Benennungen verändert, um uns mit den verschiedenen Bezeichnungen vertraut zu machen. Denn als *Wort* hast du den Sohn Gottes bezeichnet, weil der Vater durch ihn alles ausgesprochen hat; «denn er sprach, und es ist geworden»;[25] *Licht* aber und *Leben* hast du ihn genannt, weil derselbe Sohn Licht ist und das Leben von allem, was durch ihn geworden ist. Und was läßt er erstrahlen? Nichts anderes als sich selbst und seinen Vater. Deshalb ist er das Licht, und sich selbst läßt er erstrahlen, sich selbst zeigt er der Welt, sich selbst offenbart er denen, die ihn nicht kennen. Das Licht der göttlichen Erkenntnis hat sich aus der Welt zurückgezogen, als der Mensch sich von Gott abwandte. Nun gibt sich das ewige Licht in doppelter Weise der Welt zu erkennen: durch die Schrift und

declarat, per Scripturam videlicet et creaturam. Non enim aliter in nobis divina cognitio renovatur, nisi per divinae Scripturae apices et creaturae species. Eloquia disce divina, et in animo tuo eorum concipe intellectum, in quo cognosces Verbum. Sensu corporeo formas ac pulchritudines rerum percipe sensibilium, et in eis intelliges Deum Verbum, et in iis omnibus nil aliud tibi veritas declarabit praeter ipsum, qui fecit omnia, extra quem nihil contemplaturus es, quia ipse est omnia. In omnibus enim, quae sunt, quidquid est, ipse est. Utenim nullum bonum substantiale, ita nulla essentia praeter ipsum est vel substantia.

«Et vita erat lux hominum.» Quare «lux» addidit «hominum»? Quasi specialiter ac proprie lux sit hominum, qui est lux angelorum, lux universitatis conditae, lux totius visibilis et invisibilis existentiae? An forte Verbum vivificans omnia specialiter ac proprie lux hominum dicitur, quia in homine non solum hominibus, verum etiam angelis omnique creaturae, divinae cognitionibus particeps fieri valenti, seipsum declaravit? Non enim per angelum angelis neque per angelum hominibus, sed per hominem et hominibus et angelis, non in phantasia, sed in ipsa vera humanitate, quam totam sibi in unitatem substantiae suscepit, apparuit suamque cognitionem omnibus cognoscentibus se praestitit. Lux itaque hominum est Dominus noster Jesus Christus, qui in humana natura omni rationali et intellectuali creaturae seipsum manifestavit suaeque divinitatis, qua Patri aequalis est, abdita revelabit mysteria.

durch das Geschaffene. Denn nicht anders wird in uns die Erkenntnis des Göttlichen erneuert als durch die Bücher der Heiligen Schrift und durch die Erscheinung des Geschaffenen. Bilde dich durch die göttlichen Schriftworte und empfange in deinem Geist ihr Verständnis: darin wirst du das Wort erkennen. Nimm mit dem körperlichen Sinn die Formen und die Schönheiten des sinnlich Wahrnehmbaren auf, und in ihnen wirst du Gott Wort denken, und in all diesem wird dir die Wahrheit nichts anderes zeigen als ihn selbst, der alles geschaffen hat; außer ihm wirst du nichts schauen, weil er selbst alles ist. In allem nämlich, was ist – was immer es auch sei – ist er selbst. Wie kein Gut wesenhaft (substantiale) außer ihm existiert, so auch kein Wesen und keine Wesenheit (essentia vel substantia).

«Und das Leben war das Licht der Menschen.» Warum hat der Evangelist zu «Licht» hinzugefügt «der Menschen»? Als sei derjenige insbesondere und ausschließlich das Licht der *Menschen*, der das Licht der Engel, das Licht des geschaffenen Weltalls, das Licht des gesamten sichtbaren und unsichtbaren Daseins ist? Oder wird das alles lebendigmachende Wort vielleicht insbesondere und bestimmt als das Licht der *Menschen* bezeichnet, weil es sich im Menschen nicht allein den Menschen, sondern auch den Engeln und aller Kreatur offenbart hat, die fähig ist, der Erkenntnis des Göttlichen teilhaftig zu werden? Denn nicht durch den Engel erschien es den Engeln und nicht durch den Engel den Menschen, sondern durch den Menschen sowohl den Menschen als auch den Engeln, nicht als inneres Bild (in phantasia)[26], sondern eben in der wirklichen Menschlichkeit, die Christus als ganze in der Einheit der Wesenheit (substantia) für sich annahm, und er hat allen seine Erkenntnis verliehen, die ihn erkennen. Deshalb ist unser Herr Jesus Christus das Licht der *Menschen* – er, der sich in der menschlichen Natur der gesamten vernünftigen und geistigen Kreatur gezeigt hat, und er hat die verborgenen Geheimnisse seiner Göttlichkeit offenbart, durch die er dem Vater gleich ist.

«Et lux in tenebris lucet.» Audi Apostolum: «Fuistis», inquit, «aliquando tenebrae, nunc autem lux in Domino.» Audi Isaiam: «Sedentibus in regione umbrae mortis lux orta est.» Lux in tenebris lucet. Totum genus humanum merito originalis peccati in tenebris erat, non exteriorum oculorum quibus sensibilium formae coloresque sentiuntur, sed interiorum, quibus intelligibilium species et pulchritudines discernuntur; non in tenebris hujus caliginosi aeris, sed in tenebris ignorantiae veritatis; non in absentia lucis, quae mundum corporeum declarat, sed in absentia lucis, quae mundum incorporeum illuminat. Post cujus ortum ex virgine lux in tenebris lucet, in cordibus videlicet se cognoscentium.

Quoniam vero totum genus humanum in duas veluti partes dividitur, in eos videlicet, quorum corda cognitione veritatis illuminata sunt, et eos, qui in obscurissimis adhuc impietatis atque perfidiae tenebris permanent, evangelista subjunxit: «Et tenebrae eum non comprehenderunt.» Ac si evidenter diceret: Lux in tenebris fidelium animarum lucet, et magis ac magis lucet, a fide inchoans, ad speciem tendens; impiorum vero cordium perfidia et ignorantia lucem Verbi Dei in carne fulgentis non comprehenderunt. «Obscuratum est enim», ut ait Apostolus, «insipiens cor corum», et sapientes se esse dicentes stulti facti sunt. Sed iste sensus moralis. Physica vero horum verborum theoria talis est. Humana natura, etsi non peccaret, suis propriis viribus lucere non posset. Non enim naturaliter lux est, sed particeps lucis. Capax siquidem sapientiae est, non

«Und das Licht leuchtet in der Finsternis.» Höre den Apostel Paulus: «Ihr waret», sagt er, «einst Finsternis, nun aber seid ihr Licht im Herrn.»[27] Höre Jesaja: «Denen, die im Lande der Todesfinsternis sitzen, ist das Licht erschienen.»[28] Das Licht leuchtet in der Finsternis. Das ganze Menschengeschlecht war infolge der ursprünglichen Sünde in der Dunkelheit, nicht der äußeren Augen, mit denen die Formen und Farben des Sinnlichen wahrgenommen werden, sondern der inneren, mit denen die Gestalten und Schönheiten des Geistigen unterschieden werden; nicht in der Finsternis dieser dunstigen Luft, sondern in der Dunkelheit der Unkenntnis der Wahrheit; nicht in der Abwesenheit des Lichtes, das die körperliche Welt erscheinen läßt, sondern in der Abwesenheit des Lichtes, das die nichtkörperliche Welt erhellt. Nach seiner Geburt aus der Jungfrau leuchtet das Licht in der Finsternis, in den Herzen derer nämlich, die es erkennen.

Weil aber das ganze Menschengeschlecht gleichsam in zwei Teile geteilt ist – in diejenigen, deren Herzen durch die Erkenntnis der Wahrheit erleuchtet sind, und in die, die noch in der finstersten Dunkelheit der Gottlosigkeit und des Unglaubens verharren – fügte der Evangelist hinzu: «Und die Finsternis hat es nicht begriffen.» Als ob er deutlich sagen würde: Das Licht leuchtet in der Dunkelheit der glaubenden Seelen, und es leuchtet mehr und mehr, vom Glauben ausgehend, zum Schauen (species) strebend; der Unglaube aber und die Unwissenheit der gottlosen Herzen haben das Licht des im Fleische erstrahlenden Wortes Gottes nicht begriffen. «Verfinstert ist nämlich», wie der Apostel sagt, «ihr unverständiges Herz, und die sich rühmen, weise zu sein, sind zu Narren geworden.»[29] Aber das ist der *moralische* Sinn. Die Betrachtung der *natürlichen* Bedeutung dieser Worte ergibt dagegen folgendes: Auch wenn die menschliche Natur nicht gesündigt hätte, könnte sie aus ihren eigenen Kräften heraus nicht leuchten. Denn sie ist nicht von Natur aus Licht, sondern sie hat an dem Licht teil. Zwar ist

ipsa sapientia, cujus participatione sapiens fieri potest. Sicut ergo aer iste per se ipsum non lucet, sed tenebrarum vocabulo nuncupatur, capax tamen solaris luminis est; ita nostra natura, dum per se ipsam consideratur, quaedam tenebrosa substantia, capax ac particeps lucis sapientiae. Et quemadmodum praefatus aer, dum solares radios participat, non dicitur per se lucere, sed solis splendor dicitur in eo apparere ita, ut et naturalem suam obscuritatem non perdat et lucem supervenientem in se recipiat, ita rationalis nostrae naturae pars, dum praesentiam Dei Verbi possidet, non per se res intelligibiles et Deum suum, sed per insitum sibi divinum lumen cognoscit.

Audi ipsum Verbum: «Non vos», inquit, «estis qui loquimini, sed Spiritus vestri Patris, qui loquitur in vobis.» Hac una sententia voluit nos docere, id ipsum in ceteris intelligere ac semper in aure cordis nostri ineffabili modo sonare: non vos estis, qui lucetis, sed Spiritus Patris vestri, qui lucet in vobis, hoc est me in vobis lucere vobis manifestat, quia ego sum lux intelligibilis mundi, hoc est rationalis et intellectualis naturae. Non vos estis, qui intelligitis me, sed ego ipse in vobis per Spiritum meum me ipsum intelligo; quia vos non estis substantialis lux, sed participatio per se subsistentis luminis. Lux itaque in tenebris lucet, quia Dei Verbum, vita et lux hominum, in nostra natura, quae per se investigata et considerata informis quaedam tenebrositas reperitur, lucere non desinit nec eam, quamvis delinquentem, deserere voluit nec unquam deseruit, formans eam

die menschliche Natur empfänglich für die Weisheit, aber sie ist nicht selbst Weisheit – jedoch kann sie durch Teilhabe an der Weisheit weise werden. Wie also diese Luft hier nicht durch sich selbst leuchtet, sondern mit dem Begriff der Finsternis belegt wird und dennoch für das Sonnenlicht empfänglich ist: so ist auch unsere Natur, die sich, solange sie für sich allein betrachtet wird, gleichsam als eine finstere Wesenheit (substantia) darstellt, empfänglich für und teilhaftig des Lichtes der Weisheit. Und wie man die erwähnte Luft, sofern sie an den Sonnenstrahlen teilhat, nicht als durch sich selbst leuchtend bezeichnet, sondern sagt, der Glanz der Sonne erscheine in ihr so, daß sie ihre natürliche Dunkelheit nicht verliert und gleichzeitig das über sie kommende Licht in sich aufnimmt: so erkennt auch der vernünftige Teil unserer Natur, wenn er die Gegenwart des göttlichen Wortes besitzt, nicht durch sich selbst das Geistige und seinen Gott, sondern dadurch, daß ihm das göttliche Licht eingepflanzt wurde.

Höre das Wort selbst: «Nicht ihr», sagt es, «seid es, die reden, sondern der Geist eures Vaters, der in euch spricht.»[30] Mit diesem einen Satz wollte es uns lehren, dasselbe auch in anderer Hinsicht zu begreifen, und immer soll im Ohr unseres Herzens auf unaussprechliche Weise erklingen: Nicht ihr seid es, die leuchten, sondern der Geist eures Vaters, der in euch leuchtet. Das bedeutet: Er offenbart euch, daß ich in euch leuchte, weil ich das Licht der geistigen Welt bin, also der verständigen und der vernünftigen Natur. Nicht ihr seid es, die mich erkennen, sondern ich erkenne mich selbst in euch durch meinen Geist; denn ihr seid nicht das wesenhafte (substantialis) Licht, sondern eine Teilhabe des durch sich selbst unveränderlich seienden Lichtes. Das Licht leuchtet deshalb in der Finsternis, weil das Wort Gottes, das Leben und Licht der Menschen, in unserer Natur, die für sich erforscht und betrachtet sich als eine formlose Finsternis erweist, nicht aufhört zu leuchten. Obgleich unsere Natur gefallen ist, will das Wort sie weder verlas-

per naturam continendo, reformanque per gratiam deificando. Et quoniam ipse lux omni creaturae incomprehensibilis est, tenebrae eum non comprehenderunt; superat namque Deus omnem sensum et intellectum, et «solus habet immortalitatem». Cujus lux per excellentiam tenebrae nominatur, quoniam a nulla creatura quid vel qualis sit comprehenditur.

«Fuit homo missus a Deo cui nomen erat Joannes.» Ecce aquila, de sublimissimo vertice montis theologiae leni volatu descendens in profundissimam vallem historiae, de caelo spiritualis mundi pennas altimissimae contemplationis relaxat. Divina siquidem Scriptura mundus quidam est intelligibilis, suis quatour partibus veluti quatuor elementis constitutus. Cujus terra est veluti in medio imoque instar centri historia, circa quam aquarum similitudine abyssus circumfunditur moralis intelligentiae, quae a Graecis Ethice solet appellari. Circa quas, historiam dico et ethicam, veluti duas praefati mundi inferiores partes aer ille naturalis scientiae circumvolvitur. Quam, naturalem dico scientiam, Graeci vocant Physicen. Extra haec omnia et ultra ethereus ille igneusque ardor empyrii caeli, hoc est superae contemplationis divinae naturae, quam Graeci Theologiam nominant, circumglobatur; ultra quam nullus egreditur intellectus. Magnus itaque theologus, Joannem dico, in primordio Evangelii sui excelsissima theologiae cacumina tangens caelique caelorum spiritualium secreta penetrans, ultra omnem historiam et ethicam et physicam ascendens ad ea, quae

sen, noch hat es sie jemals verlassen, und es *formt* sie, indem es sie durch die *Natur* erhält, und es *erneuert* sie, indem es sie durch die *Gnade* vergöttlicht.[31] Und weil es selbst als das Licht für alle Kreatur unfaßbar ist, hat «die Dunkelheit es nicht begriffen»; Gott übersteigt nämlich jeden Sinn und alle Vernunft, und «er allein besitzt Unsterblichkeit».[32] Sein Licht wird wegen seiner Vortrefflichkeit als Dunkelheit bezeichnet, weil von keiner Natur begriffen wird, was und wie beschaffen es ist.

«Es ist gewesen ein Mensch, gesandt von Gott; sein Name war Johannes.» Siehe, der Adler schwebt in ruhigem Flug vom höchsten Gipfel des Gebirges der Theologie hinab in das tiefste Tal der Geschichte, und er gewährt, vom Himmel der geistigen Welt herabkommend, den Flügeln der höchsten Betrachtung (contemplatio) Ruhe. Die Heilige Schrift ist nämlich gleichsam eine geistige Welt, die mit ihren vier Teilen wie aus den vier Elementen zusammengesetzt ist. Ihre Erde ist gewissermaßen in der Mitte und im unteren Teil – ähnlich einem Mittelpunkt – die *Geschichte*. Um sie ergießt sich der Abgrund des *moralischen Verständnisses*, das von den Griechen gewöhnlich «Ethik» genannt wird, ähnlich wie die irdischen Wasser. Um diese – ich meine die Geschichte und die Ethik – strömt, wie um die beiden unteren Bereiche des erwähnten Erdkreises, die Luft der *Naturwissenschaft* (naturalis scientia). Sie – ich meine die Naturwissenschaft – nennen die Griechen «Physik». Außerhalb und jenseits von all diesem dehnt sich die ätherische und brennende Glut des Feuerhimmels, d.h. der *höchsten Betrachtung* (contemplatio) der göttlichen Natur, kreisförmig aus, die die Griechen als «Theologie» bezeichnen; darüber dringt kein Geist hinaus. So berührt der große Theologe – ich meine Johannes – am Anfang seines Evangeliums die höchsten Gipfel der Theologie, dringt ein in die Geheimnisse des Himmels der geistigen Himmel und steigt hinauf, über alle Geschichte, Ethik und Physik hinaus; dann lenkt er seinen geisti-

paulo ante incarnationem Verbi facta sunt, in historiam narrandam veluti in quandam terram suum intelligibilem deflectit volatum et ait: «Fuit homo missus a Deo, cui nomen erat Joannes.»

Ioannem consequenter in suam introducit theologiam. Abyssus abyssum invocat in voce divinorum mysteriorum. Evangelista praecursoris narrat historiam; ille, cui donatum est Verbum in principio cognoscere, illum, cui donatum est Verbum incarnatum praeire, commemorat. «Fuit homo», inquit; non dixit simpliciter, «missus a Deo»; sed «fuit homo», ut discerneret hominem solius humanitatis participem, qui praecurrit, ab homine divinitate et humanitate coadunato et compacto, qui post eum venit; ut segregaret vocem transeuntem a Verbo semper et incommutabiliter manente; ut insinuaret matutinam stellam in ortu regni caelorum apparentem et declararet solem justitiae supervenientem. Testem discernit ab eo, de quo testimonium perhibet, missum ab eo, qui emittit, lucernam lucubrantem a luce clarissima mundum implente, totius humani generis tenebras mortis et delictorum demoliente. Praecursor itaque Domini homo fuit, non Deus; Dominus autem, cujus praecursor, homo simul fuit et Deus. Praecursor homo fuit transiturus in Deum per gratiam; quem praecurrit, Deus erat per naturam, accepturus hominem per humilitatem et nostrae salutis et redemptionis voluntatem.

«Homo» erat «missus». A quo? A Deo Verbo, quod praecurrit; missio ejus praecursio ejus; clamans praemittit vocem.

gen Flug hinunter in das historisch Sagbare – gewissermaßen auf die Erde –, zu dem, was kurz vor der Fleischwerdung des Wortes geschah, und er sagt: «Es ist gewesen ein Mensch, gesandt von Gott; sein Name war Johannes.»

Folgerichtig führt Johannes der Evangelist Johannes den Täufer in seine Theologie ein. Der Abgrund spricht den Abgrund an[33] in der Sprache der göttlichen Mysterien. Der Evangelist erzählt die Geschichte des Vorläufers; derjenige, dem es gegeben ist, das Wort im Anfang zu erkennen, erinnert an den, dem es gegeben ist, dem fleischgewordenen Wort voranzugehen. «Es ist gewesen ein Mensch», sagt Johannes; er sagt nicht einfach «gesandt von Gott», sondern «es ist gewesen ein Mensch», um den ausschließlich der Menschlichkeit teilhaftigen Menschen, der vorangeht, von dem in Göttlichkeit und Menschlichkeit wiedervereinten und verbundenen Menschen zu unterscheiden, der nach ihm kommt; um die verhallende Stimme von dem immer und unveränderlich bleibenden Wort abzusondern; um den Morgenstern anzuführen, der bei Tagesbeginn der himmlischen Herrschaft erscheint, um die überflutende Sonne der Gerechtigkeit zu verkünden. Johannes der Evangelist unterscheidet den Zeugen von dem, über den der Zeuge Zeugnis ablegt, den Gesandten von dem, der ihn sandte, die flackernde Leuchte von dem hellsten, den Erdkreis ausfüllenden Licht, das die Todesfinsternis des ganzen menschlichen Geschlechts und die Dunkelheit seiner Vergehen vernichtet. Also ist der Vorläufer des Herrn Mensch gewesen, nicht Gott; der Herr aber, dessen Vorläufer er war, ist zugleich Mensch und Gott gewesen. Der Vorläufer ist ein Mensch gewesen, der durch die Gnade zu Gott werden sollte; derjenige, dem er voranging, war immer von Natur aus Gott, der durch Demut und durch den Willen zu unserem Heil und zu unserer Erlösung die Menschlichkeit annehmen sollte.

Der «Mensch» war «gesandt». Von wem? Von Gott Wort, dem er voranging; seine Sendung war sein Vorausgehen; der

«Vox clamantis in deserto», nuntius praeparat Domini adventum. «Cui nomen erat Joannes», cui donatum est regis regum fieri praecursorem, incarnati Verbi manifestatorem et in spiritualem filietatem baptizatorem, aeterni luminis voce et martyrio testatorem.

«Hic venit in testimonium, ut testimonium perhiberet de lumine.» De Christo videlicet. Audi testimonium ejus: «Ecce Agnus Dei, ecce qui tollit peccata mundi»; et iterum: «Qui post me venit, ante me factus est.» Quod evidentius in Graeco legitur ἔμπροσθέν μου, hoc est coram me, ante conspectum meum factus est. Ac si aperte diceret: Qui in ordine temporum post nativitatem meam natus est in carne, ante conspectum meum, dum adhuc essem in visceribus meae matris sterilis, prophetico visu vidi illum coram me conceptum et hominem factum in utero virginis.

«Non erat ille lux, sed ut testimonium perhiberet de lumine»; a superioribus subaudi, et sic intellige: Non erat ille lux, sed missus est, ut testimonium perhiberet de lumine. Praecursor luminis non erat lux. Quare ergo lucerna ardens astrumque vocitatur matutinum? Lucerna ardens erat, sed non proprio igne incensus ardebat, non propria luce lucebat. Stella erat matutina, sed non a seipso proprium lumen accepit. Gratia ipsius, quem praecurrebat, in eo ardebat et splendebat. Non erat ille lux, sed particeps luminis; suum non erat, quod in se et per se fulgebat. Ut enim superius diximus, nulla seu rationalis seu intellectualis creatura per seipsam substantialiter lux est, sed par-

Rufende schickt seine Stimme voraus. «Die Stimme des Rufenden in der Wüste»[34]: der Bote bereitet die Ankunft seines Herrn vor. Dessen «Name war Johannes», dem es gegeben ist, Vorläufer des Königs der Könige zu werden, Künder des fleischgewordenen Wortes und Täufer zur geistigen Sohnschaft, Zeuge des ewigen Lichtes mit der Stimme und im Martyrium.

«Dieser kam zum Zeugnis, um Zeugnis abzulegen über das Licht», über Christus nämlich. Höre sein Zeugnis: «Siehe, das Lamm Gottes, siehe den, der die Sünden der Welt aufhebt»;[35] und dazu: «Der nach mir kommt, ist vor mir geworden.»[36] Das wird im griechischen [Text des Neuen Testaments] deutlicher gesagt: «ἔμπροσθέν μου», d.h. «vor mir»: er ist vor meinen Augen geworden. Als ob der Täufer offen sagen würde: Der in der Ordnung der Zeit nach meiner Geburt im Fleisch geboren ist, den habe ich vor meinen Augen in einer prophetischen Schau, während ich noch in dem unfruchtbaren Schoß meiner Mutter[37] war, als in meiner Gegenwart empfangen und im Schoß der Jungfrau Mensch geworden gesehen.[38]

«Nicht war er das Licht, sondern er sollte Zeugnis ablegen über das Licht»; darunter verstehe aus dem oben Gesagten und fasse es folgendermaßen auf: Nicht war jener das Licht, sondern er ist gesandt worden, damit er Zeugnis ablegte über das Licht. Der Vorläufer des Lichtes war nicht selbst das Licht. Warum also wird er als «brennende Leuchte»[39] und als «Morgenstern» bezeichnet? Er war eine brennende Leuchte, aber er brannte nicht vom eigenen Feuer entzündet, er leuchtete nicht durch eigenes Licht. Er war der Morgenstern, aber er empfing das Leuchten nicht aus sich selbst. Die Gnade dessen, dem er voranging, brannte und erglänzte in ihm. Nicht jener war das Licht, sondern er war Teilhaber des Lichtes; es war nicht das Seine, was in ihm und durch ihn erstrahlte. Denn wie wir oben gesagt haben: kein vernünftiges und kein geistiges Geschöpf ist durch sich selbst wesenhaft Licht, sondern durch die Teilhabe

ticipatione unius ac veri luminis substantialis, quod ubique in omnibus, quae intelligibiliter lucent, lucet.

Propterea subditur: «Erat autem lux vera, quae illuminat omnem hominem venientem in mundum.» Veram lucem dicit Dei Filium per se subsistentem, a Deo Patre per se subsistente ante omnia secula genitum; veram lucem dicit eundem Filium hominem ex hominibus propter homines factum. Ipse est lux vera, qui de se ipso ait: «Ego sum lux mundi; qui sequitur me, non morabitur in tenebris, sed habebit lumen vitae aeternae.»

«Erat lux vera, quae illuminat omnem hominem venientem in mundum». Et quid est «venientem in mundum»? et quis est omnis homo veniens in mundum? et unde venit in mundum? et in quem mundum venit? Si de iis, qui de occultis naturae sinibus in hunc mundum per generationem locis temporibusque veniunt, acceperis, qualis illuminatio est in hac vita nascentibus ut moriantur, crescentibus ut corrumpantur, compositis ut solvantur, de quietudine silentis naturae in inquietudinem tumultuantis miseriae cadentibus? Dic, quaeso, qualis lux erat spiritualis et vera procreatis in vita transitoria et falsa? Numquid mundus iste alienatis a vero lumine conveniens habitatio est? Numquid regio umbrae mortis et lacrymarum vallis et ignorantiae profundum et terrena habitatio, humanum animum aggravans et ex veri luminis contuitu interiores oculos climinans non immerito dicitur?

Non ergo de iis, qui de occultis seminum causis in species corporeas procedunt, debemus intelligere: «quae illuminat

an dem einen und wirklich-wesenhaften Licht, das überall in allem erglänzt, was geistig (intelligibiliter) leuchtet.[40]

Deswegen wird hinzugefügt: «Es war aber das wahre Licht, das jeden Menschen erleuchtet, der in die Welt kommt.»[41] Der Evangelist nennt den durch sich selbst unveränderlich seienden (subsistens) Sohn Gottes das wahre Licht, den Sohn Gottes, der von Gott Vater, welcher durch sich selbst unveränderlich ist (subsistens), vor aller Zeit gezeugt wird; als wahres Licht bezeichnet der Evangelist denselben Sohn, der um der Menschen willen aus Menschen Mensch geworden ist. Derjenige ist das wahre Licht, der über sich selbst sagt: «Ich bin das Licht der Welt; wer mir nachfolgt, wird nicht in der Dunkelheit bleiben, sondern das Licht des ewigen Lebens besitzen.»[42]

«Es war das wahre Licht, das jeden Menschen erleuchtet, der in die Welt kommt.» Was heißt «der in die Welt kommt»? Wer ist «jeder Mensch, der in die Welt kommt»? Woher kommt er in die Welt? Und in welche Welt kommt er? Wenn du annimmst, dies gelte von denen, die aus den verborgenen Schößen der Natur durch die Geburt in Räumen und Zeiten in *diese* Welt kommen – was für eine Erleuchtung wird denen zuteil, die in diesem Leben geboren werden, um zu sterben, die wachsen, um zugrundezugehen, die gestaltet sind, um sich aufzulösen, die aus der Ruhe der stillen Natur in die Unruhe des lärmenden Elends herabgesunken sind? Ich frage dich: Welches geistige und wahre Licht leuchtete denen, die in einem vergänglichen und nichtigen Leben hervorgebracht wurden? Ist etwa diese vom wahren Licht entfremdete Welt eine angemessene Wohnstätte? Wird sie nicht zu Recht als Bereich der Todesfinsternis, als Tal der Tränen, Abgrund der Unwissenheit und als eine irdische Wohnstätte bezeichnet, die die menschliche Seele bedrückt und die inneren Augen von der Schau des wahren Lichtes ablenkt?

Nicht also auf diejenigen, die aus den verborgenen Ursachen des Samens in körperliche Gestalten hervorgehen, dürfen wir

omnem hominem venientem in mundum», sed de iis, qui spiritualiter per generationem gratiae, quae datur in baptismate, in mundum veniunt invisibilem, qui nativitatem, quae secundum corruptibile corpus est, spernentes, nativitatem, quae est secundum spiritum, eligunt, mundum, qui deorsum est calcantes, et in mundum, qui desursum est, ascendentes, umbras ignorantiae et mortis deserentes, lucem sapientiae et vitae appetentes, filii hominum esse desinentes, filii Dei fieri inchoantes, mundum vitiorum postponentes et in semetipsis destruentes, mundum virtutum ante oculos mentis constituentes et in eum totis viribus ascendere inhiantes. Eos itaque vera lux illuminat, qui in mundum virtutum veniunt, non eos, qui in mundum vitiorum ruunt.

«In mundo erat.» In hoc loco mundum appellat non solum generaliter visibilem creaturam, verum etiam specialiter rationalis naturae, quae in homine est, substantiam. In his siquidem omnibus, et, ut simpliciter dicam, in universitate condita Verbum lux vera erat. Idem subsistit et semper erat, quia nunquam in omnibus subsistere desistit. Ut enim qui loquitur, dum loqui cessat, vox ejus esse desinit et evanescit: sic caelestis Pater, si Verbum suum loqui cessarit, effectus Verbi, hoc est universitas condita, non substiterit. Universitatis namque conditae substitutio est et permansio Dei Patris locutio, hoc est aeterna et incommutabilis sui Verbi generatio. Potest etiam non irrationabiliter de hoc mundo sensibili solummodo haec sententia praedicari, quae ait: «In mundo erat, et mundus per ipsum factus est.» Ne forte quis putaret Manicheae haeresis consors, mun-

den Satz beziehen «Es erleuchtet jeden Menschen, der in die Welt kommt», sondern auf jene, die geistig durch die Wiedergeburt der Gnade, die in der Taufe verliehen wird, in eine *unsichtbare* Welt eintreten, die die Geburt, die gemäß dem verunstalteten Leib ist, verachten, die Geburt, die geistig ist, wählen, die die untere Welt verschmähen und in die obere Welt emporsteigen, die die Finsternis der Unwissenheit und des Todes verlassen, das Licht der Weisheit und des Lebens erstreben, die aufhören, Kinder der Menschen zu sein und beginnen, Kinder Gottes zu werden, die die Welt der Laster aufgeben und in sich selbst vernichten, die Welt der Tugenden (virtutes) vor den Augen des Geistes errichten und mit allen Kräften danach streben, in sie hinaufzusteigen. So erleuchtet das wahre Licht diejenigen, die in die Welt der Tugenden gelangen, und nicht diejenigen, die in die Welt der Laster herabstürzen.

«Es war in der Welt.» An dieser Stelle bezeichnet der Evangelist nicht allein die sichtbare Schöpfung im allgemeinen als Welt, sondern auch insbesondere die Wesenheit (substantia) der vernünftigen Natur, welche im Menschen ist. Freilich war in all diesem, und um es umfassend zu sagen, im gesamten geschaffenen All das Wort das wahre Licht; es ist unveränderlich (subsistere) und war immer, weil es niemals aufhört, in allem unveränderlich zu sein. Wenn jemand redet und dann aufhört zu sprechen, hört seine Stimme auf zu sein und verflüchtigt sich: ebenso hätte die Wirkung des Wortes, d. h. das geschaffene All, nicht weiterbestanden (subsistere), wenn der himmlische Vater nachgelassen hätte, sein Wort zu sprechen. Denn die Gründung und Erhaltung des geschaffenen Alls ist das Sprechen Gott Vaters, d. h. die ewige und unwandelbare Zeugung seines Wortes. Es kann vernünftigerweise auch ausschließlich auf diese sinnlich wahrnehmbare Welt der Satz angewendet werden, der besagt: «Es war in der Welt, und die Welt ist durch es geworden.» Damit nicht etwa jemand, der manichäischen Irrlehre zuneigend, wähnt, die den körperlichen Sinnen an-

dum corporeis sensibus succumbentem a diabolo fuisse creatum et non a Creatore omnium visibilium et invisibilium, theologus subnectit: «In mundo erat», hoc est, in hoc mundo erat ille, qui continet omnia, «et mundus per ipsum factus est». Non enim in alienis operibus universitatis conditor habitat, sed in suis quae fecit.

Animadvertere debemus, beatum evangelistam generaliter mundum nominasse. Tres tamen mundos debemus intelligere. Quorum primus est, qui absolute solis invisibilibus et spiritualibus virtutum impletur substantiis; in quem quicunque venerit, plenam verae lucis possidet participationem. Secundus, qui praefato opponitur e diverso, quoniam absolute ex visibilibus et corporalibus constituitur naturis. Et quamvis universitatis infimam obtineat portionem, in eo tamen erat Verbum, et per Verbum factus est, et est primus gradus ad cognitionem veritatis ascendere per sensus volentibus; species namque visibilium ad cognitionem invisibilium ratiocinantem attrahit animum. Tertius mundus est, qui rationem medietatis habet, et superiorem spiritalium et inferiorem corporalium in se ipso copulat, et de duobus unum facit, et in homine solo intelligitur, in quo omnis creatura adunatur. Corpore enim constat et anima. Corpus de hoc mundo, animam de altero mundo colligens, unum facit ornatum. Et corpus quidem omnem corpoream, anima vero omnem incorpoream possidet naturam. Quae, dum compagine una conglobantur, omne mundanum hominis conficiunt ornamentum. Ideoque homo dicitur omnis; omnis namque creatura in ipso velut in officina quadam conflatur. Hinc et

heimgegebene Welt sei vom Teufel erschaffen worden und nicht von dem Schöpfer alles Sichtbaren und Unsichtbaren, fügt der Theologe Johannes hinzu: «Es war in der Welt», d. h. in *dieser* Welt war stets (erat) jener, der alles in sich befaßt, «und die Welt ist durch ihn geworden». Denn der Urheber des Weltalls wohnt nicht in fremden Werken, sondern in seinen eigenen, die er geschaffen hat.

Wir müssen berücksichtigen, in welcher Weise der glückselige Evangelist hier die «Welt» angesprochen hat.[43] Jedenfalls haben wir drei Welten zu erkennen. Deren erste ist die, die vollständig allein von den unsichtbaren und geistigen Wesenheiten der Kräfte (virtutum substantiae) erfüllt wird; wer in sie gelangt, besitzt uneingeschränkte Teilhabe an dem wahren Licht. Die zweite Welt ist die, die der ebengenannten diametral gegenübersteht, da sie völlig aus sichtbaren und körperlichen Naturen gebildet wird. Und obgleich sie den untersten Bereich des Weltalls einnimmt, war in ihr doch stets das Wort, und sie ist durch das Wort geworden, und sie ist die erste Stufe für diejenigen, die durch die sinnliche Wahrnehmung zur Erkenntnis der Wahrheit aufsteigen wollen; die Erscheinung des Sichtbaren zieht nämlich den schlußfolgernden Geist zur Erkenntnis des Unsichtbaren hin. Die dritte Welt ist die, die eine mittlere Beschaffenheit besitzt und in sich die höhere geistige und die niedrigere körperliche Welt verbindet und aus beiden Eines macht, und sie wird allein im *Menschen* erkannt, in dem alles Geschaffene vereinigt wird. Der Mensch besteht nämlich aus Körper und Seele. Er verbindet den Körper aus dieser Welt und die Seele aus der anderen Welt und stellt so *eine* Herrlichkeit her. Und der Körper besitzt freilich die ganze körperliche, die Seele aber die ganze nichtkörperliche Natur: sofern diese Naturen zu einer Einheit verbunden werden, bilden sie die alles umfassende weltliche Zierde des Menschen. Deshalb wird der Mensch «alles» genannt; denn alle Kreatur wird in ihm wie in einer Werkstatt verbunden. Daher gebot auch der Herr selbst

ipse Dominus praedicaturis discipulis praecepit: «Praedicate Evangelium omni creaturae.»

Iste igitur mundus, hoc est homo, Creatorem suum non cognovit, neque per legis scriptae symbola, neque per visibilis creaturae paradigmata Deum suum voluit cognoscere, carnalium cogitationum vinculis detentus. «Et mundus eum non cognovit.» Non cognovit homo Deum Verbum, neque ante humanationem ejus per se sola divinitate nudum, nec post humanationem sola incarnatione vestitum. Invisibilem ignorabat, visibilem negabat. Noluit quaerere quaerentem se; noluit audire vocantem; noluit colere deificantem; noluit recipere recipientem.

«In propria venit», in ea videlicet, quae per ipsum facta sunt, ac per hoc propria illius non immerito sunt. «Et sui eum non receperunt.» Sui sunt omnes homines, quos voluit redimere et redemit.

«Quotquot autem receperunt eum, dedit eis potestatem filios Dei fieri, credentibus in nomine ejus.» Jam dividitur non humanitas rationalis mundi, sed voluntas; segregantur receptores incarnati Verbi a respuentibus illud. Fideles credunt adventum Verbi et libenter recipiunt Dominum suum. Impii negant et contumaciter renuunt, Judaei per invidiam, pagani per ignorantiam. Recipientibus dedit potestatem filios Dei fieri, non recipientibus dat adhuc spatium recipiendi. A nullo enim aufertur possibilitas credendi in Dei Filium et possibilitas efficiendi Dei filium; hoc enim in arbitrio hominis et cooperatione

den Jüngern im Hinblick auf ihre Verkündigung: «Verkündet das Evangelium *aller* Kreatur!»[44]

Diese Welt also, d. h. der Mensch, hat ihren Schöpfer nicht erkannt; weder durch die Symbole des geschriebenen Gesetzes, noch durch die Gleichnisse der sichtbaren Schöpfung wollte sie ihren Gott erkennen, von fleischlichen Gedanken in Fesseln geschlagen. «Und die Welt hat ihn nicht erkannt.» Der Mensch erkannte nicht Gott Wort, weder vor seiner Menschwerdung, als er unbekleidet in der einzigartigen Gottheit durch sich selbst war, noch nach der Menschwerdung, als er in der einzigartigen Inkarnation bekleidet war. Der Mensch beachtete den Unsichtbaren nicht und leugnete den Sichtbaren. Er wollte den nicht suchen, der ihn suchte; er wollte den Rufenden nicht hören; er wollte den Vergöttlichenden nicht verehren; er wollte den Aufnehmenden nicht aufnehmen.

«Er kam in sein Eigentum», in das nämlich, was durch ihn geworden ist, und dadurch ist es mit vollem Recht sein Eigentum. «Und die Seinen nahmen ihn nicht auf.» Die Seinen sind *alle* Menschen, die er erlösen wollte und erlöste.

«Allen aber, die ihn aufnahmen, ihnen gab er die Macht, Kinder Gottes zu werden, denen, die an seinen Namen glauben.» Nun wird nicht ein Unterschied der *vernünftigen* Welt im Menschen, sondern des *Willens* angesprochen. Es werden diejenigen, die das fleischgewordene Wort aufnehmen, von denen gesondert, die es zurückweisen. Die Treuen glauben an das Kommen des Wortes und nehmen ihren Herrn gern auf. Die Gottlosen verleugnen ihn und lehnen ihn eigensinnig ab, die Juden aus Neid, die Heiden aus Unwissenheit. Denjenigen, die ihn aufnahmen, gab er die Macht, Kinder Gottes zu werden; denen, die ihn nicht aufnehmen, gibt er noch immer Gelegenheit, ihn aufzunehmen. Niemandem wird nämlich die Möglichkeit genommen, an den Sohn Gottes zu glauben, und auch nicht die Möglichkeit, Sohn Gottes zu werden;[45] denn dies ist auf die Entscheidung des Menschen und auf die Mitwirkung

gratiae constitutum est. Quibus dedit potestatem filios Dei fieri? Recipientibus se, videlicet credentibus in nomine ejus. Multi recipiunt Christum. Ariani recipiunt eum, sed non credunt in nomine ejus, non credunt unigenitum Dei Filium Patri consubstantialem; ὁμοούσιον eum negant, hoc est Patri coessentialem; ἑτεροούσιον eum affirmant, hoc est alterius essentiae quam Pater est. Ac per hoc non prodest eis Christum recipere, dum conantur veritatem ejus negare. Qui vero recipiunt Christum verum Deum et verum hominem et hoc firmissime credunt, eis possibilitas data est filios Dei fieri.

«Qui non ex sanguinibus, neque ex voluntate carnis, neque ex voluntate viri, sed ex Deo nati sunt.» In antiquis Graecorum exemplaribus solummodo scribitur: «Qui non ex sanguinibus, sed ex Deo nati sunt.» «Non ex sanguinibus», inquit, hoc est, non corporalibus procreationibus, qui adoptionem filiorum Dei merito fidei adipiscuntur; sed a Deo Patre per Spiritum sanctum in cohaereditatem Christi, hoc est, in confiliolitatem unigeniti Dei Filii nati sunt. «Neque ex voluntate carnis, neque ex voluntate viri.» Duplex introducitur sexus, ex quo in carne nascentium carnaliter numerositas propagatur; carnis quidem nomine femineum, viri vero masculinum evangelista significavit habitum.

Et ne forte dicas: Impossibile videtur, mortales fieri immortales, corruptibiles corruptione carere, puros homines filios Dei esse, temporales aeternitatem possidere, ex iis, quae maiora sunt, accipe argumentum, quo rei, de qua dubitas, possis

der Gnade gegründet. Welchen Menschen gab er die Macht, Kinder Gottes zu werden? Denen, die ihn aufnehmen, nämlich an seinen Namen glauben. Viele nehmen Christus auf. Die Arianer[46] nehmen ihn auf, aber sie glauben nicht an seinen Namen, sie glauben nicht an den einziggeborenen Sohn Gottes, der mit dem Vater gleichwesenhaft (consubstantialis) ist; sie bestreiten, daß er «ὁμοούσιον» ist, d.h. von gleichem Wesen (coessentialis) wie der Vater; als «ἑτεροούσιον» bekennen sie ihn, d. h. er sei von anderem Wesen (essentia) als der Vater. Und deshalb nützt es ihnen nichts, Christus aufzunehmen, solange sie versuchen, seine Wirklichkeit zu verleugnen. Die aber Christus als wahren Gott und als wahren Menschen aufnehmen und daran unerschütterlich glauben, denen ist die Möglichkeit gegeben, Kinder Gottes zu werden.

«Die nicht aus dem Blut und nicht aus dem Willen des Fleisches und nicht aus dem Willen des Mannes, sondern aus Gott geboren sind.» (In alten griechischen Handschriften steht nur geschrieben: «Die nicht aus dem Blut, sondern aus Gott geboren sind.»)[47] «Nicht aus dem Blut», sagt der Evangelist, d. h. nicht durch körperliche Zeugungen sind diejenigen geboren, die die Annahme als Kinder Gottes mit Hilfe des Glaubens erlangen, sondern von Gott Vater durch den Heiligen Geist zur Erbengemeinschaft mit Christus, d.h. zur gemeinsamen Kindschaft mit dem einziggeborenen Sohn Gottes. «Und nicht aus dem Willen des Fleisches, nicht aus dem Willen des Mannes.» Das zweifache Geschlecht wird hier angeführt, aus dem die Anzahl der im Fleische Geborenen fleischlich fortgepflanzt wird; denn mit dem Begriff des «Fleisches» hat der Evangelist die weibliche Grundhaltung (habitus), mit dem des «Mannes» dagegen die männliche bezeichnet.

Und damit du nicht etwa sagst: Unmöglich erscheint es, daß Sterbliche zu Unsterblichen werden, Vergängliche von der Vergänglichkeit frei und bloße Menschen Kinder Gottes sind, Zeitliche die Ewigkeit besitzen: Vernimm einen Nachweis, der

fidem accomodare: «Et verbum caro factum est.» Si itaque quod plus est procul dubio praecessit, cur incredibile videtur, quod minus est posse consequi? Si Filius Dei factus est homo, quod nemo eorum, qui eum recipiunt, ambigit, quid mirum, si homo credens in Filium Dei filius Dei futurus sit? Ad hoc siquidem Verbum in carnem descendit, ut in ipsum caro, id est homo credens per carnem in Verbum, ascendat, ut per naturalem Filium unigenitum multi filii efficiantur adoptivi. Non propter seipsum Verbum caro factum est, sed propter nos, qui non nisi per Verbi carnem potuissemus in Dei filios transmutari; solus descendit, cum multis ascendit; de hominibus facit deos, qui de Deo fecit hominem.

«Et habitavit in nobis», hoc est naturam nostram possedit, ut suae naturae nos participes faceret.

«Et vidimus gloriam ejus, gloriam quasi unigeniti a Patre.» Ubi vidisti, o beate theologe, gloriam incarnati Verbi, gloriam humanati Filii Dei? Quando vidisti? Qualibus oculis perspexisti? Corporalibus, ut opinor, in monte tranformationis tempore. Tunc enim tertius aderas testis divinae glorificationis. Praesens eras, ut existimo, in Jerusalem, et audisti vocem Patris Filium clarificantis dicentem: «Clarificavi et iterum clarificabo.» Audisti turmas infantium proclamantium: «Hosanna filio David.» Quid dicam de gloria resurrectionis? Vidisti eum resur-

sich aus Größerem ergibt; durch ihn kannst du den Glauben der Tatsache angleichen, die du in Zweifel ziehst: «Und das Wort ist Fleisch geworden.» Wenn also das Größere ohne Zweifel vorangegangen ist – warum erscheint es dann unglaublich, daß das Geringere folgen kann? Wenn der Sohn Gottes Mensch geworden ist (was niemand von denen bezweifelt, die ihn aufnehmen) – ist es dann verwunderlich, wenn der an den Sohn Gottes glaubende Mensch zukünftig ein Sohn Gottes sein wird? Denn deshalb ist das Wort in das Fleisch herabgestiegen, damit das Fleisch, d. h. der durch die Fleischwerdung an das Wort glaubende Mensch, zu ihm aufsteigt; damit durch den natürlichen einziggeborenen Sohn viele Adoptivkinder hervorgebracht werden. Nicht um seiner selbst willen ist das Wort Fleisch geworden, sondern um unsertwillen, die wir nicht anders als durch das Fleisch des Wortes in Kinder Gottes verwandelt werden können. Allein steigt es herab, mit vielen steigt es hinauf; aus Menschen macht der Götter, der aus Gott einen Menschen gemacht hat.

«Und es hat in uns gewohnt.» Das bedeutet: Das Wort Gottes ergriff Besitz von unserer Natur, um uns zu Teilhabern an seiner Natur zu machen.[48] «Und wir haben sein Leuchten geschaut, das Leuchten als des Einziggeborenen vom Vater.» Wo, o glückseliger Theologe, hast du das Leuchten des fleischgewordenen Wortes, das Leuchten des menschgewordenen Sohnes Gottes geschaut? Wann hast du es geschaut? Mit wie beschaffenen Augen hast du es erkannt? – Mit leiblichen Augen, wie ich meine, auf dem Berg zum Zeitpunkt der Verwandlung.[49] Damals warst du nämlich als der dritte Zeuge der göttlichen Erleuchtung[50] zugegen. Du warst, wie ich annehme, in Jerusalem anwesend und hast die Stimme des den Sohn erleuchtenden Vaters sprechen gehört: «Ich habe erleuchtet und ich werde wiederum erleuchten.»[51] Du hast die Schar der Kinder ausrufen gehört: «Hosianna dem Sohn Davids!»[52] Was soll ich über das Leuchten der Auferstehung sagen? Du hast ihn als

gentem a mortuis, dum ad te ceterosque tuos condiscipulos clausis januis intravit. Vidisti gloriam ejus ascendentis ad Patrem, quando ab angelis assumptus est in caelum. Et super haec omnia altissimo mentis contuitu centemplatus es illud, dico Verbum, in principio suo apud Patrem suum, ubi vidisti gloriam ejus quasi unigeniti a Patre.

«Plenum gratiae et veritatis.» Duplex hujus periodi intellectus est. Potest enim de humanitate ac divinitate incarnati Verbi accipi, ita ut plenitudo gratiae referatur ad humanitatem, plenitudo vero veritatis ad divinitatem. Verbum quippe incarnatum Dominus noster Jesus Christus plenitudinem gratiae secundum humanitatem accepit, quoniam caput Ecclesiae est et primogenitus universae creaturae, hoc est totius universaliter humanitatis, quae in ipso et per ipsum sanata et restaurata est. In ipso dico, quoniam maximum et principale exemplum gratiae, quae nullis praecedentibus meritis homo efficitur Deus, ipse est et in ipso primordialiter manifestatum est. Per ipsum vero, quoniam «de plenitudine ejus nos omnes accepimus» gratiam deificationis per gratiam fidei, qua in eum credimus, et actionis, qua mandata ejus custodimus.

Potest etiam plenitudo gratiae Christi de Spiritu sancto intelligi. Sanctus namque Spiritus, quoniam distributor est et operator donationum gratiae, gratia solet appellari. Cujus Spiritus septiformis operatio humanitatem Christi implevit, et in eo requievit, sicut ait propheta: «Et requiescet super eum spiritus Domini, spiritus sapientiae et intellectus, spiritus consilii et fortitudinis, spiritus scientiae et pietatis, et replebit eum spiri-

Auferstehenden von den Toten geschaut, als er zu dir und deinen übrigen Mitjüngern durch die verschlossenen Türen eintrat.[53] Du hast sein Leuchten geschaut, als er aufstieg zum Vater und von den Engeln in den Himmel aufgenommen wurde.[54] Und über diesem allen hast du es – ich meine das Wort – in der höchsten Geistesschau in seinem Anfang bei seinem Vater betrachtet und dabei sein Leuchten als des Einziggeborenen vom Vater geschaut.

«Voll Gnade und Wahrheit»: dieser Satzteil hat eine zweifache Bedeutung. Er kann nämlich auf die Menschlichkeit und auf die Göttlichkeit des fleischgewordenen Wortes angewendet werden, so daß sich die Fülle der *Gnade* auf die Menschlichkeit, die Fülle der *Wahrheit* aber auf die Göttlichkeit bezieht. Denn als fleischgewordenes Wort empfing unser Herr Jesus Christus die Fülle der Gnade in seiner Menschlichkeit (humanitas), insofern er das Haupt der Kirche ist und der Erstgeborene der gesamten Schöpfung, d. h. allumfassend des ganzen menschlichen Wesens (humanitas), das in ihm und durch ihn geheilt und wiederhergestellt wurde. «In ihm» sage ich, weil er selbst das höchste und ursprüngliche Vorbild der Gnade ist, durch die der Mensch ohne vorangegangene Verdienste zu Gott wird, und das ist «in ihm» zum erstenmal offenbar geworden. «Durch ihn» aber sage ich, weil «wir alle aus seiner Fülle» die Gnade der Vergöttlichung empfangen haben durch die Gnade des Glaubens, in der wir an ihn glauben, und die Gnade der Handlung, in der wir seine Gebote achten.

Man kann die Fülle der Gnade Christi auch auf den Heiligen Geist beziehen. Denn der Heilige Geist wird mitunter als Gnade bezeichnet, weil er die Geschenke der Gnade austeilt und wirkt. Das siebenfältige Wirken dieses Geistes erfüllte die Menschlichkeit Christi und ruhte in ihm, wie der Prophet sagt: «Und der Geist des Herrn wird über ihm ruhen, der Geist der Weisheit und der Vernunft, der Geist des Rates und der Tapferkeit, der Geist der Erkenntnis und der Gerechtigkeit, und er-

tus timoris Domini.» Si ergo de Christo per se ipsum vis accipere, quod dictum est «plenum gratiae», de plenitudine deificationis ejus et sanctificationis secundum humanitatem cognosce. Deificationis autem dico, qua homo et Deus in unitatem unius substantiae adunati sunt; sanctificationis vero, qua non solum de Spiritu sancto conceptus, verum etiam plenitudine donationum ejus repletus est; ac veluti in summitate mystici ecclesiae candelabri gratiarum lampades in ipso et de ipso fulsere.

Si vero plenitudinem gratiae et veritatis incarnati Verbi de Novo Testamento mavis intelligere, sicut idem evangelista paulo post videtur sensisse – ait enim: «Lex per Moysen data est; gratia autem et veritas per Jesum Christum facta est»: non incongrue pronuntiabis, plenitudinem gratiae Novi Testamenti per Christum esse donatam et legalium symbolorum veritatem in ipso esse impletam; sicut ait Apostolus: «In quo habitat plenitudo divinitatis corporaliter»; plenitudinem videlicet divinitatis mysticos legalium umbrarum intellectus appellans, quos Christus in carne veniens in se ipso corporaliter, hoc est veraciter habitasse et docuit et manifestavit, quoniam ipse est fons et plenitudo gratiarum, veritas symbolorum legalium, finis prophetalium visionum, cui gloria cum Patre et sancto Spiritu per omnia secula seculorum. Amen.

füllen wird ihn der Geist der Furcht des Herrn.»[55] Wenn du also im Hinblick auf Christus selbst verstehen möchtest, was die Aussage «voll Gnade» bedeutet, so beziehe diese Worte auf die Fülle seiner Vergöttlichung und Heiligung in seiner Menschlichkeit: auf die Fülle der *Vergöttlichung*, insofern Mensch und Gott in der Einheit *einer* Wesenheit (substantia) vereinigt sind; auf die Fülle der *Heiligung*, insofern Christus nicht nur vom Heiligen Geist empfangen, sondern auch von der Fülle seiner Gaben erfüllt ist; und wie auf der Spitze des mystischen Leuchters der Kirche[56] erstrahlen die Lichter der Gnaden in ihm und von ihm ausgehend.

Wenn du aber die Fülle der «Gnade und Wahrheit» des fleischgewordenen Wortes lieber auf das neue Testament[57] beziehen möchtest, wie es der Evangelist gleich darauf zum Ausdruck zu bringen scheint, wenn er sagt: «Das Gesetz ist durch Mose gegeben worden, die Gnade aber und die Wahrheit ist durch Jesus Christus geworden»[58]: nicht unpassend wirst du dann erklären, die Fülle der Gnade des neuen Testaments sei durch Christus geschenkt worden und die Wahrheit der Symbole des mosaischen Gesetzes sei in ihm erfüllt. In gleicher Weise sagt der Apostel: «In ihm wohnt die Fülle der Gottheit körperlich»;[59] als «Fülle der Gottheit» bezeichnet der Apostel nämlich die geheimen Bedeutungen der Dunkelheiten des mosaischen Gesetzes, von denen Christus, als er im Fleische kam, lehrte und offenbarte, sie wohnten in ihm körperlich, d. h. wahrhaftig, weil er die Quelle und Fülle der Gnaden, die Wahrheit der Symbole des Gesetzes, das Ziel der prophetischen Schauungen ist – ihm sei Ehre mit dem Vater und dem Heiligen Geist von Ewigkeit zu Ewigkeit. Amen.

Abb. 9: Johannes der Evangelist. Evangeliar des 9. Jh.

«DIE STIMME DES GEISTIGEN ADLERS» EINE ERLÄUTERUNG DER HOMELIA

Gleich zu Beginn der Homelia spricht Johannes Scotus das bildhafte Erlebnisvermögen seiner Hörer an. Er führt sie gleichsam auf einen Berg der imaginativen Betrachtung; dabei ruft er in den Hörern eine Stimmung hervor, in der sie den Flug des «geistigen Adlers», nämlich des Evangelisten Johannes, in großer Höhe schauend verfolgen können.[60] Das Bild des Adlerfluges bereitet die Zuhörenden darauf vor, den Prolog des Evangeliums zu *erleben*. Das Erleben eines geistigen Inhalts aber ist leichter möglich, wenn er nicht abstrakt dargestellt wird, sondern an einem bestimmten Menschen erscheint. So individualisiert Johannes Scotus die Ausführungen des Prologs; er geht von der Person des Evangelisten aus. Dadurch vermag er die zunächst nur schwer nachvollziehbare Spiritualität des Johannes-Prologs anschaulich zu gestalten. Sprecher und Hörer fliegen mit dem «geistigen Adler», Johannes dem Evangelisten, weit über alles sinnlich Wahrnehmbare und mit dem Verstande Erfaßbare hinaus.

Sie lassen hinter sich, «was ist und was nicht ist». Wie kann man in einer Geistesschau hinter sich lassen, was nicht existiert? Hier erweist es sich als notwendig, genauer ins Auge zu fassen, was Johannes Scotus unter demjenigen versteht, «was ist und was nicht ist». Ansatzweise erläutert er diesen Ausdruck auch in den ersten Zeilen der Homelia; ausführlich setzt er sich mit dieser Frage in seinem Hauptwerk, der *«Einteilung der Natur»*, auseinander. Die «Natur» umfaßt im Sinne dieses Werkes alles, «was ist und was nicht ist». Die Bedeutung des

Ausdrucks wird klarer, wenn man ihn nicht als Bezeichnung von Dingen an sich versteht. Er beschreibt vielmehr die Natur – d. h. im Sinne des Johannes Scotus: die Gesamtheit des sinnlichen und geistigen Universums – *im Hinblick auf den Menschen*. Die Dinge werden nicht abstrakt, nicht abgelöst vom Menschen betrachtet, sondern unter dem Gesichtspunkt der Beziehung, die der Mensch zu ihnen besitzt.

Dieses Verhältnis des Menschen zur Gesamtheit des Universums läßt sich in zwei Hauptelemente gliedern: in das vom Menschen Erkannte und in das (noch) nicht von ihm Erkannte. Was der Mensch begreifen kann, «ist»; was er dagegen (noch) nicht begreifen kann, «ist nicht». Die hier zugrundegelegte Erkenntnisvorstellung unterscheidet sich allerdings von der heute geläufigen. Erkenntnis meint hier nämlich nicht allein ein gedankliches Verständnis, sondern faßt auch die sinnliche Wahrnehmung in sich, sofern sich diese nicht täuscht. Das lateinische Verb, das dem deutschen «erkennen» entspricht, lautet cognoscere. Dieses Wort konnte im Mittelalter für eine geistige Erkenntnis ebenso verwendet werden wie für eine deutliche, der Wirklichkeit entsprechende Wahrnehmung. In der deutschen Sprache findet man nur noch für den Bereich der visuellen Wahrnehmung einen leisen Anklang an dieses Bedeutungsfeld des «Erkennens»: es heißt, man habe etwas erkannt, wenn man beispielsweise einen entfernten Gegenstand mit den Augen unzweideutig erfassen konnte. – Das Seiende ist also derjenige Bereich der Wirklichkeit, von dem der Mensch sinnliche oder geistig-gedankliche Kenntnis besitzt; das Nichtseiende liegt außerhalb der menschlichen Kenntnis.

Über beides fliegt der geistige Adler hinaus, und er gelangt in ein Gebiet, das «jedes Verständnis und jeden Begriff übersteigt» (S. 61). Im Geiste schaut der Evangelist die «Überwesenheit» des Logos, des göttlichen Wortes. Er schaut zudem die «Überwesenheit» des Anfangs, d. h. des Vatergottes, wenn er zu Beginn seines Evangeliums sagt: «Im *Anfang* war das

Wort.» Inwiefern spricht Johannes Scotus in seiner Auslegung dieses Satzes nicht von einer Wesenheit, sondern von der *Über*wesenheit der beiden Gottheiten? – Der Begriff «Wesenheit» würde beinhalten, daß von Gott etwas Bestimmtes ausgesagt werden könnte. Einer Wesenheit könnte man bestimmte Attribute zuschreiben, wie etwa Güte, Vollkommenheit, Fähigkeit zur Erkenntnis usw. Man erhielte dann – um die von Johannes Scotus verwendeten Wörter zu verwenden – ein «Verständnis» und einen «Begriff» Gottes. Die Gottheit wäre dem Menschen also in gewisser Weise verfügbar: der Mensch könnte Aussagen über sie treffen, ihr ein bestimmtes Verhalten zuschreiben, sie in ihren Absichten erkennen und ihre Handlungen voraussagen. Die Gottheit wäre dann nicht allmächtig, sondern sie würde gleichsam der menschlichen Vernunft unterstehen und sich ihren Gesetzen fügen. Der Begriff «Überwesenheit» deutet nun an, daß eine solche eingrenzende Erkenntnis Gottes nicht gemeint ist; Gott als *geistige* Wirklichkeit unterliegt nicht den Gesetzmäßigkeiten der Vernunft, wie sie das *irdische* Denken beherrschen.

Konsequenterweise dürfte selbst der zuletzt formulierte Satz nicht über die Gottheit ausgesagt werden, da auch er sie in *bestimmter* Weise zu charakterisieren versucht. Man muß einen solchen Satz, um überhaupt noch etwas über Gott aussagen zu können, im *uneigentlichen Sinne* verstehen. Johannes Scotus stützt sich auf Dionysius Areopagita, wenn er schreibt, alle positiven Aussagen über Gott könnten nur im uneigentlichen Sinne gemeint sein; beispielsweise bezeichnet der Satz, Gott sei allwissend, nicht ein Wissen, sondern ein Überwissen Gottes. So ist eine *negative* Theologie möglich; sie hat die Aufgabe, der Gottheit alle festlegenden Prädikate zu entziehen und beispielsweise zu begründen, warum Gott mehr als allwissend sein muß.

Auf die bildhafte Einleitung der Homelia, in der dem Hörer der Flug des geistigen Adlers vor Augen gestellt wurde, folgt ein längerer Abschnitt, der den Gestalten des Evangelisten Johannes, des Petrus und des Paulus gewidmet ist. Das personenbezogene Element der Einleitung bleibt also erhalten, während das unmittelbar imaginative mit dem Verschwinden des Adlers in den Hintergrund tritt. Der Hörer schaut nun kein inneres Bild mehr, sondern er beschäftigt sich gedanklich mit drei Menschen. Diese stehen zwar jeweils für eine typische Lebens- oder Erkenntnishaltung; aber sie werden hier doch als verschiedene Menschen angesprochen – dadurch sind die Ausführungen des Johannes Scotus leicht zu verfolgen und besitzen die Spannung einer Erzählung, obwohl schwerwiegende Erkenntnisprobleme erörtert werden. Die Personalität der drei Gestalten tritt besonders hervor, wenn Johannes Scotus den Apostel Paulus oder Johannes den Evangelisten in der zweiten Person mit «du» anredet. Doch stehen die Personen nicht für sich: «Wir geben nicht Johannes den Vorzug vor Petrus, sondern wir vergleichen die geistige Betrachtung mit dem Handeln, den noch zu reinigenden Geist mit dem völlig reinen, die noch aufsteigende Tugend mit der bereits zur unveränderlichen inneren Gestalt gelangten Tugend. Wir erwägen nämlich im Augenblick nicht die Würde der Apostelpersönlichkeiten, sondern wir erforschen den herrlichsten Unterschied der göttlichen Geheimnisse» (S. 65). Durch die Gegenüberstellung der Apostel unterscheidet Eriugena hier drei Grundformen der Gotteserkenntnis und der Lebensorientierung, die im folgenden genauer charakterisiert werden sollen.

Die Erkenntnishaltung Johannes' des Evangelisten zeichnet sich dadurch aus, daß ihr «verborgene Geheimnisse» enthüllt werden und daß sie diese Offenbarungen an andere Menschen weitergeben kann. Jedoch kommen Johannes die Offenbarungen nicht einfach zu, er läßt sie nicht passiv auf sich einwirken; vielmehr ist die johanneische Erkenntnis durch geistige Betrachtung und Wissen (contemplatio et scientia) gekennzeichnet, und durch beides gelingt es ihr, in die verborgenen Geheimnisse «einzudringen». Eine weitere Besonderheit dieser Art der Einsicht besteht darin, daß sie, nachdem sie einmal gewonnen wurde, im Prinzip nicht wieder verlorengehen oder getäuscht werden kann. Demnach handelt es sich nicht um eine bestimmte, auf gewisse Gebiete zu begrenzende Erkenntnis, sondern um eine habituelle Geistesausrichtung. Eine geistige Tätigkeit, die durch beständige Übung zum Habitus geworden ist, steht immer wieder zur Verfügung. Vorbereitet wird eine solche Erkenntis durch den Glauben; dieser unterscheidet sich von ihr insofern, als er sich auf Zeitliches bezieht. Der Glaube ist auf den *menschgewordenen* Christus hin orientiert, der in der Welt und in der Zeit lebte. Demgegenüber richtet sich die johanneische Geisteserkenntnis auf den überzeitlichen, ausschließlich geistig wahrnehmbaren Christus. Damit besitzt die Erkenntnis des Johannes eine gewisse Vollkommenheit, und während die auf den Glauben gegründete Tugend des Petrus noch einer Entwicklung unterliegt, ruht die aus der Erkenntnis hervorgegangene Tugend in sich selbst. Die Erkenntnis-Tugend des Johannes hat also den Charakter der Wandelbarkeit verloren. Der Gegenstand des Glaubens ist das Wandelbare, noch nicht Erlöste und – wenn man diesen Ausdruck hier verwenden darf – noch nicht Vollkommene: Jesus Christus im Fleisch. Der Gegenstand der geistigen Betrachtung der Wahrheit dagegen ist das Absolute und Unbegrenzte, die Gottheit Christi, wie sie im Vater ewig existiert.

Durch «reinste Geistesklarheit» wurde Johannes hinaufgeführt zur Gottheit, und nicht anders «konnte er hinaufsteigen zu Gott, als daß er zuvor Gott wurde» (S. 67). Indem der johanneische Geist Gott erkennt, wird er selbst zum Gott.

«Denn die Gedanken der Dinge sind wahrhaft die Dinge selbst, wie der heilige Dionysius Areopagita sagt: Die Erkenntnis des Seienden ist das Seiende selbst.»[61] Johannes der Evangelist hat seinen Geist dem sinnlich nicht Wahrnehmbaren angeglichen. Der Christus, den er erkennt, ist unsichtbar und offenbart sich allein dem begrifflichen, nicht aber dem an Glaubensvorstellungen gebundenen Denken. Die «reine Erkenntnis des Geistigen und jede Vernunft Übersteigenden» (S. 69) hat sich auch über das an der Erscheinungswelt geübte Denken erhoben. Es handelt sich um eine reine Tätigkeit des Geistes, um ein von der Sinnenwelt «abstrahiertes» Denken, das für den Menschen des 9. Jahrhunderts noch nicht zu einer Erfahrung geworden war. Deshalb beschreibt Johannes Scotus diese Erkenntnisart als etwas «jede Vernunft Übersteigendes», gleichsam als ein Denken über allem Denken. Es vollzieht sich für ihn jenseits von dem, «was ist und was nicht ist»: diese Formulierungen sollen nicht besagen, daß es sich dabei um einen Zustand ohne Denken und ohne Erkenntnis handelt. Gemeint ist vielmehr ein Denken, das in seinem eigenen, rein geistigen Bereich verbleibt und alle sinnlich-bildhaft bestimmten Vorstellungen überwunden hat; das zeigt sich auch an der Gegenüberstellung dieser johanneischen Erkenntnisart mit der petrinischen bzw. paulinischen. Das johanneische Denken erschien Eriugena als übermenschlich (Johannes der Evangelist «war mehr als ein Mensch») und gottähnlich.

Um die Besonderheit Johannes' des Evangelisten herauszustellen, vergleicht ihn Eriugena zunächst mit dem Apostel Petrus. Dabei zeigt sich, daß die petrinische Lebenshaltung durch den «Glauben» und die «Handlung» gekennzeichnet ist, die sich an vorgegebenen Geboten orientiert. Die Handlung kann manchmal «ratlos» sein, denn sie unterliegt den Gesetzmäßigkeiten der Sinnenwelt. Entsprechend hat Petrus den im sinnlichen Dasein inkarnierten Christus erkannt, als er das Bekenntnis aussprach: «Du bist Christus, der Sohn des lebendigen

Gottes» (Matthäus 16, 16). Er erkannte aber nicht den ewigen Christus, das göttliche Wort, das stets beim Vater war. Auffällig ist die Verbindung von Glauben und *Handlung*, die Johannes Scotus in der Gestalt des Petrus anschaut. Offenbar kennzeichnet es die petrinische Lebenshaltung, daß sie aus dem Glauben nicht die Geisteserkenntnis, sondern eine Tätigkeit hervorgehen läßt. Der Glaube kann zwar auch zur Erkenntnis führen, denn er geht «mit Notwendigkeit in das Grab der Heiligen Schrift voran, darauf folgend tritt die Erkenntnis ein, der durch den Glauben der Zugang bereitet wurde» (S. 65). Dabei muß man allerdings eine feine Nuancierung beachten: Es heißt nicht, die gedankliche Erkenntnis könne ausschließlich durch den Glauben gewonnen werden; dies würde voraussetzen, daß auch Johannes glaubte, bevor er erkannte. Davon ist aber in der Homelia nicht die Rede. Vielmehr wird das Abfolgeverhältnis von Glaube und Geisteserkenntnis nur für das Verständnis der Heiligen Schrift erwähnt. – Zu betonen ist noch, daß Petrus das Ewige nicht verschlossen ist; er schaut es mit dem Zeitlich-Sinnlichen zugleich, d. h. er vermag im Zeitlichen das Ewige zu erkennen.

Ähnliches gilt auch für die *paulinische* Erkenntnisart; Paulus hat das «Paradies» und den «dritten Himmel» geschaut: nichts Irdisch-Zeitliches, sondern Ewiges, aber dies noch als bestimmte Bilder. Mit Begriffen wie «Himmel» und «Paradies» sind gewisse Vorstellungen verbunden, an denen die Erkenntnis gleichsam haftet. Frei werden kann die Erkenntnis nur, wenn sie auch solche Imaginationsbilder hinter sich läßt und damit *alles* Geschaffene überwindet. Denn auch das «Paradies» und der «Himmel» wurden erschaffen, sie sind nicht die Gottheit selbst. Die johanneische Erkenntnis befindet sich im Unterschied zur petrinischen und paulinischen unmittelbar zu Gott: jenseits des Himmels und im «Paradies der Paradiese» schaute Johannes die Wahrheit, die er am Anfang seines Evangeliums mitteilt.

Bald darauf stellt Johannes Scotus den Hörern ein weiteres Anschauungsbild vor Augen und spricht von dem Engel, der über dem Sohn des Menschen hinauf- und hinabsteigt. «Der Engel steigt herab und verkündet, daß Gott-Wort übernatürlich aus der Jungfrau in allen Dingen Mensch geworden ist; er steigt hinauf und ruft aus, daß dasselbe Wort ... vor und über allem ist» (S. 69). Vom Engel ist hier im Hinblick auf eine Offenbarung die Rede: aus der Verkündigung im Hinauf- und Hinabsteigen ergibt sich das richtige Verständnis des göttlichen Wortes. In dem Hinaufsteigen kommt die Göttlichkeit des Wortes, seine rein geistige Existenz im Vater, zum Ausdruck; das Hinabsteigen des Engels steht für die Fleischwerdung des Wortes, d. h. für die Verwirklichung des Gottsohnes in der materiellen Welt. Diese zweite Bewegung wird noch präzisiert, wenn es heißt, die Fleischwerdung habe sich durch die «Jungfrau» (Maria) vollzogen, und zwar in der Weise, daß das Wort Gottes «in allen Dingen Mensch geworden» sei.

An dieser Aussage fällt zunächst auf, daß die Menschwerdung des göttlichen Wortes nicht allein in der Annahme der menschlichen Natur besteht, sondern daß der Sohn Gottes auch in «alle Dinge» eingeht. Nun sind aber – wie Johannes Scotus in seiner «Einteilung der Natur» wiederholt ausführt – alle Dinge auch im Menschen: insofern beispielsweise Naturkräfte, die in Pflanzen und Tieren wirken, in verwandelter Form auch im Menschen wiedergefunden werden. So spiegeln sich in den Wachstumskräften der Pflanze die Ernährungsvorgänge des Menschen, und in der Sinnesorientierung und Begierdenhaftigkeit des tierischen Lebens erscheint die sinnliche Natur des Menschen. Durch seinen Leib hat der Mensch darüberhinaus auch an der Welt der materiellen Gegenstände Anteil. So könnte man das «Sein der Dinge im Menschen» aus einer äußerlichen Betrachtung heraus beschreiben.

In anderer Perspektive aber wird deutlich, daß die «Dinge» auch auf eine zweite Art im Menschen existieren können, nämlich indem sie bewußt vom Menschen erkannt werden. Wenn der Mensch die Welt erkennend durchdringt, so lebt sie in ihm. Die Welt und alle Dinge sind durch das Wort Gottes geworden, «und ohne es ist nichts geworden», wie es im Prolog zum Johannes-Evangelium heißt. Alles existiert nur deshalb, weil das göttliche Wort darin ist. Die Erkenntnis des Menschen erlöst nun gleichsam das Geistig-Göttliche in den Dingen, es befreit das göttliche Wort aus dem Materiellsein. So wird das Wort «in allen Dingen Mensch», indem es durch die Erkenntnis der Dinge in den Menschen einzieht und auf diese Weise nicht mehr allein in den Dingen, sondern eben auch im Menschen ist. Auch dieses Geschehen kann als «Fleischwerdung des Wortes» bezeichnet werden: Das in der Welt zunächst unerkannte Wort Gottes nimmt die menschliche Natur an, wenn der Mensch es in allen Dingen erkennt; so lebt das Wort Gottes im Menschen.

Diese gedankliche Bewegung erscheint in dem Bild des herabsteigenden Engels. Der Mensch wendet sich nach unten, um die Dinge erkennend zu betrachten; das göttliche Wort kommt nach unten auf die Erde, wenn es in den Menschen einzieht. Zwar war es schon zuvor existent, jedoch lediglich in den Dingen verborgen und in seiner Göttlichkeit nicht erkannt. Auf der anderen Seite bezeichnet die *Aufwärts*bewegung des Engels die Offenbarung des Wortes in seinem rein göttlich-geistigen Sein. An dieser Engelsbewegung wird deutlich, daß das Wort «vor und über allem», d. h. nicht nur in den Dingen ist. Dem Hinab- und Hinaufsteigen des Engels entspricht eine in denselben Richtungen sich vollziehende Erkenntnisbewegung des Menschen. Johannes Scotus betrachtet nämlich das menschliche Denken und den menschlichen Geist nicht unabhängig von der Geistwesenheit des Engels – und der Gedanke des Engels qualifiziert sich nur im Hinblick auf den menschlichen Geist (dies wird in Kapitel III genauer ausgeführt).

Auch die Formulierung, das Wort sei «*übernatürlich aus der Jungfrau* in allen Dingen Mensch geworden» erscheint in hellerem Licht, sobald man sie auf die menschliche Erkenntnistätigkeit bezieht. In die Dinge ist das Wort Gottes *natürlicherweise* eingegangen, denn wäre es nicht darin, so würden sie nicht existieren. *Menschwerden* in den Dingen aber kann das Wort nicht durch einen Naturvorgang, sondern nur durch die gedankliche Initiative des Menschen. Dieser muß das erkennende Durchdringen der Dinge willentlich hervorbringen, und so wird das Wort in den Dingen *über*natürlicherweise Mensch, d. h. in der menschlichen Erkenntnis, die selbst kein Naturvorgang mehr ist. – In der «Einteilung der Natur» erläutert Johannes Scotus die alttestamentliche Aussage, nach der Vertreibung aus dem Paradies müsse Eva unter Schmerzen Kinder gebären. Gemeint sei, daß richtige Gedanken in der nachparadiesischen Zeit nur unter Anstrengungen und mit Mühe hervorgebracht werden könnten.[62] Nun bezeichnet die theologische Literatur des Mittelalters Maria, die Mutter Jesu, gelegentlich als umgekehrte oder neue Eva.[63] Maria steht für eine bestimmte Erkenntnishaltung, die sich von derjenigen unterscheidet, die durch Eva repräsentiert wird. Auf die Erkenntnishaltung des Menschen, die in Maria angeschaut wird, deutet die Formulierung Eriugenas, das göttliche Wort werde «übernatürlich *aus der Jungfrau*» (gemeint ist Maria) in allen Dingen Mensch. Die hier angesprochene Erkenntnisart setzt demnach eine gewisse Erkenntnishaltung voraus, eine Grundeinstellung des Menschen, die – wie Maria – den heiligen Geist aufnehmen kann; dazu war Eva offenbar nicht in der Lage. So wird das Wort Gottes Mensch, wenn menschliche Gedanken aus marienhafter Erkenntnisstimmung heraus den Logos in den Dingen wiederfinden.

Die nachfolgenden Ausführungen des Johannes Scotus beschäftigen sich mit einem Aspekt der Trinitätslehre, der Beziehung zwischen dem göttlichen Vater und dem Sohn. Der christlichen Überlieferung ergab sich das Problem, wie der Logos, der Sohn, gedanklich in einer Weise gefaßt werden konnte, daß er seine Göttlichkeit im Vergleich mit der Vatergottheit nicht einbüßte. Andererseits war es notwendig, beide Gottheiten eindeutig voneinander zu unterscheiden und daran festzuhalten, daß der Vater der «Anfang», der Sohn aber der «Gezeugte» ist.

In der Zeugung des göttlichen Sohnes ist das gesamte Universum geschaffen; der Logos bildet die Voraussetzung aller geistigen Ursachen, die in der geschöpflichen Welt über verschiedene Zwischenstufen die Einzeldinge hervorbringen. Auch hier klingt wieder an, wie das Wort Gottes unsichtbar in den Dingen lebt, gleichsam «begrifflich»; die Stufenfolge des Universums führt von dem Logos, der Voraussetzung von allem, über die Ursachen, Gattungen und Arten zu den Einzeldingen, die sinnlich erscheinen. Dabei ist interessant, daß das Sohnesprinzip als «das Wirken und die Wirkung» beschrieben wird (S. 73). Daraus läßt sich entnehmen, daß im Logos nicht nur das ursächliche Prinzip schlechthin begegnet (das Wirken), sondern daß auch das Hervorgebrachte, die Effekte, dasjenige, was geworden ist und sich dem Menschen unmittelbar darstellt, als das Sohnesprinzip selbst betrachtet werden muß. «Höre das heilige und unaussprechliche Paradoxon, das nicht ergründbare Geheimnis, das unsichtbare, unerschöpfliche, unfaßbare Mysterium! Durch das nicht Geschaffene, sondern Gezeugte ist alles geschaffen, aber nicht gezeugt» (S. 73). Diese Sätze reflektieren die Schwierigkeit, widerspruchsfrei zu begreifen, wie im Sohnesgeschehen Göttliches und Irdisches verbunden sein können. Denn der Sohn als «Gezeugter» ist selbst Gott und dem Vater wesensgleich – der Sohn aber als «Wirken» ist der Ermöglichungsgrund des Geschaffenen, also des nicht göttlich Gezeugten, und er umfaßt als «Wirkung» das gesamte geschaffene Universum. Das Hervorgehen der Welt als Geschöpf gehört ebenso zum «Sohn» wie die ewige Zeugung des Logos. Eine vergegenständlichte Form des Sohnes begegnet in dem sinnlich Erscheinenden, in den Dingen der sichtbaren Welt, die innerhalb des Sohnesgeschehens aus einer geistigen Wirklichkeit (die ebenso der Sohn ist) greifbare Wirklichkeit geworden sind.

Der Mensch ist in der Lage, das Geschaffene im Sohn auf das göttlich Gezeugte zurückzuführen, wenn er die sichtbare und unsichtbare Kreatur gedanklich durchdringt. Dieser Erkenntnisvorgang stellt in gewisser Hinsicht eine Fortsetzung des ursprünglichen Sohnesgeschehens dar, indem so die Entäußerung des Logos in die Gegenstandswelt aufgehoben und auf ihren geistigen Ursprung zurückgeführt wird. Johannes Scotus formuliert in der «Einteilung der Natur»: «So kann nun von dem göttlichen Wesen (essentia), das durch sich selbst bestehend jeden Geist übersteigt, mit Recht gesagt werden, daß es in demjenigen, was von ihm und durch es und auf es hin geworden ist, auch geschaffen sei, um darin – sofern es sich um Geistiges handelt – mit dem Geist (intellectus), oder aber – wenn es sich um Sinnliches handelt – mit dem Sinn bei richtiger Nachforschung erkannt zu werden.»[64]

Eriugena möchte seine Hörer dazu anleiten, «ein Dreifaches» zu begreifen: «den sprechenden Vater, das ausgesprochene Wort, dasjenige, was durch das Wort bewirkt wird» (S. 75) – die Beziehung zwischen Vater und Sohn, die geistige Existenz des ewigen Logos (das «ausgesprochene Wort») und den Sohn als Dasein der gegenständlichen Welt («dasjenige, was durch das Wort bewirkt wird»). Aus der Zeugung des Wortes aus dem Vater gehen sämtliche Stufen der Wirklichkeit hervor: «Der Vater spricht, das Wort wird geboren, alles wird hervorgebracht» (S. 75). Es gibt keine Dimension der Wirklichkeit, die nicht in dem göttlichen Wort geschaffen wäre. Die volle Bedeutung dieser Aussage erschließt sich, wenn Johannes Scotus den Satz des Logos-Christus «Ohne mich könnt ihr nichts tun» (Johannes 15, 15) als «*außer mir* könnt ihr nichts tun» interpretiert: Die Menschen konnten außerhalb des göttlichen Wortes nicht werden, und sie können ebensowenig außerhalb von ihm handeln. Der Sohn umschließt demnach die gewordene und werdende Wirklichkeit in ihren natürlichen, sozialen und praktischen – d. h. vom menschlichen Willen abhängigen – Dimensionen. «So bleibt überhaupt nichts übrig, was nicht in dem Wort und durch es geworden wäre» (S. 77).

Zum näheren Verständnis dieser Aussage soll hier ein Vergleich mit einem Text der neueren Geistesgeschichte herangezogen werden. Rudolf Steiner schildert in seinem Buch *«Die Mystik im Aufgange des neuzeitlichen Geisteslebens»* (1901) eine bestimmte Art des inneren «Lebens» als die höchste Erkenntnisstufe. Dieses «Leben» wird dabei als ein Geistesleben verstanden, als eine *Erkenntnistätigkeit,* in der nicht mehr nur das einzelne menschliche Individuum denkt. Vielmehr stehen sich in diesem Denkerleben die Dinge selbst geistig gegenüber, es «enthüllt sich das Wesen der Dinge vor sich selbst».[65] Alle Dinge stellen sich nicht mehr lediglich dem begrenzten erkennenden Ich dar, sondern sie «erscheinen sich selbst». Das Einzel-Ich erhebt sich in diesem «Leben» über sich selbst und geht ein in eine allgemeine, universelle Ichheit, in der die Trennung zwischen Ich und Welt aufgehoben ist. Es gibt für das denkende Ich kein Innen und Außen mehr, wenn es diese Stufe der Erkenntnis erreicht und sich selbst gleichsam aufgehoben hat. Eine solche Erkenntnisart bezeichnet Rudolf Steiner als ein Leben in einer «inneren Erfahrung», die er beispielhaft mit den Worten charakterisiert: «Es ist auf dieser Stufe kein Unterschied mehr zwischen Plato und mir; denn was uns trennt, gehört einer niederen Erkenntnisstufe an. Wir sind nur als Individuum getrennt; das in uns wirkende Allgemeine ist ein und dasselbe. ... Daß diese Zweiheit, daß alle Vielheit als Einheit wiedergeboren wird in dem Aufleben der höchsten Erkenntnisstufe: das kann nicht bewiesen, das muß *erfahren* werden. So paradox es klingt, es ist eine Wahrheit: Die Idee, die Plato vorstellte, und die gleiche Idee, die ich vorstelle, sind nicht zwei Ideen. Es ist eine und dieselbe Idee. Und nicht zwei Ideen sind, die eine in Platos Kopf, die andere in meinem; sondern im höheren Sinne durchdringen sich Platos Kopf und der meine; es durchdringen sich alle Köpfe, welche die gleiche, *eine* Idee fassen; und diese Idee ist nur als einzige einmal vorhanden. Sie ist da; und die Köpfe versetzen sich alle an einen und denselben Ort, um diese Idee in sich zu haben.»[66]

Dieser Ort der geistigen Einheit liegt, wenn man ihn im Sinne des Johannes Scotus bestimmen will, in Christus, dem göttlichen Wort. «Alles, was durch das Wort geworden ist, ist in ihm Leben und eines. ... Somit lebt alles, was durch das Wort geworden ist, in ihm unwandelbar und ist Leben; in ihm war weder alles in zeitlichen oder räumlichen Begrenzungen, noch wird es dies in Zukunft sein, sondern es ist in ihm ausschließlich eines über aller Zeit und über allem Raum, und allumfassend ist in ihm unvergänglich das Sichtbare, das Unsichtbare, das Körperliche, das Nichtkörperliche, das Verständige, das Unverständige – schlechthin Himmel und Erde ...» (S. 79). Auch Johannes Scotus spricht also im Hinblick auf diese Einheit von dem «Leben», und er legt dar, wie die getrennten und an Zeiten und Räume gebundenen Einzelheiten der sinnlichen Welt in dem Wort Gottes eine geistige, lebendige Einheit bilden. Dasselbe gilt aber auch für die Unterschiede und Vereinzelungen der geistigen Welt, die Eriugena hier als «Himmel» bezeichnet und die Rudolf Steiner in dem zitierten Abschnitt als die «Ideen» anführt: in Christus wird alles zusammengefaßt zu der geistigen Einheit des Lebens.

Nun fällt auf, daß Steiner eine bestimmte *Erkenntnis*stufe, die Ausbildung des inneren Sinnes, veranschaulichen will; Johannes Scotus dagegen möchte die Wirklichkeit *Christi* von einem bestimmten Gesichtspunkt aus charakterisieren. Diese Differenz könnte zunächst als ein Widerspruch erscheinen, der darauf hindeutet, daß die beiden Texte von Unterschiedlichem reden und nicht zu vereinbaren sind. Doch es stellt sich sehr schnell heraus, daß auch Johannes Scotus durch Christus eine *Erkenntnisart* angesprochen hat. Auf die Frage, wie jene Einheit in Christus zu verstehen sei, antwortet er, dies könne an Beispielen der geschaffenen Welt erkannt werden: «Bedenke die vielfältige und grenzenlose Wirkkraft der Samen, wie die unüberschaubare Zahl der Pflanzen, Sträucher und Sinnenwesen in den einzelnen Samen enthalten ist, wie aus ihnen die herrliche und unzählbare Mannigfaltigkeit der Formen hervorgeht; betrachte mit den inneren Augen, wie die vielfältigen Regeln in der Kunst des Künstlers als Einheit sind und wie sie im Geist dessen leben, der sie aufstellt ...» (S. 79 ff.). Eriugena setzt offenbar zur Wahrnehmung der geistigen Einheit in Christus die Ausbildung einer bestimmten Erkenntnisweise voraus, nämlich des inneren Sinnes («betrachte mit den inneren Augen»). Er spricht also mit der geistigen Wirklichkeit Christi zugleich eine gedankliche Fähigkeit des Menschen an.

Worin besteht die Erkenntnisart, die als das göttliche Wort bezeichnet wird bzw. in der das Wort Gottes zur gedanklichen Anschauung kommt? Johannes Scotus nennt einige Beispiele für ein solches Denken. Sie haben gemeinsam, daß in ihnen *Beziehungen zwischen der Einheit und einer Vielheit* zum Ausdruck kommen: eine Vielfalt von Erscheinungen wird durch das Hinzudenken der Einheit, aus der sie hervorgegangen ist, in das rechte Licht gesetzt, und umgekehrt: die Bedeutung der einheitlichen Ursache kann erst ermessen werden, wenn man ihre Entfaltung in den verschiedenen Manifestationsweisen berücksichtigt. Die Betrachtung beispielsweise des Samenkorns, aus dem die Pflanze hervorgeht, gewinnt erst Aussagefähigkeit, wenn der vollendete Zustand der Pflanze berücksichtigt wird. Erst in der entwickelten Pflanze tritt in Erscheinung, was in dem Samen angelegt ist, und hätte der Mensch nicht die Möglichkeit, Pflanzen sinnlich wahrzunehmen, so bliebe die Bedeutung des Samenkorns unerschlossen. Andererseits gilt ebenso: Betrachtet man ausschließlich den Zustand der ausgebildeten Pflanze, so hat man stets nur einen vergänglichen Moment vor Augen, denn schon eine Stunde später kann die Blume verblüht sein. Das Wesen der Pflanze bleibt mir unzugänglich, solange ich nicht ihre Entwicklung aus dem Samen heraus vorstellend *denken* kann. Diese Entwicklung stellt sich niemals der sinnlichen Wahrnehmung dar; die Sinneswahrnehmung kann nur vorübergehende, einander ablösende Zustände erkennen, ohne deren inneren Zusammenhang zu erhellen. Den *Begriff* der Pflanze erreiche ich erst, wenn ich die augenblicksgebundenen Gestaltungen der einzelnen Pflanze als eine kontinuierliche Entwicklung aus dem Samenkorn heraus begreifen kann; dann bin ich auch in der Lage, von der zufälligen pflanzlichen Einzelgestalt abzusehen, der ich jetzt gegenüberstehe, und meine im Denken gewonnene Anschauung dieser bestimmten Pflanzenart zu verallgemeinern und auf andere Pflanzen zu übertragen.

Das Beispiel der pflanzlichen Bildung aus dem Samen ist insofern nicht ganz treffend, als der Ausgangspunkt der Herausbildung, das Samenkorn, noch als materielles Substrat übrigbleibt. Anders verhält es sich bei der Kunst, einem weiteren von Eriugena angeführten Beispiel: Weder das einzelne Kunstwerk noch die Gesamtheit aller hervorgebrachten künstlerischen Schöpfungen sagen aus, was die Kunst schlechthin ist, denn in ihr liegt eine unendliche Entwicklungsmöglichkeit. Niemals kann ein Kunstprodukt mit der Kunst selbst identisch sein, und doch muß die Kunst jeweils in dem zur Darstellung kommen, was der Künstler als einzelnes Werk bildet. Ein weiterer Gesichtspunkt läßt sich hier anschließen: Die künstlerische oder auch handwerkliche Schöpfung – die lateinische Sprache unterscheidet zwischen beiden begrifflich nicht – lebt im Künstler oder Handwerker, bevor sie in einem angefertigten Gegenstand zur sinnlich wahrnehmbaren Wirklichkeit wird. Wieder ergibt sich ein notwendiges wechselseitiges Aufeinanderbezogensein. Die Kunstfertigkeit des Handwerkers oder Künstlers besteht unabhängig von fertigen Produkten, aber sie erscheint nur in diesen. Das Können des betreffenden Menschen lebt als eine Einheit in ihm und wird zwar in einem einzelnen Werk nicht umfassend zur Darstellung kommen, aber in einer Vielzahl von Werken kann es sich äußern. In ganz ähnlicher Weise bildet die Mannigfaltigkeit der Aspekte, unter denen eine Hervorbringung betrachtet werden kann (z. B. die äußere Form, Oberflächenbeschaffenheit, Gestaltungsweise etc.) in dem Künstler eine Einheit, nämlich den *einheitlichen Begriff* oder die innere Anschauung jenes Gegenstandes, dem der Künstler dann eine räumlich-zeitliche Realität mit *unterschiedlichen Eigenschaften* verleiht: «Betrachte mit den inneren Augen, wie die vielfältigen Regeln in der Kunst des Künstlers als Einheit sind und wie sie im Geist dessen leben, der sie aufstellt» (S. 81).

Den letzten Beispielen ist gemeinsam, daß an ihnen das Verhältnis zwischen einer geistigen Ursache und ihrer Verwirklichung in Raum und Zeit verdeutlicht wird. So muß auch das sinnlich wahrnehmbare Universum als Verwirklichung des Sohnes, des göttlichen Wortes, verstanden werden. Was in die Mannigfaltigkeit der sinnlichen Existenz tritt, lebt im Wort Gottes als geistige Einheit; aber auch die geistige Wirklichkeit, die sich dem Menschen in vielfältigen Differenzierungen darstellt, besitzt in Christus ihre einheitliche Ursache und den *einen* Ausgangspunkt. Die Kunst schlechthin gliedert sich in verschiedene Künste; das menschliche Denken ergreift voneinander unterschiedene Begriffe; die menschliche Ichheit besteht als Vielheit individuellen Ichseins – wie die sinnlich erscheinende Natur, so leben auch diese geistigen Realitäten als Einheit in Christus. Umgekehrt kann man formulieren, daß sich das göttliche Wort in all diesem Wirklichkeit verleiht. Deshalb kann der Mensch den Christus begreifen, wenn er eine bestimmte Anschauung von dem geschaffenen – sinnlichen wie geistigen – Universum gewinnt; Johannes Scotus zitiert den Apostel Paulus (Römerbrief 1, 20), um dies zum Ausdruck zu bringen: die Unsichtbarkeit des Wortes Gottes «wird geistig durch das erkannt, was geschaffen ist». Was man sich unter einer solchen geistigen Anschauungsweise vorstellen könnte, ist mit Hilfe der Beispiele Eriugenas angedeutet worden.

Licht und Leben

Christus selbst sagt von sich: «Ich bin das Licht der Welt. Wer mir folgt, wird nimmermehr in der Finsternis wandeln, sondern das Licht des Lebens haben» (Joh. 8, 12). Die soeben skizzierte Erkenntnisorientierung weist auf den Aspekt des Lichtes im göttlichen Wort; die Erkenntnis Christi ist zugleich auch Welterkenntnis, und umgekehrt führt die richtige Erkenntnis der Welt auf ein Verständnis des Sohnes Gottes. Zu fragen bleibt noch, wie das *Leben* in Christus mit diesem *Licht* der Erkenntnis verbunden werden kann. Für Johannes Scotus «lebt alles, was durch das Wort geworden ist, in ihm unwandelbar und ist Leben» (S. 79). Christian Rittelmeyer schreibt in einem Aufsatz über die christliche Trinitätslehre: «Zunächst kann festgehalten werden, daß der Heilige Geist auf die Bewußtseinssphäre des Menschen bezogen (und auch begrenzt) ist, während uns Christus als *Lebensgeist* und sogar als Schöpfer des gesamten Weltgeschehens dargestellt wird .... Der Heilige Geist inspiriert das bewußte Leben des *Menschen*, der

Christus ist jedoch auch der Geist der *Erde*, dessen Leib die Jünger als Materie des Brotes essen, dessen Blut sie als Wein trinken und den sie mit Füßen treten, d. h. auf dem sie herumlaufen (Joh. 6, 32 – 58; Markus 14, 22 – 25). Der ‹zum Fleisch gewordene Logos› ist – wie es bei Johannes heißt – der ‹wahre Weinstock›, der in der frühchristlichen Interpretation vielfach als ‹Weltgeist›, d. h. als in die sinnliche Vielfalt geflossene göttliche Einheit bezeichnet wurde. Jedoch ist er *Geist*, das Licht der Welt, Tor und Weg zum Vater (Joh. 4, 24; 3, 5 – 8). In der Einzelheit der empirischen Dinge ist dieser Geist ‹gekreuzigt›, gefesselt; Christus ist, wie der Kirchenvater Irenäus schrieb (Apostolische Verkündigung 34), ‹das Wort des allmächtigen Gottes, welches in unsichtbarer Gestalt ... allgemein in dieser ganzen Welt verbreitet ist und ihre Länge und Breite und die Höhe und Tiefe durchzieht, denn durch das Wort Gottes hat das Universum bestand; und in ihm ist der Sohn Gottes kreuzweise an allem gezeichnet› (oder, vgl. die Übersetzung bei Bousset 1913: ‹... in der Form des Kreuzes allem aufgeprägt›).[67] ... Christus scheint also als der *Lebensgeist* aufgefaßt zu werden, als derjenige, der nicht nur den Geist des Menschen, sondern überhaupt die Natur belebt. (Als diesen ‹Lebensgeist› hat ihn die mittelalterliche Ikonographie vielfach dargestellt und auch mit der materiellen Erde, der Terra, in Verbindung gebracht ...).»[68]

Christus, der «Lebensgeist» der Erde, unterscheidet sich von dem Heiligen Geist: Im Sinne der Ausführungen Rittelmeyers ist der Heilige Geist im hellen, gedanklich geprägten Bewußtsein des Menschen wiederzufinden, während Christus als der Geist der Welt nicht nur in der menschlichen Erkenntnis, sondern auch in dem «Licht» der niederen Kreatur erstrahlt; so kann man auch die sinnliche Wahrnehmung von Tieren oder die noch viel weniger von einem Bewußtsein getragene Seelentätigkeit der Pflanzen als das Licht Christi begreifen, das in ihnen scheint; Christus als Lebensgeist ist somit nicht an die vollbewußte Erkenntnis in gedanklicher Klarheit gebunden. Das Licht des göttlichen Wortes wirkt über den Bereich hinaus, in dem das Licht des Heiligen Geistes erstrahlt; das Licht Christi umfaßt die gesamte Natur, aber es wirkt auch in der menschlichen Erkenntnis.

Fragt man nach dem *Leben* in dem göttlichen Wort, so kann man die Überlegungen zum Christus-*Licht* zugrundelegen und eine Betrachtung anstellen, die sich, von einfachsten Naturprozessen ausgehend, bis zur Herausbildung der Denktätigkeit im menschlichen Geist erstreckt. Dieses umfassende Christus-Prinzip des «Lebens» hat Rudolf Steiner in dem Buch «Die Mystik» (1901) mit wenigen Sätzen beschrieben und zugleich eine bestimmte Erkenntnisaufgabe damit verbunden (allerdings ohne seine Formulierungen ausdrücklich auf Christus zu beziehen): «Die Natur, die lebend sich bis zu einer gewissen Stufe entwickelt hat, muß durch das Leben weiter entwickelt werden; Neues muß durch diese Weiterentwicklung entstehen. Nicht bloß zurückschauen auf die schon vorliegende Entwicklung darf der Mensch und das, was sich in seinem Geiste über diese Entwicklung *nachbildet*, als das Höchste ansprechen; sondern *vorschauen* muß er auf Ungeschaffenes; ein *Anfang* eines neuen Inhalts muß seine Erkenntnis sein, nicht ein *Ende* des vor ihr liegenden Entwicklungsinhalts. Die Natur schreitet vom Wurm zum Säugetier, vom Säugetier zum Menschen nicht in einem begrifflichen, sondern in einem wirklichen Prozeß. Der Mensch soll diesen Prozeß im Geiste nicht bloß wiederholen. Die geistige Wiederholung ist nur der Anfang einer neuen wirklichen Entwicklung, die aber eine geistige Wirklichkeit ist. Der Mensch erkennt dann nicht bloß, was die Natur hervorgebracht hat; er setzt die Natur fort; er setzt seine Erkenntnis in lebendiges Tun um. Er gebiert in sich den Geist; dieser Geist schreitet von da an fort von Entwicklungsstufe zu Entwicklungsstufe, wie die Natur fortschreitet. Der Geist beginnt einen Naturprozeß auf höherer Stufe.»[69] – Der hier angesprochene Übergang vom natürlichen zum geistigen Prozeß ist gemeint, wenn Johannes Scotus das Leben aller Kreatur in dem göttlichen Wort mit der menschlichen Erkenntnis verbindet.

Durch die Fleischwerdung des göttlichen Wortes ist der Mensch in die Lage versetzt worden, Erkenntnisse des Göttlichen zu gewinnen: durch Christus kommt das *Licht* der Erkenntnis zu den *Menschen*. Das göttliche Wort kann als das «Licht der Menschen» bezeichnet werden, weil durch die *Mensch*werdung Christi nicht nur die Menschheit, sondern auch die übrigen Geistwesenheiten Erkenntnis von dem Sohn Gottes erhalten haben. Indem sich Christus im Fleisch zeigte, hat er sich auch den Engeln offenbart. Die Engel können einen Erkenntnisfortschritt erlangen, nachdem durch die Fleischwerdung des göttlichen Wortes eine Wandlung in der menschlichen Natur vorgegangen ist. Vor der Inkarnation befanden sich die Menschen in einem Zustand der Blindheit des *geistigen* Auges – «nicht in der Abwesenheit des Lichtes, das die körperliche Welt erscheinen läßt, sondern in der Abwesenheit des Lichtes, das die nichtkörperliche Welt erhellt» (S. 85). Demnach ist nun eine geistige Fähigkeit zu den Menschen gelangt, die sie zuvor nicht besaßen; jedoch handelt es sich dabei nicht um eine selbstverständlich verfügbare Gabe, sondern um ein Vermögen, daß sich der Mensch durch eigene geistige Anstrengung erwerben muß: er muß «das Licht des im Fleische erstrahlenden Wortes Gottes» ergreifen (S. 85).

In seiner Auslegung des Satzes aus dem Prolog zum Johannes-Evanglium «und die Finsternis hat es nicht ergriffen» unterscheidet Johannes Scotus zwei Interpretationsweisen, von denen die eine den *natürlichen*, die andere den *moralischen* Sinn zu verstehen versucht. Der moralische Sinn ergibt sich, wenn aus der Textstelle die Handlungsaufforderung an den Menschen herausgelesen wird, sich aktiv an dem durch Christus möglich gewordenen Erkenntnisvorgang zu beteiligen. Der natürliche Sinn wird dagegen von Eriugena als eine Zustandsbeschreibung der menschlichen Natur aufgefaßt: Der Mensch besitzt nicht in sich selbst das Licht der Erkenntnis, sondern indem er an dem Licht des göttlichen Wortes teilhat. «Zwar ist die menschliche Natur empfänglich für die Weisheit, aber sie ist nicht selbst Weisheit – jedoch kann sie durch Teilhabe an der Weisheit weise werden» (S. 85 ff.).

Dieser Erkenntnisbegriff führt auf eine bestimmte Anschauung der geistigen Tätigkeit des Menschen; Eriugena faßt sie in den (Christus in den Mund gelegten) Satz: «Nicht ihr seid es, die mich erkennen, sondern ich erkenne mich selbst in euch durch meinen Geist» (S. 87). In der menschlichen Erkenntnistätigkeit ist göttlicher Geist wirksam – aber auf der anderen Seite gilt auch: das göttliche Wort kann nur in dem Maße zur Selbsterkenntnis gelangen, in dem sich jeder einzelne Mensch aktiv der Erkenntnisaufgabe zuwendet (vgl. den moralischen Sinn der Textauslegung). In der menschlichen Weisheit erhält das göttliche Wort, das sich in die gesamte Schöpfung ausgegossen hat, ein Bewußtsein von sich selbst, indem der menschliche Gedanke diese Schöpfung durchdringt. In ganz ähnlichem Sinne schreibt G. W. F. Hegel: «Was Gott als Geist ist, dies richtig und bestimmt in Gedanken zu fassen, dazu wird gründliche Spekulation erfordert. Es sind zunächst die Sätze darin enthalten: Gott ist nur Gott, insofern er sich selber weiß; sein Sichwissen ist ferner sein Selbstbewußtsein im Menschen und das Wissen des Menschen von Gott, das fortgeht zum Sichwissen des Menschen in Gott.»[70] Die geistesgeschichtliche Distanz zwischen den Sätzen Hegels und der Aussage des Johannes Scotus kann man ermessen, wenn man darauf achtet, wie bei Hegel die Denktätigkeit des Menschen («dazu wird gründliche Spekulation erfordert»), bei Johannes Scotus aber das Einstrahlen des Göttlichen in den menschlichen Geist betont wird. – Daß die Selbsterkenntnis des göttlichen Wortes im Menschen ein unabschließbarer Prozeß ist, in dem jede neue Erkenntnis nur die Grundlage für eine spätere darstellen kann, klingt in Aussagen wie den folgenden an: Christus selbst sei «als das Licht für alle Kreatur unfaßbar ...; Gott übersteigt nämlich jeden Sinn und alle Vernunft» (S. 89); dabei handelt es sich um Formulierungen, in denen – wie man aus neuzeitlicher Perspektive interpretieren könnte – der Gedanke der Nichterkennbarkeit Gottes anstelle des Gedankens einer unendlichen Erkenntnisentwicklung steht.

Johannes der Täufer

Es folgt eine vergleichsweise ausführliche Erläuterung derjenigen Verse des Prologs, die sich auf die Gestalt Johannes' des Täufers beziehen; daran ist zu erkennen, daß Eriugena der Person des Täufers einige Bedeutung beimißt. Zunächst greift Eriugena das schöne Anschauungsbild von dem fliegenden Adler noch einmal auf: Der Adler, der, anfangs in großer Höhe fliegend, über die Welt hinausblickte auf eine geistige Wirklichkeit, lenkt nun seinen Flug in die Niederungen der historischen Ereignisse auf der Erde. Eriugena beginnt seine Ausführungen über Johannes den Täufer mit einer Darstellung des vierfachen Sinnes der Heiligen Schrift. Er nennt folgende Bedeutungsebenen: die geschichtliche Auffassung (Historie), das moralische Verständnis (Ethik), die naturwissenschaftliche Betrachtung (Physik) und die höchste Anschauung der göttlichen Natur (Theologie). Zusammen konstituieren diese Verständnisstufen ein geistiges Universum, das – ähnlich wie die materielle Welt aus Erde, Wasser, Luft und Feuer – aus den vier genannten geistigen Elementen besteht. Johannes der Evangelist, der geistige Adler, fliegt also zunächst auf der Höhe der Anschauung der göttlichen Natur, um nun in den unteren Bereich der Geschichte herabzustoßen, wenn er sagt: «Es ist gewesen ein Mensch, gesandt von Gott; sein Name war Johannes.»

Eriugena gestaltet seine anschließenden Ausführungen so, daß er der Gestalt des Täufers immer wieder den fleischgewordenen Christus gegenüberstellt. Diese argumentative Struktur besitzt nicht nur rhetorische, sondern auch inhaltliche Bedeutung und soll hier daher näher betrachtet werden. Eriugena unterscheidet zwischen dem «ausschließlich der Menschlichkeit teilhaftigen Menschen, der vorangeht» (Johannes der Täufer) und dem «in Göttlichkeit und Menschlichkeit wiedervereinten und verbundenen Menschen» (Christus) (S. 91): der Täufer sei die «verhallende Stimme», Christus aber das «immer und unveränderlich bleibende Wort». Die Betonung liegt dabei auch im Hinblick auf Christus auf dem *Menschen*, in dem menschliche und göttliche Natur Eines geworden sind. Insgesamt stehen sich hier drei menschliche Gestalten oder Typisierungen gegenüber, nämlich der Vorläufer des fleischgewordenen Wortes (Johannes der Täufer), derjenige, der nach der Fleischwerdung des Wortes in der Lage ist, das göttliche Wort im Anfang zu erkennen (Johannes der Evangelist), und schließlich die Gestalt, in der Gott und Mensch zu einer Einheit geworden sind (der Christus Jesus). Will man eine chronologische Beschreibung vornehmen, so hat man den Menschen «vorher» oder der Vergangenheit, den Menschen der «Gegenwart» von göttlich-menschlicher Einheit und drittens den Menschen «nachher» oder der Zukunft, der auf die Vereinigung von Menschlichem und Göttlichem in Christus zurückblickt und sie erkennend durchdringen kann. Johannes Scotus formuliert im Hinblick auf die dritte Menschengestalt: «dem es gegeben ist, das Wort im Anfang zu erkennen». Diese Charakterisierung menschlicher Grundtypen und ihr Verhältnis zueinander muß im Auge behalten werden, wenn im folgenden die Frage erörtert wird, warum die Gestalt Johannes' des Täufers in Eriugenas Auslegung so ausführlich besprochen wird.

In der neueren Theologie wird die Ansicht vertreten[71], in den Aussagen des Johannes-Prologs (1, 6 ff. 15) sei eine «anti-

Abb. 10: Johannes der Täufer und Christus. Elfenbeinkasten des 9. Jh.

täuferische Polemik» erkennbar. Als geschichtlicher Hintergrund wird eine Auseinandersetzung zwischen Jüngern von Johannes dem Täufer und Anhängern Jesu vermutet. So liest man die entsprechenden Verse des Evangeliums als eine «energische» Unterordnung des Täufers gegenüber Jesus; die Formulierung «nicht er war das Licht» (1, 8) scheint für diese Autoren darauf hinzuweisen, daß Anhänger Johannes' des Täufers diesen als «das Licht», d. h. als Offenbarer verehrten. Die Überlegungen gehen sogar so weit, daß man vermutet, der Prolog zum Johannes-Evangelium sei ursprünglich ein aus Täuferkreisen stammender Text gewesen, der «den Täufer als präexistenten und fleischgewordenen Logos» verherrlichte. Dieser Text sei dann von christlicher Seite mit dem Ziel überarbeitet worden, Johannes den Täufer lediglich noch als *Zeugen* für das menschgewordene göttliche Wort erscheinen zu lassen;

insgesamt sei im Johannes-Evangelium eine auch aufgrund anderer Schriften vermutete «Rivalität» zwischen den Jüngern Jesu und den Anhängern Johannes' des Täufers «besonders stark spürbar».

Auf die Schwierigkeit, die literarische Entstehungsgeschichte neutestamentlicher Texte zu rekonstruieren, soll hier nicht eingegangen werden; die heute noch erkennbaren Stufen der schriftlichen Überlieferung sind für ein *inhaltliches* Verständnis der betreffenden Texte meist von geringer Bedeutung. Wichtig ist allerdings, daß von der akademischen Theologie für die Zeitenwende eine Auseinandersetzung zwischen einer Jesus- und einer Johannes-Gruppierung angenommen wird: man versucht also, ein inhaltliches Problem des Prologs zum Johannes-Evangelium soziologisch zu erklären. Die Plausibilität einer solchen Sichtweise steht hier nicht zur Diskussion. Jedoch stellt sich die Frage, warum auch Johannes Scotus Eriugena das Verhältnis zwischen Johannes dem Täufer und Christus so ausführlich behandelt – es gibt nicht die geringsten Anhaltspunkte dafür, daß zu seiner Zeit noch Johannes-Sekten existierten, die in Konkurrenz zur christlichen Kirche standen. Um so mehr fällt auf, daß sich Eriugena nachhaltig bemüht, die höhere Dignität Christi gegenüber dem Täufer herauszustellen.

Man muß wohl annehmen, daß Johannes Scotus kein historisch-soziologisches Phänomen, sondern ein geistig-seelisches Problem anspricht: es geht ihm um das Verhältnis von Vorbereitung und Einlösung, von Hinweis und Erfüllung. Das menschliche Leben *vor* Christus erscheint bei Eriugena als Vorbereitung der menschlichen Existenz *nach* der Inkarnation des göttlichen Wortes. Die «flackernde Leuchte» soll nicht mit dem «hellsten Licht der Sonne» verwechselt werden: betrachtet man diese Aussage auf dem Hintergrund des zuvor über das «Licht der Erkenntnis» Gesagten, so ergibt sich, daß seit der Menschwerdung Christi eine andere Art der Wahrheitserkenntnis möglich geworden ist; ihr gegenüber besitzen die Erkenntnisse aus vorchristlicher Zeit lediglich hinweisenden Charakter. Des Täufers «Sendung war sein Vorausgehen; der Rufende schickt seine Stimme voraus» (S. 91 ff.). Der täuferische Mensch vor Christus hatte die Aufgabe, durch die Mitteilung von Erkenntnissen die Ankunft des göttlichen Wortes zu ermöglichen und die vorchristliche Menschheit auf diese Ankunft vorzubereiten. Nach dem Kommen Christi reicht allerdings – darauf scheint Eriugena hindeuten zu wollen – ein vorbereitendes Zeugnis im Sinne Johannes' des Täufers nicht mehr aus.

Sehr kurz läßt Eriugena anklingen, der Täufer habe Christus prophetisch geschaut, als beide noch nicht in ihre irdische Existenz übergegangen waren: «Der in der Ordnung der Zeit nach meiner Geburt im Fleisch geboren ist, den habe ich vor meinen Augen in einer prophetischen Schau, während ich noch in dem unfruchtbaren Schoß meiner Mutter war, als in meiner Gegenwart empfangen und im Schoß der Jungfrau Mensch geworden gesehen» (S. 93). Dieser Satz erscheint auf den ersten Blick mehr als dunkel; auch ein Vergleich mit der Auslegung der entsprechenden Stelle in Johannes Scotus' Kommentar zum Johannes-Evangelium hilft nicht weiter, da hier eine fast identische Deutung der infragestehenen Prolog-Aussage «der nach mir kommt, ist vor mir geworden» gegeben wird (vgl. Anm. 38). Recht äußerlich «erklären» läßt sich allerdings die Wendung «in dem unfruchtbaren Schoß meiner Mutter»: Sie bezieht sich auf die neutestamentliche Aussage, Elisabeth, die Mutter Johannes' des Täufers, sei zunächst unfruchtbar gewesen (Lukas 1, 5 – 25). Es besteht jedoch keine Möglichkeit, auch die anderen Motive der Auslegung Eriugenas literarisch herzuleiten. Bei dem folgenden Deutungsversuch ist zu berücksichtigen, daß Johannes Scotus an dieser Stelle – wie auch in der Homelia insgesamt – weniger gedanklich-argumentativ, sondern eher in meditativ-anschaulichen Bildern spricht, die nicht eine eigentlich logische Überzeugungskraft besitzen.

«Johannes» blickt aus einer vorgeburtlichen Existenz heraus auf die Menschwerdung des göttlichen Wortes. Was er in dieser «prophetischen Schau» betrachtet, ist nicht die fleischliche, sondern eine geistige Menschwerdung Christi – denn im Fleisch wurde Christus erst geboren, während Johannes bereits auf der Erde lebte. Neben der geistigen Geburt Christi wird hier also auch eine geistige Daseinsweise «Johannes' des Täufers» angedeutet: dabei handelt es sich um eine der im Mittelalter äußerst seltenen Erwähnungen einer vorgeburtlichen Existenz des Menschen. Angesprochen ist hier der ewige Mensch («Johannes»), der auf den ewigen Christus blickt und dessen ewige Menschwerdung verfolgt. «Der nach mir kommt, ist vor mir geworden» (Johannes 1, 30): Die Menschwerdung Christi geht geistig als Ursache der Menschwerdung des Menschen voran, und der Mensch im Fleisch kann, ähnlich wie Johannes der Täufer, auf der Erde Christus *wieder*erkennen, weil er ihn in der Ewigkeit schaute. Mit dieser Auslegung deutet Eriugena ein bestimmtes Verständnis der Zeugenschaft an, das sich von der (auch im Mittelalter üblichen) Auffassung Johannes' des Täufers als des Zeugen Christi unterscheidet: Das Zeugnis besteht für Eriugena darin, die Identität des ewigen Wortes, des Logos, mit dem irdischen Christus aufzuweisen – und nicht nur darin, den Menschen Jesus als den Christus zu identifizieren.

Das Wort und die Welt

Die *Mensch*werdung des göttlichen Wortes bedeutet seine *Welt*werdung; im Menschen ist nämlich alles anzutreffen, was die Welt in sich birgt. Vom materiellen Dasein (Leib) über die Stufen der pflanzlichen und der tierischen Existenz (vegetative und Sinnenseele) bis hin zu der rein geistigen Daseinsform der

Engelwesen (menschlicher Geist) vereinigt der Mensch in sich alles – indem er selbst aus diesen Elementen besteht, vor allem aber, indem er in der Lage ist, in seiner Erkenntnis diese verschiedenen Daseinsstufen mit Bewußtsein zu erfüllen. So wurde Christus *in allem*, als er Mensch wurde: im Menschen wurde Christus zur Welt.

Christus, die Identität von göttlichem Wort und Welt, erleuchtet «jeden Menschen, der in die Welt kommt» (Johannes 1, 9). Die Erleuchtung der Erkenntnisfähigkeit ist für Johannes Scotus nicht unabhängig von einem bestimmten Verhältnis zwischen geistig-göttlicher Wirklichkeit und sinnlicher Welt zu denken. Zwar hebt er mit Nachdruck hervor, die Erkenntnis würde den Menschen nicht insofern zuteil, als sie in die sinnliche Welt hineingeboren werden; denn diese irdische Wohnstätte sei ein «Abgrund der Unwissenheit», der «die inneren Augen von der Schau des wahren Lichtes ablenkt» (S. 95). Nicht *diese* Welt hat der Evangelist als «Welt» bezeichnet, sondern eine unsichtbare, in die der Mensch nicht leiblich, sondern geistig geboren wird. Aber die sinnliche Welt ist nicht überflüssig und schädlich; für den Menschen schafft sie die Voraussetzung, sich bewußt dem Licht und der Erkenntnis des Göttlichen zuzuwenden, die «Welt des Lasters» aus eigener Entscheidung überwinden zu können. Der Mensch soll sich nicht allein durch göttliche Wirksamkeit im *Zustand* der Erleuchtung und Erkenntnis befinden, sondern er soll die Möglichkeit besitzen, «das Licht der Weisheit und des Lebens *erstreben*» und «die Welt der Tugenden vor den Augen des Geistes errichten» zu können (S. 97). Wie Christus hinabgestiegen ist, so soll der Mensch emporsteigen; dieses Emporsteigen ist kein Verlassen eines sinnlosen irdischen Zustands, sondern eine Notwendigkeit: nur indem sich der Mensch selbst herausarbeitet, gelangt er zu Selbstbewußtsein und Eigenständigkeit. Wäre er stets in der geistigen Welt des Lichtes verblieben, so hätte seine freie Entscheidung für die Erkenntnis des Göttlichen keinen Raum erhalten, und er wäre in der selbstverständlichen, d. h. aber unfreien Schauung Gottes geblieben. Die sinnliche Welt bietet ein Übungs- und Erfahrungsfeld, aus dem geistige Selbständigkeit hervorgehen kann, sofern der Mensch in sich den Willen ausbildet, «die Finsternis der Unwissenheit» zu verlassen.

Das göttliche Wort ist in die Welt eingegangen; Christus existiert in zweifacher Hinsicht in der Welt: «Welt» meint einerseits das Universum schlechthin, andererseits auch den Menschen, der das gesamte All in sich trägt und abbildet. Welche Aussagen über Christus kann man nun treffen, wenn man diese beiden Aspekte seines Seins betrachtet?

Zum einen ist Christus die «Gründung und Erhaltung des geschaffenen Alls» (S. 97), also die Ursache und die Dauer in der Welt des Vergänglichen. Man kann diese Charakterisierung im wörtlichen Sinne verstehen und Christus dort suchen, wo sich Dauer bzw. «Erhaltung» in vorübergehenden Lebensprozessen zeigen; daneben wäre als Christus zu bezeichnen, was sich als Existenzgrund der Dinge («Gründung») zu erkennen gibt. Beispielsweise durchläuft die Pflanze in ihrer Entstehung bis zur Blüte und Frucht verschiedene Entwicklungsphasen; danach vergeht sie, indem sie durch verschiedene Stufen hindurch ihre grüne Farbe verliert, Blätter abwirft usw. Nicht einen Tag lang ist die sinnlich erscheinende Pflanze mit sich selbst identisch. Sie verändert sich fortwährend, und dennoch ist der Mensch jederzeit in der Lage, sie als eine bestimmte Pflanze zu bezeichnen. Dies ist möglich, weil gewisse sinnlich nicht wahrnehmbare Kräfte wirksam sind, die der Pflanze Dauer verleihen; es gibt eine unsichtbare Form der Gattung oder Art, die geistig durch die verschiedenen Entwicklungsstadien der sinnlichen Pflanze hindurch aufgefaßt werden kann. Dadurch besitzt der Mensch einen Begriff dieser Pflanze, der es ihm ermöglicht, sie auch im nächsten Jahr wiederzuerkennen. Eine Form- bzw. Gestaltungskraft wirkt in die nächste Pflanzengeneration hinein, so daß wieder pflanzliche Individuen von derselben Art entstehen werden. Dies alles sind Aspekte der Dauer, der «Erhaltung» oder auch der «Ursache», in denen Johannes Scotus zufolge Christus anzuschauen ist. So durchwirkt das göttliche Wort die Welt und ist in ihr, und zwar in dieser bestimmten, jedermann vor Augen stehenden Welt, nicht in einer entfernten, geistigen oder «himmlischen». *Diese* Welt «ist durch es geworden» (Johannes 1, 10) – Christus ist ihre Ursache, wie er Ursache des entstehenden und vergehenden pflanzlichen Lebens ist: als ihr Begriff und Wesen, das die Einheit in der Mannigfaltigkeit der historischen und natürlichen Weltveränderungen bildet. In diesem Sinne bedeutet die Erkenntnis natur- oder geistesgeschichtlicher Entwicklung, das göttliche Wort zu erkennen, insofern in dieser Betrachtung das Moment der «Erhaltung», d. h. das sich in den Wandlungen zum Ausdruck bringende Wesen erscheint.

Das Universum, das durch das Wort entstanden ist, gliedert sich in drei Welten; in die geistige der Wesenheiten (substantiae), in eine materielle und schließlich in die Einheit beider, den Menschen. «Er besteht nämlich aus Körper und Seele» (S. 99) und vereinigt auf diese Weise die geistige und materielle Welt in sich (zum Verhältnis von Seele und Geist in der Anthropologie Eriugenas vgl. die Kapitel III und IV). Die Welt der Wesenheiten ist selbst Geist; die materielle Welt ermöglicht Erkenntnisse, die zum Geist führen; die dritte Welt, der Mensch, ist diejenige, die durch Erkenntnisse zum Geist geführt wird. Mit leichter Zuspitzung könnte man auch formulieren, die sinnliche Welt bestehe, damit der Mensch durch sie ein Wissen erlangen könne, das ihm die Welt der geistigen Wesenheiten eröffnet. Wenn es heißt, die «Erscheinung des Sichtbaren» ziehe «den schlußfolgernden Geist zur Erkenntnis des Unsichtbaren hin», so ist damit eine Betrachtungsart gemeint, die nicht von «fleischlichen Gedanken in Fesseln geschlagen» wird (S. 101). Zwar führt Eriugena an dieser Stelle nicht genauer aus, worin die geistige Anschauungsweise besteht; jedoch geht aus den vorangestellten Ausführungen hervor, welche Erkenntnisausrichtung der Mensch anzustreben hat: Er soll sich bemühen, in der oben skizzierten Weise den Christus in der Welt wahrzunehmen, d. h. die sinnlich wahrnehmbare Welt so anzuschauen, daß in ihr das Dauernde, Erhaltende und Ursächliche zur Erscheinung kommt. Dabei handelt es sich um die wahrhaft «christliche» Erkenntnisart, weil sie das göttliche Wort aus den Dingen erlöst; ihr entgegengesetzt wäre die nicht wirklichkeitsgebundene Spekulation, die sich im rein Geistigen verliert, weil sie die Erscheinungswelt nicht mit in den Blick nimmt, und ebenso die «fleischliche» Betrachtung des Irdischen: diese vollzieht nicht den Übergang von der stofflichen zur geistigen Welt und verwendet die sinnliche Wahrnehmung nicht, um zu Christus aufzusteigen. Die Wirklichkeit der dritten Welt, der Vereinigung der sinnlichen mit der geistigen – Johannes Scotus bezeichnet sie als «Mensch» – hängt davon ab, ob die «christliche» Anschauungsweise praktiziert wird. Erkennt der Mensch nicht den Christus, so verbindet er nicht die beiden entgegengesetzten Weltbereiche; dann aber kann er auch eigentlich nicht «Mensch» genannt werden, denn gerade diese Vereinigung macht sein Wesen aus. So stellt sich hier die Anthropologie Eriugenas als eine *Erkenntnislehre* dar, weil der Mensch nicht in einer feststehenden Seinsbeschaffenheit, sondern von seiner Erkenntnisaufgabe her beschrieben wird.

Die Einheit von Gott und Mensch

Im folgenden wendet sich Johannes Scotus der Vergöttlichung des Menschen zu. Wie ist es möglich, daß der Mensch zu einem Gott wird? Die Antwort auf diese Frage findet sich in der Beziehung von Menschsein und Gottsein des Christus. Diese

Problemstellung wird jetzt alle weiteren Ausführungen der Homelia bis zu deren Ende beherrschen.

Verstanden und mit allen Konsequenzen ernstgenommen werden muß, daß Christus «wahrer Gott» und «wahrer Mensch» zugleich und wesenhaft ist. Wenn Gott in Christus Mensch wurde, so wird der Mensch dadurch mit der Möglichkeit ausgestattet, selbst Gott werden zu können. Hier liegt also eine zweifache Bewegung vor: dem Hinabsteigen Gottes entspricht ein Emporsteigen des Menschen. Dabei ist jedoch zu beachten, daß die Menschwerdung Gottes bereits stattgefunden hat und daß man auf sie gleichsam zurückblicken kann; dagegen steht das Gottwerden des Menschen noch für die Zukunft aus und hängt von dessen eigener Initiative ab. Der Mensch wird zu einem «Sohn Gottes», sofern er an Christus, den Sohn Gottes und «Einziggeborenen vom Vater» (Johannes 1, 14) *glaubt*. «Glauben» bezeichnet hier die willentliche Vorwegnahme von etwas, das im gedanklichen Verständnis und im lebenspraktischen Nachvollzug noch nicht erreicht werden kann. Der Glaube bedeutet eine habituelle, das Leben bestimmende Ausrichtung auf Christus hin; er ist eine Nachahmung Christi, die zu einem erkennenden Verständnis *führt*, dieses aber nicht als Entscheidungsgrundlage *voraussetzen* kann. In dem Begriff «Glauben» klingt also eine Entwicklungsaufgabe an, denn er beinhaltet eine Lebensausrichtung auf ein Ziel hin: auf die Bruderschaft mit Christus als Sohn Gottes. Es liegt auf der Hand, daß sich dieses Ziel so lange umfassender menschlicher Erkenntnis entzieht, bis es erreicht ist. Aber es setzt eine Willensentscheidung voraus, ohne die es nicht erreicht werden kann. Von dieser Entscheidung ist die Rede, wenn Johannes Scotus vom «Glauben» spricht.

Aus einer solchen Willensbestimmung kann hervorgehen, daß der Mensch «*zukünftig* ein Sohn Gottes sein wird». Er *ist* noch kein Kind Gottes, er kann es aber *werden*, jedoch «nicht anders als durch das Fleisch des Wortes» (S. 105), d. h. durch

Christus. Christus ist das menschgewordene Wort Gottes, der göttliche Logos, der in der menschlichen Natur wohnt. Diese Aussage kann historisch auf den Christus Jesus bezogen werden, der zu einem gewissen Zeitpunkt in Palästina auftrat; man kann den Satz aber auch auf den Menschen schlechthin anwenden und als Hinweis darauf begreifen, daß das göttliche Wort von diesem Zeitpunkt an in jedem Menschen gegenwärtig sein könnte. Dies wäre der «Christus in mir»; ihn hervorzubringen, bedarf der geschilderten Willensentscheidung und Lebensausrichtung.

Die in Christus vereinigte Gottheit und Menschheit bildet für Johannes Scotus auch weiterhin den Schlüssel zum Verständnis der Prolog-Aussagen. So bezieht er die Sentenz «voll Gnade und Wahrheit» (Johannes 1, 14) auf diese Einheit: die «Gnade» repräsentiert den Menschen in Christus, die «Wahrheit» den Gott. Gnade ist notwendig, damit der Mensch zu einem Gott werden kann; der Mensch könnte seine Vergöttlichung nicht durch sich selbst erlangen, da sie – wie im Hinblick auf den Glauben ausgeführt wurde – einen Bereich darstellt, der erst in der Zukunft seiner Verfügung unterstehen wird. Auch hier erscheint der Christus als das umfassende Vorbild für jeden Menschen, denn er, der wahre Mensch, wurde zum wahren Gott, mit dem Vater wesensgleich.

Der zweite Deutungsansatz Eriugenas läßt durchscheinen, daß er mit dem Begriff der «Gnade» ebenfalls ein Erkenntnisprinzip angesprochen sieht. «Denn der Heilige Geist wird mitunter als Gnade bezeichnet, weil er die Geschenke der Gnade austeilt und wirkt» (S. 107). Das Gottwerden des Menschen besteht wie die Vergöttlichung des Christus Jesus darin, von den sieben Gaben des Heiligen Geistes erfüllt zu sein. Der Heilige Geist wird im Anschluß an Jesaja 11, 2 beschrieben als Geist der Weisheit und der Vernunft, des Rates und der Tapferkeit, der Erkenntnis und der Gerechtigkeit sowie als Ehrfurcht vor Gott. Diese Aufzählung macht deutlich, daß das damit gekennzeichnete Erkenntnisprinzip nicht nur intellektuelle Fähigkeiten («Vernunft», «Erkenntnis») umfaßt, sondern auch den Willen («Gerechtigkeit»), praktische Geistesgegenwart («Rat») und eine allgemeine Gemütsdisposition («Tapferkeit»). Zudem ist mit einigen der genannten Begriffe auch ein bestimmtes Sozialverhalten angesprochen. Die Aussagen des Johannes Scotus über Christus, über die Gnade des Heiligen Geistes und zum Glauben beinhalten eine gewisse Bildungsgestalt; sie lautet: Der Mensch kann auf das Ziel, ein Kind Gottes zu werden, hinarbeiten; er kann sich willentlich auf dieses Ziel im Glauben hinordnen, auch wenn er die gewaltigen Dimensionen des Angestrebten noch nicht überblicken kann. Der Glaube wendet sich nicht gegen die Erkenntnis, sondern orientiert sich auf sie hin; wo eigenständige gedankliche Durchdringung möglich ist, erübrigt sich der Glaube. Eine Entsprechung dieses Glaubens begegnet in der göttlichen Gnade, die ebenfalls nicht ausschließlich als Folge menschlichen Wirkens gelten kann. Sie geht hervor aus der Ausrichtung auf Christus und entwickelt im Menschen den «Heiligen Geist», der sich über die Bereiche des Denkens, der praktischen Lebensgestaltung und des Sozialverhaltens erstreckt. Umgekehrt gilt: Christus ist vom Heiligen Geist empfangen, d. h. der Mensch kann durch die Gaben des Heiligen Geistes das Wort, den Sohn Gottes, wiederum in sich geistig hervorbringen; damit wird er selbst zum Sohn Gottes.

Motive der Homelia in der mittelalterlichen Theologie

Abschließend noch wenige Schlaglichter auf die literarische Vor- und Wirkungsgeschichte der Homelia: Einige der von Johannes Scotus verwendeten Motive stehen in geistesgeschichtlichen Traditionen und sind von ihm nicht «erfunden», sondern aus der Überlieferung übernommen oder abgewandelt worden. So findet sich beispielsweise das Bild des Adlerfluges in einem Kommentar des Alkuin (etwa 730 – 804), allerdings in anderer Ausgestaltung als bei Eriugena: «Der Adler fliegt gewöhnlich höher als alle anderen Vögel, und fester als alle anderen Lebewesen richtet er seinen Blick auf die Sonnenstrahlen. Die übrigen Evangelisten gehen gleichsam mit dem Herrn auf der Erde umher, wenn sie zugleich seine zeitliche Geburt und seine Taten in der Zeit hinreichend darlegen, aber wenig über seine Göttlichkeit gesagt haben. Dieser aber fliegt gleichsam mit dem Herrn zum Himmel, er, der sehr wenig über die zeitlichen Taten Christi vorträgt, aber die Macht seiner Göttlichkeit, durch die alles geworden ist, in höherem Geistesflug und klarerer gedanklicher Schau erkannte und uns schriftlich zum Erkennen überliefert hat.»[72]

Ein Zeitgenosse von Johannes Scotus war Heiricus von Auxerre; er lebte etwa von 835 bis in die siebziger oder achtziger Jahre des 9. Jahrhunderts und war einer der ersten Denker, die Eriugenas Werk *«Über die Einteilung der Natur»* für ihre eigenen Studien verwendeten. Edouard Jeauneau hat in einem Beitrag zu dem Eriugena-Kolloquium im Jahre 1970 anhand von überzeugenden Textgegenüberstellungen nachgewiesen, daß Heiricus einer eigenen Homelia die *«Stimme des geistigen Adlers»* des Johannes Scotus zugrundelegte.[73] Es finden sich über lange Passagen fast wörtliche Übereinstimmungen zwischen beiden Schriften. (Das Verfahren, auch größere Textabschnitte von anderen Autoren zu übernehmen, war im Mittelalter durchaus üblich. Die Vorstellung von «geistigem Eigentum», das man nicht «abschreiben» darf, sondern in wissenschaftlicher Aufrichtigkeit zitieren muß, setzt eine bestimmte Anschauung geistiger Individualität des Verfassers voraus. Eine solche Auffassung des individuellen Ich, das unverwechselbare eigene Gedanken hervorbringt, begann sich jedoch erst in der Hochscholastik allmählich herauszubilden.[74] In der Zeit davor sah man kein Problem darin, daß mehrere Autoren an denselben überpersönlichen Gedanken teilhatten, die sich wohl in einem bestimmten Menschen offenbart hatten, ihm als Einzelpersönlichkeit aber nicht angehörten.)

Vier Jahrhunderte später zitiert THOMAS VON AQUIN (1225–1274) in seiner Auslegung des Johannes-Prologs Eriugenas Homelia mehrere Male. In mittelalterlichen Handschriften wurde die Homelia häufiger *Origenes* zugeschrieben; ein Grund dafür dürften die kirchlichen Verurteilungen von Schriften des Johannes Scotus 1210 und 1225 gewesen sein: auf Origenes konnte man sich – wenngleich nicht uneingeschränkt – berufen, nicht aber auf Eriugena. Dabei war diese Verfasserangabe nicht willkürlich, denn sie signalisierte die geistige Herkunft des Werkes aus der griechischen Theologie. Auch Thomas von Aquin spricht von Origenes als dem Verfasser der Homelia; jedoch deutet die vorsichtige Formulierung, sie werde Origenes «zugeschrieben» (attribuere), darauf hin, daß Thomas um die Unsicherheit dieser Zuweisung wußte.[75] Daß Thomas die Homelia, eine kleine Schrift ohne ausdrücklichen wissenschaftlichen Anspruch, in seinem Kommentar zum Johannes-Evangelium mehrere Male anführt, kann als Hinweis auf ihre Wertschätzung im Hochmittelalter betrachtet werden.

III
ENGEL UND MENSCH

Discipulus: Nulla igitur creatura vel visibilis vel invisibilis conditionem hominis praecedit, non loco, non tempore, non dignitate, non origine, non aeternitate et simpliciter nullo praecessionis modo; ipsa vero cognitione et dignitate, non autem loco vel tempore praecedit ea, quae cum ea, et in ea, et infra eam creata sunt; his vero, quibus condignitate naturae aequalis est, caelestibus videlicet essentiis, concreata est. Nam et ipsa caelestis essentiae et intellectualis est particeps; de angelica quippe humanaque essentia et natura scriptum est: «Qui fecit caelos in intellectu», ac si aperte diceretur: qui fecit intellectuales caelos. Quapropter non facile occurit ad intelligendum, si homo angelicis essentiis substantialiter concreatus sit, quomodo omnia visibilia et invisibilia in ipso condita sunt. Non enim rationi convenire videtur, ut et cum caelestibus virtutibus suae simul principium conditionis habeat, et eae in ipso creatae sint.

Magister: Si intentus intellectualium et rationabilium naturarum reciprocam copulationem et unitatem inspexeris, invenies profecto et angelicam essentiam in humana, et humanam in angelica constitutam. In omni siquidem, quodcunque purus intellectus perfectissime cognoscit, fit, eique unum efficitur. Tanta quippe humanae naturae et angelicae societas fuerat, et fieret, si primus homo non peccaret, ut utraque unum efficeretur. Quod etiam in summis hominibus, quorum primitiae in caelestibus sunt, fieri incipit. Et angelus quidem in homine fit per intellectum angeli, qui in homine est, et homo in angelo per

Schüler: Keine sichtbare oder unsichtbare Kreatur geht also der Schöpfung des Menschen voran, weder räumlich noch zeitlich, weder der Würde noch dem Ursprung nach, weder in Ewigkeit noch überhaupt in irgendeiner Weise des Vorhergehens; dagegen geht die Gründung des Menschen selbst durch Erkenntnis und Würde, nicht aber räumlich oder zeitlich demjenigen voran, was mit ihr und in ihr und unter ihr geschaffen ist, während der Mensch mit denjenigen Wesen, denen er an Würde der Natur gleich ist, nämlich mit den himmlischen Wesen, zugleich geschaffen ist. Denn die menschliche Natur ist des himmlischen und geistigen Wesens teilhaftig; es steht nämlich über das Wesen und die Natur des Engels und des Menschen geschrieben: «Der die Himmel im Geiste machte», als ob offen gesagt würde: der die geistigen Himmel macht. Es ergibt sich darum nicht so leicht für das Verständnis: Wenn der Mensch mit den Engelwesen wesentlich zugleich geschaffen ist – wie wurde denn nun alles Sichtbare und Unsichtbare in ihm geschaffen? Denn es scheint mit der Vernunft nicht übereinzustimmen, daß er mit den himmlischen Kräften zugleich den Anfang seiner Schöpfung habe und daß diese in ihm geschaffen seien.

Lehrer: Wenn du die wechselseitige Verbindung und Einheit der geistigen und vernünftigen Naturen aufmerksam betrachtest, so wirst du in der Tat finden, daß sowohl das Wesen des Engels in dem menschlichen Wesen, als das menschliche in dem des Engels gegründet ist. In jedem entsteht nämlich, was der reine Geist auf das Vollkommenste erkennt, und wird Eines mit ihm. So groß war nämlich die Gemeinschaft der Natur des Engels und des Menschen – und würde es auch geblieben sein, wenn der erste Mensch nicht gesündigt hätte –, daß aus beiden Eines wurde, was auch bei den hervorragendsten Menschen, deren Erstlinge unter den himmlischen Wesen sind, bereits zu geschehen beginnt. Denn der Engel entsteht im Menschen durch den Geist des Engels, der im Menschen ist, und der

intellectum hominis in angelo constitutum. Qui enim, ut dixi, pure intelligit, in eo, quod intelligit, fit. Natura itaque intellectualis et rationalis angelica in natura intellectuali et rationali humana facta est, quemadmodum et humana in angelica per reciprocam cognitionem, qua et angelus hominem intelligit, et homo angelum. Nec mirum. Nam et nos, dum disputamus, in nobismet invicem efficimur. Siquidem dum intelligo quod intelligis, intellectus tuus efficior, et ineffabili quodam modo in te factus sum. Similiter quando pure intelligis quod ego plane intelligo, intellectus meus efficeris, ac de duobus intellectibus fit unus, ab eo, quod ambo sincere et incunctanter intelligimus, formatus. Verbi gratia, ut ex numeris exemplum introducamus: senarium numerum suis partibus esse aequalem intelligis; et ego similiter intelligo, et intelligere te intelligo, sicut et me intelligis intelligere. Uterque noster intellectus unus fit senario numero formatus, ac per hoc et ego in te creor, et tu in me crearis. Non enim aliud sumus, aliud noster intellectus; vera siquidem ac summa nostra essentia est intellectus contemplatione veritatis specificatus. ... Hac itaque ratione reciprocae intelligentiae et angelus in homine, et homo in angelo, non abs re creari dicitur ...[1]

Magister: Sed quia iterum genus invisibilium in multas species dividi patitur; quaedam enim invisibilium sunt, quae intelliguntur et intelligunt, quaedam intelliguntur et non intelligunt, quaedam neque intelliguntur, neque intelligunt: in qua specie horum definitiones connumerandas esse censes?

Discipulus: In ea profecto, quae intelligit et intelligitur. Actio siquidem definitionis ratiocinantis intelligentisque naturae actio est.

Mensch entsteht im Engel durch den im Engel gegründeten Geist des Menschen. Wer nämlich, wie ich sagte, das reine Denken vollzieht, wird in dem, was er denkt. Die geistige und vernünftige Engelnatur ist also in der geistigen und vernünftigen menschlichen Natur ebenso geworden wie die menschliche in der des Engels durch gegenseitige Erkenntnis, in der der Mensch den Engel und der Engel den Menschen denkt. Dies ist auch gar nicht wunderbar; denn auch wir selbst werden, indem wir uns miteinander unterreden, gegenseitig ineinander hervorgebracht. Indem ich nämlich denke, was du denkst, werde ich dein Geist und bin auf unaussprechliche Weise in dir geworden. Ebenso wenn du in reinem Denken nachvollziehst, was ich durchaus denke, wirst du mein Geist, und aus den beiden Geistwesen wird Eines, welches aus dem, was wir beide lauter und unverweilt denken, gebildet ist. Nehmen wir ein Beispiel aus den Zahlen zuhilfe: Du denkst, daß die Sechszahl in ihren Teilen gleich ist; und ich denke dies ebenso, und ich denke dich als Denkenden, wie du mich als Denkenden denkst. Unser beider Geist wird durch die Sechszahl Einer, und dadurch werde ich nicht nur in dir, sondern du auch in mir geschaffen. Denn wir sind nicht etwas anderes als unser Geist, und unser wahres und höchstes Wesen ist der Geist, welcher sich in der Betrachtung der Wahrheit beurkundet. ... In diesem Sinne des gegenseitigen Erkennens wird also ganz sachgemäß gesagt, daß der Engel im Menschen und der Mensch im Engel geschaffen werde ...[3]

Lehrer: Aber der Bereich des Unsichtbaren zerfällt doch wiederum in viele Arten. Es gibt nämlich einiges Unsichtbares, das gedacht wird und denkt; anderes, das gedacht wird und nicht denkt; wieder anderes, das weder gedacht wird noch denkt. Zu welcher von diesen Arten meinst du nun die Begriffsbestimmungen zählen zu müssen?

Schüler: Doch sicher zu derjenigen, welche denkt und gedacht wird, weil die Tätigkeit einer Begriffsbestimmung die Tätigkeit einer schlußfolgernden und denkenden Natur ist.

Magister: Nec aliter videtur esse posse. Nulla enim natura, quae seipsam non intelligit esse, aut sui aequalem, aut se inferiorem potest definire. Nam quod supra se est, quomodo potest cognoscere, dum ejus notitiam non valeat superare?

Discipulus: Solius ergo intellectualis naturae, quae in homine angeloque constituitur, definitionis peritia est. Sed utrum angelus aut homo seipsum, aut homo angelum, aut angelus hominem possit definire, non parva quaestio est. De qua, quid tibi videtur, nosse cupio.

Magister: Videtur mihi neque seipsos neque inter se invicem definire posse. Nam si homo seipsum vel angelum definit, major seipso est et angelo. Majus enim est quod definit, quam quod definitur. Eadem de angelo est ratio. Hos itaque ab ipso solo, qui eos ad imaginem suam condidit, definiri posse arbitror.[2]

Lehrer: Anders scheint es auch nicht sein zu können. Denn keine Natur, die nicht denkt, daß sie ist, kann eine ihr gleiche oder eine niedrigere Natur begrifflich bestimmen; wie sollte sie also erkennen, was über ihr ist, da sie davon keine Kenntnis zu erlangen vermag?

Schüler: Also kommt die Kenntnis der Begriffsbestimmung allein der denkenden Natur zu, die im Menschen und im Engel besteht. Ob aber der Engel oder der Mensch sich selber oder der Mensch den Engel oder der Engel den Menschen begrifflich bestimmen kann, ist keine geringfügige Frage, und ich möchte erfahren, was du davon hältst.

Lehrer: Es scheint mir, daß keiner von beiden sich selber noch auch einer den anderen begrifflich bestimmen kann. Wenn nämlich der Mensch sich selber oder den Engel begrifflich bestimmt, so ist er größer als er selber oder als der Engel; denn das Definierende ist ein Größeres als das Definierte. Dasselbe gilt auch für den Engel. Ich meine deshalb, daß diese beiden allein von dem, der sie nach seinem Bilde geschaffen hat, begrifflich bestimmt werden können.[4]

Die beiden wiedergegebenen Abschnitte aus der «Einteilung der Natur» können zunächst überraschen; der Mensch als Geistwesen und der Engel werden so nahe beieinander gedacht, daß anscheinend kein Unterschied geistiger Würde zwischen ihnen besteht. Aus dem späteren Mittelalter sind dagegen eher Formulierungen geläufig, die die höhere Dignität des Engels gegenüber dem Menschen hervorheben. So schreibt beispielsweise der Dominikaner DIETRICH VON FREIBERG (etwa 1250–1320), es sei «zu bedenken, daß der tätige Geist (intellectus agens) hinsichtlich der menschlichen Art tiefer steht als jener tätige Geist, der in den [von der Materie] getrennten Geistern (spiritus) ist, die wir Engel nennen». Denn der Geist des Engels begründe eine «vortrefflichere Wesenheit» (substantia) als derjenige des Menschen; im Unterschied zum Menschen vereine nämlich jedes Einzelwesen der Engel alles in sich, «was seiner Vollkommenheit zugehört, die es mit keinem anderen Einzelwesen teilt, und das heißt: alles an Vollkommenheit und Vortrefflichkeit».[5]

Man kann den Eindruck gewinnen, der Umgang mit den Engeln sei für Johannes Scotus noch selbstverständlicher gewesen als für die Philosophen der Hoch- und Spätscholastik (13.–15. Jahrhundert); besonders deutlich hebt sich Eriugenas Verständnis des Engels jedoch von dem neuzeitlichen Bewußtsein ab. Um sich der Engellehre Eriugenas zu nähern, ist es daher sinnvoll, einen größeren geistesgeschichtlichen Zeitraum in den Blick zu nehmen.

Die beiden diesem Kapitel vorangestellten Auszüge der Engellehre geben sofort zu erkennen, daß Johannes Scotus das Verhältnis zwischen Engel und Mensch vorwiegend im Hinblick auf den Geist (intellectus) bzw. auf das Denken (intelligere) beschreibt. Der Geist des Menschen lebt in demjenigen des Engels (und umgekehrt), wenn sie sich wechselseitig denken oder erkennen. Beide werden als «geistige und vernünftige» (intellectualis et rationalis) Natur bezeichnet, und der Mensch ist dem Engel in den Augen Eriugenas «an Würde gleich». Beide sind von derjenigen Natur, «welche denkt und gedacht wird»; sie können sich nicht wechselseitig begrifflich bestimmen (definire): dies bedeutet hier nichts anderes, als daß der Geist des Engels nicht höher steht als der Geist des Menschen, denn nur wenn der Engel den Menschen definieren könnte, wäre er «ein Größeres als das Definierte». Man kann aus diesen Darlegungen lernen, daß man die menschliche Geistestätigkeit stets mitberücksichtigen sollte, wenn man vom Engel spricht. Zudem wird der Gesichtspunkt nahegelegt, geistesgeschichtliche Veränderungen im menschlichen Bewußtsein von den Engeln auf Wandlungen in dem Verhältnis des Menschen zu seinem eigenen Denken zu beziehen.

Engel und menschliches Denken

Von Petrus Chrysologos (etwa 380 – 450) ist eine Predigt über *«Die Verkündigung an die göttliche Jungfrau Maria»* überliefert. Der Engel erscheint bei Maria, um ihr die Botschaft auszurichten, daß sie Christus hervorbringen wird. Gerade hat der Engel die Begrüßungsworte zu Maria gesprochen. «‹Als sie dies hörte›, sagt der Evangelist, ‹wurde sie von seiner Rede verwirrt›.[6] Woran liegt es, daß sie [den Engel] als Person sieht und von seiner Rede verwirrt wird? Weil der Engel – angenehm in der Erscheinung, tapfer im Kampf, milde im Habitus, schrecklich in der Rede – gekommen war und Menschliches redete, Göttliches versprach. Daher verwirrte das Gehörte die Jungfrau, die das Gesehene nur leicht erschüttert hatte, in höchstem Maße: sie, die die Gegenwart des Gesandten nicht sonderlich bewegt hatte, erschütterte die Autorität des Sendenden mit ganzem Gewicht. Und was weiter? Bald spürte sie, daß der höchste Richter in ihr aufgenommen wurde, wo sie zuvor schon den Himmlischen sah und den Vermesser[7] betrachtete. ... ‹Und die Jungfrau›, sagt der Evangelist, ‹überlegte, was diese Begrüßung bedeutete›.[8] ... Die Jungfrau überlegt also, denn es ist ein Zeichen menschlichen Leichtsinns, schnell zu antworten, das Nachdenken aber ist ein Zeichen von innerer Festigkeit und ausreifender Erkenntnis.»[9]

Welcher Zusammenhang besteht hier zwischen der Erscheinung des Engels und der menschlichen Geistestätigkeit? – In der Schilderung ist eine bestimmte Abfolge zu erkennen: Die *visuelle* Anwesenheit des Engels hat Maria nur leicht erschüttert; was sie aber von ihm *hörte*, versetzte sie in überaus starke Aufregung. Entsprechend wird der Engel als «angenehm in der Erscheinung», aber «schrecklich in der Rede» dargestellt; durch die Rede des Gesandten, nicht durch dessen sichtbare Erscheinung, wird Maria die Autorität des Sendenden, also Gottes, deutlich. Der nächste Satz unterscheidet zwischen dem äußeren Sehen und einem inneren Vorgang, wenn das Erblikken des himmlischen Engels und die innere Aufnahme des «höchsten Richters» gegenübergestellt werden. Marias Haltung ist also zunächst vom Sehen, dann vom Hören und schließlich von einem Aufnehmen im Inneren bestimmt; am Anfang erscheint ihr der Engel visuell; anschließend hört sie seine Botschaft, die sie zuletzt in sich aufnehmen kann. Nun beginnt Maria zu überlegen – nicht etwa, was die sichtbare Erscheinung, sondern was die Worte des Engels zu bedeuten haben; sie versucht, seine Rede zu begreifen, einen «Begriff» des Gehörten zu gewinnen. Diese Verwandlung der Tätigkeiten Marias vom Sehen über das Hören zum Begreifen kann auch auf den Engel selbst bezogen werden: er vollzieht gleichsam eine Metamorphose vom erscheinenden Bild über das gehörte Wort zum nachvollzogenen Begriff.

In dem wiedergegebenen Abschnitt der Predigt des Petrus Chrysologos begegnet also andeutungsweise eine Bewegung, die man auch folgendermaßen bezeichnen könnte: Marias Haltung steigt auf von einem «imaginativen» (visuelle Erscheinung des Engels) zu einem «inspirativen» (die Rede des Gesandten und deren innere Wirkung) und schließlich zu einem «intuitiven» Element (das Nachdenken der Maria). Dabei findet auch im Hinblick auf den Engel gewissermaßen eine «Vergeistigung» statt: das Engelhafte lebt in einer Verwandlung vom äußerlichen Erscheinungsbild hin zur Begriffs- oder Gedankenform der Botschaft, die überbracht wird. Von einem bestimmten Punkt der (hier nur ausschnittsweise wiedergegebenen) Predigt an kann der geschilderte Vorgang als ein inneres Geschehen in Maria betrachtet werden. Dieser Umschlag ist an der Stelle des Textes zu lokalisieren, wo Maria über die Botschaft des Engels nachzudenken beginnt; seine äußere, bildhafte Erscheinungsweise tritt nun in den Hintergrund, und im weiteren Verlauf des Textes wird ein innerer Vorgang in Maria beschrieben, den Petrus Chrysologos selbst in die Worte faßt: «... so nimmt ein Mädchen Gott in ihrem Gemüt (pectus) auf ...».[10] Maria erfaßt geistig den Begriff der Engelbotschaft; dadurch verliert das Gesagte seinen Engelcharakter. Der Engel im äußerlich erscheinenden Sinn verschwindet in dem Moment, in dem Maria über das Gesagte nachdenkt. Er wird auf den verschiedenen Stufen des Wahrnehmens und Verstehens, die der Mensch durchläuft, mitverwandelt: es besteht eine Entsprechung zwischen der Geistestätigkeit des Menschen und der Existenzform des Engels.

Man muß sich bei einer solchen Auslegung der Predigt stets vor Augen halten, daß die Unterscheidung der verschiedenen Verstehensstufen der Maria und auch die Formulierung, auf ihnen verwandele sich jeweils die Erscheinungsweise des Engels, begriffliche Deutungen des 20. Jahrhunderts darstellen. Der Autor des Textes beschreibt das Geschehen nicht mit solchen Worten, sondern in einer eher bildhaften Rede; so konnte der Ablauf von den Hörern der Predigt miterlebt, nicht aber begrifflich erfaßt werden. Die Wechselbeziehung zwischen menschlicher Geistestätigkeit und der Wirklichkeit des Engels verbleibt im Bereich des Bildhaft-Anschaulichen. Überspringt man einen Zeitraum von über vierhundert Jahren Geistesgeschichte, so begegnen im Werk des Johannes Scotus Ausführungen, die über den bildhaften Charakter der Predigt des Petrus Chrysologos hinausweisen und zu Denkübungen anleiten, an denen man sich das Verhältnis zwischen Engel und Mensch auf andere Weise erarbeiten kann.

Von Eriugenas Werk *«Über die Einteilung der Natur»* ist glücklicherweise eine Handschrift aus dem 9. Jahrhundert erhalten (vgl. Abb. 11), in die mit der sogenannten insularen Schrift – sie unterscheidet sich von derjenigen des fortlaufenden Textes – Randbemerkungen eingetragen wurden; diese Glossen bieten Erläuterungen oder Ergänzungen des Haupttextes. Ihr Entdecker, Ludwig Traube, war der Ansicht, daß diese Erweiterungen vom Verfasser des Haupttextes, also von Johannes Scotus, mit eigener Hand hinzugefügt wurden. Ein Schüler Traubes, E. K. Rand, veröffentlichte die betreffenden Stellen nach dem Tod seines Lehrers im Jahre 1912.[11] Zu diesem Zeitpunkt vertrat auch Rand die Auffassung, daß es sich dabei um autographische Notizen Eriugenas handele. Nach genauerer Durchsicht der Handschriften revidierte er allerdings später seine Meinung und legte 1920 in einem Aufsatz folgendes dar[12]: Die Randbemerkungen enthielten Schreibfehler, die nicht dem Verfasser des Textes, wohl aber einem seiner Schreiber unterlaufen sein könnten. Deshalb sei anzunehmen, daß Johannes Scotus selbst zwar der Autor dieser Erweiterungen sei, sie jedoch nicht eigenhändig hinzugefügt, sondern einen der von ihm beschäftigten Schreiber beauftragt habe, den Haupttext durch sie zu ergänzen bzw. zu korrigieren. Dieser Auffassung scheint sich die Eriugena-Forschung bis heute

Abb. 11: Handschriftenseite der «Einteilung der Natur» mit Randbemerkungen. 9. Jh.

überwiegend anzuschließen. – Festzuhalten ist also, daß die Hinzufügungen als authentische Worte des Johannes Scotus angesehen werden können; dagegen besitzt die Frage, ob er sie auch mit eigener Hand aufgeschrieben hat, nur untergeordnete Bedeutung.

Eine der Notierungen am Rande bezieht sich auf einen interessanten Satz im Haupttext der «Einteilung der Natur»; dieser Satz soll hier auch in lateinischer Sprache wiedergegeben werden, da man seinen Sinn in der deutschen Übersetzung nicht exakt treffen kann: «Affirmatio enim hominis negatio est angeli, negatio vero hominis affirmatio est angeli, et vicissim»[13]: Die Bejahung des Menschen ist nämlich die Verneinung (Aufhebung) des Engels, die Verneinung (Aufhebung) aber des Menschen ist die Bejahung des Engels, und umgekehrt. Man nähert sich einem Verständnis dieser schwierigen Aussage, wenn man unter «Bejahung» auch die Bedeutung «Betonung» und «Hervorhebung» versteht; außerdem ist es hilfreich, wenn man sich unter «Verneinung» bzw. «Aufhebung» den dreifachen Hegelschen Sinn von «Aufhebung» denkt: ein Hinaufheben, Bewahren und Ausschließen. Führt man sich den Satz nun mit den genannten Bedeutungsvarianten mehrmals vor Augen, so erhält man den Eindruck eines eigenartigen Oszillierens, eines beständigen Austauschs und Ineinanderübergehens der Menschen- und der Engelwesenheit.

Zu dieser Aussage also hat Johannes Scotus in der erwähnten Randnotiz eine Erläuterung vermerkt (zur Verdeutlichung wird zunächst wieder der lateinische Text angeführt):

«affirmatio hominis
(an)imal rationale (mo)rtale homo est
negatio angeli
(ani)mal rationale (mo)rtale angelus non est
neg(atio) ho(min)is
(ani)mal rationale mortale non est homo

affir(matio) ang(eli)
(ani)mal rationale (m)ortale angelus est.
(H)aec quattuor refle(xim) alia quattuor ef(fici)unt.»[14]

Diese Zeilen stehen auf dem linken Rand der auf S. 161 wiedergegebenen Handschrift; sie besitzen fast epischen Charakter. Ihre Übersetzung lautet:

Bejahung des Menschen
ein vernünftiges sterbliches Seelenwesen ist der Mensch
Verneinung des Engels
ein vernünftiges sterbliches Seelenwesen ist der Engel nicht
Verneinung des Menschen
ein vernünftiges sterbliches Seelenwesen ist der Mensch nicht
Bejahung des Engels
ein vernünftiges sterbliches Seelenwesen ist der Engel.
Diese vier [Aussagen] bringen umgekehrt vier andere hervor.

Es ist nicht nötig, die Bezeichung des Engels als «animal mortale» (sterbliches Seelenwesen) als eine Tatsachenaussage aufzufassen; vielmehr kann man sie zunächst lediglich als ein Element des Gedankenexperiments verstehen, das Johannes Scotus mit dieser Bemerkung zu seinem eigenen Text durchzuführen scheint. In der letzten Zeile soll wohl zum Ausdruck gebracht werden, daß der Leser eine andere (umgekehrte) Reihenfolge zu ergänzen hat, um den Kreis zu schließen und eine vollständige Aussage zu erhalten. Bei einer solchen Umkehrung wäre statt mit der «Bejahung des Menschen» mit der «Bejahung des Engels» zu beginnen; man würde dann am Ende nicht zur «Bejahung des Engels», sondern zur «Bejahung des Menschen» gelangen:

Bejahung des Engels
ein vernünftiges sterbliches Seelenwesen ist der Engel
Verneinung des Menschen
ein vernünftiges sterbliches Seelenwesen ist der Mensch nicht

Verneinung des Engels
ein vernünftiges sterbliches Seelenwesen ist der Engel nicht
Bejahung des Menschen
ein vernünftiges sterbliches Seelenwesen ist der Mensch.

Eriugenas Ausdrucksform kann auf den ersten Blick verwirren, insbesondere dann, wenn man noch die vorgeschlagene Ergänzung hinzunimmt. Es handelt sich um eine in hohem Maße *künstlerische* Darstellungsart, in der eine komplizierte philosophische Aussage nicht leicht nachvollziehbar formuliert wird; dieser künstlerische Ausdruck darf nicht mit einer bloßen Wortspielerei verwechselt werden. Die Charakterisierung des Verhältnisses zwischen Engel und Mensch besteht fast ausschließlich aus definitionsähnlichen Sätzen, und dennoch ist sie einem rein logisch-rationalen Verständnis nicht zugänglich. Vielmehr gehört es zum künstlerischen Charakter dieser Ausführungen, daß sich der Leser die Beziehung zwischen Engel und Mensch an ihnen nur übend erarbeiten kann. Dabei wäre beispielsweise folgendes Verfahren vorstellbar: Man macht sich zunächst die oben beschriebenen Bedeutungsfelder von «Bejahung» und «Verneinung» bewußt; «Bejahung» kann im Sinne von «Betonung» und «Hervorhebung» verwendet werden, und die «Verneinung» kann für eine «Aufhebung» stehen, die als Hinaufheben, Bewahren und Beenden eine dreifache Bedeutung besitzt. Man kann ein gefallenes Kind, ein altes Buch und eine Versammlung «aufheben», wobei dasselbe Wort unterschiedliche Tätigkeiten bezeichnet. Nach dieser Vergegenwärtigung des Sinnes von «Bejahung» und «Verneinung» kann man nun die Gedankenabfolge der Randbemerkung mehrere Male nachvollziehen; anschließend ergänzt man entsprechend der Anregung Eriugenas die zweite Aussagenreihe. Wiederholt man dann beide «Verse» im Gedächtnis, so erhält man einen in Worten nur schwer beschreibbaren Eindruck der Beziehung zwischen Engel und Mensch. Man entwickelt ein inneres *Erleben* dieses Verhältnisses und *empfindet* die Beziehung zwischen den beiden Geistwesen, indem man sich an den einzelnen Zeilen der Randbemerkung gedanklich entlangtastet.

Andere Aussagen des Johannes Scotus zu diesem Themenbereich bestätigen einen Eindruck, der aus der Beschäftigung mit der Randnotiz hervorgehen kann: Die Natur des Engels und des Menschen liegen so nahe beieinander, daß sie in mancher Hinsicht nicht zu unterscheiden sind. Das Wesen des Menschen und des Engels können als eine wechselseitige Hervorbringung erscheinen, in der weder der Geist des Menschen ohne den Engel, noch der Engel als Geistwesenheit ohne den Menschengeist denkbar ist. «Denn der Engel entsteht im Menschen durch den Geist (intellectus) des Engels, der im Menschen ist, und der Mensch entsteht im Engel durch den im Engel gegründeten Geist des Menschen. Wer nämlich ... das reine Denken vollzieht, wird in dem, was er denkt. Die geistige und vernünftige Engelnatur ist also in der geistigen und vernünftigen menschlichen Natur ebenso geworden, wie die menschliche in der des Engels durch gegenseitige Erkenntnis, in der der Mensch den Engel und der Engel den Menschen denkt.»[15] Das Engel- und das Menschenwesen bringen sich gegenseitig durch Erkenntnis des jeweils anderen hervor; diese Erkenntnis vollzieht sich für den Menschen im *Denken* der Geistwesenheit des Engels.

Der Engel im Menschen

Eriugena weist darauf hin, «daß die himmlischen, d. h. die Wesenheiten der Engel auf doppelte Weise im Menschen sind: einmal nämlich, sofern sie mit ihm wesensgleicher, d. h. gleich geistiger und gleich vernünftiger Natur sind, nur daß eben diese irdische Behausung des sterblichen Leibes nach der Sünde [zum Menschen] hinzukam, sodann aber sofern sie durch gegenseitige Erkenntnis ineinander so enthalten sind, daß sowohl der Engel im Menschen als Mensch, als auch der Mensch im Engel als Engel, durch beiderseitigen Geist verbunden und durch einfache Anschauung gebildet, ins Dasein traten.»[16]

Eriugena denkt den Menschen als vernünftiges oder als Geistwesen nicht unabhängig von der Existenz des Engels; und es erscheint ihm offenbar wenig sinnvoll, nach der Existenz des Engels außerhalb des menschlichen Geistes zu suchen. Diese Formulierung mag zunächst überzogen klingen, und es ist in der Tat anzunehmen, daß sie nur einen Teilaspekt der Engellehre Eriugenas zum Ausdruck bringt. Allerdings handelt es sich dabei um einen entscheidenden Gesichtspunkt; denn hier zeigt sich ein Weg, auf dem auch in der Neuzeit wieder ein Bewußtsein von den Engeln gewonnen werden könnte.

Wenn es heißt, der Mensch entstehe «im Engel *als Engel*», der Engel dagegen «im Menschen *als Mensch*», so bedeutet dies doch, daß der Engel im Geist des Menschen menschlich, also menschlichem Verständnis zugänglich, der Mensch aber im Engel engelgleich, also dem Verständnis des Engels nachvollziehbar zur Erscheinung kommt. Der Mensch kann den Engel geistig verstehen und der Engel den Menschen, weil sich beide dem jeweils anderen Bewußtsein in der Erkenntnis anverwandeln, so daß der Engel im Menschen zum Menschen und der Mensch im Engel zum Engel wird. Eine Konsequenz dieser Einsicht lautet: Es ist zunächst abwegig, über das Dasein des Engels «an sich» zu spekulieren; selbstverständlich kann man voraussetzen, daß menschliches Denken den Engel ebensowenig im «gegenständlichen» Sinne zu erschaffen vermag, wie sich der Mensch in der Selbsterkenntnis als gegenständlich-leibliches Wesen hervorbringen kann. Konzentriert man sich jedoch auf den Standpunkt des «für mich» (d.h. für das Bewußtsein des Menschen) und des «für ihn» (d.h. für das Bewußtsein des Engels), so ergibt sich, daß der Mensch als Geistestätigkeit des Engels und der Engel als Erkenntnisakt des Menschen existiert. Wie ich mich in der Selbsterkenntnis als *geistiges* Wesen selbst hervorbringen kann – und ohne diese Erkenntnis ist dieses Ich «für mich» nicht vorhanden – , so erschaffe ich auch das Geistwesen des Engels in mir, indem ich mir den Engel «für mich» zu Bewußtsein bringe; ohne diesen Erkenntnisakt existiert der Engel ebensowenig «für mich» wie mein Ich, das mir nur gegeben ist, wenn ich es erkenne und es damit selbst hervorbringe. Auf diese Weise also entsteht der Engel im Menschen.

Doch was ist das für eine Erkenntnisart, die den Engel hervorbringt? Und was bedeutet die Aussage, der Mensch existiere als Geistestätigkeit des Engels? – Es liegt die Vermutung nahe, daß es sich dabei um zwei Elemente oder Aspekte ein und desselben geistigen Geschehens handelt. Durch eine bestimmte Weise gedanklicher Tätigkeit kann der Mensch den Engel «gebären»; betrachtet man dasselbe Geschehen aus einem anderen Blickwinkel, so stellt es sich als das Entstehen des Menschen im Geist des Engels dar. Ein charakteristisches Merkmal dieser geistigen Tätigkeit wäre dann, daß in ihr Subjekt und Objekt nicht im gewöhnlichen Sinne unterschieden werden können. Der erkennende Geist und sein Erkenntnisgegenstand fallen nicht auseinander, sondern sie erscheinen als eine Einheit, an der zwei Aspekte oder Richtungen hervorgehoben werden können. So ist es möglich, ein und denselben Erkenntnisakt zugleich als eine Geburt des Engels im Menschen *und* als Existenz des Menschen im Engel zu bezeichnen, in der der Mensch ein engelhaftes Sein besitzt. Diese menschliche Existenz im Engel aber bedeutet nichts anderes als eine rein geistige Daseinsweise; denn der Mensch – dies war im letzten Zitat bereits angeklungen – unterscheidet sich vom Engel durch seinen stofflichen Leib und – dies wäre hinzuzufügen – durch seelisch-sinnliche Regungen, die der Engel nicht kennt. Als *geistige* Existenzen aber sind beide wesengleich. «Denn

Gott wohnt nicht anderswo als in der menschlichen Natur und in derjenigen des Engels, denen allein die Betrachtung der Wahrheit geschenkt wird. Und wir dürfen diese beiden Naturen nicht als zwei Häuser nehmen, sondern als ein und dasselbe Haus, welches aus zwei übersinnlichen Stoffen erbaut ist.»[17]

Wieder soll hier ein Textvergleich zum besseren Verständnis herangezogen werden. In seinem Buch «Die Mystik» (1901) erläutert Rudolf Steiner diese Erkenntnisart, in der erkennendes Subjekt und erkanntes Objekt nicht mehr getrennt sind. Steiner beschreibt sie als «ein Erkennen, das gegenüber dem gewöhnlichen Wissen eine höhere Stufe darstellt. Wissen im untergeordneten Sinne ist Erfassen eines Gegenstandes durch den Geist. Das wichtigste Kennzeichen des Wissens ist, daß es Aufklärung gibt über etwas außer dem Geiste, daß es also auf etwas blickt, was es nicht selbst ist. Der Geist beschäftigt sich also im Wissen mit außerhalb seiner gedachten Dingen. Nun ist aber dasjenige, was der Geist in sich über die Dinge ausbildet, das *Wesen* der Dinge. Die Dinge sind Geist. Der Mensch sieht zunächst den Geist nur durch die sinnliche Hülle. Was außerhalb des Geistes bleibt, ist nur diese sinnliche Hülle; das Wesen der Dinge geht in den Geist ein. Blickt dann der Geist auf dieses Wesen, das Stoff von seinem Stoffe ist, dann kann er gar nicht mehr von Wissen reden, denn er blickt nicht auf ein Ding, das außerhalb seiner ist; er blickt auf ein Ding, das ein Teil von ihm ist; er blickt auf sich selbst. Er weiß nicht mehr; er schaut nur auf sich. Er hat es nicht mit einem ‹Wissen›, sondern mit einem ‹*Nicht-Wissen*› zu tun. Er *begreift* nicht mehr etwas durch den Geist; er ‹schaut ohne Begreifen› sein eigenes Leben an. Diese höchste Stufe des Erkennens ist im Verhältnis zu den niedrigen Stufen ‹Nicht-Wissen›. – Es ist aber einleuchtend, daß das *Wesen* der Dinge nur durch diese Stufe der Erkenntnis vermittelt werden kann.»[18]

In diesem Sinne erzeugt der Mensch den Engel in seinem Innern, und er selbst wird zum Engel, indem er den Engel in sich hervorbringt. Die Erkenntnis, d.h. die geistige Geburt des Engels im Menschen, bewirkt in den Augen des Johannes Scotus eine geistige Selbstveränderung des Menschen: er wird zu einem wirklichen Geistwesen (also engelgleich) – er entsteht in seiner Erkenntnis des Engels als Engel, oder in den Worten Eriugenas: der Mensch tritt «im Engel als Engel … ins Dasein».[19] So ist die Aussage zu verstehen, der Engel entstehe «im Menschen durch den Geist (intellectus) des Engels, der im Menschen ist, und der Mensch entsteht im Engel durch den im Engel gegründeten Geist des Menschen» (vgl. den Kapitelanfang). Weil sich die Existenz des Menschen und das Sein des Engels auf diese Weise gegenseitig bedingen, steht keiner von beiden höher als der andere; daher kann auch keiner von beiden den anderen «begrifflich bestimmen», wie Johannes Scotus ausführte (s. S. 155). Denn die begriffliche Bestimmung würde vorausssetzen, daß sich entweder der Mensch über den Engel oder der Engel über den Menschen erheben könnte, um ihn zu definieren. Dies aber ist nicht möglich, weil die Erkenntnis des Engels durch den Menschen in der beschriebenen Weise immer zugleich auch die Erkenntnis des Menschen durch den Engel ist – und umgekehrt.

Die Unterscheidung zwischen einer Erkenntnisart, in der Subjekt und Objekt gespalten sind, und einer Erkenntnisform, in der der erkennende Geist und der erkannte Gegenstand nicht auseinandertreten, eröffnet auch einen weiteren Weg zum Verständnis der besprochenen Randbemerkungen des Johannes Scotus. Diese Randnotizen beziehen sich auf den Satz: «Die Bejahung des Menschen – ich spreche jetzt vom sterblichen – ist nämlich die Verneinung des Engels, die Verneinung aber des Menschen ist die Bejahung des Engels, und umgekehrt.»[20] Der Haupttext der *«Einteilung der Natur»* fährt an dieser Stelle fort: «Denn wenn der Mensch ein vernünftiges, sterbliches und sichtbares Seelenwesen ist, so ist der Engel in der Tat weder ein vernünftiges, noch ein sterbliches, noch ein sichtbares Seelenwesen. Ebenso, wenn der Engel eine wesenhafte geistige Bewegung um Gott und die Ursachen der Dinge ist, so ist der Mensch in der Tat keine wesenhafte geistige Bewegung um Gott und die Ursachen der Dinge.»[21] Hier wird das Wesen des Engels eindeutig gegen dasjenige des Menschen abgegrenzt. Außerdem tritt eine hierarchische Gliederung hinzu, die dem Menschen eine Stellung unterhalb des Engels zuweist: «Die Bejahung des Niedrigeren ist nämlich die Verneinung des Höheren; ebenso ist die Verneinung des Niedrigeren die Bejahung des Höheren; und in derselben Weise ist die Bejahung des Höheren die Verneinung des Niedrigeren, die Verneinung des Höheren aber wäre die Bejahung des Niedrigeren.»[22] Eine ähnliche Differenzierung lag auch in der Randbemerkung zu dieser Stelle:

Bejahung des Menschen
ein vernünftiges sterbliches Seelenwesen ist der Mensch
Verneinung des Engels
ein vernünftiges sterbliches Seelenwesen ist der Engel nicht
Verneinung des Menschen
ein vernünftiges sterbliches Seelenwesen ist der Mensch nicht
Bejahung des Engels
ein vernünftiges sterbliches Seelenwesen ist der Engel.

Widersprechen solche Aussagen nicht den Formulierungen Eriugenas über die Gleichheit der Natur des Engels und des Menschen, über die gegenseitige Verwandlung von Mensch und Engel ineinander und über die Begründung der Wesenheit des Engels in derjenigen des Menschen? Diese Frage kann beantwortet werden, wenn man die beiden Aussagengruppen, die sich zunächst zu widersprechen scheinen, auf die beiden skizzierten Erkenntnisarten bezieht. Für die Wesenserkenntnis – hier wird zwischen Erkenntnissubjekt und -objekt nicht getrennt – stellt sich die Wesenheit des Engels und des Menschen als eine geistige Einheit dar; für die andere Erkenntnisart dagegen treten die Verschiedenheiten von Engel und Mensch in den Vordergrund, so daß die Wesenseinheit keine Beachtung finden kann. Die zweite Erkenntnisart besitzt objektivierenden Charakter und stellt gleichsam den äußeren Menschen vor die Augen des Betrachters. Demzufolge treten hier insbesondere die Züge des sinnlich erscheinenden Menschen hervor, beispielsweise seine Vergänglichkeit, seine Gebundenheit an den Körper und an die Sinneswahrnehmung. Der Engel kann zwar nicht in derselben Weise verobjektiviert werden, da er sinnlich nicht wahrnehmbar ist. Bei der Betrachtung des Engels besteht die Objektivierung der zweiten Erkenntnisart aber darin, daß seine geistige Wirklichkeit jetzt nicht innerhalb des Menschen, sondern als außerhalb des menschlichen Geistes existierend gedacht wird. Die Objektivierung des Menschen hat gleichsam den Auszug der Geistwesenheit des Engels aus dem Menschen zur Folge. Umgekehrt führt die Objektivierung der geistigen Wesenheit des Engels, d.h. die Vorstellung des Engels als eines Geistwesens außerhalb des Menschengeistes, zu einer Versinnlichung des Menschen; dieser erscheint jetzt vorwiegend in seinen nichtgeistigen Attributen. Die erste Erkenntnisart dagegen bringt eine Anschauung des Menschen als *geistige* Wirklichkeit hervor; dieser Erkenntnisart stellt sich der Engel *innerhalb* des menschlichen Geistes dar, und zugleich erblickt sie den Menschen als geistiges Wesen im Engel. So werden der erkennende menschliche Geist und sein Erkenntnis«gegenstand», der Engel, identisch. Beide Betrachtungsweisen widersprechen sich demnach nicht, sondern sie führen lediglich zu unterschiedlichen Ergebnissen. Diese Ergebnisse sind durchaus vereinbar, sobald man sich verdeutlicht, daß sie durch die skizzierte Verschiedenheit der Erkenntnisperspektiven bedingt sind. Im Werk des Johannes Scotus begegnen beide Ergebnisarten unvermittelt nebeneinander; offenbar konnte er voraussetzen, daß seine Leser um den jeweils zugrundeliegenden Betrachtungsaspekt wußten.

Es gilt nun noch, eine Konsequenz aus dem Gesagten zu ziehen. Wenn wahrscheinlich gemacht werden konnte, daß bei der Wesenserkenntnis des Engels der menschliche Geist als Erkenntnissubjekt und der Engel als Erkenntnisobjekt nicht gegeneinander differenziert werden können, so bedeutet dies doch: es besteht eine Identität des Erkenntnisvorgangs selbst mit dem Geistwesen des Engels. Mit anderen Worten und zugespitzt gesagt: Der Engel *ist* die Geistestätigkeit, mit der er erkannt wird. Auf diese Weise entsteht – um die Worte Eriugenas zu verwenden – «der Engel im Menschen». Umgekehrt könnte man, ebenfalls im Anschluß an Eriugena, formulieren, in demselben Denkvorgang werde «der Mensch im Engel als Engel» hervorgebracht. Denn wenn der Geist des Menschen bei der Erkenntnis des Engels zum Engel wird, so entsteht der Menschengeist selbst als Engel; das menschliche Wesen ist nämlich im Sinne des Johannes Scotus ein *geistiges*, dem alle anderen Kennzeichen des Menschen – wie etwa seine Sterblichkeit und die Verhaftung in der Sinnenwelt – unterzuordnen sind (vgl. das vierte Kapitel des vorliegenden Buches). So ist zu verstehen, was Eriugena als den «beiderseitigen», «wechselseitigen», «in Wechselwirkung stehenden» oder «zurückkehrenden» Geist (reciprocus intellectus)[23] bezeichnet. Der «wechselseitige Geist» von Engel und Mensch wird erreicht, wenn der menschliche Gedanke zu dem *wird*, was zuvor, auf einer anderen Stufe der Geistestätigkeit, sein «Inhalt» oder «Gegenstand» war. In diesem Sinne ist der Engel ein wesenhafter Gedanke des Menschen.

Allerdings ist zu beachten, daß die soeben entwickelte Deutung über eine Existenzweise des Engels *außerhalb* des menschlichen Geistes noch nichts aussagt. Es liegt in der Natur der dargestellten Erkenntnisstufe, daß die Unterscheidung zwischen einem geistigen Sein als menschlicher Gedanke bzw. innerhalb desselben und einer geistigen Existenz außerhalb des menschlichen Denkens ebensowenig möglich ist wie eine Differenzierung zwischen Erkenntnissubjekt und -objekt. Demnach bedeutet die Formulierung, der Engel sei ein wesenhafter menschlicher Gedanke, keine Beschränkung des Engels auf das menschliche Bewußtsein, und es ist unstatthaft, zu ihr das Wörtchen «nur» hinzuzufügen. Die Tragfähigkeit der hier vorgeschlagenen Auslegung könnte sich am ehesten erweisen, wenn sie möglichst viele Aussagen des Johannes Scotus über den Engel erhellen könnte. Dabei wäre zu überprüfen, ob die betreffenden Sätze über den Engel nicht auch als Charakterisierungen von bestimmten Denktätigkeiten, Geisteshaltungen oder Gedankenformen des Menschen gelesen werden können. Dieser Versuch soll im folgenden unternommen werden.

Der menschliche Gedanke als Engel

Im dritten Buch der *«Einteilung der Natur»* spricht Eriugena von hohen Engelwesen, «jenen mystischen Lebewesen» (mystica animalia), die «mit ihren Flügeln Angesicht und Füße verhüllen». Diese überlieferte Anschauung deutet Johannes Scotus als ein Bild dafür, daß die betreffenden Engel «die Höhe der göttlichen Kraft über jede geschaffene Natur und deren Tiefe hinaus ehrfürchtig in demjenigen anschauen, was durch sie und in ihr und aus ihr geworden ist. Und gleichwohl lassen sie nicht ab, aufwärts zu fliegen; denn soviel sie können, suchen sie immer auf dem Wagen der göttlichen Gnade, von der Feinheit (subtilitas) ihrer Natur unterstützt, ins Unendliche das zu erreichen, was über ihnen liegt. Wo sie aber zurückbleiben, verbergen sie ehrfürchtig ihr vom göttlichen Strahl getroffenes Angesicht, d.h. die Schärfe der geistigen Betrachtung, und ziehen vor dem Eintritt in die unbegreiflichen Geheimnisse ihre theologischen Füße, d.h. ihre Geistesschritte, zurück, um nicht über unaussprechliche und jeden Geist (intellectus) übersteigende Dinge unvorsichtig und verwegen etwas anzunehmen. Wenn nun die reinsten Geister (intellectus), welche die Theologie in den erwähnten Lebewesen versinnbildlicht findet, zwar Gott als diejenige Kraft erkennen, die sich in das gesamte Universum ergießt, und dennoch darum wissen, daß sie Gott nicht hinreichend zu erkennen vermögen: wie sollen nun gar wir vom Fleisch Beschwerten es wagen, von der göttlichen Vorsehung und Wirksamkeit Rechenschaft zu geben?»[24]

In diesem Textabschnitt werden Mensch und Engel im Hinblick auf ihre Fähigkeit verglichen, Gott zu erkennen. Dabei schildert Eriugena die «Geistesschritte» hoher Engelwesen, indem er die überlieferten Anschauungen von diesen «mystica animalia» interpretiert. Bereits die Tatsache einer solchen Auslegung macht deutlich, daß hier die Ebene einer «gegenständlichen» Betrachtung von Engeln verlassen wird, indem ein äußeres Bild als rein geistiges, also nicht anschauliches Geschehen interpretiert wird: Das «Angesicht» der Engel ist «die Schärfe der geistigen Betrachtung», und ihre «Füße» erscheinen als «Geistesschritte»; die «mystischen Lebewesen» selbst werden als «intellectus» (Geister) bezeichnet, also mit einem Begriff, der auch auf die menschliche Vernunfttätigkeit Anwendung findet. Gegen die Auffassung, Eriugenas Charakterisierung des Engels könne hier auch als eine Beschreibung menschlicher Gedankentätigkeit gelesen werden, spricht auf den ersten Blick die am Ende des Zitats vorgenommene Gegenüberstellung von Engel und Mensch: Wie soll sich als geistige Wirklichkeit im Menschen finden, was gerade gegen ihn abgegrenzt wird?

Diese Frage führt auf das Problem, was «der Mensch» im Sinne dieser Ausführungen ist. Dem kurzen wiedergegebenen Textausschnitt kann immerhin entnommen werden, daß Menschen «vom Fleisch Beschwerte» sind, d. h. an die sinnliche Welt gebunden (eine ausführlichere Darstellung der Anthropologie Eriugenas folgt in Kapitel IV). Der Mensch ist zugleich ein Sinnen- und ein Geistwesen, der Engel dagegen ausschließlich Geist. Als Geistwesen entsprechen sich beide, aber sie unterscheiden sich durch ihre Beziehung zum sinnlich Erscheinenden. «Der Mensch» geht in seinem Denken von der Wahrnehmungswelt aus, während «der Engel» diesen Bereich der Wirklichkeit nie berührt. Von dem durch die Sinnenwelt angeregten Denken kann sich «der Mensch» in die Region des rein Geistigen erheben, in dem die Engel existieren. Also kann «der Mensch» wiederum als die eine, «der Engel» als eine andere Art der Erkenntnis gelten. Folgt man der zitierten Stelle, so zeichnet sich die als «der Engel» bezeichnete Erkenntnisart dadurch aus, daß sie in weit höhere Regionen als «der Mensch» vordringt und dabei von einer Erkenntnishaltung getragen wird, die Johannes Scotus als ehrfürchtig, vorsichtig und erfüllt von dem Streben beschreibt, «aufwärts zu fliegen». Es handelt sich um die «Schärfe der geistigen Betrachtung» (contemplationis acies), um eine wie ein Schwert «zerschneidende», scharf unterscheidende und Schwieriges durchdringende Gedankentätigkeit. In ihr wirken «göttliche Gnade», also inspirative Kräfte, über die der Mensch keine Verfügung besitzt, und die «Feinheit» (subtilitas) dieser Erkenntnisbewegung zusammen; auch in der Rede von der «Feinheit» kann man einen Hinweis darauf sehen, wie die «der Engel» genannte Erkenntnisart beschaffen sein mag.

Wie kann diese Erkenntnisbewegung, der «Engel», näher beschrieben werden? Gleich zu Beginn der «Einteilung der Natur» findet sich ein wichtiger Gesichtspunkt: «Es ist kein Wunder, wenn im Engel eine dreifache Erkenntnis gedacht wird. Eine höhere, die sich, von den ewigen Ursachen der Dinge ausgehend, ... zuerst in ihm ausprägt (exprimere). Dann, was er von Höherem aufnimmt und in wunderbarer und unaussprechlicher Erinnerung sich selber mitteilt, gleichsam ein ausgeprägtes Bild des Bildes (imago imaginis expressa). Und wenn er demnach auf solche Weise Höheres erkennen kann, wie dürfte man dann sagen, er besitze in sich nicht auch eine gewisse Erkenntnis des Niedrigeren?»[25] Auch hier wird wieder ein inspiratives Element angedeutet, wenn es heißt, im Engel präge sich eine Erkenntnis aus, die von den «ewigen Ursachen der Dinge» ausgeht. Die dritte Stufe weist eine gewisse Statik auf, ist nicht von einer Erkenntnis*aktivität* gekennzeichnet; Eriugenas Formulierung lautet hier, der Engel *besitze* eine Erkenntnis des Niedrigeren *in sich* (habere in se). Nur auf der mittleren Stufe zeigt sich ein inneres Tätigsein, wenn es heißt, der Engel teile etwas Aufgenommenes sich selber in seinem Gedächtnis mit, so daß ein «ausgeprägtes Bild des Bildes» entsteht. Diese Ausprägung nimmt der Engel offenbar in geistiger Eigenaktivität selber vor, während er auf der ersten Stufe außer ihm Liegendes aufnimmt und auf der dritten Ebene gleichsam Feststehendes in sich hat.

Deutlicher wird das Verhältnis des Menschen zum Engel, also zu der als «der Engel» bezeichneten Erkenntnisart, wenn man die nachfolgenden Passagen des Gespräches zwischen Lehrer und Schüler hinzunimmt. Der Schüler stellt etwas verzweifelt die Frage: «Auch uns wird keine andere Seligkeit versprochen als die Gleichheit mit der Engelnatur; wie aber wird die Seligkeit der Menschennatur in der Lage sein, die Höhe des göttlichen Wesens geistig zu schauen (contemplari)?»[26] Der Schüler will damit zum Ausdruck bringen: Der Mensch wird von gleicher Geistigkeit sein wie der Engel; von diesem aber wird gesagt, er könne Gott erkennen, wie er ist. Wäre beides richtig, so würde daraus folgen, daß auch der Mensch zu einer vollkommenen geistigen Gotteserkenntnis gelangen könnte.

Der Lehrer löst nun dieses Problem nicht etwa so, daß er die Gleichheit von Menschen- und Engelwesen in Frage stellt. Vielmehr weist er darauf hin, daß die Engel – was von der Geschöpfeswelt insgesamt und damit auch vom Menschen gilt – Gott nicht in seinem Wesen, sondern ausschließlich im Bilde zu erfassen vermögen. «Auf diese Weise, glaube ich, sehen auch die Engel stets Gott, und ebenso werden die Gerechten sowohl in diesem Leben, solange die Seele sich im Zustand des Entrücktseins befindet, als auch zukünftig gleich den Engeln Gott sehen. Wir werden also nicht Gott an sich selber sehen, weil ihn so nicht einmal die Engel sehen; denn dies ist jeder Kreatur unmöglich ...»[27] Es tritt hier sehr schön die Übereinstimmung in der Erkenntnisausrichtung beim «Menschen» und beim «Engel» zutage. «Der Engel» besitzt bereits Erkenntnismöglichkeiten, die sich «der Mensch» erst in Zukunft erwerben muß: insofern steht «der Engel» auch für eine Entwicklungsaufgabe und -ausrichtung menschlicher Geistestätigkeit, die nicht «objektiv» außerhalb des Menschen, sondern innerhalb desselben auf einer Linie geistiger Ausbildung angesiedelt werden kann. Diese Entwicklung des erkennenden Menschengeistes aber wurde im gesamten Mittelalter und insbesondere in der Zeit des Johannes Scotus noch nicht als ein Bildungsweg beschrieben; ein Entwicklungsbegriff im neuzeitlichen Sinne existierte damals nicht. Wo der Mensch der Gegenwart von einer *Entwicklung* des Geistes sprechen würde, blickt Johannes Scotus auf eine nachtodliche Zukunft und auf seltene und unverfügbare Momente der Entrückung hin.

Sinnliche Wahrnehmung und Denken

In dem monumentalen Gespräch der *«Einteilung der Natur»* wird das Thema des Engels immer wieder aufgegriffen. So bringt der Schüler seine Überzeugung mit den Worten zum Ausdruck: «Ich glaube freilich nicht, daß man anzunehmen habe, die himmlischen Kräfte, welche die Heilige Schrift mit verschiedenen Namen bezeichnet, schauten diese sichtbare Welt von außen und mit leiblichen Sinnen an. Dennoch ist nicht anzunehmen, daß sie davon gar keine Kenntnis hätten, da ja doch die heilige Geschichte lehrt, daß durch die himmlischen Kräfte dieses Sichtbare geleitet und regiert werde. ... In den ewigen Ursachen dagegen, mit deren Betrachtung sich diese himmlischen Kräfte ewig beschäftigen, beschauen sie die von ihnen geleitete Welt – soweit es ihnen verstattet ist – nicht als eine räumlich geteilte und in zeitliche Bewegungen unterschiedene, nicht als eine in zahllosen Einzelheiten zerstreute ..., sondern als ein Ganzes zumal, welches einfach und unveränderlich in seinen Gründen besteht.»[28] Die Erkenntnisart des «Engels» (aus dem Kontext geht hervor, daß mit den «himmlischen Kräften» die Engelwesen der verschiedenen Hierarchien gemeint sind) wird in dreifacher Hinsicht charakterisiert. Erstens weist der Schüler darauf hin, daß ihr keine sinnliche Wahrnehmung zugrunde liegt und daß es sich um eine Form der Erkenntnis handelt, die sich nicht «von außen» (extrinsecus) vollzieht: offenbar sind der anschauende Engel und die angeschaute Welt nicht getrennt. Zweitens klingt in dem anschließenden Satz an, daß die von der Sinneswahrnehmung ausgehende Erkenntnis nicht die einzig mögliche ist; die andere, geistige Erkenntnisform muß eine besondere Dignität besitzen, weil durch sie die sinnlich erscheinende Welt regiert wird. Dieses Wissen bleibt aber noch auf die in Einzelheiten zerfallende Wahrnehmungswelt bezogen, wenngleich es selbst nicht sinnlich bestimmt ist. Demgegenüber besteht das dritte Charakteristikum des «Engels» darin, dieselbe Welt auch noch in den «ewigen Ursachen» als allumfassende Einheit zu erkennen. Demnach gibt es eine allgemeine und eine spezielle geistige Anschauungsweise, wobei die spezielle auf Einzelerkenntnis, die allgemeine aber auf Ursachenerkenntnis ausgerichtet ist. Die spezielle kommt augenscheinlich allen Engelwesen in gleichem Maße zu, während die allgemeine anscheinend in Abstufungen vollzogen wird, die an den Grad der jeweiligen Hierarchie gebunden sind («soweit es ihnen verstattet ist»).

Kurz vor dem Ende des dritten Buches der «Einteilung der Natur» findet sich eine weitere Beschreibung des Verhältnisses von Mensch und Engel: «Daher ist die erste und hauptsächliche Teilung des allgemeinsten Lebens diejenige in die Unterscheidung, die das vernünftige (rationalis) Leben von dem unvernünftigen (irrationalis) sondert. Das vernünftige Leben verteilt sich auf die Engel und die Menschen; aber es wird bei den Engeln um einer speziellen Bezeichnung willen geistig (intellectualis) genannt, bei den Menschen dagegen vernünftig (rationalis). Dennoch ist es nach Auskunft der Wahrheit sowohl bei den Engeln als auch bei den Menschen geistig und vernünftig. Deshalb wird von ihnen das geistige und das vernünftige Leben gemeinsam ausgesagt. Gleichwohl bleibt übrig, daß dasselbe Leben zur Unterscheidung bei den Engeln Geist (intellectus), bei den Menschen Seele (anima) genannt wird. Ich kann nämlich keinen anderen Grund finden, der uns hinderte, das Leben des Engels als vernünftige Seele zu bezeichnen, wie auch nichts hindert, das Leben des Menschen Geist zu nennen, zumal die Engel himmlische Leiber besitzen, in denen sie oftmals erscheinen. Gelten sie nun als Wesen, die mit Leibern versehen sind, so wüßte ich nicht, was dagegen sprechen sollte, ihr Leben als Seele zu bezeichnen; es ist vielmehr, wie gesagt, nur ein Unterschied in den Worten, wie wir ja auch nicht zweifeln, daß die Engel nach Gottes Bild geschaffen sind, da doch unmöglich – davon bin ich überzeugt – das Bild Gottes fehlen kann, wo sich Vernunft und Geist findet, obwohl die Heilige Schrift nur vom Menschen ausdrücklich sagt, daß er nach Gottes Bild geschaffen sei. ... Es bleiben uns also zur Unterscheidung der menschlichen Natur (natura) von der Wesenheit (substantia) des Engels die Bezeichnungen vernünftige Seele und Bild Gottes übrig. ... Demnach wird alles geschaffene Leben als ein vierfach unterschiedenes zusammengefaßt: das geistige (intellectualis) Leben bei den Engeln, das vernünftige (rationalis) bei den Menschen, das sinnliche bei den Tieren, das nichtsinnliche bei den Pflanzen und den übrigen Körpern. ... Der Mensch heißt also nicht mit Unrecht

Werkstätte aller Kreaturen, weil in ihm die gesamte Kreatur enthalten ist. Er erkennt (intelligere) nämlich wie der Engel, hat als Mensch Vernunft (ratiocinari), empfindet wie das vernunftlose Tier, lebt wie die Pflanze und besteht aus Körper und Seele, indem er keiner Kreatur unteilhaftig ist; denn außer den hier erwähnten gibt es keine Kreatur. Vielleicht möchte aber jemand sagen, daß dies alles auch im Engel enthalten sei. Diesem antworte ich, daß der den Tieren zugeteilte Sinn (sensus) nur in einem aus den vier Elementen zusammengesetzten Körper bestehen kann. Das Sehen findet sich nicht, wo kein Feuer ist; das Gehör fehlt, wo die Luft nicht ist; bei mangelnder Feuchtigkeit ist weder Geruch noch Geschmack vorhanden, und das Fehlen der Erde macht den ganzen Tastsinn unmöglich. Die Leiber der Engel sind aber einfach und geistig (spiritualis) und jeden äußeren Sinnes ledig. Denn sie erhalten von sinnlichen Dingen keine Kunde durch Vorstellungsbilder (phantasiae) der Körper; sie erblicken vielmehr jede körperliche Kreatur in ihren geistigen (spiritualis) Ursachen auf geistige Weise (spiritualiter), wie auch wir selber anschauen werden, wenn wir zur Gleichheit mit ihrer Natur verwandelt werden. Des körperlichen Sinnes entbehren die Engel, weil sie über demselben stehen; sie sind demnach des ganzen vernunftlosen Lebens nicht teilhaftig, mag nun dasselbe sinnlich oder ohne Sinneswahrnehmung sein. Sie sind nicht durch zusammengesetzte und vergängliche Körper beschwert. Du findest demnach im Menschen vieles, was die Natur des Engels in keiner Weise verträgt, während im Engel oder in irgendeiner anderen Kreatur nichts besteht, was nicht naturgemäß im Menschen wäre.»[29]

Der wiedergegebene Abschnitt zeigt: Eriugena faßt den Menschen und den Engel zunächst als «vernünftiges» (rationalis) Leben in einer Hauptgattung alles Lebendigen zusammen. Sodann erfolgt jedoch eine Unterscheidung, die auf den ersten Blick den Eindruck nahelegt, die Geistestägigkeit des Menschen sei als eine «vernünftige» von derjenigen des Engels verschieden, die als «geistig» (intellectualis) gekennzeichnet wird. Allerdings macht Johannes Scotus umgehend deutlich, daß es sich bei dieser Differenzierung lediglich um eine begriffliche Unterscheidung «um einer speziellen Bezeichnung willen» handelt, während in Wahrheit das Geistesleben des Menschen wie des Engels als geistig und vernünftig zugleich anzusehen sei. Bei dieser begrifflichen Konvention, die keine Wesensaussage beinhaltet, wird das Attribut «vernünftig» auf die menschliche Seele (anima) bezogen. Es überrascht, daß Eriugena bereit ist, auch den Engel als «vernünftige Seele» zu bezeichnen; demgegenüber erscheint die Charakterisierung des menschlichen Lebens als «Geist» weniger auffällig. Der nachfolgende Satz läßt erkennen, daß der Geist offenbar dann zur Seele wird, wenn er mit einem Leib in Verbindung steht; denn die Bezeichnung des Engels als «Seele» wird mit dem Hinweis begründet, auch die Engel besäßen schließlich himmlische, d.h. nicht-sinnliche Leiber. – Insgesamt bleibt aber zu vermuten, irgendeine Form der Differenzierung zwischen dem Geist des Engels und des Menschen bleibe bestehen. Denn trotz der mehrfachen Beteuerung, hier sei kein wesenhafter Unterschied festzustellen, sucht Eriugena nach Begriffen, die allein auf den Menschen als vernünftiges Wesen zutreffen. Darüber hinaus wird in der vierfachen Unterteilung «alles geschaffenen Lebens» zwischen Engeln und Menschen ebenso differenziert wie zwischen Menschen und Tieren. Wie kann man diese eigenartigen Ausführungen verstehen, ohne Johannes Scotus einen Widerspruch innerhalb weniger Zeilen zu unterstellen?

Die zweite Hälfte des Zitats erteilt hier eine eindeutige Auskunft, wenn man die Formulierungen sorgfältig beachtet. Im Hinblick auf seine Erkenntnis ist der Mensch dem Engel gleich: er erkennt (intelligere) wie der Engel. *Daneben* besitzt er Vernunft (ratiocinari), und diese Vernunft (ratio) ist für den Menschen charakteristisch. Dagegen kennzeichnet den Engel der Geist (intellectus) – eben diesen Geist besitzt der Mensch ebenfalls, sofern er erkennt (intelligere); genauer wäre zu formulieren: Sofern der Mensch Erkenntnisse gewinnt, *ist* er Geist (intellectus). Nach dem oben Gesagten unterscheidet sich die Vernunft (ratio) durch ihre Abhängigkeit oder Bezogenheit auf die Seele (anima) von dem Geist; das für den Menschen spezifische Seelenhafte aber bleibt dem Engel fern, weil dieser lediglich einen geistigen (spiritualis) und keinen materiellen Körper trägt. Die sinnliche Wahrnehmung ist an einen stofflichen Leib gebunden, so daß der Engel nicht über die Sinneswahrnehmung zur Erkenntnis von «sinnlichen Dingen» gelangen kann. Die «Vorstellungsbilder» (phantasiae) entstehen nämlich im Menschen als Erinnerung an sinnlich Wahrgenommenes; eine solche Erinnerung aber findet sich im Engel nicht, da dieser von der sinnlichen Wahrnehmung frei ist, sich also auch nicht an sie erinnern kann. Demnach besteht der Unterschied zwischen Mensch und Engel darin, daß der Mensch auch an demjenigen Leben Anteil hat, das nicht von der Vernunft oder vom Geist bestimmt ist; dagegen besteht der Engel ausschließlich aus vernünftigem (rationalis) und geistigem (intellectualis) Leben.

In dem Wortpaar intellectualis – rationalis begegnet die Differenz zwischen dem rein geistigen und dem seelisch-geistigen Dasein; das Wort spiritualis (geistig) grenzt dagegen in diesem Kontext eine geistige Existenz von einer stofflichen ab, indem der geistige (spiritualis) Leib der Engel dem materiellen der Menschen und der übrigen Geschöpfeswelt gegenübergestellt wird. Demnach wäre unter «Vernunft» ein vernunftgeprägter Umgang mit ursprünglich seelischen Regungen zu verstehen (man denke etwa an die vernünftige Verwirklichung von Willensimpulsen). «Geistig» (intellectualis) ist dagegen eine Erkenntnis, die weder an die Seele noch an den Körper gebunden ist. Es wurde bereits darauf hingewiesen, daß der Weg zu einer solchen Erkenntnisart von Johannes Scotus und seiner Zeit nicht als geistige *Entwicklung* gedacht, sondern als eine Verwandlung des Menschen am Ende der Zeit vorgestellt wurde. Mit dieser Vorstellung wurde auf ein Ideal hingeblickt, in dem die menschliche Erkenntnis (intellectus) alle anderen Wesensmerkmale des Menschen in sich aufgenommen und somit auch die seelengebundene Vernunft vollständig abgelöst hat.

Gleichwohl erhellt aus der zitierten Passage, daß der Mensch auch schon vor der Einlösung dieses Ideals den Engel in sich trägt, sofern er in der Lage ist zu erkennen (intelligere). Beim Lesen dieses Textes kann sich der Eindruck einstellen, der Menschengeist sei im irdischen Leben nichts anderes als ein Engel, der mit Sinneswahrnehmung begabt worden ist und zu diesem Zweck – denn Sinneswahrnehmung ist ohne Leib nicht möglich – auch mit einem physischen Körper versehen wurde. Die daraus resultierenden seelischen Einflüsse auf den Geist lassen aus der menschlichen Erkenntnis eine niedrigere Form hervorgehen, die Vernunft. Diese Anschauung ist zwar den Ausführungen des Johannes Scotus nicht im Wortlaut zu entnehmen, jedoch kann sie später anhand seiner anthropologischen Aussagen zum Geist ausführlich begründet werden (vgl. das vierte Kapitel dieses Buches).

Geist und Vernunft

Die Geistigkeit des «Engels» und die Vernünftigkeit des «Menschen» gehören zusammen. So kann Eriugena von der «zweifachen Natur» sprechen, «wie sie als geistige (intellectualis) bei den Engeln, als vernünftige (rationalis) bei den Menschen besteht».[30] An solchen Äußerungen wird deutlich, daß Johannes Scotus die Vernunft, die sich an der sinnlichen Wahrnehmung entwickelt und auf die Erfahrung der sinnlich erscheinenden Welt angewiesen ist, nicht gering schätzt und keine prinzipielle Trennung zwischen ihr und der Geistigkeit des sinnenfreien

Abb. 12: Christus mit Engeln. Aus dem Utrecht-Psalter. 9 Jh.

Denkens sieht. So kann für ihn das Engelwesen des Cherub die menschliche Vernunft repräsentieren, und zwar gleichberechtigt mit einem zweiten Cherub, der für den Geist des Engels steht. So erscheint «der eine Cherubim[31] in Gestalt der geistigen Natur in den Engeln, der andere als Bild der vernünftigen Natur im Menschen ..., da kein Weiser bezweifelt, daß die geistigen und vernünftigen Wesenheiten (substantiae) in unmittelbarer Nähe von Christus sich befinden».[32] Die menschliche Vernunft und der Geist des Engels haben also gleichermaßen eine unmittelbare Beziehung auf Christus, das göttliche Weltenwort, die Weisheit schlechthin. Es besteht keine hierarchische Gliederung der Erkenntnisfähigkeit, vielmehr werden beide jeweils durch ein sehr hohes Engelwesen, den Cherub, dargestellt.

Die Differenzierung zwischen Vernunft und Geist führt demnach nicht zu einer grundsätzlichen Unterscheidung zwischen beiden Erkenntnisformen, wenngleich außer Zweifel steht, welche von beiden weiter reicht. So deutet Eriugena die Entrückung des Paulus in den dritten Himmel (2. Korintherbrief 12, 2) mit den Worten, Paulus sei in den «dritten Himmel unserer Natur entrückt worden, d. h. über jeden Körper und Geist des Lebens (spiritus vitalis) hinaus zum Geist (intellectus), in welchem das Wort Gottes als der Baum des Lebens in unaussprechlicher Weise über jedem Wesen (essentia) und jeder Kraft und Wirksamkeit in unnahbarem Licht wohnt».[33] Diese Stelle ermöglicht es, den Geist (intellectus) des «Engels» von anderen Formen des Geistes (spiritus) und von der Vernunft (ratio) genauer zu unterscheiden; darüber hinaus erlaubt der zitierte Satz einen weiteren Blick auf die Bedeutung des intellectus, da dieser Begriff hier ohne Bezugnahme auf den Engel verwendet wird. Intellectus ist derjenige Bereich, in dem das Wort Gottes, der Logos und die Weisheit, vor allem wohnt. Dieses Gebiet ist offenbar dadurch gekennzeichnet, daß es einerseits durch den intellectus – wie etwa bei der Entrückung des Paulus – erreicht werden kann; andererseits aber liegt es über «jedem Wesen und jeder Kraft und Wirksamkeit in unnahbarem Licht», d. h. es entzieht sich für Eriugena jeder begrifflichen Bestimmung und Beschreibung, und ein Licht erstrahlt in diesem Bereich so hell, daß menschliche Augen (und menschlicher Geist) keine klaren Konturen mehr wahrzunehmen vermögen. Der intellectus dringt in ein Gebiet ein, in dem die üblicherweise verwendeten Bezeichnungen, Namen, Beschreibungen, Definitionen und fest umgrenzte Begriffe versagen müssen – es wird etwas erkannt und doch nicht erkannt. Nicht möglich ist eine gegenständliche Erkenntnis, die das Erkannte veräußerlicht und sagen kann: Dort draußen siehst du etwas Bestimmtes mit festen Grenzen und Eigenschaften. Es scheint vielmehr eine innere Erkenntnis gemeint zu sein, die ihr (vom Erkenntnissubjekt nicht abgetrenntes) «Objekt» geistig und nicht in den Kategorien der sinnlichen Welt erfaßt, so daß sie keine Maße, Daten, Definitionen usw. angeben kann. Dies grenzt den intellectus von der ratio und dem spiritus ab; die ratio besitzt in den Bestimmungen der Wahrnehmungswelt zumindest ihren Ausgangspunkt, der spiritus wirkt als Geist des Lebens (spiritus vitalis) in den Vorgängen der Ernährung, des Wachstums und der Zeugung; unter ihm befindet sich lediglich der in dem zitierten Satz ebenfalls erwähnte Körper. Somit ergibt sich folgende Gliederung: Körperwelt, Wirklichkeit des Lebensgeistes (spiritus vitalis), Bereich des von der sinnlichen Wahrnehmung ausgehenden Geistes (ratio) und schließlich das Gebiet des intellectus als desjenigen Geistes, der eigentlich kein Wissen von dem Wissenden äußeren Gegenständen hervorbringt, sondern eine Erkenntnis, in der sich Erkennender und Erkanntes im Geist vereinigen.

Diesen intellectus behandelt Eriugena hier nicht als den Geist des Engels, sondern er bezeichnet ihn als den «dritten Himmel *unserer* Natur». Der Mensch kann also des intellectus teilhaftig werden; doch Eriugena betrachtet die Teilhabe an diesem Geist noch als einen Ausnahmezustand. Paulus erreicht den «dritten Himmel unserer Natur» in einer vorübergehenden Entrückung (raptus). Eine solche Anschauung muß vor dem Hintergrund der allgemeinen bewußtseinsgeschichtlichen Entwicklung betrachtet werden (vgl. das nachfolgende Kapitel); im 9. Jahrhundert konnte es für Johannes Scotus und seine Zeitgenossen nicht selbstverständlich sein, den intellectus der Verfügbarkeit des Menschen zu unterstellen. Allerdings ist dabei zu beachten, daß an der wiedergegebenen Stelle nicht von dem intellectus schlechthin, sondern nur insofern die Rede ist, als er zur Erkenntnis des göttlichen Wortes führt. Man hat also mit der Möglichkeit zu rechnen, daß der intellectus, das Denken in «reinen Gedanken» (intellectus puri) in den Augen Eriugenas auf anderen Gebieten durchaus praktikabel war und nicht den Zustand der Entrückung voraussetzte. Die «reinen Gedanken» vermitteln «göttliche Erscheinungen» auch auf Ebenen, die für den Menschen leichter erreichbar sind als die Erkenntnis des göttlichen Wortes. Durch den intellectus, den «reinen Gedanken», besitzen die Menschen in sich eine Anlage (habitus) zur Erkenntnis des Göttlichen, das als «Gegenstand» des Wissens gänzlich unerkennbar bleiben müßte.[34] Aber die Anlage oder Ausrichtung – der Begriff «habitus» kann beides bedeuten – auf eine Erkenntnis beinhaltet noch nicht zugleich ihre Einlösung. In den Ausführungen, die sich an die Aussage über die «reinen Gedanken» anschließen, bleibt letztlich unentschieden, ob die mit dem Begriff «intellectus» bezeichnete Erkenntnis dem Menschen bereits zur Zeit des Johannes Scotus, zu einem späteren weltgeschichtlichen Zeitpunkt oder erst bei der endzeitlichen Verwandlung des Menschen zugeschrieben werden darf.

Auch im Hinblick auf die Beziehung zwischen dem Menschengeist und dem Geist des Engels verwendet Eriugena in diesem Zusammenhang eine zweideutige Formulierung. Man kann davon ausgehen, daß sie ganz bewußt gewählt wurde, um die Distanz zwischen der Erkenntnis des Engels und derjenigen des Menschen zu vermindern, ohne sie jedoch zu verschweigen. Hier trifft man wieder auf das Phänomen, daß die Differenzierung zwischen «Mensch» und «Engel» beibehalten und zugleich aufgehoben wird: «Aber jene Erkenntnis der göttlichen Zeugung ist in mir noch durch den Glauben, im Engel durch das Schauen (species), oder vielmehr weder in mir, noch im Engel durch das Schauen. ... Vermag doch kein Mensch und keine von den himmlischen Kräften zu erkennen, wie und von welcher Art die Zeugung des Wortes aus dem Vater ist, wie auch keiner von den Menschen oder von den Engeln weiß, was oder wer es ist, der gezeugt hat ...»[35]

Neben der Gleichstellung von Engel- und Menschengeist ist an dieser Textstelle vor allem bemerkenswert, daß es heißt, die Erkenntnis vollziehe sich *noch* oder *bis jetzt* (ad huc) durch den

Glauben: Eriugena läßt leise einen Ausblick auf eine Zukunft anklingen, in der eine solche Erkenntnis nicht glaubensbedingt, sondern gedanklich bestimmt sein wird. Bei dem Ausdruck «ad huc» handelt es sich übrigens um einen Zusatz, den Johannes Scotus in einer späteren Handschrift zu der ursprünglichen Version seiner *«Einteilung der Natur»* hinzufügen ließ.[36] Was im Sinne Eriugenas unter dem «Glauben» zu verstehen ist, wurde im zweiten Kapitel des vorliegenden Buches dargelegt: gemeint ist nicht ein bloßes Für-Wahr-Halten, sondern eine Art der Anschauung, die auf einen späteren gedanklichen Nachvollzug zielt. Das «Schauen» (species) steht wie die Entrückung (raptus) in engem Zusammenhang mit dem intellectus und bezeichnet eine geistige Wahrnehmung im «reinen Gedanken».

Geometrische Überlegungen

In seiner Auslegung der *«Himmlischen Hierarchie»* des Dionysius Areopagita *(Expositiones super Ierarchiam Caelestem)* entfaltet Johannes Scotus eine Anschauung, die über die bisher entwickelten Aspekte seiner Engellehre hinausweist. In der neuplatonischen Tradition hatte man astronomische und psychologische Tatsachen von der Kenntnis harmonischer mathematischer Zahlenverhältnisse her zu interpretieren versucht. Eriugena verbindet nun die Lehre von den mathematischen und geometrischen Relationen mit einer Anschauung der Engelhierarchien.[37] Im Hinblick auf die Engel, Erzengel und Fürstentümer (angeli, archangeli, principatus) heißt es, «daß der vollkommenste Würfel (cubus) und die erste einer ungeraden Zahl, die aus der Multiplikation drei mal drei mal drei hervorgeht, in diesen drei himmlischen Hierarchien auf die schönste Weise betrachtet wird (consideratur)».[38] Die betreffende

Passage schließt mit den Worten: «Und das Übrige, das über die Proportionen und Verhältnismäßigkeiten des Würfels ausgeführt wird, gelangt – davon bin ich fest überzeugt – nicht anderswoher zur Kenntnis der menschlichen Geister (intellectus) als aus den Vereinigungen der himmlischen Wesen (caelestium essentiarum adunationes), in denen diese Proportionen zuerst begründet sind.»[39] Zwischen den beiden zitierten Sätzen führt Johannes Scotus aus, in welcher Weise die Maßverhältnisse an einem Würfel, die Beziehungen zwischen seinen Oberflächen, Ecken und Seiten, auf die himmlischen Hierarchien bezogen werden können. Diese Einzelheiten dürfen hier übergangen werden.

Von entscheidender Bedeutung ist aber die *Art der Betrachtung*. Johannes Scotus sagt nämlich nicht, man könne die Welt der Engel leichter verstehen, wenn man sie sich an dem Beispiel der Proportionen eines Würfels verdeutlicht, sondern es heißt genau umgekehrt, der Würfel werde «in diesen drei himmlischen Hierarchien auf das Schönste betrachtet». Dieselbe Gedankenrichtung klingt auch in der letzten Aussage des Abschnittes an, wenn gesagt wird, der menschliche Geist erhalte aus den Vereinigungen der Engelwesen heraus seine Kenntnisse über die Maßverhältnisse am Würfel, und diese seien in den Vereinigungen der Engel begründet. Dadurch wird die umgekehrte Betrachtungsweise selbstverständlich nicht ausgeschlossen: in dem Wissen vom Würfel besitzt der Mensch durchaus auch eine Anschauung der Engelhierarchien.

Man muß sich vor Augen halten, daß der Würfel schlechthin bzw. der Begriff des Würfels nicht in der Sinneswelt existiert. Ein gezeichneter oder aus irgendeinem Material hergestellter Würfel ist nicht der Begriff des Würfels, weil dieser alle anderen, d. h. unzählige Würfelformen umfaßt. Außerdem muß eine sinnliche Wiedergabe stets ungenau bleiben, so daß die rein geistig wirklichen Zahlenverhältnisse eines Würfels an dem gezeichneten oder aus Holz hergestellten würfelähnlichen Gegenstand nur annäherungsweise, nicht aber exakt zur Darstellung kommen können. Der Würfel auf der Tafel oder als materieller Gegenstand ist also nichts anderes als eine Anschauungshilfe, mit der rein geistig zu begreifende Zusammenhänge des Würfels schlechthin zunächst in (ungenauer) sinnlicher Darstellung vergegenwärtigt werden. Für den Schüler der Geometrie ergeben sich zwar die allgemeinen Gesetzmäßigkeiten des Würfels aus der Zeichnung heraus, aber die Gesetze der Geometrie sind niemals mit einer Zeichung identisch. Alle sinnlichen Erscheinungsformen des Würfels können somit lediglich als Übungsfeld, nicht aber als adäquate Darstellungen des nur begrifflich wirklichen Würfels gelten. Besäße der Mensch nicht den Begriff des Würfels, so könnte er auch nicht durch diese ungenauen Veranschaulichungen zu ihm geführt werden. Woher hat der Mensch den Begriff des Würfels?

Wenn Eriugena davon spricht, die Einsichten über den Würfel gelangten *aus den Engelhierarchien* in den Geist des Menschen, so antwortet er auf die soeben gestellte Frage: Erkenntnisse der beschriebenen Art, die sinnlich veranschaulicht, jedoch nicht von der Sinneswahrnehmung ausgehend gewonnen werden können, repräsentieren gleichsam den Engel im Menschen. Die rein geistige Wirklichkeit des Würfels ist in den Engeln geschaffen, und der Mensch nimmt diese in sich auf, sobald er den Begriff des Würfels denkt und ihn nicht mit sinnlich Erscheinendem verwechselt. Man spürt in den Ausführungen Eriugenas, welche Dignität er einer geometrischen Wirklichkeit zumißt, die in der Gegenwart eher aus pragmatisch-technischer Perspektive betrachtet wird. Die Proportionen des Würfels sind ebenso vollkommen wie die entsprechenden Verhältnisse in den Hierarchien der Engel, und man hat es mit einer hochrangigen geistigen Realität zu tun, die der Mensch durch Erkenntnis zu seiner eigenen machen kann.

Der Hinweis auf den Würfel erleichert es, einem Verständnis anderer Aspekte der Engellehre im Werk Eriugenas näherzukommen. So kann man an die skizzierte Beziehung zwischen dem in sinnlicher Darstellung erscheinenden Würfel und dem Begriff des «wirklichen» (geistigen) Würfels denken, wenn der Lehrer im fünften Buch der «Einteilung der Natur» den Unterschied zwischen dem sinnlichen und dem geistigen Leib beschreibt: «Darauf antworten wir, daß weder die Geister (spiritus) der Engel, noch ihre geistigen (spiritualia) Leiber, welche ursächlich in den Geistern (spiritus) selbst bestehen, überhaupt in die Grenzen der körperlichen Kreatur einbegriffen sind. Denn sie besitzen keine stofflichen, aus den Eigenschaften der Elemente dieser Welt zusammengesetzte, sondern geistige (spiritualia) Leiber, welche mit ihren Geistern (intellectus) vereinigt sind und in denen sie, wann und wo und wie sie wollen, den menschlichen Sinnen zeitweilig erscheinen; und zwar nicht nur als Vorstellung, sondern wirklich. Denn daß aus wirklichen geistigen Ursachen (ex veris rationibus) auch wirkliche geistige (spiritualia) Leiber hervorgehen, ist nicht zweifelhaft. Wir glauben, daß Christus nach der Auferstehung den Seinigen in einem solchen Leib erschienen ist; nicht als ob dieser ein anderer als der von der Jungfrau geborene, ans Kreuz gehängte, von den Toten auferweckte Leib gewesen wäre – vielmehr war es derselbe, aus einem sterblichen in einen unsterblichen, aus einem sinnenhaften in einen geistigen (spirituale), aus einem irdischen in einen himmlischen verwandelte Leib. In solchen Leibern würde die menschliche Natur reichlich aus ihren geheimen Schößen hervorkeimen, wenn sie nicht gesündigt hätte. Es wohnt nämlich jedem Menschen eine verborgene geistige Ursache (ratio) jenes Leibes inne, in welchen zur Zeit der Auferstehung dieser irdische und sterbliche Leib verwandelt wird und in welchem er den Leibern der Engel ähnlich werden wird, weil die Menschen den Engeln gleich sein werden.»[40]

Das Verhältnis zwischen dem sinnlichen und dem geistigen Leib wird hier in mehrfacher Hinsicht angesprochen. Zunächst ist die Rede von den rein geistigen Leibern der Engel und deren geistigen Ursachen; sodann wird – gleichsam in einem Vermittlungsschritt – anhand des Hinweises auf Christus Jesus die Möglichkeit verdeutlicht, daß der sinnlich in Erscheinung tretende Leib des Menschen in einen geistigen verwandelt werden kann. Schließlich bringt Eriugena diese Verwandlung des Menschen ins Geistige mit der bereits häufiger erwähnten Gleichheit von Engeln und Menschen in Verbindung. Dabei legt der Aufbau der Argumentation die Vermutung nahe, daß die Verähnlichung (assimilatio) des Menschen mit dem Engel der Menschwerdung des göttlichen Wortes als Voraussetzung bedurfte. Andererseits scheint im Menschen selbst ein Ermöglichungsgrund der Vergeistigung des Leibes zu liegen, eine geistige Ursache (ratio) des Geistleibes. – Ein erster Schritt zur Vergegenwärtigung des Gemeinten kann darin bestehen, den sinnenhaften und den geistigen Leib in ihrer Beziehung zueinander ähnlich vorzustellen, wie man die wechselseitige Bezogenheit von dem materiell hergestellten und dem «eigentlichen» geistigen Würfel denkt. Der unsichtbare Begriff des Würfels liegt – entsprechend der «geistigen Ursache» des Leibes, von der Eriugena spricht – im Menschen selbst. Aber dieser Begriff kann nur als sinnlicher Würfel zur Anschauung und damit zur wirklichen Erkenntnis kommen.

Geist und Leib

Auffällig ist an der lateinischen Vorlage des letzten Textabschnittes, daß in ihr drei unterschiedliche Begriffe für «Geist» stehen – eine Differenzierung, die im Deutschen leider nicht durch verschiedene Bezeichnungen wiedergegeben werden kann. Zunächst erwähnt der Lehrer die «Geister der Engel», wobei im Lateinischen (anders als in den vorangegangenen Zitaten dieses Kapitels) nicht das Wort «intellectus», sondern «spiritus» verwendet wird. In diesen Geistern haben die «geistigen Leiber» der Engel ihre Ursache: hier steht das entsprechende Adjektiv «spiritualia». Diese geistigen Leiber also sind mit ihren «Geistern» vereinigt; interessanterweise wird nun die Bezeichnung «spiritus» nicht beibehalten, sondern es findet sich hier das Wort «intellectus», das auch in allen zuvor erwähnten Aussagen Eriugenas über den Geist des Engels verwendet worden war. Schließlich begegnet in der lateinischen Textvorlage noch ein dritter Begriff des Geistes oder der Vernunft, die «ratio». Aus «wirklichen geistigen Ursachen» (ex veris rationibus) entstehen «wirkliche geistige (spiritualia) Leiber». Derselbe Begriff «ratio» erscheint auch dort, wo von der «verborgenen geistigen Ursache» (ratio) gesprochen wird, in der der Geistleib des Menschen angelegt ist.

Es ist nicht möglich, für das Mittelalter und insbesondere für die Zeit des Johannes Scotus die Bedeutungen bestimmter Begriffe terminologisch festzulegen. Im Unterschied zu den Gepflogenheiten neuzeitlicher Wissenschaft wurden Begriffe im frühen Mittelalter (und auch noch in der Hochscholastik) meist nicht terminologisch strikt, sondern kontextabhängig verwendet. Um die jeweils gemeinte Bedeutungsnuance eines bestimmten Wortes herauszufinden, muß man also seine Beziehung auf parallele oder entgegengesetzte Begriffe im Textumfeld, die Perspektive der Darstellung, die Aussageintention usw. beachten. Der Leser muß zum Verständnis solcher Texte eine gewisse gedankliche Beweglichkeit und Aktivität mitbringen, er kann das Gesagte nicht einfach passiv in sich aufnehmen. So ergibt sich nun doch die Möglichkeit, die verschiedenen Bedeutungen von «Geist» in der wiedergegebenen Passage festzustellen.

In den früheren Zitaten waren der Geist des Engels und des Menschen stets gemeinsam betrachtet und aufeinander bezogen worden. In diesen Textstellen kamen die Begriffe «rationalis» und «intellectualis» zur Bezeichnung der geistigen Natur von Mensch und Engel vor; von «geistigen *Leibern*» war in jenen Zusammenhängen noch nicht die Rede. Die Begriffe «rationalis» bzw. «ratio» und «intellectualis» bzw. «intellectus» erscheinen nun auch in dem zuletzt untersuchten Abschnitt, es tritt aber noch die Bezeichnung «spiritus» bzw. «spiritualis» hinzu. «Ratio» bezeichnet hier einen geistigen Grund oder eine geistige Ursache, d. h. eine Wirkkraft, aus der anderes Geistiges – in diesem Fall der Geistleib des Engels oder des Menschen – hervorgehen kann. Festzuhalten ist dabei, daß die «ratio» in diesem Zusammenhang im Sinne einer Anlage oder Bestimmung zu verstehen ist, aber keine geistige Tätigkeit darstellt. Dies wird deutlich, wenn es heißt, die «geistige Ursache» (ratio) für die Verwandlung des Leibes sei eine verborgene. Wäre sie Tätigkeit, so würde sie offenbar werden; sie würde wirken, aus dem irdischen Leib allmählich einen himmlischen, aus dem stofflichen einen geistigen hervorbringen. Das geschieht aber nicht, sondern es muß noch etwas anderes hinzutreten, damit diese Verwandlung Wirklichkeit wird. «Ratio» meint hier also einen noch geheimen Ermöglichungsgrund, aus dem bisher keine Wirklichkeit hervorgegangen ist.

Dagegen beschreibt das Wort «spiritus» bzw. das entsprechende Adjektiv «spiritualis» eine geistige «Tatsache», ein geistig bereits Gewordenes, gleichsam Feststehendes. Der geistige (spiritualis) Leib des Engels wird als ein wirklich daseiender, demnach als eine geistige «Tatsache», als ein Faktum geschildert. Dasselbe gilt für die Beschreibung des Engelgeistes (spiritus), aber nur genau bis zu der Stelle, wo Geist und Leib des Engels nicht nur nebeneinandergestellt, sondern eindeutig differenziert bzw. kontrastiert werden. Dort heißt es nämlich, die geistigen Leiber seien mit den «Geistern» (intellectus) der Engel vereinigt. Wenn aber «spiritus» oder «spiritualis» gleichsam für einen geistigen Zustand angeführt wurde, so wäre vorstellbar, daß «intellectus» oder «intellectualis» eher eine geistige *Tätigkeit* bezeichnen. Diese Vermutung wird durch die Verwendung der betreffenden Begriffe in den früher wiedergegebenen Passagen zur Engellehre gestützt. Dort war nämlich zumeist vom Erkennen und Denken (intelligere) oder von der Erkenntnis (cognitio) die Rede, also von Geistes*tätigkeiten*, die gewissermaßen kein gewordener, sondern Geist in der Bewegung sind.

Daneben kam aber auch «rationalis» im Sinne von «vernünftig» vor; nach dem eben Ausgeführten ist nun klar, daß damit eine *Anlage* oder *Bestimmung* zur Vernunft gemeint ist. Um eine Wirkursache oder einen Ermöglichungsgrund handelt es sich dabei insofern, als der «Zustand» der Geistigkeit oder des geistigen Leibes nur erreicht und die Tätigkeit, die zu ihm führt, nur vollzogen werden kann, wenn eine entsprechende «verborgene Ursache» gegeben ist, wenn Vernunft zur Wesensausstattung des betreffenden Daseienden gehört; beispielsweise wäre es sinnlos, von den Geistestätigkeiten eines Tieres zu sprechen. – Somit begegneten in dem letzten Textabschnitt drei Formen des Geistes: der gewordene (spiritus), der werdende oder tätige (intellectus) und der veranlagte oder noch verborgene (ratio) Geist. Aus dem Zitat geht hervor, daß die geistige *Anlage* bzw. Ursache (ratio) gleichermaßen im Menschen wie im Engel gegeben ist; deutlich wird ferner, daß sich Mensch und Engel im Hinblick auf den *gewordenen* Geist (spiritus) unterscheiden, denn der geistige Leib, der in beiden veranlagt ist, ist zwar im Engel, nicht aber im Menschen Wirklichkeit. Interessant wäre es nun zu fragen – hierüber gibt der Text keine Auskunft –, wie sich der menschliche und der Engelgeist hinsichtlich der Geistes*tätigkeit* (intellectus) zueinander verhalten.

Dieses Problem wird in einem Gesprächsgang des vierten Buches der *«Einteilung der Natur»* angesprochen. Der Schüler stellt zunächst noch einmal fest, was bereits häufiger erörtert worden war: «Daß die menschliche Natur und diejenige des Engels entweder dieselbe oder doch ähnlich sind, lehrt sowohl die Heilige Schrift als auch die Vernunft selbst. Denn der Mensch und auch der Engel werden als geistige und vernünftige (intellectualis et rationalis) Natur bezeichnet, und sie sind es auch.» Kurz darauf führt der Lehrer das Gespräch fort: «Doch sehen wir im Menschen nicht weniges, von dessen Bestand im Engel uns weder die Autorität [der theologischen Tradition] berichtet, noch die Vernunft etwas zu erkennen gibt. Dahin gehören ... die Verschlungenheit und die peinigende Schwierigkeit des Nachdenkens (ratiocinatio) bei Untersuchungen über die Natur der Dinge sowie der mühevolle Scharfsinn (sollertia) beim Unterscheiden von Tugenden und Lastern und anderes von dieser Art, was alles augenscheinlich dem Wesen (essentia) der Engel abgeht ... Auch bezeugt die wahre Vernunft, daß die himmlische Wesenheit (substantia) keine Kenntnis dessen besitzt, was ihr entweder der Wesenheit nach nicht innewohnt oder als Zufälliges nicht anhängt.»[41]

Mensch und Engel sind also der Anlage oder Wesensbestimmung nach Geist bzw. Vernunft (ratio), und ihr Geist unterscheidet sie auch nicht als Tätigkeit (intellectus) voneinander. Doch wird in der Erwiderung des Lehrers sogleich deutlich, daß hier die Geistestätigkeit in einem für den Leser der Gegenwart ungewohnten Sinne verstanden wird. Nicht gemeint sind nämlich die «Verschlungenheit», die «peinigende Schwierigkeit des Nachdenkens» und der «mühevolle Scharfsinn beim Unterscheiden von Tugenden und Lastern»; solche Formen gedanklicher Anstrengung gehören nicht zu der Geistestätigkeit (intellectus), die Menschen und Engeln gemeinsam ist. Selbst das moralische Urteil, das sich nicht von selbst einstellt, sondern noch durch Überlegung gewonnen werden muß, gehört nicht zu jener Art höherer Geistestätigkeit, die der Mensch mit dem Engel teilt. Außerdem verfügt der Engel über kein heteronomes Wissen, über keine Erkenntnis, die er nicht selbst ist; das klingt in dem letzten Satz des Zitats an. Dies scheint noch einmal darauf hinzuweisen, daß in der Erkenntnis des intellectus die Trennung von Erkenntnissubjekt und Erkenntnisgegenstand aufgehoben wird. Der als intellectus bezeichnete Geist erkennt insofern nichts ihm Fremdes oder Gegenüberstehendes, als er alles Erkannte sich selbst eingliedert; das Erkannte wird zu dem Geist, der es erkennt. Derselbe Vorgang kann auch von der anderen Seite her geschildert werden: in diesem geistigen Geschehen wird der erkennende Geist zu dem erkannten Objekt.

Dennoch darf aufgrund der Unterscheidung zwischen mühevollem Nachdenken und dem Engeln und Menschen gemeinsamen Geist nicht geschlossen werden, die «Verschlungenheit» der Verstandestätigkeit und Geisterkenntnis seien schlechthin unvereinbar. Denn Eriugena sagt an dieser Stelle nichts darüber aus, ob sich nicht die qualvolle Anstrengung der Überlegung in Geist verwandeln kann; man könnte sogar annehmen, daß eine solche Verstandestätigkeit für den Menschen den einzigen Weg darstellt, zum Geist zu gelangen. Es wurde bereits darauf hingewiesen, daß im Werk des Johannes Scotus kein Entwicklungsgedanke im neuzeitlichen Sinne aufzufinden ist; was sich für den heutigen Menschen als in Entwicklung begriffen oder als auseinander hervorgehend darstellt, was als eine Abfolge von verschiedenen Phasen ein und desselben Geschehens erscheint, begegnet in den Schriften Eriugenas als unverbundenes Nebeneinander von isolierten Gegebenheiten. Die vollständige Verwandlung des Menschen in engelgleichen Geist wird als ein gleichsam abruptes, in einem Moment sich vollziehendes Geschehen an das Ende aller Zeiten verlegt, weil es der Philosophie im Mittelalter noch sehr schwer fiel, eine menschheitsgeschichtliche oder individualbiographische Entwicklung und Vervollkommnung auf Erden zu denken. So bleibt hier zu fragen, ob nicht die strikte Unterscheidung von menschlichem Verstand und Engelgeist, an dem der Mensch bereits teilhat, aus der Perspektive der Gegenwart in ein Kontinuum geistiger Entwicklung aufzulösen wäre, in der Geistestätigkeit durchaus aus Verstandesleistung hervorgehen kann. Daß eine solche Anschauung dem Anliegen Eriugenas nicht widerstreitet, zeigt sich daran, daß er den Verstand und den Geist des «Engels» unmittelbar nebeneinander im Menschen ansiedelt, nicht aber den Verstand dem Menschen, den Geist dagegen ausschließlich dem Engel zuweist.

Der Geist (intellectus) des Engels und des Menschen erkennt im Unterschied zum Verstand nicht diskursiv, d. h. nicht durch Nachdenken, Schlußfolgerungen und abwägendes Beurteilen von Gut und Böse. Es handelt sich also nur um ein bestimmtes Denken, das den Menschen und Engeln gemeinsam eigen ist. Zu der Stelle, auf die sich die oben besprochene Randbemerkung bezog, findet sich in einer späteren Handschrift der *«Einteilung der Natur»* folgende Erweiterung: «... wenn der Engel eine wesenhafte geistige Bewegung (essentialis motus intellectualis) im Umkreis Gottes und der Ursachen der Dinge ist, so ist mit Sicherheit der Mensch nicht eine auf Gott und die Ursachen der Dinge gerichtete wesenhafte geistige Bewegung.»[42] Auch hier klingt eine besondere Form des Denkens an; allerdings erscheinen an dieser Stelle die Geistestätigkeiten des «Engels» und des «Menschen» nicht vereinigt, sondern entgegengesetzt. Dadurch entsteht aber kein Widerspruch zu den anderen Aussagen des Johannes Scotus, in denen der beiderseitige Geist des «Engels» und des «Menschen» als derselbe dargestellt wird. Denn der zuletzt zitierte Satz kann so verstanden werden, als kontrastiere er die *Geistes*tätigkeit mit dem bloßen

*Verstandes*denken: die Geistestätigkeit ist eine wesenhafte Bewegung «im Umkreis Gottes», während sich das Verstandesdenken nicht zu einer solchen Wesenserkenntnis emporschwingen kann und außerhalb der «Ursachen der Dinge» bleibt. Man könnte den Satz auch umkehren und erhielte dann die Aussage: Wenn der «Mensch» eine wesenhafte geistige Bewegung im Umkreis Gottes und der Ursachen der Dinge ist, so ist mit Sicherheit der «Engel» nicht eine auf Gott und die Ursachen der Dinge gerichtete wesenhafte geistige Bewegung. – Auf diese Weise wird deutlich, daß der Satz zwar nicht ausdrücklich, aber implizit und gleichsam versteckt den Sinn enthält: Wenn der Mensch eine wesenhafte Geistes- bzw. Denkbewegung vollführen kann, so ist dieselbe Bewegung dem Engel nicht mehr eigen.

Damit erhält man in veränderter und verfeinerter Form wieder die am Anfang dieses Kapitels erläuterte Aussage: Wenn der Mensch zu denken beginnt, verschwindet der Engel. In dieser Formulierung liegen viele verschiedene Bedeutungsnuancen; die im Moment in Frage stehende könnte mit den Worten umschrieben werden: Sobald der Mensch, über das bloße Verstandesdenken hinausgehend, eine wesenhafte geistige Tätigkeit in sich ausbildet, wird diese Form des Denkens nicht mehr den Engeln, sondern eben dem Menschen zugeschrieben. Die Tätigkeit des Engels ist dann gleichsam an den Menschen übergegangen, kann also strenggenommen nicht mehr als «Engel» angesprochen werden. Wenn aber der Engel in menschliche Geistestätigkeit übergeht, sobald der Mensch wesenhaft zu denken lernt, so folgt daraus, daß die Wesenheit des Engels nicht unabhängig von der Geistwirklichkeit des Menschen betrachtet werden kann – und umgekehrt. Denn der Engel nimmt die Stelle des Menschen als Geistwesenheit ein, solange dieser zu der wesenhaften Denkbewegung noch nicht fähig ist.

In dieser Hinsicht kann der wesenhafte menschliche Gedanke als «Engel» angesehen werden. Der menschliche Gedanke, mit dem nach der Art des Engels gedacht wird, ist der Engel selbst, obwohl natürlich heute niemandem mehr in den Sinn käme, ein solches Denken als «Engel» zu bezeichnen. Hat der Mensch das Denken des Engels in sich aufgenommen, so erscheint dieser «Engel» nicht mehr «gegenständlich»; er wird nun nicht länger außerhalb, sondern nur noch innerhalb des Menschen erkannt. Indem der Mensch das wesenhafte Denken ausbildet, entsteht in ihm etwas, das Johannes Scotus noch «Engel» nennt. Aber bewußtseinsgeschichtlich verschwindet damit der Engel als (vielleicht bildhafte) äußere Anschauung und existiert von nun an gewissermaßen unerkannt im Menschen, denn als menschliches Denken kann er im strengen Sinne eigentlich nicht mehr als «Engel» betrachtet werden.

Weiterführung der Lehre vom Engel bei Thomas von Aquin

Die zuletzt dargestellten Überlegungen finden sich im Werk des Johannes Scotus nicht explizit, aber sie sind in seinen Ausführungen über die Engel und ihre Beziehung zum menschlichen Geist angelegt. Man kann den Eindruck gewinnen, Eriugena deute auf ein – wenn dieses den Horizont einengende und typisch neuzeitliche Wort einmal erlaubt ist – »geistimmanentes» Verständnis des Engels hin, befinde sich selbst aber in einer bewußtseinsgeschichtlichen Situation, in der der Engel durchaus noch geistig-»äußerlich» in Erscheinung treten kann. Abschließend sollen nun einige im Werk Eriugenas angelegte Linien in der *«Summe der Theologie»* des THOMAS VON AQUIN (1225 – 1274) weiterverfolgt werden. Dieser bewußtseinsgeschichtliche Sprung vom 9. ins 13. Jahrhundert ermöglicht es, die Beziehung zwischen Menschen- und Engelgeist auf der einen und zwischen Verstandes- und Geistestätigkeit auf der anderen Seite bei Thomas von Aquin in begrifflich exakter Formulierung zu betrachten; an einer solchen strengeren Fassung der Lehre vom Engel war Johannes Scotus noch nicht gelegen, weil er – im Unterschied zur Philosophie der Hochscholastik – das Verhältnis zwischen Mensch und Engel noch nicht ausschließlich für das menschliche *Denken* darzustellen brauchte. Vielmehr konnte Eriugena offenbar von einem Erleben der Engelwirklichkeit ausgehen, das weitaus stärker als später in allgemein zugänglicher Erfahrung begründet war. Für Thomas von Aquin kann der Engel im wesentlichen nur noch *gedacht* werden; das Denken eines Geistwesens aber hat einzusetzen beim menschlichen Geist, einer jedermann zugänglichen geistigen Erfahrung, zu der der Geist des Engels in Beziehung gesetzt werden kann.

So ergibt sich die interessante Situation, daß Aussagen über das Denken bzw. die Geistestätigkeit des Menschen bei Thomas zumindest indirekt immer auch Seinsbeschreibungen des Engels sind. Was also vom Denken des Menschen dargestellt werden kann, gilt in gewisser Hinsicht auch vom Sein des Engels (und umgekehrt). Allerdings wird auch bei Thomas deutlich, daß nicht jede beliebige Geistestätigkeit des Menschen, sondern nur eine bestimmte an den Engel heranreichen kann; damit trifft man im Werk des Thomas auf eine Differenzierung, die der Unterscheidung zwischen Geist und Verstand in Eriugenas «Einteilung der Natur» strukturell entspricht: «Was in unserem Geist (intellectus) ist, ist dem Engel ähnlicher als was in der Vorstellung (phantasma) ist.»[43] Die Vorstellungen bestehen als Erinnerungsbilder an sinnlich Wahrgenommenes, sind also selbst auch sinnlich bestimmt. Sie können aber im Erkenntnisvorgang in rein Geistiges überführt werden, nämlich in die geistigen Erkenntnisformen (species intelligibiles). Diejenige Seite menschlicher Erkenntnis, die sich im Bereich sinnlicher Wahrnehmung und der daraus resultierenden Vorstellungen bewegt, ist sinnlich; das geistige Gebiet wird erst in einem zweiten Schritt, dem Übergang zu den geistigen Erkenntnisformen, erreicht. Daraus ergibt sich, daß der Mensch Geist als ein *Seelen*wesen ist, insofern das Kennzeichen der Seele darin besteht, mit sinnlicher Wahrnehmung begabt zu sein; der Engel dagegen ist Geist als *Geist*wesen. «Der Engel wird Geist (intellectus) und Geistdenken (mens) genannt, weil seine ganze Erkenntnis (cognitio) geistig ist. Die Erkenntnis der [menschlichen] Seele aber ist teils geistig, teils sinnlich.»[44] Dem Engel kommt zu, was in der Seele des Menschen nicht der Anbindung an den Leib unterliegt, nämlich Geist und Wille (intellectus et voluntas).

Die Abhängigkeit des menschlichen Denkens von der Sinneswahrnehmung und den von ihr bestimmten Vorstellungen macht das *Verstandes*moment in der menschlichen *Geistes*tätigkeit aus. Weil wir uns nicht sofort im Bereich der geistigen Erkenntnisformen bewegen können, vollzieht sich unser Erkennen im Erdendasein nicht als ein ungehindertes Denken, sondern es muß mühsam, mit Anstrengung, langsam voranschreitend (per discursum: «diskursiv») vollzogen werden. Die geistigen Erkenntnisformen sind für den Menschen nur über die sinnliche Wahrnehmung und die Vorstellung erreichbar, dem Engel dagegen sind sie unmittelbar gegeben. Die geistige Wirklichkeit der Erkenntnisformen kann von Thomas auch als Begriffe (rationes) oder als Ursachen (causae) bezeichnet werden; sie sind für Engel und Menschen identisch. Weil der Mensch die Hilfe der sinnlichen Wahrnehmung und damit seines Leibes – denn es gibt keine sinnliche Wahrnehmung ohne Körper – nötig hat, um die Begriffe bzw. geistigen Erkenntnisformen zu erreichen, kann er als niederes geistiges Wesen vom Engel als höherem Geistwesen unterschieden werden. Die Verschiedenheit zwischen Mensch und Engel wird aber in zunehmendem Maße aufgehoben, je mehr der Mensch wirkliche Erkenntnisse gewinnt. Dies klingt in der Fortführung des oben zitierten Satzes an («Was in unserem Geist ist, ist dem Engel ähnlicher als was in der Vorstellung ist»): «Denn was im Geist

ist, ist in Wirklichkeit (in actu) erkannt; dasjenige dagegen, was in der Vorstellung ist, ist [nur] der Möglichkeit nach (in potentia) erkannt.»[45] Aus der Vorstellung (phantasia) kann die Erkenntnis der Möglichkeit nach hervorgehen, weil aus ihr die rein geistigen Erkenntnisformen abstrahiert werden können. Der Menschengeist wird demnach dem Engel ähnlich, wenn er sich aus den sinnlich bestimmten Bereichen der Wahrnehmung und der Vorstellung erhebt und das Gebiet der Begriffe bzw. der Erkenntnisformen erreicht.

Es stellt sich die Frage, welche Differenz zwischen Menschengeist und Engel auch auf der Ebene der rein geistigen oder begrifflichen Erkenntnis erhalten bleibt. Thomas läßt nämlich keinen Zweifel daran, daß hier Unterscheidungsmerkmale bestehen, und auch in den Ausführungen des Johannes Scotus war jederzeit unumstritten, daß die strukturelle Gleichheit von Menschengeist und Engel einen graduellen Unterschied nicht ausschließt. Wichtig für das hier entfaltete Verständnis des Engels ist nun, daß beide Autoren keine starre Grenze beschreiben, sondern von einem fließenden Übergang sprechen: Bei Eriugena ist die Rede von der Verwandlung des Menschen in den Engel durch Erkenntnis; Thomas von Aquin macht deutlich, daß der Übergang in der Verallgemeinerungsfähigkeit von Begriffen bzw. geistigen Erkenntnisformen zu suchen ist. «Dies kann in gewisser Weise als ein Beispiel auch bei uns beobachtet werden. Es gibt nämlich Menschen, welche die geistige Wahrheit nicht erfassen können, wenn sie ihnen nicht stückweise im einzelnen entfaltet wird, und das kommt von der Schwachheit ihres Geistes; andere dagegen, die von stärkerem Geist sind, können aus Wenigem Vieles erfassen.»[46] Je weniger Erkenntnisformen oder Begriffe ein Engel benötigt, um eine Gesamtheit des Erkennbaren zu begreifen, desto höher steht er in der himmlischen Hierarchie. Aus dieser Formulierung kann leicht geschlossen werden, daß an irgendeinem Punkt die Ebene des Menschen erreicht wird, wenn man die angedeutete Stufenleiter hinabsteigt. Weiter ergibt sich zwanglos aus dem Gesagten, daß dieser Punkt nicht ein für allemal festgeschrieben sein muß. Denn es ist durchaus vorstellbar, daß die Menschheit in einem späteren Stadium bewußtseinsgeschichtlicher Entwicklung eine Fähigkeit zu begrifflicher Verallgemeinerung erreicht, die in den vorangegangenen geistesgeschichtlichen Epochen als Geistestätigkeit des Engels erlebt wurden.

Die am Anfang dieses Kapitels formulierte Aussage, wenn der Mensch zu denken beginne, verschwinde der Engel, ist also auch bewußtseinsgeschichtlich zu verstehen; sie kann den Übergang in die geistig-gedankliche Eigenständigkeit des Menschen bezeichnen: Wenn der Mensch beginnt, sich als Individuum eigenständige, nur vor sich selbst zu verantwortende Gedanken zu bilden, so verschwindet der Engel zunächst aus seinem Erleben. Es besteht demnach ein eigentümliches Verwobensein des menschlichen Bewußtseins von der Geistwesenheit des Engels mit dem geistigen Selbstverständnis des Menschen. Darin liegt der Grund, warum Johannes Scotus den menschlichen Geist vom Engel her und den Engel vom menschlichen Geist her in gegenseitiger Durchdringung zu begreifen versucht. «Denn der Engel entsteht im Menschen durch den Geist des Engels, der im Menschen ist, und der Mensch entsteht im Engel durch den im Engel gegründeten Geist des Menschen.»[47] Der Mensch als geistiges Wesen ist für Eriugena noch der Engel selbst, und der Engel stellt sich ihm dar als das menschliche Bewußtsein von dem Engel, als der Geist, mit dem der Mensch den Engel denkt.[48]

IV
VOM WESEN DES MENSCHEN

Tres universales motus animae sunt. Quorum primus est secundum animum, secundus secundum rationem, tertius secundum sensum. Et primus quidem simplex est, et supra ipsius animae naturam, et interpretatione caret, hoc est, cognitione ipsius circa quod movetur; per quem circa Deum incognitum mota, nullo modo ex ullo eorum, quae sunt, ipsum propter sui excellentiam cognosci secundum quod, quid sit, hoc est, in nulla essentia seu substantia, vel in aliquo, quod dici vel intelligi valeat, eum reperire potest. Superat enim omne, quod est et quod non est, et nullo modo definiri potest, quid sit.

Secundus vero motus est, quo incognitum Deum definit secundum quod causa omnium sit. Definit vero Deum causam omnium esse, et est motus iste intra animae naturam, per quem ipsa naturaliter mota omnes naturales rationes omnium formatrices, quae in ipso cognito solummodo per causam – cognoscitur enim, quia causa est – aeternaliter factae subsistunt, operatione scientiae sibi ipsi imponit, hoc est, in se ipsa per earum cognitionem exprimit, ipsaque cognitio a primo motu nascitur in secundo.

Tertius motus est compositus, per quem, quae extra sunt, anima tangens, veluti ex quibusdam signis apud seipsam visibilium rationes reformat, qui compositus dicitur, non quod in seipso simplex non sit, quemadmodum primus et secundus simplices sunt, sed quod non per seipsas sensibilium rerum rationes incipit cognoscere. Primo siquidem phantasias ipsarum

Drei allgemeine Bewegungen der Seele gibt es: die erste ist geistig (secundum animum), die zweite vernünftig (secundum rationem), die dritte sinnlich (secundum sensum). Die erste ist einfach und über der Natur der Seele selbst; auch kann sie nicht verstanden werden, d. h. sie kann von sich selbst nicht wissen, um was sie sich bewegt. Denn indem sie sich um den unerkannten Gott bewegt, erkennt sie ihn selber auf keine Weise aus dem Seienden im Hinblick darauf, was er ist, d. h. sie kann ihn selber in keinem Wesen (essentia) und keiner Wesenheit (substantia) noch in irgendetwas finden, was gesagt oder gedacht zu werden vermag. Denn Gott übersteigt alles, was ist und was nicht ist, und es kann in keiner Weise bestimmt werden, was er ist.

Die zweite Bewegung ist diejenige, durch die die Seele bestimmt, inwiefern der unbekannte Gott die Ursache von allem ist; denn sie bestimmt Gott eben als die Ursache von allem. Diese Bewegung ist innerhalb der Natur der Seele, und die Seele bewegt sich durch sie natürlicherweise und fügt sich alle natürlichen Ursachen ein, die allen Dingen ihre Form verleihen und als ewig geschaffen ständig in Gott sind, der nur als Ursache bekannt ist – denn er ist bekannt, weil er Ursache ist – diese natürlichen formgebenden Ursachen fügt sich also die Seele selbst ein durch die Tätigkeit des Wissens, d. h. sie prägt sie in sich selbst durch die Erkenntnis dieser Ursachen aus. Und diese Erkenntnis entsteht von der ersten Bewegung her in der zweiten.

Die dritte Bewegung ist zusammengesetzt, und indem die Seele durch sie die Außendinge berührt, bildet sie gewissermaßen aus gewissen Zeichen in sich selber die Ursachen der sichtbaren Dinge neu. Nicht deshalb wird diese Bewegung zusammengesetzt genannt, weil sie in sich selber nicht ebenso einfach wäre, wie die erste und zweite Bewegung einfach sind, sondern weil ihr Erkennen nicht mit den *Ursachen* der sinnlichen Dinge beginnt. Zunächst empfängt sie die Vorstellungen (phantasiae)

rerum per exteriorem sensum quinquepertitum secundum numerum instrumentorum corporalium, in quibus et per quae operatur, accipiens, easque secum colligens, dividens, ordinans disponit; deinde per ipsas ad rationes earum, quarum phantasiae sunt, perveniens, intra seipsam eas, rationes dico, tractat atque conformat.

Et nec moveat, quod paulo ante exteriorem sensum phantasiam rerum sensibilium esse definivimus, nunc vero per eum phantasias earundem rerum sensibilium ad interiorem sensum pervenire docemus. Praedictus quippe tertius motus ex phantasiis rerum exteriorum per exteriorem sensum sibi nunciatis moveri incipit. Phantasiarum enim duae species sunt, quarum prima est, quae ex sensibili natura primo in instrumentis sensuum nascitur, et imago in sensibus expressa proprie vocatur, altera vero est ipsa, quae consequenti ordine ex praedicta imagine formatur, et est ipsa phantasia, quae proprie sensus exterior consuevit nominari. Et illa prior corpori semper adhaeret, posterior vero animae; et prior quamvis in sensu sit, seipsam non sentit; posterior vero et seipsam sentit, et priorem suscipit.

Dum vero tertius ille motus phantasias rerum visibilium deserit, nudasque omni imaginatione corporea rationes ac per se simplices pure intelligit, ipse quoque simplex simpliciter, hoc est, universales universaliter rationes visibilium, omni phantasia absolutas, inque semetipsis purissime ac verissime perspectas, per medium motum primo motui renunciat. Ipse vero pri-

der Dinge durch den äußeren Sinn, der fünffach ist wegen der Anzahl der leiblichen Werkzeuge, in denen und durch die er wirkt. Die Seele sammelt und verknüpft diese Vorstellungen untereinander, verteilt und ordnet sie; dann gelangt die Seele durch sie zu den Ursachen derjenigen Gegenstände, deren Vorstellungen sie sind, und bearbeitet im Innern diese Ursachen weiter und bringt sie in Übereinstimmung.

Es darf dich nicht beunruhigen, daß wir kurz zuvor den äußeren Sinn als das sinnliche Vorstellungsvermögen bestimmt haben, während wir jetzt lehren, daß durch ihn die Vorstellungen der sinnlichen Dinge zum inneren Sinn gelangen. Denn die erwähnte dritte Bewegung der Seele fängt aufgrund der Vorstellungen der ihr durch den äußeren Sinn gemeldeten Dinge an, sich zu bewegen. Es gibt nämlich zwei Arten von Vorstellungen. Die eine Art entsteht aus der sinnlich wahrnehmbaren Natur zuerst in den Sinneswerkzeugen und wird richtig als das in den Sinnen ausgedrückte Bild bezeichnet. Die andere Art ist dasjenige, was aus jenem Bild anschließend gestaltet wird, und es ist als solches die eigentliche Vorstellung, welche ganz richtig gewöhnlich als äußerer Sinn bezeichnet wird. Die erste Art haftet am Leib, die andere an der Seele. Obwohl die erste Art von Vorstellungen dem Sinn angehört, empfindet sie sich doch nicht selbst; die andere aber empfindet auch sich selbst und nimmt die erste auf.

Wenn aber jene dritte Bewegung der Seele die Vorstellungen (phantasiae) der sichtbaren Dinge verläßt und die von aller körperlich-bildhaften Vorstellung (imaginatio) ledigen und durch sich selbst einfachen Ursachen im reinen Denken erfaßt, so durchschaut sie die von aller Vorstellung abgelösten allgemeinen Ursachen des Sichtbaren ganz rein und ganz wahr in ihnen selber und meldet sie durch die mittlere Bewegung der ersten. Dies vollzieht sich als eine einfache Tätigkeit eines an sich Einfachen, das die allgemeinen Ursachen in einer allgemeinen Weise weitergibt.[2] Was nun aber die erste Bewegung der

mus motus, quodcunque ex tertio per medium, et ex ipso medio immediate in moderationibus rerum creatarum percipit, per seipsum immediate incognito quidem quid est, cognito vero, quod causa omnium est, principiisque omnium rerum, hoc est, principalibus causis, ab eo et in eo factis, et a se distributis refert, hoc est, a Deo per ipsas in omnia, quae post se sunt, procedere, et iterum per ipsas in ipsum intelligit recurrere.

Animae igitur purgatae per actionem, illuminatae per scientiam, perfectae per theologiam motus, quo semper circa Deum incognitum aeternaliter volvitur, ultra et suam et omnium rerum naturam ipsum Deum omnino absolutum ab omnibus, quae et dici et intelligi possunt, necnon omnibus, quae nec dici nec intelligi possunt, et tamen quodammodo sunt, intelligens, eumque esse aliquid eorum, quae sunt et quae non sunt, denegans, et omnia, quae de eo praedicantur, non proprie sed translative de eo praedicari approbans, νοῦς a Graecis, a nostris intellectus, vel animus, vel mens dicitur, et substantialiter est, et principalis pars animae esse intelligitur. Non enim aliud est animae essentialiter esse, et substantialiter moveri. Ipsa siquidem in motibus suis subsistit, suique motus in ipsa subsistunt; est enim simplex natura et individua, motuumque suorum substantialibus differentiis solummodo discreta. Nam si caelestes essentias, quas etiam caelestes virtutes angelicasque divina nominant eloquia, nil aliud esse substantialiter a sanctis traditur

Seele aus der dritten durch die mittlere und aus dieser mittleren unmittelbar in den Einrichtungen der geschaffenen Dinge auffaßt, das bezieht sie auf das zwar durch sich selbst unmittelbar im Hinblick auf das Was Unbekannte, aber als die Ursache von allem Bekannte, und sie bezieht es weiter auf die Gründe (principia) von allem, d. h. auf die ersten Ursachen (causae), die von diesem Unbekannten und in ihm geschaffen und von ihm verteilt worden sind. Die erste Bewegung der Seele erkennt also, daß die Dinge durch die ersten Ursachen von Gott aus in alles, was nach den ersten Ursachen ist, hervorgehen und daß sie wiederum durch diese Ursachen in Gott zurückkehren. Die Bewegung der durch Tätigkeit gereinigten, durch Wissenschaft erleuchteten und durch Theologie vollendeten Seele, durch die sie sich um den unbekannten Gott ewig dreht und über ihre eigene und aller Dinge Natur hinaus Gott selbst als den denkt, welcher schlechthin von allem frei ist, was gesagt und gedacht werden kann, und auch von allem, was nicht gesagt und nicht gedacht werden kann und doch in gewisser Weise existiert – die Bewegung, durch die die Seele zugleich das Einbegriffensein Gottes unter das Seiende und Nichtseiende verneint und feststellt, daß alles nicht im eigentlichen, sondern nur im übertragenen Sinn von ihm ausgesagt werden kann, was über ihn ausgesagt wird: diese Bewegung der Seele wird von den Griechen νοῦς, von unseren Schriftstellern intellectus, animus oder mens genannt; und sie *ist* wesenhaft (substantialiter) und gilt als der vorzüglichste Teil der Seele. Denn für die Seele ist wesentlich (essentialiter) zu sein und sich wesenhaft (substantialiter) zu bewegen ein und dasselbe, weil sie selber in ihren Bewegungen besteht und ihre Bewegungen in ihr bestehen. Sie ist nämlich eine einfache und ungeteilte (individua) Natur, die nur durch die wesenhaften Unterschiede ihrer Bewegungen verschieden ist. Wird doch von den heiligen Vätern überliefert, daß die himmlischen Wesen (essentiae), welche in den göttlichen Reden auch als Himmels- und Engelkräfte bezeichnet

Patribus, nisi intelligibiles, aeternos, incessabilesque motus circa principium omnium, a quo, et per quem, et in quo, et ad quem, et moventur et subsistunt – est enim iste circularis motus caelestium virtutum circa suum principium, ab eo videlicet incipiens ut a principio; per ipsum per causas creatas currens; in ipso, ut in legibus naturalibus, quae in ipso sunt, extraque quas egredi nec vult, nec potest, nec posse vult; in ipsum, ut in finem suum rediens: et in sola intelligentia talis motus est; intelligunt enim se ab ipso esse, et per ipsum, et in ipso intellectum suum moveri, et nullum alium finem praeter illum se habere non ignorant – quid obstat, ne similiter intelligamus, humanos intellectus indesinenter circa Deum volvi, quoniam ab ipso, et per ipsum, et in ipso, et ad ipsum sunt? Eodem namque intelligibili circulo volvuntur ...

Si igitur humana natura non solum ad dignitatem angelicam in Christo renovata pervenit, verum etiam ultra omnem creaturam in Deum assumpta est, et quod factum est in capite, in membris futurum esse impium est negare: quid mirum, si humani intellectus nil aliud sint, nisi ineffabiles incessabilesque motus? In his dico, qui digni sunt circa Deum, «in quo vivunt, et moventur, et sunt». Sunt quidem per rationes, quibus existunt; moventur per rationes virtutum, quibus bene existere possunt; vivunt per rationes, quibus semper existunt. Sunt itaque, et bene sunt, et semper sunt in Deo.

Discipulus: Non solum concedo, verum etiam intelligo, excellentissimum animae motum circa incognitum Deum ultra omnem creaturam verissime vocari et subsistere intellectum.

werden, wesenhaft nichts anderes seien, als geistige, ewige und unnahbare Bewegungen im Umkreis des Allanfangs, von welchem und durch welchen, in welchem und zu welchem sie sich bewegen und bestehen. Denn jene Kreisbewegung der himmlischen Kräfte dreht sich um ihren göttlichen Anfang; sie beginnt von ihm als ihrem Ausgangspunkt; sie durchläuft durch ihn die geschaffenen Ursachen; sie bleibt in ihm wie in natürlichen Gesetzen, die in ihm sind und über die sie nicht hinausgehen will noch kann noch können will; sie kehrt bei ihrem Ziel zu ihm zurück. Eine solche Bewegung ist allein in der Erkenntnis. Denn die himmlischen Kräfte erkennen, daß sie von ihm herstammen und durch ihn sind und daß sich ihr Geist in ihm bewegt, und sie verkennen auch nicht, daß sie kein anderes Ziel außer ihm haben: Was hindert uns nun an der Einsicht, daß die menschlichen Geister (intellectus) in gleicher Weise unaufhörlich um Gott kreisen, weil sie von ihm und durch ihn und in ihm und auf ihn hin sind; fliegen sie doch in demselben geistigen Kreis...

Gelangte also die in Christus erneuerte menschliche Natur nicht nur zu der Würde der Engel, sondern wurde sie sogar über jede Kreatur hinaus in Gott aufgenommen; und wenn es gottlos ist zu leugnen, daß auch an den Gliedern geschehen wird, was am Haupt geschehen ist[3]: verwundert es dann, wenn die menschlichen Geister (intellectus) nichts anderes sind als unaussprechliche und unnahbare Bewegungen? Ich meine: in denen, die würdig und Gott nahe sind, in dem sie leben, sich bewegen und sind. Sie sind nämlich durch die Ursachen, in denen sie bestehen; sie werden durch die Ursachen der Kräfte bewegt, durch die sie gut leben können; sie leben durch die Ursachen, in welchen sie immer bestehen. Sie sind also und sind gut und sind beständig in Gott.

Schüler: Ich gebe nicht nur zu, sondern ich verstehe auch, daß die vorzüglichste Bewegung der Seele um den unbekannten Gott und über jeder Kreatur sehr richtig Geist (intellectus)

Sed quo modo, vel qua ratione intellectus, dum intra terminos humanae naturae concluditur, supra seipsum omnemque creaturam potest ascendere, ut circa incognitum Deum, qui longe ab omni creata natura remotus est, suos substantiales motus valeat perficere, quaerendum puto.

Magister: In hac parte theoriae, quae de intellectualibus rationalibusque substantiis disputat, dum pervenitur ad considerandum, quomodo natura creata extra seipsam potest ascendere, ut creatrici naturae valeat adhaerere, omnis de potentia naturae ratiocinantium inquisitio delicit. Non enim ibi naturae ratio, sed divinae gratiae ineffabilis et incomprehensibilis altitudo conspicitur. Nulli siquidem conditae substantiae naturaliter inest virtus, per quam possit et terminos naturae suae superare, ipsumque Deum immediate per seipsum attingere; hoc enim solius est gratiae, nullius vero virtutis naturae. ... Ut ergo superat omnem intellectum, quomodo Dei Verbum descendit in hominem; ita superat omnem rationem, quomodo homo ascendit in Deum. ...

Motus animae secundus est, ut diximus, qui et intra terminos naturae continetur, ipsumque Deum secundum causam definit; hoc est, illud solummodo de Deo incognito quidem cognoscit, quod omnium, quae sunt, causa sit, et quod primordiales omnium causae ab eo et in eo aeternaliter conditae sint, earumque causarum, quantum datur ei, intellectarum ipsi animae, cujus motus est, cognitionem imprimit. Ut enim ex inferioribus sensibilium rerum imagines, quas Graeci phantasias vocant,

genannt wird und auch ein solcher ist. Indessen meine ich, daß noch zu untersuchen ist, auf welche Weise oder in welchem Sinn sich der Geist, der doch innerhalb der Grenzen der menschlichen Natur eingeschlossen ist, über sich selbst und jede Kreatur erheben kann, so daß er in der Lage ist, seine wesenhaften Bewegungen um den unbekannten Gott zu vollziehen, der weit von jeder geschaffenen Natur entfernt ist.

Lehrer: Wenn man in diesem Teil der Betrachtung, der sich mit den geistigen (intellectuales) und vernünftigen (rationales) Wesenheiten befaßt, zu der Erwägung gelangt ist, wie eine geschaffene Natur über sich selbst hinaussteigen kann, um imstande zu sein, der schaffenden Natur anzuhängen, so läßt uns hinsichtlich dieses Vermögens der Natur jede vernunftgemäße Forschung im Stich. Denn hier wird nicht eine natürliche Ursache, sondern die unaussprechliche und unbegreifliche Höhe der göttlichen Gnade betrachtet. Es wohnt ja keiner geschaffenen Natur auf natürliche Weise eine Kraft inne, durch die sie ihre natürlichen Grenzen überwinden und Gott unmittelbar durch sich selbst berühren kann; denn dies kommt allein der Gnade zu, nicht aber irgendeiner Kraft der Natur. ... Wie es also jeden Geist (intellectus) überragt, auf welche Weise Gottes Wort in den Menschen herabgestiegen ist, ebenso überragt es auch jede Vernunft (ratio), wie der Mensch zu Gott hinaufzusteigen vermag....

Die zweite Bewegung der Seele ist, wie gesagt, diejenige, welche innerhalb der Grenzen der Natur enthalten ist und Gott selbst als *Ursache* feststellt. Mit anderen Worten: sie erkennt von dem unbekannten Gott nur, daß er die Ursache alles Seienden ist und daß die uranfänglichen Ursachen aller Dinge von ihm und in ihm ewig begründet sind. Die zweite Bewegung der Seele prägt die Erkenntnis dieser Ursachen, wenn sie sie – soweit es ihr gegeben ist – begriffen hat, der Seele ein, deren Bewegung sie ist. Denn wie die Seele aus dem Niedrigen die Vorstellungsbilder der sinnlich wahrnehmbaren Dinge auf-

anima recipit; ita ex superioribus, hoc est, primordialibus causis cognitiones, quae a Graecis theophaniae, a Latinis divinae apparitiones solent appellari, sibi ipsi infigit, et per ipsas quandam de Deo notitiam percipit, per primas causas dico; non ut intelligat, quid substantialiter sunt; hoc enim superat omnem animae motum; sed ut universaliter cognoscat, quia sunt, inque suos effectus ineffabili processione profluunt. Et hic est motus, qui a Graecis λόγος vel δύναμις, a nostris vero ratio seu virtus vocatur, et ex primo motu nascitur, qui est intellectus. Sicut enim quidam sapiens artifex artem suam de seipso in seipso efficit, et in ipsa, quae sibi facienda sunt, praenoscit, eorumque causas vi et potestate, priusquam appareant actu et opere, universaliter atque causaliter creat; sic intellectus de se et in se suam rationem genuit, in qua omnia, quae vult facere, praecognoscit, causaliterque praecreat. Nam non aliud dicimus esse consilium, praeter artificiosae mentis conceptum.

Secundus itaque motus animae est ratio, quae veluti quidam obtutus substantialis in animo intelligitur, ac veluti ars ab ipso de seipso in seipso genita, in qua ea, quae vult facere, praenoscit et praecondit. Ideoque non immerito forma ejus nominatur; siquidem ipse per se ipsum incognitus est, sed in sua forma, quae est ratio, et sibi ipsi et aliis apparere incipit. Nam quemadmodum causa omnium per seipsam, nec a seipsa, nec ab aliquo inveniri potest, quid sit; in suis vero theophaniis quodammodo

nimmt, die von den Griechen als Vorstellungen bezeichnet werden: so nimmt sie aus dem Höheren, d. h. aus den uranfänglichen Ursachen, die Erkenntnisse in sich auf, die gewöhnlich von den Griechen Theophanien, von den Lateinern aber göttliche Erscheinungen genannt werden, und sie empfängt durch sie – ich meine die ersten Ursachen – eine gewisse Erkenntnis von Gott. Freilich nicht so, daß sie erkennt, *was* diese Ursachen wesenhaft sind (denn dies übersteigt jede Bewegung der Seele), sondern sie erkennt nur im allgemeinen, *daß* sie sind und daß sie in einem unaussprechlichen Vorgang in ihre Wirkungen hervorfließen. Dies ist die Bewegung, die von den Griechen als Wort (logos) oder Kraft, von unseren Schriftstellern aber als Vernunft oder Kraft (ratio vel virtus) bezeichnet wird, und sie wird aus der ersten Bewegung geboren, die der Geist (intellectus) ist. Wie nämlich ein weiser Künstler aus sich selbst und in sich selbst seine Kunst bewirkt und in ihr vorauserkennt, was er zu tun hat; wie er also die Ursachen seiner Schöpfungen schon vor ihrer Erscheinung in der Wirklichkeit und im Werk der Kraft und der Wirklichkeit nach im allgemeinen und ursächlich schafft: so erzeugte der Geist (intellectus) aus sich und in sich seine Vernunft (ratio), in der er alles, was er tun will, vorhererkennt und ursächlich vorherschafft. Denn wir sagen, daß ein Plan nichts anderes ist als ein Gedanke (conceptum) im Geist (mens) des Künstlers.

Die zweite Bewegung der Seele ist also die Vernunft (ratio), die als ein wesenhaftes Schauen im Geist (animus) zu verstehen ist und als eine von ihm und aus ihm selbst und in ihm selbst erzeugte Kunst, in der der Geist das, was er tun will, vorhererkennt und vorbildet. Darum nennt man diese Seelenbewegung nicht zu unrecht Form (forma) des Geistes, da der Geist sich selber durch sich selbst unbekannt ist, aber in seiner Form, der Vernunft, sich selbst und anderen zu erscheinen beginnt. Denn wie von der Allursache an sich weder von ihr selbst noch von einem anderen herausgefunden werden kann, was sie ist;

cognoscitur: ita intellectus, qui semper circa eum volvitur, et ad ejus imaginem omnino similem conditus est, nec a se ipso, nec ab aliquo intelligi potest, quid sit, in ratione autem, quae de ipso nascitur, incipit apparere. …

Tertius itaque restat motus, qui circa singulas singularum rerum rationes, quae simpliciter, hoc est, universaliter in primordialibus causis conditae sunt, versatur, et cum ex sensibilium rerum phantasiis per exteriorem sensum sibi nunciatis motus sui substantialis sumat exordium, ad purissimam rerum omnium discretionem per rationes proprias in essentias generalissimas, inque genera generaliora, deinde in formas speciesque specialissimas, hoc est, in numeros innumerabiles infinitosque, immutabilibus tamen naturae suae analogiis finitos pervenit. Et ille motus est, qui graece διάνοια vel ἐνέϱγεια, latinae vero sensus vel operatio vocatur; ipsum dico sensum, qui substantialis est, et interior, qui similiter ab intellectu procedit per rationem. Omne siquidem, quod intellectus ex primordialium causarum gnostico contuitu arti suae, hoc est, rationi imprimit per sensum suum ex se procedentem, ejusque operationis nomine appellatum, in proprias rationes singularum rerum, quae primordialiter in causis universaliterque creatae sunt, dividit.

Cunctae quidem essentiae in ratione unum sunt, sensu vero in essentias differentes discernuntur. Omnium itaque essentiarum ex suorum principiorum simplicissima unitate per intellectum descendentem simplicissimam cognitionem ratio perci-

wie sie aber gleichwohl in ihren Gotterscheinungen in gewisser Hinsicht erkannt wird: ebenso vermag auch der Geist (intellectus), der sich immer um die göttliche Allursache dreht und gänzlich nach ihrem Ebenbild geschaffen ist, weder von sich selbst noch von einem anderen in seinem Was erkannt zu werden; in der Vernunft (ratio) dagegen, die von ihm geboren wird, beginnt er zu erscheinen....

Es bleibt also noch die dritte Bewegung übrig, die sich um die einzelnen Ursachen (rationes) der Einzeldinge dreht; diese Ursachen sind einfach, d. h. als eine Einheit, in den uranfänglichen Ursachen gegründet. Obwohl diese Bewegung von den Vorstellungen der sinnlichen Dinge, die ihr durch den äußeren Sinn gemeldet wurden, den Anfang ihrer wesenhaften Bewegung nimmt, gelangt sie dazu, alle Dinge durch die ihnen eigentümlichen Ursachen in ihren allgemeinsten Wesen (essentiae) und weniger allgemeinen Gattungen, sodann in den besonderen Formen und Gestalten, d. h. in unzähligen und unbegrenzten Einzelheiten, welche gleichwohl durch die unveränderlichen Proportionen ihrer Natur begrenzt sind, auf reinste Weise zu unterscheiden. Diese Bewegung ist es, die griechisch Sinn oder Wirksamkeit, lateinisch aber sinnliche Wahrnehmung oder Wirken genannt wird. Ich verstehe unter Sinn den wesenhaften und inneren Sinn, der in ähnlicher Weise durch die Vernunft aus dem Geist hervorgeht. Alles nämlich, was der Geist durch das gnostische Schauen seiner Kunst, d. h. der Vernunft, einprägt, das verteilt er durch seinen Sinn (sensus), der von ihm ausgeht und durch den Namen seines Wirkens bezeichnet wird, in die besonderen Ursachen der einzelnen Dinge, die ursprünglich und als Einheit in den Ursachen geschaffen wurden.

In der Vernunft (ratio) sind alle Wesen (essentiae) Eines, durch den Sinn (sensus) dagegen werden sie in verschiedene Wesen unterschieden. Die Vernunft empfängt also die einfachste Erkenntnis aller Wesen aus der einfachsten Einheit ihrer Ur-

pit; sed sensus ipsam simplicitatem per differentias segregat. Similiter rerunt genera uniformiter et simpliciter in suis universalibus causis, et in seipsis per intellectum ratio cognoscit, illam vero generalissimam simplicitatem, in se ipsa individuam nullisque, differentiis obnoxiam, nullis accidentibus subjectam, nullis spatiis distantem, nullis partibus compositam, nullo locali vel temporali motu variam, in diversa genera differentiasque praedictas, aliasque mille, sensus partitur. Id ipsum est in differentibus formis, quae consulta ratione in generibus suis unum sunt, sensu tamen operante per naturales distinctiones a se invicem discernuntur. Hoc est, quo modo naturalibus motibus, divina providentia regente, jubente, administrante, in discretas rerum multiformitates dividuntur, ipse intellectus mediante ratione per consubstantialem sibi sensum sine errore investigat et persequitur, certisque regulis comprehendit. ...

Et ut breviter colligamus, quodcunque anima per primum suum motum, qui est intellectus, de Deo et primordialibus causis uniformiter et universaliter cognoscit, secundo suo motui, qui est ratio, eodem modo uniformiter universaliterque infigit. Quod autem a superioribus per intellectum in ratione formatum accipit, hoc totum in discretas essentias, in discreta genera, in diversas formas, in multiplices numeros per sensum inferioribus effectibus distribuit. Et ut apertius dicam, quodcunque anima humana per intellectum suum in ratione sua de Deo deque rerum principiis uniformiter cognoscit, semper uniformi-

sprünge durch den herabsteigenden Geist (intellectus); der Sinn aber teilt diese Einfachheit durch Unterschiede. In ähnlicher Weise erkennt die Vernunft die Gattungen der Dinge einförmig und einfach in ihren allgemeinen Ursachen und in ihnen selbst durch den Geist. Aber diese allgemeinste Einfachheit, die in sich selber ungeteilt, keinen Unterschieden ausgesetzt, keinem Zufälligen unterworfen und nicht in räumliche Entfernungen getrennt, nicht aus Teilen zusammengesetzt und durch keine räumliche oder zeitliche Bewegung verändert wird – diese Einfachheit verteilt der Sinn in unterschiedliche Gattungen und in die genannten Verschiedenheiten und in tausend andere Dinge. Dasselbe gilt für die unterschiedlichen Formen, welche nach Auskunft der Vernunft in ihren Gattungen Eines sind und dennoch in der Tätigkeit des Sinnes durch natürliche Unterschiede voneinander unterschieden werden. Das bedeutet: Wie die Formen auf Geheiß, unter der Leitung und Obhut der göttlichen Vorsehung durch natürliche Bewegungen in die unterschiedenen Mannigfaltigkeiten der Dinge verteilt werden – dies erforscht der Geist selbst durch Vermittlung der Vernunft durch den mit ihm gleichwesenhaften (consubstantialis) Sinn ohne Irrtum, und er verfolgt und begreift es nach sicheren Regeln.

Fassen wir das Gesagte kurz zusammen: Was immer die Seele durch ihre erste Bewegung, den Geist, von Gott und den uranfänglichen Ursachen einförmig und im Ganzen erkennt, das prägt sie ihrer zweiten Bewegung, der Vernunft, auf die gleiche Weise einförmig und als Ganzes ein. Was immer sie dagegen von Höherem durch den Geist in der Vernunft geformt empfängt, das verteilt sie als Ganzes durch den Sinn auf die niedrigeren Wirkungen in unterschiedene Wesen, verschiedene Gattungen, unterschiedliche Formen und vielfache Einzelheiten. Um es deutlicher zu sagen: Was immer die menschliche Seele durch ihren Geist in ihrer Vernunft von Gott und den Ursprüngen der Dinge einförmig erkennt, das bewahrt sie stets

ter custodit; quodcunque vero per rationem in causis unum et uniformiter subsistere perspicit, hoc totum per sensum in causarum effectibus multiplex et multiformiter intelligit. … Omnia vero ex una omnium causa et multiplicationis momentum incipere, et unitatis simplicitatem, qua in ea aeternaliter et incommutabiliter subsistunt, nullo modo deserere, totiusque sui motus finem in eam et in ea terminare, per intellectum purissime cognoscit. De tribus animae motibus, hoc est, de intellectu, qui etiam essentia; de ratione, quae virtus; et de sensu, qui operatio dicitur, sufficienter suasum, ut opinor.[4]

einförmig; was sie dagegen durch die Vernunft als Eines und einförmig in den Ursachen bestehend erblickt, dieses Ganze denkt sie vielförmig durch den Sinn in den Wirkungen der Ursachen als ein Vielfältiges. ... Sie erkennt aber durch den Geist sehr deutlich, daß alles aus der einen Allursache sowohl die Bewegung der Vervielfältigung beginnt, als auch auf keine Weise die Einfachheit der Einheit verläßt, durch die es ewig und unveränderlich in der Allursache besteht; zu dieser Einheit als dem Ende seiner gesamten Bewegung strebt alles hin und kommt in ihr zum Ziel.

Von den drei Bewegungen der Seele, vom Geist, der auch als ihr Wesen bezeichnet wird, von der Vernunft, die man ihre Kraft nennt, und vom Sinn, der ihre Tätigkeit (operatio) genannt wird, ist nun hinreichend gesprochen worden, wie ich meine.[5]

«Erkenne dich selbst» lautete die Aufforderung, mit der der Einzuweihende in der Antike an dem Tempel zu Delphi empfangen wurde. Die Überlieferung des «Erkenne dich selbst» läßt sich seither in der Geistesgeschichte verfolgen. Dabei hat das Verständnis dieses Satzes selbstverständlich durch die Jahrhunderte verschiedene Stufen durchlaufen. In einer bestimmten Ausprägung erscheint das «Erkenne dich selbst» auch im Werk des Johannes Scotus: die Selbsterkenntnis führt den Menschen über sich selbst hinaus. «Lehrer: Wir müssen also was in uns ist, unsere eigene Natur nämlich, unter Gottes Führung zu erforschen suchen. – Schüler: So muß es sein; denn wir werden uns selber zu erforschen nicht bloß nicht gehindert, sondern dies wird uns auch geheißen, indem Salomo sagt: ‹Wenn du dich selber nicht erkennst, wandle die Wege des Viehs.› Ist doch derjenige nicht weit vom dummen Vieh entfernt, welcher sich selbst und die gemeinschaftliche Natur des Menschengeschlechts nicht kennt. Ebenso sagt Mose: ‹Merke auf dich selbst› und lese wie in einem Buch die Geschichte der Wirksamkeit deiner Seele. Denn wenn wir uns selbst nicht kennenlernen und erforschen wollen, so haben wir mit Sicherheit auch kein Verlangen, zu dem, was über uns liegt, zu unserer Ursache, zurückzukehren, und wir werden darum auf dem Lager des fleischlichen Stoffes und im Tode der Unwissenheit liegenbleiben. Gibt es doch keinen anderen Weg zur reinsten Betrachtung des Urbildes als eben die genaueste Kenntnis des für einen jeden nächstliegenden Bildes.»[6]

In diesem Sinne ist die Selbsterkenntnis der Seele in den Textabschnitten zu verstehen, die das vorliegende Kapitel einleiten. Die Seele erkennt sich selbst im Hinblick auf ihren Schöpfer, und zu Aussagen über die Allursache kann sie nur gelangen, wenn sie von sich selbst ausgeht. Eine dreifache Bewegung der menschlichen Seele wird unterschieden: eine geistige, die sich auf Gott richtet, eine vernünftige, die die übersinnlichen Ursachen der Dinge erkennt, und eine sinnliche, die sich auf die Vorstellungswelt des Menschen erstreckt. Durch die mittlere (vernünftige) Bewegung erwirbt sich die Seele Wissen; sie sieht sich durch die Vernunft (ratio) befähigt, die Ursachen der Einzeldinge zu erkennen. Der Formulierung des Johannes Scotus ist sogar zu entnehmen, daß Wissen für ihn nur dann gegeben ist, wenn es sich um eine Erkenntnis dieser Ursachen handelt – die Kunde von den Dingen allein wäre demnach noch kein Wissen. Bemerkenswert ist ferner, daß die Erkenntnis in der mittleren Seelenbewegung nur aus der ersten heraus entstehen kann: die vernünftige Erkenntnis als die für den Menschen charakteristische Seelentätigkeit leitet sich also von einem geistig-göttlichen Geschehen her, über das der Mensch nicht verfügen kann. Die erste Bewegung der Seele, die Johannes Scotus als geistig bezeichnet, erscheint dabei als eine göttliche Wirklichkeit, an der der Mensch teilhat, ohne sich von ihr im einzelnen Rechenschaft ablegen zu können.

Es wäre voreilig, die dritte Seelenbewegung einfach mit der Sinneswahrnehmung gleichzusetzen. Die auf den Sinn bezogene (secundum sensum) Bewegung stellt für Eriugena die Verbindung der menschlichen Seele zu der Sinneswelt her; darüber hinaus erschafft sie aber gleichsam die geistigen Ursachen der Dinge auf einer niedrigeren Ebene neu. Das geschieht folgendermaßen: Die dritte Seelenbewegung, der *innere* Sinn, hat sich aus den Wahrnehmungen der *äußeren* Sinne (Erinnerungs-) Vorstellungen gebildet. Die Vielzahl der Vorstellungen, die aus den Wahrnehmungen hervorgeht, bedarf einer Ordnung und Koordination, um für die Erkenntnis fruchtbar werden zu können. Zu den Ursachen gelangt die dritte Seelenbewegung, wenn sie das Bildhafte und damit das an die Sinnlichkeit Gebundene der Vorstellungen verläßt, zu einem reinen Denken aufsteigt und dabei die von allen sinnlichen Vorstellungen freien Ursachen erfaßt. Hier kann deutlich werden, daß Johannes Scotus unter den «Ursachen» (causae, rationes) eine Wirklichkeit begreift, die heute mit dem Namen «Begriffe» versehen wird. Denn der Weg der Erkenntnis führt von der sinnlichen Wahrnehmung über die Vorstellung (die weiterhin an die Gestalt des sinnlich Wahrgenommenen gebunden bleibt) zu den Begriffen, denen nun keine sinnlichen Attribute mehr zukommen. Indem die Seele diesen Prozeß in sich vollzieht, bringt sie die Begriffe – und das heißt für Eriugena: die Ursachen – hervor; in diesem Sinne erschafft sie die Ursachen der sinnlich erscheinenden Welt in sich selbst neu.

Insgesamt ergibt sich folgendes Bild: Die dritte Seelenbewegung gelangt von den noch sinnlichkeitsgebundenen Vorstellungen zu den Begriffen bzw. Ursachen; die zweite Seelenbewegung, die Vernunft (ratio), klärt die Verhältnisse in diesem Bereich der begrifflichen Wesenheiten; die dritte Seelenbewegung, der Geist, kann die gewonnenen Erkenntnisse mit Gott selbst in Verbindung bringen. All diese Seelentätigkeiten beziehen sich – sofern sie jenseits des Vorstellungshaften liegen – auf das reine Denken. Die drei Ebenen der Seelentätigkeiten differenzieren sich lediglich nach Maßgabe der Dignität jener Ursachen oder Begriffe, zu denen sie gelangen. So berührt die erste Bewegung die eine Ursache von allem, und sie ist in dem Bereich der ersten Ursachen, d. h. der Urgründe der Dinge zu Hause. Diese Geistestätigkeit dreht sich also beständig um Gott, und sie hat der Mensch mit den Engeln gemeinsam. Darüber hinaus: Der Mensch als animus oder intellectus (Geist) steht noch höher als alle Engel, da er durch die Erlösertat des Christus vergottet, d. h. über jedes Geschöpf hinaus erhoben wurde. Der Geist gehört zugleich zur menschlichen Natur und zum Wesen Gottes.

Der Geist selbst erscheint nicht; er wird erst dann erkennbar, wenn er sich als Vernunft (ratio) ausprägt. Diese Vernunft gilt Johannes Scotus als die Form (forma) des Geistes; der zuvor noch ungebildete, d. h. für die Erkenntnis nicht konturierte Geist nimmt Gestalt an, indem er sich untergliedert – das schlechthin *eine* Geistige, das ungeteilt in sich selbst besteht, wäre nicht erkennbar. Die Vernunft setzt der Geist aus sich selbst heraus, und durch sie erhält er Kenntnis von sich selbst. Kenntnis von sich zu haben bedeutet aber, etwas Bestimmtes über sich selbst zu wissen: insofern nimmt der Geist als Vernunft eine bestimmte Gestalt oder Form an, die ihn von anderem unterscheidet und seine All-Einheit aufhebt. Die Vernunft bewegt sich auf der Ebene der Ursachenerkenntnis; indem die Seele Vernunft besitzt, erfährt sie von den Ursachen der Dinge und davon, daß alle Ursachen auf eine einzige, auf Gott, zurückgeführt werden können.

Interessant ist in diesem Zusammenhang, daß Eriugena die Seele (anima) nicht mit einer ihrer drei Bewegungen identifiziert. Die Seele wird weder mit dem Geist, noch mit der Vernunft, noch mit dem Sinn gleichgesetzt, sondern sie umfaßt alle drei. Festzuhalten bleibt, daß die Vernunft eine Mittelstellung einnimmt und dem Geist die Selbstbewußtheit eröffnet. Der Geist erzeugt aus sich und in sich seine Vernunft, in der er alles, was er tun will, vorhererkennt und vorherschafft.[7] Die Vernunft liegt zwischen dem reinen Geist und den an die Sinnenwelt gebundenen Vorstellungen; ohne die Vermittlungstätigkeit der Vernunft könnte der Geist keine Erkenntnis seiner selbst erlangen.

Die dritte Seelenbewegung, die sinnliche, erhält bei Johannes Scotus einen Umfang, der sie deutlich von dem neuzeitlichen Verständnis der Sinneswahrnehmung unterscheidet. Sie beginnt nämlich bei den (Erinnerungs-)Vorstellungen der Dinge, die einmal mit den Sinnesorganen wahrgenommen wurden; darüber hinaus erstreckt sie sich auf die Untergliederung des Daseienden in die verschiedenen Gattungen und Arten und auf die noch feinere Differenzierung von Formen und Einzelheiten. Es handelt sich also bei der dritten Seelenbewegung um eine geistige Tätigkeit, um den «*inneren* Sinn», der Eriugena zufolge ähnlich wie die Vernunft aus dem Geist entspringt. Während die Vernunft durch die Erkenntnis die Dinge wieder geistig vereinigt, trennt sie der Sinn durch Unterscheidung; die Vernunft führt auf allgemeine Gesetze zurück, was der Sinn in allen Einzelheiten erkennt – oder auch umgekehrt: was die Vernunft im allgemeinen eingesehen hat, verfolgt der Sinn bis in das Spezielle der Einzeldinge hinein.[8]

Bei dieser Beschreibung kommt es vor allem auf die Richtung an: Der Geist kommt nicht durch die Wahrnehmung der Sinneswelt zu Erkenntnissen; er denkt nicht, indem er Einzelnes verallgemeinert und vom Speziellen abstrahiert; vielmehr wirkt der Geist eigenständig in sich selbst, und er findet die geistigen Gesetzmäßigkeiten, die er durch die Vernunft in sich selbst erkannt hat, schließlich auch in den Einzeldingen wieder. Johannes Scotus denkt hier von der Einheit zu der Vielheit und nimmt damit eine Perspektive ein, die sich von der in der Neuzeit gewohnten Betrachtungsart unterscheidet. Er beobachtet gleichsam, wie der Geist in die Einzeldinge der Welt herabsteigt, wenn der Mensch Erkenntnisse gewinnt; dagegen betont die spätere Philosophie in höherem Maße, wie sich der Mensch, einsetzend bei der Betrachtung des Einzelnen, mit dem Erwerben von Wissen immer stärker in das Geistige und Allgemeine erhebt.

Durch die menschliche Erkenntnis gelangt Göttlich-Geistiges zu einer umfassenden Untergliederung und Differenzierung im Bereich der Einzelheiten: dieser Aspekt der Lehre Eriugenas vom menschlichen Geist wird an einer anderen Stelle der «Einteilung der Natur» noch eindrucksvoller veranschaulicht (zu beachten ist im folgenden, daß «Kunst» [ars] in einer sehr weit reichenden Wortbedeutung verwendet wird und außer der Kunst im engeren Sinne auch alle anderen geplant vollzogenen Tätigkeiten des Menschen bezeichnen kann): «Solange ein Plan oder eine natürliche Kunst im geheimsten

Busen der geistigen Natur enthalten sind, sind sie noch gemeinsam und eine einfache Einheit ohne Teile und Gliederungen, ohne Größenbestimmung und Eigenschaft, ohne Raum und Zeit, gänzlich frei von allem Hinzukommenden und kaum dem Geist allein bekannt. Denn der Geist (intellectus) ist nicht Schöpfer, sondern nur Entdecker der natürlichen Künste, obwohl er sie nicht außerhalb, sondern innerhalb seiner selbst findet. Sobald jedoch diese Kunst aus ihrem geheimen Platz im Geist (animus), in dem sie alles zugleich ist, durch einen geistigen Vorgang in die Vernunft (ratio) herabzusteigen beginnt, fängt sie auch bald an, ihre verborgenen Regeln schrittweise in deutlichen Gliederungen und Unterscheidungen zu offenbaren, noch immer aber ganz rein und von jeder bildhaften Vorstellung (imaginatio) frei. Dieses erste Hervorgehen der Kunst aus dem Wissen (scientia), in dem sie ursprünglich besteht, durch den Geist (intellectus) in die Vernunft wird durch eine Tätigkeit des Geistes selbst bewirkt; denn alles, was aus den Geheimnissen der Natur in die Vernunft gelangt, kommt durch die Tätigkeit des Geistes hinein. In einem weiteren und zweiten Herabsteigen begibt sich dieselbe Kunst aus der Vernunft in das Gedächtnis (memoria) herab und macht in Vorstellungen (phantasiae), d. h. in bestimmten Formen, sich selbst allmählich immer deutlicher und anschaulicher. In einem dritten Herabsteigen wird die Kunst auf die leiblichen Sinne herabgegossen, wo sie durch sinnliche Zeichen ihre Kraft in Gattungen und Arten und deren Gliederungen, Untergliederungen und Einteilungen heraustreten läßt.»[9]

Zunächst existiert also ein Vorhaben noch unkonturiert im menschlichen Geist. Durch vernünftige Überlegung nimmt es dann nach und nach Gestalt an (man denke etwa an die Konzeption eines Bildes oder einer Statue); bei diesem Schritt fehlen noch die vorstellungshaften Einzelheiten des Werkes. Diese prägen sich erst anschließend dem Bewußtsein oder der Erinnerung (memoria) ein, um schließlich in die sinnlich wahrnehmbare Gestaltung übergehen zu können. Bei dem ganzen künstlerischen Vorgang handelt es sich für Eriugena – ähnlich wie bei der menschlichen Erkenntnis – um ein stufenweise sich vollziehendes Herabsteigen des Geistes in die Welt der Einzelheiten. Und es zeigt sich wieder eine wichtige Besonderheit: Die Differenzierungen der Sinneswelt gelten Johannes Scotus lediglich als Zeichen oder Hinweise (signi) auf entsprechende geistige Untergliederungen; in ähnlicher Weise hatte er zuvor dargestellt, daß die Einzelheiten der sinnlichen Wahrnehmungen und die aus ihr resultierenden Vorstellungen den inneren, d. h. geistigen Sinn dazu anregen, entsprechende Feinheiten auch im Geistigen zu entdecken.

Seele und Geist

In den soeben erläuterten Ausführungen des Johannes Scotus war die Beziehung zwischen Seele und Geist nicht genauer geklärt worden. Deutlich ist nur, daß Eriugena den Geist in den wiedergegebenen Passagen zu den Seelenbewegungen zählt wie auch den Sinn und die Vernunft. Betrachtet Eriugena also den Geist als einen Bestandteil der Seele? Wie lassen sich überhaupt die Bedeutungen von «Seele» und «Geist» in seinem Werk im einzelnen bestimmen? Fügt man noch die Frage nach dem menschlichen Leib hinzu, so kommt die gesamte Anthropologie des Johannes Scotus in den Blick.

Die Anthropologie ist der eigentliche Gegenstand der *«Einteilung der Natur»*, der Mensch selbst steht im Mittelpunkt des gesamten Werkes. In dieser Gewichtung spiegelt sich die Wirklichkeit des Universums, wie sie sich für Johannes Scotus darstellt: Im Zentrum des Weltalls befindet sich der Mensch, der in sich die gesamte Kreatur vereinigt. Die Geistwesen der Himmel, alles, was die Erde bewohnt, sei es hoch oder niedrig, beseelt oder unbeseelt – das gesamte geschöpfliche Universum besteht im Menschen, sei es, indem er es natürlicherweise *ist*, sei es, indem er es mit seiner Erkenntnis durchdringt und damit in sich aufnimmt. In der *«Einteilung der Natur»* und in seiner Homelia zum Prolog des Johannes-Evangeliums (vgl. oben S. 99) bezeichnet Eriugena den Menschen als eine «Werkstatt» (officina), in der die unterschiedlichen Bestandteile des Weltalls zusammengeschmiedet werden.

Angesichts dieser Zentralstellung des Menschen für das gesamte Universum verwundert es nicht, wenn die beiden Gesprächspartner des Werkes über die *«Einteilung der Natur»* immer wieder auf das Wesen des Menschen zu sprechen kommen. Man kann die fünf Bücher dieses monumentalen Dialogs als verschieden ausgerichtete Antworten auf die eine Frage lesen: Was ist der Mensch? Alle Ausführungen – von der Erschaffung der Welt über die geistigen Ursachen bis hin zum göttlichen Wort und der Rückkehr aller Kreatur zu Gott – münden in Aussagen über den Menschen ein; deshalb liegt wohl keine Übertreibung in der Einschätzung, die *«Einteilung der Natur»* sei im Grunde nichts anderes als eine gewaltige kosmologische Anthropologie. Vor diesem umfassenden Hintergrund ist auch die Frage nach dem Verhältnis der menschlichen Seele zum Geist zu sehen.

Bei näherer Betrachtung der Aussagen zum Menschengeist und zur Seele zeigt sich eine Auffälligkeit; sie kann bei einem Leser, der an das Ideal logischer Widerspruchsfreiheit in neuzeitlichen Texten gewöhnt ist, entweder Unmut hervorrufen oder ihn – falls er sich bemüht, einen einheitlichen Sinn herzustellen – zur Verzweiflung bringen. Es stehen sich scheinbar gegenseitig ausschließende Formulierungen gegenüber, ohne daß Eriugena auch nur den Versuch eines Ausgleichs unternimmt: einmal wird eindeutig zwischen Seele und Geist unterschieden, an anderer Stelle dagegen werden beide Begriffe offenbar synonym verwendet.

So heißt es etwa: «Wo ein lüsterner Blick der Seele (anima) sich zeigt, da öffnet sich sogleich der Zutritt des unreinen Geistes (spiritus).»[10] Hier unterscheidet Johannes Scotus zwischen Geist und Seele; um einen Eindruck der Beziehungsvielfalt dieser *einen* Gruppe anthropologischer Äußerungen zu vermitteln, sollen zunächst noch einige Aussagen mit derselben Zielrichtung vorgestellt werden. «Jetzt sehe ich bereits den Menschen aus dem Paradies vertrieben, aus einem glücklichen in einen elenden, aus einem gesegneten in einen dürftigen, aus einem ewigen in einen zeitlichen, aus einem lebendigen in einen sterblichen, aus einem Weisen in einen Toren, aus einem *geistigen* (spiritualis) in einen *seelischen* (animalis), aus einem himmlischen in einen irdischen ... verwandelt, welcher sich von der Herde der himmlischen Tugenden verirrt hat, und er dauert mich, denn er ist dazu nicht gemacht.»[11] «Ambrosius[12] lehrt ... drei Elemente der menschlichen Natur, *Körper, Seele und Geist* (intellectus), die nicht etwa wie drei Scheffel Mehl zu vermischen sind, sondern gleichsam in einem Vergärungsvorgang durch das Band der Liebe zur Zeit der Auferstehung vereinigt werden sollen ... Auch besteht zwischen Seele und Geist (animus) der nicht geringe Unterschied, daß letzterer sich nur um das Göttliche, erstere sich dagegen um die Geschöpfe bewegt.»[13] Hier zeigt sich deutlich, daß Eriugena die Begriffe intellectus und animus synonym verwendet und sie gemeinsam als Geist der Seele (anima) gegenüberstellt. – «Aus welchem Grund sollen wir, die wir in diesem Leben aus *Körper, Seele und Geist* (spiritus) dreifaltig zusammengesetzt sind, künftig gleichsam zu einer einfachen Masse vergoren werden in untrennbarer Geistigkeit, wie Ambrosius meint?»[14] An dieser Stelle wird spiritus zur Bezeichnung des Geistes und damit in derselben Bedeutung verwendet, wie oben animus und intellectus. – «In Christus Jesus ist nämlich – so heißt es – weder Männliches noch Weibliches, sondern nur allein der wahre und ganze Mensch, nämlich *Körper, Seele und Geist* (intellectus),

... weil diese drei in ihm Eines und zu Gott geworden sind, ohne Verwandlung oder Vermischung ihrer Eigentümlichkeiten.»[15] In einem späteren Kapitel legt Eriugena Christus die Worte in den Mund: «Ich, der ich der Gottheit nach dem Vater gleich und von einem und demselben Wesen bin wie er selbst, ... habe die ganze menschliche Natur angenommen, ... nämlich *Körper, Seele und Geist* (intellectus)».[16]

Andererseits begegnen in der *«Einteilung der Natur»* Stellen, an denen mit derselben Selbstverständlichkeit nicht von einer aus Geist, Seele und Leib bestehenden dreigliedrigen, sondern von einer lediglich aus zwei Gliedern gebildeten Wesenheit des Menschen gesprochen wird: «Daß sie aus Seele und Leib besteht, ist nicht zweifelhaft; ... die Seele widerstrebt der Fünfzahl nicht, denn sie besteht aus Geist (intellectus) und Vernunft (ratio), aus einem doppelten Sinn, dem inneren und dem äußeren, und aus der Lebensbewegung, durch die sie den Körper verwaltet. ... Die ganze menschliche Natur wird sich in reinen Geist (solus intellectus) auflösen, so daß nichts in ihr übrigbleibt außer dem reinen Geist, in dem sie ihren Schöpfer betrachten wird.»[17] Auf die angeklungene fünffache Unterteilung der Seele soll hier nicht eingegangen werden; sie ist in diesem Zusammenhang nur insofern bedeutsam, als Johannes Scotus mit ihr der Seele geistige Funktionen («Geist und Vernunft») zuschreibt, ohne den Geist wie in den zuvor wiedergegebenen Äußerungen als eigenständiges drittes Wesensglied des Menschen neben der Seele anzuführen. – «Wir müssen, glaube ich, angemessenerweise annehmen, daß die ganze Natur des Menschen, Seele und Körper, unsterblich und unvergänglich geschaffen worden ist. Denn daß auch die Engel so erschaffen worden sind, überliefern die Weisen, indem sie keinen Zweifel daran haben, daß diese als unkörperliche Geister (spiritus) und als geistige (spirituales) Leiber, die jeder Verderbnis ledig sind, eingerichtet wurden ... Was uns aber als ein von unserem Erlöser, der sich selbst erniedrigte und Knechtsgestalt annahm, angenommener Teil zusätzlich gegeben ist, wird in Geist (spiritus) verwandelt und in die ursprünglich von Gott geschaffene Wesenheit zurückgeführt werden».[18]

Es ist unübersehbar, daß Johannes Scotus in der ersten Aussagengruppe trichotomische Formulierungen wählt und dem Menschen eine aus Leib, Seele und Geist bestehende dreigliedrige Natur zuschreibt; dagegen erscheint der Mensch in der zweiten Aussagenreihe als ein dichotomisches Wesen, d. h. als eine mit dem Leib verbundene Seele, der auch gewisse geistige Eigenschaften zukommen, die jedoch gegenüber der Seele keine Eigenständigkeit besitzen. In dieser Situation ist es wenig befriedigend, die nicht zu vereinbarenden Ausführungen als «Widersprüche» in der Anthropologie Eriugenas anzusehen. Auch die Annahme, die Bezeichnungen «Geist» (intellectus, animus, spiritus) und «Seele» (anima) würden synonym verwendet, besitzt nur wenig Wahrscheinlichkeit. Denn es könnte leicht gezeigt werden, daß die genannten Begriffe für «Geist» in Eriugenas Werk bedeutungsgleich verwendet werden; demgegenüber wird aber die Seele (anima) von allen Bezeichnungen für «Geist» begrifflich unterschieden. Man muß also davon ausgehen, daß Johannes Scotus in einer heute nicht leicht nachvollziehbaren Hinsicht zwischen Geist und Seele differenziert, und es ist zu prüfen, welcher Sinn dieses eigentümlichen Verhältnisses zwischen Seele und Geist sich aus den Texten erheben läßt. Eine solche Untersuchung könnte nicht allein das Menschenbild Eriugenas erhellen, sondern sie würde darüber hinaus auch Aufschlüsse über das Selbstverständnis des Menschen im früheren Mittelalter und vor allem über anthropologische Trichotomie schlechthin geben.

In den oben zitierten Äußerungen sind verschiedene Möglichkeiten angeklungen, wie zwischen verschiedenen Aspekten, die Johannes Scotus bei der Betrachtung der menschlichen Natur anführt, unterschieden werden kann. Man könnte beispielsweise genauer verfolgen, wie sich das Verhältnis zwischen

Seele und Geist im Hinblick auf die irdische Wirklichkeit menschlichen Lebens, hinsichtlich der Wiederherstellung der menschlichen Natur in Christus oder etwa auch in der Gegenüberstellung vom Menschen im Paradies und seiner nachparadiesischen Existenz darstellt. Dabei könnte zunächst der Eindruck entstehen, vom Geist sei die Rede, wenn die Unvergänglichkeit und Gottähnlichkeit des Menschen hervorgehoben werden sollen, während sich die Betonung des Seelischen auf Passagen beschränke, die das Leben des Menschen auf der Erde, seine Verfehlungen und Vergänglichkeit zum Gegenstand haben. Jedoch würde sich bald zeigen, daß dieser Ansatz nicht weit trägt; denn es begegnen durchaus auch Aussagen, in denen von der Ewigkeit der *Seele* gesprochen wird und die den Geist zu der niederen, also zu der sterblichen Natur des Menschen zählen. Dagegen kann man den wiedergegebenen Stellen folgende Hinweise entnehmen: Die Wiederherstellung der geistigen Menschennatur geschieht in Christus; die Frage nach dem Geist und der menschlichen Seele kann also nicht unabhängig von der Christologie beantwortet werden (vgl. Kapitel V des vorliegenden Buches). Darüber hinaus sind die Begriffe des Geistes und der Seele in der «Einteilung der Natur» offenbar mit einer Vorstellung von einer Verwandlung des Menschen verbunden, wobei allerdings nicht an eine Vervollkommnung im Laufe der irdischen Geschichte gedacht wird. Vielmehr besteht die Anschauung (dies wird auch an anderen, oben nicht wiedergegebenen Stellen deutlich), der Mensch besitze seiner ursprünglichen Wesenheit nach eine rein geistige Existenzweise und werde in diese bei der Rückverwandlung aller Natur in Gott zurückkehren. Dabei nimmt Johannes Scotus im Unterschied zu neuzeitlichen Entwicklungsvorstellungen kein historisches Früher oder Später an, sondern er rechnet mit eschatologischen (endzeitlichen) Wandlungsvorgängen außerhalb des Geschichtsprozesses. Und schließlich wurde deutlich: Johannes Scotus spricht von der menschlichen *Seele*, und er weist zugleich auf die *geistige* Existenzform des Engels hin – was im Menschen als Seele erscheint, offenbart sich im Engel als Geist.

Im dritten Kapitel des vorliegenden Buches wurde dargestellt, daß die Anthropologie Eriugenas nicht losgelöst von seiner Lehre vom Engel betrachtet werden kann; sobald der Mensch als Geistwesen in den Blick genommen wird, muß die wechselseitige Konstitution des Menschen- und des Engelgeistes mitgedacht werden. Leicht konnte bei den Überlegungen des dritten Kapitels die Frage aufkommen, ob der Mensch in der Anthropologie des Johannes Scotus nicht als ein *aus Leib, Seele und Engel zusammengesetztes Wesen* beschrieben wird. Es fiel dem Mittelalter und insbesondere der Zeit vor dem 13. Jahrhundert noch schwer, den Geist als *menschlichen* Geist zu denken; die Individualität des Geistes im Menschen umfassender zu begreifen und herausarbeiten zu können, war weithin der Philosophie der Hochscholastik und der Neuzeit vorbehalten. Dies hängt u. a. damit zusammen, daß bis zur Neuzeit ein eher statisches Weltbild vorherrschend war, in dem eine irdische Evolution im Sinne einer menschheits- bzw. bewußtseinsgeschichtlichen Entwicklung kaum Platz finden konnte. Es lag dem Mittelalter näher, die geistige Existenz des Engels als den individuellen Menschengeist zu denken; aus diesem Grunde ist es durchaus verständlich, daß der Mensch als *seelisches* Wesen erscheint, wenn er unabhängig von der Sphäre der Engel betrachtet wird. Er stellt sich aber als *geistiges* Wesen dar, sobald er vom Engel her verstanden wird, und bei dieser Betrachtung entsteht in manchen mittelalterlichen Denkern die Anschauung, das Geistige im Menschen entspreche der Existenzform des Engels, sei diesem «wesensgleich». Der Philosoph des früheren Mittelalters hatte also gleichsam in seinem Begriff des Engels ein Modell für den Begriff des menschlichen Geistes. Den Menschengeist ohne Bezugnahme auf den des Engels zu denken, wurde erst möglich, nachdem die Individualität des Geistes als menschliches Ich-Bewußtsein erfaßt werden konnte. Wie wenig selbstverständlich für Johannes Scotus das Wissen des Menschen um seine geistige Individualität war, erhellt an Aussagen wie der folgenden: «Der menschliche Geist kennt sich selbst und kennt sich auch nicht. Er weiß, *daß* er ist, und weiß dagegen nicht, *was* er ist.»[19]

In Kapitel III war bereits angeklungen, daß sich der Mensch in den Augen des Johannes Scotus vom Engel unterscheidet, weil der Engel lediglich einen ätherischen, der Mensch aber einen schweren materiellen Leib besitzt und körperlichen Begierden und Bedürfnissen ausgesetzt ist. Vor dem Sündenfall und der Vertreibung aus dem Paradies war der Mensch dem Engel in jeder Hinsicht gleich; nach dem Verlassen des Paradieses aber befindet er sich in einer Existenz im Fleische und reicht lediglich noch als Geistwesen an den Engel heran. Dennoch weigert sich Eriugena, die Vertreibung des Menschen aus dem Paradies ausschließlich als eine Strafe zu verstehen; vielmehr habe Gott bei der Verstoßung aus dem Paradies Barmherzigkeit gezeigt, da er sein Geschöpf nun «durch die Menge des Wissens üben» und «durch Ausgießung der Weisheit bewässern und erleuchten» konnte.[20] Der Mensch war von diesem Augenblick an gezwungen, ein Leben auf sich zu nehmen, in dessen Verlauf er «im Schweiße seines Angesichts» arbeiten muß (denn Erkenntnisse kann er nur durch Anstrengung erlangen); «Kinder» wird er nur unter Schmerzen gebären können: «Darum kann er auch nicht ohne vielfache Mühe und Arbeit, was die Schrift die Schmerzen des Weibes nennt, zu vielfachen Empfängnissen, d. h. zu den Anfängen der Erkenntnis übersinnlicher Dinge, und zur Erzeugung von Kindern, d. h. von richtige Begriffen aus der Natur der Dinge, durch den Sinn gelangen. Schmerzen aber, Schwangerschaften und Kinder weist die göttliche Autorität dem äußeren Sinn darum zu, weil jede Bemühung um Weisheit und jede Geistesempfängnis sowie jede reine Erkenntnis der Wahrheit von den leiblichen Sinnen ihren Ausgang nehmen muß, indem die Vernunft von unten nach oben und von außen nach innen stufenweise aufsteigt.»[21] Auf diesen Erkenntnisweg also mußte und durfte sich der Mensch nach der Vertreibung aus dem Paradies begeben, und er kann dabei allmählich seinen Geist ausbilden und schrittweise die richtigen Begriffe und Gedanken (rationes) gewinnen. Zwar hat der Mensch durch den Sündenfall seine frühere reine Geistigkeit und damit seine Gleichheit mit dem Engel verloren; jedoch wurde ihm durch diesen Verlust und durch die Vertreibung aus dem Paradies die Möglichkeit eröffnet, geistig-gedankliche Eigenständigkeit zu erlangen, um schließlich am Weltenende, bei der Rückkehr aller Natur in ihre Ursprünge und zu Gott, die Wesensidentität mit dem Engel wieder zu erreichen.

Evolution des Geistes und Selbsterkenntnis

Johannes Scotus spricht nicht von geschichtlichen oder biographischen Werdeprozessen, sondern von *Verwandlungen*, die entweder in der Natur vorgegeben sind oder aber durch die göttliche Gnade herbeigeführt werden. So schildert er auch die Rückkehr der menschlichen Natur zu Gott und in ihre reine Geistigkeit nicht als eine historische Entwicklung, sondern als ein endzeitliches Geschehen. Dennoch kann man an vielen Stellen seines Werkes beobachten, daß eine geistige Höherstufung der Menschheit in gleichsam statischen Bildern zum Ausdruck gebracht wird, ohne daß die (erst der Neuzeit zugängliche) Vorstellung bewußtseinsgeschichtlicher Entwicklung zugrundeliegt. Beispielsweise heißt es zwar, durch Christus sei die menschliche Natur in ihrer früheren Geistigkeit wiederhergestellt worden, jedoch wird diese Restitution als ein einmaliger Akt angesehen, in dem ein für allemal verliehen wird, was der Mensch zu seiner Rettung nötig hat. Die Zeit zwischen dem Christusereignis und der Rückkehr aller Naturen zu Gott kann deshalb dem modernen Leser als eine Art «Vakuum» erscheinen, als eine Periode des bloßen Abwartens.

Auch in der Geist- und Erkenntnislehre des Johannes Scotus begegnet ein solches «Vakuum», das dem Leser der Gegenwart ein Verständnis bestimmter Aussagen erschweren kann. Zur Veranschaulichung sei eine Passage der *«Einteilung der Natur»* beispielhaft angeführt: «Ich weiß, daß ich bin, und gleichwohl geht die Kenntnis meiner selbst mir nicht voraus, weil ich selber nicht etwas anderes bin als das Wissen, mit dem ich mich weiß; und wenn ich nicht wüßte, daß ich bin, so wüßte ich, daß ich nicht weiß, daß ich bin. Mag ich also wissen oder nicht wissen, daß ich bin, so bin ich doch nicht ohne Wissen, da mir jedenfalls das Wissen um mein Nichtwissen bleibt. ... Mit obigen Gründen ist auch hinlänglich unter uns festgestellt, daß Wissen und Nichtwissen gleich und unzertrennlich und immer der menschlichen Seele innewohnen, denn der Mensch weiß, *daß* er eine vernünftige und geistige Natur ist; er weiß aber nicht, *was* dieser Geist und diese Vernunft ist.» Den Lehrer befriedigen diese Ausführungen des Schülers noch nicht ganz, und er fragt nach: «Du warst also nicht, ehe du wußtest oder nicht wußtest, daß du bist?» Die kurze Antwort des Schülers lautet: «Nein; denn ich empfing zugleich das Sein und die Erkenntnis meines Seins und die Einsicht, daß ich nicht weiß, *was* ich bin.»[22]

In diesem Abschnitt des Gesprächs erscheint es noch so, als sei der Mensch unverrückbar in die geschilderte Zweiseitigkeit von Wissen und Nichtwissen um sich selbst eingespannt; nichts deutet darauf hin, daß sich das Verhältnis zwischen Wissen und Nichtwissen zugunsten des Wissens verändern könnte, und man gewinnt den Eindruck, es sei weder individuell-biographisch noch menschheitsgeschichtlich ein Fortschritt in der Selbsterkenntnis denkbar: das Wissen um das Was des eigenen Seins erscheint unerreichbar. Allerdings fällt auf, daß Eriugena im Kontext dieser Stelle das Sein des Menschen wie selbstverständlich mit dem Selbstbewußtsein bzw. mit Selbsterkenntnis identifiziert: «Wenn aber jemand in solcher Unwissenheit begraben ist, daß er weder um sein eigenes Sein weiß, noch vom Nichtwissen um sein eigenes Sein eine Empfindung hat, so möchte ich von einem solchen behaupten, daß er überhaupt kein Mensch oder ganz und gar ausgelöscht ist.»[23] Der Gedanke von dem Wissen um das eigene Sein einerseits und dem Wissen um das eigene Nichtwissen auf der anderen Seite bringt sehr anschaulich die Spannung zum Ausdruck, in der sich Selbsterkenntnis und -bewußtsein ständig befinden. Sah aber Johannes Scotus diese Spannung als einen unveränderlichen Zustand an? Wird der menschlichen Erkenntnis keine Entwicklungsmöglichkeit zu höheren Graden der Selbstbewußtheit zugestanden?

Im weiteren Verlauf der Unterhaltung kommt ein überaus interessanter neuer Gesichtspunkt zur Sprache, der unausgesprochen doch eine Entwicklungsmöglichkeit der menschlichen Selbsterkenntnis anklingen läßt – wenngleich in dem oben beschriebenen «statischen» Sinne, also nicht als ein prozessuales, sondern als ein abruptes Geschehen. Der Lehrer stellt die Frage, in welchem Augenblick der Mensch Kenntnis von sich selbst erhalte: bei der geistigen Erschaffung aller Menschen in einem ersten Schöpfungsakt oder am Anfang des irdischen Lebens, also gleichsam bei einer zweiten Schöpfung des Einzelnen in der Zeit. Der Schüler antwortet: «In beiden, glaube ich; in der einen nämlich im allgemeinen und in den Ursachen verborgen, in der anderen im einzelnen und in den Wirkungen offenbar. Denn bei jener uranfänglichen und allgemeinen Schöpfung der ganzen menschlichen Natur erkennt niemand sich selber in seiner Besonderheit, und keiner beginnt, eine eigentümliche Kenntnis von sich zu haben; denn dort ist nur eine Gott allein bekannte einzige und allgemeine Erkenntnis aller. Sind doch dort alle Menschen einer ... Wie nämlich alle Formen und Arten, welche in einer Gattung enthalten sind, dem Geist oder Sinn ihren Unterschieden und Eigentümlichkeiten nach noch nicht als bekannt entgegentreten, sondern noch wie eine Einheit ungeteilt bestehen, bis eine jede in einer bestimmten Einzelgestalt ihre Eigentümlichkeit und Unterschiedenheit als eine für den Geist oder Sinn faßbare annimmt, ebenso unterscheidet auch jeder in der Gemeinschaft der menschlichen Natur weder sich selbst noch andere seinesgleichen mit gesonderter Erkenntnis, solange er nicht in diese Welt ... zeitlich hervorgetreten ist.»[24]

Der auf der Erde (das bedeutet für Johannes Scotus: außerhalb des Paradieses der rein geistigen Existenz) lebende Mensch kann demnach Selbsterkenntnis ausbilden, indem er sich als Individuum von andern Individuen zu unterscheiden lernt. Auch aus diesem Grunde darf die Vertreibung aus dem Paradies nicht allein als Strafe angesehen werden, denn erst in dem durch sie bedingten Leben auf der stofflichen Erde wird es dem Menschen möglich, sich «unter Schmerzen» und «im Schweiße seines Angesichtes» zu einem selbstbewußten und eigenständigen Wesen zu entwickeln. «Dort», also im geistigen Paradies, waren «alle Menschen einer», und erst hier, also auf der Erde, unterscheidet sich jeder «in der Gemeinschaft der menschlichen Natur» selbst und «andere seinesgleichen mit gesonderter Erkenntnis». Individualität muß erst mühsam im Zuge einer Selbsterkenntnis in der irdisch-materiellen Umgebung erworben werden. Ich-Bewußtsein und Individualität kommen in jedem Menschen zunächst nur unvollkommen zur Darstellung; sie können in ihrer Wirklichkeit allein in Christus angeschaut werden: die Lehre vom menschlichen Geist bzw. die Anthropologie ist im Werk des Johannes Scotus nicht von der Christologie zu trennen. So wird auch die Frage nach der Individualität des Menschen, die sich zunächst in dem unvollkommenen Selbstbewußtsein offenbart, mit dem Hinweis auf

Christus beantwortet: Christus war niemals einer so «tiefen Unkenntnis seiner selbst» wie jeder Mensch und einer «derartigen Unwissenheit unterworfen, da er vielmehr sofort nach seiner Empfängnis und Geburt sich selbst und alle Dinge erkannte und davon reden und lehren konnte, nicht bloß weil er die Weisheit des Vaters war, für welchen nichts verborgen ist, sondern weil er die unbefleckte Menschheit angenommen hatte, um die befleckte zu reinigen».[25] In Christus erscheint das Ideal und das Ziel der menschlichen Selbsterkenntnis, das Vorbild, in dem der Mensch seine eigene Bestimmung anschauen kann: volles Bewußtsein seiner selbst und Erkenntnis aller Dinge.

Weitere Aussagen über die Bedeutung des Christus für die Erneuerung der menschlichen Geistwesenheit zeigen, daß rein aus der *begrifflichen* Differenzierung heraus im Werk Eriugenas kein substantieller Unterschied zwischen dem an die Seele gebundenen und dem reinen Menschengeist aufgefunden werden kann. Was den Geist von der Seele unterscheidet, ist vielmehr die Selbsterkenntnis, wie sie oben beschrieben wurde; fragt man also nach dem Geistbegriff Eriugenas, so hat man den Weg dieser Selbsterkenntnis bzw. die Herausbildung des individuellen Bewußtseins zu betrachten. Aus den folgenden Sätzen geht besonders eindrücklich hervor, daß jede andere sprachliche Unterscheidung zwischen Geist und Seele in der *«Einteilung der Natur»* keine substantielle Verschiedenheit zum Ausdruck bringen soll: «Ist doch in diesem Leben unsere Natur noch aus zwei Wesenheiten (substantiae) zusammengesetzt, weil sie aus Leib und Seele besteht; und da diese gänzliche Verschiedenheit unserer Wesenheiten, aus denen wir jetzt zusammengesetzt sind, aus der Versündigung der Menschheit bei der ersten Schöpfung hervorgegangen war, so bezeugt der Apostel [Paulus], daß sie zum alten Menschen gehört, und er lehrt, daß wir den alten Menschen aus- und den neuen Menschen anziehen sollen, nämlich Christus, in dem unsere Natur

– ich meine Körper, Seele und Geist (intellectus) – erneuert, in ein Einfaches verwandelt und aus einer zusammengesetzten zu einer nichtzusammengesetzten geworden ist. Und was im Haupt der ganzen menschlichen Natur, nämlich in dem Herrn Jesus Christus, schon vollbracht ist, wird in der ganzen Natur vollendet werden, wenn die neue Erde unseres Leibes in den neuen Himmel, d. h. in die Neuheit der Seele verwandelt werden wird und danach in höherem Aufsteigen der Leib zugleich mit der Seele in Geist (spiritus), der Geist aber in Gott. Und dies wird ganz in Christus und durch Christus vollbracht werden, welcher das Ziel und die Vollendung unserer Natur ist.»[26] – In dieser Textstelle hat es zunächst den Anschein, als bestehe der alte Mensch (Adam) lediglich aus Leib und Seele, während der neue Mensch (Christus) auch den Geist aufweise. Bei genauerer Betrachtung wird jedoch deutlich, daß dieser Eindruck trügt: Durch Christus werden nicht nur Leib und Seele, sondern auch der Geist (intellectus) des *alten* Menschen erneuert – unmittelbar zuvor aber waren Geist und Seele gemeinsam als «Seele» bezeichnet und gegen den Leib abgegrenzt worden. Ebensowenig liegt eine substantielle Differenzierung zwischen Seele und Geist vor, wenn es anschließend heißt, der Körper gehe zusammen mit der Seele in Geist (spiritus) über; der Begriff «spiritus» meint hier nämlich im Gegenüber zur Seele eine leibfreie Existenzform und zielt auf einen nichtstofflichen Zustand allen Seins am Ende der Zeiten. Demgegenüber würde der Begriff des Menschengeistes gerade das Eintauchen des Geistes in die stoffliche Existenz umfassen.

Daß Johannes Scotus gelegentlich auf das Verhältnis zum Körper hinblickt, wenn er den Geist gegen die Seele abgrenzt, erhellt auch aus der folgenden Passage: «‹Der Mensch wurde als lebendige Seele geschaffen.› Mose sagte nicht: als lebendigmachender Geist (spiritus)... Beim ersten sündigen Menschen war nichts Geistiges (spirituale), sondern Seelisches, nachher aber, d. h. beim zweiten wiederherzustellenden Menschen, war Geistiges.»[27] Dieser zweite, durch Christus wiederherzustellende Mensch entspricht einer ursprünglichen Schöpfung des Menschen, in der «der Mensch von solcher Geistigkeit (spiritualitas) war, daß er des Gebrauchs leiblicher Sinne nicht bedurfte, sondern lediglich des Dienstes des Geistes (intelligentia) sich erfreute».[28] Der Hinweis auf die ursprüngliche Schöpfung erläutert die Differenzierung zwischen Seele und Geist in dem vorangegangenen Zitat: der Geist (spiritus, intelligentia) ist nicht von den leiblichen Sinnen abhängig, also nicht körpergebunden; dagegen bleibt die Seele dem «Erdenkloß» des menschlichen Leibes verhaftet, wie es im Kontext heißt.

Neben diesem Gesichtspunkt der Unterscheidung begegnen in der «Einteilung der Natur» noch andere Abgrenzungen des Geistes von der Seele, die ebenfalls keine substantiellen Differenzierungen darstellen, da sie nicht konsequent durchgehalten werden. So ist es durchaus möglich, daß sich Johannes Scotus einer augustinischen Tradition anschließt und den Geist in einer Definition von Begriffen als einen Aspekt der Seele darstellt (wie auch in den zu Beginn dieses Kapitels wiedergegebenen Abschnitten): «Während die Seele über sich selbst und über den Geist (intelligentia) jeder Kreatur hinaus in der beschaulichen Bewegung ihren Schöpfer umkreist, ist sie intellectus oder mens oder animus (Geist); indem sie gleichsam mit einer zweiten natürlichen Bewegung die Ursachen der Dinge erforscht, ist sie Vernunft (ratio); indem sie dieselben findet, unterscheidet und bestimmt, ist sie innerer Sinn; indem sie die Vorstellungen der Sinnesgegenstände durch die Werkzeuge der leiblichen Sinne aufnimmt, ist sie äußerer Sinn ...»[29]

Erst im nachparadiesischen Leben auf der stofflichen Erde beginnt sich der einzelne Mensch allmählich als Individuum von anderen Menschen zu unterscheiden. Die Herausbildung von Selbstbewußtsein kann sich für Eriugena – darauf wurde bereits hingewiesen – nicht anders als durch die Leibesorganisation vollziehen. Johannes Scotus betrachtet den Körper gewissermaßen als ein Übungsfeld der Seele, auf dem sich ihr ihre eigenen «verborgenen Wirksamkeiten enthüllen» und auf dem sie dazu angeleitet wird, «sich selbst wiederzuerkennen».[30] Gott hat den Menschen in den stofflichen Leib und in die sinnliche Welt gesandt – «infolge eines unaussprechlichen Ratschlusses und unbegreiflicher Barmherzigkeit», nicht aber aus einer «Regung von Zorn oder Rache».[31] Die physische Existenz versetzt den Menschen nämlich in die Lage, zu der ursprünglichen Würde seiner Natur zurückzukehren und seine frühere Geistigkeit wiederzugewinnen. Als Geistwesen im Leibe lebend, kann der Mensch nun durch die Sinneswahrnehmung und «durch Vermittlung der Vorstellungen den Verkehr zwischen dem Sinnlichen und dem Geistigen erhalten».[32]

Allerdings erwächst aus dem Leben in der sinnlichen Welt eine große Gefahr: Die Erinnerung an sinnliche Wünsche und Begierden kann in der nachtodlichen Existenz zu einer unerträglichen Qual für den Menschen werden, sofern er sich auf der Erde übermäßig stark mit rein sinnlichen Eindrücken und Bestrebungen verbunden hatte. «Übrigens bleibt, wie wir oft bemerkt haben, als allgemeine Strafe die Trauer und Betrübnis über die Abwesenheit und Verderbnis derjenigen Dinge, woran man sich in diesem Leben ergötzt hatte, deren Vorstellungen ... [die Menschen] immer vor Augen haben werden, ohne daß die vor Begierde Brennenden sie erfassen können, weil sie eben nichts sind, und ohne daß sie an demjenigen Trost finden, was nur Verzweiflung und Unruhe bringt.»[33] Damit wendet sich Eriugena gegen die in der theologischen Literatur der Kirchenväterzeit oft vertretenen vordergründigen Auffassungen von sogenannten Höllenstrafen. Nachtodliche Auswirkungen von Verfehlungen auf der Erde und überstarken Bindungen an die Sinneswelt interpretiert Eriugena konsequent als ausschließlich auf das menschliche Selbstbewußtsein beschränkt:

«Wo wird Judas, der Verräter unseres Heilands, gequält werden? Wo anders als in seinem befleckten Bewußtsein (conscientia), mit dem er den Herrn verraten hat? Welche Strafe leidet er? Mit Sicherheit die zu spät gekommene und nutzlose Reue, in der er beständig brennt. Was leidet jener Reiche in der Hölle? Ist es nicht der Mangel der glänzenden Gastmähler, die er in diesem Leben genoß? Von welcher Flamme wird der unreine Herodes verzehrt, wenn es nicht seine eigene Wut ist, in der er zur Ermordung Unschuldiger entbrannte?»[34] Die «Strafen» der «Hölle» bestehen in an der Sinneswelt haftenden Vorstellungen und Begierden, denen im nachtodlichen Sein keine Wirklichkeit mehr entsprechen wird. Demnach stellt sich für die Selbsterkenntnis die Aufgabe, zu der eigenen menschlichen Natur ein Verhältnis zu gewinnen, das derartige sinnlichkeitsverhaftete Einseitigkeiten ausschließt. Das sinnliche Selbstbewußtsein soll durch die Selbsterkenntnis des Menschen in ein geistiges überführt werden.

Eriugenas Lehre von der Selbsterkenntnis ist dreigegliedert und orientiert sich an bestimmten Anschauungen der göttlichen Trinität. «Für den Menschen ist es etwas anderes zu sein, etwas anderes, denken (intelligere) zu können, und etwas anderes zu denken, das er denken kann.»[35] (Für «denken», die Übersetzung von intelligere, könnte hier auch «verstehen» eingesetzt werden.) Johannes Scotus unterscheidet also beim Menschen das Sein, die Fähigkeit zu denken und das Wissen um das Denkenkönnen. Gerade das dritte Element dieser Reihe ist von großer Bedeutung; ohne das Wissen um das Denkenkönnen besäße der Mensch zwar die Fähigkeit des Denkens bzw. Verstehens, aber er würde sie niemals verwirklichen, weil er sie in sich selbst nicht erkennen würde. Demnach beruht jede Erkenntnis in einem ganz fundamentalen Sinn letztlich auf Selbsterkenntnis; denn die eigene Tätigkeit, die zur Erkenntnis führt, setzt die Einsicht voraus, daß ich selbst ein erkennendes Geschöpf, d. h. mit der Fähigkeit des Denkens ausgestattet bin. Man darf diese Aussage nicht psychologisch auffassen. Es ist selbstverständlich nicht notwendig, sich vor jedem Erkenntnis- oder Denkakt bewußt zu machen, daß man ein denkender Mensch ist. Gemeint ist vielmehr ein Selbstbewußtsein des Menschen, das diese grundlegende Wendung auf sich selbst als geistige Selbstvergewisserung stets schon vollzogen hat, ohne sich daran immer wieder erinnern zu müssen.

«Wenn ich also sage: Ich denke, daß ich bin – deute ich dann mit diesem einen Ausdruck ‹ich denke› nicht drei voneinander unzertrennliche Bezüge an? Ich sage damit nämlich, daß ich bin, daß ich *denken kann*, daß ich bin, und daß ich *denke*, daß ich bin.»[36] Mit diesen Worten beschreibt Johannes Scotus einen fundamentalen Akt der Selbsterkenntnis; auf diesen Akt, den jeder Einzelne für sich vollziehen muß, gründet sich die Einsicht, daß der Mensch ein geistiges Wesen ist. Der Satz «Ich denke, daß ich bin» qualifiziert nämlich – darauf weist Eriugena hin – zunächst ein Sein; sodann kommt in dem Satz (wenngleich nicht explizit) zum Ausdruck, daß das Subjekt, von dem das Sein ausgesagt wird, die Möglichkeit besitzt, sich selbst als seiend zu denken; und schließlich beinhaltet der Satz die (nun wieder explizit getroffene) Aussage: Die Möglichkeit zu denken bzw. zu erkennen, daß ich bin, wird auch in die Wirklichkeit dieser Erkenntnis überführt; damit wird das Selbstbewußtsein durch den Vollzug der Selbsterkenntnis ins Leben gerufen.

Auf ein weiteres wichtiges Merkmal des kurzen Satzes weist Johannes Scotus allerdings nicht hin. In dem Satz erscheint zweimal ein Subjekt (das im Lateinischen nicht als eigenes Wort auftaucht, sondern als erste Person Singular in der Verbform enthalten ist). Ein Ich wendet sich hier auf sich selbst und erkennt sich als seiend; indem es aber diese Tätigkeit vollzieht, muß es sich zugleich auch als einen Erkennenden, also als ein geistiges Wesen denken. Denn mit dem Denken des eigenen Seins ist auch das Denken des eigenen Denkenkönnens gegeben und die Verwirklichung dieser Möglichkeit. So bringt sich das denkende Ich in dem Moment des Denkens seiner selbst als Ich, d. h. als geistiges Wesen hervor; es existiert als Ich nicht vor diesem Augenblick der Selbsterkenntnis. – Auf das Selbsthervorbringen des Erkennenden im Vollzug der Selbsterkenntnis geht Johannes Scotus in einem anderen Zusammenhang ein; darüber soll später gesprochen werden (vgl. S. 250ff.). Zunächst ist noch zu betrachten, daß Eriugena seine Lehre von der menschlichen Selbsterkenntnis auf dem Hintergrund von Anschauungen der göttlichen Trinität formuliert und in der Entstehung von Selbstbewußtsein beim Menschen das Abbild eines umfassenden göttlichen Geschehens sieht.

Im Anschluß an AUGUSTINUS[37] schreibt Johannes Scotus: «Der menschliche Geist (mens) erzeugt die Erkenntnis (notitia) seiner selbst wie einen Nachwuchs seiner selbst aus sich selbst, und die Erkenntnis seiner selbst ist ihm gleich, weil er sich selbst nach der Ähnlichkeit Gottes des Vaters vollständig erkennt, der aus sich selber seinen Sohn hervorbringt, der seine Weisheit ist, in der er sich selber weiß; und der Sohn ist ihm gleich, weil er sich ganz denkt, und vom gleichen Wesen wie er, weil er den Gezeugten aus sich selber erzeugt. Aus dem menschlichen Geist geht ein gewisses Verlangen hervor, mit dem er sich selber sucht, um seine Erkenntnis hervorzubringen. Wenn dieses Verlangen oder Suchen zum vollendeten Finden der Erkenntnis gelangt ist, wird die Liebe bewirkt, die den Geist mit seiner Erkenntnis verbindet. Und sie ist ebenso dem Geist wie der Erkenntnis des Geistes gleich, weil sie sich selbst ganz und ihre ganze Erkenntnis des Geistes liebt. Sie ist auch von gleichem Wesen wie der Geist und die Erkenntnis, weil dieselbe Liebe, die den Geist mit seiner Erkenntnis verbindet, eben nicht anderswoher als aus dem Geist selber als Nachbild des Heiligen Geistes hervorgeht, welcher vom Vater ausgehend den Vater und den Sohn durch ein unaussprechliches Band der Zuneigung verbindet.»[38] Wie sich der menschliche Geist in seinem Wissen von sich erkennt, so erkennt sich Gott Vater in seinem Sohn, dem Logos. Würde aber im Menschen nicht das Verlangen (man könnte auch sagen: die Sehnsucht) wohnen, sich selbst zu erkennen, so könnte keine Selbsterkenntnis entstehen; ist jedoch ein Wissen um sich selbst hervorgebracht, so zeigt sich dieses Verlangen als die Liebe, mit der der Geist seine Erkenntnis an sich zieht und sich in ihr wiederfindet – andernfalls wäre sie keine Erkenntnis seiner selbst, sondern ein Wissen um etwas Fremdes. Geist, Selbsterkenntnis und Liebe gehören untrennbar zusammen; keines wäre ohne das andere. Und es läßt sich auch keine Hierarchie oder verschiedene Wertigkeit unter ihnen feststellen, denn jedes dieser Elemente umfaßt die jeweils anderen ganz. Wer sich diese Verhältnisse in der menschlichen Selbsterkenntnis verdeutlicht, erhält ein geistiges Anschauungsbild der trinitarischen Beziehung zwischen Gott Vater, dem Logos und dem Heiligen Geist.

Geist und Gegenstandserkenntnis

Wie gestaltet sich nun das Verhältnis zwischen dem menschlichen Geist, der Erkenntnis und der gegenständlichen Welt, die der Geist mit Erkenntnis durchdringt? Zunächst ist die Beziehung zwischen Geist und Erkenntnis genauer zu betrachten: «Der Geist erkennt [oder denkt: intelligere] seine Kenntnis (peritia) und Bildung (disciplina), und er wird von seiner Kenntnis und Bildung erkannt [oder gedacht]: nicht *was*, sondern *daß* er ist; denn sonst wäre die Dreiheit nicht wesensgleich und gleichgestellt.»[39] Johannes Scotus bezieht sich hier auf das oben angesprochene Bildnis der göttlichen Trinität im Menschen; die Gleichheit der drei trinitarischen Elemente – keines überragt das andere an Dignität und Bedeutung – macht die Annahme unumgänglich, daß der Mensch nicht nur die Gegenstände seines Wissens denkt bzw. erkennt, sondern daß er selbst auch von dieser Erkenntnis erkannt wird. Diese Aussage mag zunächst befremdlich klingen, bedeutet aber nichts anderes, als daß an der Gegenstandserkenntnis die Selbsterkenntnis präzisiert wird. Indem der Mensch die Dinge immer deutlicher erkennt, sich gleichsam mit dem Nicht-Ich vertraut macht, gewinnt auf der anderen Seite sein Ich für ihn immer schärfere Konturen. Die Selbstwahrnehmung des Ich wird um so exakter, je mehr die Gegenstandswelt im menschlichen Denken hervortritt; je genauer ich meine Umwelt erkenne, desto deutlicher hebe ich mich von ihr ab. Bei diesem nie abgeschlossenen Geschehen handelt es sich um einen Bildungsvorgang im eigentlichen Wortsinne; in der Erkenntnis gewinnt der erkennende Geist Gestalt oder Form; er wird «gebildet». Kenntnis (peritia) und Bildung (disciplina) bringen den Menschen hervor, wie er seinem Wesen nach ist.

Nun stellt sich für Johannes Scotus die Frage, ob sich der Mensch auf diese Weise selbst hervorbringt und «bildet», ob also die Elemente der Dreiheit im menschlichen Geist ebenso aus diesem selbst hervorgehen wie die Elemente der göttlichen Trinität. «Sieh also zu, ob sie gegenseitig von sich selber oder von einer anderen, höheren Natur gebildet werden.»[40] Die Antwort des Schülers erfolgt etwas zögernd und in einer Art, die den Leser aufmerken läßt. Die Möglichkeit der Selbsthervorbringung bzw. -bildung des menschlichen Geistes wird nämlich nicht sofort und kategorisch, sondern lediglich mit einem Hinweis auf die Autorität des Glaubens ausgeschlossen. «Wenn der katholische Glaube nicht auf eine höhere Natur hinwiese, aus welcher diese Dreiheit [des menschlichen Geistes] besteht und gebildet und erkannt wird, und wenn dies nicht der Wahrheit entspräche, so würde ich vielleicht nicht unbedacht antworten, daß sie aus ihr selber gebildet werde oder wenigstens selbst ihre ursprüngliche Form sei. Nun aber, da es eine höhere Dreiheit gibt, nämlich die, aus der alles gebildet wird und geformt zu werden anfängt und zu der hin das sich Wandelnde geformt wird, das in sie verwandelt wird und verwandelt werden kann: deshalb zweifle ich nicht, daß aus ihr auch die Dreiheit des Geistes geformt wird.»[41] Der Lehrer akzeptiert diese Antwort und geht nicht näher auf die zunächst angeklungene Möglichkeit der Selbsthervorbringung des menschlichen Geistes ein. Allerdings zieht er aus der Aussage, der Geist des Menschen werde in Gott geformt, eine interessante Folgerung. Der göttliche Geist (der hier übrigens wie der Menschengeist als «mens» bezeichnet wird) besitzt allein die wahre Erkenntnis des Menschengeistes, so daß man formulieren kann: Die Erkenntnis des Menschengeistes in Gott ist die wahre Wesenheit des so erkannten Menschen, weil dieser in der göttlichen Erkenntnis unveränderlich und ewig besteht.

Eriugena nähert sich in der *Darstellungsart* der Anschauung, der Mensch als geistiges Wesen sei nicht geschaffen, sondern er bringe sich selbst durch ein umfassendes Bildungsgeschehen hervor. Diese Anschauung wirklich auszuführen und ihr zuzustimmen, wäre allerdings im 9. Jahrhundert völlig undenkbar gewesen; es hätte sich dabei sicherlich um den Gipfel der Ketzerei gehandelt. Auch war die Zeit bewußtseinsgeschichtlich nicht reif, einen Gedanken in allen seinen Dimensionen zu erfassen, der der Neuzeit vorbehalten sein sollte. Um so bemerkenswerter erscheint die Tatsache, daß sich Johannes Scotus dieser Anschauung bis auf so geringe Distanz nähert. Erst im letzten Moment stellt er die Betrachtung des sich selbst bildenden menschlichen Geistes ein und definiert, die Wesenheit (substantia) des Menschengeistes bestehe in dessen Erkenntnis durch Gott: «Der Mensch ist ein im göttlichen Geiste ewig geschaffener geistiger Begriff (notio intellectualis).»[42] Eriugena sieht mit dieser Bestimmung die geistige Dignität des Menschen gewahrt und grenzt sie gegenüber Aussagen ab, die nicht die Wesenheit, sondern die Lebensumstände der irdischen Existenz beschreiben, um den Menschen zu definieren. In ihnen erscheint der Mensch nicht als geistig-göttlich, sondern als ein

Sinnenwesen (animal), das nicht ewig, sondern sterblich, wohl aber vernünftig und bildungsfähig ist. Und wie der Mensch insgesamt, so erhält auch seine Erkenntnis eine außerordentliche Würdigkeit, wenn sie auf dem Hintergrund der göttlichen Erkenntnis betrachtet wird. Wenn nämlich die Wesenheit des Menschen in der *göttlichen* Erkenntnis desselben besteht – so ist nur ein kleiner Schritt notwendig, um anzunehmen, daß auch das Wesen der Dinge, die der *Mensch* erkennt, nirgendwo anders aufzufinden ist als in der menschlichen Erkenntnis.

Das Wesen der Dinge im menschlichen Geist anzusiedeln, setzt allerdings den Nachweis voraus, daß etwas von den Dingen auch tatsächlich in der Erkenntnis existiert; andernfalls könnte es sich bei dieser Erkenntnis nicht um das Wesen, sondern lediglich um ein Abbild der Wirklichkeit handeln. «Lehrer: Glaubst du wohl, daß im Menschen ein Begriff (notio) aller derjenigen sinnlichen und geistigen Dinge ist, welche der menschliche Geist denken kann? – Schüler: Mir scheint es allerdings so, und zwar wird er hauptsächlich darum als Mensch gedacht, weil es ihm gegeben ist, einen Begriff von allem zu haben, was entweder ihm gleich geschaffen oder worüber ihm die Herrschaft verliehen ist. Denn wie könnte dem Menschen die Herrschaft über dasjenige verliehen sein, wovon er keinen Begriff hätte?»[43] Hier erscheint wieder ein bestimmter Aspekt der Aussage der Homelia, der Mensch sei alles (vgl. oben S. 99): die Dinge existieren als Begriff im Menschen. Im 17. Jahrhundert formulierte Angelus Silesius in seinem «Cherubinischen Wandersmann»: «Der Mensch ist alle Ding: ist's daß ihm eins gebricht, so kennet er fürwahr sein Reichtum selber nicht.»[44]

Der Mensch kann die Dinge nur insofern besitzen, als er nicht zufällige Attribute oder bloße Abbilder von ihnen erkennt, sondern ihr Wesen geistig in sich trägt. Erkenntnis ist in diesem Fall nichts anderes als die *Wahrnehmung* des Wesens der Gegenstände im eigenen Geist: «Was Wunder also, wenn der Begriff der Dinge, den der menschliche Geist besitzt, weil er in ihm geschaffen ist, als die Wesenheit (substantia) dieser Dinge, deren Begriff er ist, verstanden wird, nämlich entsprechend der Ähnlichkeit des göttlichen Geistes, in dem die Erkenntnis des geschaffenen Alls die unmittelbare Wesenheit dieses Alls ist? Was Wunder, wenn wir gerade so, wie wir den Begriff von allem, was im All gedacht und sinnlich wahrgenommen wird, als die Wesenheit dessen bezeichnen, was dem Geist und dem Sinn anheimfällt, und auch den Begriff der Unterschiede, der Eigentümlichkeiten und der zufälligen natürlichen Bestimmungen als die Unterschiede, Eigentümlichkeiten und zufälligen Bestimmungen selbst bezeichnen?»[45] Und in einem anderen Zusammenhang heißt es wie zur Erläuterung dieser Passage: «Denn die Begriffe (intellectus) der Dinge sind wahrhaft die Dinge selbst, wie der heilige Dionysius[46] sagt: ‹Die Erkenntnis des Seienden ist das Seiende selbst.›»[47]

Die Anschauung, die Begriffe der Dinge im menschlichen Geist seien das Wesen dieser Gegenstände, hat auch entscheidende Auswirkungen auf das Verständnis der Selbsterkenntnis. Denn es folgt aus dieser Anschauung, daß der geistige Begriff, den ich von mir selbst besitze, auch mein Wesen ist. Habe ich diesen Begriff von mir selbst nicht, so existiert auch meine Wesenheit noch nicht. Bei dem Prozeß der Selbsterkenntnis handelt es sich demnach in gewisser Weise um eine Selbstschöpfung des Menschen. «Denn niemand – so heißt es bei dem Apostel Paulus – weiß, was im Menschen ist, außer der Geist (spiritus) des Menschen, der in ihm ist. Wenn daher jener innere Begriff, der dem menschlichen Geist (mens) innewohnt, aus der Wesenheit (substantia) der Dinge besteht, deren Begriff er ist, so folgt daraus, daß auch der Begriff, durch den sich der Mensch erkennt, als dessen Wesenheit gilt. – Lehrer: In der Tat ergibt sich dies; denn wir haben gesagt, daß der menschliche Geist und die Erkenntnis seiner selbst, durch die er von sich weiß, und die Bildung (disciplina), durch die er sich bildet, um sich selbst zu erkennen, als ein und dasselbe Wesen (essentia) besteht.»[48]

In dieser Gesprächssequenz folgt eine Beschreibung der menschlichen Trinität als Erwiderung des Lehrers; hier heißt es, die menschliche Trinität bestehe aus dem Geist des Menschen, seiner Selbsterkenntnis und seiner Bildung. «Bildung» (disciplina) ist dabei in dem erläuterten Sinne zu verstehen: als eine Gestaltwerdung und Formung des menschlichen Geistes, die der Mensch selbst vornimmt, als ein Prozeß, aus dem Selbsterkenntnis überhaupt erst hervorgehen kann. «Disciplina» meint eine Bildung, durch die sich der Mensch bildet, «um sich selbst zu erkennen», d. h. die Arbeit des Geistes an sich selbst, die jeder Selbsterkenntnis vorangehen muß – denn arbeitet der Geist nicht an sich selbst, «bildet» er sich also nicht, so gibt es auch nichts an ihm zu erkennen. Der Geist ist das Erkennende innerhalb der menschlichen Trinität, die Erkenntnis das Ergebnis des gesamten Vorgangs und die Bildung dasjenige, was erkannt werden kann, d. h. Vorgang und Gegenstand der Erkenntnis zugleich.

Doch ergibt sich für den Schüler ein schwerwiegender Widerspruch: Zuvor war als Wahrheit betrachtet worden, daß die Wesenheit des Menschen als ein Begriff im Geist Gottes bestehe und daß sich die Dreiheit des menschlichen Geistes nicht selbst erschaffe, sondern von der göttlichen Trinität herleite. Dem scheint aber zu widersprechen, was zuletzt gesagt wurde: daß der Begriff, den der Mensch in der Selbsterkenntnis faßt, als seine Wesenheit gelten kann. Denn dies würde bedeuten, daß sich der menschliche Geist doch selbst hervorbringt und nicht auf die göttliche Trinität zurückgeführt werden muß. Nach einem entsprechenden Einwand des Schülers stellt der Lehrer beide Bestimmungen als gleichberechtigt nebeneinander. Beide Perspektiven auf den Menschen sind möglich: «Auf andere Weise wird nämlich jede Kreatur im Wort

Gottes, in dem alles geschaffen ist, und anders in sich selbst betrachtet.»[49] Die menschliche Natur erscheint unter einem «doppelten Gesichtspunkt»: unwandelbar in ihren geistigen *Ursachen*, veränderlich in den *Wirkungen*, die ihre irdische Existenz ausmachen. Dennoch handelt es sich nicht um zwei verschiedene Wesenheiten, sondern um eine «doppelt gedachte». Das eine Mal erscheint der Mensch als Geist oder Begriff, das andere Mal als Bestandteil der Welt. Durch die Unterscheidung der beiden Betrachtungsweisen verhilft Johannes Scotus schließlich in gewisser Hinsicht der zunächst verworfenen Anschauung zu ihrem Recht, der menschliche Geist bringe sich in der Selbsterkenntnis als sein eigener Schöpfer selbst hervor.

Ein ganz ähnliches Problem ergibt sich für die Gegenstandserkenntnis. Einerseits besteht das Wesen der Dinge in den Begriffen des menschlichen Geistes; andererseits ist das Wesen in dem göttlichen Wort, dem Logos, geschaffen. Auch hier sieht Eriugena wieder das Verhältnis von Ursache und Wirkung: die menschlichen Begriffe, die *geschaffene* Weisheit, gehen aus der *schaffenden* Weisheit hervor. «Wie der Begriff (intellectus) von allem, was der Vater in seinem einziggeborenen Wort geschaffen hat, das Wesen (essentia) davon ist ..., so ist auch die Erkenntnis all dessen, was das Wort des Vaters in der menschlichen Seele geschaffen hat, das Wesen davon ... Und wie der göttliche Begriff (intellectus) allem vorangeht und alles ist, so geht die geistige Erkenntnis (cognitio intellectualis) der Seele allem voran, was sie erkennt, und alles, was sie vorhererkennt, *ist*, so daß im göttlichen Geist alles ursächlich, in der menschlichen Erkenntnis aber seinen Wirkungen nach besteht.[50] Der Begriff im menschlichen Geist entspricht dem Begriff im göttlichen Logos: was der Mensch erkennt, *ist*; was er nicht erkennt, ist nicht.

«Darum werden die Dinge, deren Begriffe der menschlichen Natur innewohnen, richtig als in ihren Begriffen bestehend (subsistere) gedacht. Denn wo sie besser ihrer Erkenntnis entsprechen, dort müssen sie doch wohl auch wahrhafter existieren. Wenn aber ferner die Dinge wahrer in ihren Begriffen als in ihnen selber bestehen, ihre Begriffe aber dem Menschen natürlicherweise innewohnen, so sind sie also im Menschen insgesamt geschaffen.»[51] Alle Dinge existieren geistig im Menschen. Der Mensch trägt die Dinge geistig in sich, sofern er ein geistiges Wesen ist und sie erkennt; erlangt er aber ihren Begriff nicht, so bleiben die Dinge als Gegenstände außer ihm, und der Mensch selbst bleibt ein Gegenstand unter anderen sinnlichen Gegenständen.

In vergleichbarer Weise faßt Rudolf Steiner diesen Zusammenhang in seinem Buch «Die Mystik» in die Worte: «Als sinnliches Wesen ist der Mensch ein Ding unter anderen Dingen, und seine sinnliche Organe bringen ihm als sinnlicher Individualität sinnliche Kunde von den Dingen in Raum und Zeit außer ihm; spricht aber der Geist in dem Menschen, dann gibt es kein Außen und kein Innen; nichts ist hier, und nichts ist dort, was geistig ist; nichts ist früher, und nichts ist später: Raum und Zeit sind in der Anschauung des Allgeistes verschwunden. Nur solange der Mensch als Individuum schaut, ist er hier und das Ding dort; nur solange er als Individuum schaut, ist dies früher und dies später.»[52]

Für Eriugena sind die Begriffe der Dinge und damit die Dinge selbst zwar *natürlicherweise* im Menschen geschaffen; dies bedeutet aber nicht, daß sie ohne Erkenntnisanstrengung erreichbar sind. Das Geheimnis der menschlichen Natur besteht gerade darin, daß sie alles in sich trägt oder alles ist, daß sie aber zunächst kein Bewußtsein von ihrer eigenen Fülle besitzt. Erst durch die Erkenntnisanstrengung findet der Mensch die Dinge in sich und sich selbst. Ein Schlüssel zu einem Verständnis dieses Erkenntnisweges liegt in der Beziehung zwischen sinnlich erscheinender und begrifflicher Wirklichkeit. Johannes Scotus veranschaulicht ihr Verhältnis am Beispiel geometrischer Figuren. Er unterscheidet an ihnen die sinnliche von der geistigen

Seite; zu der sinnlichen gehört nicht nur die sinnliche Erscheinung (etwa das Dreieck auf der Tafel), sondern auch jede Erinnerungsvorstellung, die von einer früheren Wahrnehmung eines solchen sichtbaren Dreiecks herrührt. Der *Begriff* des Dreiecks dagegen ist völlig unabhängig von allen jemals gezeichneten Dreiecken und von dem Gedächtnis, mit dem man sich an diese erinnert. Davon bleibt die Tatsache unberührt, daß menschliches Wissen nur von dem sinnlich erscheinenden Dreieck ausgehend zu seinem Begriff gelangen kann; denn der Begriff des Dreiecks ist allein dem «geschulten Geist» verständlich. Dieser wird einsehen, daß das eigentliche Dreieck, d. h. sein Begriff, alle denkbaren sinnlich erscheinenden Dreiecke umfaßt; in ihm gibt es keine bestimmten Winkel und Linien, keine gegeneinander gesonderten Punkte, keinen Anfang und kein Ende, sondern in dem Begriff des «geometrischen Geistes» sind alle diese Elemente eines. Der Begriff meint kein bestimmtes Dreieck, sondern das Dreieck schlechthin, aus dem alle möglichen einzelnen Dreiecke (mit bestimmten Seitenlängen, Winkeln usw.) hervorgehen. Den Begriff hat gefunden, wer das Dreieck schlechthin versteht, ohne es mit einem oder mehreren besonderen Dreiecken zu identifizieren. «Ein Dreieck, das durch den körperlichen Sinn in einem Stoff wahrgenommen wird, ist in der Tat eine Art von sinnlichem Bild desjenigen Dreiecks, welches dem Geist innewohnt. ... Und ich meine nicht ein eingebildetes Dreieck, welches aus dem Geist durch das Gedächtnis in die Sinne und durch die Sinne in die sichtbaren Figuren herabsteigt, auch nicht jenes, welches wiederum aus der sichtbaren Figur durch den leiblichen Sinn sich dem Gedächtnis einbildet, sondern ich meine jenes Dreieck selbst ...»[53]

In der menschlichen Erkenntnis kommt Gott zum Ausdruck, aber nicht unmittelbar. Nur für den «reinen Geist» bzw. für das «reine Denken» (intellectus purus) erscheint als Gegenseite des Erkannten die göttliche Wirklichkeit, welche die Realität des Erkannten trägt. In dem Erkannten tut sich ein Unerkennbares kund und gibt sich als allgemeine Ursache von allem zu erkennen, obwohl es jeden Sinn und jeden Gedanken übersteigt. «Überwesenhaft» ist das göttliche Wesen, und weil es selbst allem zugrundeliegt und als alles existiert, kann es mit nichts Bestimmtem identifiziert werden: es besitzt keine benennbaren Eigenschaften. Bestimmte Eigenschaften würden die göttliche Größe vermindern, denn Gott ist nicht nur beispielsweise die Güte, sondern die Übergüte, nicht das nur Sein, sondern das Übersein. Was aber nicht als ein Bestimmtes qualifiziert werden kann, entzieht sich der Erkenntnis, entgeht der Schärfe des Verstandes. Der Gott, «der alles ist, was wahrhaft ist, weil er alles erschafft und in allem wird» kann nur in allem, nicht aber in Einzelnem oder Umgrenztem gedacht werden. Unzugänglich ist er für ein Denken, das noch das Einzelne erkennt; für den reinen Geist aber erscheint er nicht *als* etwas Bestimmtes, sondern *an* allem Bestimmten – das Unerkennbare offenbart sich als die Gegenseite oder als das Nicht des Erkennbaren: «Ist ja doch alles, was gedacht und wahrgenommen wird, nichts anderes als die Erscheinung des Nichterscheinenden, das Offenbarwerden des Verborgenen, die Bejahung des Verneinten, das Begreifen des Unbegreiflichen, der Ausdruck des Unsagbaren, die Nähe des Unnahbaren, das Verständnis des Nichtverständlichen, der Leib des Unkörperlichen, das Wesen des Überwesenhaften, die Form des Formlosen, das Maß des Nichtmeßbaren, die Zahl des Unzählbaren, das Gewicht des Gewichtlosen, die Materialisation des

Geistigen, die Sichtbarkeit des Unsichtbaren, der Raum des Nichträumlichen, die Zeit des Zeitlosen, die Begrenzung des Unbegrenzten, die Umschränkung des Unumschränkten und alles andere, was mit dem reinen Denken [bzw. reinen Geist: intellectus purus] gedacht und durchschaut wird und was in den Falten des Gedächtnisses nicht enthalten ist und der Schärfe des Geistes (mens) entgeht. Durch Beispiele unserer eigenen Natur können wir dies erhärten. Obgleich nämlich unser Denken [bzw. Geist: intellectus] für sich unsichtbar und unfaßbar ist, gibt es sich durch gewisse Zeichen zu erkennen und zu erfassen, indem es durch Laute oder Buchstaben oder andere Fingerzeige sich gewissermaßen in Körpern verdichtet und so nach außen sichtbar wird, dabei jedoch innen immer unsichtbar bleibt. Und indem es in mancherlei sinnlich faßbare Gestalten heraustritt, ohne den unbegreiflichen Stand seiner Natur je zu verlassen, bewegt es sich selbst in sich selbst, bevor es sich nach außen offenbart. Demgemäß schweigt es zugleich und ruft, und im Schweigen ruft es, und im Rufen schweigt es. Unsichtbar zeigt es sich doch, und indem es sich zeigt, bleibt es unsichtbar; ... es verkörpert sich, wenn es will, in Lauten und Buchstaben, und in dieser Verleiblichung besteht es doch in sich selber unkörperlich.»[54] Der reine Geist (intellectus), der das unnennbare Göttliche hinter allem Benannten zu denken vermag, wird hier von Johannes Scotus zur Veranschaulichung dieses Göttlichen selbst herangezogen; im Unterschied zu dem verstandlichen Denken – es wird in diesem Zusammenhang als «mens» bezeichnet – läßt sich der reine Geist, ähnlich wie das Göttliche, mit keinem bestimmten Gedankeninhalt ineinssetzen.

Die göttliche Natur existiert in allem und damit auch in jedem einzelnen, aber nicht als einzelnes. In allumfassender Liebe hat sich die Gottheit ausgegossen in jeden Gegenstand der Welt, aber sie hat sich dabei nicht selbst verlassen. Dieses Ausgießen des Göttlichen in alle Dinge findet statt, indem Gott «den vernünftigen Geistesblick (rationabilis mentis contuitus) in alles ausfließen läßt und [den Geist] bewegt; denn [Gott] ist die Ursache der Ausgießung und der Bewegung des Geistes (animus) – damit der gesucht und gefunden und nach Möglichkeit verstanden werde, der alles erfüllt ...»[55] Anders als in dem zuvor zitierten Abschnitt wird in dieser Passage der göttliche Geist als «mens» bezeichnet und mit dem «animus» synonym verwendet; dabei ist unter diesem Geist sowohl das Göttlich-Geistige zu verstehen, das in den Dingen lebt, als auch die Geistesbewegung des Menschen, mit der dieser die Gottheit in den Dingen findet. Das Unbegrenzte (d. h. Gott) erscheint an dem Begrenzten (an den Dingen der Welt), ohne mit ihm identisch zu sein; das Wahrgenommene und Verstandene ist die Darstellung des nicht Wahrnehmbaren und Unverstehbaren. Warum aber hat sich die Gottheit in das Einzelne der Welt ausgegossen? Die Antwort lautet: um jene Geistesbewegung zu ermöglichen, mit der der Mensch das Göttliche in den Dingen findet; in dieser menschlichen Erkenntnis findet sich Gott selbst in den Dingen, denn der «vernünftige Geistesblick», mit dem sich Gott in die Dinge ausgießt, und der «vernünftige Geistesblick», durch den das Göttliche in den Einzelheiten der Welt gesehen wird, sind nicht zu unterscheiden.

Fragt man nach dem Verhältnis zwischen menschlichem Geist und göttlicher Wirklichkeit, so ist auch die *Rückkehr des Menschen zu Gott* am Ende der Welt zu betrachten. Johannes Scotus beschreibt diese Rückkehr als einen eschatologischen (endzeitlichen) Wandlungsvorgang. (Im dritten Kapitel des vorliegenden Buches war darauf hingewiesen worden, daß es außerhalb des bewußtseinsgeschichtlich bedingten Horizontes Eriugenas lag, derartige Prozesse als menschheitsgeschichtliche Entwicklungen zu denken.) Die Verwandlung des Menschen in Gott bedeutet insofern eine Rückkehr, als der Mensch ursprünglich von Gott ausgegangen war und nun in die Ursache seines Seins zurückgelangt. Die Verwandlung vollzieht sich in sieben Stufen, wovon die ersten einen allmählichen Übergang der nichtspirituellen Lebenswirklichkeit des Menschen in Geist, die letzten eine Umformung dieses Geistes in Gott selbst zum Ausdruck bringen. «Die erste Stufe wird sein die Umwandlung des irdischen Körpers in Lebensbewegung (motus vitalis), die zweite Stufe die Umwandlung der Lebensbewegung in Sinn (sensus), die dritte Stufe die des Sinnes in Vernunft (ratio), darauf die Umwandlung der Vernunft in Geist (animus), in welchem das Ziel aller vernünftigen Kreatur besteht. Nach dieser fünffachen Vereinigung der Bestandteile unserer Natur, nämlich des Körpers, der Lebensbewegung, des Sinnes, der Vernunft (ratio) und des Geistes (intellectus), so daß sie nicht fünf, sondern Eines sind, in dem immer die Niedrigeren von den Höheren zur Vollendung gebracht werden, nicht um nichts zu sein, sondern um Eines zu sein – [nach dieser Vereinigung also] werden drei andere Stufen des Aufsteigens folgen. Die erste ist der Übergang des Geistes (animus) in das Wissen (scientia) von allem, was nach (post) Gott ist, die zweite der Übergang des Wissens in die Weisheit (sapientia), d. h. in die innigste Anschauung (contemplatio) der Wahrheit, soweit es der Kreatur verstattet ist, und die dritte und höchste Stufe ist der übernatürliche Untergang der gänzlich gereinigten Geister (animi) in Gott selbst und gleichsam die Finsternis des unbegreiflichen und unzugänglichen Lichtes, in dem die Ursachen aller Dinge verborgen sind. Und dann wird die Nacht wie der Tag erleuchtet werden, d. h. die vorborgensten göttlichen Geheimnisse werden den seligen und erleuchteten Geistern (intellectus) auf eine unaussprechliche Weise eröffnet werden. Dann wird die vollkommene Ganzheit (soliditas) der Achtzahl wie die eines übernatürlichen Würfels vollendet sein.»[56]

Diese Darstellung der Verwandlungsstufen steht am Ende des Werkes über die «Einteilung der Natur»; es folgen lediglich noch einige epilogartige Bemerkungen und eine Widmung. Johannes Scotus schließt seine Ausführungen also mit einem visionären Ausblick auf eine Zukunft, in der Gott wieder alles in allem sein wird. Der Leser der Gegenwart besitzt die Möglichkeit, Eriugenas Stufenlehre nicht als eschatologisches Geschehen, sondern als eine anthropologische Beschreibung zu verstehen. Der Betrachter der Gegenwart kann von der mitschwingenden religiösen Bedeutung absehen und den in die Zukunft verlegten Wandlungsvorgang als eine Entwicklung begreifen, die sich sowohl beim einzelnen Menschen als auch in der Menschheit insgesamt bereits vollzogen hat oder noch vollziehen wird. Er kann also in den Stufen Eriugenas menschheitsgeschichtliche oder individuell-biographische Entwicklungsgrade sehen; dabei muß er sich selbstverständlich darüber im klaren sein, daß einige dieser Grade noch nicht Wirklichkeit geworden sind und andere noch nicht klar erkannt werden können.

Zudem ist es möglich, die Stufenfolge nicht allein als ein *zeitliches* Nacheinander zu betrachten; man könnte sie auch als ein dynamisches Nebeneinander ansehen, als eine Darstellung von menschlichen Wesensgliedern: Johannes Scotus spricht vom physischen Leib des Menschen und von der Lebensbewegung (motus vitalis), zu der auch die pflanzlichen und animalischen Kräfte des Wachstums, der Ernährung und der Vermehrung zu zählen sind. Darauf folgen die Sinnesorganisation (sensus), d. h. die Fähigkeit des Wahrnehmens und Empfindens, und die Vernunft (ratio), mit deren Hilfe die Sinneswahrnehmungen geordnet und miteinander in Beziehung gesetzt werden. Die ratio meint hier ein verstandesmäßig orientiertes Denken, das der Sinneswelt verhaftet bleibt und sich dadurch von dem Geist (intellectus, animus) unterscheidet. Dieser bildet das «reine Denken» aus und überwindet damit die Einbindung in Raum und Zeit. Daß der Geist nicht von der Vernunft unabhängig ist, sondern aus ihr hervorgeht, wird an der Formulierung deutlich, im *Geist* bestehe «das Ziel aller *vernünftigen* Kreatur».

In den Augen Eriugenas hebt die Verwandlung der ersten fünf Stufen in die jeweils höhere ihre Eigenständigkeit nicht auf; man wird sich das hier Gemeinte als eine Durchdringung der niedrigeren Wesensglieder vom Geist her vorzustellen haben, durch die die Existenz von Körper, Lebensbewegung, Sinneswahrnehmung und Vernunft nicht aufhört. Das auf den Geist folgende Wissen (scientia) «von allem, was nach Gott ist», umfaßt das geschaffene Universum, während die Weisheit (sapientia) offenbar eine vertiefende Durchdringung dieses umfassenden Wissens zeichnet. Der «Untergang der gänzlich gereinigten Geister in Gott» zielt auf eine unfaßbare Erhöhung dieser Weisheit, für die nur paradoxe Worte gefunden werden können: es handelt sich um eine Verwandlung in die «Finsternis des unbegreiflichen und unzugänglichen Lichtes». Die Offenbarung der «verborgensten göttlichen Geheimnisse» vollendet die Ganzheit des «übernatürlichen Würfels», bildet also gleichsam den Schlußstein in der gänzlich wiederhergestellten Harmonie des Universums. Es verdient besondere Beachtung, daß Eriugena hier wieder – wie bei der Beschreibung der Engelhierarchien (vgl. Kapitel III, S. 188ff.) – das Bild eines Würfels und der Achtzahl verwendet, um einen Zustand höchster Vollkommenheit anzudeuten.

Von den ersten fünf Stufen oder Wesensgliedern heißt es, sie würden von den jeweils «höheren zur Vollendung gebracht»; man kann annehmen, daß diese Aussage auch auf die letzten drei Stufen übertragen werden darf, so daß sich für die Gesamtheit der Sinn ergibt: Bei dem Vorgang handelt es sich um eine Entwicklung, in der Kräfte gleichsam von oben nach unten wirken; die jeweils unteren Stufen werden von den höheren durchdrungen und damit gewissermaßen nach oben gezogen, von oben her verwandelt. Da das Ziel der Umgestaltung darin liegt, in die jeweils nächsthöhere Stufe verwandelt zu werden, könnte man auch formulieren: die Kraft dieser Entwicklung geht von ihrem Ziel aus, auch wenn dieses noch nicht Wirklichkeit geworden ist.

Es läßt sich bemerken, daß die Stufenfolge des Johannes Scotus eine weitreichende Übereinstimmung mit den Gliedern der

Menschenwesenheit aufweist, wie sie Rudolf Steiner beschreibt. Dies erscheint um so mehr beachtenswert, als sich hier eine Kontinuität spiritueller Menschenerkenntnis über die Jahrhunderte hinweg in ungewöhnlicher Deutlichkeit zeigt. Dennoch darf bei der folgenden Gegenüberstellung nicht die geschichtliche Distanz zwischen den Betrachtungsweisen der beiden Autoren aus dem Blick geraten. Es wurde bereits darauf hingewiesen, daß Eriugena einen übernatürlichen, in der Endzeit der Welt sich vollziehenden Wandlungsvorgang beschreibt, ohne an biologisch-evolutionäre und bewußtseinsgeschichtliche Entwicklungsprozesse zu denken. Rudolf Steiners Darstellung von Wesensgliedern des Menschen setzt solche Entwicklungsvorgänge voraus und umfaßt einen Zeitraum, der von einer sehr fernen menschheitsgeschichtlichen Vergangenheit bis in eine noch unabsehbare Zukunft reicht. Darüber hinaus beruht Rudolf Steiners Darstellung ausschließlich auf menschlicher Selbsterkenntnis; sie ist also unabhängig von bestimmten religiösen Weltbildern oder theologischen Traditionen. Zudem finden sich in vielen Schriften und Vorträgen Steiners ausführliche Erläuterungen seines Verständnisses der Menschenwesenheit unter den verschiedensten Aspekten; sie können an dieser Stelle auch nicht andeutungsweise genannt werden. Dagegen bleiben die Ausführungen Eriugenas eher skizzenhaft und hinweisend, und es begegnen weder Erklärungen noch Konkretionen. Der Evolutionsgedanke der Naturwissenschaft, an den Rudolf Steiner anknüpfen konnte, war für Johannes Scotus noch nicht gegeben; stattdessen war Eriugena in eine bestimmte theologisch-philosophische Tradition eingebunden.

In einem Vortrag Rudolf Steiners über das *Vaterunser* aus dem Jahre 1907 heißt es: «Wenn ein Mensch vor uns steht, so steht da zunächst der physische Leib, den er in seinen Stoffen und Kräften mit allen Mineralien und scheinbar leblosen Naturprodukten gemeinsam hat. Dieser physische Leib des Menschen ist aber nicht, wie etwa der materialistische Sinn meint, allein in dem Raume vor uns, sondern er ist nur das allerunterste der Glieder der menschlichen Wesenheit. Als nächstes Glied unterscheiden wir den Ätherleib oder Lebensleib des Menschen, den er gemeinschaftlich mit den Pflanzen und Tieren hat, denn jede Pflanze, jedes Tier und jeder Mensch muß die chemischen und physischen Stoffe aufrufen, so daß sie zum Leben kommen, nicht durch sich selbst können sie sich Leben geben. Das dritte Glied ist der astralische Leib, der Träger von Lust und Leid, Trieben, Begierden und Leidenschaften und den gewöhnlichen Vorstellungen des täglichen Lebens. Alles das könnte der Mensch nicht haben, wenn er nicht diesen astralischen Leib hätte. Diesen hat er nur noch mit den Tieren gemeinschaftlich. ... Dazu hat er noch etwas, wodurch er hinausgeht über diese drei Naturreiche der Erde, wodurch er die Krone der Erdenschöpfung ist. ... Der Name ‹Ich› kann nicht von außen hineintönen, er muß in der Seele selbst ertönen. Das ist das vierte Glied der menschlichen Wesenheit. ... Dieses sind die vier Glieder, aus denen der Mensch zunächst besteht. Wir nennen sie auch die vier Glieder der sogenannten niederen Natur des Menschen.»[57]

Von der «niederen Natur» unterscheiden sich die drei Elemente der höheren: «Diesen Teil der höheren Natur, der sich dazumal verbunden hat als eine Kraft, welche die niedere Natur umänderte und sich in dieser Umänderung selbst erhöht, nennen wir den höheren Wesenskern des Menschen: Geistselbst, Lebensgeist und Geistesmensch oder Manas, Buddhi, Atma. Es sind das also die Teile der göttlichen Wesenheit, durch die der Mensch stufenweise die niedere Natur in die höhere allmählich überführt. Durch seine Kraft des Manas gestaltet er den astralischen Leib um, durch die Buddhi den Ätherleib, und durch die Kraft des Atma gestaltet er den physischen Leib um. Sie alle also hat er zu verklären, zu durchgeistigen, um einmal das Ziel seiner Entwicklung zu erlangen. So hatten wir einmal die vier Glieder: physischen Leib, Ätherleib, Astralleib und Ich, und wir haben in jener Zeit dazuerhalten die Keimanlage zur Höherentwicklung, die eigentlich ein Ausfluß der höchsten geistigen Wesenheit ist: die dreifache höhere Wesenheit des Menschen, den göttlichen Wesenskern, die göttliche Anlage des Menschen.»[58]

Die Übereinstimmung des «irdischen Körpers» bei Eriugena und des «physischen Leibes» bei Steiner sowie der «Lebensbewegung» und des «Äther- oder Lebensleibes» leuchtet unmittelbar ein. Daß die dritte Stufe bei Eriugena, der «Sinn», auf den «Astralleib», wie ihn Steiner beschreibt, bezogen werden kann, tritt in der näheren Charakterisierung dieses «Astralleibes» zutage: er ist der Träger von Leidenschaften, Begierden und den «gewöhnlichen Vorstellungen des täglichen Lebens», also von seelischen Bewegungen, die sich von der Sinnesorganisation des Menschen herleiten. Die Betrachtung der Wesensglieder, wie sie Rudolf Steiner in dem Buch *«Theosophie»* beschreibt, wird zeigen, daß das Empfindungsleben des Menschen tatsächlich auf den Astralleib bezogen ist. In diesem Zusammenhang wird auch deutlich werden, daß das vierte Wesensglied bei Steiner, das menschliche Ich, durchaus den Stufen «Vernunft», «Geist» und «Wissen» bei Johannes Scotus korrespondiert. Überhaupt darf bei einem solchen Vergleich nichts an einer bloß äußerlichen Parallele in der Zählweise oder der Benennung von Stufen gelegen sein; die Entsprechung ist vielmehr stets nur inhaltlich festzumachen.

Eine Beziehung zwischen den drei *oberen* Gliedern leuchtet nicht unmittelbar ein, läßt sich aber bei näherer Betrachtung wahrscheinlich machen. Versteht man das Geistselbst als ein «höheres Denken» im Sinne der *«Theosophie»* Rudolf Steiners, als einen Träger der Wahrheit und als eine «Offenbarung der geistigen Welt innerhalb des Ich»[59], so ergibt sich eine Entsprechung zu Eriugenas Stufen des Geistes (intellectus, animus) und des Wissens (scientia). Auch können die drei letzten

Verwandlungsstufen der *«Einteilung der Natur»*, das Wissen, die Weisheit und die Eröffnung der verborgensten göttlichen Geheimnisse, auf das Geistselbst, den Lebensgeist und den Geistesmenschen bezogen werden, wenn man letztere, etwa im Anschluß an die *«Geheimwissenschaft»* Steiners, als Verwandlungsformen des astralischen, des ätherischen und des physischen Leibes begreift[60]: es handelt sich um eine stufenweise Vergeistigung der unteren Wesensglieder, die von einer Vertiefung des Wissens, der Selbsterkenntnis des Menschen getragen wird; damit entspricht diese Umgestaltung der Weisheit, dem Wissen und der letzten Offenbarungsstufe des Johannes Scotus. Eriugena beschreibt die Wandlungen als eine zunehmende Reinigung der Menschennatur – ein Gesichtspunkt, der in Steiners Gedanken der ichhaft-geistigen Durchdringung und Verwandlung der unteren Wesensglieder wiederentdeckt werden kann. Was dem Menschen von der Natur mitgegeben wurde, an dessen Entstehung er nicht bewußt beteiligt war, soll eine Katharsis in der Einflußnahme durch das Ich und eine Läuterung in der Erkenntnis erfahren.

Besonders eindrücklich erhellt die Parallelität der Betrachtungsweisen Steiners und Eriugenas, wenn man sich die «Gliederung des ganzen Menschen» und das Schema der «sieben Teile des irdischen Menschen» aus der «Theosophie»[61] vor Augen führt:

A. physischer Körper	1. der physische Körper
B. Äther- oder Lebensleib	2. der Äther- oder Lebensleib
C. Seelenleib	3. der empfindende Seelenleib
D. Empfindungsseele	
E. Verstandesseele	4. die Verstandesseele
F. Bewußtseinsseele	5. die geisterfüllte Bewußtseinsseele
G. Geistselbst	
H. Lebensgeist	6. der Lebensgeist
I. Geistesmensch	7. der Geistesmensch

Im Vergleich beider Reihen zeigt sich, daß die Benennung bei den mittleren Wesensgliedern nicht als starre Begrifflichkeit gehandhabt wird, sondern von dem jeweiligen Aspekt der Betrachtung abhängt. Außerdem kann hier deutlich werden, daß oben das «Ich» des Vortrags über das Vaterunser zurecht auf die Stufen der Vernunft und des Geistes der *«Einteilung der Natur»* bezogen wurde. An der Stelle des «Ich» im Vortrag Steiners stehen in der «Theosophie» die Empfindungsseele, die Verstandesseele und die Bewußtseinsseele bzw. die Verstandesseele und die geisterfüllte Bewußtseinsseele (daneben kennt die «Theosophie» auch eine Gliederung, in der das «Ich» wie in dem Vortrag erscheint). Der Seelenleib bzw. die Empfindungsseele der «Theosophie» lassen sich leichter als der Astralleib der Ausführungen über das Vaterunser mit dem Sinn (sensus) der *«Einteilung der Natur»* in Verbindung bringen. Die Benennung «Verstandesseele» und das Verhältnis der Bewußtseinsseele und des Geistselbst (in dem Schema F. und G.) zu der geisterfüllten Bewußtseinsseele des «irdischen Menschen» (5.) erleichtern die Annahme, hier liege ein ähnliches Verständnis vor, wie es in Eriugenas Stufen der Vernunft, des Geistes und des Wissens zum Ausdruck kommt.

Die Verwandlung und Reinigung des Menschen vollzieht sich in den Augen Eriugenas durch eine schrittweise Vertiefung und Läuterung der Erkenntnis, die von der Vernunft über den Geist, das Wissen und die Weisheit schließlich zu den «verborgensten göttlichen Geheimnissen» gelangt. Auch die Verwandlung der unteren Wesensglieder, des Leibes, der Lebensbewegung und des Sinns betrachtet Johannes Scotus als ein allmähliches Aufheben derselben in den Bereich des Denkens, des Geistes und die nachfolgenden Erkenntnisstufen. Dabei hat man das «Aufheben» wieder in der bekannten dreifachen Bedeutung Hegels zu verstehen: als ein *Hinaufheben* zu einer höheren Wirklichkeit, als ein *Aufbewahren* auf dieser höheren Stufe und als eine *Beendigung* der vorangegangenen Existenzform.

Denn die Verwandlung vollzieht sich – wie Eriugena schreibt – auf den verschiedenen Stufen, «indem immer die niedrigeren von den höheren zur Vollendung gebracht werden, nicht um nicht zu sein, sondern um Eines zu sein».[62] Durch ihre Aufgabe bei der Verwandlung des ganzen Menschen zu einer geistigen Daseinsweise und damit zur Unsterblichkeit erhält die Erkenntnis im Werk Eriugenas eine außerordentliche Bedeutung; Erkenntnis der Wahrheit erscheint als das Ziel und die eigentliche Trägerin des Lebens, während Erkenntnismangel in den Tod führt. «Kein Tod ist schlimmer als die Unkenntnis der Wahrheit, kein Abgrund tiefer als die Billigung falscher Meinungen anstelle des Wahren, worin die Eigentümlichkeit des Irrtums besteht. Denn daraus pflegen in den menschlichen Gedanken die schändlichsten und abscheulichsten Ungeheuer gebildet zu werden, denen die fleischliche Seele sich zuneigt und folgt, als seien es Wahrheiten, indem sie dem wahren Licht den Rücken wendet und flüchtige Schattenbilder ergreifen will und, dazu unvermögend, in den Abgrund des Elends zu stürzen pflegt. Darum müssen wir unablässig beten und sprechen: Gott, du unser Heil und unsere Erlösung, der du die Natur gabst, spende auch die Gnade: Reiche dein Licht den im Schatten der Unwissenheit Umhertastenden, welche dich suchen! Rufe uns vom Irrtum zurück!»[63]

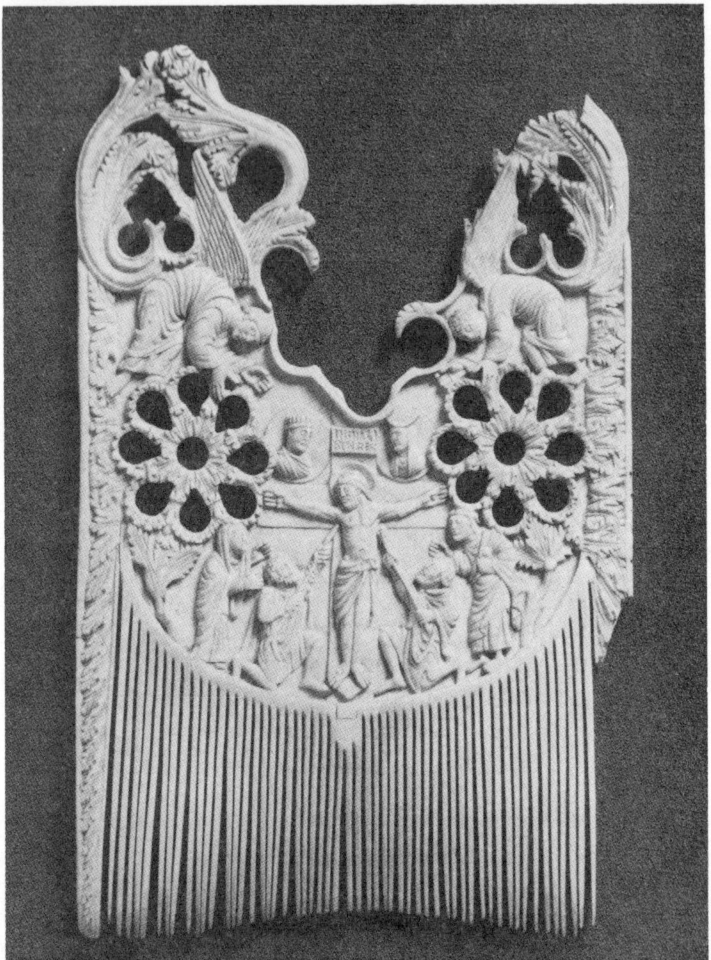

Abb. 13: Kreuzigung mit Engeln. Elfenbeinkamm des 9. Jh.

V
CHRISTOLOGIE

Si vero solum nominis intellectum, nullam vero caelestem substantiam in hoc loco accipiamus, possumus dicere, Deum ante paradisum voluptatis, hoc est, ante conspectum rationabilis humanae naturae, quamvis de paradiso expulsae, hoc est, ex dignitate primae suae conditionis remotae, Cherubim collocasse, multitudinem videlicet scientiae, aut fusionem sapientiae, qua seipsam recognosceret, inque pristinam felicitatem, quam peccando deseruerat, actione et scientia purgata, sapientiaeque studiis exercitata vellet et posset redire. Ubi datur intelligi, plus divinae misericordiae, quam vindictae in expulsione hominis de paradiso fuisse. Non enim conditor imaginem suam voluit omnino damnare, voluit autem eam renovare, multitudineque scientiae exercitare, fusione item sapientiae rigare et illuminare, dignamque efficere, iterum lignum vitae, a quo remota est, adire, eoque frui, ne interiret, sed viveret in aeternum.

Sed si quis altius velit conspicere, Cherubim vocabulo ipsum Dei Verbum significari, non incongrue intelliget. Dei namque Verbum, in quo sunt thesauri scientiae sapientiaeque absconditi, semper sine ulla intermissione humanae naturae obtutibus praesto est, eamque admonet, et purgat, et illuminat, donec ad perfectionem suam intemeratam reducat. Et quid mirum, si Dei sapientia Cherubim vocabulo significetur, cum et angelus magni consilii et virtus dicatur – audi Apostolum de Patre Deo loquentem: «Invisibilia enim ejus a creatione mundi per ea,

Gehen wir an dieser Stelle[2] allein von der Bedeutung des Namens, nicht aber von der himmlischen Wesenheit (substantia) selbst aus, so können wir sagen: Gott hat vor das Paradies der Freude, d. h. vor den Anblick der vernünftigen Menschennatur – obwohl sie aus dem Paradies vertrieben, d.h. aus der Würde ihrer ersten Schöpfung entfernt worden war – den Cherub gestellt, nämlich die Menge des Wissens oder die Ausgießung der Weisheit. Durch sie sollte sich der Mensch selbst wiedererkennen und in die frühere Glückseligkeit, die er im Sündigen verlassen hatte, zurückkehren können und wollen, gereinigt durch Tätigkeit und Wissen, geübt durch das Studium der Weisheit. Hier wird zu verstehen gegeben, daß bei der Vertreibung des Menschen aus dem Paradies mehr die göttliche Barmherzigkeit als die Strafgerechtigkeit wirksam gewesen ist. Denn der Schöpfer wollte sein Abbild, den Menschen, durch die Menge des Wissens üben, durch Ausgießung der Weisheit bewässern, erleuchten und würdig machen, wieder zum Baum des Lebens, von welchem er vertrieben wurde, zu gelangen und davon zu genießen, damit er nicht umkomme, sondern in Ewigkeit lebe.

Will jedoch jemand tiefer blicken, so wird er richtig erkennen, daß mit dem Ausdruck «Cherub» das Wort Gottes selbst bezeichnet wird. Denn das Wort Gottes, in dem die Schätze des Wissens und der Weisheit verborgen sind, ist stets ohne jede Unterbrechung für die Anschauung der menschlichen Natur anwesend; es ermahnt sie, reinigt und erleuchtet sie, bis daß es sie zu ihrer unverletzten Vollkommenheit zurückführt. Und was Wunder, wenn die Weisheit Gottes mit dem Ausdruck «Cherub» bezeichnet wird, da sie auch Engel des großen Rates und Kraft genannt wird und – damit ich mich kurz fasse – in den Heiligen Schriften durchaus mit dem Namen aller himmlischen Wesen (essentiae) durch eine wunderbare Übertragung beschrieben wird. Höre beispielsweise den Apostel Paulus, wenn er von Gott dem Vater spricht: «Denn sein Unsichtbares

quae facta sunt, intellecta conspiciuntur, sempiterna quoque ejus virtus similiter et potestas» – et, ut breviter dicam, omnium caelestium essentiarum appellationibus quadam mirabili metaphora in divinis Scripturis soleat intimari. Flammeum quoque gladium eadem ratione ipsum Dei Verbum significare non inconvenienter accipimus. Urit namque et dividit. Urit quidem nostra delicta, est enim Deus ignis consumens purgansque irrationabiles nostrae naturae sordes: eamque dividit atque discernit ab his, quae ei merito praevaricationis supervenerant, eamque decolorant, atque deformant dissimilemque conditori suo efficiunt. Gladius iste, Verbum videlicet Patris, unigenitus Filius, virtus et sapientia non immerito et creditur et intelligitur versatilis, quia, dum est natura immutabilis, movetur tamen ineffabili sua clementia et misericordia erga salutem humanae naturae.

Semper itaque talis Cherubim flammeusque, gladius versatilis ante oculos animae nostrae, rationis dico et intellectus, collocatur. Quid ita? Ad custodiendam viam ligni vitae, hoc est, ne viam ligni vitae oblivioni tradamus, sed semper memoriam ipsius ligni viaeque, qua itur ad illud, ante oculos cordis nostri indesinenter habeamus. ... Sed quae est illa via, quae ducit ad lignum vitae? Et quid est illud lignum, ad quod ducit? Nonne idem ipse Filius Dei, qui de seipso loquitur: «Ego sum via, et veritas, et vita?» Quod autem ipse sit lignum vitae, multis divinae Scripturae locis comperitur apertissime, ita ut nullo indigeat testimonio. Multipliciter itaque in hoc loco sanctae Scripturae Dei Verbi symbolica nomina exaggerata sunt. Nam et Cherubim, et flammeus gladius versatilis, et via, et lignum vitae appellatur, ut per hoc intelligamus, quod ipsum Verbum nunquam cordis nostri obtutibus recedat, et quod semper ad il-

wird von der Schöpfung der Welt her durch das erkannt, was geschaffen ist, und ebenso seine ewige Kraft und Macht.»[3] Daß auch das flammende Schwert in gleicher Weise das Wort Gottes bezeichnet, dürfen wir füglich annehmen, zumal dasselbe verzehrt und zerteilt. Denn es verzehrt unsere Vergehen, sofern Gott ein verzehrendes Feuer ist und den unvernünftigen Schmutz unserer Natur reinigt. Es teilt und unterscheidet zugleich unsere Natur von demjenigen, was ihr durch die Schuld der Sünde anhängt, sie entstellt, verformt und ihrem Schöpfer unähnlich macht. Dieses Schwert, das Wort des Vaters, sein einziggeborener Sohn, seine Kraft und Weisheit, wird nicht zu Unrecht als ein schnell bewegtes geglaubt und gedacht, weil es bei aller Unveränderlichkeit seiner Natur sich doch in unaussprechlicher Milde und Barmherzigkeit auf das Heil der menschlichen Natur zubewegt.

Stets wird also ein solcher Cherub und das schnell bewegte, flammende Schwert vor den Augen unserer Seele – ich meine unserer Vernunft und unseres Geistes – aufgestellt. Wie also? «Um den Weg zum Baum des Lebens zu hüten»[4], damit wir nämlich den Weg zum Baum des Lebens nicht vergessen, sondern beständig die Erinnerung an diesen Baum und an den Weg, auf dem man zu ihm gelangt, vor den Augen unseres Herzens haben.[5] ... Aber was ist jener Weg, der zum Baum des Lebens führt? Und was ist jener Baum, zu dem er führt? Ist es nicht derselbe Sohn Gottes, der von sich selbst sagt: «Ich bin der Weg und die Wahrheit und das Leben»?[6] Daß der Sohn Gottes selbst der Baum des Lebens ist, erhellt deutlich aus vielen Stellen der Heiligen Schrift, so daß es keines weiteren Zeugnisses bedarf. Es sind also an dieser Stelle der Heiligen Schrift viele sinnbildliche Namen des göttlichen Wortes angesammelt. Denn es wird Cherub, flammendes, schnell bewegtes Schwert, Weg und Baum des Lebens genannt, damit wir daraus erkennen, daß dieses Wort sich niemals von der Anschauung unseres Herzens entfernt, sondern stets zu unserer Erleuchtung über-

luminandos nos praesentissimum sit, et beatitudinis, quam praevaricando perdidimus, nusquam nunquam memoriam perdere sinit, ad eandem semper redire nos volens, et, donec id fiat, condolendo suspirans, perque scientiae et actionis perfectos gradus iter, quod illuc ducit, carpere nos instigans.[1]

aus gegenwärtig ist und niemals zuläßt, daß wir die Erinnerung an die Glückseligkeit, die wir durch die Sünde verspielt haben, in irgendeiner Hinsicht verlieren; immer will es uns zu dieser Glückseligkeit zurückführen, und solange dies geschieht, klagt es und seufzt und spornt uns an, durch die vollkommenen Stufen der Tätigkeit und des Wissens den Weg zurückzulegen, der dorthin führt.[7]

Johannes Scotus gibt in dem hier wiedergegebenen Abschnitt eine höchst eigenartige Deutung des alttestamentlichen Mythos von der Vertreibung des Menschen aus dem Paradies. Bereits in dem ersten Satz begegnet eine aufschlußreiche Unterscheidung: Die Engelgestalt, die dem Mythos zufolge vor dem Paradies aufgestellt wurde, soll nun nicht mehr als «himmlische Wesenheit» betrachtet werden; diese Perspektive hatte nämlich die vorangegangenen Ausführungen Eriugenas bestimmt. Vielmehr will Johannes Scotus jetzt die Bedeutung des Namens «Cherub» in den Blick nehmen, wobei der Name selbstverständlich nicht als eine willkürliche Bezeichnung, sondern ebenfalls als eine Wesensaussage über den Engel, jetzt aber im Hinblick auf den Menschen, zu verstehen ist. Eine Betrachtungsart, die die *Wesenheit* (substantia) näher beleuchtet, gelangt zu Aussagen über den Engel, wie er *an sich* aufzufassen ist; die Untersuchung seines *Namens* dagegen soll klären, welche Bedeutung die himmlische Wesenheit *im Hinblick auf den Menschen* besitzt. In der letztgenannten Einstellung muß von der Wesenheit «Cherub» als «Menge des Wissens» und «Ausgießung der Weisheit» die Rede sein. Demnach lassen sich bei dem Verständnis des Engels zwei Aspekte unterscheiden: das Wesen des Engels in sich selbst und seine Beziehung auf die menschliche Erkenntnis, also seine Erscheinungsweise im menschlichen Geist.

Das Engelwesen stellt sich im Menschen als «Menge des Wissens» und «Ausgießung der Weisheit» dar. Beides wird aber dem Menschen nicht geschenkt; Johannes Scotus gibt an, wie man zu ihnen gelangen kann: durch Selbsterkenntnis («sich selbst wiedererkennen»), Erschließung der äußeren Gegenstandswelt («Tätigkeit und Wissen») und durch eine offenbar darüber hinausgehende Erkenntnisart, die als «Studium der Weisheit» bezeichnet wird. Aus diesen drei Elementen setzt sich die umfassende Erkenntnis zusammen, als die das Engelwesen im Menschen erscheint. Eriugena versteht die Vertreibung aus dem Paradies als eine «Barmherzigkeit», als die Gewährung der Möglichkeit, durch fortwährende Anstrengung zu dem Ziel einer solchen Erkenntnis zu gelangen. So erscheint die Vertreibung aus dem Paradies und das Leben auf der Erde als ein Übungsfeld, auf dem Selbsterkenntnis, Gegenstandserkenntnis und – daraus hervorgehend – eine Beziehung zur Weisheit gewonnen werden kann. Damit wird implizit angedeutet, daß dies unter den Bedingungen des paradiesischen Lebens nicht möglich gewesen wäre. Nimmt man nun noch hinzu, daß unmittelbar im Anschluß an diese Darlegungen Christus eingeführt wird, so wird deutlich, daß Christus in einer besonderen Beziehung zu der harten irdischen (im Unterschied zu der rein geistig-paradiesischen) Existenz des Menschen steht. Er begegnet dort, wo auf der Erde dieses «Üben» (exercitare) in den drei genannten Elementen der Erkenntnis geschieht.

In den Augen Eriugenas ergibt sich für ein «tieferblickendes» – d. h. das Alte Testament vom Neuen Testament her erschließendes – Verständnis, daß «Cherub» für das Wort und den Sohn Gottes, also für Christus steht. Denn in Christus sind «die Schätze des Wissens und der Weisheit verborgen», und in ihm vollzieht sich die «Anschauung» (oder der Blick: obtutus) auf die menschliche Natur, also die Selbsterkenntnis des Menschen. Johannes Scotus begründet seinen Deutungsansatz im folgenden ausführlich. Das erste Argument lautet, der Ausdruck «Cherub» stehe für den Engel des «großen Rates und der Kraft» (virtus); ein Vergleich mit einer Aussage des Apostels Paulus, in der der Sohn Gottes als dessen «Kraft» bezeichnet wird, soll belegen, daß oftmals das Wort Gottes gemeint ist, wenn von himmlischen Wesen gesprochen wird.

Ein zweiter Argumentationsgang begründet die Auslegung, in der Eriugena auch in dem Schwert des vor dem Paradies aufgestellten Engelwesens Christus erkennt; hier werden Eigenschaften des Schwertes aufgezählt, die zu einer bildhaften Charakterisierung des Christus dienen können: es verzehrt und zerteilt, es unterscheidet und zeigt Schnelligkeit in der Bewegung. In dem Schwert erscheinen Eigenschaften eines bestimmten Denkens: Unvernünftiges, das als Schmutz bezeichnet wird, soll vernichtet werden; was am Menschen nicht Gottes Ebenbild entspricht, wird durch dieses Denken als entstellend und verformend (deformare) erkannt; in sich selbst ist dieses Denken unveränderlich, aber es bringt eine beständige Bewegung mit dem Ziel des menschlichen Heils hervor. In dem anschließenden Satz klingt an, daß man dieses Denken zu Recht in Zusammenhang mit Christus bzw. mit dem flammenden Schwert bringen kann: «Stets wird also ein solcher Cherub und das schnell bewegte flammende Schwert vor den Augen unserer Seele – ich meine unserer Vernunft und unseres Geistes (ratio et intellectus) – aufgestellt.» Das Wächteramt des Engels, die Gaben der scharfen Unterscheidung und der Erkenntnis erscheinen als Fähigkeiten des menschlichen Geistes – und sie werden (nichts anderes kommt doch in diesen Ausführungen zum Ausdruck) von Johannes Scotus ohne weiteres als Gottes Wort und damit als Christus bezeichnet. Christus ist aber nicht nur die Erkenntnis selbst, sondern auch der Weg, der zu ihr hinführt. Das Wort Gottes ist es, das den Menschen anspornt, auf diesem Weg «durch die vollkommenen Stufen der Tätigkeit und des Wissens» zu gehen, um einen Zustand wiederzuerlangen, den Eriugena sinnbildlich in der Seligkeit des Paradieses anschaut.

Die Beziehung zwischen Christus und der menschlichen Erkenntnis soll nun noch näher charakterisiert werden. Zunächst lassen sich zwei Gesichtspunkte gegenüberstellen: das Wissen bzw. die Einsicht des Christus selbst und die Erkenntnis des Menschen. Eriugena unterscheidet zwar zwischen beiden Aspekten, grenzt sie jedoch nicht genauer gegeneinander ab und nennt sie in einem Atemzug. Der Lehrer sagt zum Schüler: «Hier sei nur kurz vorwegnehmend erwähnt, daß dies alles, was dir als schwierig erscheint, unter einem einzigen Gesichtspunkt zusammengefaßt werden kann. Wenn nämlich Christus, der alles erkennt (intelligere) oder vielmehr die Erkenntnis von allem (omnium intellectus) ist, tatsächlich alles vereinigt hat, was er annahm: wer zweifelt dann noch, daß dasjenige, was in dem Haupt und Musterbild der ganzen menschlichen Natur vorangegangen ist, auch in der ganzen Menschennatur folgen werde?»[8] Christus selbst «erkennt alles», und er ist «die Erkenntnis von allem»: die zweite Aussage kann doch nichts anderes bedeuten, als daß jede wahre menschliche Erkenntnis in einer hier nicht näher bestimmten Weise auf Christus als Ursache bezogen werden muß. Daneben erscheint in der kurzen Passage zweimal das Motiv der Vereinheitlichung von Vielfältigem («ein einziger Gesichtspunkt»; «tatsächlich alles vereinigt»); Christus wird also als *Einheitsprinzip* aller menschlichen Erkenntnis dargestellt. Zudem ist er der Orientierungsmaßstab («Haupt und Musterbild»), an dem abgelesen werden kann, welche geistige Entwicklung die Menschheit in Zukunft nehmen wird.

An einer anderen Stelle der *«Einteilung der Natur»* beschreibt Johannes Scotus, inwiefern das göttliche Wort als die Ursache menschlicher Erkenntnis gelten kann. Christus hat die Erkenntnisfähigkeit im Menschen bewirkt, indem er die «Wunden der Sünden heilte, die Schatten falscher Einbildungen auslöschte, die Augen des Geistes (mens) öffnete und sich in allen Dingen offenbarte».[9] Die «Wunden der Sünden» äußern sich in den «Schatten falscher Einbildungen», in einer gewissen geistigen Unfähigkeit der Menschheit in der Zeit vor Christus, die nun seit seinem Kommen im Fleisch aufgehoben ist. Die Aufhellung jener «Schatten» erfolgte in zweifacher Hinsicht; zum einen durch Verleihung einer bestimmten geistigen Fähigkeit (Öffnung der Augen), zum anderen durch die

Offenbarung Christi in den Gegenständen der Welt, also durch die Darstellung des Sohnes Gottes im Irdischen selbst. In dem zweiten Gesichtspunkt kommt zum Ausdruck, daß Christus seit der Zeitenwende an allem sinnlich Erscheinenden erkannt werden kann. Durch diesen Hinweis wird indirekt auch die Erkenntnisart charakterisiert, die durch sein Kommen möglich geworden ist. Es handelt sich offenbar um eine Ausrichtung des Denkens auf die Gegenstände dieser Welt. Christus gilt Eriugena im Sinne der Aussage von Johannes 14, 6 («Ich bin der Weg und die Wahrheit und das Leben») als die Wahrheit schlechthin; die Suche nach der Wahrheit ist identisch mit der Suche nach Christus. Nichts anderes soll erstrebt werden als die «Freude aus der Wahrheit, die Christus ist».[10] Nun könnte der Eindruck entstehen, es sei sehr gewagt, Christus mit der Erkenntnis der Wahrheit ineinszusetzen; tatsächlich verhält es sich aber so, daß verschiedene Ausführungen des Johannes Scotus keine andere Deutung zulassen. Beispielsweise schreibt Eriugena in einer Auslegung des Aufstiegs Christi in den Himmel (Apostelgeschichte 1, 9), an dieser Stelle solle in bildhafter Redeweise zum Ausdruck gebracht werden, in welcher Weise der Sohn Gottes «unsichtbar in die Herzen derer aufsteigt, die ihn lieben und ihm folgen. Denn in den Betrachtungen (contemplationes) der zu ihm Aufsteigenden *steigt er selbst herauf, weil keiner zu ihm ohne ihn heraufsteigen kann.*» Christus erhebt die Menschen «in heiligen Einsichten (intellectus) mit sich und zu sich selbst».[11] Die Einsichten (intellectus) der Menschen *sind* der Aufstieg bzw. die Himmelfahrt Christi; in ihnen vergeistigt sich das fleischgewordene Wort Gottes. Die innere Betrachtung (contemplatio) führt nicht nur zu Christus, sondern in ihr bewegt sich Christus selbst – andernfalls könnte auch keine gedankliche Annäherung des Menschen an das göttliche Wort stattfinden. Mit anderen Worten: Die Himmelfahrt Christi besteht in der menschlichen Erkenntnis; aber dabei ist der Sohn Gottes nicht abhängig von menschlicher Geistestätigkeit, sondern er selbst bringt diese hervor, und indem sie geschieht, ist er selbst gegenwärtig. Andererseits darf Christus nicht schlechthin mit dem Erkenntnisvorgang oder seinem Inhalt identifiziert werden; obwohl er in dieser Erkenntnis ist, so reicht er doch weit über sie hinaus. Menschliche Geistestätigkeit kann das göttliche Wort nie ganz umfassen, sondern stets nur zu ihm hinführen; in *dieser* Hinsicht weist Christus über das Wissen der Menschen hinaus.[12] Die Erkenntnis der Wahrheit *ist* Christus, und sie führt zugleich zu Christus hin. «Soweit sich nämlich jeder der Erkenntnis der Wahrheit nähern wird, ebensoweit wird er Christus entgegengerückt in die Luft, also in die Höhe und Klarheit der reinsten Einsicht (intelligentia) ...»[13]

Christus und die menschliche «Bildung»

Der zunächst noch ungeformte oder ungebildete (informis) menschliche Geist soll nach und nach zur Übereinstimmung mit der menschlichen form (forma) gelangen; so ließe sich ein Aspekt der mittelalterlichen Bildungsanschauung in ganz allgemeiner Weise in Worte fassen. Auf diesem Weg wird der Mensch formatus, d. h. «gebildet». Der Begriff forma meint im Mittelalter – anders als es die heutige Verwendung dieses Wortes beispielsweise als «Kuchenform» nahelegt – nicht eine Gestaltbildung von außen her durch etwas dem Geformten bzw. Gebildeten Fremdes. Mit forma ist vielmehr ein geistiges Gestaltwerden des Menschen aus den ihm eigenen Prinzipien, aus seinem Wesen oder seiner Natur heraus angesprochen: eine gleichsam von innen nach außen sich vollziehende Selbstkonturierung, die das zunächst unbekannte eigene geistige Wesen allmählich in die Wirklichkeit überführt. Nun wirkt die menschliche Form nicht wie eine natürlicherweise gegebene

Form und unterscheidet sich damit von der Form etwa der Pflanze. Die naturgegebene Form realisiert sich von selbst, sie besitzt keinerlei Offenheit der Einlösung. Die Pflanze wickelt sich aus dem Samen heraus, ohne daß sie Einfluß auf ihre Gestaltwerdung nehmen könnte. Dagegen sind geistige Wesen – der Mensch und der Engel – Träger (subjecta) von Formen, die sich nicht von selbst verwirklichen. Deshalb müssen geistige Wesen eine Ausrichtung erhalten, die auf die Art ihrer Formwerdung Einfluß nimmt. Denn die Form des Menschen wie des Engels könnte in unterschiedlicher Weise realisiert werden. Weil der Mensch nicht an seine Form gebunden ist und sie nicht naturgegeben besitzt, steht er vor der Aufgabe, seine Ausrichtung auf die menschengemäße Form selbst vorzunehmen, indem er eine bestimmte Orientierung in sich hervorruft. Ähnliches gilt Johannes Scotus zufolge auch für den Engel: Die gesamte geistige und vernünftige (intellectualis et rationalis) Kreatur wird «formlos (informis) genannt, bevor sie sich zu ihrer Form, d. h. zu ihrem Schöpfer wendet. Zur Vollendung reicht es ihr nämlich nicht hin, aus Wesen (essentia) und wesenhaftem Unterschied zu bestehen (denn aus diesen beiden ist jede geistige Kreatur zusammengesetzt), sofern sie nicht durch Hinwendung zum ungezeugten Wort, dem Sohn Gottes, der die Form allen geistigen Lebens ist, sich vollendet; andernfalls bleibt sie unvollendet und formlos.»[14]

Diesen Sätzen Eriugenas ist zu entnehmen, daß die Formwerdung geistiger Geschöpfe eine bewußt vollzogene Hinwendung zu Christus voraussetzt. Die Orientierung auf das göttliche Wort hin ist ihnen nicht von der Natur mitgegeben; sie muß selbst vollzogen werden. Andere Lebewesen dagegen erreichen die in ihrer Form angelegte Vollendung, indem sie einfach aus «Wesen» und «wesenhaftem Unterschied» zusammengesetzt existieren: die Pflanzenwelt differenziert sich in Gattungen und Arten, die von dem Wesen der Pflanze schlechthin (im Unterschied etwa zu demjenigen des Tieres) bestimmt sind und auch innerhalb des pflanzlichen Bereichs charakteristische Verschiedenheiten aufweisen. Demgegenüber hängt die Einlösung der Form und damit die Vollendung des geistigen Wesens von einem Entscheidungs- und Erkenntnisakt ab, der hier als Hinwendung zu dem Wort und Sohn Gottes beschrieben wird. Die Ausrichtung des Menschen auf Christus, die eine menschengemäße Formwerdung bewirkt, geschieht beispielsweise im Sakrament der Taufe. Dabei versteht Johannes Scotus unter der Taufe allerdings nicht eine äußere religiöse Zeremonie, sondern die Geburt des göttlichen Sohnes im Menschen. «Wenn nämlich ein jeglicher Glaubende sich dem Sakrament der Taufe unterzieht – was geschieht da anderes als die Empfängnis und die Geburt des Wortes Gottes vom Heiligen Geist und durch den Heiligen Geist im Herzen des Glaubenden?»[15]

Die Hinwendung zur geistigen Form des Menschen, zu Christus, wird durch den *Heiligen Geist im Innern des Menschen* möglich. Die Vergegenwärtigung des Christus vollzieht sich als ein Erkenntnisvorgang im Menschen, den Eriugena in die Worte kleidet, «daß der Sohn vom Heiligen Geist und durch den Heiligen Geist empfangen und geboren» wird.[16] Es liegt schon in der Art dieser Charakterisierung, daß der Heilige Geist hier nicht im kirchlich-dogmatischen Sinne als entfernter «Gott» verstanden wird; er ist in keiner Weise vom Geist des Menschen und seiner Erkenntnis zu trennen. Anders wäre auch die Aussage nicht zu verstehen: «Tagtäglich wird Christus im Schoß des Glaubens wie im Innersten einer keuschen Mutter empfangen und geboren und genährt.»[17] Der Glaube erscheint als der Nährboden des Heiligen Geistes, also der Erkenntnis, aus der heraus Christus in der Seele geboren wird. Der Heilige Geist bleibt nicht mehr nur ein göttlicher, sondern er wird zum menschlichen Geist, wenn man seine Bedeutung für die innere Vergegenwärtigung des Christus ins Auge faßt. Bei dieser Betrachtung schreckt Johannes Scotus nicht einmal davor zurück, das traditionelle griechische und lateinische

Glaubensbekenntnis zur Disposition zu stellen. Dort heißt es, der Heilige Geist gehe aus dem Vater bzw. aus dem Vater und dem Sohn (oder aus dem Vater durch den Sohn) hervor; dem stellt Eriugena gegenüber – allerdings ohne die Gültigkeit der überlieferten Formulierungen zu kritisieren –, daß ebenso anzunehmen sei, Christus werde vom Vater durch den Geist geboren. Angeknüpft werden diese Überlegungen an die durch die kirchliche Tradition gesicherte Aussage, Christus sei vom Heiligen Geist in Maria empfangen worden. Mit solchen Gedanken bereitet Eriugena die Christologie der späteren Mystik, beispielsweise des MEISTER ECKEHART (etwa 1260 – um 1328) vor.

Christus, das göttliche Wort, existiert selbstverständlich auch außerhalb der menschlichen Seele in der Welt; aber es kann in der Seele geboren werden, und dann lebt im Menschen, was zuvor außerhalb war. Diesen Eintritt des Christus in den Menschen bezeichnet Johannes Scotus als Übergang (transitus). Der Übergang Christi in den Menschen findet statt, wenn der Mensch «wahre Erkenntnis» erlangt und durch «unendliche Stufen» der Betrachtung Christi aufsteigt. Die Erkenntnis des Christus kann sich auf zwei Wegen vollziehen. Der erste und naheliegende wird beschritten, wenn man sich mit den Worten Christi beschäftigt, also das Neue Testament studiert. «Denn wie du nirgendwo passender gesucht wirst als in deinen Worten, so wirst du auch nicht anderswo klarer gefunden als in diesen Worten. Hier wohnst du, und die dich hier suchen und lieben, führst du ein; hier bereitest du für deine Erwählten geistige Mahlzeiten der wahren Erkenntnis, hierher übergehend sorgst du für sie. Und was ist, o Herr, dieser dein Übergang anderes als ein Aufsteigen durch unendliche Stufen deiner Betrachtung? Denn stets machst du den Übergang im Geist (intellectus) derer, die dich suchen und finden.»[18]

Die Worte Christi sind sein eines Gewand; der eine Weg der Christus-Erkenntnis besteht in der Bemühung, dieses Gewand zu berühren. Der zweite mögliche Weg wird eingeschlagen, wenn man den Versuch unternimmt, ein anderes Gewand Christi zu berühren. Hier beginnt man mit der Erkenntnis der Natur und des sinnlich Erscheinenden, um von dort ausgehend zum Verständnis des rein Geistigen zu gelangen. Der Übergang von der Geschöpfeswelt zu Christus entspricht dem Übergang von der sinnlichen Wahrnehmung zum Denken. Bereits an dieser Entsprechung wird deutlich, daß Christus stets nur als Geistwesen zu finden ist; auch wenn man den Weg der Naturbetrachtung beschreitet, muß jener «Übergang» vollzogen werden.

Der menschliche Geist unterliegt vielen Täuschungsmöglichkeiten; dennoch kann man sich nur durch die Vernunft Christus nähern, wenn man den zweiten Weg beschreiten und von der Erkenntnis der Geschöpfeswelt ausgehen will. Der Mensch besitzt die «vernünftige Bewegung, mit der er nach der Erkenntnis der Dinge strebt und sich nicht täuschen möchte, obwohl er sich in vielem, wenn auch nicht in allem täuscht. Und wenn die beiden Gewänder Christi, der Buchstabe der göttlichen Reden und die sinnenfällige Gestalt der sichtbaren Dinge, zur Zeit seiner Verklärung weiß wie Schnee sind[19]: warum wird uns dann geboten, das eine Gewand sorgfältig zu berühren, damit wir den damit Bekleideten zu finden verdienen – und das andere Gewand, die sichtbare Kreatur, sollte uns zu erforschen verwehrt sein? Freilich gewahre ich nicht hinlänglich, auf welche Art und Weise dieses Gewand gewoben ist.»[20] Im folgenden soll untersucht werden, woraus das zweite Gewand Christi (das sinnlich wahrnehmbare) zusammengesetzt und zu einer Einheit verwoben ist; damit wird zugleich auch jener zweite Weg der Christus-Erkenntnis genauer beschrieben, der als denkendes Aufnehmen der sinnlichen Welt gekennzeichnet wurde.

Im Anschluß an die letzten Überlegungen ist die Frage zu klären, inwiefern die sinnlich erscheinende Welt als das zweite Gewand des Christus gelten kann. Eine vorläufige Antwort darf kurz ausfallen: Indem das göttliche Wort Fleisch wurde und die menschliche Natur annahm, hat es die Natur von allen Dingen angenommen; denn der Mensch ist «alles», in ihm sind alle Bestandteile des Universums vereinigt: die physische, pflanzliche, sinnlich wahrnehmende (animalische) und geistige Natur; letztere wird außerhalb des Menschen im Engel angetroffen, im Menschen aber tritt sie als dessen Geistestätigkeit in Erscheinung. Daneben besitzt der Mensch den physischen Leib, der ihn mit der mineralischen Welt verbindet; er besitzt die Lebensbewegung als Zeugungs- und Wachstumskraft, in der seine Beziehung zur pflanzlichen Natur zum Ausdruck kommt; und schließlich ist er auch Träger der Sinnenseele, so daß er die Welt der Empfindung und der Wahrnehmung mit den Tieren gemeinsam hat. Als das Wort Gottes Mensch wurde, hat es sich im Menschen in all diese Bereiche der Wirklichkeit inkarniert. «Indem es als Fleischgewordenes in gewisser Weise herabstieg, gelangt es in wunderbarer, unaussprechlicher und vielfältiger Gotterscheinung ohne Ende zur Erkenntnis der Menschen- und der Engelnatur, und das über allem unerkannte Wort nahm von allem die Natur an, damit es in ihr erkannt würde, und es vereinigte in sich die sinnliche und geistige (intelligibilis) Welt in unbegreiflicher Harmonie. Und das für jede Kreatur unzugängliche Licht gewährte der geistigen und der vernünftigen Kreatur einen Zugang.»[21]

Demnach wurde das Wort Gottes Mensch und nahm dabei alle Naturen an, damit Menschen wie Engeln die Gelegenheit gegeben ist, es in diesem «Gewand» zu erkennen. Ohne das Kleid der sichtbaren Welt wäre Christus «über allem unerkannt» geblieben; ihn zu erkennen, setzt die «unbegreifliche Harmonie» von Sinnlichem und Geistigem voraus. Wie diese Einheit zu denken ist, muß zunächst noch offen bleiben; fest steht aber, daß Eriugena die Einheit von Geist und Sinn als eine Wirklichkeit der Zukunft betrachtet, die allerdings bereits seit der Menschwerdung Christi angelegt ist. «Es ist kurzerhand zu schließen, daß im Wort Gottes alles Sichtbare und Unsichtbare, d. h. die sinnliche und die geistige Welt wiederhergestellt und zu unaussprechlicher Einheit berufen wurde, jetzt zwar noch in der Hoffnung, künftig aber in Wirklichkeit, jetzt noch im Glauben, künftig aber im Schauen, jetzt noch im Rätsel, künftig aber in der Erfahrung, jetzt als Geschehen in demjenigen Menschen, den das Wort Gottes besonders angenommen hat, künftig aber als in allen insgesamt vollendet.»[22] – Die enge Verbindung zwischen der Annahme aller Naturen durch Christus und der Erkenntnis des göttlichen Wortes durch die Menschen (und die Engel) legt die Vermutung nahe, daß sich die Einlösung der geschilderten zukünftigen Wirklichkeit nicht unabhängig von dieser Erkenntnis vollziehen wird.

Allerdings besitzt die Einheit aller Naturen in Christus nicht nur einen solchen Zukunftsakspekt; daneben finden sich bei Eriugena auch Aussagen über den Zusammenhang bzw. die Vereinigung aller Geschöpfe in Christus, die auf die Gegenwart und Vergangenheit Bezug nehmen: «Und was könnte der Vater in dem aus ihm gezeugten Anfang, d. h. in seinem Wort oder Sohn, in seiner Weisheit, gründen, was der Sohn nicht selber wäre? Andernfalls hätte er es ja nicht in ihm, sondern außer ihm gegründet ...»[23] Der Vatergott hat nichts geschaffen, was nicht der Sohn selber ist; der Sohnesgott begegnet im gesamten Universum. Der Hinweis, der Sohn sei *alles*, hat noch sehr allgemeinen Charakter, und es wird nicht bestimmt, inwiefern in allem Erscheinenden Christus gesehen werden kann. Man wird im Werk Eriugenas aber vergeblich nach einer ausführlichen Erläuterung dieses Hinweises suchen. So bleibt nur das Verfahren übrig, kürzere und nicht zusammenhängende Äußerungen zu verbinden und nach einer befriedigenden Antwort zu befragen.

Es wurde bereits dargestellt, in welcher Hinsicht Eriugena Christus als die Form (forma) des Menschen betrachtet (vgl. S. 283 ff.): der Mensch wird geformt oder «gebildet» (formatus), wenn er sich auf das Wort Gottes hinorientiert. Aber nicht nur der Mensch wird durch Christus aus der Gestaltlosigkeit herausgeführt; auch die uranfänglichen Ursachen allen Seins (primordiales causae) erhalten ihre Form aus dem göttlichen Wort. Zu diesen ersten Ursachen gehören: die durch sich selbst seiende Gutheit (bonitas), das durch sich selbst seiende Wesen (essentia), das Leben (vita), die Weisheit (sapientia), die Wahrheit (veritas), der Geist (intellectus), die Vernunft (ratio), die Kraft (virtus), die Gerechtigkeit (justitia), das Glück (salus), die Größe (magnitudo), Allmacht (omnipotentia), Ewigkeit (aeternitas), der Friede (pax) und alle anderen Kräfte (virtutes) und Ursachen bzw. Ideen (rationes), die durch sich selbst bestehen.[24] Für Johannes Scotus handelt es sich bei dieser Reihe nicht um abstrakte Begriffe, sondern um geistige Wesenheiten oder Wirksamkeiten, aus denen die ihnen untergeordnete geistige und sinnliche Wirklichkeit hervorgeht. Diese höchsten allgemeinen Wesenheiten werden durch Christus ebenso geformt wie der Geist des Menschen. Ähnlich wie sich der Mensch willentlich an dem Wort Gottes ausrichten muß, um zu einer geistigen Gestalt zu gelangen, so bestimmen sich auch die uranfänglichen Ursachen auf Christus hin. «Denn sie werden stets nur in der Richtung auf das Wort des Vaters als auf die *eine* Form, nach der alles strebt, geformt (formari) und verlassen ihre Formung (formatio) niemals und nirgends. ... Sie ... blicken in keiner Weise auf das unter ihnen Liegende, sondern schauen immerwährend auf ihre Form, die höher ist als sie, um niemals aufzuhören, von ihr geformt zu werden.»[25]

Die Form- oder Gestaltungskraft des göttlichen Wortes beschränkt sich allerdings nicht auf geistige Wesen; vielmehr umfaßt die Bildekraft des Logos auch diejenigen Formgebungen, die nicht wesenhaft (substantialis) sind und beispielsweise als Eigenschaften von stofflichen Gegenständen in Erscheinung treten. «Es ist aus dem einziggeborenen Wort des Vaters als der Form von allem jede besondere Form geschaffen, mag sie nun wesenhaft sein oder aus der Eigenschaft stammen und mit dem Stoff verbunden den Körper erzeugen.»[26] Aus dieser Feststellung geht klar hervor, daß die Form eines jeden Gegenstands und auch die Formkraft, aus der heraus sie entstanden ist, nicht materiell sein kann, sondern erst gemeinsam mit dem Stoff einen materiellen Gegenstand bilden kann; daraus ergibt sich, daß das formgebende göttliche Sohnesgeschehen in der Natur in jenen Kräften gesucht werden muß, die der Materie bestimmte Formen verleihen, nicht aber im Stofflichen selbst.

Christus als das Leben der Welt

Man kann die Frage stellen, worin das göttliche Sohnesprinzip in der Welt genauer besteht. Jede Erscheinung des Universums ist in dem göttlichen Wort gegründet, und damit *ist* sie zugleich das göttliche Wort, da nichts außerhalb desselben geschaffen wurde; andernfalls würde die Aussage des Prologs zum Johannes-Evangelium nicht zutreffen: «Alles ist durch es geworden; und ohne es ist nichts geworden» (1,3). Bereits in den Ausführungen über die formgebende Kraft des göttlichen Wortes konnte deutlich werden, daß aber nicht einfach die gesamte Erscheinungswelt als Sohn Gottes angesehen werden darf. In dem zu Beginn dieses Kapitels wiedergegebenen Textabschnitt hatte Eriugena Christus als den «Baum des Lebens» bezeichnet. Auch die Formulierung des Prologs zum Johannes-Evangelium, in der das «Leben» vor allem auf das göttliche Wort bezogen wird (1,3f), kann in dieser Weise aufgefaßt werden. Der Sohn Gottes als das Leben der Welt – wie soll man diese Aussage verstehen?

Johannes Scotus legt bei der Betrachtung des göttlichen Schöpfungswerkes eine Textstelle des Basilius[27] aus: «Das Wort Gottes, sagt Basilius, durchläuft vom Beginn der Schöpfung bis zum Ende des Alls insofern alles, als es ständig alles wirkt und bewegt. Auf ein Gebot nämlich bewegt es die eine Natur des auf einmal und zugleich Geschaffenen in Gattungen und Arten wie eine Kugel, welche auf abschüssigem Boden fortrollt, so daß es zu laufen nicht aufhört, bis es am Ende des Alls zur Ruhe gelangt. Das eine Wort Gottes ließ demnach durch ein einziges Gebot die eine Natur des Daseienden entstehen, die es zugleich und auf einmal gegründet und in unterschiedlichen Arten hat hervorgehen lassen.»[28] Das Wort Gottes ist diesen Sätzen zufolge in der *Einteilung der Natur* nach Gattungen und Arten, also in einer natürlichen Entwicklung anzutreffen, die die Welt durchzieht; in dem Entwicklungsprinzip, das die Differenzierung in Gattungen und Arten hervorbringt, in ihrer weiteren Ausgestaltung wirkt und sie schließlich auch zu einem bestimmten Ziel führt: dort wirkt das Wort Gottes, der Christus. In dem an dieser Stelle von Eriugena zugrundegelegten Text des Basilius heißt es, das göttliche Wort mache den einen Löwen zum Nachfolger des anderen, das eine Pferd zum Nachfolger des anderen usw.; das göttliche Wort wirkt demnach als der lebendige Begriff oder die Idee des Löwen, des Pferdes, des Adlers, die sich in den einzelnen Tieren eine Erscheinungsform gibt. Und dieser lebendige Begriff oder die Idee bewirkt eine Entwicklung – das wird hier wieder nicht explizit, sondern in einem «statischen» Bild zum Ausdruck gebracht –, denn der Ausdruck der Idee in einem Einzelwesen wäre unvollkommen. Der Begriff oder die Idee, das Löwenmäßige, das Adlermäßige usw. ist ein geistig Wirkmächtiges und Tätiges, das in der Entwicklung von Gattungen und Arten und in deren Differenzierung gegeneinander an seiner eigenen Verwirklichung arbeitet.

Allerdings darf das Wort Gottes nicht mit einer bestimmten Art oder Gattung ineinsgesetzt werden; vielmehr bilden die lebendigen Ideen der einzelnen Arten und Gattungen jeweils lediglich einen winzigen Aspekt des göttlichen Sohnes ab, und nur in ihrer Gesamtheit können sie wiederspiegeln, was das Wort Gottes ist. In dem Bild von der abwärts rollenden Kugel kann man das skizzierte Entwicklungsprinzip als eine Bewegung erkennen, die bis zum Ende des Universums nicht zum Stillstand kommen wird, weil die Ideen nur als lebendiger *Prozeß*, nicht aber ein für allemal abgeschlossen im Weltall zur Darstellung kommen können. Schließlich kann man bei einer genaueren Vergegenwärtigung des Bildes von der Kugel auf einer schiefen Ebene auch spüren, daß diese Entwicklung einer spezifischen Dynamik unterliegt: wie sich der Lauf der Kugel beschleunigt, je länger die zurückgelegte Strecke ist, so nimmt auch die «Geschwindigkeit» in der Entwicklung von Gattungen und Arten insofern zu, als durch die sich gegenseitig steigernde Differenzierung immer schneller Neues in Erscheinung tritt.

Die lebendige Idee kann nur Wirklichkeit werden, wenn sie aus der Einheit des Geistig-Göttlichen heraustritt und sich schrittweise immer umfassender zur Darstellung bringt. Dennoch bleibt die Idee, die die einzelnen Stufen ihrer irdischen Realität bewirkt, in sich selbst stets eine, und ihr mannigfaches Abbild beispielsweise in dem Vererbungsstrom des Adlers realisiert nur die *eine* Idee des Adlerhaften. Die Erscheinungsform der Idee aber verbleibt nicht in der Einheit, da sie diese nicht mit einem Mal oder in einem Individuum zur Darstellung bringen könnte; die Einheit kann sich nur als Vielheit, d. h. in diesem Fall als Abfolge und Differenzierung von Arten, Generationen und Individuen offenbaren. Dies gilt in viel höherem Maße für die Einheit aller Ideen, das Wort Gottes; das göttliche Wort vereinzelt sich bereits in den Ideen selbst, bevor diese in der irdischen Formenvielfalt Wirklichkeit werden. Aber auch der Sohn Gottes bleibt stets Einer, und jegliche Vielfalt dient allein zur Darstellung dieser Einheit, die so umfassend ist, daß sie nur in der Gesamtheit aller Entwicklungsvorgänge des Universums allmählich angemessen wiedergegeben werden kann. Das göttliche Wort «bleibt also in sich selbst umfassend (universalis) und einfach, weil in ihm selbst alles Eines ist. Es reicht aber von dem einen bis zum anderen Ende und läuft schnell durch alles, d. h. es erschafft ohne Zögern alles und wird in allem alles. Während es in sich selber als ein Vollendetes und mehr als Vollendetes und von allem Abgesondertes besteht, dehnt es sich in alles aus, und diese Ausdehnung ist alles.»[29]

So darf das Wort Gottes niemals mit einer *bestimmten* Erscheinungsform identifiziert werden, weil es die Vollendung von *allem* ist, was sich im Universum manifestiert. Dennoch erscheint es in dem Vereinzelten und Unvollendeten für diejenigen Menschen, die in der Lage sind, das Entwicklungsprinzip und das Entwicklungsziel in dem zutage Tretenden zu erkennen, ohne den Weg mit dem Ziel zu verwechseln. Am Ende und Ziel des ganzen Prozesses steht für Johannes Scotus wieder die Einheit; seit der Inkarnation des göttlichen Wortes strebt die Entwicklung des Menschen und mit ihm des Universums auf die Einheit in jener allumfassenden Idee zu, von der sie ursprünglich ausgegangen war. Die menschliche Natur hatte sich in «unzählige Teilungen und Verschiedenheiten» differenziert, bis in Christus die «im alten Menschen zerstreute Natur wieder zu ihrer früheren Einheit berufen» wurde.[30] Die Fleischwerdung Christi hat ermöglicht, daß die geistige Einheit aller Ideen im Zuge der weiteren Weltentwicklung zur Darstellung kommen und damit verwirklicht werden kann. Die Inkarnation Christi darf als Wendepunkt gelten, von dem an die irdische Vielfalt, die zur Verwirklichung der Idee zunächst notwendig war, sich zu einer Einheit zusammenschließt: dieses Geschehen bezeichnet Johannes Scotus als Rückkehr der gesamten Natur zu Gott.

Christus ist das Leben; in dem erläuterten Sinne bedeutet dies: das Wort Gottes ist der Entwicklungsprozeß der Welt und der Fortschritt in der Darstellung des Geistigen, der innerhalb dieser Entwicklung stattfindet. Das «Leben» ist die Vervielfältigung in Gattungen und Arten, insofern die zunehmende Differenzierung die Idee immer genauer zum Ausdruck bringt. Das Lebendige besteht in der wirksamen Kraft einer Bewegung auf ein Ziel hin; diese Kraft ist das Ideelle, das die Entwicklung hervorruft und erhält. Betrachtet man die Dinge von der Seite der sich in ihnen darstellenden Idee, so können sie als lebendig bezeichnet werden. Der Ideenzusammenhang selbst ist geistig, absichtsvoll und harmonisch; sieht man die Erscheinungswelt aus seiner Perspektive, so stellt sie sich als «Weisheit» (eine andere Bezeichnung für das göttliche Wort) dar. Schließlich ist die Idee auch ewig und läßt die Erscheinungswelt an dieser Ewigkeit teilhaben; das Ewige manifestiert sich im Sinnlichen als eine Abfolge von Vergänglichem, die selbst keiner Begrenzung unterliegt. Das Unendliche kann nur als eine sinnvoll sich entwickelnde Reihe von Endlichem in die Erscheinung treten.

In den Augen des Johannes Scotus können die Dinge der Welt verständlich werden, wenn man sie als das göttliche Sohnesgeschehen auffaßt. Das bedeutet nichts anderes, als daß in jedem Erscheinenden die Idee gesehen wird, die sich in ihm ihren Ausdruck sucht. So begegnet das göttliche Wort im Werk Eriugenas als die Offenbarung der Idee im Vergänglichen, als die wirkende Kraft eines fortwährenden Offenbarungsgeschehens. Die Auslegung der Christologie Eriugenas als Lehre vom Ideellen in der Erscheinung ermöglicht es, auch Aussagen wie die folgende zu verstehen: «Die Körper und die ganze sinnliche Kreatur sind im göttlichen Wort weises und ewiges Leben, so daß auf unaussprechliche und unbegreifliche, aber glaubhafte Weise jede Kreatur im Wort Gottes lebt und lebend ist; und da außer ihm nichts ist, so hat das göttliche Wort aus sich selber gleichsam nach außen alle geschaffenen Wesen hervorgebracht. Denn sowohl in ihm als auch außer ihm legen wir der gesamten Kreatur das Sein bei, in dem Sinne nämlich, daß sie innerhalb des göttlichen Wortes wegen ihrer Ähnlichkeit und Einfachheit Ursachen und Gründe der Dinge genannt wird, außerhalb von ihm aber wegen einer gewissen Unähnlichkeit als Wirkungen dieser Ursachen und Gründe gilt.»[31] Gerade in dem letzten Satz dieses Zitats spiegelt sich das oben geschilderte Verhältnis zwischen der Idee und ihrer Verwirklichung in der Erscheinung wider: Die «Ursachen und Gründe der Dinge» bestehen im Wort Gottes, sie sind einfach und einheitlich; als Wirkungen aber treten sie nach außen und sind dann nicht mehr durch sich selbst ein Aspekt des göttlichen Wortes, sondern nur sofern die Idee in ihnen – wenngleich in unabwendbarer Beschränkung – wahrgenommen wird. Dies kann aber nur in der menschlichen Erkenntnis geschehen.

Es fällt auf, daß Johannes Scotus immer wieder Beispiele aus dem Bereich des Pflanzenwachstums und der Pflanzenvermehrung wählt, um die Wirkung und die «Inkarnation» des göttlichen Sohnes in allen Dingen zu verdeutlichen. So heißt es etwa: «Wie und in welchem Sinne das Wort Gottes in allem in ihm Geschaffenen wird, das entgeht dem Scharfblick unseres Geistes. Auch ist dies nicht zu verwundern, da bei sinnlichen Dingen niemand sagen kann, wie die unkörperliche Samenkraft in unsichtbaren Arten und Formen, in bunten Farben und mit der Lieblichkeit verschiedener Gerüche hervorbricht, in den Dingen Wirklichkeit und den Sinnen offenbar wird und dabei trotzdem nicht aufhört, verborgen zu sein. Ob aber offenbar oder verborgen, so wird die Samenkraft von ihren natürlichen Kräften niemals verlassen; sie bleibt ganz in jedem und ganz in sich selbst; sie nimmt nicht zu, obgleich sie sich zu vervielfältigen scheint; sie wird nicht vermindert, obwohl sie in geringe Anzahl sich zusammenzuziehen scheint, sondern sie verharrt unveränderlich in demselben Stand ihrer Natur. Ist sie doch etwa in einem Weizenkorn nicht kleiner als in den vielen Ernten, die aus ein und derselben Weizengattung hervorgehen ....»[32] Hier treten noch einmal die lebendige Kraft des göttlichen Wortes und die Art seiner Erscheinung in den Dingen hervor. Die Textstelle folgt auf eine Passage, in der das Wort Gottes als «Wesen (essentia) des Daseienden», «Unterscheidung des Verschiedenen», «Zusammenhalt des Gemischten oder Zusammengesetzten» und als «Grundlage des Gegründeten» bezeichnet wird. Diese Beschreibung könnte den Eindruck entstehen lassen, Eriugena verstehe das göttliche Wort gleichsam als das begriffliche Gerüst der Wirklichkeit, als den geistig-kategorialen Zusammenhang, aus dem heraus der Mensch die Wirklichkeit wahrnimmt und im Denken zu verstehen sucht. Denn die Erkenntnis sucht nach dem «Wesen» des Existierenden, differenziert «Verschiedenes» durch die «Unterscheidung», bestimmt etwas als «Gemischtes» durch den «Zusammenhalt», der an ihm wahrgenommen wird, und unterscheidet das «Gegründete» vom Nichtgegründeten anhand der «Grundlage», auf der es beruht. Bei dem Wesen, der Unterscheidung, dem Zusammenhalt und der Grundlage handelt es sich nicht um Eigenschaften der Dinge, sondern um begriffliche Wirklichkeiten. Diese Begriffe befinden sich zugleich im menschlichen Geist und – als konstitutive Formkräfte und Ursachen – in der Welt; in verkürzender, aber für diesen Zusammenhang ausreichender Formulierung könnte die Erkenntnis deshalb als ein Wiedererkennen der im Geist gegebenen Begriffe in der Welt draußen charakterisiert werden. Eine solche Bedeutung der begrifflichen Wirklichkeit für die Erkenntnis und für die Dinge selbst kann sich jedermann gedanklich vor Augen führen – aber hat er dann bereits verstanden, was das göttliche Wort ist? Offenbar muß Eriugena zufolge noch ein weiterer Schritt hinzukommen: Die Wirklichkeit der Begriffe muß als eine lebendige Wirksamkeit vorgestellt werden; diese Wirksamkeit läßt sich mit der Samenkraft des Weizenkorns vergleichen, und sie entfaltet sich in der menschlichen Erkenntnis und in den Dingen gleichermaßen.

So deutet die Christologie des Johannes Scotus Eriugena – wenngleich eher schemenhaft und nicht explizit – folgenden Weg zum Verständnis des Christus als «Baum des Lebens» und als Wirken des göttlichen Logos in der Welt an: Christus zeigt sich für die menschliche Erkenntnis dort, wo Begriffe nicht abstrakt, sondern als *lebendige* Wirksamkeit, als Lebensgrundlage und als «Ursache» (causa) gedacht werden können; zugleich darf das Leben nicht als begriffslos erscheinen, sondern es muß in seiner Durchdringung von den begrifflichen Formelementen als den «Gründen» (rationes) allen Seins verstanden werden. Diese Begriffe sind die «Worte des göttlichen Wortes», sind «Ursachen und Wesenheiten (substantiae), d. h. die in der Weisheit Gottes gemachten unveränderlichen Gründe der Dinge, nach denen alles Sichtbare und Unsichtbare geschaffen ist und in welche Himmel und Erde vergehen werden. Diese Worte aber werden niemals vergehen, weil sie in dem einzig geborenen Wort Gottes als unaussprechliche und unveränderliche Worte für immer verbleiben.»[33] Wer die Begriffe als Leben zu denken vermag, ißt vom Baum des Lebens, «vom göttlichen Wort, das der Herr Jesus Christus ist, der mitten in das Paradies der menschlichen Natur gepflanzt und das geistige Brot ist, von welchem die Engel und die vollkommenen Menschen genießen».[34]

VI
STIMMEN ZUR GESTALT UND ZUM WERK DES JOHANNES SCOTUS ERIUGENA

Georg Wilhelm Friedrich Hegel

«Man beginnt die scholastische Philosophie gewöhnlich mit Johann Scotus Eriugena im 9. Jahrhundert (um 860); es ist nicht Duns Scotus.[1] Sein Vaterland ist nicht ganz bestimmt; es ist ungewiß, ob er aus Schottland oder aus Irland: Scotus deutet auf Schottland, Eriugena auf Irland. Er war der erste, mit dem nun eine wahrhafte Philosophie beginnt, und vornehmlich nach Ideen der Neuplatoniker. ... Scotus Eriugena geht philosophisch zu Werke, in der Weise der Neuplatoniker (nicht frei aus sich) erzählend. In der Weise des Erzählens bei Platon, auch Aristoteles, freuen wir uns, einen neuen Begriff zu finden – und in Vergleichung mit Philosophie richtig und tief zu finden; hier hat man alles schon fertig. Die Theologie wurde nicht auf Exegese und auctoritates patrum [Autorität der Kirchenväter] gebaut. Die Kirche verwarf auch vielfach seine Schriften. Es sind dem Scotus auch von einer Lyoner Kirchenversammlung Vorwürfe darüber gemacht: ‹Es sind zu uns gekommen die Schriften eines geschwätzigen Menschen, der von der göttlichen Prädestination auf menschliche Weise oder, wie er selbst sagt, mit philosophischen Argumenten disputiert, ohne sich auf die Heilige Schrift zu stützen und die Autoritäten der Kirchenväter beizubringen; sondern er verteidigt dies aus sich und hat es auf seine Gesetze gestellt – den göttlichen Schriften unterwerfe er sich nicht.› Die Trennung ist erst später. Dies macht nun so den Anfang. Er gehört aber eigentlich nicht zu den Scholastikern.» (*Vorlesungen über die Geschichte der Philosophie,* gehalten 1805–1830)[2]

«Es kann nun nicht mehr schwer halten, das Verhältnis anzugeben, in welchem Erigena zu den Philosophen vorzugsweise der neueren Zeit ... steht. Es ist Schelling, der eine absolute Indifferenz oder Identität des Denkens und Seins, des Idealen und Realen, des Subjekts und Objekts, des Wesens und der Form, des Allgemeinen und Besonderen, des Möglichen und Wirklichen und weiterhin auch des Unendlichen und des Endlichen lehrt. Daraus geht hervor, daß bei Erigena nicht nur die Keime, so recht die causae primordiales [ersten Ursachen] der heutigen Philosophie, nur nicht auch zu dem Verkehrten, zu finden seien, sondern auch ihre klar ausgesprochenen Prinzipien. Jenes Wissen von der Einheit des Subjektiven und Objektiven beruht bei Schelling auf der intellektuellen Anschauung. Dieses Urwissen kann ihm nicht wieder bewiesen werden, weil es der Grund alles Erkennens und Beweisens ist sowie der Grund- und Schlußstein der Wissenschaft. Bei Hegel brauchen wir eigentlich um so weniger die Verwandtschaft nachzuweisen, da er in dieser Beziehung ganz nur auf Schelling steht. Auch er will eine wesentliche Einheit des Idealen und Realen, des Subjektiven und Objektiven, des Einen und Vielen, des Substantiellen und Akzidentellen und weiterhin des Unendlichen und Endlichen. Der Unterschied seiner Spekulation von der Schelling'schen besteht einzig nur darin, daß er jene Erkenntnis, die Schelling in der unmittelbaren intellektuellen Anschauung und in der auf sie gebauten Konstruktion der Formen des Natur- und Geisteslebens erreichen wollte, durch ein dialektisches System reiner Begriffsbestimmungen sich zu erwerben strebte. Er hielt es für seine Aufgabe, auf den Satz der absoluten Identität gestützt, die philosophischen Begriffe nach einer Methode zu entwickeln, die dem Inhalt durchaus angemessen wäre. Die wahre Gestalt, in der die Wahrheit existiert, kann allein das wissenschaftliche System derselben sein. Die wahre Gestalt der Wahrheit muß daher in die Wissenschaftlichkeit gesetzt werden, oder, was dasselbe ist, die Wahrheit muß am Begriff allein das Element ihrer Existenz haben. Was daher bei Schelling der Anfang ist, das ist bei Hegel letztes Resultat der Philosophie. Wie eng er aber mit Erigena zusammenhänge, kann schon daran erkannt werden, daß, wenn Hegel sagt: das Denken, Wissen ist das Wesentliche, Erigena schon lange vorher gesagt hat: Cognitio intellectualis est essentia [die geistige Erkenntnis ist das Wesen].» (*Lehre des Johannes Scotus Erigena über das menschliche Erkennen* 1840)[3]

Franz Xaver von Baader

«Mit Recht behauptet Hegel, daß die ältere Metaphysik durch ihren Satz: ‹daß das, was ist, damit daß es gedacht wird, an sich erkannt wird› weit über der neueren kritischen Philosophie steht, und ich führe als einen gültigen Beleg jener Behauptung den Satz des Scotus Erigena an: Intellectus rerum veraciter ipsae res sunt, dicente Dionysio, et cognitio rerum quae sunt, ea, quae sunt, est [die Begriffe der Dinge sind wahrhaft die Dinge selbst, wie Dionysius Areopagita sagt, und die Erkenntnis der Dinge, die sind, ist das Seiende]. – Nur aus einem Urdenken gehen (nach der Lehre der Alten) alle Dinge hervor, nur in ihm bestehen sie, und dieses ihr Sein ist nur ein Ausgesprochensein.» *Über den Begriff der Logik als spekulative Wissenschaftslehre* 1851)[4]

«Scotus Erigena: Dieser bewunderungswürdige Mann gewährt uns den interessanten Anblick des Kampfes zwischen selbsterkannter, selbstgeschauter Wahrheit und lokalen, durch frühe Einimpfung fixierten, allem Zweifel, wenigstens allem direkten Angriff entwachsenen Dogmen, nebst dem daraus hervorgehenden Streben einer edlen Natur, die so entstandene Dissonanz irgendwie zum Einklang zurückzuführen. Dies kann dann aber freilich nur dadurch geschehen, daß die Dogmen gewendet, gedreht und nötigenfalls verdreht werden, bis sie sich der selbsterkannten Wahrheit nolentes volentes anschmiegen, welche das dominierende Prinzip bleibt, jedoch genötigt wird, in einem seltsamen und sogar beschwerlichen Gewande einherzugehen. Diese Methode weiß Erigena in seinem großen Werk De divisione naturae, überall mit Glück durchzuführen, bis er endlich auch an den Ursprung des Übels und der Sünde nebst den angedrohten Qualen der Hölle sich damit machen will: hier scheitert sie, und zwar am Optimismus, der eine Folge des jüdischen Monotheismus ist. Er lehrt im fünften Buch die Rückkehr aller Dinge in Gott und die metaphysische Einheit und Unteilbarkeit der ganzen Menschheit, ja der ganzen Natur. Nun fragt sich: wo bleibt die Sünde? sie kann nicht mit in den Gott; – wo ist die Hölle, mit ihrer endlosen Qual, wie sie verheißen worden? – wer soll hinein? die Menschheit ist ja erlöst, und zwar ganz. – Hier bleibt das Dogma unüberwindlich. Erigena windet sich kläglich durch weitläufige Sophismen, die auf Worte hinauslaufen, wird endlich zu Widersprüchen und Absurditäten genötigt, zumal da die Frage nach dem Ursprung der Sünde unvermeidlicherweise mit hineingekommen, dieser nun aber weder in Gott noch auch in dem von ihm geschaffenen Willen liegen kann: weil sonst Gott der Urheber der Sünde wäre…» (*Fragmente zur Geschichte der Philosophie* 1851)[5]

«Wenn nun mitten unter dieser Herrschaft der Autorität, bei einer mehr nach außen gerichteten Tätigkeit der Kirche, umgeben von einem asketischen, teilweise einem groben Materialismus sich nähernden (vgl. die Abendmahlslehre des Paschasius Radbertus)[6], der freieren Spekulation sich noch nicht erschließenden und mit klassischen Schriften fast noch gar nicht vertrauten Zeitgeiste ein Mann auftritt, der, die Notwendigkeit der Befruchtung seiner Zeit durch klassische Studien erkennend, die Schätze der griechischen Philosophie in das Abendland herüberzuretten sucht, der, obwohl tief influenziert von der unglücklichen letzten Form derselben, dem Neuplatonismus, sowie von den denselben mit christlichen Ideen verschmelzenden pseudoareopagitischen Schriften[7] doch durch die Kraft und die Tiefe seines klaren dialektischen Geistes den Nebel dieser Mystik zu durchbrechen sucht, der, durchdrungen von dem freien Geist, welcher die griechische Literatur durchweht, zum erstenmal im Abendland das Recht der freien Spekulation geltend macht, der trotz mannigfacher Anlehnung an die Kirchenväter im wesentlichen unabhängig von aller Autorität den ersten Versuch eines spekulativen Systems des Christentums wagt und mit einem hoch über seiner Zeit stehenden Bewußtsein von der Einheit der Philosophie und Theologie nicht etwa nur bei den Resultaten der griechischen Philosophie und Theologie stehenbleibt, der vielmehr auf den Trümmern des alten platonischen Idealismus stehend im kühnen Fluge seines Geistes Ideen erreicht, auf die später der germanische Neubau des Idealismus – sei es bewußt oder unbewußt – sich basierte, Ideen, deren Kühnheit und Gefährlichkeit erst recht nach Jahrhunderten, deren ganze Tragweite aber erst nach einem Jahrtausend erkannt wurde – so dürfen wir die Bedeutung dieses Mannes, der somit die erste Grundlage legte zur

Bildung einer selbständigen germanischen Wissenschaft, in der Tat nicht gering anschlagen, und dieser Mann war Erigena.»

«Nehmen wir hinzu, daß wir nach Erigena alles, was wir von Gott aussagen, nur metaphorisch von der Kreatur auf ihn übertragen können, daß Erigena die Erkenntnis des trinitarischen Wesens Gottes bald aus der Betrachtung der Natur ableitet, bald die Unität und Trinität desselben geradezu als Produkt einer verschiedenen, subjektiv-menschlichen Betrachtung darstellt, statt von vornherein das trinitarische Wesen Gottes als durch die uns in Christo gewordene Offenbarung erkennbar und unabhängig von unserer Betrachtung, objektiv subsistierend darzustellen: so kehrt sich uns das von Erigena behauptete Verhältnis der menschlichen Trinität zur göttlichen als des Abbildes zum Urbild um, jene wird zur ursprünglichen, diese zur abgeleiteten, indem wir das, was wir von der Trinität Gottes erkennen, im Grunde nur von unserem eigenen Wesen abgesehen und auf jene übergetragen haben. In unserem geistig-seelischen Wesen erkennen wir den Unterschied von Vernunft, Verstand und Sinn (samt Einbildungskraft), und diese unsere eigene Trinität, diese drei Formen des subjektiven Bewußtseins, tragen wir auf Gott über, um sein Wesen als trinitarisches zu begreifen; denn die Erkenntnis unserer selbst ist der einzige Weg zur Erkenntnis Gottes, und so gelangen wir auch hier zu dem Resultat, daß die Personen der Trinität keine substantiellen Wesen, sondern nur ein Produkt der verschiedenen, subjektiv menschlichen Betrachtung des Einen, absolut mit sich identischen Wesens Gottes sind, und daß wir obigen Satz, wonach die göttliche Trinität per se ipsam subsistit [durch sich selbst besteht] vor der menschlichen, wie so manche andere als Akkommodation an die Kirchenlehre zu betrachten haben.» (*Leben und Lehre des Johannes Scotus Erigena* 1860)[8]

Wilhelm Kaulich

«In dem eben Erwähnten liegen wohl der Anhaltspunkte genügend viele, welche in der Überzeugung bestärken können, daß wir in den Lehren jener Männer, welche der ersten Periode der scholastischen Philosophie angehören und als Vertreter des Realismus gelten, nur stets dasselbe Bestreben wiederfinden, von den durch Erigena in den Vordergrund gestellten metaphysischen Grundlagen aus sich des Inhalts der Glaubenswahrheiten zu bemächtigen und sie selbst durch eine spekulative Rekonstruktion gegen jeden etwaigen Angriff von Seiten der Vernunft noch mehr sicherzustellen. So wie die Lehren des Christentums als Offenbarung der höchsten Vernunft, als Offenbarung des ewig Wahrhaftigen bezüglich der Wahrheit des Inhalts über jeden Zweifel erhaben dastanden und als ausgemachte Sache angenommen wurden, so sollte auch diese absolute Gültigkeit und Wahrheit derselben durch die menschliche Vernunft zur vollen Evidenz für jedes denkende Individuum gemacht werden. Es ist also jedenfalls ersichtlich, daß die ganze spekulative Denkbewegung der in Rede stehenden Periode vorzugsweise durch das Auftreten des Johannes Scotus Erigena in ihrer Eigentümlichkeit bedingt und bestimmt wird, und insofern ist Erigena der wahre Stammvater der scholastischen Philosophie zu nennen, deren Anfang daher mit dem Beginn seiner Lehrtätigkeit zusammenfällt.» (*Entwicklung der scholastischen Philosophie von Johannes Scotus Erigena bis Abaelard* 1863)[9]

«Doch lebte an dem Hofe Karls des Kahlen ein Mann, bewandert in der theologischen und philosophischen Literatur des Orients, dessen Sympathien für die Griechen leicht die von Nikolaus[10] gewünschte einmütige Erhebung der abendländischen Theologen stören und beeinträchtigen konnten. Johannes Scotus Erigena, ein kühner und stolzer Geist, der in dogmatischer Beziehung in den früheren Streitigkeiten, besonders über die Vorherbestimmung, seinen Gegnern schon manche Blöße gegeben, trug seine Vorliebe für alles Griechische bei jeder Gelegenheit zur Schau, und fast schien es, als sei er ganz auf Seiten des Photius.[11] Die Art, mit der er in seiner Schrift De divisione naturae [Einteilung der Natur] bezüglich des Hervorgehens des heiligen Geistes sich ausdrückt, zeigt, daß er nahe an die photianische Lehre anstreift; seine steten Lobeserhebungen der hellenischen Weisheit, gepaart mit einer gewissen Mißachtung Roms und des Abendlandes, sein beständiges Rekurrieren auf griechische Autoren sowie einige höchst bezeichnende Disticha[12] am Schlusse seiner Übersetzung des Pseudodionysius sprechen dafür, daß er im Geheimen die Partei des Photius begünstigte und leicht, wenn nur die Stimmung des ganzen Okzidents nicht zu mächtig gewesen wäre, offen seiner Sache sich angeschlossen haben würde. Wie der irische Philosoph, der den Hof Karls des Kahlen zieren und verherrlichen sollte, doch nicht genug im Griechischen bewandert war, um stets genau den Sinn der gelesenen Autoren zu erfassen, so hatte auch der Mangel an näherer Bekanntschaft mit dem damaligen griechischen Reich und seine blinde Vorliebe für Byzanz ihn den kläglichen Verfall der gepriesenen «neuen Roma» ganz übersehen lassen, die er sich im Gegensatz zu Altrom als noch in voller Jugendfrische blühend ausmalt. Bereits hatte aber Johannes Scotus auch in Rom Verdacht erregt; das Gerücht seiner Heterodoxie war dort vernommen worden. Damals wurde im Abendland viel über die pseudoareopagitischen Schriften verhandelt, die unter Michael II. von Constantinopel aus dahin gekommen waren. Hilduin hatte bereits sie zu übersetzen begonnen;[13] Scotus hatte dieses Werk weitergeführt, und seine Übersetzungen wurden verbreitet. Daher hatte Nikolaus im Jahre 866 an Karl den Kahlen im Hinblick auf die zweifelhafte Orthodoxie des Übersetzers die Forderung gestellt, daß diese Arbeit zur Prüfung nach Rom gesandt werde. Weitere Verhandlungen darüber sind nicht bekannt; doch erfolgte sicher keine Verurteilung; denn der römische Bibliothekar Anastasius[14], der dem Papst Nikolaus sehr ergeben war, lobt in einem späteren Brief an Karl den Kahlen (875) den Übersetzer und tadelt nur, daß seine Version zu sehr nach dem Worte gearbeitet und oft sehr undeutlich sei; Anastasius selbst hat sich mit den areopagitischen Schriften beschäftigt. Sicher aber hatte der schon früher von fränkischen Theologen angegriffene Philosoph keine Ursache, an einem Kampf sich zu beteiligen, in dem das gesamte Abendland gegen die Griechen sich erhob; er hätte seine Stellung nur verschlimmert und seine Existenz am Hof auf das Spiel gesetzt.» (*Photius, Patriarch von Constantinopel* 1867)[15]

Vincenz Knauer

«Leider fand sich die Kirche, die damalige Alleinherrscherin im Reiche der Wissenschaft, erst am Schluß des 12. Jahrhunderts veranlaßt, gegen den Neuplatonismus einzuschreiten und die Hauptschrift des Scotus Eriugena aus den Dom- und Klosterschulen zu verbannen, in denen das sonderbare Buch als die Summe aller christlichen Weisheit verehrt wurde. Es war dies das Werk De divisione naturae, der vollendetste Pantheismus. Der Inhalt und Geist dieses Buches läßt sich einfach damit charakterisieren, daß man die vier Titel desselben nennt. In diesen wird das Allgemeine, die einzige allem Sein und Dasein zu Grunde liegende Substanz, erläutert: 1. Als natura, quae creat et non creatur (Gott), 2. als natura, quae creatur et creat (Logos), 3. als natura, quae creatur et non creat (Welt), 4. endlich als natura, quae nec creat nec creatur, das ist die aus dem endlichen Dasein wieder in ihren unendlichen Urquell zurückgekehrte Welt, die in Gott ruhende Welt, wo Gott Alles in Allem ist. Scotus Erigena war Novizenmeister eines Benediktinerklosters und scheint mit dieser profunden Weisheit und den sonstigen neuplatonisch asketischen Schrullen seine Schüler nicht wenig gequält zu haben; denn es wird berichtet, daß diese ihn mit ihren Schreibgriffeln erdolchten. In der ersten Hälfte unseres Jahrhunderts, zur Zeit der Schelling-Hegel'schen Identitätsphilosophie, ist selbstverständlich auch dieser Scotus Erigena wieder zu Ehren gekommen, und einer der angesehensten Theologen, Staudenmaier nämlich, schrieb mit echt deutscher Gründlichkeit und Langweiligkeit über ihn ein dickleibiges Werk, dem noch mehrere gefolgt wären, wenn Staudenmaier nicht bald nach dem Erscheinen des ersten Bandes an der Gehirnerweichung gestorben wäre. Es ist vielleicht ein gutes Omen, daß das Werk De divisione naturae gerade im Jahre 1225 vom Papst verdammt wurde, dem Geburtsjahre des heiligen Thomas von Aquino, der dem Aristotelismus in der kirchlichen Wissenschaft wieder zum bleibenden Sieg verhalf. Auf den nunmehr rasch aufblühenden Universitäten wurde die aristotelische Philosophie gepflegt, und der Neuplatonismus mit seiner gänzlichen Verkennung alles Natürlichen und Menschlichen, seiner falschen Mystik und Askese, seiner scheinheiligen Weltflucht, seinem Haß gegen Kunst und Naturwissenschaft fristete von da an nur bei den Stillen im Lande, bei den pantheisierenden Sekten des Mittelalters und zwischen dumpfen Klostermauern sein verkümmertes Dasein. Erst die auf die Glanzepoche Kants folgende Alleinslehre Fichtes, Schellings und

Hegels erneuerte den unglückseligen Versuch, auch diesen rauchenden Docht noch einmal zum Aufflackern zu bringen. Selbstverständlich gehört dazu viel Windmacherei.» (*Die Hauptprobleme der Philosophie* 1892)[16]

Johannes Dräseke

«Über der griechisch redenden Welt hat eine so tiefe geistige Finsternis wie über dem Abendland niemals gelagert. Trotzdem war diese aber nicht eine Nacht ohne Sterne. Gerade in und seit dem durch die Magdeburger Centuriatoren[17] – mit Unrecht – sogenannten saeculum obscurum [finsteren Zeitalter] beginnt Stern um Stern aufzuleuchten, der Geist fängt hin und her in den Landen romanischer und germanischer Sprache an, seine Schwingen zu regen. Aber man fragt mit Recht: Woher kommen ihm seine Eingebungen? Gewiß, manche solcher Sterne sind in jener verhältnismäßig großen Dunkelheit aufgetaucht, um in der neu anbrechenden Zeit, der sie Licht bringen wollten, bald wieder zu verschwinden und zu erlöschen. Die Zahl derjenigen Forscher scheint gering zu sein, denen es vergönnt war, sie noch in dem trüben, der Morgenröte jener Zeit vorgelagerten Gewölk zu schauen und dort in irgendeiner Art als verlorengegangene Welten wiederzufinden.

Johannes Scotus Erigena (gest. nach 877) und Anselm von Canterbury (geb. 1033, gest. 1109) sind Gestirne dieser Art, deren Glanz das umhüllende Gewölk kaum durchbricht, die der sinnende Forscher vielleicht bewundernd betrachtet, deren Leitung sich aber nur wenige kühne Schiffer anvertraut zu haben scheinen, bis ihr Glanz nach Jahrhunderten strahlend wieder hervorbricht und unter anderen Zeitläuften und im Gefüge ganz anders gearteter geistiger Bestrebungen zu Anerkennung und gerechter Würdigung gelangt.» (*Zur Frage nach dem Einfluß des Johannes Scotus Erigena* 1907)[18]

«Bei den Eriugena unmittelbar vorhergehenden frühmittelalterlichen Autoren lassen sich Spuren kritischer Überlegung, ob unser Erkennen die Gegenstände so wiedergibt, wie sie unabhängig vom Bewußtsein bestehen, oder aber, ob unsere Erkenntnisinhalte mehr oder minder Züge subjektiven Ursprungs aufweisen, noch nicht entdecken. Ein wesentlich anderes Bild ergibt sich, wenn wir uns in die Ausführungen des Hofphilosophen Karls des Kahlen vertiefen. Die Neigung zu kritischer Prüfung unserer Erkenntnisinhalte ist bei ihm scharf ausgeprägt. In dieser Hinsicht unterscheidet er sich im übrigen nicht nur von seinen Vorgängern, sondern auch von seinen Nachfolgern. Gewiß werden seit dem Universalienstreit Reflexionen über das Verhältnis zwischen Erkenntnis und Wirklichkeit in der Scholastik nichts Seltenes. Indessen blieb, wenn wir von den Nominalisten gegen Ausgang des Mittelalters absehen, die Beachtung des subjektiven Moments hinter der Würdigung der objektiven Verhältnisse zurück. Bei Eriugena tritt dagegen die Tendenz zu kritischer Untersuchung so energisch auf, daß sie den Charakter des Systems wesentlich mitbestimmt. In den verschiedensten Zusammenhängen wird die Frage nach der objektiven Gültigkeit der betreffenden Annahmen berührt. In der Regel ist die Lösung die, daß sie als Ergebnis rein subjektiver Betrachtung gekennzeichnet werden. Mit der Neigung zur Kritik verbindet sich die zu idealistischer Wertung. Bei der Durchführung einer seiner Lieblinsvorstellungen, der Mikrokosmosidee, schreckt er sogar vor völliger Verflüchtigung der Realität der Außenwelt nicht zurück.» (*Die Erkenntnislehre des Johannes Eriugena* 1921/23)[19]

Jaques Handschin

«Johannes Scotus führt uns aus okzidentaler Begrenzung hinaus zum Universalismus; obgleich Sproß des westlichsten der europäischen Reiche, ist er geistig nicht reiner Abendländer, sondern er vertritt noch einen Zustand, in dem die mittelmeerisch-europäische Welt nicht in einen aktiv-fortschrittlichen Westen und einen kontemplativ-konservativen Osten gespalten ist. Johannes Scotus verkörpert also das Mittelalter weniger als ein der Antike und Neuzeit gegenüber Abgegrenztes denn als ein nach beiden Seiten Offenes; um ihn weht gewissermaßen mehr welthistorische Luft als im 13. Jahrhundert.» (*Die Musikanschauung des Johannes Scotus Erigena* 1927)[20]

Kurt Flasch

«Der Anlauf, den Eriugena zur Überwindung des Primats der negativen Theologie[21] genommen hat, besteht in dem tastenden Versuch, es als sinnvoll darzustellen, daß die überseiende Gottheit aus ihrer unendlichen Unbestimmtheit heraustritt, um in korrelativen Denkbestimmungen, die durch ihre wechselseitige Durchdringung die empirische Welt begründen, sich selbst Sein, Bestimmtheit zu verleihen; die Gottheit beginnt auf diese Weise mirabili modo [auf wunderbare Weise] zu *erscheinen*. Die Bezüglichkeit Gottes – das ist die Theophanie. Darin liegt aber schon, daß die Bezüglichkeit Gottes auf die Seite des Scheins rückt, daß er an sich selbst der unendlich Unbestimmte bleibt, daß die negative Theologie den relationstheoretischen Ansatz der Religionsphilosophie zuletzt verschlingt.» (*Zur Rehabilitierung der Relation* 1971)[22]

«‹Fit in omnibus omnia. Omnia in omnibus Deus erit. [Er wird in allem alles. Gott wird alles in allem sein.] … Deus omnia est et omnia Deus. [Gott ist alles und alles ist Gott.]› Idealistisch verstanden sagen diese Sätze: Gott als Schöpfer und das Geschaffene, Unendliches und Endliches sind gegenseitig sich bedingende Momente *eines* Subjektes, welches das Ganze des Seienden als Gott und Welt ist. Das Unendliche oder Absolute aber ist das Übergreifende und Bestimmende in dieser Subjektivität. Es *ist* in oder an sich nicht von Anfang an, was es am Ende für sich *sein wird*. Gott oder das Absolute ist also wesentlich Prozeß: ‹Theogonischer Prozeß›, wie Schelling ihn nennt. Geradezu als ‹Übersetzung› eines Grundsatzes Eriugenas könnte unter idealistischem Aspekt eine Partie aus Schellings Stuttgarter Privatvorlesungen verstanden werden: ‹Gott macht sich selbst, und so gewiß er sich selbst macht, so gewiß ist er nicht ein gleich von Anfang Fertiges und Vorhandenes; denn sonst brauchte er sich nicht zu machen.› Der Deus implicitus [verborgene Gott] wird zum Deus explicitus [offenbaren Gott], indem er im Geschaffenen sich selbst darstellt und so im Prozeß der Geschichte durch Vermittlung des Endlichen allererst er selbst wird. Im Resultat dieses Prozesses ist Gott in der Tat ‹alles in allem›, weil in ihm alles und er in allem ist. Daher ist für Schelling auch der Gedanke möglich, das All sei Gott und Gott sei das All als dessen absolute Affirmation – Deus omnia est et omnia Deus [Gott ist alles und alles ist Gott].

Legitim wären die Sätze Eriugenas idealistisch zu deuten, wenn man sie losgelöst von dem Grundansatz Eriugenas betrachten dürfte, der eine hierarchische Differenz von Seins-Weisen oder -Formen (naturae) unzweifelhaft impliziert. Diese hierarchische Differenz ist maßgebend von einem neuplatonischen Element bestimmt: Gott ist absolut transzendent (supra omnia, das Nichts von allem), selbst wenn er *in* allem als dessen Grund gedacht werden muß. Diese absolute Transzendenz verbietet auch eine idealistische Interpretation des folgenden, auf die Selbsterkenntnis Gottes im Menschen bezogenen Satzes Eriugenas: ‹Nicht Ihr seid es, die mich erkennen, sondern ich selbst erkenne in Euch durch meinen Geist mich selbst. Denn Ihr seid nicht in sich seiendes Licht, sondern Teilhabe an dem durch sich bestehenden (subsistierenden) Licht.› Dies heißt nicht im Sinne idealistischen Denkens, daß Gott zum Vollzug der Erkenntnis seiner selbst des Menschen als einer endlichen Vermittlung seiner selbst als des Unendlichen bedürfe, sondern daß das leuchtend-wirkende Licht der Erkenntnis Gottes im Menschen den Menschen fähig macht, Gott zu erkennen. Die Selbsterkenntnis Gottes im Menschen ist also der vorlaufende ontologische Grund der Erkenntnis Gottes durch den Menschen.»[23] (*Die Wiederentdeckung des Eriugena im Deutschen Idealismus* 1972)[24]

«Die Selbst-Explikation des ‹Lichtes› hat eine universale ontologische Bedeutung. Weil alles Seiende in sich selbst lichthaft und damit einsehbar ist (omnia, quae sunt, lumina sunt [jedes Seiende ist ein Licht]), kann es auch für das Denken ‹zum Licht› werden: die intelligible Lichtheit des Seienden provoziert das Denken und wird für es aufschlußreich, sie induziert dessen ‹Erleuchtung› oder Evidenz. Im Seienden, den lumina [Lichtern], ist das principium illuminandi [die Ursache der Erleuchtung] als begründendes selbst wirksam – bis in den dem Ursprung fernsten, weil im geringsten Maße seienden Bereich. Auch ‹dieser Stein oder dieses Holz ist für mich ein Licht›. Deren erleuchtende Funktion (lumen illuminans; animum meum illuminant [erleuchtendes Licht; sie erleuchten meinen Geist]) besteht darin, daß sie das Denken in die Erkenntnis ihrer intelligiblen Struktur einführen: daß sie als Seiendes gut und schön seien, durch Identität und Zahl und durch eine zu anderem unterschiedene Intensität des Seins bestimmt seien; sie induzieren die Frage nach ihrer eigenen Herkunft und damit die Frage nach ihrer Wesenheit (essentia). Deshalb kann Eriugena sagen, von jedem Geschaffen-Seienden her gebe es ein in den Grund dieses Seienden ‹hinführendes Licht› (introductiva lux) und der ‹Bau dieser Welt werde zum größten Licht, aus vielen Teilen wie aus vielen Leuchten ineinsgefügt, zur Entdekkung und Betrachtung der reinen Gestalten der intelligiblen Dinge durch die Spitze des Geistes.›

Das Seiende insgesamt ... hat also gerade durch seine Lichthaftigkeit eine reduktive oder anagogische Funktion; es verweist aus der Vielfalt auf das absolute Eine Licht als den Grund seiner eigenen Struktur. Theophanie (als die lichthafte Selbstoffenbarung Gottes im Seienden) ist demnach keine in sich ruhende Erscheinung, sondern ein aktiver Rückverweis, in dessen Bewegung das Denken seine eigene Bewegung einzufügen hat. Diesen Verweischarakter des Seienden insgesamt nenne ich – in einem gegenüber Eriugena umfassenderen Gebrauch des Wortes Symbol – dessen Symbolhaftigkeit. Symbol-Sein impliziert, daß Seiendes als ein dem Ur-Bild ähnliches und zugleich unähnliches Bild geschaffen ist, daß sich in ihm das Ur-Bild oder der Grund als Zeichen, Spur oder zumindest als Schatten zeigt ...» (*Negati Affirmatio: Welt als Metapher* 1977)[25]

Gangolf Schrimpf

«Der Zweck eines Dings erfüllt sich also dadurch, daß es von einem menschlichen Geist in seinen Entstehungsgründen als ein bestimmter Ausdruck Gottes gedacht wird und auf diese Weise zur Bildung des für dieses Individuum in seiner Lebensführung kennzeichnenden Begriffs der Wirklichkeit im Ganzen beiträgt, und daß es ferner als genau darin seinen eigentümlichen Zweck besitzend gedacht wird. Das Ding wird nämlich dann als eine bestimmte göttliche Absicht gedacht, die darin, daß sie von bestimmten Christen erkannt wird, ihre Erfüllung findet. Das muß wohl unter dem ‹Ende› eines Dings in den im göttlichen Wort geschaffenen Entstehungsgründen verstanden werden. Das Ding hat Gott dazu gedient, sich bestimmten Menschen in bestimmter Weise begreiflich zu machen.

Die Rückkehr der gesamten Schöpfung in ihren Schöpfer besagt somit, daß im Geist der Getauften grundsätzlich jedes Geschaffene, auch der Mensch selbst, auf der Grundlage seiner wissenschaftlich gesicherten Identität und näheren Erschließbarkeit in jenen Entstehungsgründen gedacht wird, aus denen seine Idee im Geist Gottes konstituiert ist. In einem solchen Gedanken wird ein Geschaffenes als etwas begriffen, das nicht nur von Gott verursacht, sondern auch in allen seinen Einzelheiten von ihm bestimmt ist. Folglich wird es als etwas begriffen, das seinen objektiven Bestand im Geist Gottes hat und als dessen Gedanke unvergänglich ist. Zugleich wird es damit auch seitens des menschlichen Erkenntnissubjekts und für dieses unvergänglich. Es wird in den Rang eines Begriffs erhoben, in dem es mehr es selbst ist als in seiner raumzeitlichen Erscheinung. In diesem Begriff wird es von den seine Idee konstituierenden Entstehungsgründen her gedacht als die Absicht, die Gott mit ihm verbunden hat.» (*Das Werk des Johannes Scottus Eriugena* 1982)[26]

Johannes Scotus Eriugena im Werk Rudolf Steiners[27]

In seinen Büchern «Die Mystik im Aufgange des neuzeitlichen Geisteslebens» (1901) und «Das Christentum als mystische Tatsache» (1902) charakterisiert Rudolf Steiner Eriugena als eine Gestalt des bewußtseinsgeschichtlichen Übergangs: Johannes Scotus habe sich zwar den Lehrgehalt der christlichen Theologie in außergewöhnlichem Umfang angeeignet; aber er behandele diesen dogmatischen Inhalt noch nicht – wie später die Scholastik – als eine äußere Offenbarung, sondern «noch ganz wie ein inneres Erlebnis».[28] Eine von außen geoffenbarte Wahrheit, die dem inneren Erleben und menschlicher Erkenntnis nicht mehr zugänglich ist, kann nur noch als Glaubensinhalt aufgenommen werden. «Man kann diesen Gesichtspunkt förmlich in seiner Entstehung beobachten in der Weltanschauung des Johannes Scotus Erigena, ... der auf die natürlichste Weise von den ersten Zeiten des Christentums zu den Gesichtspunkten des Thomas von Aquino hinüberleitet.»[29] Eine geistesgeschichtliche Umbruchsituation spiegele sich im Werk Eriugenas insofern, als hier Erkenntnis (wie im «mystischen» Christentum der ersten Jahrhunderte) und Glaube (wie in der späteren Theologie des Mittelalters) sich noch gleichsam die Waage halten. – Der Hinweis auf Johannes Scotus als Repräsentanten eines bewußtseinsgeschichtlichen Übergangs kehrt im Vortragswerk Rudolf Steiners später unter verschiedenen Aspekten wieder.

Im Jahre 1904 werden jedoch zunächst in verschiedenen Vorträgen andere Schwerpunkte gesetzt; so wird darauf hingewiesen, daß in Eriugenas Schrift «Über die Einteilung der Natur» eine ähnliche «Siebenteilung des Menschen» erscheine wie in späteren esoterischen Schulen.[30] Zwei Monate danach wird Johannes Scotus neben Thomas von Aquin (1225–1274) als Vertreter einer trichotomischen Anthropologie genannt. Daß der Mensch aus Leib, Seele und Geist bestehe sei bis in das zweite oder dritte nachchristliche Jahrhundert hinein gelehrt worden; später aber habe die Theologie diese Anschauung für gefährlich gehalten und verworfen. Dennoch haben «angesehene Theologen ... in gewisser Hinsicht festgehalten an der Dreiteilung, wie Johannes Scotus Erigena und Thomas von Aquino».[31] In den beiden genannten Vorträgen des Jahres 1904 wird Johannes Scotus nicht als eine Persönlichkeit an der Schwelle einer neuen geistesgeschichtlichen Epoche angeführt und dabei von der Scholastik des späteren Mittelalters abgehoben; vielmehr wird er nun als ein Repräsentant des mittelalterlichen Denkens neben anderen dargestellt. In ähnlicher Weise nennt Rudolf Steiner Eriugena zusammen mit Albertus Magnus (etwa 1200–1280), dem Lehrer des Thomas von Aquin: an ihnen sei zu beobachten, daß vor der Wende des 15. zum 16. Jahrhundert noch keine Unterscheidung zwischen «geistig-philosophischen Forschern und rein physischen Forschern» existierte.[32]

In seinen Vorträgen an der Berliner Arbeiterbildungsschule weist Rudolf Steiner im November des Jahres 1904 auf eine vom späteren Mittelalter unterschiedene Situation zur Zeit Eriugenas hin: Damals sei das Christentum noch nicht ein «Spiegelbild äußerer Verhältnisse» gewesen, sondern es habe sich «unbeengt vom materiellen Druck» und unabhängig von «wirtschaftlichen Verhältnissen» ein hochstehendes Geistesleben herausbilden können. Als Beispiel für eine solche geistige Entfaltung wird die «Einteilung der Natur» des Johannes Scotus als ein Werk angeführt, «das eine Höhe des Geisteslebens bedeutet».[33] Zwei Wochen später greift Steiner dieses Thema noch einmal auf und berichtet von den Auseinandersetzungen des 9. Jahrhunderts um das rechte Verständnis des Abendmahls, in die Eriugena verwickelt war. Der Streit um das Abendmahl sei entstanden, weil sich auch schon zu dieser Zeit weltliche Einflüsse auf das Geistesleben geltend machen wollten. Johannes Scotus «verteidigte die alte Lehre, daß das Abendmahl die Versinnbildlichung des höchsten Opfers bedeutete. Eine andere, materielle Auffassung bestand und wurde von Rom protegiert, daß Brot und Wein sich wirklich in Fleisch und Blut verwandeln. Unter dem Einfluß der vor sich gehenden Vermaterialisierung entstand das Abendmahlsdogma...»[34]

1918 nimmt Rudolf Steiner das Werk des Johannes Scotus kritisch in den Blick und führt es an als ein Beispiel, an dem studiert werden könne, wie das übersinnliche Denken allmählich aus der christlichen Lehre verschwindet. Bei Eriugena «ist noch viel vorhanden an Bildern, wenn sie auch verabstrahiert sind, diese Bilder eines Weltenwerdens... Man sieht, er ist nicht imstande, das Netz seiner Begriffe auszuspannen und verständlich, plausibel zu machen dasjenige, was er eigentlich zusammenfassen will. Überall reißen, möchte ich sagen, die Fäden der Begriffe ab. Das ist sehr interessant, wie sich dieses von Jahrhundert zu Jahrhundert mehr zeigt, wie endlich ein Tiefstand im Spinnen von Begriffsfäden im 15. Jahrhundert eintritt.»[35] Es ist deutlich, daß Steiner hier das Motiv, das er in der «Mystik im Aufgange des neuzeitlichen Geisteslebens» und in «Das Christentum als mystische Tatsache» angeschlagen hatte, wieder aufnimmt und Johannes Scotus als Exponenten eines geistesgeschichtlichen Wandels und Umbruchs schildert. Dies gilt auch für einen Vortrag des Jahres 1920, in dem Eriugena als ein später Vertreter derjenigen christlichen Generationen genannt wird, die eine geistige Existenz des Menschen nach dem Tode denken konnten. Eine solche Erkenntnis sei möglich gewesen, weil es damals offenbar noch – im Unterschied zu späteren Zeiten – gelang, den *Raum* im Denken zu überwinden, um Geistiges zu denken.[36]

Am ausführlichsten hat Rudolf Steiner in zwei aufeinanderfolgenden Vorträgen des Jahres 1921 zu Johannes Scotus Stellung genommen; auch hier erscheint Eriugena als ein Mittler zwischen dem alten und dem neuen Denken und als ein Wegbereiter der Intellektualität, der selbst aber noch in der überlieferten Spiritualität heimisch war. Dieses innere Verständnis für die überlieferte Weisheit wird in Zusammenhang gesehen mit Eriugenas Studium und Übersetzung der Schriften des Dionysius Areopagita und mit seiner irischen Herkunft: «Solch ein Geist, gerade einer derjenigen, die sich in den Weisheitsschulen drüben in Irland ausgebildet hatten, lebte noch in den ersten christlichen Jahrhunderten, solch ein Geist konnte noch mit allen Fasern seiner Seele hängen an dem, was in Dionysius dem Areopagiten steht.»[37] Zugleich sei aber auch das Bemühen spürbar, das zukunftsgerichtete Element des vernünftigen Denkens zur Geltung zu bringen, «mit dem Verstande, mit demjenigen, was der Mensch in seinem Intellekt erreichen kann, eine Art positiver Theologie zu begründen, die ihm zu gleicher Zeit Philosophie war».[38] Beschäftige man sich mit den Schriften des Johannes Scotus, so würde deutlich, daß der Mensch in ihnen «noch aus Tiefen heraus» redet, «die später nicht mehr erreicht werden konnten».[39] – Großen Raum nimmt in diesem Vortrag die Anthropologie ein: Der Mensch besitze im Sinne des Johannes Scotus das *Sein* wie die mineralische Welt; er *lebt* wie die Pflanzen; er *empfindet* und hat *sinnliche Wahrnehmungen* wie ein Tier; er kommt als Mensch zu *Urteilen und Schlüssen*, und als Engel erlangt er *Erkenntnisse*. Dieses für die Gegenwart «Ungeheuerliche» führt Steiner an, um zu veranschaulichen, «daß Anthropologie für diese Zeit noch etwas anderes ist als für die jetzige Zeit ... Was Johannes Scotus Erigena ... schildert, das haben wir als unsere Wissenschaft nicht mehr...: geistige Lehre vom Weltall und dem Menschen, Pneumatologie.»[40] Das Denken, das im Werk Eriugenas zum Ausdruck komme, würde nicht mit dem physischen Leib, dem Gehirn, vollzogen, sondern mit dem Ätherleib. Erst nach Johannes Scotus habe sich das Denken mit dem physischen Leib auszubilden begonnen, um dann vom 15. Jahrhundert an beherrschend zu werden. «Dieses Denken mit dem Ätherleib, das sollte nicht hereinragen in die spätere Zeit, in der man scholastisch dialektisiert hat über starre Begriffe; da wurde dieses ältere Denken mit dem Ätherleib, das aber durchaus auch das Denken der ersten christlichen Jahrhunderte war, eben verketzert. Deshalb auch die Verbrennung der Schriften des Johannes Scotus Erigena»[41] (nach ihrer Verurteilung durch Papst Honorius III. im Jahre 1225).

So sind die Anschauungen Eriugenas Steiner zufolge in doppelter Weise bestimmt: einerseits besitzen sie noch Anteil an der älteren Erkenntnisweise, andererseits sind sie bereits intellektualistisch geprägt. Zwar werden die Einsichten durch das Denken gewonnen; aber in diesem Denken findet doch ein Aufstieg zur Wesenswahrnehmung statt, wenn beispielsweise die menschliche Erkenntnis mit dem Engel in Verbindung gebracht wird. Das intellektualistische Element im Denken Eriugenas und seiner Zeit äußert sich etwa in den erwähnten Auseinandersetzungen um das Abendmahl; das hier praktizierte Verstandesdenken entwickelte sich im Laufe der Jahrhunderte fort zu den naturwissenschaftlichen Abstraktionen der Neuzeit.

Steiner beschreibt dann weiter, daß gerade im Zuge dieser Entwicklung des Denkens seit dem Mittelalter etwas sehr Bedeutsames eingetreten sei: In den Evangelien ist die Rede davon, daß die Erde untergehen werde und das Reich der Himmel nahe sei; Eriugena spricht im fünften Buch der «Einteilung der Natur» davon, daß der Mensch und die Welt in Zukunft in eine geistige Existenzweise und in Gott zurückkehren werden. Gerade die Herausbildung der intellektuellen Fähigkeit habe nun aber bewirkt, daß die Zukunftsvisionen der Evangelien und des Johannes Scotus als bereits eingelöst gelten könnten. Durch sein Denken wurde der Mensch der Neuzeit in die Lage versetzt, ein «himmlisches Dasein in Gott», d. h. geistige Fähigkeiten zu besitzen, die ihn von der Erde immer mehr unabhängig machen – das «Reich der Himmel» im Sinne der Evangelien sei herbeigekommen, die «Rückkehr der Natur zu Gott» im Sinne Eriugenas finde bereits statt. «Und so hätten wir das Paradoxon, daß im materialistischen Zeitalter die Menschen eigentlich in der geistigen Welt leben, höher geistig leben, als sie früher gelebt haben. Wir könnten etwa sagen: Ja, Scotus Erigena hat recht, das Engelerlebnis lebt auf im Menschen; das Erzengelerlebnis lebt nun aber auch auf seit dem ersten Drittel des 15. Jahrhunderts. Wir wären also eigentlich in einer geistigen Welt.»[42] In einem nachfolgenden Vortrag greift Rudolf Steiner dieses Motiv noch einmal eindringlich auf. «Der vierte Zustand», von dem Eriugena spricht, die Rückkehr des Menschen in eine geistige Existenz und damit zu Gott, «ist heute vollends da. Der Mensch muß sich nur dessen bewußt werden. Und ohne daß er sich dessen bewußt wird, kann nichts weiter sich bilden auf der Erde. Denn dasjenige, was die Erde als Erbstück empfangen hat, das ist dahin, das ist untergegangen. Neues muß gegründet werden.»[43]

In den Schriften Eriugenas trifft man – in gedanklicher Form – auf die Mysterienweisheit Irlands, in der Johannes Scotus ausgebildet wurde; und es liegt in ihnen ein Nachklang der christlichen Spiritualität der ersten Jahrhunderte. Vermutlich war dies ihrem Verfasser selbst nicht mehr im einzelnen bewußt; der heutige Leser aber kann diese ältere Geistigkeit in Eriugenas Schriften wiederentdecken. Die beiden Elemente der Lehre Eriugenas, vernünftige Argumentation und untergründig vorhandene ältere Weisheit, können nun auch aus einem anderen Gesichtswinkel betrachtet werden. Diese veränderte Perspektive wird von Rudolf Steiner in einem Vortrag des Jahres 1922 eingenommen; hier spricht er über die theologischen Kämpfe des 9. Jahrhunderts um die göttliche Vorherbestimmung und über Eriugenas Beteiligung an diesen Auseinandersetzungen. Der Streit um die göttliche Prädestination (vgl. dazu das erste Kapitel des vorliegenden Buches) wurde zwischen zwei Lagern ausgetragen. Auf der einen Seite stand das vernünftige Denken, die rationale Argumentation, die im Laufe des Mittelalters immer größeres Gewicht bekommen sollte; zu dieser Seite gehörte Johannes Scotus, der seiner Zeit in der Ausbildung theologischer Vernunft weit vorangegangen war. Auf der anderen Seite stand der Gegner Eriugenas, der Mönch Gottschalk, und vertrat die alte Lehre, die «in Form von Dogmen von den übersinnlichen Welten überliefert war».[44] Gottschalks Anschauung beinhaltete für die vernünftige Überlegung einen Widerspruch: er war der Ansicht, die göttliche Prädestination bestimme einen Teil der Menschheit zur Seligkeit und einen anderen Teil zur Verdammnis vor, ohne aber einen Menschen auf die Sünde festzulegen. In dieser Position spiegelte sich ein altes weisheitsvolles Wissen, das inzwischen allerdings zu einem theologischen Dogma erstarrt war. Als dogmatisch verhärtete theologische Lehre enthielt dieses ursprünglich aus Mysterientraditionen stammende Wissen etwas logisch Unmögliches; es ist für die Vernunft nicht einzusehen, daß es eine Vorherbestimmung zur Verdammnis gibt, die nicht zugleich auch Prädestination zur Sünde ist. So argumentierte Eriugena – und gab damit auch der menschlichen Freiheit Raum – , Gott könne nicht das Böse vorherbestimmen. Mit einer solchen Ansicht mußte Johannes Scotus seinen Gegnern als ein Schwätzer erscheinen, «der sich mit allerlei Federn der äußerlichen Wissenschaft schmückt und der eigentlich von den inneren Geheimnissen des Übersinnlichen gar nichts weiß».[45] – Eine ähnliche Konstellation ergab sich bei Auseinandersetzungen um das Verständnis des heiligen Abendmahls. Von der einen Seite wurde vertreten, Brot und Wein würden tatsächlich in den Leib und das Blut Christi verwandelt – was Rudolf Steiner zufolge «für den alten Eingeweihten eine durchschaubare Lehre war».[46] Eriugena habe sich gegen diese Anschauung gewandt, weil sie vernünftiger Überlegung widersprach; im Namen der Vernunft machte er geltend, die Verwandlung von Brot und Wein dürfe nicht realistisch verstanden werden.

Steiner beschreibt also, wie sich vernünftiges Denken im 9. Jahrhundert allmählich in der Auseinandersetzung mit alten Initiationswahrheiten herausbildete, die zu kirchlichen Dogmen erstarrt waren und nicht mehr nachvollzogen werden konnten. In dieser Situation habe Johannes Scotus für die vernünftige Einsicht gekämpft – dem widerspreche nicht, daß seine eigenen Schriften von den älteren Weisheitstraditionen zeugen. Diese Doppelnatur des Werkes Eriugenas könne auch als ein Anzeichen des Aufkommens von Ich-Bewußtsein angesehen werden. Man könne an Eriugena beobachten, wie sich «jenes Ich-Bewußtsein, das später dem einfachsten Menschen eigen ist, ... erst ... herausbildet, indem zugleich jenes alte Anschauen aufhört» – so heißt es in einem anderen Vortrag des Jahres 1922.[47] Am 24. Dezember 1922 vergleicht Rudolf Steiner Johannes Scotus mit Thomas von Aquin und Meister Eckhart. Eriugena konnte in seiner Seele noch den Geist finden, und in diesem Geist habe er das Ich erlebt. Er konnte sich gleichsam sagen: «In die Gottheit als Geist versenke ich mich und finde Ich.»[48] Dieser Weg, den Geist durch Versenkung im Inneren zu finden, habe in anderer Weise auch noch Thomas von Aquin (1225 – 1274) offengestanden. Dagegen habe Meister Eckhart (um 1260 – vor 1328) den alten Weg zum Ich nicht mehr gehen können; er fand in sich nicht mehr den Gott als Geist. Was er erkannt habe, sei lediglich das Nicht der Gottheit gewesen, und aus diesem Nicht mußte nun das Ich geboren werden. Denn die Seele habe «die Möglichkeit verloren, in ihrem Inneren das Geistgebiet zu finden».[49]

In den Augen Steiners dokumentiert also das Werk Eriugenas ein frühes Stadium der bewußtseinsgeschichtlichen Ichentwicklung. Rudolf Steiner versucht in seiner Betrachtung zu zeigen, daß in Eriugenas «Einteilung der Natur» tiefe Ideen vom Wesen der Welt enthalten sind, die dieser allerdings nicht mehr eindringlich darstellen kann. Er schöpft aus einer Überlieferung, in der er selbst bereits nicht mehr steht, die er durch die Art seines Denkens überwunden habe; deshalb bereiteten seine Beschreibungen oft Schwierigkeiten. Wolle man sie verstehen, so sei man genötigt, ältere, auch vorchristliche Traditionen mit in den Blick zu nehmen. Im Werk Eriugenas begegne ein «schwacher Nachklang» von «tiefen Einsichten, die ... der Menschheit verloren gegangen sind».[50]

Auch in diesem Zusammenhang ist zu beobachten, daß Rudolf Steiner immer wieder die beiden Seiten im Denken des Johannes Scotus charakterisiert, manchmal auch ohne die jeweils andere mitzunennen. In einem zwei Monate später gehaltenen Vortrag spricht er von der Art, wie Eriugena «seine Ideen faßt, wie er seine Ideen darstellt, daß er glaubt, in dieser Ideenerfassung etwas zu haben, worüber im Menschen eine innerliche Begeisterung aufleben kann».[51] Hier erscheint Johannes Scotus also als ein Autor, bei dem die alte Spiritualität noch spürbar sei, der noch nicht in der Sphäre der «kälteren Diskussion» argumentiere und die Seelenwärme nicht verliere, «wenn er zum Intellektuellen aufsteigt». Im Jahr 1923 beschreibt R. Steiner – wie bereits in seinen Büchern über «Die Mystik» (1901) und «Das Christentum» (1902) – Eriugena dann als eine Gestalt des geistesgeschichtlichen Übergangs: Einerseits wirke in ihm noch die ältere Geistigkeit, ohne daß er sie selber immer verstehe; aber sie strahle Wärme aus auf ein vernunftgeprägtes, argumentierendes Denken, das das andere Element seiner Lehre bilde. Spiritualität und Vernunft gehen hier eine Verbindung ein: darin liege die Bedeutung Eriugenas für das Denken der Gegenwart. Dieses Denken der Gegenwart müsse erst verwandelt werden, um jene Wärme wieder in sich aufnehmen zu können; solange eine solche Verwandlung, zu der Johannes Scotus den Weg weisen könne, nicht stattfinde, könne sein Werk nicht angemessen aufgefaßt werden. Man müsse eine «seelische Unwissenheit» darin sehen, «mit dem, was man heute anerzogen hat als ... Vorstellungsleben, heranzugehen ... an ein solches Buch wie die ‹Einteilung der Natur› ... Mit dem Denken der heutigen Zeit versteht man gar nicht, was damals gemeint war.»[52]

Das Verständnis des Werkes Eriugenas setzt demzufolge eine Übung des Denkens voraus, zu der dieses Werk selbst anleiten könnte – eine nur scheinbar paradoxe Situation: das Denken, das hier gemeint ist, kann am Werk des Johannes Scotus Eriugena erübt werden.

ANMERKUNGEN

Einführung

1 *Joannis Scoti Opera quae supersunt omnia.* Ed. H. J. Floss (Migne, Patrologia Latina, tom. 122); Paris 1853; Reprint 1865 und Turnhout 1967.

2 Jean Scot: *Homélie sur le Prologue de Jean.* Ed. É. Jeauneau; Paris 1969.

3 Neuerdings beispielsweise: Marcel Durliat: *Die Kunst des frühen Mittelalters.* Mit 945 Illustrationen, darunter 176 vierfarbige Abbildungen; Freiburg i. B. 1987.

4 Johannes Scotus Eriugena: *Über die Einteilung der Natur.* Übersetzt von Ludwig Noack. Buch 1–3 (Bd. I) 1870; Buch 4 und 5 (Bd. II) 1874; 2. Aufl. (Reprint) Hamburg 1983.

5 S. M. Deutsch: Art. *Scotus, Johannes Eriugena.* In: *Realencyklopädie für protestantische Theologie und Kirche,* 3. Aufl., Bd. XVIII; Leipzig 1906, S. 86.

6 *Iohannis Scotti Eriugenae Periphyseon* (*De divisione naturae*). Ed. J. P. Sheldon-Williams with the colloboration of L. Bieler. Liber primus (Bd. I) Dublin 1968; Reprint 1978. Liber secundus (Bd. II) Dublin 1972; Reprint 1983. Liber tertius (Bd. III) Dublin 1981.

Kapitel I

1 Die folgenden Ausführungen orientieren sich überwiegend an: Pierre Riché: *Die Welt der Karolinger.* Übersetzt und heraus-

gegeben von C. und U. Dirlmeier; Stuttgart 1981. HEINZ LÖWE: *Deutschland im fränkischen Reich* (B. Gebhardt: *Handbuch der deutschen Geschichte,* Bd. II); 7. Aufl. Stuttgart 1982. EDUARD HLAWITSCHKA: *Vom Frankenreich zur Formierung der europäischen Staaten- und Völkergemeinschaft 840–1046;* Darmstadt 1986. In den gen. Werken finden sich zahlreiche Literaturangaben.

2 EINHARD: *Vita Karoli Magni – Das Leben Karls des Großen.* Lateinisch/Deutsch. Übersetzung, Anmerkungen und Nachwort von E. S. Firchow; Stuttgart 1984, S. 49.

3 Riché (vgl. Anmerkung 1), S. 68.

4 Hlawitschka (vgl. Anmerkung 1), S. 8.

5 Hlawitschka (vgl. Anmerkung 1), S. 83.

6 Löwe (vgl. Anmerkung 1), S. 195.

7 Riché (vgl. Anmerkung 1), S. 300.

8 ENGELBERT MÜHLBACHER: *Deutsche Geschichte unter den Karolingern* (Stuttgart 1896); Neudruck Essen o. J., Bd. II, S. 357. – Das Werk Mühlbachers ist in vielem tendenziös und durch die neuere Forschung z. T. korrigiert worden, aber es zeichnet sich durch eine ungeheure Materialfülle und durch die spannende und gut lesbare Darstellung aus.

9 PERCY ERNST SCHRAMM: *Der König von Frankreich.* Das Wesen der Monarchie vom 9. bis zum 16. Jahrhundert; Bd. I, Weimar 1939, S. 48.

10 GANGOLF SCHRIMPF: Die Sinnmitte von «Periphyseon». In: *Jean Scot Érigène et l'histoire de la philosophie* (Kolloquium in Laon, 7.–12. Juli 1975); Paris 1977, S. 291.

11 MARTIANUS CAPELLA: *De nuptiis Mercurii et Philologiae libri VIII.* Hrsg. von A. Dick; Leipzig 1925.

12 Migne PL 122, col. 439 C (vgl. Anmerkung 25).

13 JOHN J. CONTRENI: The Irish «Colony» at Laon during the time of John Scottus. In: *Jean Scot Érigène et l'histoire de la philosophie* (Kolloquium in Laon, 7.–12. Juli 1975); Paris 1977, S. 59 ff. Zur Frage der Beziehungen Eriugenas nach Laon vgl. im folgenden den Abschnitt «Eine Reise nach Griechenland?».

14 «Te solum omnium acutissimum Galliae transmisit Hibernia, ut quae nullus absque te scire poterat tuis eruditionibus obtineret ...» (PRUDENTIUS VON TROYES: *De praedestinatione contra Joannem Scotum;* Migne PL 115, col. 1194 A).

15 WERNER BEIERWALTES: Eriugena. Aspekte seiner Philosophie. In: *Die Iren und Europa im früheren Mittelalter.* Hrsg. von Heinz Löwe; Bd. II, Stuttgart 1982, S. 799.

16 LUDWIG BIELER: Das Hiberno-Lateinische und seine Erforschung. In: *Wiener Studien* N.F. 9 (1975), S. 216ff.

17 A.a.O., S. 222.

18 Der vollständige lateinische Text lautet:

Nobilibus quondam fueras constructa patronis
Subdita nunc servis heu! male, Roma, ruis.
Deseruere tui tanto te tempore reges,
Cessit et ad Graecos nomen honosque tuus.
Constantinopolis florens nova Roma vocatur,
Moribus et muris Roma vetusta cadis,
Transiit imperium, mansitque superbia tecum,
Vulgus ab extremis distractum partibus orbis,
Servorum servi, nunc tibi sunt domini.
In te nobilium, rectorum nemo remansit,
Ingenuique tui rura pelasga colunt.
Truncasti vivos crudeli vulvere sanctos,
Vendere nunc horum mortua membras soles.
Iam ni te meritum Petri Paulique foveret,
Tempore iam longo Roma misella fores.

(Migne PL 122, col. 1194 BC).

19 HANS-GEORG BECK: *Kirche und theologische Literatur im byzantinischen Reich;* München 1959, S. 520.

20 Näheres bei THEODOR CHRISTLIEB: *Leben und Lehre des Johannes Scotus Erigena in ihrem Zusammenhang mit der vorhergehenden und unter Angabe ihrer Berührungspunkte mit der neueren Philosophie und Theologie;* Gotha 1860, S. 22.

21 Vgl. Nic. Müller: *Johannes Scotus Erigena und seine Irrthümer;* Mainz 1844, S. 10.

22 *Einteilung der Natur,* Bd. II, S. 415.

23 F. W. Laufs: Über die für verloren gehaltene Schrift des Johannes Scotus von der Eucharistie. In: *Theologische Studien und Kritiken* 1828 (Heft 4), S. 755 ff.

24 Migne PL 122, col. 311 B. – Die erwähnte Kritik Hinkmars an der Abendmahlslehre Eriugenas findet sich in Migne PL 125, col. 296 D.

25 Migne PL 122, col. 347 ff. Eine neuere Ausgabe besorgte G. Madec: *Johannis Scotti De divina praedestinatione liber;* Turnhout 1978.

26 *De divina praedestinatione;* Migne PL 122, col. 372 A–C. Die Übersetzung der zitierten Stelle wurde entnommen aus Gangolf Schrimpf: *Der Beitrag des Johannes Scottus Eriugena zum Prädestinationsstreit.* In: *Die Iren und Europa im früheren Mittelalter* (vgl. Anmerkung 15), S. 835.

27 Migne PL 115, col. 1009 ff.

28 Migne PL 119, col. 101 ff.

29 Hans Liebeschütz: Texterklärung und Weltdeutung bei Johannes Eriugena. In: *Archiv für Kulturgeschichte* 40 (1958), S. 79. Die Formulierung des Hieronymus findet sich Migne PL 24, col. 708 A.

30 Christlieb (vgl. Anmerkung 20) hat die betreffenden Äußerungen der Prädestinationsschrift Eriugenas und der gegnerischen Abhandlungen zusammengestellt (S. 38 f.).

31 Migne PL 122, col. 1025.

32 Vgl. Anmerkung 18 (lateinischer Text). – Eriugenas Dionysius-Übersetzungen sind in Migne PL 122 abgedruckt.

33 Andeutungen dieser Art finden sich etwa bei Christlieb (vgl. Anmerkung 20), S. 27 und bei Hergenröther (vgl. S. 308 f. des vorliegenden Buches.

34 Vgl. Édouard Jeauneau: *Jean Scot: Homélie sur le prologue de Jean*; Paris 1969, S. 31 f.

35 PAUL MEYVAERT: The exegetical treatises of Peter the Deacon and Eriugena's latin rendering of the «Ad Thalassium» of Maximus the Confessor. In: *Sacris Erudiri* 14 (1963), S. 130ff. – Ders.: Eriugena's translation of the «Ad Thalassium» of Maximus: Preliminaries to an edition of this work. In: *The Mind of Eriugena.* Papers of a Colloquium (Dublin, 14.–18. July 1970). Ed. J. J. O'Meara and L. Bieler; Dublin 1973, S. 78ff. – Der *«Tractatus de visione Dei»* bzw. *«Liber de egressu et regressu animae ad Deum»*, den H. J. Floss in Migne PL 122 irrtümlich als Fragment einer eigenständigen Schrift Eriugenas publizierte, ist ein Bruchstück seiner Übersetzung der *«Ambigua»* des Maximus Confessor; vgl. P. LEHMANN: Zur Kenntnis und Geschichte einiger Johannes Scottus zugeschriebener Werke. In: *Hermes* 52 (1917), S. 115ff.

36 *Maximi Confessoris Quaestiones ad Thalassium I:* Quaestiones I–LV una cum latina interpretatione Ioannis Scotti Erigenae iuxta posita. Edd. C. LAGA/C. STEEL; Turnhout/Leuven 1980.

37 Le «De imagine» de Grégoire de Nysse traduit par Jean Scot Érigène; ed. M. CAPPUYNS. In: *Recherches de théologie ancienne et médiévale* 32 (1965), S. 205ff. Vgl. auch ders.: *Jean Scot Érigène. Sa vie, son œuvre, sa pensée;* Louvain/Paris 1933 (Reprint Brüssel 1964), S. 172ff.

38 *Iohannis Scotti Annotationes in Martianum.* Ed. C. E. LUTZ; Cambridge (Mass.) 1939 (Reprint New York 1970). – Eriugenas Erläuterungen zu Buch I finden sich bei É. JEAUNEAU: *Quatre thèmes Érigèniens;* Montreal/Paris 1978, S. 101ff.

39 GANGOLF SCHRIMPF: Zur Frage der Authentizität unserer Texte von Johannes Scottus' «Annotationes in Martianum». In: *The Mind of Eriugena* (vgl. Anmerkung 35), S. 128.

40 J. P. SHELDON-WILLIAMS: The title of Eriugena's Periphyseon. In: *Studia Patristica* III (Texte und Untersuchungen 78, 1961), S. 297ff. – Ders.: The greek christian platonist tradition from the Cappadocians to Maximus and Eriugena. In: *The Cambridge History of later Greek and early Medieval Philosophy.* Ed. A. H. ARMSTRONG; Cambridge 1967, S. 520, Anm. 2.

41 Johannes Scotus Eriugena: *Über die Einteilung der Natur.* Übersetzt von Ludwig Noack. Buch 1–3 (Bd. I) 1870; Buch 4 und 5 (Bd. II) 1874; 2. Aufl. (Reprint) Hamburg 1983.

42 *Joannis Scoti Opera quae supersunt omnia.* Ed. H. J. Floss (Migne, Patrologia Latina, tom. 122); Paris 1853; Reprint 1865 und Turnhout 1967.

43 *Iohannis Scotti Eriugenae Periphyseon (De divisione naturae).* Ed. I. P. Sheldon-Williams with the colloboration of L. Bieler. Liber primus (Bd. I) Dublin 1968; Reprint 1978. Liber secundus (Bd. II) Dublin 1972; Reprint 1983. Liber tertius (Bd. III) Dublin 1981. – Die Ausgabe soll durch J. J. O'Meara und E. Jeauneau vervollständigt werden. Eine sehr kritische Rezension der ersten beiden Bände: Paolo Lucentini: La nuova editizione del Periphyseon dell'Eriugena. In: *Studi Medievali* ser. 3, 17 (1976), S. 393 ff.

44 *Iohannis Scoti Eriugenae Expositiones in Ierarchiam coelestem.* Ed. J. Barbet; Turnhout 1975. – Eine Auslegung der *«Mystischen Theologie»* des Dionysius, die Floss als authentisch betrachtete und in seine Edition aufnahm, stammt nicht von Eriugena.

45 Jean Scot: *Commentaire sur l'Évangile de Jean.* Ed. É. Jeauneau; Paris 1972.

46 Jean Scot: *Homélie sur le Prologue de Jean.* Ed. É. Jeauneau; Paris 1969.

47 Johannis Scotti Carmina. Ed. L. Traube. In: *Monumenta Germaniae Historica;* Poetarum latinorum medii aevi tom. III; Berlin 1896, S. 518 ff.

48 Vgl. I. P. Sheldon-Williams: A bibliography of the works of Johannes Scottus Eriugena. In: *The Journal of Ecclesiastical History* 10 (1959), S. 198 ff. (hier: Abschnitt 14). Diese Bibliographie nennt die erhaltenen Handschriften und bis zum Jahre 1959 erschienenen Druckausgaben der Schriften Eriugenas; zudem wird auf die philologische Sekundärliteratur zu den einzelnen Werken hingewiesen. – Weitere Bibliographien: M. Brennan: A bibliography of publications in the field of Eriugenian studies 1800–1975. In: *Studi Medievali* ser. 3, 18 (1977), S. 401 ff.

I. P. Sheldon-Williams: A list of the works doubtfully or wrongly attributed to Johannes Scottus Eriugena. In: *The Journal of Ecclesiastical History* 15 (1964), S. 76 ff. Eine Auswahlbibliographie von W. Beierwaltes findet sich in der Neuauflage der *«Einteilung der Natur»* (vgl. Anmerkung 41), S. XIII ff.

49 Vgl. F. A. Staudenmaier: *Johannes Scotus Erigena und die Wissenschaft seiner Zeit.* Mit allgemeinen Entwicklungen der Hauptwahrheiten auf dem Gebiete der Philosophie und Religion und Grundzügen zu einer Geschichte der speculativen Theologie; Frankfurt a. M. 1834 (Reprint 1966), S. 117 ff.; Christlieb (vgl. Anmerkung 20), S. 44 ff.; Monumenta hist. brit. I, S. 493 ff.

50 Vgl. S. M. Deutsch: Art. *Scotus, Johannes Eriugena.* In: *Realencyklopädie für protestantische Theologie und Kirche,* 3. Aufl., Bd. XVIII; Leipzig 1906, S. 89 f. Monumenta hist. brit. I, S. 487.

51 Migne PL 179, col. 1653 B; vgl. Migne PL 122, p. XXIV, § 21.

Kapitel II

Alle *Stellenangaben zu Bibeltexten* beziehen sich auf die heute gebräuchliche Zählung der Kapitel und Verse, nicht auf den von Johannes Scotus verwendeten (lateinischen) Vulgata-Text. Jedoch wurde der von Johannes Scotus zitierte *Wortlaut* in der Übersetzung selbstverständlich beibehalten; er stimmt nicht immer mit den modernen deutschen Bibelübertragungen aus den hebräischen (Altes Testament) bzw. griechischen Handschriften (Neues Testament) überein.

1 Zur Übersetzung des Satzes vgl. im folgenden die Ausführungen des Johannes Scotus zu dieser Stelle und deren Erläuterung in Anmerkung 41.

2 Dionysius Areopagita: *Über die kirchliche Hierarchie; Über die himmlische Hierarchie.* Zur Übersetzung dieser Werke durch Johannes Scotus Eriugena vgl. das erste Kapitel des vorliegenden Buches.

3 Matthäus 16, 16.

4 Johannes 13, 23: «Einer von seinen Jüngern lag bei Tisch an der Brust Jesu, der, den Jesus liebte.»

5 Vgl. etwa die sogenannte Verleugnung des Petrus (Johannes 18, 17–27 und die entsprechenden Stellen bei Markus, Matthäus und Lukas) und die der Verleugnung korrespondierende dreifache Frage des auferstandenen Christus an Petrus (Johannes 21, 15–17).

6 Es ist weiterhin von den Aposteln Petrus und Johannes die Rede; vgl. zum folgenden Johannes 20, 1–10: «Da gingen Petrus und der andere Jünger hinaus und machten sich auf den Weg zur Gruft. Die beiden liefen aber miteinander. Und der andere Jünger lief voraus, schneller als Petrus, und kam zuerst an die Gruft, ... doch ging er nicht hinein. Nun kam auch Simon Petrus, der ihm folgte, und ging in die Gruft hinein. ... Da nun ging auch der andere Jünger hinein, der zuerst an die Gruft gekommen war ...»

7 Jesaja 7, 9 in der Version der (griechischen) Septuaginta; die (lateinische) Vulgata liest an dieser Stelle: «Si non credideritis, non permanebitis» (Wenn ihr nicht geglaubt haben werdet, werdet ihr nicht bleiben).

8 Gemeint sind die «göttlichen Geheimnisse» der Heiligen Schrift.

9 Vgl. 2. Korintherbrief 12, 2–4.

10 Johannes 1, 51: «Wahrlich, wahrlich, ich sage euch: Ihr werdet den Himmel offen und die Engel Gottes über dem Sohn des Menschen auf- und niedersteigen sehen.»

11 Die Anhänger des Arius von Alexandreia (etwa 260–336) betrachteten Christus als ein *Geschöpf* Gottes, ordneten also den Sohn dem Vater unter (Subordinatianismus). Auf der ersten ökumenischen Synode von Nicäa im Jahre 325 wurde die Lehre des Arius verdammt; man bekannte sich zur Wesens*einheit* des Vaters und des Sohnes (Homousie). Während die Westkirche die Beschlüsse von Nicäa anerkannte, hielten Origines und andere Theologen des Ostens daran fest, daß man eine Wesenseinheit nicht behaupten könne, da sie die Unterschiedenheit zwischen

Vater und Sohn aufhebe. Vermittlungsversuche beispielsweise der Semiarianer suchten anstelle der Wesens*einheit* bzw. *-verschiedenheit* die Wesens*gleichheit* von Vater und Sohn zu belegen (Homoiusie). Später schrieb man der einen Wesenheit Gottes eine Ausprägung in drei Personen zu (Vater, Sohn, Geist); diese Lehre geht vor allem auf Basilius den Grossen, Gregor von Nazianz und auf Gregor von Nyssa zurück; sie setzte sich auf dem Konzil von Konstantinopel (381) durch. Vgl. auch Johannes Scotus' eigene Erläuterung des Arianismus, oben S. 103.

12 Das lateinische Wort generatio umfaßt die Bedeutungen «Geburt» und «Zeugung».

13 Psalm 104, 24.

14 Psalm 45, 2.

15 Ebd.

16 Johannes 14, 28.

17 Psalm 33, 9.

18 Zum Verständnis dessen, was «ist» und was «nicht ist» vgl. den Anfang der Homelia: Das für den Menschen sinnlich oder geistig Erkennbare «ist», das den menschlichen Sinn oder die Vernunft Übersteigende dagegen «ist (noch) nicht» – beide Bezeichnungen werden also vom Standpunkt des Menschen aus verwendet und beschreiben eine sich stets wandelnde, von dem Umfang menschlicher Erkenntnis abhängige Beziehung zur Wirklichkeit.

19 Johannes 15, 5.

20 Die Herausgeber des Novum Testamentum Graece fassen die Aussage anders auf; entsprechend werden die Verse 3 und 4 des Prologs zum Johannes-Evangelium in deutschen Bibelübersetzungen wiedergegeben: «Alles ist durch es geworden, und ohne es ist nichts geworden. Was geworden ist, in ihm war das Leben ...» Zum Problem der Zuordnung von «in ihm» und zur Interpunktion vgl. auch die im Text folgenden Ausführungen des Johannes Scotus.

21 In dem lateinischen Wort spiritus sind die Bedeutungen «Hauch», «Luft» und «Geist» vereinigt. Im Deutschen begegnet ein ähnli-

ches Bedeutungsfeld in der etymologischen Verwandtschaft von «Geist» und «Gischt».

22 Römerbrief 1, 20.

23 Apostelgeschichte 17, 28.

24 Vgl. *«Über die himmlische Hierarchie»* IV, 1 (Migne PG 3, 177D).

25 Psalm 33, 9.

26 Diese Aussage richtet sich wohl gegen den sogenannten Doketismus, der im christlichen Altertum lehrte, Gott sei in Jesus Christus nicht wirklich, sondern nur scheinbar Mensch geworden. Vertreter des Doketismus (von griechisch δοκέω «scheinen») konnten sich auf den philosophisch-theologischen Grundsatz berufen, Gott könne nicht leiden; demzufolge habe sich – falls die Menschwerdung Gottes überhaupt stattgefunden hat – die Gottheit vor der Passion Jesu von dem Menschen wieder getrennt.

27 Epheserbrief 5, 8.

28 Jesaja 9, 1.

29 Römerbrief 1, 21 f.

30 Matthäus 10, 20.

31 Das schöne Wortspiel formans – reformans (formen – erneuern) kann leider in der deutschen Übersetzung nicht nachgeahmt werden. – Zum Verhältnis von «Natur» und «Gnade» im Werk des Johannes Scotus vgl. etwa die *«Einteilung der Natur»*, Bd. II, S. 239: «Um es kurz zusammenzufassen, so ist die Natur eine Gabe, die Gnade aber ein Geschenk; die Natur führt aus dem Nichtbestehen ins Dasein, dagegen führt das Geschenk einiges Daseiendes über alles Daseiende hinaus zu Gott selber empor.»

32 1. Timotheusbrief 6, 16.

33 Vgl. Psalm 42, 8: «Fluten rufen die Fluten ...» Der Vulgata-Text verwendet hier das Wort «abyssus», das sowohl «Fluten» als auch «Abgrund» bedeuten kann.

34 Johannes 1, 23.

35 Johannes 1, 29.

36 Johannes 1, 30.

37 Vgl. die Aussagen über die Mutter Johannes' des Täufers im ersten Kapitel des Lukas-Evangeliums (5–25); dort heißt es u.a., Elisabeth sei zunächst unfruchtbar gewesen.

38 Dieselbe Stelle (Johannes 1, 30) legt Eriugena in seinem fragmentarisch erhaltenen Kommentar zum Johannes-Evangelium folgendermaßen aus: «Et quemadmodum prophetavi et cognovi eum spiritualibus oculis, dum essem in utero, ita et nunc carnalibus oculis coram me factum, id est venientem conspicor.» (Und wie ich ihn mit den geistigen Augen vorhergesehen und erkannt habe, als ich [noch] im Schoß [meiner Mutter] war, so sehe ich ihn auch jetzt vor mir mit den fleischlichen Augen als [Mensch] Gewordenen, d.h. als Kommenden. – Migne PL 122, col. 299).

39 «Jener war die Leuchte, die brennt und scheint; ... ich aber habe ein größeres Zeugnis als das des Johannes.» (Worte Christi; Johannes 5, 35f).

40 An dieser Stelle des Textes ist auch die Lesart möglich: «... sed participatione unius ac veri luminis substantialis, quod ubique in omnibusque intelligibiliter lucet» (... sondern durch die Teilhabe an dem einen und wirklich-wesenhaften Licht, das überall und in allem geistig leuchtet). Sinnvoller erscheint jedoch die im Text wiedergegebene Handschriftenversion.

41 In den modernen Bibeln wird meist übersetzt: «Es war das wahre Licht, das jeden Menschen erleuchtet; es kam in die Welt.» Der griechische Text des Neuen Testaments läßt beide Übertragungsvarianten zu: das Kommen in die Welt kann sowohl auf das göttliche Wort als auch auf den Menschen bezogen werden. Der lateinische Text dagegen schließt die erwähnte moderne Übersetzung aus. Diese ist auch in Hinblick auf die griechische Version wenig plausibel, da hier der Nebensatz direkt an die Nennung des Menschen anschließt. Die sprachlich näherliegende Übertragung wird vermutlich wegen des heute nicht mehr leicht nachvollziehbaren Bildes der Menschenwesenheit vermieden, das der Text voraussetzt. Man kann sich den Menschen in der Theologie der Neuzeit nicht mehr als von außerhalb der Welt herkommend vorstellen

und nimmt deshalb eine der neueren Anthropologie eher entsprechende Sinnbeziehung vor. Vgl. auch die in der Homelia folgenden Erläuterungen des Johannes Scotus zu dieser Stelle.

42 Johannes 8, 12.

43 Andere Handschriften lauten an dieser Stelle: «Animadvertere debemus beatum evangelistam *quater* mundum nominasse.» (Wir müssen berücksichtigen, daß der glückselige Evangelist die «Welt» *viermal* genannt hat.) So verstanden bezieht sich der Satz auf die vierfache Erwähnung der «Welt» in den Versen 9 und 10 des Prologs: «Es war das wahre Licht, das jeden Menschen erleuchtet, der in diese *Welt* kommt. Es war in der *Welt*, und die *Welt* ist durch es geworden, und die *Welt* hat es nicht erkannt.»

44 Markus 16, 15.

45 Andere Handschriften lesen «... possibilitas essendi dei filium» (... die Möglichkeit, Sohn Gottes zu sein).

46 Zu den Arianern bzw. Arius vgl. Anmerkung 11.

47 Bei der eingeklammerten Bemerkung handelt es sich vielleicht um eine Glosse, die zu dem ursprünglichen Text des Johannes Scotus von anderer Hand hinzugefügt wurde (vgl. E. JEAUNEAU: *Homélie sur le prologue de Jean;* Paris 1969, S. 303 und 339f.

48 Der Ausdruck «in nobis» wird in neueren deutschen Bibelübersetzungen mit «unter uns» wiedergegeben. «In uns» weist auf ein eher geistiges, «unter uns» auf ein soziales Verständnis des Satzes. Auch wenn man vom griechischen Text ausgeht, sind beide Übersetzungen möglich; hier heißt es «ἐν ἡμῖν».

49 Johannes Scotus spricht hier die sogenannte «Verklärung» des Christus Jesus an (Matthäus 17, 1–9; Markus 9, 2–9; Lukas 9, 28–36).

50 Die Begriffe «gloria» und «glorificatio» sind im Deutschen nur schwer wiederzugeben. Am ehesten trifft wohl «Leuchten» bzw. «Erleuchtung» ihre Bedeutung; allerdings ist in modernen Bibelübersetzungen oft von «Herrlichkeit» respektive «Verherrlichung» die Rede. Für die Übertragung «Leuchten» spricht u. a. die Verwendung des Verbs «clarificare» (erleuchten, erhellen) in

dem nachfolgenden Zitat des Johannes-Evangeliums, das Eriugena auf die «gloria» bezieht.

51 Johannes 12, 28.

52 Matthäus 21, 15.

53 Johannes 20, 26.

54 Apostelgeschichte 1, 1–11.

55 Jesaja 11, 2.

56 Vgl. Sacharja 4, 2: «Siehe, da ist ein Leuchter ganz aus Gold und auf seiner Spitze ein Aufsatz, und sieben Leuchter sind darauf.»

57 Der Begriff «neues Testament» bezeichnet hier nicht die gleichnamigen Schriften, sondern den in Christus geschlossenen «neuen Bund» Gottes mit den Menschen: in den letzten Zeilen der Homelia spricht Johannes Scotus das Verhältnis des alten Bundes («Symbole» des mosaischen Gesetzes) zum «neuen Testament» (Fülle der Gnaden in Christus) an.

58 Johannes 1, 17.

59 Kolosserbrief 2, 9.

60 Aus dem späteren Mittelalter sind Redner- bzw. Lesepulte erhalten, deren obere Teile die Form eines fliegenden Adlers besitzen. Der Vortragende blickte über die ausgebreiteten Flügel und den Kopf des Adlers hinweg in die Zuhörerschaft und «flog» auf diese Weise gewissermaßen mit dem Adler. Diese Konstellation blieb nicht ohne Wirkung auf den Redner und brachte den «Gedankenflug» eindringlich zur Anschauung. Es entsteht auch heute noch ein eigenartiges Gefühl, wenn man sich probehalber hinter ein solches Pult stellt: bestimmte Arten des Vortrags scheinen sich von selbst auszuschließen.

61 *Einteilung der Natur,* Bd. II, S. 133 f.

62 A. a. O., S. 162: Der Mensch kann «nicht ohne vielfache Mühe und Arbeit, was die Schrift die ‹Schmerzen des Weibes› nennt, zu vielfachen Empfängnissen, d. h. zu den Anfängen der Erkenntnis übersinnlicher Dinge kommen; und zur Erzeugung von Kindern, d. h. von richtigen Gedanken aus der Natur der Dinge, kann er nur durch den Sinn gelangen».

63 Beispielsweise heißt es im 23. Vortrag des PETRUS CHRYSOLOGOS (5.Jh.) zum Matthäus-Evangelium im Hinblick auf die Verwandlung von Eva in Maria: «Sie sollte werden die Botin der Auferstehung in dem einen Falle, die in dem anderen Falle war die Unglücksbotin des Sturzes und des Verderbens. ... damit sie, die der Anblick des Baumes getäuscht hatte, nun erneuert werde durch den Anblick des Grabes, damit, wie der Blick des Verführers sie zu Boden geworfen hatte, der Anblick des Heilandes sie wieder aufrichte» (*Bibliothek der Kirchenväter*, Bd. 43, S. 132).

64 *Einteilung der Natur*, Bd. I, S. 21.

65 RUDOLF STEINER: *Die Mystik im Aufgange des neuzeitlichen Geisteslebens und ihr Verhältnis zur modernen Weltanschauung* (1901); Einführung.

66 Ebd.

67 IRENÄUS VON LYON: *Des heiligen Irenäus Schriften zum Erweise der apostolischen Verkündigung*. Übersetzt von K. Ter-Mekerttschiau und E. Ter-Minassiantz; Leipzig 1907 (auch in: *Bibliothek der Kirchenväter* Bd. 4/II). – WILHELM BOUSSET: Platons Weltseele und das Kreuz Christi. In: *Zeitschrift für neutestamentliche Wissenschaft und die Kunde des Urchristentums* 14 (1913), S. 273–285.

68 CHRISTIAN RITTELMEYER: Gestalten der Bildung in der christlichen Trinitätslehre. In: *Zeitschrift für Pädagogik*, 21. Beiheft (1987), S. 30 (Hervorhebungen im Original).

69 RUDOLF STEINER: *Die Mystik im Aufgange des neuzeitlichen Geisteslebens* (1901); Kap. Gottesfreundschaft (Hervorhebungen im Original).

70 GEORG WILHELM FRIEDRICH HEGEL: *Enzyklopädie der philosophischen Wissenschaften im Grundrisse* (1830), § 564 (Werke in 20 Bdn.; Frankfurt a. M. 1983, Bd. 10, S. 374).

71 Vgl. zum folgenden beispielsweise PHILIPP VIELHAUER: *Geschichte der urchristlichen Literatur;* Berlin/New York 1978, S. 450f.

72 ALCUINUS: *Commentariorum in Joannem liber primus*, cap. I. In: Migne PL 100, col. 743 D.

73 ÉDOUARD JEAUNEAU: Influences érigèniennes dans une homélie d'Héric d'Auxerre; in: *The Mind of Eriugena.* Papers of a Colloquium (Dublin, 14–18 July 1970). Edited by J.J. O'Meara and L. Bieler; Dublin 1973, S. 114–123.

74 Vgl. etwa THOMAS VON AQUIN: *Über die Einheit des Geistes – De unitate intellectus.* Übersetzung, Einführung und Erläuterungen von W.-U. Klünker. Hrsg. vom Friedrich von Hardenberg Institut für Kulturwissenschaften; Stuttgart 1987.

75 THOMAS VON AQUIN: *Der Prolog des Johannes-Evangeliums – Super Evangelium S. Joannis* (I, I–XI). Übersetzung, Einführung und Erläuterungen von W.-U. Klünker. Hrsg. vom Friedrich von Hardenberg Institut für Kulturwissenschaften; Stuttgart 1986, S. 60. Weitere ausführliche Verweise auf die «Stimme des geistigen Adlers»: S. 62 und 71 f.

Kapitel III

1 *De divisione naturae* IV. 9; Migne PL 122, col. 779 D–780 D.

2 *De divisione naturae* I. 43; Migne PL 122, col. 484 D–485 B. Zur Textgestaltung vgl. die *Einführung.*

3 *Einteilung der Natur,* Bd. II, S. 61 f (starke Veränderungen der Übersetzung von Noack). Zur Textgestaltung vgl. die *Einführung.*

4 *Einteilung der Natur,* Bd. I, S. 62 f (starke Veränderungen der Übersetzung von Noack).

5 DIETRICH VON FREIBERG: De intellectu et intelligibili II.23; in: *Opera omnia* I. Hrsg. von B. Mojsisch; Hamburg 1977, S. 162 f. Vgl. DIETRICH VON FREIBERG: *Abhandlung über den Intellekt und den Erkenntnisinhalt.* Übersetzt und mit einer Einleitung hrsg. von B. Moisisch; Hamburg 1980, S. 41 f.

6 Lukas 1, 29.

7 Der «Vermesser» (metator) geht dem Herrn voran und legt fest, wo dessen Lager und Wohnstätte sein soll (Migne PL 52, col. 577, Anm. a): so kommt der Engel vor der Ankunft Christi zu Maria.

8 Lukas 1, 29.

9 Petrus Chrysologos: *De annuntiatione D. Mariae virginis* (sermo CXL); Migne PL 52, col. 576 B–577 A. – Den Hinweis auf diesen Text verdanke ich Matthias Mochner; die im folgenden dargestellte Deutung geht zurück auf Gespräche im Arbeitskreis «Die Gestalt der Maria im Mittelalter» (Hardenberg Institut, Heidelberg, Wintersemester 1986/87).

10 Migne PL 52, col. 577 B.

11 Ludwig Traube: *Autographa des Iohannes Scottus* (Palaeographische Forschungen V; hrsg. von E. K. Rand). Abhandlungen der Kgl. Bayerischen Akademie der Wissenschaften, philosophisch-philologische und historische Klasse, XXVI. 1 (1912).

12 Edward Kennard Rand: The supposed autographa of John the Scot. In: *University of California Publications in Classical Philology* V (1920), S. 135 ff. – Zusammenfassend zur Diskussion über die Randbemerkungen: J. J. O'Meara: Eriugena's immediate influence. In: W. Beierwaltes (Hrsg.): *Eriugena redivivus. Zur Wirkungsgeschichte seines Denkens im Mittelalter und im Übergang zur Neuzeit;* Heidelberg 1987, S. 15 f.

13 Traube (vgl. Anmerkung 11), S. 10; siehe auch Johannes Scotus Eriugena: *Über die Einteilung der Natur,* Bd. I, S. 6.

14 Traube (vgl. Anmerkung 11), S. 10f. Die Klammern im Text markieren Ergänzungen des Herausgebers. – Die Randbemerkungen wurden in den Handschriften teilweise in Abkürzungen notiert oder später aus Unachtsamkeit abgeschnitten.

15 *Einteilung der Natur,* Bd. II, S. 61 f.

16 A. a. O., S. 66.

17 A. a. O., S. 355.

18 Rudolf Steiner: *Die Mystik im Aufgange des neuzeitlichen Geisteslebens und ihr Verhältnis zur modernen Weltanschauung (1901),* Kap. Der Kardinal Nicolaus von Kues (Hervorhebungen im Original). Steiner erklärt mit den zitierten Sätzen Nikolaus' Begriff der «gelehrten Unwissenheit» (docta ignorantia).

19 *Einteilung der Natur,* Bd. II, S. 66.

20 *Einteilung der Natur*, Bd. I, S. 6.

21 Ebd. (starke Veränderungen der Übersetzung von Noack).

22 Ebd.

23 *De divisione naturae* IV. 10; Migne PL 122, col. 783 A.

24 *Einteilung der Natur*, Bd. I, S. 314f.

25 A.a.O., S. 10 (starke Veränderungen der Übersetzung von Noack).

26 A.a.O., S. 11.

27 A.a.O., S. 12.

28 A.a.O., S. 145.

29 A.a.O., S. 405f (starke Veränderungen der Übersetzung von Noack).

30 *Einteilung der Natur*, Bd. II, S. 394.

31 «Cherubim» ist eigentlich eine hebräische Pluralform, die aber von Johannes Scotus (und vielen anderen Autoren des Mittelalters) singularisch verwendet wird.

32 *Einteilung der Natur*, Bd. II, S. 354.

33 Ebd.

34 *Einteilung der Natur*, Bd. I, S. 161. Die Verwendung des Wortes «intellectus» in diesem Abschnitt macht deutlich, daß Johannes Scotus – ähnliches gilt für die meisten Autoren des Mittelalters – keine begriffliche Konsequenz im Sinne einer neuzeitlichen Terminologie anstrebt. «Intellectus» wird hier auch zur Bezeichnung von Gedanken gebraucht, die sich von den beschriebenen «reinen Gedanken» unterscheiden.

35 Ebd.

36 Vgl. die kritische lateinische Textausgabe der *«Einteilung der Natur»: Johannis Scotti Eriugenae Periphyseon (De divisione naturae)*. Liber secundus. Ed. I. P. Sheldon-Williams and L. Bieler; 2. Aufl. Dublin 1983, S. 72.

37 Vgl. Stephen Gersh: *From Iamblichus to Eriugena*. An Investigation of the Prehistory and Evolution of the Pseudo-Dionysian Tradition; Leiden 1978, S. 308ff.

38 «Nec transitorie pretereundem quod perfectissimus cubus et primus imparis numeri, qui ex ternario nascitur ter ducto ter confici-

tur, in his tribus celestibus ierarchiis pulcherrime consideratur.» Zitiert nach S. Gersh (vgl. Anmerkung 37), S. 309.

39 «Et cetera que de cubicis proportionibus et proportionalitatibus disseruntur, non aliunde nisi ex celestium essentiarum adunationibus, in quibus primo condita sunt, in noticiam humanorum intellectuum provenire crediderim vere.» Zitiert nach S. Gersh (vgl. Anmerkung 37), S. 310; der Abschnitt über den Würfel findet sich in Eriugenas *«Expositiones super Ierarchiam Caelestem»* (Migne PL 122, col. 126 ff.).

40 *Einteilung der Natur,* Bd. II, S. 372.

41 A. a. O., S. 49 f.

42 *Einteilung der Natur,* Bd. I, S. 6 (starke Veränderungen der Übersetzung von Noack).

43 Thomas von Aquin: *Summa theologica* I, 57. 4. 3.

44 A. a. O. I, 54. 3 ad 1.

45 A. a. O. I, 57. 4. 3.

46 A. a. O. I, 55. 3.

47 *Einteilung der Natur,* Bd. II, S. 61 f.

48 Eine ausführlichere Darstellung der Beziehung von Menschengeist und Engel im Werk des Thomas von Aquin findet sich in: Wolf-Ulrich Klünker/Bruno Sandkühler: *Menschliche Seele und kosmischer Geist*; Stuttgart 1988.

Kapitel IV

1 Im folgenden gibt Eriugena zunächst die Seelenlehre des griechischen Autors Maximus Confessor (etwa 580–662) wieder. Bei Maximus (I Ambig. VI. 3; Migne PG 91, col. 1112 D) werden die drei Seelenbewegungen als νους, λόγος und αἴσθεσις bezeichnet; daher wurden für die von Eriugena verwendeten lateinischen Begriffe (animus, ratio, sensus) die Übersetzungen «Geist», «Vernunft» und «Sinn» gewählt (vgl. auch *Iohannis Scotti Eriugenae*

Periphyseon, liber secundus. Ed. I.P.Sheldon-Williams and L.Bieler; Dublin 1983, S.236f., Anm.319).

2 Dieser im Lateinischen sehr kompliziert formulierte Passus kann nur frei in verständliches Deutsch übersetzt werden.

3 Das «Haupt» ist Christus, die «Glieder» sind die von ihm erlösten Menschen.

4 *De divisione naturae* II. 23; Migne PL 122, col. 572 C–579 A. Der Text wurde nach der kritischen Ausgabe von Sheldon-Williams und Bieler (vgl. Anmerkung 1) verändert (siehe dort vor allem S.118).

5 *Einteilung der Natur,* Bd.I, S.180–188 (starke Veränderungen der Übersetzung von Noack, die in diesem Abschnitt sehr viele Fehler und Ungenauigkeiten aufweist).

6 *Einteilung der Natur,* Bd.II, S.293.

7 *Einteilung der Natur,* Bd.I, S.186.

8 A.a.O., S.187.

9 A.a.O., S.300f. (starke Veränderungen der Übersetzung von Noack).

10 *Einteilung der Natur,* Bd.II, S.153.

11 A.a.O., S.173f.

12 Ambrosius (etwa 340–397), Bischof von Mailand, lateinischer Kirchenlehrer.

13 *Einteilung der Natur,* Bd.II, S.200f.

14 A.a.O., S.308.

15 A.a.O., S.222.

16 A.a.O., S.247.

17 A.a.O., S.190f.

18 A.a.O., S.207.

19 A.a.O., S.47. Johannes Scotus verwendet hier den Begriff mens, wenn er vom Geist spricht.

20 *Einteilung der Natur,* Bd.II, S.177.

21 A.a.O., S.162.

22 A.a.O., S.55f.

23 Ebd.

24 A.a.O., S. 56f.
25 A.a.O., S. 57.
26 A.a.O., S. 366.
27 A.a.O., S. 131.
28 Ebd.
29 A.a.O., S. 73.
30 *Einteilung der Natur,* Bd. I, S. 193f.
31 A.a.O., S. 139.
32 *Einteilung der Natur,* Bd. II, S. 156.
33 A.a.O., S. 346f.
34 A.a.O., S. 286.
35 A.a.O., S. 202.
36 *Einteilung der Natur,* Bd. I, S. 70f. (starke Veränderung der Übersetzung von Noack).
37 AURELIUS AUGUSTINUS (354–430), lateinischer Kirchenlehrer, Bischof von Hippo Regius; zur Trinitätslehre und ihrer Beziehung zum menschlichen Geist vgl. folgende Schriften des Augustinus: *Über die Trinität,* Kap. IX; *Bekenntnisse,* Kap. XIII; *Gottesstaat,* Kap. IX.
38 *Einteilung der Natur,* Bd. I, S. 223. Im letzten Satz der wiedergegebenen Passage vertritt Eriugena die Auffassung, der Geist gehe allein vom Vater aus; andere zeitgenössische Theologen waren der Ansicht, der Geist gehe vom Vater *und* vom Sohn aus. Auf diese dogmengeschichtlich interessante und folgenreiche Auseinandersetzung, die sich zum Kampf zwischen der östlichen (byzantinischen) und westlichen (römischen) Theologie ausgestaltete, soll hier nicht näher eingegangen werden. An anderen Stellen seines Werkes formuliert Eriugena allerdings auch, der Geist gehe vom Vater und vom Sohn (filioque) aus; vgl. beispielsweise *Einteilung der Natur,* Bd. I, S. 189f.
39 *Einteilung der Natur,* Bd. II, S. 42 (starke Veränderungen der Übersetzung von Noack).
40 Ebd.
41 Ebd.

42 A.a.O., S.43.

43 Ebd.

44 ANGELUS SILESIUS: *Cherubinischer Wandersmann oder geistreiche Sinn- und Schlußreime,* Buch I, 140.

45 *Einteilung der Natur,* Bd.II, S.44.

46 DIONYSIUS AREOPAGITA, nach Apostelgeschichte 17, 34 von Paulus bekehrt, der Tradition zufolge erster Bischof von Athen und Märtyrer. Die unter seinem Namen überlieferten Schriften wurden um 500 verfaßt. – Die von Eriugena zitierte Stelle findet sich in Migne PG 3, col. 632 D und 738 B.

47 *Einteilung der Natur,* Bd.I, S.133f.

48 *Einteilung der Natur,* Bd.II, S.45f (starke Veränderungen der Übersetzung von Noack).

49 A.a.O., S.46.

50 A.a.O., S.60.

51 A.a.O., S.52.

52 RUDOLF STEINER: *Die Mystik im Aufgange des neuzeitlichen Geisteslebens und ihr Verhältnis zur modernen Weltanschauung* (1901); Kap. Giordano Bruno und Angelus Silesius.

53 *Einteilung der Natur,* Bd.II, S.53.

54 *Einteilung der Natur,* Bd.I, S.264f.

55 A.a.O., S.113.

56 *Einteilung der Natur,* Bd.II, S.413.

57 4.Februar 1907. In: Das christliche Mysterium (GA 97).

58 Ebd.

59 RUDOLF STEINER: *Theosophie.* Einführung in übersinnliche Welterkenntnis und Menschenbestimmung (1904); Kap. Das Wesen des Menschen IV: Leib, Seele und Geist.

60 RUDOLF STEINER: *Die Geheimwissenschaft im Umriß* (1910); Kap. Wesen der Menschheit.

61 Vgl. Anmerkung 59.

62 *Einteilung der Natur,* Bd.II, S.413.

63 *Einteilung der Natur,* Bd.I, S.288f.

1 *De divisione naturae* V. 2; Migne PL 122, col. 864 A – 865 C. – Die hebräische Pluralform «Cherubim» wird hier von Eriugena wieder als Singular verwendet (vgl. Anmerkung 31 zu Kapitel III).

2 Eriugenas Ausführungen beziehen sich auf 1. Mose 3, 24.

3 Mit «Kraft» und «Macht» ist hier also Eriugena zufolge das Wort oder der Sohn Gottes gemeint. – Römerbrief 1, 20.

4 1. Mose 3, 24.

5 In den folgenden, hier nicht wiedergegebenen Sätzen begründet Johannes Scotus, warum er vom Cherub in der Einzahl spricht, obgleich es sich bei dem im lateinischen Text verwendeten Wort um eine hebräische Pluralform handelt.

6 Johannes 14, 6.

7 *Einteilung der Natur,* Bd. II, S. 176 ff.

8 *Einteilung der Natur,* Bd. I, S. 146.

9 A. a. O., S. 337.

10 *Einteilung der Natur,* Bd. II, S. 364.

11 A. a. O., S. 380 (Hervorhebung W.-U. K.).

12 Eriugena vertritt zwar im Sinne der negativen Theologie (vgl. Anmerkung 21 zu Kapitel VI) die Anschauung, die Überwesenheit des göttlichen Wortes überrage die menschlichen Erkenntnismöglichkeiten prinzipiell; jedoch handelt es sich dabei nicht um eine Beschränkung des Bereichs der Erkenntnis, sondern um den Versuch, eine Vergegenständlichung des Denkens im Hinblick auf das Göttlich-Geistige zu vermeiden. Christus wird von den Menschen «immer gesucht und immer gefunden und doch stets nicht gefunden. Gefunden wirst du in deinen Gotterscheinungen, in denen du wie in Spiegeln dem Geist der dich Verstehenden vielfältig begegnest, soweit du erlaubst, dich zu verstehen: nicht im Hinblick auf das, was du bist, sondern auf das, was du nicht bist, und daraufhin, daß du bist. Nicht gefunden aber wirst du in deiner Überwesenheit, in der du jeden Geist übersteigst, der dich zu be-

greifen wünscht und versucht. Du gewährst also den Deinen deine Gegenwart in der unaussprechlichen Weise deiner Erscheinung; du gehst an ihnen vorüber in der unbegreiflichen Erhabenheit und Unendlichkeit deines Wesens» (*Einteilung der Natur*, Bd. II, S. 397f).

13 A.a.O., S. 379.

14 *Einteilung der Natur*, Bd. I, S. 150.

15 *De divisione naturae*; Migne PL 122, col. 611 D (dieser Satz wurde in der Übersetzung Noacks versehentlich ausgelassen).

16 *Einteilung der Natur*, Bd. I, S. 235.

17 Ebd.

18 *Einteilung der Natur*, Bd. II, S. 397.

19 Vgl. Matthäus 17, 2.

20 *Einteilung der Natur*, Bd. I, S. 392.

21 *Einteilung der Natur*, Bd. II, S. 250.

22 Ebd.

23 *Einteilung der Natur*, Bd. I, S. 331.

24 A.a.O., S. 241 (unvollständig); Migne PL 122, col. 616 C.

25 *Einteilung der Natur*, Bd. I, S. 149.

26 A.a.O., S. 87.

27 Basilius der Grosse (etwa 330–379), Kirchenlehrer und Bischof von Cäsarea. – Eriugena bezieht sich hier auf *Hexaemeron* IX. 2 (Migne PG 29, col. 189 BC).

28 *Einteilung der Natur*, Bd. I, S. 373 f.

29 A.a.O., S. 278.

30 A.a.O., S. 135.

31 *Einteilung der Natur*, Bd. II, S. 242.

32 *Einteilung der Natur*, Bd. I, S. 319.

33 *Einteilung der Natur*, Bd. II, S. 212.

34 A.a.O., S. 130.

Kapitel VI

1 Johannes Duns Scotus (etwa 1266–1308), Theologe und Philosoph.

2 *Werke in zwanzig Bänden*, Bd. 19; Frankfurt a. M. 1977, S. 551 f.

3 *Zeitschrift für Theologie* 3 (1840), Heft 2, S. 304 ff (Orthographie modernisiert).

4 *Gesammelte Schriften zur philosophischen Erkenntniswissenschaft als spekulative Logik* (= Sämtliche Werke, Bd. 1). Hrsg. von F. Hoffmann; Aalen 1963, S. 318 f (Orthographie modernisiert).

5 *Fragmente zur Geschichte der Philosophie*, § 9.

6 Paschasius Radbertus (etwa 785–um 860), Abt von Corbie; er vertrat in seinem Hauptwerk *«Über den Leib und das Blut des Herrn»* (De corpore et sanguine Domini) die *reale* Gegenwart Christi im Abendmahl.

7 Gemeint sind die Schriften, die unter dem Namen des Dionysius Areopagita überliefert wurden, in ihrer jetzigen Gestalt jedoch um das Jahr 500 entstanden sind.

8 *Leben und Lehre des Johannes Scotus Erigena in ihrem Zusammenhang mit der vorhergehenden und unter Angabe ihrer Berührungspunkte mit der neueren Philosophie und Theologie;* Gotha 1860, S. 9 f und S. 263 ff (Orthographie modernisiert).

9 Prag 1863, S. 26 (Orthographie modernisiert).

10 Nikolaus I, gest. 867, Papst, setzte 863 den byzantinischen Patriarchen Photius (vgl. Anmerkung 11) ab.

11 Photius (um 815–etwa 895), Gelehrter und Patriarch von Konstantinopel; 867 ließ er innerhalb des Streits um sein Patriarchat Papst Nikolaus I. von einer Synode bannen (sog. photianisches Schisma). In der Amtszeit des Photius wurde die endgültige Kirchenspaltung des 11. Jahrhunderts in entscheidender Weise vorbereitet.

12 So heißt es über Rom beispielsweise:
Dein Name und deine Ehre sind zu den Griechen übergegangen,
Als neues Rom wird das blühende Konstantinopel bezeichnet.

Altes Rom, du fällst mit deinen Sitten und Mauern;
Die Macht hat dich verlassen, der Hochmut ist dir geblieben.
(Lateinischer Text: Migne PL 122, col. 1194 B; vgl. Anmerkung 18 zu Kapitel I).

13 Im Jahre 827 ließ der byzantinische Kaiser MICHAEL II. die Dionysius Areopagita zugeschriebenen Werke als Geschenk überreichen; der Abt des Klosters St. Denis, HILDUIN, übernahm später eine erste Übersetzung vom Griechischen ins Lateinische.

14 ANASTASIUS (etwa 800–879), Gelehrter und Kirchenpolitiker (855 erfolgloser Papstkandidat der kaiserlichen Partei), Archivar und Bibliothekar der römischen Kirche («Anastasius Bibliothecarius»).

15 Bd. I; Regensburg 1867, S. 673 (Orthographie modernisiert).

16 *Die Hauptprobleme der Philosophie in ihrer Entwicklung und teilweisen Lösung von Thales bis Robert Hamerling;* Wien/Leipzig 1892, S. 240f.

17 Die *«Magdeburger Zenturien»* waren die erste große von Lutheranern verfaßte Kirchengeschichte; sie wurde in Magdeburg herausgegeben, erschien 1559–1579 und bestand aus 13 Bänden, die von ebenso vielen Jahrhunderten (centuriae) handelten.

18 *Zeitschrift für wissenschaftliche Theologie* 50 (1907), S. 324f.

19 *Die Erkenntnislehre des Johannes Eriugena im Rahmen ihrer metaphysischen und anthropologischen Voraussetzungen nach den Quellen dargestellt;* Berlin/Leipzig 1921 und 1923 (Schriften der Straßburger Wissenschaftlichen Gesellschaft in Heidelberg, Neue Folge 3 und 7); Heft 7, S. 90.

20 *Deutsche Vierteljahresschrift für Literaturwissenschaft und Geistesgeschichte* 5 (1927), S. 317.

21 Der negativen Theologie liegt der Gedanke zugrunde, daß positiv nicht ausgesagt werden kann, was Gott ist: er ist nicht gut, sondern übergut, nicht seiend, sondern die Ursache allen Seins und damit überseiend usw. Folglich kann von Gott stimmig nur beschrieben werden, was er *nicht* ist. «Hierbei wird aber ganz allgemein durch die Vernunft überzeugend empfohlen und durch si-

chere Wahrheitsforschung bestätigt, daß von Gott nichts im eigentlichen Sinne ausgesagt werden kann, weil derjenige, der jedes Denken (intellectus) und alle sinnlichen oder gedanklichen (intellectuales) Bezeichnungen übersteigt, besser durch Nichtwissen gewußt wird; seine Unkenntnis ist die wahre Weisheit; er wird wahrer und gläubiger in allem verneint als bejaht. Denn alles, was man über ihn verneint, wird wirklich verneint; keineswegs aber steht alles, was man über ihn feststellt, wirklich fest. Meint man nämlich bewiesen zu haben, daß er dies oder jenes sei, so erweist sich dies als falsch, weil er von allem, was ist und was gesagt oder gedacht werden kann, nichts ist. Spricht man dagegen aus, er sei weder dies noch jenes noch irgendetwas, so spricht man die Wahrheit, weil er nichts ist von allem, was ist oder nicht ist. Vermag sich ihm doch niemand anders zu nähern, als daß er zuvor den Weg des Geistes (mens) kräftigt, alle Sinne und Geistestätigkeiten (intellectuales operationes) sowie das Sinnenfällige mitsamt allem, was ist und nicht ist, hinter sich läßt und nichtwissend – soweit dies möglich ist – zur Einheit mit dem hergestellt wird, der über allem Wesen (essentia) und über aller Einsicht (intelligentia) ist, für den weder Vernunft (ratio) paßt noch Einsicht, der weder ausgesagt noch gedacht wird, der keinen Namen und keine Bezeichnung besitzt» *(Einteilung der Natur,* Bd. I, S. 100).

22 *Zur Rehabilitierung der Relation.* Die Theorie der Beziehung bei Johannes Eriugena; in: *Philosophie als Beziehungswissenschaft.* Festschrift für Julius Schaaf; Frankfurt a. M. 1971, S. I/16 (Hervorhebung im Original).

23 Die von W. Beierwaltes zitierte Aussage der Homelia Eriugenas bezieht sich nicht auf Gott Vater, sondern auf Christus. Die beiden Deutungsmöglichkeiten, die Beierwaltes nennt, sind in Wahrheit keine Alternative, sondern sie besagen – in jeweils anderer Formulierung – dasselbe: insofern unterscheidet sich die «idealistische Interpretation» gar nicht von der von Beierwaltes entfalteten. Vgl. dazu auch die Kapitel II und V des vorliegenden Buches.

24 In: Werner Beierwaltes: *Platonismus und Idealismus;* Frankfurt a.M. 1972, S. 194f. (Hervorhebungen im Original).

25 In: *Jean Scot Érigène et l'histoire de la philosophie* (Kolloquium in Laon, 7.–12. Juli 1975); Paris 1977, S. 270.

26 *Das Werk des Johannes Scottus Eriugena im Rahmen des Wissenschaftsverständnisses seiner Zeit. Eine Hinführung zu Periphyseon;* Münster 1982, S. 291.

27 Im folgenden werden nicht alle Aussagen R. Steiners zu Johannes Scotus berücksichtigt; für Hinweise auf Stellen über Eriugena im Vortragswerk Steiners danke ich Sabine Steudle und Karl-Martin Dietz.

28 Rudolf Steiner: *Die Mystik im Aufgange des neuzeitlichen Geisteslebens und ihr Verhältnis zur modernen Weltanschauung* (1901); Kap. Der Kardinal Nicolaus von Kues.

29 Rudolf Steiner: *Das Christentum als mystische Tatsache und die Mysterien des Altertums* (1902); Kap. Augustinus und die Kirche.

30 4. Januar 1904. In: *Spirituelle Seelenlehre und Weltbetrachtung* (GA 52). – Steiner meint hier vermutlich einen Abschnitt im fünften Buch der «*Einteilung der Natur*», in dem von der Verwandlung des Menschen in sieben Stufen gehandelt wird; diese Passage wird im vorliegenden Buch am Ende des Kapitels IV besprochen.

31 16. März 1904 (vgl. Anmerkung 30).

32 6. Oktober 1904 (vgl. Anmerkung 30).

33 1. November 1904. In: *Über Philosophie, Geschichte und Literatur* (GA 51).

34 15. November 1904 (vgl. Anmerkung 33).

35 25. Dezember 1918. In: *Wie kann die Menschheit den Christus wiederfinden?* (GA 187).

36 20. August 1920. In: *Geisteswissenschaft als Erkenntnis der Grundimpulse sozialer Gestaltung* (GA 199).

37 2. Juni 1921. In: *Perspektiven der Menschheitsentwicklung* (GA 204).

38 Ebd.

39 Ebd.

40 Ebd.
41 Ebd.
42 Ebd.
43 3.Juni 1921 (vgl. Anmerkung 37).
44 29.Juli 1922. In: *Das Geheimnis der Trinität* (GA 214).
45 Ebd.
46 Ebd.
47 12.September 1922. In: *Die Philosophie, Kosmologie und Religion in der Anthroposophie* (GA 215 I).
48 24.Dezember 1922. In: *Der Entstehungsmoment der Naturwissenschaft* (GA 326).
49 Ebd.
50 3.Januar 1923 (vgl. Anmerkung 48).
51 18.Februar 1923. In: *Erdenwissen und Himmelserkenntnis* (GA 221).
52 14.September 1923. In: *Initiationswissenschaft und Sternenerkenntnis* (GA 228).

ABBILDUNGSVERZEICHNIS

Frontispiz: Johannes Scotus und Theodorus (?); 12.Jh.; fol. 3^r MS Paris Bibl. nat. lat. 6734; aus: Iohannis Scotti Eriugenae Periphyseon, liber primus. Ed. I. P. Sheldon-Williams with the colloboration of L. Bieler; Dublin 1978, Titelseite.

Abb. 1: Karl der Kahle; 9.Jh.; Codex Aureus aus St. Emmeran; München, Bayerische Staatsbibliothek; Clm. 14000, fol. 5^v; aus: Percy Ernst Schramm: Die deutschen Kaiser und Könige in Bildern ihrer Zeit 751–1190. Hrsg. von F. Mütherich; München 1983, S. 312.

Abb. 2: Thron Karls des Kahlen; Rom, St. Peter; aus: Schramm (vgl. oben, Abb. 2), S. 315.

Abb. 3: Die karolingischen Teilreiche nach dem Vertrag von Verdun 843; aus: Eduard Hlawitschka: Vom Frankenreich zur Formierung der europäischen Staaten- und Völkergemeinschaft 840–1046; Darmstadt 1986, hintere Einbandseite.

Abb. 4: Die wichtigsten irischen Klöster; aus: Michael Richter: Irland im Mittelalter. Stuttgart 1983.

Abb. 5: Stätten irisch-christlichen Einflusses; aus: Die Iren und Europa im frühen Mittelalter. Herausgegeben von Heinz Löwe, Teilband 2. Stuttgart 1982.

Abb. 6: Christentum, Islam und Heidentum im Frühmittelalter; aus: Joseph Lortz: Geschichte der Kirche. Münster 1962.

Abb. 7: Handschriftenseite der Homelia Eriugenas zum Prolog des Johannes-Evangeliums; 12.Jh.; Alencon; Bibl. mun. 149, fol. 175^r;

aus: Jean Scot: Homélie sur le prologue de Jean. Ed. É. Jeauneau; Paris 1969, nach S. 82.

Abb. 8: Handschriftenseite der Homelia Eriugenas zum Prolog des Johannes-Evangeliums; 12. Jh.; Oxford, St. John's College 11, fol. 31^{v}; aus: Jean Scot (vgl. oben, Abb. 7), nach S. 94.

Abb. 9: Johannes der Evangelist; 9. Jh., Evangeliar; Köln, Dombibliothek; aus: Das erste Jahrtausend. Tafelband von Victor H. Elbern; Düsseldorf 1962, Abb. 232.

Abb. 10: Johannes der Täufer und Christus; 9. Jh.; Elfenbeinkasten, Metz; Braunschweig, Herzog-Anton-Ulrich-Museum; aus: Das erste Jahrtausend (vgl. oben, Abb. 9), Abb. 253.

Abb. 11: Handschriftenseite der «Einteilung der Natur» Eriugenas mit Randbemerkungen; 9. Jh.; Bamberg, H. J. IV, 5, fol. 2^{v}; aus: Ludwig Traube: Autographa des Iohannes Scottus. Abhandlungen der Kgl. Bayerischen Akademie der Wissenschaften. Philosophisch-philologische und historische Klasse, XXVI. 1 (1912), Tafel III.

Abb. 12: Christus mit Engeln. Aus dem Utrecht-Psalter; 9. Jh.

Abb. 13: Kreuzigung mit Engeln; 9. Jh., Elfenbeinkamm, Vorderseite, Metz; Köln, Schnütgen-Museum; aus: Das erste Jahrtausend (vgl. oben, Abb. 9), Abb. 255.

Beiträge zur Bewußtseinsgeschichte
Herausgegeben für das Friedrich-von-Hardenberg-Institut
von Karl-Martin Dietz

KARL-MARTIN DIETZ

Die Suche nach Wirklichkeit

Bewußtseinsfragen am Ende des 20. Jahrhunderts
235 Seiten, gebunden

WOLF-ULRICH KLÜNKER / BRUNO SANDKÜHLER

Menschliche Seele und kosmischer Geist

Siger von Brabant
in der Auseinandersetzung mit
Thomas von Aquin
140 Seiten, Leinen

KARL-MARTIN DIETZ

Metamorphosen des Geistes

Band 1: Prometheus –
Vom göttlichen zum menschlichen Wissen
Ca. 260 Seiten, Leinen. Erscheint Anfang 1989

Band 2: Das Erwachen des europäischen Denkens
Ca. 240 Seiten, Leinen. Erscheint Sommer 1989

Band 3: Vom Logos zur Logik
Ca. 250 Seiten, Leinen. Erscheint Anfang 1990

VERLAG FREIES GEISTESLEBEN